Der orange Schal

Martina Schorb

Über die Autorin:

Martina Schorb, geboren 1963 in München, lebt mit ihrem Mann in einer kleinen Stadt in Bayern. Nach dem Elektrotechnik-Studium arbeitete sie viele Jahre in einem Großkonzern. Später wechselte sie in die Verwaltung einer Realschule. Da beide Töchter mittlerweile erwachsen sind, nutzt sie die freigewordene Zeit, um sich ihren langjährigen Wunsch zu erfüllen: dem Schreiben von Büchern. Durch ihr Erstlingswerk, einem packenden Fantasy-Roman, entdeckte sie ihr Faible für die Kriminalliteratur. Zuletzt erschien die dreiteilige Reihe um Kommissar Tobler. Der vierte Band ist in Vorbereitung.

Weitere Romane der Autorin:

Das königsblaue Kleid, Kriminalroman, 2. Band der Tobler-Reihe
Der gelbe Hut, Kriminalroman, 1. Band der Tobler-Reihe
Geheimes Spiel, Kriminalroman
Alegonda – Die Entscheidung, Fantasy-Roman

Martina Schorb

Der orange Schal

Kriminalroman

Bibliografische Information der Deutschen Nationalbibliothek:
Die Deutsche Nationalbibliothek verzeichnet diese Publikation in der
Deutschen Nationalbibliografie; detaillierte bibliografische Daten sind im
Internet über dnb.dnb.de abrufbar.

Die automatisierte Analyse des Werkes, um daraus Informationen
insbesondere über Muster, Trends und Korrelationen gemäß §44b UrhG
(„Text und Data Mining") zu gewinnen, ist untersagt.

Alle beschriebenen Personen, Gegebenheiten, Gedanken und Dialoge sind
rein fiktiv. Etwaige Ähnlichkeit mit lebenden oder toten Personen sowie
realen Geschehnissen sind zufällig und nicht beabsichtigt.

1. Auflage, 2024

Verlag: BoD · Books on Demand GmbH, In de Tarpen 42, 22848 Norderstedt
Druck: Libri Plureos GmbH, Friedensallee 273, 22763 Hamburg

ISBN: 978-3-7583-5100-6

Meinem geliebten Ehemann:

Vielen Dank für deine Unterstützung,
die Covergestaltung und vor allem
für deine unendliche Geduld!

Prolog 7. Februar 2020

Der Stachus oder Karlsplatz, wie ihn die Münchner nennen, lag hinter ihm, endlich bog er die Schwanthaler Straße ein. Gehetzt lugte er über die Schulter, nichts zu sehen. Erleichtert hastete er zwischen die beiderseits hoch aufragenden Fassaden. Ein harscher Wind schlug ihm ins Gesicht. Unzählige kleine, beißende Eiskristalle brannten auf seinen geröteten Wangen. An solchen Tagen verwandelte sich die enge Häuserschlucht von der Sonnenstraße den Hügel hinauf zum Einkaufszentrum Forum an der Schwanthaler Höhe in eine unwirtliche Schneise. Es war eisig. Er schlug den Kragen hoch, vergrub seine Nase in die weichen Lagen des Schals und schloss den Reißverschluss bis unters Kinn. Der Schein der Straßenlaternen hatte längst den Kampf gegen das seit Stunden andauernde Schneegrieseln verloren. Eine erdrückende Melange aus tiefen, dunklen Häuserschatten, alles dämpfenden Schneeflocken und dem spärlichen Licht erstickte die Straße.

Er fror.

Hinter ihm näherten sich eilige Schritte. Schwere Stiefel im Schnee. Mindestens drei Personen. Niemand sprach ein Wort.

Bloß nicht umsehen, keine Aufmerksamkeit erwecken! Er wünschte, es wäre Sommer. An heißen Tagen wimmelte es hier von Arabern, Türken, Asiaten und Afrikanern. Viele Menschen zeigten sich in ihren landestypischen Trachten. Doch jetzt, am späten Abend eines lausig kalten Februartages, verschanze sich jeder in geheizten Räumen.

Die Schritte schlossen unerwartet schnell auf. Kurz vor der Kreuzung Schillerstraße meinte er warmen, feuchten Atem und ein heiseres Husten im Nacken zu spüren. Er beschleunige, nur weiter, bloß nicht umdrehen! Die Männer waren jetzt dicht hinter ihm. Auf Höhe der Nacht-Bar *Servus Habibi* holten sie ihn ein. Ein, zwei Schritte liefen sie Schulter an Schulter neben ihm. Er hielt den Atem an, wagte es nicht, den Kopf zu drehen, sie anzusehen. Waren es wieder Rassisten? Würden sie ihn angreifen? Plötzlich riss einer der Verfolger die Kneipentüre auf. Lautes Lachen flutet auf den Bürgersteig, gefolgt von warmen Falafel-Duft und gedämpftem Licht. Für einen Augenblick verschmolz der Schein mit dem Lichtkegel eines von hinten kommenden Fahrzeuges, dann krachte die schwere Tür ins Schloss. Kurz zuckten die Scheinwerfer des Wagens über die öde Fassade des Deutschen Theaters, ein gigantisches Schauspiel aus Licht und bewegten Schatten hinter einem Vorhang aus weißen Flocken. Dann verschluckte der Schnee die sich entfernenden Autogeräusche.

Er blieb stehen, atmete erleichtert aus. Ausgepumpt betrachtete er die Programmtafel: heute keine Vorstellung. Sein Blick huschte die Straße entlang. Außer ihm waren nur wenige Menschen zu dieser späten Stunde unterwegs, alle dick eingemummelt in ihren Jacken, Mützen und Schals. Er stapfte durch den sulzigen Schneematsch. Eine klamme Feuchtigkeit sickerte an seine Zehen des linken Fußes. Bis zum Winterende würde dieser Schuh sicher nicht mehr durchhalten. Er erreichte die Kreuzung zur Paul-Heise-Straße. Nur vier Häuser weiter, dann wäre er am Ziel. Ein sanftes Lächeln legte sich auf sein Gesicht: Er freute sich auf diesen Abend und auf ihre gemeinsamen, vertrauten Stunden.

Eine unbestimmte Bewegung am gegenüberliegenden Gehweg ließ ihn aufblicken. In einem der düsteren Hauseingänge rührte sich eine dunkle Gestalt. Ein Penner, der es nicht rechtzeitig zur Bayernkaserne geschafft hatte. Schlaftrunken rollte sich der Obdachlose im Schlafsack zur Seite und streckte die Beine über den Gehsteig.

Der bedauernswerte Kerl! Zum Glück war er diesem traurigen Schicksal entkommen, wenn auch nur knapp.

Sein Handy klingelte, »Ja? ... Nein, ich bin unterwegs. .... Morgen schicke ich die Bestellungen raus, versprochen«, der kleine Syrer lauschte und sah sich dabei erneut um: Niemand folgte ihm. Es war gespenstisch still zwischen den hohen, alten Bauten. Nichts außer dem Wind und den einsamen, unregelmäßigen Schritten eines Betrunkenen, der sich dem Obdachlosen näherte. Zum Schutz vor dem Schnee hatte der Suffkopf seine Kapuze tief in die Stirn gezogen.

»Ja, ich bin noch dran ... Keine Sorge, ich sperr morgen früh auf, versprochen«, entferntes, kreischendes Motorengeheul.

Ein Wagen bog mit irrer Geschwindigkeit von der Sendlinger in die Schwanthaler Straße ein und raste in seine Richtung. Gleichzeitig grölte ein derber Fluch über den Asphalt. Instinktiv lugte Faris hinüber: Der Trunkenbold stieß gegen die Beine des Obdachlosen. Er stolperte, torkelte, verlor sein Gleichgewicht und stürzte Kopf voran auf die Fahrbahn.

Faris schrie und trat auf die Straße. Er gestikulierte wild mit den Armen, um den Fahrzeuglenker zu warnen. Doch es war zu spät zum Bremsen. Der Fahrer wich zur Straßenmitte aus und schoss, nur wenige Zentimeter neben dem Schädel des Gefallenen vorbei, in Richtung Forum und Westend davon.

Schwerfällig rappelte sich der Betrunkene auf die Knie und wischte sich benommen den salzigen Matsch vom Gesicht.

»Was?«, Faris presste wieder das Handy ans Ohr, er atmete schwer, »fast hätte ein silberner Nissan GT-R einen Mann überfahren!«, er schnaufte, erneutes Motorengeheul übertönte seine Worte, »Vorsicht! Da kommt noch einer!«, jetzt panisch, »Der Mann!«

Ein weiterer Schrei gellte in unmittelbarer Nähe durch die Nacht: »Lauf!«, hell, gepresst, verzweifelt.

Bremsen quietschten.

Ein lautes Krachen, ein dumpfer Aufschlag und das Knirschen von zerberstendem Metall.

Danach ... Stille.

Die Verbindung war tot.

Samstag

Bodo Haas, der Leiter des Fitness-Studios Life-Power, wischte sich mit beiden Händen über das Gesicht. So viele unbearbeitete Verträge und Schichtpläne im Eingangskorb, und das zwölf Tage vor Weihnachten! Er massierte sich die Stirn, bevor er sich über die kurz getrimmten Haare strich. Seit Marc vor drei Monaten das Life-Power verlassen hatte, erstickte er regelrecht in der Arbeit. Ihm fehlten momentan mehrere Kursleiter für die längst gebuchten Trainerstunden. Sein Blick huschte nervös durchs Zimmer, als würde sich irgendwo dort eine Lösung verstecken. Es war der vertraute Anblick: am Schreibtisch vor ihm der Kalender mit Markierung des heutigen 12. Dezember 2020. Gegenüber sein großflächiges Fenster samt blauen Vorhängen im dezenten Firmen-Logo-Print. Daneben die Highboards mit Nachbildungen verschiedener menschlicher Gelenke und diversem Nippes. Darüber prangte ein großformatiges Gruppenfoto seiner Belegschaft, alle mit blauem T-Shirt und schwarzer Hose bekleidet. Hinter ihm die Schrankwand mit den Aktenordnern und daneben seine dreistämmige Yuccapalme.

»Wir sind dann alle weg, Bodo!«, eine drahtige Brünette mit Seitenscheitel im kinnlangen Haar streckte ihren Kopf durch die Bürotür, »Was treibst du hier? Bleibst du noch lange?«

»Die Dienstplanliste für Januar«, was ging es Katja an, woran er saß? Ahnte sie etwas? Entwickelte sie sich zur Gefahr?

»Dann denk´ bitte an die Alarmanlage, wenn du gehst!«

»Versprochen, bis morgen!«, er winkte ihr.

23:04 Uhr, höchste Zeit, dass alle verschwanden. Er registrierte, wie die junge Trainerin mit zwei weiteren Angestellten durch das grelle, kalte Neon-Licht zum Ausgang schlenderte. Ausgerechnet diese Nervensäge Katja Wilkens war scharf auf Marc Drehers vakanten Stellvertreterposten! Er schauderte bei dem Gedanken an eine engere Zusammenarbeit mit ihr. Doch bei der momentanen Wirtschaftslage ähnelte es einem Sechser im Lotto adäquates Fachpersonal zu finden. Er musste sich entscheiden, bald. Seine Augen blieben an dem jungen, schlanken, blonden Mann in der Mitte der Gruppenaufnahme hängen, »Du solltest mein Nachfolger werden, Marc«, er seufzte, »Weshalb brichst du in dieser vermaledeiten Oktobernacht hier ein und durchwühlst die Verwaltungsschreibtische? Worauf warst du so scharf, dass du es nicht zu den Arbeitszeiten finden konntest?«

Doch Bodo Haas schwante der Grund: sein kleines, privates Geheimnis. Sein Nebengeschäft, das mit dem Einbruch abrupt zum Erliegen gekommen war und erst seit einigen Wochen erneut aufblühte. Gedankenverloren streifte sein Blick den untersten Schub seines Rollcontainers. Die Sicherheitsvorkehrungen hatten ihren Zweck erfüllt: Marc war daran gescheitert, aber die Veränderungen an den Schreibtischen der Teamassistentinnen hatten hohe Wellen geschlagen. Zum Glück trainierte seit Jahren ein Polizist in seinem Studio. Friedhelm Brunner hatte diese prekäre Angelegenheit dezent geregelt. Zwar lieferte ihm der Mann keine handfesten Beweise, trotzdem deutete alles auf Marc Dreher hin. Dessen Kündigung war zwangsläufig, ebenso die Verlagerung der riskanten Datensticks aus seiner Schublade in eine Bankfiliale im Münchener Westen. Seitdem raubte ihm diese aufwendige Vorsichtsmaßnahme jede Menge an Zeit und Nerven.

»Servus Bodo!«

Der Studioleiter fuhr hoch, »Du? Stehst du schon lange vor meiner Tür?«

»Ein, zwei Minuten. Du warst in Gedanken, ich wollte nicht stören. Wie geht es dir?«

Haas ignorierte die Frage, »Wie bist du hereingekommen?«

Rund eine viertel Stunde später strich sich Haas die Haare zurecht und schloss die Studiotür. Erschöpft und keuchend lehnte er sich gegen den Eingangstresen und lauschte. Draußen startete ein Fahrzeug und kurvte das Parkhaus hinunter.

Endlich weg, Gott sei Dank!

Langsam fand er die Fassung wieder, seine Wangen glühten.

23:21 Uhr, zum Glück war der angekündigte Käufer soeben nicht dazugestoßen. Hoffentlich verspätete er sich nicht. In der Wandverspiegelung betrachtete er seinen ergrauten Haaransatz und rückte die Kleidung zurecht. Die ersten Falten zerfurchten sein Gesicht. Einundfünfzig Jahre, durchaus sportlich aber mit angehendem Bauchansatz. Lange konnte er einen dynamischen Chef nicht mehr mimen, trotz modischem Haarschnitt, jugendlicher Jeans, weißem T-Shirt und braunen Sneakers.

Am Empfangstresen zapfte er sich einen Becher mit Wasser. Dann hob er die kleine Metallskulptur auf, die vorhin von der Theke gepurzelt war: ein Kraftprotz auf einer Hantelbank, mit angefügtem Stifte-Köcher. Er drehte bei jedem Kugelschreiber den Werbeaufdruck gut lesbar nach vorne. Fahrig blätterte er durch die bekannten Prospekte und rückte Papiere zurecht. Die Minuten schlichen dahin, langsam wurde er nervös. Er ordnete den bunten Turm der 2kg Heimtraining-Hanteln nach Farbe, ergänzte ihn und platzierte ein etwas abseits liegende Exemplar auf seiner Spitze. Zur weiteren Ablenkung füllte er die Lücke zwischen den Proteindosen.

Wieder spähte er auf das Ziffernblatt: 23:33 Uhr, hoffentlich klappte es diesmal! Der ganze Aufwand, bloß wegen dieser unschönen Angelegenheit im Februar, diesem blöden Unfall. Seine Gedanken schweiften zurück bis zu dem Zeitpunkt, als der schnittige schwarze Audi R8 neben seinem Wagen anhielt.

Die menschenleere Straße, das Schneegriesel. Welch enorme Herausforderung! Sein Handzeichen und ein lächelndes Nicken hinter dem Steuer nebenan. Die Ampel springt auf Grün. Erster Gang, sie brausen los. Zweiter Gang, dritter Gang, die Motoren heulen laut auf. Ihre Fahrzeuge jagen über den Asphalt, dass der Schneematsch nur so spritzt. Sie bremsen scharf ab, halten gleichzeitig an der nächste roten Ampel. Beide signalisieren: ´Daumen hoch´. Ein passabler Partner! Dann das nervenzerreißende Warten bis das Signal umspringt, die Hand einsatzbereit an der Schaltung. Schneeflocken umtanzen die Karosserie, verdammter Februar! Trotzdem ihr Vorteil: Nur wenige Passanten wagen sich ins trübe Grau, somit kaum Zeugen. Endlich Grün!

12

Die leere Schwanthaler Straße hinauf, 100-120-140, ihre Motoren röhren, sie schießen über die nächste Ampel. In Höhe einer Bar weicht er gerade noch einem stolpernden Betrunkenen aus. Das war knapp! Sein Herz hämmert wie verrückt. Die Lichtkegel seines Kontrahenten kleben dicht hinter ihm. Wird sein Nissan GT-R den engen Vorsprung bis zur Kuppe beim Forum halten können? Er tritt aufs Gas. Der zweite Blick in den Rückspiegel lässt sein hitziges Blut gefrieren: kein Audi R8. Überhaupt kein Auto hinter ihm!

Scheiße! Was war schief gelaufen? Er biegt in die nächste Nebenstraße, hält an, sieht zurück, wartet. Keine Bewegung auf der Schwanthaler. Wo bleibt sein Kontrahent? Schweißtropfen benetzen seine Stirn. Er zählt die Sekunden. Die Uhr am Armaturenbrett läuft unerbittlich weiter. Neun Minuten: nichts. Von fern hallen Sirenen: Einsatzfahrzeuge! Sie nähern sich.

Nochmals Scheiße, verdammte! Hoffentlich hat sich keiner seinen Wagen gemerkt! Das Firmenlogo auf den Türen ist doch etwas markant, soll es ja sein. Verflixter Mist! Durchatmen, beruhigen. Erst einige Minuten später startet er erneut den Motor. Überkorrekt rollt er nach Hause, nur keine Aufmerksamkeit auf sich ziehen! Und jetzt? Die seitlichen Aufkleber müssen runter, schleunigst. Am besten verschwindet der ganze Wagen. Aber nicht sofort inserieren, das wäre zu auffällig.

Tags darauf stockte ihm beim Anblick der Schlagzeile der Atem. In dicken roten Lettern stand dort zu lesen: ´Mörderisches Autorennen in München´. Darunter das verbeulte Wrack eines schwarzen Audi R8. Das Opfer: ein syrischer Passant, tot. Laut Zeitung überlebte der Fahrer des Unfallfahrzeugs schwer verletzt. Hoffentlich plauderte er nicht!

Der Vorfall lag nun schon über zehn Monate zurück. Zehn Monate und jede Menge schlafloser Nächte wegen des geliebten Nissan. Zuerst drängte er seine geheimen Geschäftspartner, den Wagen im Ausland zu verscherbeln, doch die lehnten ab. Die Sache sei zu riskant. Niemand verbrennt sich freiwillig seine Finger an heißem Material. Statt ihrer Unterstützung setzten sie ihn zeitlich unter Druck. Doch seine Verkaufsversuche scheiterten an den verrückt niedrigen Preisvorstellungen der Interessenten. Die Daumenschrauben wurden angezogen, sie forderten eine Veräußerung weit unter dem Wert. Zuletzt stellten sie ihm ein Ultimatum: ′Letzter Termin: 23.12. Verkaufen, oder deine Frau feiert alleine Weihnachten!′

Ihm blieben nur zwölf Tage. Hoffentlich ließ ihn der heutige Käufer nicht im Stich. Nervös durchquerte er sein Studio, kontrollierte die ausgeschalteten Geräte, die Umkleiden und kehrte ins Büro zurück.

Entspann dich! Du musst selbstsicher und überzeugend sein, wenn Dominik Bekensen eintraf!

Es klopfte an der Eingangstür, wie vereinbart. Die Glocke hatte er ausgestellt, sie könnte von den Anwohnern unterhalb seines Studios gehört werden. Endlich, der Termin!

Erleichtert raffte Bodo Haas die verstreuten Papiere am Schreibtisch zu einem sauberen Stapel zusammen und eilte ins Foyer, »Schön, Sie zu sehen!«, stellte er verdutzt fest, »wie war Ihre Fahrt von Hamburg?«, er betrachtete den dunklen Mantel mit perfektem Schnitt, kontrastreicher Schal, schwarze Hose, geschmackvolle Schuhe. Kein Hut oder Mütze.

»Ausnahmsweise ohne Verzögerung durch die Bahn. Danke nochmals, für diesen späten Termin«, eine Hand in einem eleganten, schwarzen Lederhandschuh streckte sich ihm zur Begrüßung entgegen, »das kommt mir wirklich sehr gelegen!«

Haas schlug ein. Seine Finger ertasteten teures Kalbsleder, nicht billig. In ihm keimte die Hoffnung auf einen fairen Preis, »Ganz schön eisig da draußen, nicht wahr?«

»Und wie! Von wegen: sonniger Süden! Hier ist es frostiger als bei uns im Norden.«

Auf dem Weg zum Büro taxierte der Studioleiter verstohlen seinen Gast. Er hatte mit einem anderen Personentyp gerechnet. Nichts in dessen Zügen verriet eine hanseatische Abstammung. Die Sprache klang zwar eingefärbt, aber ein Nordlicht? Die Neugierde siegte, »Stammen Sie gebürtig aus Hamburg?«

Sein Gegenüber lächelte, »Wegen des Dialektes? Nein, ich bin in der Nähe des Elsass aufgewachsen.«

Haas nickte stumm. Wie man sich täuschen konnte! Er hätte eher auf die Alpenregion getippt.

»Wo steht das Prachtstück?«

»Sie müssten am Parkdeck unmittelbar daran vorbeigegangen sein«, machte Neugier blind? »Moment, ich zeige Ihnen den Wagen. Die dortige Beleuchtung ist erstklassig, fast tageshell. Sehen Sie sich das Fahrzeug in aller Ruhe an. Die Papiere arbeiten wir anschießend durch«, er deutet auf den korrekt ausgerichteten Stapel an der äußersten Tischkante.

»Nein, das allgemeine Schriftliche erledigen wir gleich, und ich unterzeichne den Vertrag draußen, direkt nach der Besichtigung. Wenn der Wagen Ihren Angaben entspricht, sind wir uns schnell einig.«

»Sie werden nicht enttäuscht sein!«, Bodo Haas griff nach den beiden ausgefüllten ADAC-Kaufverträgen, »Möchten Sie ihren Mantel ablegen?«, der sonderbare Akzent störte ihn. War das hamburgisch? Nie im Leben! Egal, Hauptsache sein Nissan wechselt heute den Besitzer.

»Nein, ich bin noch immer steifgefroren«, die behandschuhten Finger öffneten nur den obersten Mantelknopf und lockerten den Schal, »Je eher ich wieder aufbreche, desto besser. Vor mir liegt eine siebenstündige Rückfahrt, zumindest mit diesem Wagen und freien Straßen«, das entschuldigende Lächeln ließ keinen Respekt vor Geschwindigkeitsbegrenzungen vermuten.

Dein Fehler! Du rechnest fest mit dem Nissan, also bist du scharf darauf. Ein fast unmerkliches Zucken umspielte Bodos Lippen. Das treibt den Preis in die Höhe, perfekt! Er setzte sich hinter seinen Schreibtisch und deutete auf den Besucherstuhl, »Bitte, nehmen Sie Platz.«

»Bevor wir diesen Kaufvertrag durchgehen, hätte ich einige Fragen an Sie«, der Mantel ignorierte den angebotenen Freischwinger, er steuerte auf Bodo zu und hockte sich direkt vor ihm auf die Tischplatte, »Fragen in einer anderen Sache ... «

Sonntag, 3. Advent

Sie fuhren mit dem Zug, Eileen lehnte an seiner Schulter. Die zwei Monate alte Marina strampelte in ihrer Pluderhose aufgeregt auf ihrem Schoß. Vor den Fenstern flitzte eine sonnige Landschaft vorbei: Berge, Häuser, Felder, Wälder, Kühe auf einer Weide. Dahinter kleine, verschlungene Sträßchen.

Urplötzlich dominierte ein penetrantes, dumpfes Wummern die Geräuschkulisse. Perplex zuckte er zusammen. Dunkelheit umgab ihn. Passierten sie einen Tunnel? Das hartnäckige Dröhnen wiederholte sich, wieder und wieder. Stimmte etwas mit den Gleisen nicht? Waren sie in Gefahr? Es wurde intensiver, durchdrang seinen Traum in voller Lautstärke.

Er streckte seine Hand in die Richtung des Geräusches und ertastete sein vibrierendes Diensthandy am Nachttisch.

»Ja?«, meldete er sich schlaftrunken.

»Morgen, Herr Kommissar. Hier Scheinhacker, Zentrale«, der Neue, dessen Namen er immer vergaß.

Tobler wälzte sich aus dem Bett und setzte sich auf Kante. Der Wecker zeigte 4:17 Uhr. Ein Anruf Sonntagfrüh, ohne den Vorsatz ´guten´, prophezeite eine üble Nachricht.

»Auch Morgen«, er gähnte. Mit der freien Hand rieb er sein Gesicht, um die Müdigkeit zu vertreiben, »Was gibt es?«

»Ein Toter im Fitnessstudio. Die Meldung kam eben rein und ich dachte, ...«

»Sie denken, um diese Uhrzeit? Welcher Idiot trainiert denn in aller Herrgottsfrüh?«, wen hatte er für diese Frühschicht im Präsidium eingeteilt? Seine Zehen tasteten nach der Kleidung am Boden.

»Nicht trainiert, eher erhängt. Eine Reinigungskraft hat ihn gefunden.«

»Welches Studio?«, seine Zehen erwischten eine Socke und bugsierten sie in die Reichweite seiner freien Hand.

Anschließend tastete sein Fuß nach dem Hemd.

»Das Life-Power am Ostbahnhof«, kam es prompt.

Tobler zuckte zusammen. Er kannte das Life-Power. Schon als kleiner Junge war er an diesem gewaltigen Klotz vorbeigeradelt. Fünf Etagen: im Erdgeschoss Geschäfte, darüber Wohnungen. Zu oberst das rundherum verglaste Studio unter einem Flachdach. Dieser kantige Bau erinnerte ihn stets an ein anderes Gebäude, niedriger aber ebenso mit Flachdach. An die klaffenden Putzwunden in dessen Fassade, ... und an seinen letzten Besuch dort. Er stand damals unter den weit ausladenden Ästen einer alten Zeder. Er schüttelte den Kopf, um die schrecklichen Erinnerungen zu vertreiben, »Kenn´ ich. Einer unserer Kollegen trainiert dort regelmäßig. Haben Sie eine Beschreibung des Toten?«

»Ja, leider: Es handelt sich um einen mittelgroßen, kräftigen und glatzköpfigen Mann im mittleren Alter.«

Sebastian Tobler fuhr kerzengerade von der Matratze hoch, die zweite Socke entglitt seinen Zehen und trudelte kraftlos auf den Boden.

Friedl?

»Mist!«, mit gespreizten Fingern raufte er sich die schwarzen Locken. Mein Gott, hoffentlich nicht das Rindvieh Friedhelm Brunner! Er lugte zur schlafenden Gattin neben sich.

»Wer ist zum Tatort raus?«, hauchte er ins Telefon.

»Frau Baumgartner. Ich dachte, Sie ...«

Ausgerechnet Cornelia, ihre Jüngste! Und ausgerechnet sie bei einem eventuellen Kollegen-Mord! Einen Unfall schloss er aus, Selbstmord ebenso, nicht bei Brunner, »Sie haben richtig gedacht, Herr Schreinhagen. Und jetzt reißen Sie bitte Roman Hiebler aus seinen Träumen. Er soll schleunigst ins Life-Power ausrücken, von mir aus im Schlafanzug! Das Gleiche wiederholen Sie bei Bernhard Fischler.«

»Scheinhacker«, verbessert der Anrufer kleinlaut, doch der Kommissar hatte längst aufgelegt.

Der kleine, dreiunddreißigjährige Kolumbianer schlüpfte in seine Hose. Seine Finger nestelten am Knopf, dann eilte er aus dem Schlafraum. Im Wohnzimmer rekelte sich seine Amstaff-

Hündin Vienna auf ihrer Knochenprint-Hundedecke und gähnte ausgiebig. Eine durchaus eindrucksvolle Anzahl spitzer Zähne blitzten in ihrem kräftig durchbluteten Kiefer.

Ein leises Geräusch hinter ihm ließ Sebastian umsehen.

»Hat Friedl wieder etwas angestellt?«, Eileen, seine Frau, streifte das Stillhemd ab.

»Du hast mitgehört?«, er gab ihr einen Kuss.

»Nur das Wort ´trainiert´, der Rest ist Intuition.«

»Ausnahmsweise würde ich mich freuen, wenn er in diesem Augenblick etwas Verrücktes anstellen würde! Ich fahr rüber.«

Sie schlang die Arme um seine Schultern, ihr warmer Busen drückten sich weich an seinen Oberkörper.

»Nicht jetzt, Liebes«, seine Nase rieb sanft über ihre duftende Wange, »Erst nach der Totenschau.«

»Romantik: Note Sechs!«, ein schwarzer Kopf zwängte sich zwischen Eileens Beine, »Hallo, was wird das?«, gereizt wich sie zurück und schielte zum Boden: »Verschwinde, das ist mein Mann!«

Mit großen, dunklen Kulleraugen schaute die Hündin verzweifelt und zugleich hoffnungsvoll zu ihr herauf. Ein Blick, bei dem keiner ihr zutraute, auch nur einer Fliege ein Leid zuzufügen. Zumindest so lange, bis sie das Maul aufklappte. Die weiße, V-förmige Fellzeichnung auf ihrer Stirn runzelte sich in besorgten Falten. Hinter den schwarzen Steh-Ohren verlief sich das Weiß zu einem kontrastreichen Nacken-Kragen. Ihr restlicher Körper glänzte komplett in tiefem Schwarz.

Tobler kraulte das samtene, kurzhaarige Fell und zwinkerte ihr verschwörerisch zu.

»Hier«, Eileen hielt ihm seinen Geldbeutel entgegen, »Der ist dir im Schlafzimmer aus der Hosentasche gerutscht!«

Geistesabwesend öffnet Sebastian ihn. Ein Zehner löste sich aus der Geld-Klammer und trudelte hinunter. Vienna schnappte sich ihn aus der Luft und flitzte mit ihrer Beute unter das Fensterbrett mit den beiden Bonsais. Auf ihrer flauschigen Decke beschnüffelte sie ihren Fang ausgiebig.

»Hey, gib her!«, die Zeit drängte, Tobler zog ihr den Geldschein unter den Pfoten weg.

Im Schein der Deckenleuchte blitzten vier kleine Löcher im Papier, »Bitte vereinbare dringend einen Pediküre-Termin beim Tierarzt, Eileen. Ich muss nun los«, der Kommissar beugte sich flink über das Baby-Bettchen neben der Kommode und hauchte seiner kleinen Tochter einen behutsamen Kuss auf die Stirn. Marina schmatzte im Schlaf, ein Fäustchen weit über ihren Kopf gestreckt. Es fiel ihm schwer, sich von ihrem Anblick loszureißen, »Vienna, pass auf meine drei Mädels auf, ja? Ich hol´ mir ein Bocadillo aus der Küche und bin weg.«

»Wir haben keine! Du bist auf Diät!«, erinnerte ihn Eileen.

»Immer noch?«, beim Abdrehen rückte er die beiden Familienfotos auf der angrenzenden Kommode zurecht. Eines zeigte ihn als Kind zwischen seinen Eltern, das andere seine eigene, junge Familie, »Vielleicht finde ich einen Krümel«, doch der Stammplatz seiner Lieblingssüßigkeit war leer. Dafür entdeckte er am Küchenfenster eine tote Fliege. Vorsichtig nahm er einen der starr nach oben gereckten Flügel zwischen die Finger und wandte sich an ein üppiges Spinnennetz, »Morgen Ursula, ausgeschlafen?«, begrüßte er seine schwarze, fast handtellergroße Hausspinne. Zwei filigrane Beinchen winkten aus der schmalen Nische zwischen Hängeschrank und Außenwand zurück.

Tobler hatte diese Spinne von seiner Vormieterin übernommen. Wegen der zarten Behaarung taufte er sie Ursula, kleine Bärin. Jahrelang war sie, oder eine ihrer verdammt ähnlichen Artverwandten, die einzige engere Bezugsperson, der er seine Sorgen und Nöte anvertraue. Seit dieser Zeit besaß Ursula in diesen Zimmern ein uneingeschränktes Wohnrecht. Eileen weigerte sich zunächst, das zu akzeptieren, aber inzwischen arrangierte sie sich mit dem ungewöhnlichen Haustier. Während Ursula sprungbereit ihr Frühstück fixierte, eilte der Kommissar mit seinem Arbeitsrucksack in der Hand in den Windfang.

»Warum forderst du ausgerechnet Roman und Fischler an?« Eileen hielt ihn am Unterarm zurück, »Es ist Sonntag!«

»Genau deshalb, meine liebste Ex-Kollegin. Weil Hiebler keine Kinder hat und die von Bernhard fast erwachsen sind. Für mich als Teamleiter gilt diese Einschränkung leider nicht«, mit der freien Hand schubste er den Kinderwagen vom Flur ins

Wohnzimmer, um den Eingang freizubekommen. Mit den vielen Babyutensilien wurde es in seiner Zwei-Zimmer-Wohnung langsam zu eng.

»Bitte vergiss nicht: mittags, Christkindlmarkt am Marienplatz«, erinnerte ihn seine Frau an ihr Vorhaben, »Unser Fräulein M wird staunen!«

Er nickte gehorsam und hastete die drei Stockwerke hinab. Die Wohnungstür im Erdgeschoss war geschlossen, selbst die neugierige Frau Sommer schlief noch zu dieser Zeit.

Er lief über den Hinterhof und schlüpfte durch das schwere Tor auf den Gehweg. Lieber Gott mach, dass es nicht Friedl ist! Nicht auszudenken, wenn Cornelia direkt nach der frisch abgeschlossenen Ausbildung ihren Kollegen Brunner vom Strang schneiden musste!

Sein VW-Bus parkte in einer Nebenstraße. Der alte T4 diente ihm seit vielen Jahren als treuer Weggefährte. Wenn der Haussegen wackelte, oder Marina nachts ihr Stimmchen trainierte, flüchtete er nur zu gerne in das geräumige Fahrzeug.

»Auf geht´s, mein Alter! Fahr, dass die Räder quietschen«, er klopfte aufmunternd gegen das taubenblaue Blech. Bei der ersten Querstraße sprengten sie, dank Blaulicht, den 139er-Bus zur Seite und jagten durch das nächtliche München. Diese Eile war er dem Deppen Brunner schuldig.

Sebastian erreichte die Einsteinstraße, fuhr von der Nebenstraße ins Parkhaus und schraubte sich bis zum obersten Parkdeck hinauf. Dort hielt er neben einem silbernen Nissan, sprang heraus und warf die Fahrertür so schwungvoll zu, dass es durch das leere Parkdeck hallte. Er rannte zum Studio-Eingang. Die Tür stand offen, ein Streifenpolizist empfing ihn, »Kommissar Tobler? Sie wurden angekündigt«, er nickte vielsagend zu dem VW-Bus, »Manfred Huber«, stellte er sich vor, »Ich war gerade im Block nebenan und sollte die Meldung überprüfen«, er fing Toblers fragenden Blick ins Innere auf, »Tja, wie sag ich´s am besten? Hoffentlich haben Sie nicht gefrühstückt!«

Im Foyer lehnte eine kreideweiße, schlanke Frau mit Kopftuch an der Wand hinter dem dunkeln Empfangstresen. Sie war halb verdeckt durch Proteindosen, kleinere Trainingsgeräte und einer witzigen Skulptur aus Schrauben. Sebastian nickte ihr grüßend zu und eilte weiter ins Studio. Links erstreckte sich ein Meer aus Crosstrainern, Laufbändern und Spinning-Rädern. Im Mittelgang behinderte ein umfangreich ausgestatteter Putzwagen den Durchgang. Rechts imponierten gewaltige Kraftmaschinen wie Butterfly, Bein- oder Bauchpressen. Über einer der Hantelbänke hing ein feuchter Wischlappen, unter ihm glänzte eine kleine Pfütze am Boden.

Er entdeckte Cornelia an der gegenüberliegenden Wand vor einigen wirren Konstruktionen aus Stahlgestängen, Umlenkrollen und Seilen. Seine junge Kollegin glich einem kleinen, verzweifelten Engel: rundes Gesicht, weiche Augen über einer Stupsnase, dazu ein langer blonder Pferdeschwanz. Sie nagte an der Unterlippe, ihre pausbäckigen Wangen zuckten. Cornelia Baumgartner kämpfte sichtlich um Fassung. Kreidebleich starrte sie auf ein Paar braune, einwandfrei gepflegte Sneaker. Unterhalb der obersten Rahmenstrebe baumelte ein Mann, das Gesicht wächsern, die Zunge zwischen den Zähnen, die aufgedunsenen Hände rot-violett bis blaugrau verfärbt.

Gott sei Dank: nicht Friedhelm!

Die Leiche pendelte bei jedem Luftzug leicht hin und her.

Cornelia benötigte schnellstens Beistand vom Krisenteam! Hatte der Schreindingsbums von der Zentrale daran gedacht?

»Morgen!«, er legte Cornelia beruhigend seine Hand auf die Schulter, »Erzähl mir, was passiert ist«, er sah ihr in die Augen, »Und hör bitte auf, dir in die Backe zu beißen«, er kannte diese Reaktion. Schmerz lenkt ab, Schmerz bedeutet, dass du lebst, »Nach einem Sportunfall sieht es nicht aus. Oder kennst du jemand, der mit Jeans und weißem Hemd trainiert?«

»Danke, dass du gekommen bist, Sebi«, flüsterte sie atemlos, »Übernimmst du? Er blutet, ich meine, er hat geblutet«, sie deutete auf die verklebten Haare. Dunkelrote Flecken zogen sich in Striemen bis über seine Schulter, sie schauderte, »Ich bin nach dem Anruf gleich hierher gefahren. Schau ihn dir an: das schmerzverzerrte Gesicht, die aufgerissenen Augen und das dünne Seil! Es ist wie ein Messer in seine Haut eingedrungen!

Die letzten Sekunden müssen furchtbar für ihn gewesen sein!«, sie rang nach Luft, »Und niemand, der ihn aus dieser misslichen Lage befreite. Seine Verzweiflung ...«

»Schließe die Augen. Konzentrier dich auf das Wesentliche: Was sehen wir?«, sanft drehte er sie vom Seilzug weg.

»Aber«, sie lugte über ihre Schulter zum Leichnam zurück und schluckte tapfer, »Ein Toter mit heftiger Kopfverletzung«, stammelte sie verzagt, »Die Schnüre sind wie eine Schlinge um seinen Hals gewickelt.«

»Richtig, der Rest ist Spekulation. Womöglich war es sein Wunsch zu sterben?«, er bugsierte die junge Kollegin ins Foyer und drückte sie auf einen Stuhl am Empfangstresen, »Saubere Arbeit, Cornelia. Aber jetzt warten wir erst Fegers Bericht ab, bevor wir die emotionale Seite betrachten.«

Sein Blick fiel auf die feingliedrige Frau hinter der Theke. Ihre bleichen Züge umrahmt vom hellorangen Hijab erschreckten ihn. Den Kopf an der Wand, die Augen starr, sie zitterte.

»Haben Sie den Herrn gefunden?«

Sie nickte wortlos.

»Kennen Sie den Mann?«

Langsam schüttelte sie den Kopf, »Um diese Uhrzeit putze ich alleine im Studio«, sie spähte zu den Trainingsgeräten, »Es war so furchtbar, wie er da ...«, sie stockte.

Besorgt reichte ihr Streifenpolizist Huber ein Glas Wasser.

Sie ergriff es dankbar und trank es mit gesenktem Kopf aus.

Tobler entschied, ihr vor der Vernehmung etwas Zeit zum Sammeln zu geben.

Die Eingangstür schwang auf, ein frischer Luftzug fegte vom Parkdeck herein. Kam endlich das Krisenteam?

Nein, stattdessen duckte sich ein schlaksiger, junger Polizist durch die Öffnung. Für Roman Hiebler mit seinen 204 Zentimeter Körpergröße eine intuitive Bewegung. Ihre Blicke trafen sich. Romans Lippen formten: Friedl?

Sebastian Tobler schüttelte den Kopf.

»Puh!«, erleichtert schloss der Lange die Augen.

Der dünne, blonde Hüne und Tobler, der kürzere Südamerikaner, bildeten seit etlichen Jahren ein eingeschweißtes Team.

Sie verstanden sich wortlos. Es existierten keine Geheimnisse zwischen ihnen, nicht einmal im Privaten. In brenzligen Situationen wünschte sich Tobler niemand anderen an seiner Seite, als Roman Hiebler. Obwohl optisch grundverschieden, harmonierten sie arbeitstechnisch genial: Kombinationsfähigkeit, Einsatzbereitschaft, Zuverlässigkeit, meist gute Laune, Spontanität und notfalls auch unkonventionelle Methoden, über die sie nie vor anderen plauderten.

»Danke, dass du dich beeilt hast!«, der Kommissar klopfte seinem Freund auf die Schulter, »Da hinein, bitte!«, mit einer Handbewegung schickte er ihn über die Plattform zum Toten, bevor er sich erneut an Cornelia wandte: »Gute Entscheidung, den Ort zu sichern und Verstärkung anzufordern«, wiederholte er, »Jetzt brauche ich dich hier am Empfang. Wenn die Angestellten der Frühschicht eintreffen, nimm bitte ihre Daten auf. Stifte findest du im Köcher, neben der Schraubenskulptur. Die kleine Hantelbank da vorne«, verdeutlichte er.

»Das Büro!«, unterbrach sie ihn, »Es ist nicht zusammengeräumt. Jemand scheint dort bis spät gearbeitet zu haben.«

»Gut beobachtet, Danke für den Hinweis. Das ist sehr wichtig! Genauso, wie die Aussagen der Mitarbeiter«, er lächelte ihr aufmunternd zu.

Roman wartete vor dem Seilzug auf ihn. Trotz des schaurigen Anblicks schmunzelte er erleichtert, »Der Neue im Präsidium beschrieb am Telefon einen mittelgroßen, kräftigen und glatzköpfigen Mann im mittleren Alter. Ich war überzeugt, dass wir hier Brunner vorfinden würden.«

»Nicht nur du«, Tobler betrachtete die strangulierte Gestalt, »ich hab mich noch nie so gefreut, dass Friedhelm lebt.«

»Und Cornelia?«

»Bei ihr muss ich mir etwas einfallen lassen. Sie wird eine ausgezeichnete Ermittlerin, solange sie die Leichen am Papier vor sich hat. Aber real, direkt vor der Nase?«, er schüttelte bedauernd den Kopf.

»Was denkst du über diesen Strangulierten, Sebi?«

Tobler betrachte den Toten, »Echt schaurig: Die Stricke sind ihm um Körper und Hals gewickelt. Sieht zunächst nach einem dummen Unfall aus, aber in Jeans und Sneakern?«

»Du tippst auf Absicht?«

»Scheint mir logischer. Er wickelt sich ein und überlässt den Rest der Schwerkraft«, er folgte Romans Blick zu dem üppigen Stapel Gewichtsplatten, der die Reise zum oberen Gerüstbalken massiv beschleunigt hatte, »das zeugt von Willenskraft!«

Lange betrachteten sie schweigend das skurrile Bild des Erhängten. Für Tobler umgab jeden gewaltsam Verstorbenen eine gewisse Aura, als ob verborgene Schwingungen Gefühle in ihm weckten. Gefühle, die ihn anstachelten und leiteten, bis er die näheren Hintergründe zu dessen Ende aufgeklärt hatte. Wie oft hatten ihn ähnlich beklemmende Emotionen in der Kindheit bei aufbrausender Gewalt gewarnt und vor Schlägereien bewahrt? Santiago hatte nie auf seine warnenden Worte gehört. Er seufzte bei dem Gedanken an seinen großen Bruder.

Sebastian sog die abgestandene Studioluft ein. Heute filterte er schneidende Arroganz heraus, und Schweiß. Warmer, stickiger Angstschweiß. Er notierte sich mit seinem Füller die wenigen bekannten Fakten, bis ihn eine wohlbekannte Stimme herumfahren ließ: »Wollt ihr zwei Hübschen mit auf die Spusi-Fotos? Bei eurem zerknautschten Aussehen würde ich es mir zweimal überlegen«, Volkmar Weninger von der Spurensicherung hielt seine Kamera in der Hand, »Zum Glück liegt die Parketage direkt vor dem Eingang. Wenn wir unsere gesamte Ausrüstung die fünf Stockwerke hätten hochschleppen müssen ...«, er ließ den Satz offen und deutete über seine Schulter auf einen Mann mit feinem Gesicht, runder Brille und halblangen, mittelbraunen Haaren, »Mein Chef hat ein paar Fragen.«

»Nur zwei!«, Stefan Meisl setzte die Tasche mit den weißen Schutzoveralls ab, »Unfall, Selbstmord oder Mord? Das abgekürzte Programm oder das Volle?«

»Warten wir die Einschätzung unseres Gerichtsmediziners ab. Wenn ich mich nicht täusche, sind die beiden Ärzte soeben eingetroffen«, Roman schaute über sie hinweg zum Empfang.

»Übler Morgen, oder? Lust auf Fingerstempeln?«, ein hagerer, älter Herr streckte Cornelia den Zeigefinger seiner rechte Hand entgegen, »Für die Erkennungsdienstler, damit die mir nichts unterschieben. Ist der Frühstückskaffee schon fertig?«

»Wehe dir!«, blaffte der Leiter der Spurensicherung zurück, »Finger weg vom Vollautomaten! Hier wird nichts angefasst, bevor wir es untersucht haben.«

»Kein Respekt vor dem Alter!«, Dr. Feger näherte sich der Gruppe. Trotz der frühen Stunde trug er einen Anzug. Schulterlanges, weißes Haar umspielte sein hageres und spitzbübisch lächelndes Gesicht. Er tippte Volkmar Weninger auf die ausladende Schulter, um an ihm vorbei einen prüfenden Blick auf den Seilzug zu werfen, »Von wegen: Frühsport ist gesund«, die Finger zwirbelten den getrimmten Vollbart, während er die Verläufe der einzelnen Seile inspizierte, »Das kommt davon, wenn man die Gebrauchsanleitung ignoriert.«

Hinter ihnen schlüpften Meisls Leute in ihre Overalls. Die Ersten sperrten die Umgebung mit Bändern ab, krabbelten über den Boden und fotografierten jeden Winkel.

»Morgen, Gustav«, Tobler reichte dem Gandalf-Double die Hand, »Du warst schnell hier! Hast du die Nacht im Kühlhaus der Rechtsmedizin durchgearbeitet?«

»Morgenstund´ hat Gold im Mund heißt es, oder? Wäre das nicht ein lukratives Motiv, um jemand in aller Herrgottsfrüh zu erdrosseln, oder?«, er deutete auf die Zunge zwischen den blutleeren Lippen des Glatzkopfes, »Der Kerl hat es perfekt eingefädelt: nicht nur sich selbst, sondern auch unser gemeinsames Treffen hier«, er wandte sich betont theatralisch zum Eingang, wo ein rundlicher Mann mit hellbraunen Haaren, zirka vierzig Jahre, umständlich in seiner Mappe kramte, »Dr. Teubner, wo bleiben Sie? Ist der hier nun tot oder nicht? Wir würden gerne mit der Arbeit anfangen!«

»Lass ihn. Du weißt, wie er seinen Job hasst!«

»Er braucht doch nur einen Totenschein auszustellen, dabei macht er sich nicht einmal die Finger schmutzig, oder?«

»Scht!«, Tobler nickte verschwörerisch zu Cornelia, die just Dr. Teubner hilfsbereit einen Stift reichte.

Keine fünf Minuten später, hielt der Kommissar die amtliche Bestätigung in Händen, »Los geht´s, Gustav!«, er nickte zu der Leiche, »Die staatsanwaltschaftliche Anordnung ist sicher.«

Gustav trat dicht an den Leichnam, »Wie das Leiden Christi«, er bekreuzigt sich und murmelt ein unverständliches Gebet, »Noch dazu an einem Sonntag vor der heiligen Messe! Wie soll seine Seele Frieden finden?«, schloss er die Vorbereitung ab. Er untersuchte den baumelnden Körper vor ihm, »Siehst du das fulminante Farbenspiel in seinen Händen? Wie ein depressiver Regenbogen, oder?«, dann reckte er sich zum Hals des Toten, »Akkurat eingebunden! Ein Perfektionist, der ganz sicher geht. Bringt mir jemand eine Leiter, oder?«

Tobler gab Volkmar Weninger ein Zeichen, zu dem Mediziner gewandt, »Wie lange hängt er schon?«

»Ich spiel ein bisschen mit den Totenflecken, damit erhalten wir einen Daumenwert. Hoffentlich ist der Kerl nicht kitzelig.«

»Unwahrscheinlich«, Tobler verfolgte, wie Feger die Zehen drückte und die Sprunggelenksgegend abtastete.

»Sind leicht wegzuschubsen. Bis Elfe hielt er sich beim Ableben locker zurück«, Feger warf die Handschuhe in den Mülleimer, »Da kommt ja mein Treppchen!«

Weninger schleppte zwei robuste, höhenverstellbare Steppbretter heran, »Reicht das?«

Der betagte Arzt kletterte darauf und untersuchte die Halspartie, »Ordentliche Strangulationsmarken, drei Millimeter tief. Abgeschabte Oberhaut, die Lederhaut aktuell nicht getrocknet«, diktierte er dem Kommissar in den Notizblock, »Reichst du mir bitte das Fläschchen zur Pupillenerweiterung, Sebastian?«, die ersten Tropfversuche schlugen fehl, »Der Kerl dreht sich ständig von mir weg. Schämt er sich wegen der vollen Hose, oder? Sträubt er sich deshalb, mir posthum in die Augen zu sehen?«, er versuchte es erneut und seufzte, »Halt bitte ihm sein eiskaltes Händchen, die Tropfen sind teuer.«

»Ungewollter Kotabgang zählt nicht bei Etikette-Fragen«, murmelte Tobler. Widerwillig beäugte er die dicken, verfärbten Finger und entschied sich für die stoffbedeckte Hüfte, »Roman, bitte kümmere dich um die Reinigungskraft«, gab er weitere Anweisungen, »Hauptaugenmerk auf die Fragen: Ist ihr etwas aufgefallen? Gab es Veränderungen? Hinterher unterstütze bitte Cornelia bei den Vernehmungen des Personals. Von den eintreffenden Kunden vermerken wir nur die Daten und schicken sie heim. Meisl dreht durch, wenn jemand eine Spur zerstört.«

»Du redest wie bei einer Mordermittlung.«

»Liegt gewiss an meinem Beruf«, hoch über ihm flackerte der Lichtkegel einer Taschenlampe auf.

»Alle Körperzellen abgestorben, keine Pupillenreaktion. Es sind rund fünf Stunden vergangen, seitdem er sich hier völlig verstrickt hat und ihm die Lebensfäden aus den Händen entglitten sind«, Feger registrierte, wie Roman einen Weg durch die weißgekleideten Kollegen der Spurensicherung suchte, »Wie kleine Schneebälle, hoffentlich hinterlassen sie keine Pfützen«, der Arzt deutete auf vereinzelte Blutspuren unterhalb des Seilzuges, »Wir haben hier eine makabere Neufassung von Schneeweißchen und Rosenrot, oder? Märchen sind grausam!«, mit zwei Fingern löste er die eingeklemmte Zunge zwischen den Zähnen des Toten und leuchtete in dessen Rachen, »Der Ober-Schneemann erwartet eine Antwort für die Programmwahl.«

Tobler entdeckte Kollegen Fischler im Eingang, »Aber ohne mich,«, er eilte auf ihn zu, »Schön, dass du hier bist, Bernhard. Komm mit, laut Cornelia ist eines der Büros auffällig. Womöglich hat der Tote hier etwas gesucht. Mit Glück finden wir dort einen Abschiedsbrief oder einen Hinweis auf seine Identität.«

»Halt!«, Volkmar Weninger trat ihnen in den Weg, er reichte zwei Paar Schuhhussen über die Theke, »Fasst bloß nichts an, bevor wir durch sind, und passt auf, wohin ihr tretet. Sebastian, dürfen wir den Knaben nach den Fotos abknüpfen?«

»Jederzeit, sobald Feger das Okay gibt.«

Vom Eingangsbereich zweigte ein kleiner Flur zu den Büroräumen ab. Das erste Zimmer entpuppte sich als Sekretariat: zwei gegenüber gestellte Schreibtische mit je einer Blühpflanze, Telefon und Computer. Keine offenliegenden Dokumente. Dahinter jede Menge Ablageschränke, über denen das Firmenlogo an der Wand prangte. Die weiteren Bilder in diesem Raum zeigten farbenfrohe Urwaldlandschaften mit sonnengebräunten, hochkonzentrierten Läufern, Kletterern und Schwimmern. Die Tür zum zweiten Raum stand offen, einige Papiere lagen quer über den Tisch verstreut oder stapelten sich am Tischrand. Der

Computer lief auf Standby, »Cornelia hatte recht, hier wurde bis zuletzt gearbeitet. Der vordere Schreibtisch ist blank, doch hinten«, Tobler wischte mit dem Finger an der Kante, »Staub.«

»Bist du aber pingelig!«, Bernhard betrachtete die Gruppenaufnahme an der Wand, »Das sieht nach dem Chef-Büro aus, was uns bei der Identität des Toten weiterhilft.«

»Außer, der Mann ist hier eingebrochen, hat etwas gesucht, es gefunden, war entsetzt darüber und zog die entsprechenden Konsequenzen.«

»Du liebst es kompliziert, oder?«

»Nein, Bernhard, aber wir sollten jede Möglichkeit durchspielen, bevor wir sie verwerfen. Ich tippe auf Vertrauensbruch, Kündigung oder eine psychische Sackgasse. Bitte bring den PC zu Jörg und mach unserem dicken IT-ler etwas Dampf. Ich sehe mir inzwischen diese Papiere an.«

»Daraus wird nichts!«, hinter ihm betrat Volkmar Weninger das Büro, bekleidet mit Overall, Handschuhen und einen Pack Sammeltütchen am Gürtel. Zwei weitere Kollegen begleiteten ihn, »Wir sehen uns hier vorsorglich um, bis Feger Fremdeinwirkung zu 100% ausschließt. Wäre freundlich, wenn ihr mir die Angestellten vom Hals haltet«, er deutete in den Eingangsbereich, der sich langsam füllte, »Der Leichentransport ist eben eingetroffen. Die Stimmung da draußen kippt gleich.«

Seit 5:45 Uhr tröpfelte das Studiopersonal ein. Manfred Huber brachte sie zum Aufenthaltsraum, wo Cornelia ihre Daten aufnahm. Die Belegschaft wurde schnell ungeduldig, ihr Murren immer deutlicher. Sie verstrickten sich in wilde Hypothesen für den Grund ihrer geplatzten Zeitpläne. Höchste Zeit, dass Tobler und Bernhard deren Befragungen unterstützten.

Gegen 6:00 Uhr tauchten die ersten Kunden auf. Sie wunderten sich über den untypischen Auflauf im Eingangsbereich. Huber notierte ihre Adressen und schickte sie nach Hause. Immer wieder warf er einen verstohlenen Blick zu dem hochgeschossenen Beamten: Wieso hockte dieser Hiebler so lange mit der Reinigungskraft hinter der Theke am Fußboden?

Wenig später erhob sich Roman, »Danke, Frau Hartmann. Ist jetzt jemand bei Ihnen zu Hause, oder leben Sie alleine?«

»Meine Mutter, sie wartet sicher schon auf mich.«

»Mein Kollege ruft Ihnen ein Taxi und informiert Ihren Arbeitgeber«, er gab Huber ein Zeichen, »Unsere psychologische Betreuerin wird Sie später besuchen. Falls Ihnen noch etwas einfällt, melden Sie sich bitte«, er steckte den Notizblock ein.

Frau Hartmann nahm seine angebotene Karte und schickte sich an aufzustehen. Sofort streckte ihr Huber seine Hand entgegen, »Ist Ihnen schwindelig? Ich begleite Sie nach unten.«

»Sorry«, stoppte ihn Roman, »aber wir brauchen Sie hier«, grinsend beobachtete er, wie Huber der jungen Putzfrau betrübt nachsah, »Kleiner Tipp«, raunte er ihm zu, »Jedem der beteiligten Polizisten ist es erlaubt, das Protokoll einzusehen. Dort finden Sie ihre Telefonnummer.«

Eine dürre, durchtrainierte Frau drängte sich vor Huber, sie stemmte ihre Hände in die Taille, »Wie lange gedenken Sie uns hier aufzuhalten und wieso schicken Sie unsere Kunden weg?«, herrschte sie Roman ungeduldig an, »Wir haben ein Recht auf Information!«, in ihren Augen blitzte Wut. Sie war schlank mit sehnigen Armen, energisch gezupften Augenbrauen, das brünette Haar kinnlang geschnitten, Seitenscheitel.

Wo blieb ihr Respekt vor der Polizei? Das Lächeln auf den Zügen des Langen gefror, »Sie sind ...?«

»Katja Wilkens. Quasi die rechte Hand des Filialleiters!«

Roman fing die gequälten Blicke der Mitangestellten hinter ihr auf. Einer schüttelt entrüstet den Kopf.

»Dann sind Sie genau die Richtige, Frau Wilkens. Bitte folgen Sie mir«, er schritt voraus.

»Ist Bodo nicht hier? Sein Wagen steht draußen.«

»Wer ist Bodo?«

»Na, der Chef natürlich, Bodo Haas. Sagen Sie mir endlich, was dieser Zirkus hier bedeutet!«

Als Antwort bog Roman um die Trainingsgeräte. Die Seilenden baumelten inzwischen lose vom Seilzug. Davor hockten zwei Männer in schwarzen Anzügen und verfrachteten den leblosen Körper in die Zinkwanne.

Feger verfolgte ihre Arbeit kritisch, »Nicht knicken! Sonst rutschen die Bandscheiben aus den überdehnten Wirbeln.«

Mit stoischen Mienen ergriffen die Bestatter zeitgleich den Deckel und schlossen die Wanne, als folgten sie einer fest einstudierten Choreographie.

»Das verfälscht das Obduktionsergebnis!«, moserte Gustav weiter und sah sich verärgert um. Er bemerkte Roman, seinen genervten Gesichtsausdruck und die unwirsch, ständig auf ihn einplappernde Frau hinter ihm. Er ahnte, was folgen würde. Ein schadenfroher Glanz trat in seine Augen, »Ich weiß nicht, ob es Ihnen gefallen wird, mein Fräulein«, er wandte sich an die zwei Schwarzgewandeten am Zinksarg, »Bitte öffnen!«, intonierte er mit beschwörend erhobenen Händen, eine Gebärde, die seinem Spitznamen ′Gandalf′ alle Ehre erwies.

Die Anzugträger sahen sich seufzend an, nickten und gehorchten widerwillig.

»Nein!«, entsetzt schlug sich Katja Wilkens die Hände vors Gesicht.

»Sie erkennen ihn, oder?«, Gustav hasste diesen Frauen-Typ »Ist er nicht ausgezeichnet gelüftet und abgehangen?«

Einen gottvollen, viel zu kurzen Augenblick, schwieg Frau Wilkens. Dann straffte sich ihr Körper, »Bis weitere Anweisungen eintreffen, übernehme ich die kommissarische Leitung dieser Filiale«, sie wandte sich an den Polizisten, »wir werden ab jetzt eng zusammenarbeiten, bis Bodos Tod aufgeklärt ist. Verlassen Sie sich auf mein kriminalistisches Gespür.«

»Sicher«, Roman hakte die Dame unter und führte sie in die verwaiste Ecke bei den Crosstrainern, »Aber zunächst erzählen Sie mir alles, was Sie über Bodo wissen«, er zückte sein Handy und tippte eine SMS.

Nur wenige Meter entfernt brummte es in Toblers Hosentasche. Der Kommissar überflog die gerade eingegangene Nachricht: *Bodo Haas, Studioleiter*. Er schnaubte leise, »Neuigkeiten«, er zeigte die Notiz Bernhard Fischler und Cornelia Baumgartner, »Ich informiere Stefan, der flöht soeben das Büro des Toten«, damit eilte er hinaus.

»Fein, dass du kommst, Sebastian«, empfing ihn Meisl aufgekratzt, und winkte ihn heran, »Wir haben was für dich. Schau dir mal die Papiere auf dem Schreibtisch an.«

»Eine Verkaufsanzeige in Autoscout24?«

»Und das Foto! Wäre der Wagen nichts für dich?«

»Falls du das Original besichtigen möchtest: Es steht vorne auf der Parkfläche«, ergänzte Volkmar.

»Danke, aber ich bleib meinem T4 treu. Was bedeutet dieser Vermerk?«, Tobler wies auf eine handschriftliche Notiz am Seitenrand, »´Bekensen, VB 91.900 €, Hamburg 16:51, München 23:07´, eine Bahnanreise?«

»Bekensen klingt nach einem Namen.«

»Möglich. Ich gebe es an Sonja durch«, er drehte das Blatt in den Händen. Auf der Rückseite leuchteten zwei Worte in fetten, roten Lettern: ´es reicht!!!´, zweimal unterstrichen mit drei dicken Ausrufezeichen.

»Kein Wunder bei der Summe.«

»Von wegen: Der Verkauf ist geplatzt«, Stefan Meisl legte ihm zwei unvollständig ausgefüllte Formulare vor, »Auf beiden Verträgen fehlen die Käuferadresse und die Unterschriften.«

»Geiler Wagen, trotzdem!«, skandierte Weninger.

»Herr Kommissar?«, Streifenpolizist Manfred Huber lehnte in der Tür, hinter ihm krabbelte einer der weißgewandeten Spurensicherer über den Flurboden, »Die Teamassistentinnen sind eingetroffen. Frau Baumgartner empfiehlt, dass Sie deren Befragung durchführen.«

»Hab schon verstanden: Die Damen trösten und verkünden, dass sie sich auf einen neuen Chef einstellen dürfen«, übersetzt Tobler Cornelias Bitte, »ich komme.«

Im Gang stieß er auf die Bestatter mit ihrer schweren Last, er ließ ihnen den Vortritt. Instinktiv schaute er zum Seilzug hinüber. Dort verstaute eben der Rechtsmediziner seine Utensilien in einer braunen Ledermappe.

»Etwas herausgefunden, Gustav?«

»Hier? Wie denn? Und wer putzt hinterher die Sauerei weg, Junge?«, der alte Mann schob sich eine weiße Haarsträhne hinters Ohr, »Das erledige ich in meinem Eiskeller, auf dem Bankerl mit Saftrand und dem Tablett für die Instrumente.«

»Trotzdem, ein kurzer Überblick, bitte. Wie intensiv müssen Meisls Leute suchen?«

»Dieser Haas war ein gelenkiges Bürschchen, sonst hätte er es nie geschafft, sich derart in die Seile zu wickeln. Er bietet uns gleich zwei hundertprozentige Todesarten: erdrosselt durch den Strick, gepaart mit Genickbruch.«

»Todeszeitpunkt?«

»Um Mitternacht. Seine Körpertemperatur liegt sieben Grad unter Normal. Es spielt jedoch eine Rolle, wie aktiv der Knabe vor seinem finalen Seilakt war. Bei sportlicher Beschäftigung stieg seine Temperatur auf einen höheren Ausgangswert, was meine Einschätzung verfälschen würde, oder?«

»Sport in Jeans? Nie!«

»Einverstanden«, Gustav schürzte die Lippen und nickte zustimmend, »was ist mit eurer jungen Kollegin los? Sie ist bleicher wie mein lebloser Neuzugang.«

»Sie packt keine halbwarmen Toten«, Sebastian schielte zu Cornelia, »Deshalb hatte ich ihr eine ruhige Schicht zugeteilt.«

»Aber die Leichen spuren nicht die Bohne, oder? Sie sollten ihre Selbstmordabsichten besser mit dir abstimmen.«

Tobler nickte, »Melde dich bitte, sobald du mehr weißt.«

»Versprochen«, der einst goldglänzende Verschluss der ärztlichen Ledermappe schnappte demonstrativ laut ein. Dr. Feger verließ das Studio mit wehendem, weißem Haar.

Tobler trat an die bodentiefe Fensterverglasung und schaute auf eine geräumige Terrasse. Unter der frischen Schneeschicht versteckte sich eine Gruppe moderner Gartenmöbel aus schwarzem, künstlichen Korbgeflecht. Am Horizont erwachte die rötliche Sonne und eröffnete ihre tägliche Wanderung über die Münchener Skyline. Ihre ersten Strahlen tauchten das Wahrzeichen der Stadt, die ehrwürdige Frauenkirche, in zartes Rosa.

Und jetzt? Er zog sein Diensthandy hervor. Viennas große, dunkle Kulleraugen himmelten ihn vom Hintergrundbild an, er lächelte und zögerte.

Wie riskant war es, Hauptkommissar Kowalski um diese Uhrzeit aus den Träumen zu reißen? Oder würde es ungleich mehr Vorwürfe hageln, wenn er den Chef mit Verspätung informierte? Die Chancen auf einen Anpfiff standen 1:1. Er tippte die Nummer. Zu Sebastians Erleichterung meldete sich Reginas Stimme von der Mailbox. Er hinterließ eine kurze Situationsbeschreibung und bat um Rückruf.

Für einige Sekunden blieb er stehen und verlor sich in dem gigantischen Ausblick über die schneebedeckten Dächer ihrer Landeshauptstadt. Wenn die Sache vorbei war, musste er unbedingt mit Eileen hierher kommen. Im Stillen rekapitulierte er die ersten Ergebnisse. Der skizzierte Ablauf war nicht rund für ihn, etwas störte. Bodo Haas, der Filialleiter des Life-Power war tot. Unfall oder Selbstmord? Wenn er sich selbst entschieden hatte, wieso wählte er diesen grausamen Weg? Warum hier an seinen Arbeitsplatz und nicht in seinem vertrauten, privaten Umfeld? Weshalb hinterließ Haas eine frustrierte Notiz. Waren es seine Abschiedsworte?

Er seufzte, ihm fehlten viele Antworten. Hoffentlich brachte ihn die Vernehmung der Verwaltungsdamen voran.

Vor ihm saß eine kleine, wohlgenährte Frau Mitte zwanzig. Ihre langen, blonden Haare trug sie streng zu einem Franzosenzopf geflochten. Einige neckische Locken kräuselten sich am Haaransatz. Zwei tiefe Fältchen am Nasenrücken verrieten ihre Anspannung. Unter den vereinzelten Sommersprossen leuchteten hitzige Flecken auf ihren Wangen. Anja Eckert knetete nervös ihre Finger, sie wartete auf eine Erklärung für diesen Trubel. Neben ihr kaute eine jüngere Frau an der Unterlippe. Immer wieder fuhr sich Jolanda Valweig mit der Hand durch den schwarzgefärbten Bubikopf. Ihr Teint wirkte blutleer, fast wächsern. Dicker schwarzer Kajal verlieh ihrem Aussehen etwas Gruseliges, dass durch den gleichfarbigen Pullover, einen ebenso schwarzen Lederrock und einer Strumpfhose mit absichtlichen Rissen noch unterstrichen wurde.

»Kommissar Tobler, Kripo München«, stellte er sich vor, »Wir wurden zu einem Todesfall gerufen. Eine Ihrer Kolleginnen identifizierte den Toten als Herrn Haas.«

Anja riss die Augen auf, »Was? Das, das ...«

Jolanda sprang auf die Füße, sackte jedoch gleich wieder kraftlos auf den Stuhl zurück.

Der Kommissar räusperte sich verlegen, »Ich verstehe Ihre Bestürzung. Leider muss ich Ihnen trotzdem einige Routinefragen stellen. Wie lange kannten Sie Herrn Haas?«

»Ich, über vier Jahre. Jolanda erst seit fünf Monaten.«

»Sieben«, korrigierte die Düstere.

»Von mir aus sieben!«, Anja Eckert schnaubte unwillig aus, »Mein Gott, ist das wahr? Bodo ist tot? Hier? Wieso?«

»Das würde ich ebenfalls gerne wissen. Sie können mir helfen die Umstände zu verstehen«, er legte seinen Block und den Füller zurecht, »Verhielt sich ihr Chef in letzter Zeit irgendwie verändert?«

Anja überlegte, »Er war sonderbar, nervöser.«

»Wir schoben es auf die zusätzliche Arbeit.«

»Wie meinen Sie das?«

Sie wechselten einen Blick. Die Entscheidung fiel auf Frau Ebert, »Er hat Marc gekündigt und bisher keinen Ersatz gefunden«, druckste sie leise, »Momentan ist es aussichtslos jemand geeigneten am Arbeitsmarkt zu finden.«

Tobler erinnerte sich: »Stimmt, Kollege Brunner hat es nach dem Studio-Einbruch anklingen lassen. Wann war der genau?«

»Am 30. September«, antwortete Jolanda einsilbig.

»Er trainiert angeblich hier regelmäßig, kennen Sie ihn?«

»Natürlich. Er ist ein angesehener und charmanter Kunde«, Anja rutschte nervös auf ihrem Stuhl, »Solche bräuchten wir mehr. Friedhelm half uns bei den internen Ermittlungen. Absolut professionell und vertraulich. Die Presse hat nichts mitbekommen. Sonst wäre es eine Katastrophe gewesen!«

»Sie sagten eben: Herr Haas war sonderbar. Bitte genauer.«

»Seit dem Einbruch blieb er oft länger im Büro«, plauderte Anja, »Nicht selten war er spätnachts der Letzte.«

´Spätnachts, alleine auf der gesamten Ebene´, notierte sich Tobler mit dem Füller.

Jolanda ergänzte, »Er verschloss seine Zimmertür, wenn er den Raum verließ«, sie bewegte nur ihre Lippen.

»Wissen Sie warum?«

»Nein«, jetzt wieder die quirlige Anja, »er meinte nur kürzlich, wie er zur Toilette ist: Habt´ ein Auge auf mein Büro. Als ob jemand unbemerkt an uns vorbeikommen würde!«

»Er hatte Angst.«

»Angst? Wovor?«

Jolanda zuckt mit den Schultern, »Nur ein Gefühl«, sie verstummte ohne eine Gesichtsregung.

»Und sonst, irgendwelche Hinweise, besondere Vorkommnisse?«

Anja kratze sich nachdenklich am Kinn. Man sah, dass sie fieberhaft überlegte, aber sie blieb stumm.

»Der Wagen«, flüsterte die nüchterne Stimme der Jüngeren.

»Ja, sein Wagen!«, übernahm Frau Eckert, »Seit der letzten Reparatur fehlen die beiden Firmenlogos auf der Karosserie. Dabei legte Bodo enormen Wert darauf, dass alle Angestellten mit diesen Aufklebern rumkutschieren.«

»Was war beschädigt?«, der Kommissar skizzierte ein Auto.

»Irgendein Idiot hatte die Fahrertür zerkratzt. Bodo ließ sie frisch lackieren.«

»Mit einem Schlüssel«, Jolandas knappe Einwürfe verbreiteten eine ebenso düstere Stimmung, wie ihr Äußeres.

»Kennen Sie die Werkstatt?«

»Nein, ist das wichtig?«, Anja wandte sich an ihre Kollegin, »Weißt du, wohin er ihn gebracht hat?«

»Am Block.«

»Sorry für die Störung«, Stefan Meisl der Leiter der Spurensicherung steckte seinen Kopf ins Zimmer. Sein verschmitzter Gesichtsausdruck versprach einen Knaller, »Bitte komm mal«, sein Blick huschte zu den beiden jungen Damen.

Kommissar Tobler entschuldigte sich bei den Frauen und folgte ihm in den Flur. Dort erstreckte sich ein wahres Spinnennetz aus kreuz und quer angebrachten Absperrbändern.

»Hier, an der unteren Tresen-Wand und am Boden. Siehst du die winzigen Blutreste?«, Meisl deutete auf eine markierte Stelle zu ihren Füßen, »Jemand hat versucht sie wegzuwischen, aber ohne Meister Propper wird daraus nichts. Blöd ist, dass inzwischen etliche Personen hineingetreten sind.«

»Blutspuren? Bist du sicher?«

»Für was hältst du das? Kirschlikör?«

»Wie alt sind die?«

»Was willst du noch wissen? Männlich oder weiblich, Übergewicht, Diabetiker, Blutgruppe, Menstruationspanne?«

»Du kennst mich«, Tobler grinste zufrieden.

»Ein brutaler Mord wäre dir wohl lieber? Ordinäres Nasenbluten wegen Überanstrengung kommt dir nicht in den Sinn?«

»Oder ein geschnittener Finger, schon klar«, Tobler suchte die Reinigungskraft. Hatte sie den Flur gereinigt, aber die roten Schlieren übersehen? Doch Frau Hartmann saß längst im Taxi.

»Warte, es wird noch besser«, strahlte Meisl ihn an, »Wir haben den Grund für seine nächtlichen Überstunden entdeckt!«

Eine dünne Staubschicht tauchte die Oberflächen der altmodischen Möbel in sanftes Grau. Sie verlieh den unzähligen Spinnweben einen pelzigen Charakter. Am rohen Ziegelboden türmten sich alte, wellige Kartons. Ein buntes Sammelsurium abgenutzten Hausrats lehnte an den Wänden und hoffte, irgendwann wieder benutzt zu werden. Ramponierte Möbel stapelten sich neben einer vierbeinigen Emaille-Wanne. Etliche vollgestopfte Kleidersäcke füllten ihren weißen Bauch. Angrenzend ragte ein unförmiger Schrankkoffer in den Raum. Durch eine klaffende Lücke zwischen den eingelagerten Einrichtungsstücken führte eine Tür zu einem weiteren Zimmer. Momentan war sie fest geschlossen. Im hinteren Teil des Gewölbes stand ein Tisch an der Wand. Eine verbeulte Pixar-Tischlampe ergoss ihr trübes Licht aus dem trichterförmigen Schirm über seine abgeschabte Platte. Der Rand des Lichtkegels durchschnitt eine krakelige Kinderschrift mit schwarzem Edding: ′Mama ist lieb′. Von Fernem dröhnte das monotone Rumpeln einer Trambahn durch die Kellerdecke. Ein altvertrautes, beruhigendes Geräusch. Im kümmerlichen Schein der alten Glühbirne erschien selbst die Gestalt auf dem hölzernen Bürostuhl grau und eins mit der Umgebung.

Er hatte gelacht.

Lauthals gelacht!

Im Kopf fügten sich einzelne Szenen aus der jüngsten Vergangenheit zusammen.

Sie standen sich gegenüber, »Bevor wir diesen Kaufvertrag durchgehen, hätte ich einige Fragen an Sie. Fragen in einer anderen Sache«, es folgte ein Name.

Bodo Haas hatte wortlos zugehört, »Ach wegen dem sind Sie hier!«, überrascht? Ja. Verunsichert? Nein

»Sie haben den Fahrer herausgefordert. Damit sind Sie mitschuldig am Tod des Passanten. Stellen Sie sich! Gestehen Sie Ihr Vergehen. Mir liegt viel an Gerechtigkeit.«

»Sie haben eine grandiose Phantasie!«

»Phantasie? Nein, Beweise.«

»Ach ja? Welche?«

»Ihren Wagen.«

Ein fast unmerkliches Zucken tanzte um seine Mundwinkel, »Der steht zum Verkauf, sonst nichts.«

»Ihr Fahrzeug wurde in jener Nacht erkannt, es gibt einen Zeugen.«

»Quatsch! In diesem Fall hätte sich die Staatsanwaltschaft längst bei mir gemeldet!«

»Der Zeuge zog seine Aussage zurück, aus Angst?«

»Mal ehrlich, das klingt doch von sehr weit hergeholt, nicht wahr? Ich muss mir solche unsinnigen Vorwürfe nicht länger anhören«, Haas stand auf, nur ein dünner Schweißfilm auf der Stirn verriet seine Anspannung, »ich bringe Sie zur Tür!«, der Studioleiter manövrierte den späten Besucher zum Ausgang.

»Das Firmenlogo ist eindeutig. Wer darauf achtet, übersieht es nicht. Ich bin die Parkhäuser sämtlicher Life-Power Filialen abgelaufen«, ihr Weg endete zunächst am Tresen, hinter ihnen erstreckte sich die Geräte-Plattform, »Und dann entdeckte ich den fraglichen Nissan auf der gleichen Parzelle, auf der er auch heute steht.«

»Das besagt gar nichts. Viele Menschen parken ihre Autos auf Stammplätzen.«

»Silberne Nissan GT-Rs sind teuer und daher selten. Sie fallen auf. Werkstätten erinnern sich daran.«

»Werkstätten?«, der Filialleiter öffnete einen weiteren Kragenknopf.

Ihre Stimmen wurden lauter, die Gebärden drohender.

»Ihre Empfangskraft plaudert gerne, wussten Sie das nicht? Ich fragte sie nach dem Besitzer des sportlichen Nissans, weil ich auf der Suche nach einer vertrauenswürdigen Werkstatt sei. Sie erzählte mir unverblümt: Herr Haas fährt mit seinem Auto zum Nissan-Center Pasing, Landsberger Straße.«

»Das ist ...«

»Der dortige Mechaniker war genauso gesprächig. Er erinnerte sich recht gut an Ihr großzügiges Trinkgeld, damit er das Firmen-Logo über Nacht entfernt. Jetzt überzeugt? Sie trifft Mitschuld, Herr Haas!«

Dicke Schweißtropfen rannen über die Wangen des Studioleiters. Verstohlen wischte er sie mit dem Handrücken weg, er stöhnte leise und rang nach Atem, »Sind Sie verrückt? Ich habe mich auf die Straße konzentriert. Ein Mann lag auf der Fahrbahn! Ich bin vorbeigefahren, ohne ihn zu berühren. Was interessiert mich ein Syrer auf der anderen Straßenseite?«

»Der Syrer ist tot!«

»Mein Gott! Ich hab ihm nichts angetan. Es war doch nur ein Syrer!«

Nur ein Syrer. Selbst jetzt, Stunden später, weit von dem Studio entfernt, schauderte der gestrige Gast. Das Halbdunkel des Kellergewölbes verstärkte das beengende Gefühl in der Brust. Der Druck stieg unerbittlich, die Halsschlagader schwoll zu einem dicken, pulsierenden Strang an.

Die restlichen Szenen des vergangenen Abends blitzten in der Erinnerung wie kurze Kinospots auf: das verzerrte, wutgerötete Gesicht des Studioleiters. Sein fiebriges Warten auf eine Reaktion.

Die fassungslose Stille nach seinen provokanten Worten.

Haas interpretierte sie als Sieg bei ihrem Disput, er lachte kurz und triumphierend.

Er lachte!

Sein höhnisches Grinsen brachte das Fass zum Überlaufen. Die bisher nur mühsame aufrecht erhaltene Selbstbeherrschung zerfloss wie Eiswürfel im Sonnenschein.

Keiner von ihnen, dachte noch an das ausgeschriebene Auto auf dem Parkdeck.

Die Gedanken setzten aus, die behandschuhten Hände reagierten selbstständig. Reflexartig griffen sie nach dem erstbesten Objekt, holten aus und donnerten es gegen den Kopf des eben noch zufrieden grinsenden Studioleiters.

Nur ein Syrer!

Einmal, zweimal, dreimal. Ein Schlag pro Wort.

Der hochmütige Fatzke sank wortlos zu Boden. Eine kleine Blutlache besudelte das Laminat. Sein Atem erstarb. Gebrochene, leere Augen starrten nach oben. Tot.

Zögern. Und jetzt?

Ihn liegen lassen und davonlaufen? Oder einen Unfall vortäuschen, um die Polizei hinters Licht zu führen?

Ein suchender Blick jagte über das Meer an Fitnessgeräten. Die Augen fokussierten sich auf das Ungetüm aus Stahlstreben und Seilen in der hintersten Ecke. Zwei trainierte Hände packten den Mann unter den Schultern und versuchten, ihn anzuheben. Sie scheiterten kläglich am Gewicht des leblosen Körpers. Beim Ablegen löste sich ein Schalende aus dem Mantelkragen und streifte über die blutende Kopfwunde.

Entsetzt wurde es zurückgerissen, bloß keine Flecken! Vorsichtshalber verschwand der Stoffstreifen in der Manteltasche.

Der nächste Erinnerungsfetzen zeigte den Wellnessbereich, ein voller Korb gebrauchter Saunatücher. In der folgenden Sequenz wurde der schlaffe Mann auf einem Laken zum Seilzug geschleift. Flinke Bewegungen formten aus einem der Zugseile eine Schlinge. Die andere Hand fixierte die maximale Anzahl Gewichte mit dem Dorn. Der Horizont verschob sich: Unter Einsatz des eigenen Körpergewichtes wurde die Schlaufe zum Boden gezerrt und um den Hals des Filialleiters gelegt. Der zweite Haltegriff verhinderte, dass sich die Schlinge unter der Belastung löste. Beide Hände ließen gleichzeitig los, der Strick riss den Mann empor, sein Schädel knallte gegen das Metallgestänge, genau auf die Kopfverletzung, noch mehr Blut …

Es dauerte keine fünf Minuten, bis die Blutspuren am Gang beseitigt waren. Der späte Gast stand schwer keuchend auf dem

Parkdeck, direkt neben dem silbernen Nissan. Allmählich beruhigte sich sein Atem. Es fühlte sich gut an, sehr gut sogar. Ein warmer Strom der Zufriedenheit durchflutete jede Körperzelle. Das berauschende Gefühl zauberte ein glückliches Lächeln auf das erschöpfte Gesicht.

Von wegen: nur ein Syrer!

Dieses Lächeln wiederholte sich soeben im spärlich beleuchteten Kellergewölbe. Gab es überhaupt noch ein Zurück? Der alte Holzstuhl scharrte über den Ziegelboden, Schritte passierten den Zugang zum anderen Raum, näherten sich dem schäbigen Schrank. Die gleichen Hände, die gestern einen Mann ermordet hatten, hoben vorsichtig eine Leica aus dem Fach. Über das Kamera-Display huschten die letzten Bilder: Alle Versuche dokumentiert, die Unterlagen fotografiert, und sämtliche verräterischen Papiere vernichtet. Die Vorbereitungen waren nahezu abgeschlossen, das notwendige Material bereit. Lautlos lösten die Finger die Speicherkarte aus dem Gehäuse und steckten sie in ein vorbereitetes Kuvert. Die Adresse führte zu einem selten besuchten Postfach in der Fraunhoferstraße.

Nur keine Spuren hinterlassen!

Das Prepaidhandy für die Kontaktaufnahme mit Bodo Haas ruhte längst mitsamt der Schlagwaffe am Grund des Kleinhesseloher Sees, vermengt mit dem Müll der anderen Besucher des Englischen Gartens. Vom blutverschmierten Laken zeugte nur noch ein Häufchen Asche. Sämtliche E-Mails und der Account für die Autobörse waren gelöscht.

Neben der Kamera wartete im Schrank ein seltenes Sportgerät auf Wiederverwendung. Es war klein, leicht und garantierte Sicherheit, zumindest für seinen Besitzer. Die Apparatur glitt zu dem Kuvert in eine große OBI-Plastiktüte. Mit dem nächsten Rumpeln einer Straßenbahn fiel die Kellertür in Schloss. Eine diffuse Notausgangsleuchte tauchte den langen Gang in trübes Grün. Am Ende führten wenige Stufen aus der dunklen Feuchte zurück ins quirlige Münchener Leben.

War Haas schon gefunden? Schluckte die Polizei den fingierten Selbstmord?

Er hat gelacht, lauthals gelacht!

Niemand lacht über den Tod eines Menschen!

Jede Person, die bei der Ermordung des Syrers beteiligt war, musste dafür büßen, alle Vier!

Im Fitness-Studio folgte Kommissar Tobler Stefan Meisl, dem Leiter der Spurensicherung, in Bodo Haas Büro. Sein Kollege Volkmar Weninger kniete vor dem Schreibtisch am Teppich, die unterste Schublade ragte weit in den Raum, »Komm runter, Sebastian. Schlag mal gegen die Rückwand.«

Tobler klopfte, »Klingt komisch, seltsam massiv.«

»Genau! Deutlich anders, wie die oberen Schübe.«

»Bitte zieh´ den oben drüber raus«, forderte der Kommissar.

Weninger schob zuerst den unteren zurück, dann holte er den vorletzten Schub heraus, »Es funktioniert immer nur einer. Wer diesen Mist erfunden hat, gehört in die Klapse.«

Tobler klopfte gegen die Rückwand, »Die klingt hölzern«, er beäugte die Lade, wich zurück und kniff die Augen zusammen, »Täusche ich mich, oder ist dieser Schub länger?«

»Bravo, warum wechselst du nicht zu uns?«, Meisl maß den Längenunterschied, »Satte zwölf Zentimeter. So breit wie ein gefaltetes A4 Blatt samt einer Trennwand. Volkmar, bitte fotografiere alles, dann zerlegen wir den Schub. Sein Besitzer wird uns nicht mehr belangen.«

»Ich fang´ mit der Unterseite an«, Weninger legte sich rücklings auf den Boden, »Oha! Hier wurde nachträglich ein kleiner Knopf montiert«, der Auslöser summte, »ausprobieren?«

Die versteckte Verriegelung sprang auf und der Schub glitt ihnen ein weiteres Stück entgegen.

»Da laus´ mich doch der Affe!«, Meisl traute seinen Augen kaum, als auf den letzten Zentimetern ein massiver, fest mit der Lade verbundener Mini-Safe samt Zahlenschloss auftauchte, »Öffnen, Sebastian?«

»Logisch! Ich will wissen, was hier abläuft. Umsonst wurde dieses Versteck nicht eingebaut.«

»Wie schnell? Aufbrechen oder fummeln?«

»Warte«, Sebastian stemmte sich hoch, »Ich frage die zwei

Vorzimmerdamen, wie man ihn aufbringt. Sind weitere Überraschungen im Schreibtisch vorhanden?«

»Nur das übliche Schreibmaterial, ein roter Stift ist dabei«, er nickte zu der Notiz: ´es reicht!!!´, »Ansonsten: Inventartabelle, Anwesenheitslisten, Gesprächsnotizen, Adressen, Krankheitsaufstellungen, Kaffeeabrechnung, ein paar Personalakten, abgehakte To-Do-Listen, ein sauberes Hemd, Deo, Kamm und Pediküre-Set, diverse Geräte-Prospekte. Interessieren dich die Fingerabdrücke?«

»Schadet nicht, in Anbetracht von diesem Versteck.«

Er fand Anja Eckert und Jolanda Valweig im Aufenthaltsraum. Sie unterstützten Manfred Huber dabei, die eintreffenden Gäste zu beruhigen, was Jolanda nur begrenzt gelang. Mit wenigen Worten umriss der Kommissar ihre Entdeckung, »Sie haben nicht zufällig den Safe-Code?«

»Großer Gott, nein!«, Anja öffnete einen Schrank, »Hier ist unser Firmen-Safe. Hierfür haben wir einen Schlüssel. Aber zu dem in seinem Schreibtisch? Ich wusste überhaupt nicht, dass Bodo einen Tresor einbauen ließ. Du etwa, Jolanda?«

»Nein, aber vielleicht war er deshalb zuletzt so seltsam?«

Ein ganzer Satz aus ihrem Mund. Ein Satz, der Haas´ Tod in einem völlig neuen Licht erscheinen ließ.

Tobler rannte zurück ins Büro, »Stefan, durchwühlt alles, wir brauchen diese Kombination!«

»Was ist denn hier los?«, ein Schatten fiel über die ausgezogene Lade. Synchron drehten sich alle Köpfe zu dem bulligen Mann am Schreibtischende, der spielerisch eine lila 2kg Hantel vom Eingangstresen stemmte, »Was glotzt ihr mich so an?«

»Brunner? Wo kommst du denn her?«

»Das ist meine Schuld!«, Cornelia drückte sich verlegen an dem Muskelprotz vorbei, »ich dachte, er gehört zum Team.«

»Ich bin immer im Einsatz, wenn´s pressiert«, Friedhelm Brunner fuhr sich mit der freien Hand über den kahlrasierten Schädel, »Sprich, Sebi, wozu dieses Theater?«

»Komm runter Friedl. Nach was sieht es aus? Spurensicherung, Zeugenvernehmung?«, ohne seine Antwort abzuwarten, wandte sich der Kommissar an Cornelia, »Hast du den Kollegen Brunner schon verhört?«

»Lass den Quatsch, Sebi! Du weißt, dass ich hier regelmäßig trainiere. Jeden Sonntagmorgen. Was soll der Zirkus?«

»Dann bring das lila Dingsda zurück und reihe dich in die Schlange der Kunden ein. Jeder wird befragt. Such´s dir aus: Cornelia, Bernhard oder Roman? Aber für einen Kollegen, ein kleines Bonbon: Der Studioleiter hat sich vermutlich erhängt.«

»Spinnst du? Bodo? Wo ist er?«

»Schon abtransportiert.«

»Der, und Selbstmord? Nie im Leben!«, Brunner donnerte seine massige Pranke auf die Tischplatte, das die Stifte hüpften, »Ich bin mit im Team, Sebi! Das bin ich dem Haas schuldig!«

»Das Wort ´Befangenheit´ ist dir fremd?«

»Weil ich hier sportle? Gewiss nicht! Bodo war voll in Ordnung! Und den Arsch, der das hier angestellt hat, den knöpf ich mir persönlich vor!«, Friedhelms Augen streiften den offenen Schub, »Was ist das?«

»Wusstest du etwas von diesem Geheim-Safe?«, demonstrativ zückte Tobler Füller und Notizbuch.

»Ich bin Kunde und kein Hausdetektiv. Und schon gar kein Schnüffler in privaten Angelegenheiten. Willst du mich allen Ernstes vernehmen, Sebi? Spinnst du?«

»Du kennst den Toten persönlich und wünschst, dich einzubringen, stimmt´s?«, mit einem schiefen Grinsen registrierte Tobler Brunners Erleichterung, »Damit bist du der Richtige, um es der Witwe mitteilen.«

»Ich?«, Friedl glotzte hilfesuchend von einem zum anderen. Ausgerechnet diesen Scheißjob drückte ihm Sebi auf? Nur, um selbst zu kneifen? »Erst wenn mich Kowalski offiziell in dein Team einteilt«, er baute sich zu seiner vollen Größe auf, »Bis dahin: Erledige den Mist selber!«

»Du weißt genau, dass der Chef frühestens in einer Stunde erreichbar ist.«

»Vergiss es: Keine Überstunde als Todesbote, servus!«, wutschnaubend rauschte der eifrigste Bodybuilder des Präsidiums aus dem Studio.

Eines musste man dem Glatzkopf lassen: Sobald er sich aufregte, wirkte sein Körperbau extrem einschüchternd.

Kurz darauf klingelte bei Hauptkommissar Kowalski zum zweiten Mal an diesem Sonntagmorgen das Telefon.

Auch in der Wohnung des kolumbianischen Kriminalbeamten schrillte das Festnetz, »Tobler«, meldete sich Eileen flüsternd, sie sah besorgt zu ihrer schlafenden Tochter.

Sebastian betrat den Toilettenvorraum des Studios und zog die Tür zu, »Ich bin´s, Schatz. Das zieht sich hier ...«

»Ist es Friedhelm?«

»Nein, der war eben hier, angriffslustig wie immer.«

»Hauptsache munter«, Eileen fasste sich, »Es ist Sonntag und du hättest frei! Unser Ausflug, kneifst du schon wieder?«

»Hier liegt ein Toter. Selbstmord und ...«

»Logisch, das ist ja dein Beruf. Aber denk einmal an deine lebende Familie! Wir erheben ebenfalls Anspruch auf dich.«

»Eileen, wir zeigen heute Fräulein M den Christkindlmarkt. Versprochen, nur später.«

»Später, später! Wir sitzen hier blöd herum und verbringen deinen freien Sonntag mit hirnrissiger Warterei«, sie schnaubte verächtlich, »Nur weil sich ein Vollidiot umbringt! Das ist auch mein Leben, Sebastian!«

Im Augenwinkel bemerkte der Kommissar, wie sich die Tür öffnete. Nicht einmal hier war man ungestört, »Bitte, Schatz!«, der nüchterne Raum verstärkte seine Stimme, »Sobald ich die Witwe informiert habe, fahre ich heim.«

»Warum schickst du nicht jemand anderen? Ist diese Dame so adrett, dass der Herr Kommissar höchstpersönlich sein freies Wochenende opfert?«, sie drückte ihn weg.

»Dicke Luft mit unserer Ex-Kollegin?«, Roman lehnte breit grinsend im Türrahmen.

Tobler ließ resigniert das Handy sinken, »Ihre Hormone pegeln sich seit der Entbindung langsam wieder ein, aber eindeutig zu langsam«, er tippte auf die Wahlwiederholung, »Scheiße, ausgeschaltet!«

»Macht sie das öfter?«

»Regelmäßig. Speziell wenn sie stinksauer ist, oder sich mit Marina ein Nickerchen gönnt.«

»Warum arbeitet Eileen nicht wieder ein paar Stunden am Präsidiumsempfang? Damals war sie deutlich ausgeglichener.«

»Sag das mal einer frischgebackenen Mutter! Wie läuft es bei dir?«, erkundigte sich Sebastian mit hängenden Schultern.

»Mit meiner Sonja: klasse. Aber dieser Frau Wilkens wachsen Haare auf den Zähnen«, er reichte ihn einen kleinen Zettel, »Hier, das kam eben vom Büro, die Adresse des Toten.«

»Danke«, er seufzte, »ich nehme Cornelia mit, zur psychologischen Unterstützung.«

Eine Stunde später parkte der graublaue T4 des Kommissars in der Possenhofener Straße in Starnberg.

»Keine billige Wohngegend!«, Cornelia deutete auf die eingewachsenen, weitläufigen Grundstücke an der linken Straßenseite. Hinter hohen Zäunen lugten großzügige Villen durch die verschneiten Bäume. Am Seeufer repräsentierten private Stege und grandiose Bootshäuser das vorhandene Vermögen.

»Bodo Haas´ Anwesen liegt auf der anderen Fahrbahnseite, bei den weniger Betuchten. Trotzdem wirst du hier keinen Normalverdiener antreffen«, Sebastian rief erneut bei seiner Frau an, erwischte wieder die Mailbox und hinterließ eine Nachricht, »Bringen wir´s hinter uns, Cornelia.«

»Kommt niemand vom Krisenteam?«

»Später. Die Kollegin betreut Frau Hartmann, die Putzfee.«

Sie läuteten bei einem gelben, einstöckigen Haus mit breiter Doppelgarage. Im Vorgarten bewachten drei bunte, beleuchtete Rentiere einen stilisierten Schlitten mit blinkenden Päckchen.

Eine junge, auffallend geschminkte Frau mit slawischen Gesichtszügen öffnete die Tür. Sie war barfuß. Ein dicker, blonder Seitenzopf ruhte auf ihrer wohlgeformten Brust. Ihr gesamter Körper war vollendet proportioniert und nur hinter einem eng geschnürten, apricot gemusterten Kimono verborgen. An ihrer Reaktion merkte Tobler, dass er sie zu lange angeglotzt hatte. Er räusperte sich verlegen, »Wir möchten zu Frau Haas.«

Sie nickte, »Und wer sind Sie?«

Tobler wies sich aus, »Dürften wir bitte eintreten?«

Ihr Weg endete zunächst im Foyer. Ein angenehmer Duft nach frischen Tannen hing im Raum.

»Was führt Sie her?«, die Dame des Hauses wartete mit verschränkten Armen auf eine Erklärung.

»Es wäre besser ...«, der Kommissar spähte auffordernd zu der angelehnten Tür zum Wohnbereich. Er hasste solche Besuche ohne professionelle, psychologische Unterstützung.

»Spielt der Ort eine Rolle?«, sie lächelte überheblich.

»Nein«, Sebastian widerstrebte es zutiefst, ihr die Nachricht vom Tod des Gatten im Eingangsbereich zu überbringen, »aber wenn Sie darauf bestehen«, er brachte es hinter sich.

Romina Haas schnappte nach Luft. Sie zögerte, wandte sich ab, schritt mit erhobenem Haupt zum Fenster und starrte einige Sekunden schweigend in den winterlichen Garten, ihre Schultern zuckten. Cornelia legte ihre Hand sanft auf den Oberarm der entgeisterten Witwe und sprach beruhigend auf sie ein.

Im Stillen beglückwünschte sich Tobler zu seiner Idee, ihre Jüngste mitzunehmen. Ungeduldig wartete er darauf, dass sich Frau Haas beruhigte. Inzwischen entdeckte er die Quelle für den Tannenduft. Eine überschwängliche Dekoration aus frischen Zweigen, roten Kugeln und Lichtern wand sich über das Treppengeländer zum ersten Stock.

Nach einiger Zeit trat Frau Haas mit geröteten Augen neben ihn, »Bitte folgen Sie mir ins Wohnzimmer«, bat sie gefasst.

Cornelia erzählte ihr die groben Eckdaten des Vormittags. Tobler hörte nur mit einem Ohr zu, er überflog die Einrichtung: trendige, schlichte Möbel. Helle Stoffe und großflächige Fenster, eine teure Uhr am Kamin, weiße Felle am Boden. An den Wänden moderne Gemälde, über einem Sideboard eine Schieferdekor-Magnettafel mit Fotos, davor Zweige mit goldenen Sternen, farblich abgestimmte Kugeln und Leuchtdeko. Ebenso üppig verzierte Weihnachtsgirlanden an den Vorhangstangen. Gestecke, goldene Glaskugeln und Kerzen auf den Fensterbrettern und Tischen. Erdrückende Weihnachten, passend zu ihrer Nachricht. Der Kommissar musterte die Hausherrin. Sie wirkte beherrscht, ihre aufrechte Haltung leicht abweisend.

Er fragte sich, ob sie bei ihrer Model-Figur überhaupt frühstückte.

»Ich verstehe es nicht«, Frau Haas tupfte sich eine Träne aus dem Augenwinkel, »Wieso? Aus welchem Grund?«

»Diese Frage wollte ich Ihnen stellen«, schaltete sich Tobler ein, »Gab es Probleme? Private oder geschäftliche?«

»Privat sicher nicht. Wir hatten zwar gelegentlich eine Meinungsverschiedenheit, aber erlebt man das nicht in jeder Beziehung?«, sie sah dem jungen Südamerikaner tief in die Augen.

Ertappt wich er ihrem Blick aus, eine leichte Röte stieg ihm ins Gesicht. Kannte sie Eileen und ihre aktuellen Differenzen?

»Völlig normal«, druckste er beschämt, »und im Studio?«, ihre nackten, rasierten Beine irritierten ihn. Wieder bewunderte er ihre perfekte Figur, die durch den eleganten Kimono angenehm weiblich betonte.

»Er arbeitete zuletzt länger, wegen Personalmangels. Stress motivierte ihn«, sie schluckte, »Romy, sagte er immer, hinterher fühle ich mich wie im Urlaub«, ihre Augen blieben an einer Familienaufnahme an dem Magnetbrett hängen: Herr und Frau Haas, braungebrannt unter Palmen. Ihr Blick wanderte weiter durch den üppig dekorierten Raum, »Dann werde ich jetzt den ganzen Weihnachtsrummel abblasen«, es lag keine Spur Wehmut in ihren Worten, »Die Dekorateurin hat es in diesem Jahr sowieso übertrieben.«

Cornelia übernahm, »Ist Ihnen bei Ihrem Mann etwas aufgefallen? Ein verändertes Verhalten?«, Frau Hass schüttelte den Kopf, »Neue Freunde, komische Telefonate oder Post?«, half die Polizistin nach, »War er abends länger alleine unterwegs?«

»Nein, nichts dergleichen.«

Tobler hüstelte, »Wissen Sie von dem Safe im Schreibtisch ihres Mannes?«

Wieder ´Nein´, nachdrücklich und gereizt.

»Haben Sie eine Idee, was er darin aufbewahrt?«, Cornelia berührte die Frau sanft am Unterarm um sie zu beruhigen.

Romina wich zurück, »Nein, er hat nie darüber gesprochen. Firmenunterlagen?«, sie zog den Kimono enger um sich, kleine orangene Fuseln schwebten im Gegenlicht.

Für Tobler waren es eindeutig zu viele *Neins*. Er änderte das Thema, »Wurde der Nissan kürzlich repariert?«

»Seit Monaten nicht mehr, wieso?«

»Aber Sie kennen seine Werkstatt, für Notfälle?«

»Natürlich«, weiter kam Sie nicht, ihr Handy klingelte in der Kimonotasche. Sie kontrollierte die Nummer, »Darf ich?«

Mit einer Handbewegung forderte Tobler sie auf, das Telefonat anzunehmen. Wer war für sie so wichtig, dass sie den Tod ihres Mannes hinten an stellte? Er beobachtete sie.

»Ja?... Nein, jetzt nicht ... wegen Bodo, er ist ...«, sie brach ab, »wir sehen uns später. Pass auf dich auf!«, kurz flackerte der Hauch eines Lächelns über ihr Gesicht. Sie biss sich auf die rot bemalten Lippen und beendete das Gespräch. »Die Werkstatt«, erinnerte sie sich laut, »Das Nissan-Center, Landsberger Straße«, ihre Finger nestelten nervös am Zopf.

»Danke«, das deckte sich mit der Notiz auf Frau Eckert´s Block, »Den Angestellten fiel auf, dass Ihr Gatte vor einiger Zeit die Life-Power-Werbung entfernen ließ. Warum?«

»Eine Tür war zerkratzt, sie wurde neu lackiert«, sie stupfte sich die Nase, »Muss ich ihre Fragen heute beantworten? Ich weiß momentan gar nicht, wie es weitergeht.«

»Entschuldigen Sie«, Sebastian erhob sich, »Selbstmord ist kein natürlicher Tod. Deshalb sind wir verpflichtet nachzufragen. Dürfte ich einen Blick in sein Büro werfen?«

Romina nickte stumm die offene Treppe hinauf.

Der Kommissar gab seiner Kollegin ein Zeichen und Cornelia sprang sofort ein: »Ihr Gatte beabsichtigte den Nissan zu verkaufen. Ist Ihnen das bekannt?«

Im ersten Stock lauschte er den gedämpften Stimmen. Frauen unter sich, da redete es sich leichter.

»Verkaufen? Den Silbernen? Nie im Leben!«

»Wir haben vorbereitete ADAC-Kaufverträge gefunden, dazu die Notiz: ´es reicht!!!´. Steckte ihr Mann in Geldnöten?«

»Nein, sieht es hier so aus?«, ihre Hände wiesen einladend durch den Raum.

Cornelia zählte an ihren Fingern drei goldenen Ringe, einen

davon mit geschliffenen Diamanten, »Was könnte er dann mit ´es reicht!!!´ gemeint haben, Frau Haas?«

»Keine Ahnung«, sie nestelte nervös am Stoff ihres Kimonos, bis ihre Finger das Handy ertasteten, »Muss ich jetzt alles beantworten?«, wiederholte sie mit dem Telefon in der Hand.

»Natürlich nicht. Haben Sie jemand Vertrauten, der sich um Sie kümmert? Möchten Sie diese Person anrufen?«

Die Türglocke schellte.

Froh darüber den Fragen zu entkommen, entschuldigte sich Frau Haas und lief zur Tür. Sie begrüßte eine weitere Dame.

Zeitgleich kehrte Tobler mit Bodos Laptop in den Eingangsbereich zurück, »Kennen Sie sein Passwort?«, er nickte grüßend zu der eingetroffenen, etwa sechzigjährigen Besucherin. Hager, im dunkelblauen Etuikleid. War sie die angeforderte Freundin oder Nachbarin?

»Ich bitte Sie!«, die Frau warf ihm einen unmissverständlichen Blick über den Rand ihrer Brille zu, »Diese Dame steht unter Schock!«, trotzdem reichte sie dem Kommissar die Hand, »Rotteneicher, Krisenteam. Mein letzter Einsatz war dringlich, deshalb die Verspätung«, und zu Frau Haas, »Sie müssen zu diesen Zeitpunkt auf seine Fragen nicht reagieren, nicht jetzt!«

»Ich habe keine Ahnung, welche Passwörter er verwendete, Datenschutz«, antwortet die Witwe trotzig, »Es sind Firmendaten darauf. Bodo arbeitete gelegentlich im Homeoffice.«

»Falls Sie einverstanden sind, nehme ich den Rechner mit«, er überreichte ihr den entsprechenden Beleg. Dabei fing er den Blick der Psychologin auf, die penetrant und auffordernd den Ausgang fixierte, ein nonverbaler Rauswurf. »Wir verabschieden uns und übergeben Sie in professionelle Hände.«

»Ich begleite Sie hinaus und Sie ebenso, Frau Rotteneicher. Ich möchte lieber alleine sein«, Romina Haas schritt voraus.

»Das verstehen wir. Wenn Ihnen irgendwas einfällt oder Sie etwas finden: hier meine Karte. Wir besuchen Sie die nächsten Tage nochmals. Danke für Ihre Zeit und erneut unser Beileid.«

Im Wagen fragte Sebastian, »Was hältst du von ihr?«

»Neben ihr fühle ich mich wie ein Mauerblümchen.«

»Echt? Mir ist diese Romina eindeutig zu dünn!«

Zwei kleine Grübchen erschienen auf den weichen Wangen der jungen Polizistin, »Danke!«, lächelte sie versonnen, gleich darauf wurde sie wieder ernst, »Die Stimme am Telefon klang männlich.«

»Stimmt, und ihre Trauer hielt sich in Grenzen. Dieser Anrufer war ihr wichtiger«, er fischte ein gebunkertes Duplo aus dem Seitenfach der T4-Tür und reichte es Cornelia, »Oben war nichts Auffälliges.« Am Armaturenbrett leuchtete 11:05 Uhr.

»Was? Schon so spät?«, die junge Kollegin rutschte nervös am Beifahrersitz, »Darf ich kurz privat telefonieren? Mir platzt soeben ein Termin«, verlegen wandte sie sich ab und schaute betrübt aus dem Seitenfenster.

Tobler bemerkte ihre zusammengepressten Lippen, »Wichtig?«, sie errötete, »Okay, ich werfe dich am Präsidium raus«, fuhr er im väterlichen Ton fort. Abwechslung war momentan das Beste für das unerfahrene Mädchen, um mit dem grausigen Anblick des Toten fertig zu werden, »Anschließend fahre ich ebenfalls schleunigst heim. Den anstehenden Bericht verfassen wir morgen.«

Doch da irrte er sich: Zwei Kreuzungen später tönte Meisls Stimme aus dem Funklautsprecher: »Wie lange brauchst du ins Studio? Wir sind auf etwas höchst Seltsames gestoßen!«

Während Tobler mit Blaulicht über den mittleren Ring brauste, schaltete Eileen ihr Handy ein und hörte Sebastians Anruf ab: ´Ich versprech´ dir: Wir unternehmen heute etwas gemeinsam, nur später. Ich liebe dich, mein Schatz!´.

Na klasse, aber wann? Wie lange sollte sie noch rumhocken und auf ihn warten? Vor dem Fenster schwebten einzelne Flocken. Wütend schnallte sie sich das Tragetuch mit der kleinen Marina vor die Brust und rief nach Vienna: »Auf geht´s, Gassi! Der Herr des Hauses kneift bei diesem Wetter!«

Levent Puettmann stand vor der hohen Fensterfassade seiner Schwabinger Penthauswohnung. Tief unter ihm erstreckte sich der Münchener Luitpoldpark. Eine dicke Schneeschicht hüllte Wiesen, Wege, Sträucher und Bäume in weiche, weiße Kissen.

Vor dem Eingang an der Brunnerstraße wartete sein Wagen auf ihre sonntägliche Spritztour.

Levent wendete den sandfarbenen Zettel erneut in seinen Händen. Nichts, es blieb dabei: Es standen nur diese wenigen, dürftige Worte darauf. Nachdenklich schlenderte er die geradlinige, im modernen Schwarz/Weiß-Mix gehaltene Einrichtung entlang. Er liebte klare Linien. Sie wirkten elegant und zielstrebig, wie er selbst. Im Vorbeiflanieren taxierte er zufrieden sein Spiegelbild in den raumhohen Schiebetüren. Er war nicht groß, doch die maßgeschneiderten Klamotten und die Brille überspielten diesen Makel. Sein blondes Haar lag tadellos gescheitelt, die Krawatte saß perfekt. Sie war sein Markenzeichen. Ja, sein Vater konnte stolz auf seinen Jungen sein! Nicht umsonst hatte er ihm diesen lukrativen Job bei der Münchener Rückversicherungsgesellschaft vermittelt. Geldsorgen kannte er nicht.

Gedankenversunken blieb er am Fenster vor seiner geräumigen Dachterrasse stehen. Levent betrachtete den nahen Olympiaturm, mit knapp dreihundert Metern Bayerns zweithöchstes Bauwerk. Millionen Menschen reisten von weither an, um einmal einen Blick von dem drehbaren Turmrestaurant oder der Aussichtsplattform über die famose Münchner Skyline werfen zu können. Für ihn waren es nur wenige hundert Meter. Geistesabwesend spielte er am Verschluss seiner goldenen Rolex.

Von wem stammte diese Notiz in seinem Briefkasten? Er las sie erneut: ´Treffpunkt übermorgen, Dienstag, 14:00 Uhr, bei Ihrer Lieblingsbank im Luitpoldpark´.

Eine Verabredung? Natürlich, warum sonst diese Heimlichkeit? Das versprühte durchaus einen gewissen Reiz.

Die Kleine von gestern Nacht? Die aus der schicken Hotel-Bar im Ruby Lilly? Dann hatte er sie mit dem Champagner und Drinks doch beeindruckt, oder lag es eher an seiner Ausstrahlung, dem schwarzer Audi A8 und der Andeutung über den anstehenden Skiurlaub? Aber wozu dieses nüchterne, nahezu leere Blatt für ein angehendes Rendezvous? Und woher kannte sie seine Vorliebe für die zurückgesetzte Bank unter den Bäumen?

Dass es sich genauso gut um einen männlichen Verfasser der Zeilen handeln könnte, ignorierte sein Ego entschieden.

Roman erwartete den Kommissar am Eingang des Life-Power, »Heute ist dein Glückstag, Sebastian. Komm mit!«

»Wieso? Habt ihr die Namen sämtlicher Angestellten und eine vollständige Kundenliste?«

»Besser!«

»Ihr habt herausgefunden, was die Notiz auf der Rückseite der Bahnverbindung bedeutet?«

»Wir haben den roten Stift gefunden, mit dem er sie verfasst hat. Es sind nur Haas Fingerabdrücke darauf. Der Text ist eindeutig seine Klaue.«

»Dann wird es ihm echt pressiert haben. Sein ´es reicht!!!´ ist der kürzeste Abschiedsbrief, den ich kenne.«

Der Lange grinste vielsagend, »Wesentlich besser!«, sie erreichten den Chef der Spurensicherung.

»Du hier, Stefan? In der Damendusche?«, Tobler sah sich belustigt um. Ein heller Vorraum, der in offene, anthrazitfarbene Duschabteile mündete, »Hast du dich in der Tür geirrt?«

»Gewiss nicht. Wie du gleich erkennen wirst, ist mein Team selbst beim Toilettengang wachsam«, er deutete auf eine Tür mit Aufschrift WC-Damen, »Rebecca war neugierig und warf einen Blick in die hiesigen Sanitäranlagen, und voilà!«, er wies in die rechte obere Ecke der Gemeinschaftsduschen, »Was erspäht da dein geschultes Auge?«

Tobler stierte an die gezeigte Stelle, »Das darf doch nicht wahr sein!«, er trat näher heran, »Wird die benutzt?«, tief zwischen den Deckenlamellen versteckt, glänzte ein schwarzes Objektiv, kaum größer als ein Cent-Stück.

»Die Kamera ist voll funktionsfähig, bestens gewartet und seit längerem installiert, nett oder?«, Meisl strahlte.

»Bitte erspare uns die Frage, was hier wohl gefilmt wurde«, Roman formte mit den Händen zwei dicke Wölbungen vor seiner Brust.

»Sind noch Weitere hier?«, Sebi riss die Nachbarkabine auf.

»Nein, nur die eine. Ihr Platz ist optimal: direkt neben der Lüftung. Das verringert die Korrosion durch die ständige Luftfeuchtigkeit. Was vorausgesetzt: Der Spanner kennt die baulichen Gegebenheiten und ist kein blutiger Laie. Ein hochwertiges Teil, leicht zu montieren und anzusteuern. Viel Erfolg bei der Suche nach dem Voyeur, Kollege Tobler!«

»Stefan, dort drüben hing eben ein Toter in den Seilen. Ist das nicht Antwort genug?«, Sebastian fuhr sich durch die dunklen Locken, »Leute, wisst ihr, was das bedeutet?«

»Schlagseite für unsere simple Selbstmordtheorie«, bestätigte Roman, »Shit!«

»Du meinst«, der Chef der Spurensicherung schnappte vernehmlich nach Luft, »es besteht ein Zusammenhang zwischen dem Toten und der Kamera?«

Tobler nickte, »Zwar könnte jeder Studio-Mitarbeiter diese Kamera installiert haben, aber ihr Standort liefert ein erstklassiges Motiv für einen Mord!«

»Mord? Gehen wir jetzt bei Haas von einem Mord aus?«

»Aktuell nein, aber es ist nicht mehr auszuschließen. Warten wir auf das Urteil des Rechtsmediziners.«

»Angenommen, eine der betroffenen Frauen bekommt Wind von Haas Filmerei. Aber bringt sie ihn deshalb wirklich gleich um?«, Stefan klang wenig überzeugt, »Eher zieht sie ihn vor Gericht, oder?«

»Stimmt, ein Mord wegen ein paar Nacktfotos wäre schon heftig«, Roman spähte durch die offene Tür Richtung Seilzug.

»Außer, wenn er die Damen damit erpresste«, Tobler erinnerte sich an sein sonderbares Gefühl beim Anblick des Toten: Arroganz und warmer, stickiger Angstschweiß.

»Eine Erpressung wäre durchaus ein Mord-Motiv«, Roman beäugte die Apparatur an der Decke.

»Die Täterin ist eine Kundin, sie hat Zugang zum Studio«, folgerte Tobler, »sie versteckt sich bis sie alleine sind ...«

»Passt«, Meisl nickte zustimmend, »Es würde die fehlenden Einbruchsspuren an den Türen erklären.«

»Traut ihr diesen Mord wirklich einer Frau zu? Ich tippe eher auf einen kräftigen Mann.«

»Warum verkomplizierst du den Sachverhalt wieder, Sebi?«

»Weil wir uns dann auf die angemeldeten Paare konzentrieren könnten«, der Teamleiter schielte hinauf zu dem Objektiv, »Und wenn doch etwas vollkommen anderes dahinter steckt?«

»Spuck´s aus! Was schwirrt durch deinen kolumbianischen Schädel?«

»Was würdet ihr mit diesem Film-Material anfangen? Euch selbst ergötzen oder versuchen, es in bare Münze umzuwandeln?«, er musterte sie.

»Weder noch!«, Roman hob abwehrend die Hände, »Ich bin seit einem Jahr mit einer Polizistin befreundet!«

»1:0 für dich, wegen Sonja«, und zu Meisl gewandt, »Stellt jeden Zentimeter auf den Kopf! Ich brauche seinen kompletten E-Mailverkehr, alle Telefonate.«

»Hab schon verstanden, ab jetzt das volle Programm.«

»Was macht der Safe?«

»Eine vertrackte Sache: Der Safeboden ist mit dem Metall-Boden der Lade verschweißt. Spielen Schrammen eine Rolle?«

»Haas ist tot und ich bezweifle, dass die Sonderanfertigung über die Firma gelaufen ist.«

»Apropos Sonderanfertigung: Hast du den Sauna- und Poolbereich gesehen? Echt geil, für ein Fitness-Studio! Mit künstlichen Pflanzen und Unterwasserbeleuchtung! Der Innenarchitekt hat sich sicher von der Therme Erding inspirieren lassen.«

Als Tobler endlich seine eigene Wohnungstüre öffnete, zeigte die Uhr weit nach Mittag. Der Empfang war entsprechen eisig.

»Für den Christkindlmarkt ist es nun zu spät. Jetzt belagern die Touristen halb München«, maulte Eileen und schob ihm das aufgewärmte Essen hin.

»Alternativ zum Flauchersteg an der Isar, deinem liebsten Naherholungsgebiet?«, Sebastian umarmte sie liebevoll, »Im Winter es ist dort fast einsam. Ich wasche hinterher freiwillig die Kinderwagenreifen, damit die alte Sommer nicht meckert.«

»Abgemacht, aber nur unter zwei Bedingungen: Erstens, du übernimmst morgen Vienna, weil wir ab 9:00 Uhr beim Babyschwimmen sind. Da wird mir die Hundebetreuung zu stressig. Und zweitens: Du erzählst von deinem Einsatz, versprochen?«

»Gerne: Die Witwe ist eine äußerst adrette Dreißigjährige, trägt einen halboffenen, orangenen Kimono und läuft barfuß«, ein Sofa-Kissen traf ihn mit voller Wucht am Kopf.

Montag

Ute Reining betrat die Sebaldus Apotheke in der Plinganser-straße. Der kurze Weg von der U-Bahn-Station Harras zu ihrem Arbeitsplatz hatte ausgereicht, dass ihre Schuhe vollkommen durchweicht waren.

»Hast du´s gesehen?«, Horst von Bülow fing seine Kollegin an der Türe ab, »Hier, die BILD, lies mal!«, seine sonst melancholischen Augen blitzten heute vor Erregung.

Die Schlagzeile: *Geplatzter Autodeal - Mord?*

»Erinnerst du dich an den Wagen und das Logo?«

»Welchen Wagen?«, Ute musterte ihn: Wie jeden Tag trug Horst seinen braunen Anzug mit weißem Hemd und Krawatte, heute die karierte. Das schüttere Haar ab dem zurückweichenden Haaransatz glatt gekämmt. Sein hellgrauer, kurzgetrimmter Vollbart gebürstet. Wie immer stand er kerzengerade in ihrem Verkaufsraum, seine Züge versprühten Wärme, Wissen und Sicherheit. Seniorinnen nannten ihn einen Charmeur, die jüngeren Kunden schätzten seine väterliche Ausstrahlung.

Endlich fiel der Groschen: »Du meinst ... Lass sehen!«, sie nahm ihm die Zeitung aus der Hand, »Der vom Februar?«

»Wenn er es ist, gibt es doch einen Funken Gerechtigkeit«, Horst versuchte sich an einem seltenen Lächeln, »Hier steht, dass der Leiter eines Fitness-Studios seinen silbernen Nissan GT-R verkaufen wollte«, er deutet auf den Passus am Ende des Artikels, »Es wurde ein Autoscout-Angebot bei ihm gefunden, samt vermerkter Uhrzeit und gestrigem Datum. Der Wagen parkte in der Garage. Die Polizei ermittelt in alle Richtungen. Sie bitten den potentiellen Käufer, sich zu melden.«

»Nissan GT-R« wiederholte Ute, »genau diesen Typ hatte Faris genannt. Du weißt doch, wie vernarrt er in Autos war.«

»Und das Logo«, erinnerte Horst an die revidierte Aussage einer vorsichtigen Zeugin.

Sie nickte, »Diese Kombination existiert in München sicher nicht zweimal.«

Horst seufzte, »Wenn ich an die Verhandlung zurückdenke«, traurig schüttelte er den Kopf, »selbst falls Faris überlebt hätte, gegen den Anwalt des Fahrers wären wir chancenlos geblieben. Lügen gehört bei dem zur Grundausbildung. Für einen Juristen dieses Kalibers reicht unser Geld nicht«, er brach ab.

Glitzerte da eine Träne im Augenwinkel? Ute legte zaghaft ihre Hand auf seinen Arm, »Ob Zufall oder Absicht: Irgendjemand hat Faris Tod gerächt!«

Horst nickte, »Du klingst, als würdest du dich gerne bei ihm bedanken.«

»Warum nicht?«, sie lächelte versonnen, »Empfindest du keine Genugtuung?«

Vor dem weihnachtlich dekorierten Schaufenster eilten Passanten in Richtung U-Bahn. Ute bemerkte sie nicht. Vor ihrem innerem Augen spielte sich eine andere Szene ab: der lange, nüchterne Verhandlungsraum. Vorne der breite Tisch mit Richter und Stenographen. Rechts, die Staatsanwaltschaft und links, der angeklagte Autofahrer mit seinem Anwalt. Sie selbst saßen zwischen den Zuhörern in den rückwärtigen Reihen. Horst neben seiner Frau Martha und zuletzt Ute. Martha wirkte angespannt und hielt Horsts Hand fest umklammert. In diesem Augenblick beneidete Ute Horst um seine glückliche Ehe. Sie wünschte sich ebenfalls jemanden an ihrer Seite, auf den sie sich verlassen konnte. Sie dachte an Faris ... und schluckte.

»Mein Mandant sah«, referierte der Anwalt des angeklagten Autofahrers, »dass die zu betrauernde Person auf die Fahrbahn lief, somit neben dem Bürgersteig. Der Herr telefonierte, das lenkte ihn vom Verkehr ab. Wegen des Betrunkenen auf der Strecke, war es meinem Mandanten unmöglich, auszuweichen. Er erfasste den Mann auf der Straße, was mein Mandant zutiefst bedauert. Bis heute leidet er unter Albträumen. Hohes Gericht, Sie kennen die Rechtslage. Wir bedauern den Tod dieses Mannes, aber ihn trifft in jedem Fall eine Mitschuld.«

Ute wollte aufspringen, dem Anwalt entgegenschleudern: Das stimmt nicht! Faris benutzte immer den Bürgersteig! Doch

Horsts Arm hielt sie fest, »Lass. Bringt uns die Wahrheit Faris zurück?«

Nein, das würde sie nicht. Ute gab nach. Egal, was sie sagte, egal, was dieser Anwalt zusammenlog: Faris war tot.

»Ich will Gerechtigkeit!«, flehte sie leise verzweifelt.

Er schüttelte langsam den Kopf, »Selbst dadurch wird Faris nicht mehr lebendig«, aber das war nicht der eigentliche Grund für seine Zurückhaltung.

Sie verfolgten die restliche Verhandlung schweigend. Es endete mit einem absurden Urteil: sechs Monate Freiheitsentzug auf Bewährung, 8.500 Euro Geldstrafe und drei Monate Führerscheinentzug wegen fahrlässiger Tötung.

Im Anschluss lud Martha Ute mit zum Kaffee ein, doch die beklommene Stimmung wollte nicht weichen. Weder bei Horst noch bei ihr.

Brunner stellte seinem fleckigen Saftkrug in die Spüle und biss herzhaft in einen dicken, runden Schokoladenlebkuchen.

»Wo hast du den her?«, sofort bekam Fischler Hunger.

»Vom Aufenthaltsraum, Bernhard, dort wartet eine nahezu volle Packung. Weiß jemand, wann Sebi im Präsidium auftauchen wollte?«

Ein Hecheln fegte durchs Großraumbüro und Friedl erstarrte. Vienna grummelte ihn im Vorbeilaufen kurz an und setzte sich schwanzwedelnd vor Roman. Kleine nasse Tapser kennzeichneten ihre Route. Sie rieb ihren Kopf am Hosenbein des Langen und himmelte ihn mit großen, schwarzen Augen an.

»In maximal zwei Minuten«, Roman streichelte sie, »fein, dass du den Chef ankündigst. Du hast uns gefehlt, Kleine!«

»Von wegen!«, vorsichtig drückte sich Friedl an der gegenüberliegenden Wand Richtung Flur, »Knuddele den Köter weiter, ich verschwinde in mein Büro!«

Roman ignorierte ihn, »Was hast du angestellt, Vienna? Du wirkst so ... selbstzufrieden.«

»Morgen! Ist meine Vorhut schon eingetroffen?«, Sebastian steuerte seine Milchglastür an, stutzte und blaffte seine Kollegen an, »Wer hat die zugemacht?«

Toblers Tür stand immer offen. Er legte großen Wert darauf, dass seine Arbeit für jeden transparent ablief. Keine Geheimnisse vor den Kollegen, keine Tuscheleien hinter dem Rücken anderer. Dafür stets ein offenes Ohr bzw. Tür, selbst bei privaten Problemen. Die Methode zahlte sich bisher für das Arbeitsklima im Team aus. Wenn Sebastian dennoch einmal sein Büro schloss, bedeutete es eines: Ärger.

»Ebenfalls einen guten Morgen, Herr Teamleiter«, demonstrativ gelassen erhob sich Roman von seinem Stuhl, »schlecht geschlafen?«

Tobler schnaubte und betrat sein Büro. Voll Freude stürmte Vienna hinein. Sie umrundete übermütig dreimal den Schreibtisch und jagte wieder hinaus.

»Vienna, zurück!«

»Lass sie, Brunner war vor kurzem hier«, grinste Bernhard, »Sie sucht den Schisser.«

Die Hündin wuselte zwischen den Beinen der Kollegen hindurch und schnüffelte verzückt an jeder Wade. Nach ihrer Begrüßungsrunde rollte sie sich unter Toblers Bürofenster zufrieden auf ihrer Decke mit dem Knochenmuster zusammen und döste. Endlich wieder im Präsidium!

»Stress?«, Roman folgte Vienna, »du siehst scheiße aus.«

»Den blöden Kommentar brauch ich jetzt«, ein Tee-To-Go von der Tankstelle landete auf dem Schreibtisch, daneben eine Quarktasche und ein Marsriegel, »Erst verpennen wir, ich spurte los und hau mich im Halbdunklen am Kinderwagen an. Bloß weil diese blöde Frau Sommer unbedingt um 6:00 Uhr früh das Treppenhaus wischen muss und ihr Marinas Wagen im Weg stand. Dann streikt auch noch die Kaffeemaschine bei der Tanke! Das halbe Parkdeck gleicht einem Schneelager, mein T4 steht jetzt hinten bei den Buchsbaumkugeln, neben Brunners magmarotem M-BF 7298«, ein frustrierter Seufzer, »Ruf die anderen: In zwei Minuten Teamsitzung«, er warf den Icepeak auf den Besucherstuhl. Der Rucksack kippte und entleerte sich auf dem Boden, »Scheißding! Wieso besteht Eileen darauf, dass ich die Hände für das Baby freihabe? Ich nehme Marina nie mit zur Arbeit!«

»Ein Tipp unter Freunden, Sebastian: Zügle dein kolumbianisches Temperament.«

Das Team erschien vollständig: Zuerst Fischler, den er gestern ins Studio angefordert hatte. Ihr übergewichtiger IT-ler Jörg Hansen traf gleichzeitig mit seiner Zimmerpartnerin Sonja Ospen von der Personenrecherche ein. Aus figürlichen Gründen bevorzugte sie heute wieder Pumps, deren Stakkato schon von weitem über den Flur hämmerte. Sebastian schätzte die stämmige Ex-Blondine wegen ihrer Schnelligkeit, Diskretion und ihrem Fingerspitzengefühl. Heute trug sie die rubinrotgefärbten Haare hochgesteckt, dazu ihre typische Bluse-Rock-Kombination. Julius Stadler tauchte überraschend frisch auf, sein eineinhalbjähriger Timo schien endlich durchzuschlafen. Cornelia eilte mit einigen Tannenzweigen und ihren obligatorischen Duplos durch die Tür, die sie als Stimmungsaufheller verteilte. Nach einem kritischen Blick auf die Miene des Teamleiters warf sie ihm ein zweites zu. Lächelnd drapierte sie das Grünzeug samt Goldsternen, roten Glaskugeln und drei großen Teelichtern in der Tischmitte. Tobler fing Romans warnenden Blick auf und verbiss sich seine Bemerkung. Zuletzt betraten Ulf Maier und Rolf Seibold das Büro. Sie kümmerten sich seit einigen Monaten bevorzugt um die gestiegene Anzahl rechtsradikaler Verbrechen in München. Trotzdem verlangte ihr Chef, Hauptkommissar Kowalski, dass sie sich über die anderen laufenden Themen informierten.

Sebastian umriss das gestrige Geschehen und dekorierte die Pinnwand hinter seinem Stuhl mit den ersten Notizen.

»Ist Kowalski verständigt?«, erkundigte sich Julius, mitfühlend fügte er an: »Das sind ja krasse Augenringe! Die erinnern mich an Timos erste Wochen. Hat eure Marina die letzte Nacht durchgekräht?«

»Hör mir bloß auf! Die Kleine ist nachtaktiv, Eileen hormonell durch den Wind und sieht nur Baby. Ich darf mich hier für Brei, Windeln und sonstigen Kleinkinderkram abrackern«, ein tiefer Seufzer folgte, »So stressig habe ich es mir nicht vorgestellt: Die Wohnung ist derart vollgestopft, dass man sich kaum rühren kann. Zudem verschlingt das Babyzeug Unsummen. Mit dem Kind müssen wir den Gürtel einige Löcher enger schnallen, nur Eileen will nichts davon wissen!«, er verdrehte die Augen, »Genug gejammert. Wir haben einen fragwürdigen Todesfall«, er reichte einige Zeitungen herum, »Hier, die aktuellsten Informationen von meiner Aral-Tankstelle. Wer von euch hat den Mist an die Presse rausgegeben?«, er linste verstohlen zu den Tannenzweigen.

»Spinnst du?«, »Aber echt!«, »Was hältst du von uns?«, alle schüttelten den Kopf, »Das grenzt an Beleidigung!«

»Ich hör´ schon Kowalskis Donnerwetter! Gestern habe ich nur seinen Anrufbeantworter erreicht. Ich gehe im Anschluss direkt zu ihm hoch«, sein Füller und der Block mit den gestrigen Aufzeichnungen streiften die Tischdekoration, »Schaut ja nett aus, Cornelia, aber wir haben hier ein Platzproblem.«

»Und den 3. Advent!«, trotzig entzündete sie die Kerzen.

Tobler schnaufte und griff instinktiv nach seinem angebissenen Duplo, »In der Süddeutschen steht: Polizei ermittelt in alle Richtungen. Nette Umschreibung für: Tappt im Dunkeln! Wie formulieren es die anderen Tageszeitungen?«

»Die Abendzeitung schreibt: Tod im Fitness-Studio, die TZ: Filialleiter erhängt?«

»BILD kontert mit: Geplatzter Autodeal - Mord?«

»Münchener Merkur: Schreckenstat mitten unter uns!«

»Sport-Bild: Wird der Fitnessraum zur Todesfalle?«

»Na, prima!«, Tobler sah in die Runde, »Wie ist der aktuelle Ermittlungsstand? Habt ihr diesen Bekensen, den potentiellen Autokäufer, schon gefunden? Bei diesen Überschriften meldet er sich gewiss nicht freiwillig.«

Sonja hob die Hand, »Es gibt eine direkte Zugverbindung von Hamburg, sie endet um 23:07 Uhr am Hauptbahnhof München. Leider wurde kein Online-Ticket auf den Namen Bekensen gebucht. Ebenso keine Flugbuchung und bei den Taxiunternehmen liegt ebenfalls nichts vor. Weder für den angegebenen Zeitpunkt noch innerhalb der letzten Tage.«

»Logisch!«, Julius tippte sich an die Stirn, »Wer fährt mit dem Taxi von Hamburg nach München?«

»Kostet bloß läppische 1.600 Euro«, der IT-ler Jörg Hansen

lehnte sich zurück und faltete die Hände vor dem gewölbten Bauch, »Ein Pappenstiel für jemand, der sich den angebotenen Wagen leisten kann.«

»Der Fernbus fährt für achtzig Euro«, erklärte Sonja, »Aber auch dort liegt keine Reservierung vor.«

»Ein Lob an das Recherche-Team Hansen/Ospen.«

»Apropos Fahrzeug: Der einsame blaue Audi auf der Parkfläche gehört ebenfalls dem erhängten Bodo Haas. Er hat ihn am 14. Februar 2019 privat gekauft. Meisls Leute sind dran«, ergänzte Jörg mit Blick über seine Nerd-Brille.

»Ich frag lieber nicht, woher du Daten eines privaten PKW-Verkaufs hast«, Tobler zwinkerte ihrem kahlköpfigen 120 kg Hacker zu, »Zur Person Bodo Haas?«

»51 Jahre, geboren am 17. April 1969 in Aachen. Seit fünf Jahren verheiratet mit Romina, geborene Dumitrescu. Ausbildung zum Sportlehrer. Früher hobbymäßig bei der Kleinkunstbühne ´Die Krähen´. Seit 2008 Leiter der Life-Powers, diverse Jobs in der Vergangenheit: Tänzer, Physiotherapeut, Fußballtrainer, Gärtner,... soll ich den Rest aufzählen?«

»Danke, das genügt vorerst«, wieder verblüffte ihn Sonjas Gründlichkeit, »Roman, Bernhard und Cornelia, was haben die Befragungen der Belegschaft ergeben?«

»Die Aussage der Reinigungskraft Frau Hartmann in Stichpunkten«, Roman blätterte in seinen Notizen, »Die Alarmanlage war deaktiviert. Der Eingang nicht verriegelt ...«

»Stopp!«, Tobler hob die Hand, »Kam ihr das nicht komisch vor?«

»Das habe ich sie auch gefragt. Sie meinte, das sei öfters vorgekommen. Bevor du nachhakst: Sie hat es nie gemeldet.«

»Wieso nicht?«

»Aus Angst, dass sich der Schuldige bei ihr rächt. Sie ist auf diesen Job angewiesen. Was glaubst du, wie fix ihr gekündigt ist, sobald sich jemand beschwert? Sie lief wie immer zuerst zum Putzraum, um die Geräte zu holen, dann zu den WCs, den Duschen und auf die Plattform. Dort entdeckte sie Bodo Haas. Nach dem ersten Schock alarmierte sie unsere Zentrale über das Telefon am Empfangstresen.«

»Hat sie den Flur geputzt? Ich frage wegen der verwischten Blutspuren.«

»Keine Ahnung. Sie ging, bevor Meisl die Spritzer fand.«

Cornelia übernahm, »Die Vernehmung der Belegschaft verlief enttäuschend: keine relevanten Erkenntnisse. Die interessanteste Person klebte an Roman«, sie grinste verschmitzt.

»Oh, ja! Diese Katja Wilkens, eine Fundgrube für Nebensächlichkeiten«, Roman schöpfte nach Atem, ehe er loslegte, »Sie sieht sich als Haas Stellvertreterin und beabsichtigt seinen Posten zu übernehmen. Sie nannte mir seine Vorlieben bei Literatur und Essen. Außerdem verdächtigt sie die Konzernleitung als Drahtzieher hinter Bodos Tod, wegen interner Streitigkeiten. Eine Liebesaffäre mit einer Kundin und Eheprobleme waren auch dabei. Sie behauptet ferner, Haas wäre ein notorischer Spieler. Deshalb hat er sich durch Falschbuchungen Geld erschlichen. Abends trifft er sich heimlich mit dubiosen Kumpels. Angeblich sympathisierte er mit den Rechtsradikalen. Ihr Beweis: kein einziger Angestellter mit Migrationshintergrund im Team. Und«, Roman legte eine Spannungspause ein, »Sie drängt uns ihre Mithilfe auf«, er hob abwehrend er die Hände, »Ich steh´ nicht zur Verfügung!«

»Na, klasse! Danke«, Tobler warf Ulf Maier und Rolf Seibold einen fragenden Blick zu.

»Ne, sein Name ist uns nie untergekommen! Ein Bodo passt nicht zu denen. Eher ein Adolf.«

»Der restlichen Belegschaft ist Haas offizielle Nachfolge unbekannt«, erzählte Bernhard, »Sie beschreiben ihn als einen in die Jahre gekommenen Ex-Sportler mit notorischem Hang zum Jugendlichen.«

»Er legte großen Wert auf Pünktlichkeit und forderte Überstunden. Ein überarbeiteter Chef, mitunter cholerisch, wenn er unter Druck geriet. Kennen wir das nicht?«, Cornelia zwinkerte in Richtung des Hauptkommissar-Büros und glättete beiläufig die leeren Duplopapiere, »Von den üblen Beschuldigungen, wie bei Romans Gesprächspartnerin: kein Wort«, sie legte einen Stapel Papiere auf die Zweige, »Hier die Zeugenaussagen.«

Tobler nahm sie entgegen. Das unterste Blatt klappte nach

unten und fing sofort Feuer, »Scheiße, verdammt!«

Hochzüngelnde Flammen fraßen sich durch das Papier und tauchten die Dekoration in weihnachtlichen Flair.

Geistesgegenwärtig löschte Cornelia den Brand mit Toblers Tee-to-Go, »Keine Sorge, ich drucke es nochmal aus.«

»Shit, mein Ärmel ist auch angesaut!«, Sebastian rieb sich sein feuchtes Handgelenk und starrte entsetzt auf die besprenkelten Akten. Er kniff die Augen zusammen, »Mach das. Ab sofort kein offenes Feuer!«, er bemerkte Cornelias zusammengepresste Lippen, sie schluckte.

Während der Säuberungsaktion blätterte der Teamleiter in seinem Notizblock, »Anja Eckerts Kollegin, diese Jolanda Valweig, gab uns einige wichtig Hinweise: Bodo war seit der Sache mit Marc Dreher verändert, misstrauischer. Wer hat ihre Vernehmung weitergeführt, nachdem mich Meisl abrief?«, er sah in die Runde, »Weiter Leute, kommt!«

Vienna schreckte hoch. Warum weckte er sie? Sie spurtete zu ihrem Herrn und wartete auf weitere Befehle.

»Sorry, Kleine«, Sebastians Finger kraulten entschuldigend hinter dem schwarzen Ohr, »Das ´kommt´ galt nicht dir.«

Sofort entspannte sich Vienna, sie schloss ihre Augen und gähnte. Kräftige, weiße Zähne leuchteten im riesigen Kiefer. Erfolgreiche Mordwaffen, wie ihr Erstbesitzer dem Kommissar bei einem der Gefängnisbesuche anvertraut hatte.

Bernhard meldete sich, »Das Life-Power läuft derzeit mäßig. Die Filiale macht seit Monaten Miese, sie muss dringend zurück in die Gewinnzone. Haas erhielt eine Mahnung von der Konzernleitung.«

»Nannten uns die Verwaltungsdamen Gründe dafür?«

»Ein deutlicher Anmelderückgang. Selbst nach den kalten und regnerischen Herbsttagen blieb der übliche Boom aus.«

»Außerdem«, fügte Cornelia hinzu, »War Marc Dreher das Zugpferd des Studios. Seine überwiegend weibliche Anhängerschaft ist mit ihm weggebröckelt. Über seinen jähen Abschied wird natürlich gemunkelt. Die Kündigung wurde den Kunden verschwiegen. Aber per Flüsterpost sickerte einiges durch. In den sozialen Gruppen blühen die wildesten Spekulationen.«

»Okay, dann haben wir schon eine ganze Menge gesammelt. Bravo!«, Tobler wischte sich über die müden Augen, »Ich hab Info von der Spusi: Im Firmensafe lagen nur die üblichen Unterlagen. Nichts Privates, kein Hinweis auf den Autoverkauf oder Haas Seilübung«, er massierte sich die Schläfen, »Machen wir eine Pause, ich brauch einen anständigen Kaffee«, er schob den leeren Tanke-Becher weit von sich und erhob sich. Vienna und Fischler folgten ihm zur Kaffeemaschine, »Was Neues bei den Hundemorden, Bernhard?«

»Zum Glück ist es still geworden. Am 30. September 2020 die Labrador-Hündin am Flaucher, getötet mit einem Giftpfeil. Gleiches am 6. Oktober im Hirschgarten, der Husky«, fasste er zusammen, »Bis jetzt leider keine Spur. Die verwendeten Pfeile sind Massenware und das Labor stellt die Gift-Untersuchung ständig hinten an. Für Tiermord gibt es kaum Budget, wie du weißt. Die Ermittlungen laufen unter Gefährdung der Öffentlichkeit. Jede Schlägerei, erst recht ein Mord, haben Vorrang.«

»Sorry, unser neuer Fall wird die Tests weiter nach hinten schieben«, Tobler roch an der eingekochten Kanne, angewidert verzog er das Gesicht, »Warum reduziert das Gesetz Tiere zu Sachen? Es sind Lebewesen, wie du und ich. Hoffentlich bleibt es bei diesen beiden idiotischen Tötungen!«, unbewusst streichelte er Viennas Kopf, »Wehe, wenn ich diesen Tierhasser erwische!«

Ein Wunsch, den er bald wiederholen würde.

Sein Schreibtischtelefon läutete, »Ja, Tobler.«

»Guten Morgen, Herr Kommissar. Hier Scheinhacker, vom Eingang«, wieder der Neue, mit den komischen Namen, »Ein Herr Dreher steht hier, ein ehemaliger Mitarbeiter des Studios Life-Power. Er wünscht, eine Aussage im Fall Haas zumachen. Ich schick ihn hoch.«

Sämtliche Augen hefteten sich erwartungsvoll an die Milchglastür. Das Team kannte Marc Dreher bisher nur von einem Überwachungsvideo des Life-Power. Marc war Brunners langjähriger Dauer-Konkurrent beim Kampf um die Studio-Championship: Trainer gegen Kunden. Zumindest so lange, bis ihm vor wenigen Monaten abrupt gekündigt wurde.

Es klopfte. Ein blonder, durchtrainierter Kerl mit flippigem Kurzhaarschnitt steckte den Kopf ins Büro, »Bin ich richtig?«

»Marc Dreher? Kommen Sie herein!«, die Anspannung im Raum löste sich. Das also war der potentielle Einbrecher, dem Brunner nichts nachzuweisen vermochte.

Dreher zögerte, dann zog er die Tür hinter sich ins Schloss.

Ein Luftzug fegte zwischen ihren Füßen Richtung des Eingangs. Eine feuchte Nase schnupperte an der Jeans des Herrn. Marc erstarrte: »Scheiße!«, wimmerte der Blonde, »ist das euer gedrillter Kampfhund? Das Biest, das Friedl ständig angeht?«

»Quatsch!«, Roman erhob sich, »Bitte setzen Sie sich«, er bot ihm seinen Stuhl an.

Marc zögerte, »Ist das nicht der Amstaff, der den flüchtenden Mörder gestellt hat?«

»Sie ist ein Schutzhund, diesem Mann wurde kein Härchen gekrümmt«, bagatellisierte Sebastian den Vorgang. Was ging es Dreher an, dass Viennas Erstbesitzer die Hündin bedingungslos und hart ausgebildet hatte, inklusive dem Töten auf Befehl? Bei seiner Verhaftung wurden erste Rufe nach der Tötungsstation für das Tier laut, doch Tobler brachte es nicht übers Herz. Er adoptierte die Hündin, obwohl er Viennas gefährliche Seite kannte. Sein Vorgesetzter, Hauptkommissar Kowalski, genehmigte die umstrittene Übernahme. Für einige Skeptiker ein profaner Akt der Schuldbegleichung, da Tobler bei diesem Fall den drogensüchtigen Neffen des Chefs vor der Exekution durch organisierte Verbrecher bewahrt hatte. Seitdem gehörte Vienna zum Tobler-Team, zumindest inoffiziell.

Vienna beendete die Schnüffelinspektion, befand den Neuen als ungefährlich und kehrte unter dem Tisch hindurch zu ihrer Kuscheldecke zurück. Zufrieden legte sie den Kopf zwischen ihre Pfoten und döste weiter. Keine Spur von der wachsamen, gelenkigen und springfreudigen Hündin.

»Ich bleibe lieber stehen«, Marc schielte zur Tür.

»Bei Brunner knurrt sie«, lachte Sebastian amüsiert, »Sie haben den Bodycheck unserer Expertin bestanden. Sie dürfen den Fluchtweg getrost verlassen«, er schnippte die Kappe von seinem Füller und kramte nach einem leeren Blatt. Sorgsam kontrollierte er die Rückseite: kein offizielles Dokument wie vor einem Jahr, »Ich hätte auch ein paar Fragen. Marc Dreher, Geburtsdatum, Wohnort? Wo arbeiten Sie jetzt?«

»15. Juli 1993, Wohnort: Arnulfstraße 103, aktuelle Arbeit: body+soul an der Friedenheimer Brücke, beim Hirschgarten. Meine Schicht beginnt um 11:30 Uhr«, informierte er sie über den Zeitplan, »Frau Wilkens rief mich heute früh an.«

Beim Wort 'Hirschgarten' fixierte Tobler Bernhard Fischler: Keine Fragen zu dem Huskymord im Park, »Dann hat sich ihr neuer Arbeitsweg deutlich verkürzt. Wieso sind Sie hier?«

»Ich kannte Herrn Haas seit vielen Jahren, wir haben Hand in Hand gearbeitet. Ich hielt uns für gute Freunde«, er schluckte, »Bodo, tot! Ich fasse es nicht. Erst gestern war ich bei ihm.«

Der Kommissar sah auf, »Wann?«, endlich eine Spur!

»Gegen 23:00 Uhr. Es war, sagen wir, kein schönes Wiedersehen, trotzdem ....«, er ließ den Satz offen.

»Was wollten Sie von ihm?«

»Den Nissan, oder wenigstens eine Erklärung. Er inserierte den Wagen um tausend Euro billiger, als ich ihm vor Monaten angeboten hatte«, Marc verstand die fragenden Blicke und fuhr fort, »wir stritten uns, bis Bodos Gesicht puterrot anlief.«

»Und dann?«

»Bin ich gegangen«, er seufzte, »Ich befürchtete, dass er zusammenklappt, wegen seines extremen Bluthochdrucks. Aber, dass er sich gleich ... es ist furchtbar!«

»Wieso sollte er sich aufgrund einer Meinungsverschiedenheit umbringen?«

»Ich weiß es nicht. Vielleicht war ihm ein Interessent abgesprungen, oder unser Streit hat seinen Käufer verjagt.«

»91.900 €, eine beachtliche Summe. Hätten Sie das Geld?«

»Ja, mit Unterstützung der Bank«, er zuckte entschuldigend mit den Schultern, »Also, wenn ich Ihnen irgendwie weiterhelfen kann? Wir waren einmal Freunde.«

»Früher hätten Sie nach Bodo Haas' Tod das Ruder im Life-Power übernommen, nicht wahr?«

Marc nestelte an einem Tannenzweig, »Sie wissen von der Einbruchsgeschichte?«

Alle nickten, »Und von Ihrer Kündigung.«

»Ich war's nicht!«, beteuerte Marc energisch, »Wieso sollte ich nachts einbrechen, wenn ich tagtäglich dort arbeite?«, er schüttelte frustriert den Kopf, »Aber es stimmt. Ohne den Streit wäre ich nachgerutscht. Wer bekommt jetzt den Posten?«

»Frau Wilkens fühlt sich dazu berufen.«

»Natürlich«, Dreher schnaubte verächtlich, »damit wäre sie endlich am Ziel!«

Tobler notierte dies, »Wurde Ihr Ex-Chef bedroht?«

Marc zog verwirrt die Augenbrauen zusammen, »Nicht das ich wüsste«, er wechselte das Standbein.

»Könnte der frühere Einbruch eine Rolle bei seinem Tod spielen?«

»Wie das?«, die Richtung des Gesprächs missfiel dem Blonden, aber er fing sich schnell, »Das hätten Sie ihn fragen sollen. Ich gebe zu, dass ich nach meinem Vorrunden-Sieg den Studio-Schlüssel in der Dusche vergessen habe. Anschließend sind wir zum Chinesen feiern gegangen, alle bis auf den unterlegenen Friedhelm.«

»Das wissen wir. Er hatte sich bei dem Wettstreit die Schulter verrenkt«, Jörg erinnerte sich an ihren flügellahmen Kollegen, den sie auf den Bildern der Überwachungskamera am Studio-Eingang gesehen hatten.

»Ihre Schlüssel lagen am Folgetag auf einem durchwühlten Verwaltungsschreibtisch«, hakte Roman nach, »Hängt Haas' Tod mit ihrer Kündigung zusammen?«

»Halt! Was unterstellen Sie mir? Wir haben uns gestritten, ja. Anschließend hatten wir keinerlei Kontakt!«

Toblers Fuß kickte unter dem Tisch den Langen gegen das Schienbein: Vorsicht, keine vorschnellen Verdächtigungen! Besänftigend fragte er: »Warum sind Sie hier?«

Marcs Schultern zuckten verlegen, »Einfach so. Irgendetwas stimmte mit Bodo nicht«, es fiel ihm schwer, darüber zu reden, »Wieso rastete er nach diesem Einbruch derart aus? Es fehlte überhaupt nichts. Was meine Kündigung anbelangt, frage ich mich ernsthaft: War ich ein Bauernopfer, um von etwas anderem abzulenken?«

Tobler und Roman wechselten einen Blick, der Füller zeichnete ′S.f.?′, und strich es durch: Kein Wort über den Safe!

Cornelias Wangen glühten vor Anspannung, beflissen fragte sie, »Wem nutzte dieser Zwischenfall?«

»Da fällt mir nur einer ein: Brunner. Für den war zu diesem Zeitpunkt mein Rauswurf einfach perfekt. Ich war so wütend und konnte mich überhaupt nicht mehr auf unseren Endkampf konzentrieren. Logisch, dass er so die Championship gewann«, der sportliche Blonde lachte derb, »Ansonsten: kein Schimmer! Eine Ex-Kollegin steckte mir, das Bodo sich von da an seltsam benahm, übervorsichtig.«

Wieder Blickkontakt zwischen Hiebler und dem Teamleiter, Jolanda Valweig?

Marc bemerkte es, »Bevor Sie nachfragen, ich nenne keinen Namen, Ehrensache!«

»Danke. Sie kannten Herrn Haas seit Jahren. Ich habe ein Foto von ihm im Seilzug. Würden Sie es sich bitte ansehen und mir ihren Eindruck schildern?«

»Eigentlich wollte ihn lieber in Erinnerung behalten, wie ich ihn kannte«, Marc Dreher zögerte, »Was soll′s«, er streckte die Hand nach dem Bild aus, und hielt den Atem an, »Scheiße! Bodo, warum?«, er brach ab. Bodos geweitete Augen im wächsernen Gesicht starrten ihn an. Entsetzt wandte sich Marc ab. Hilfesuchend heftete sich sein Blick an Tobler.

Der schwieg erwartungsvoll. Wichtige Informationen purzelten oft von selbst aus Zeugen heraus.

Langsam gab Marc das Bild zurück, er zögerte »Das, das ist unmöglich«, fassungslos lehnte er seinen Rücken an die Wand neben der Tür, »Wie ist er da reingekommen?«

Cornelia reichte ihm ein Duplo.

»Können Sie das präzisieren, Herr Dreher?«

»Bodo war über fünfzig und gewiss kein Schlangenmensch. Dazu ziemlich feige. Selbstmord war garantiert nicht seine Art Probleme zu lösen. Die wälzte gerne er auf andere ab. Jedenfalls hätte er nie eine so bestialische Methode gewählt und sich mitten in seinem Studio zur Schau gestellt. Eher wäre er mit Vollgas gegen eine Wand gerast.«

68

»Ihnen ist bewusst, dass Sie der Letzte sind, der Bodo Haas lebend gesehen hat?«

Stille, »Sie glauben doch nicht ...?«

»Das bedeutet gar nichts, aber wir benötigen ihre Fingerabdrücke.«

»Wir haben uns nur gestritten«, unterbrach ihn Marc, »ein bisschen geschubst, nichts weiter, versprochen!«, panisch blinzelte er von einen zum anderen.

»Wann sind Sie gegangen?«

»Zirka zwanzig Minuten später.«

»Kann das jemand bezeugen?«

Marcs Augen huschten umher, er zögerte, »Nein.«

In diesem Moment knallte die mattierte Glastür neben ihm mit voller Wucht gegen die Wand. Marcs Aufschrei bleib ihm erstickt in der Kehle hängen. Fassungslos starrte er auf den Rücken eines älteren Herren. Die dunkelblaue Anzugjacke spannte über seine breiten Schultern. Schüttere, graue Haare scheiterten, die durchschimmernde Kopfhaut zu kaschieren.

Hauptkommissar Theodor Kowalski, ihr Chef.

Und diese Art einzutreten bedeutete nur eines: Ärger!

»Wer hat das hier rausgegeben?«, blaffte er, die BILD-Zeitung landete neben den erloschenen Teelichtern auf dem Tisch, »Sie sollen hier nicht feiern, sondern Ergebnisse bringen!«

»Von uns war´s sicher keiner. Und für Meisls Spurensicherung lege ich meine Hand ins Feuer«, verteidigt Tobler sein Team, »Außerdem ist dritter Advent. Und das hier«, er deutete auf Cornelias Tischdekoration, »ist eine, der von Ihnen geforderten Teambuilding-Maßnahmen.«

Kowalski ignorierte ihn, »Dann weiß die Presse also wieder mehr wie Sie? Wie schaffen Sie das bloß, Tobler?«, er stemmte sich vor dem jungen Kommissar auf die Tischplatte, »Genauso wie bei den Fake-Polizisten! Sind Sie bei diesem Thema inzwischen eine Handbreit weitergekommen?«

Die Fake-Polizisten, Kowalskis Reizthema! Junge Männer, die sich zu zweit oder dritt in imitierten Polizeiuniformen, mit falschen Polizeiausweisen und mittels eines erfundenen Vorwands Zugang in die Wohnung von älteren Leuten verschafften. Wenn Sie deren Zuhause wieder verließen, befanden sich die wertvollsten Gegenstände der Bewohner in ihren Plastiktüten und die Opfer zusammengeschlagen am Boden. Wer war nicht scharf darauf, diese Idioten endlich zu fassen?

»Die Einbrecher stimmen ihre Aktionsliste leider nicht mit mir ab, Herr Hauptkommissar«, Sebastians Puls stieg bedrohlich, »Vielleicht witterte jemand von den Studioangestellten Publicity? Zum Beispiel eine Frau Wilkens, die kriminalistisch angehauchte Trainerin?«, er sah seinem Chef fest in die Augen, »Danke, dass Sie sich zu uns bemüht haben. Ich wäre in wenigen Minuten mit den aktuellsten Details zu Ihnen gekommen, Herr Hauptkommissar.«

»Sie? Seit wann sprechen Sie Ihre Entscheidungen mit mir ab? Haben Sie die Schließung des Fitness-Studios eigenmächtig angeordnet, oder nicht?«

Hinter ihm duckte sich Marc enger an die Wand. Der Neue explodierte gleich, sollte er flüchten?

»Natürlich!«, Tobler erhob sich, »immerhin vermuten wir einen Tatort. Sie kennen die Vorschriften«, er bereute seinen barschen Ton sofort.

»Tatort? Seit wann? Ist Meisl endlich fertig?«

»Seine Leute arbeiten vorschriftsmäßig. Worauf zielen Sie ab, Herr Hauptkommissar?«

»*Pingelig* passt eher. Wieso der Aufwand? Gestern meldeten Sie mir einen Selbstmord. Die Inhaber der Studiokette sind verzweifelt. Sagt Ihnen das Wort *Regressansprüche* etwas? Die ersten Vertragssportler berufen sich auf Wiedergutmachung der ausgefallenen Stunden. Im Life-Power trainieren Promis, das wird teuer! Dazu nannte er mir seine immensen Einbußen aufgrund der ausbleibenden Laufkundschaft. Ganz zu schweigen vom Imageverlust für seinen Fitnesstempel!«

»Ich seh' schon die Presse: Polizei Schuld am Übergewicht der Bevölkerung!«, Toblers Beherrschung schmolz gefährlich schnell, »In diesen Räumen wurde ein Mann ermordet!«

»Ach, was!«, Kowalski fegte den Hinweis mit einer Handbewegung fort, »Ist die Spusi endlich fertig? Wenn ja: Geben

Sie den Laden frei«, er donnerte seine Faust auf den Schreibtisch, dass eine rote Glaskugel von den Zweigen rollte, »Wenn nein: wird Meisl im hinteren Teil einen Sichtschutz hochziehen und bei laufendem Betrieb gehörig Gas geben, basta!«

Viennas Kopf schnellte hoch. Ihr missfiel dieser aggressive Tonfall ihren Herrn gegenüber. Sie grummelte auf ihrer Decke. Wurde es Zeit, schützend einzugreifen?

»Bloß wegen der Profitgier einiger Chefs?«

Marc räusperte sich, »Das Firmeninteresse ist durchaus verständlich«, rutschte es ihm heraus, »Die Zeiten sind hart, es gibt zu viele Konkurrenten, insbesondere in München.«

Wie von der Tarantel gestochen fuhr Kowalski herum, »Wer ist dieser Mann?«, er musterte den batzigen Schokoriegel in der Hand des Blonden, »Sind wir ein Imbiss?«

»Herr Dreher ist ein langjähriger Angestellter des Fitnessstudios. Er kennt dort jeden, insbesondere alle Interna.«

»Ein Zeuge?«, aus den Augenwinkeln fixierte Kowalski die Hündin, er kniff die Augen zusammen.

Vienna starrte feindselig zurück.

»Ja, der Letzte, der Bodo Haas lebend gesehen hat. Er liefert uns einen wichtigen Gesamtüberblick über die Filiale.«

»Sie sollten sich keinen Gesamtüberblick verschaffen, sondern seinen angeblichen Mörder aufspüren! Ich gebe Ihnen eine Woche! Ab jetzt reißen Sie sich zusammen und erscheinen pünktlich zur Arbeit! Ich brauche einen Kommissar in Höchstform«, in der Türöffnung drehte er sich noch einmal um, »Eine Woche! Und grüßen Sie Eileen von mir. Am besten sie zieht die Tage mit dem Baby zu Ihrer Mutter, Herr Tobler! Und das da«, sein Zeigefinger wies auf die sprungbereite Hündin, »verschwindet! Augenblicklich, bevor sie jemanden killt.«

Das K-Wort!

Vienna sprang auf, mit gefletschten Zähnen fegte sie auf ihn zu. Doch Kowalski knallte, ohne sie überhaupt zu bemerken, die Tür hinter sich ins Schloss, dass die Scheiben vibrierten.

Roman schnellte vor, er erwischte Viennas Halsband, kurz bevor sie gegen das Glas donnerte. Sie wand sich in seinen Händen, trat wild um sich, keifte und schnappte in die Luft.

Alle standen.

»Aus! Decke!«, schrie Sebi, nach der ersten Panik zwang er sich zur Ruhe. Langsam setzte sich sein Team wieder. »Sorry, erstmal«, er atmete tief durch, »Ein Lob auf die schalldichten und undurchsichtigen Wände!«, dann fasste er sich: »Okay, ihr habt´s gehört: Die Zeit läuft! Herr Dreher, vielen Dank. Wegen der Ermittlungen verbiete ich Ihnen, das Münchener Stadtgebiet zu verlassen. Ich melde mich später nochmal«, er zögerte, »Und bitte behalten Sie diesen Zwischenfall für sich.«

Marc nickte. Erleichtert verließ er den Raum. Jetzt verstand er Brunners rasende Angst vor diesem Vieh, und dieser Kowalski benötigte dringend eine Auffrischung in Personalführung.

»Weiter geht´s!«, ungerührt nahm Tobler den Faden wieder auf, »Sonja, du kontrollierst bitte sämtliche Bankangelegenheiten des Toten und Marc Drehers. Jörg: Bitte checke seinen Rechner auf Hinweise«, Toblers Füller flitzte über das Papier, »Julius, du kontaktierst die Autobörse, überprüfe alle Interessenten, die sich auf Haas´ Verkaufsannonce gemeldet haben. Bernhard: nehme Kontakt mit der Reinigungskraft Hartmann auf. Ich brauche ihre Aussage, was sie alles gereinigt hat, bevor Sie den Toten entdeckte. Und nimm Manfred Huber, den gestrigen Kollegen, mit«, das erste Lächeln dieses Tages huschte über sein Gesicht, »Cornelia, bitte übernimm die Berichte und Roman, dich brauche ich hier.«

»Geht klar!«, einer nach dem anderen verließ das Büro. Ein Großteil steuerte zuerst die Schokoladenlebkuchen im Aufenthaltsraum an. Nur Julius Stadler zögerte, »Soll ich die Interessentendaten sammeln oder die Leute kontaktieren? Es sind etliche! Viele von ihnen gewiss nur aus Neugierde.«

»Fingierte Anrufe von euch als Pseudo-Verkäufer schaden sicher nicht. Achte auf ihre Reaktionen«, Sebi bemerkte wie Julius in sich zusammensackte, »Ich bitte Seibold und Maier von den Rechtsextremen, dich zu unterstützen.«

Endlich waren Hiebler und Tobler alleine, Sebastian zitterte.

»Mein lieber Schwan, das war knapp!«, Roman pfiff leise und klopfte seinem Freund ermutigend auf die Schulter, »Hoffentlich hat der Chef nichts mitbekommen!«

»Wieso verwendet dieser Volldepp das K-Wort?«, Sebastian schielte zu Vienna, die friedlich zusammengerollt vor sich ihn döste. Nichts ließ erahnen, das dieser Listenhund eigens zum Töten abgerichtet worden war.

»Weil es ihm unbekannt ist, dass sie darauf gedrillt wurde?«

»Würdest du ihm ihre Problemstelle auf die Nase binden? Reicht doch, wenn mein Team darüber informiert ist«, Tobler seufzte, »Warum musste Jülich ihr das antrainieren? Noch dazu mit dieser bestialischen Methode?«

»Weil er sie als Lebensversicherung und Waffe einsetzte.«

Konrad Jülich, Viennas erster Besitzer, saß seit einiger Zeit im Knast. Er verbüßte eine mehrjährige Freiheitsstrafe wegen Unterstützung eines Drogenkartells und dessen Morde. Jülich hatte die Hündin mittels verschiedener, schmerzhafter Stromstöße trainiert, die er per Funk am Halsband auslöste. Ein Tastendruck und Vienna reagierte ferngesteuert. Bei ihren Ermittlungen stellte sich heraus, dass Kowalskis Neffe mit darin verstrickt war. Tobler und Eileen retteten ihn aus einer brenzligen Situation bevor sie mit Viennas Unterstützung den Fall lösten. Überglücklich gewährte ihm daraufhin Kowalski eine Sondergenehmigung zur Übernahme des Tieres.

Dadurch entkam die Amstaff-Hündin ihrer sonst zwangsläufigen Einschläferung und wurde, nach intensiven Schulungen, zu Toblers Familien-Hund mit spezieller Ausprägung. Doch ihr Problem mit dem K-Wort blieb. Ebenso die Angst vor einem ungeplanten Übergriff.

»Danke! Du hast soeben beiden das Leben gerettet«, Sebastian atmete tief durch, »Und jetzt: Bitte kümmere du dich um diese Frau Wilkens. Ich habe das ungute Gefühl, dass sie uns mit ihrem Übereifer in die Irre schickt.«

Er sah Roman lange nach, dann griff er zum Hörer, »Servus, Kollege Brunner! Ich habe eben von der angespannten Finanzlage des Life-Power erfahren. Ist es möglich, dass die Auszahlung der satten 900 Euro Siegesprämie plus diverser Vergünstigungen anlässlich deiner gewonnenen Studio-Championship, der Tropfen war, der das Fass zum Überlaufen gebracht hat, Mister Life-Power?«

»Spinnst du?«, plärrte Brunner wütend ins Telefon, »Du schiebst mir allen Ernstes die Schuld an Bodo Haas Tod in die Schuhe? Hätte ich absichtlich gegen Marc verlieren sollen?«

»Quatsch! Aber es besteht die Möglichkeit, dass Haas' Tod mit seinem Finanzdebakel zusammenhängt. Wobei ich eher an eine Beteiligung der Konzernleitung denke. Wie gut kennst du diese Frau Wilkens?«

»Die ist nicht mein Fall. Bittest du um Unterstützung?«

»'Einschätzung' trifft es besser. Aber danke, Friedl! Du hast mir schon geholfen«, die Verbindung war tot.

Brunner starrte lange auf das Telefon in seiner Hand. War sein Sieg ernsthaft der Auslöser für Bodos Tod?

In einer anderen Ecke Münchens, der Milbertshofener Straße, warf der Tod des Studioleiters erhebliche Fragen auf. Ein Mann hockte in seiner kleinen Wohnküche vor einem runden, wackeligen Tisch und starrte in seinen Rechner. Die Haare zu einem grauen Bürstenschnitt gestutzt, glatt rasiert, schmächtig, Mitte fünfzig. Stickige, mit Rauch geschwängerte Luft waberte um die einzige Glühbirne im Raum. Der Mann stützte seinen Kopf auf die verschränkten Hände. Neben ihn schwappte eine Pfütze geschmolzenes Eiswasser im Whisky-Glas. Im Fernseher diskutierten einige Politiker über den Syrienkrieg. Die grausamen Bilder tauchten die Szene in dumpfes, flackerndes Licht.

Im Flur knarzte ein Schlüssel im Schloss. Ein schmaler, erleuchteter Spalt neben der angelehnten Tür kündigte den Mitbewohner an.

»Bolek, hast du's gelesen?«, Max warf eine Zeitung auf den Tisch, »Der Haas ist tot! Bodo war gerade dran den Nissan zu verkaufen«, er stellte seine Tasche ab.

»Dann hat er's wieder vermasselt die Karre loszuwerden!«, der Grauhaarige seufzte, »Nett, dass er uns die Arbeit abnimmt und sich gleich selbst umbringt«, Bolek musterte seinen Mitbewohner in der Postler-Uniform: adretter Hintern! Unbewusst leckte er sich die Lippen.

»Nee, so voll waren seine Hosen nun auch wieder nicht. Die Polente schreibt von einem Verbrechen.«

»Mord? Zeig her!«, er überflog den Artikel und fuhr sich über die Haare, »Welches Schwein hat den Idioten reingelegt?«

»Mir egal, wenn sich Haas aufs Neue bescheuert angestellt hat.«

»So bescheuert, dass er uns damit die Polizei auf die Fersen hetzt!«, Bolek zerknüllte die Seite und warf sie an die Wand, »Und jetzt kann ich ihm nicht einmal den Hals umdrehen!«

»Ich hätte den Nissan längst irgendwo versenkt, oder überlackiert ins Ausland gebracht und ihn als gestohlen gemeldet.«

»Du denkst praktisch, Max, der Fitness-Chef nur ans Geld. Aber eine Frage bleibt: Wer pfuscht uns hier ins Handwerk?«

»Ich muss weiter«, Max warf sich wieder die Post-Tasche über die Schulter und stapfte Richtung Ausgang, »Immerhin sparen wir uns jetzt Arbeit ...«

»Quatsch! Jemand eliminiert einen Lieferanten direkt vor meiner Nase! Das ist eine Provokation!«, Bolek leerte das Glas in der Spüle.

»Meinst du, das war eine Warnung an uns?«, Max biss sich auf die Lippen, »Steckt mehr dahinter?«

»Möglich. Anscheinend hat jemand Lunte gerochen. Wieso bringen die ihn kurz vor Ablauf meines Ultimatums um? Doch nur, um uns zu beweisen, wie gut sie informiert sind. Es ist ihre Art, uns zu zeigen, dass sie über die spezielle Weihnachtsabmachung mit Haas im Bilde sind«, er stand auf und kratzte seine Haarstoppel, »Geh´ beim Puff vorbei. Die Damen und Herren können wieder an den reservierten Aufnahmeterminen gebucht werden. Dafür erwarte ich ab sofort die vereinbarten, monatlichen Zahlungen, pünktlich!«, er tätschelte Mikes Po, »Sei froh, dass du nicht mehr dort bist! Hinterher kontaktierst du die anderen auf dem üblichen Weg. Frage, ob jemandem etwas aufgefallen ist.«

Im Präsidium starrte Tobler mit leerem Blick auf die schlafende Vienna. Das schwarzglänzende Fell hob und senkte sich gleichmäßig, sie schmatzte im Traum. Was nun? War es möglich, ihr das K-Wort abzutrainieren? Welche Alternativen blieben ihm? Sie hergeben, oder gar einschläfern lassen? Jetzt, nachdem sie unter Einsatz ihres Lebens im Fall mit dem königsblauen Kleid den Mörder Schach-Matt gesetzt hatte? Ihm wurde übel.

»Dir räumt man ungestört den gesamten Laden aus, während du träumst, oder?«, Dr. Feger stand hinter seinem Stuhl, er wedelte mit dem kostbaren Füller des Kommissars, »Du hast schon besser auf dein Schmuckstück geachtet, oder?«

»Sorry, ich war in Gedanken. Bitte lege ihn hin.«

Feger schürzte die Lippen und spielte mit den blauen Montblanc zwischen seinen Fingern.

»Gustav, das ist eine Special-Edition John F. Kennedy. Der kostet um die fünfhundert Euro. Bitte!«

»Und mit gravierter Feder, so wie dieser«, der Arzt begutachtete die fein gearbeitete Metallspitze im Lichtschein, »über tausend Euro. Ein diskretes Dankeschön des jungen Klauberheims, weil du den Tod seines Papas aufgeklärt hast, oder?«

»Okay, ich hab deine Lektion kapiert, alle beide. Aber wer rechnet damit, in einem Präsidium bestohlen zu werden? Noch dazu von seinem Freund?«

»Du solltest immer die Spiegelungen im Fenster im Auge behalten!«, Feger überreichte ihm das exklusive Schreibutensil, »Sonst ergeht es dir wie Bodo Haas.«

»Was meinst du damit?«, der Füller verschwand in Toblers Jackentasche.

»Tod durch drei Schläge auf den Os parietale«, Feger zielte symbolisch mit der Faust auf Sebis Hinterkopf, »Der Aufprall am Rahmen des Trainingsgerätes kam zweifellos zu spät.«

»Er war schon tot, bevor er im Seilzug hing?«

»Was doch ein glatter, abgerundeter Gegenstand alles auszurichten vermag. Der kantige Rahmen hat nur die Wunde«, er suchte nach dem richtigen Wort, »sagen wir: angepasst, oder?«

»Meisl fand Blutreste im Flur. Bist du sicher?«

»So sicher, wie du jetzt am Boden liegen würdest, wenn ich eben echt zugeschlagen hätte, Sebastian.«

»Unwahrscheinlich«, grinste Tobler zurück.

Der hagere Senior ignorierte seine Bemerkung, »Bodo Haas müsste ein Bewegungskünstler gewesen sein, um sich in dieser Weise zwischen die Seile zu platzieren, noch dazu posthum, oder? Die Strangulationsmarken geben uns leider keinen Aufschluss, ob ein Erhängter lebend oder tot aufgeknüpft wurde.«

»Shit!«, Tobler gähnte, er dachte an Marcs Äußerung.

»Junge, wie wäre es mit ein paar Stunden Schlaf, bevor du ins Büro kommst, oder?«

»Ja, wie denn? Fang bloß nicht wie Kowalski an. Der plant meine Frauen auszuquartieren.«

»Wobei er selbst ohne seine Regina aufgeschmissen wäre«, ein schalkhaftes Lächeln erschien auf dem Gesicht des betagten Mannes, »Hilft dir meine Information weiter?«

»Nähere Beschreibung der Tatwaffe?«

»Rund, und sicher nicht mehr vorhanden, oder?«

Tobler nicke, »Ich frage bei der Belegschaft nach, welcher infrage kommende Gegenstand fehlt. Hören wir uns einmal an, was Meisl dazu sagt«, er tippte dessen Nummer und wiederholte die Neuigkeit.

»Das erklärt Einiges«, brummte der Leiter der Spurensicherung, er legte eine kurze Pause ein, »Wenn ein Schädel gegen die Rahmenkante donnert, rechnet man mit ordentlichen Blutspritzern. Die wenigen Flecken, die wir entdeckt haben, liegen allesamt zu dicht am Körper. Stattdessen finden wir eine Blutspur im Flur, fast perfekt weggewischt. Fegers Theorie von seinem vorzeitigen Tod klingt plausibel«, er schnaufte resigniert.

»Nasenbluten oder Menstruationspanne, ich erinnere mich an deine Worte, Stefan.«

Meisl überging Toblers Einwurf, »Meinen Leuten ist es gelungen, aus den Überresten im Flur den Abdruck einer Schuhspitze zu rekonstruieren. Möglich, dass sich der Täter über das Opfer gebückt und ihn untersucht hat.«

»Oder um einen Schlüssel aus der Hosentasche zu fischen«, Gustavs Hände zogen an einer imaginären Angel, »wenn ordentlich abgesperrt ist, wird es für uns kniffeliger, oder?«

»Frau Hartmann, die Putzfrau, fand den Zugang am Morgen unverschlossen vor«, widersprach Roman neben der Tür, »Die Wilkens ist unbekannt ausgeflogen. Ich versuch´s später«, sein Magen knurrte, »Gibt´s noch Lebkuchen?«

Tobler zuckte mit den Schultern und deutete auf den Hörer.

Meisl fuhr fort, »Wir wissen inzwischen, dass der Flur nicht mehr gereinigt wurde. Es fehlen großflächige Putzmittelrückstände am Boden. Im Tagesdreck entdeckten wir dagegen Schleifspuren. Werden im Studio Sprungmatten eingesetzt?«

»Danke, Stefan, ein weiterer Punkt für die Wilkens, Roman. Gustav, bitte fahre jetzt du fort«, vor dem Fenster wirbelten Schneeflocken im Wind.

»Ich fasse zusammen«, Feger streckte die Faust in die Luft, »Bodo Haas starb auf fünf Varianten: 1. Ein harter Gegenstand schaltete sein Lichtlein aus«, sein Daumen schnappte hoch, »2. Das Seil schnürte ihm die Luftzufuhr ab«, er zählte mit den Finger weiter, »3. Die Strippe lief über dem Kehlkopf, wodurch ihm der Knubbel nach innen gedrückt wurde, seine Luftröhre blockierte und für eine tödliche Atemnot gesorgt hätte, falls: 4. die Kopfverletzung an der Stahlkante nicht ausreichte«, er atmete, »Und 5. Genickbruch beim Aufschlag des Kopfes am Konstruktionsrahmen.«

»Das erklärt die Schleifspuren«, nuschelte Meisl durch den Hörer, »Aber warum erhängt man einen Toten?«

»Ein fingierter Selbstmord bringt dem Mörder einen erheblichen Zeitgewinn. Wahrscheinlich ist er längst untergetaucht«, Tobler aktivierte sein Schreibgerät und notierte Fegers Punkte: ein Kreis, eine Schlinge, eine enge Kurve mit Pfeil im Scheitel, eine Linie mit gezacktem Blitz, eine geknickte Linie.

»Wieso kein vorgegaukelter Sturz? Eine ausgelaufene Bodylotion am Boden ...«, Roman imitierten ein Schlingern.

»Nein. Hängen ist ein Zeichen für die Vergeltung«, Fegers Stimme bekam wieder diesen seltsamen, dunklen Unterton, der Tobler eine Gänsehaut über die Arme jagte, »Die Seele der Gehängten gilt als verdammt. Früher war es ein Teil der Strafe, die Delinquenten lange dort baumeln zulassen. Nicht umsonst nannte man das Martergerüst ´Rabenstein´, wegen der Raben, die den Galgen auf Nahrungssuche umkreisen. Laut der früheren, symbolisch-religiösen Betrachtung verkörperten die Vögel die verdammte Seele des hingerichteten Verbrechers.«

Tobler sah die Szene direkt vor sich. Ein kalter Schauer lief ihm über den Rücken. Er schloss die Augen, in der Hoffnung, das grausige Bild würde verschwinden. Unbewusst fasste er nach seiner Jacke.

Gustav referierte die schaurigen Details, als wäre er selbst Zuschauer. Er setzte seinen düsteren Monolog fort, »´Den dip scal men hengen´, den Dieb soll man hängen. Das steht schon im ältesten Rechtsbuch des deutschen Mittelalters, dem Sachsenspiegel. Später bestraften die Stadtrichter Delikte, wie Verrat, Betrug und Aufwiegelei mit dem Strang. Erhängen galt als ehrlose Strafe, die ein Begräbnis auf dem geweihten Gottesacker ausschloss. Die Sünder wurden herzlos auf dem Richtplatz vergraben oder ihre einzeln herabfallenden Gliedmaßen in Knochengruben verscharrt.«

»Es reicht Gustav! Danke für deinen Exkurs ins finstere Mittelalter.«

»Hör´ zu und lerne!«, der alte, weißhaarige Mann warf ihn einen scharfen Blick zu, »Eine ehrenvollere Enthauptung, die blutigere Variante, blieb meistens den Verurteilten des höheren Ranges vorbehalten. Sie erforderte größeres Geschick des Henkers. Das sogenannte ´Richten mit trockener Hand´, das unehrenhafte Erhängen, traf Personen sozial niederer Schichten oder Vogelfreie«, Fegers Stimme kehrte in das *Jetzt* zurück, ebenso sein gütiger Gesichtsausdruck, »Ihr seht: Man hängt, um ein Zeichen zu setzen. Denkt darüber nach!«

Tobler schluckte. Weshalb beschäftigte sich Feger mit den dunkelsten Hintergründen von Tötungsritualen? Wieso verfiel er in diese sonderbare, emotionslose Stimme?

Meisl hatte am Telefon still mitgehört. Nachdem er Gustavs Monolog verdaut hatte, unterbrach er die trüben Gedanken des Kommissars, »Eben schneit der Bericht über die gefundenen Fingerabdrücke rein«, er überflog ihn schweigend, »jede Menge, wie zu erwarten. Am Gewichtdorn kein einziger von Haas, nur verwischte Fragmente.«

»Noch vom letzten Athleten so schwer vorgesteckt? Der Seilzug ist wohl sehr beliebt bei den Muskelmännern, oder?«

»Ansonsten überall Abdrücke von Unbekannten und vom Personal. Ex-Kollege Marc Dreher ist ebenfalls dabei.«

»Worauf?«

»Schreibtischplatte, Türrahmen. Im Flur an der Theke und an zwei der Hanteln.«

Schlagartig hoben sich alle Köpfe im Büro, Tobler fing sich zuerst: »Wisst ihr, was das bedeutet?«

»Marc erklimmt die oberste Stufe des Verdächtigen-Podestes, oder?«

»Nicht so vorschnell, geschätzter Dr. Feger«, mahnte Meisl, »Keine dieser Hanteln ist unsere Tatwaffe: Es kleben weder Blutreste noch Seifenrückstände darauf.«

»Du bist ein Spielverderber!«, endlich setzte sich Roman, »Streichen wir Marc Dreher jetzt, wegen fehlender Tatspuren?«

»Nein. Wieso verschwieg er uns dieses Detail?«, Sebastian lieferte die Antwort selbst, »Weil es ihm unwichtig erscheint oder er sich dadurch belasten würde?«, er spähte auf seine Uhr, »Das kläre ich persönlich mit ihm, am Telefon lügt es sich zu leicht. War's das Stefan?«

»Fast, jetzt die positive Nachricht: Meine Techniker haben Haas' Schubladen-Safe aufbekommen. Inhalt: Lediglich ein Schließfachschlüssel und ein Blatt mit kryptischen Abkürzungen. Bodos Handschrift. Zwei Spalten, lauter Buchstaben und Zahlen. Weninger bringt sie zu euch, servus zusammen.«

»Shit!«, Tobler legte den Hörer zurück, »Ich war fest davon überzeugt, dass sich die Lösung im Safe versteckt.«

Kaum hatte Tobler aufgelegt, surrte sein Telefon, »Hier wieder Scheinhacker. Jetzt steht eine Frau Katja Wilkens bei mir. Sie wünscht, mit dem großgewachsenen Kollegen zu sprechen, der sie gestern so freundlich vernommen hat.«

Beide grinsten Roman zu, »Okay«, stöhnte der, »Schick' sie hoch. Das erspart mir den Weg.«

Viel zu früh für Hiebler Geschmack, erschienen das Gesicht mit den energisch gezupften Augenbrauen vor Toblers Bürotür, »Guten Tag die Herren, ich werde eine Aussage machen!«, das streng gescheitelte Haar wogte als braune, kinnlange Mähne vor und zurück. Zusammengefasst vermeldete sie, dass ihre beste Freundin vor zwei Monaten das Fitness-Studio verlassen hatte, angeblich aus Geldgründen. Aber Frau Wilkens war vollkommen überzeugt, dass etwas anderes dahinter steckte.

»Haben Sie sich seinen Schreibtisch angesehen? Ich meine: genauer untersucht? Bodo führte ständig irgendwelche Listen.«

Es folgt eine spannungsgeladene Pause, in der die Polizisten Blicke wechselten. Wusste sie vom Safe?

»Worauf spielen Sie an, Frau Wilkens?«

»Er war ein Listenmensch! Er regelte sein ganzes Leben durch Listen und Tabellen.«

»Einsetzende Demenz?«, Roman dachte an seine Oma.

»Strukturiertes Arbeiten! Das Wichtigste griffbereit.«

»Und perfekt gesichert?«, spielte Tobler den Ball.

»Er schloss den Schreibtisch stets ab«, das Wort ´Safe´ kam nicht über ihre Lippen. Dafür verwies sie ausdrücklich auf die Treppe zu den Mietwohnungen in den unteren Stockwerken, den Notausgang des Studios. War diese Tür erkennungsdienstlich untersucht worden? Vielleicht drang der Täter auf diesem Weg ins Studio ein?

Der Kommissar fing Romans Blick auf. Sein Freund richtete die Augen auf die obere rechte Zimmerecke. Tobler schüttelt fast unmerklich den Kopf: Keine Erwähnung der Videoaufzeichnungen im Life-Power!

Frau Wilkens missverstand ihre nonverbale Abstimmung, »Zeichnen Sie das Gespräch gerne auf!«, sie zupfte ihre Bluse zurecht und lächelte kokett in die bewusste Zimmerecke, »ich habe nichts zu verbergen!«

»Nicht nötig«, Tobler räusperte sich, um nicht loszuprusten.

»Wäre das nicht besser, nachdem Sie nichts notieren?«, sie deutete auf Sebastians Füller, der unbenutzt neben dem Block lag, »Ich bin eine wichtige Zeugin!«

»Dessen sind wir uns bewusst, oder?«, Fegers Augen blitzten vergnügt, Gandalf der väterliche, »Wie transportieren Sie schwere Gegenstände?«

»Bin ich Herkules? Mit dem Gerätewagen, wie sonst?«

»Wie schätzen Sie die Stimmung innerhalb der Belegschaft ein?«, lenkte Tobler das Gespräch in eine neue Richtung, »Gibt es Streit, Neid oder Konkurrenzkämpfe?«

»Das Klima ist etwas angespannt. Erst kündigte eine Vollzeitkraft, dann verabschiedete sich eine schwangere Kollegin in den Mutterschutz. Und als ob das nicht reichen würde, stehen unsere beiden Studenten kurz vor den Prüfungen. Zwecks Lernen haben Sie ihre Arbeitszeit reduziert.«

»Klingt nach Überstunden«, Toblers Füller flitzte nun.

»Keine Hilfe von der Konzernleitung?«, fragte Roman.

»Die? Im Gegenteil! Sie schickten eine Abmahnung und drohten Bodo mit Rauswurf.«

»Wär das so einfach gegangen?«

»Sein Vertrag ist unbefristet«, bei den Worten schoss ihr ein Gedanke durch den Kopf, ihre Augen blitzten, »Es hätte sie einiges an Mühe, Zeit und Geld gekostet, Bodo an die Luft zu setzen«, sie setzte sich kerzengerade auf, entschieden verkündete sie, »Meine Herren, treten Sie einen Suizid in die Tonne: Das ist ein wasserdichtes Mord-Motiv!«

»Herr Haas arbeitete trotzdem weiter?«, überging Tobler ihren Einwurf.

»Und wie! Er hat ganz schön gerudert. An manchen Tagen hat's ihm echt gereicht.«

Tobler zuckte zusammen, rannte er einem Phantom hinterher? War die Notiz: ´es reicht!!´ neben der Hamburger Zugverbindung nur ein Spiegelbild von Haas´ Überarbeitung?

»Früher sprang Dreher oft ein. Aber die Geschichte kennen Sie vielleicht?«, sie schaute erwartungsvoll von einem zum anderen, »Die näheren Umstände seiner Entlassung«, fügte sie bedeutungsvoll hinzu, alle nickten pflichtbewusst. Mit gekünstelt strenger Stimme fuhr sie fort, »Meine Herren, ich dachte, ich würde hier mit Profis zusammenarbeiten. Wieso fragen Sie nicht, ob mir Samstagabend etwas aufgefallen ist?«, ihre Miene versprach eine Sensation.

Tobler runzelte die Stirn, er durchsuchte die Vernehmungsprotokolle, »Das wurden Sie ...«

Sie schüttelte vehement den Kopf, »Beim Heimweg traf ich Marc am Eingang«, ihr Gesicht triumphierte.

»Das wissen wir.«

»Ja?«, aber so schnell gab sich Katja Wilkens nicht geschlagen, »Wissen Sie von dem Zerwürfnis der beiden?«

»Natürlich«, Sebastian grinste, »wir sind doch Profis.«

»Ach, so«, es klag nach ehrlicher Enttäuschung, »Marc fehlt uns an allen Ecken und Enden.«

»Danke für das Stichwort. Ist Ihnen aufgefallen, ob etwas im Foyer fehlt? Etwas Schweres, Rundes?«

Ihre Augen weiteten sich, »Rund?«, sie zögerte, überlegte angestrengt und gab dann auf, »Leider nein. Aber ich fahre sofort ins Studio und kontrolliere alles!«

Damit verabschiedete sie sich endlich.

»Was haltet ihr von ihr?«, Toblers Füller ergänzte den ersten Teil der Mitschrift, F. W. $?, mit einer gezackten Linie nach oben sowie mit einer halben Wolke und drei darunter schräg zusammenlaufenden Strichen.

»Völlig überspannt! Was bedeutet der Muffin?«, Dr. Feger tippte auf die Wolke.

»Dampfplauderin«, übersetzte Tobler die Zeichnung, »Traut ihr der Dame den Mord zu?«, er pinnte das Papier an die Wand.

Hiebler lachte, »Nein, die verzettelt sich.«

Gustav ließ sich ächzend auf einen Stuhl nieder, »Möglich, dass sich die Dame verzetteln würde, außer«, er kraulte Viennas Ohren, »sie ist nur gekommen, um exakt diesen Eindruck zu hinterlassen.«

Erst wurde es still im Büro, dann spann Sebastian den Faden weiter, »Sie zeigt uns eine alte Lösung auf. Eine, die einfach zu banal ist, um zu stimmen: die Hintertür für Notfälle. Raus kann jeder, aber um ins Studio hinein zu gelangen, benötigt man einen Schlüssel. Marc besaß gewiss ein Exemplar. Beabsichtigt sie, dass wir ihn verdächtigen? Zur Ablenkung?«

»Der Eindruck eines Arztes: Kräftige, sehnige Arme und Hände zum Zupacken sind vorhanden, oder?«

In Romans Magen rumorte es geräuschvoll, »Da stimmt dir mein Bauch zu. Apropos Notfälle: Wer hat noch Lust auf einen Schokoladenlebkuchen?«, doch die Schachtel im Aufenthaltsraum war längst geplündert.

»Störe ich?«, Cornelia Baumgartner winkte mit einem Stück Papier, »Eben kam ein Anruf: Wieder ein angeschossener Hund, diesmal nahe der Riemer Straße.«

»Beim Tierheim?«, Roman nahm ihr das Blatt ab.

»Genau. Tierschutzverein und Tierkrematorium.«

»Ups, nebenan ist der Polizei- und Schutzhundeverein. Hoffentlich handelte es sich um keinen Querschläger eines übereifrigen Kollegen«, grinste Tobler.

Cornelia zuckte die Schultern, »Wurde nicht erwähnt.«

Der Kommissar überschlug die Zeit, »Bernhard müsste am Weg zu Frau Hartmann sein. Funk ihn bitte an, sicher gehört der Vorfall zu der Tiermordserie, danke«, er griff zum Hörer, um Kowalski zu informieren.

»Ja, der Dritte innerhalb weniger Monate ... von einem Giftpfeil war bisher keine Rede, aber ich wette darauf ... Okay, Herr Hauptkommissar, falls es sich um Gift handelt, halten wir dieses Detail unter Verschluss«, wiederholte er die Anweisung, »Begründung: Keine Panik in der Bevölkerung, ich geb′s weiter. Am liebsten würde ich ... nein, selbstverständlich erledige ich hier meinen Job, versprochen!«, er legte auf, »Zum Glück war der Chef in einer Unterredung.«

Wenn Tobler gewusst hätte, wer aktuell bei Kowalski vorsprach, wäre er nicht so entspannt neben dem Telefon gesessen.

Seit wenigen Minuten war das eintönige Tastaturgeklapper der Chef-Sekretärin verstummt. Kowalski wunderte sich über diese Stille vor seiner Tür. Lauschte Regina etwa? Gut, es blieb zwar in der Familie, aber trotzdem: Selbst wenn er sie vor einem Jahr geheiratet hatte, musste sie sich an die Regeln halten!

Sollte er es beim Abendessen dezent ansprechen?

Brunner nahm den Faden auf, »Deshalb würde ich gerne den Fall Bodo Haas übernehmen. Keiner im Präsidium hat so oft mit ihm gesprochen wie ich. Er vertraute mir und betraute mich mit den Einbruchsermittlungen. Niemand kennt die Interna so genau wie ich. Außerdem ist Tobler derzeit privat ziemlich«, er zögerte, »überfordert und gereizt.«

Kowalski nickte, das fiel also anderen ebenfalls auf. Bevor er antwortete, betrat Regina das Büro. Sie balancierte ein Tablett mit zwei Kaffeetassen. Lächelnd stellte sie eine Tasse vor den überraschten Friedhelm, »Herr Brunner, Sie wissen doch, dass sich unser Hauptkommissar nicht über die Befangenheitsklausel hinwegsetzen kann, selbst wenn er gerne würde!«, sie zwinkert ihrem Theo zu und verließ den Raum.

»Ja, äh«, Kowalski starrte ihr irritiert hinterher, »Sie haben es gehört, Kollege Brunner. Sie trainieren dort und kannten das Opfer viele Jahre. Die Befangenheit ...«, seit wann mischte sich Regina in seine Arbeit ein? Er atmete tief durch, »Die Leitung bleibt bei Tobler, aber ich verlasse mich auf ihre kompetente Unterstützung des Kommissars.«

Levent Puettmann stand vor seinem Schreibtisch bei der Münchener Rückversicherungsgesellschaft. Fünf Stockwerke unter ihm rauschte der Verkehr über die Schwabinger Leopoldstraße. Vor seiner Fensterscheibe ragte der glatte Hinterkopf des ´Walking Man´ empor, gesäumt von einer Reihe ausgewachsener Pappeln. Diese siebzehn Meter hohe, weiße Skulptur zählte seit 1995 zu den Münchner Wahrzeichen. Mit weit vorgestrecktem Bein schritt die gesichtslose Figur nach vorne, begleitet durch eine schwungvolle Armbewegung. Wieder fragte sich Puettmann, wie es möglich war, dass sechzehn Tonnen Stahlkonstruktion mit einer glasfaserverstärkten Kunststoffummantelung so energiegeladen, nein, fast leichtfüßig wirkten. Er senkte den Blick zur Tischplatte. Vor ihm lag ein billiger Briefumschlag, adressiert zu seinen Händen, ohne Briefmarke und Absender. Die kurze Nachricht auf dem blütenweißen Papier lautete: ´Ich freue mich auf morgen, 14:00 Uhr, Lieblingsbank!´, instinktiv konsultierte er seine Rolex: in vierundzwanzig Stunden.

»Hey, Levent, wie laufen deine Geschäfte? Wie steht´s mit einem Gedankenaustausch?«, seine Kollegen strömten herein, sie ließen sich am Besprechungstisch nieder, öffneten ihre Aktenmappen, »Worauf wartetest du? Reiß dich von deinem Brief los und komm rüber!«

»Der ist mit Sicherheit deutlich aufregender als eure sämtlichen aktuellen Fälle zusammen!«, er zeigte ihnen den dürftig beschrifteten Bogen.

»Wow, ein Rendezvous? Gratuliere! Dein wievieltes in diesem Monat?«

»Es sind immer zu wenige«, scherzte Levent blasiert, »vielleicht lerne ich morgen etwas dazu?«

»Angeber!«, Frau Gross starrte unverblümt auf seine neuen Cashmere-Socken mit dem dezenten Falke-Logo.

»Nur kein Neid!«, grinste er höhnisch das angestaubte Mauerblümchen an. Wer im Raum leistete sich Socken zu 85 Euro? Er, und zwar in drei Farben! Finanziell steckte er jeden Einzelnen der hier Anwesenden locker in die Tasche, »Ein anonymer Brief, das versprüht einen speziellen Reiz!«, setzte er süffisant lächelnd hinzu, »Ich tippe auf die extrem geile Schnecke von Samstagabend. So etwas sieht man hier selten«, er rückte sich die Krawatte zurecht und bedachte Frau Groß mit einem schiefen, mitleidigen Blick. Morgen würde sein Glückstag sein, das war sicher.

»Echt flott!«, anerkennend blätterte Tobler im Präsidium durch Cornelias Berichte, »Jetzt fehlen nur noch die Ergebnisse von der Morgenrunde. Wie lange bleibst du heute im Büro?«

»Ich hab einen Termin bei ...«, weiter kam sie nicht.

»Da bist du ja!«, Brunner gesellte sich grinsend zu ihnen. Er schob Cornelias Papiere beiseite und platzierte sein Glas samt Saftkrug auf die nächstgelegene Akte, »Jetzt kommt Power in die Bude!«, er schlug die Faust in die andere Hand. Der angespannte Bizeps blähte den Hemdärmel. Abschätzig musterte er die junge Kollegin.

»Was verschafft uns deine Ehre?«, kommentierte der kleine Kolumbianer wortkarg sein Eintreffen.

»Das Team Tobler erhält professionelle Unterstützung«, er zeigte auf sich, »Speziell bei morgendlichen Einsätzen, wenn der Teamleiter noch fehlt. Festlegung von Kowalski«, stichelte der Muskelprotz.

»Na, dann willkommen in unserer Runde«, beiläufig drehte Tobler das Safe-Blatt um. Die Message war klar: vorerst keine Info darüber an Brunner. Zur Ablenkung warf Cornelia Friedl ein Duplo zu. Er fing es mit einer Hand auf.

»Okay, Friedhelm«, seufzte der Kommissar, »dann fahre bitte ins Studio. Kläre, wer alles Zugang zum Chef-Computer hatte. Hinterlegte Haas seine Passwörter im Firmen-Safe? Und check die Lage. Du gehörst quasi zu ihnen. Nutze dein Insiderwissen, lies bei ihrem Angestelltentratsch zwischen den Zeilen. Welche Informationen verbergen sie?«, auffordernd schnalzte er mit der Zunge.

Vienna missverstand die Geste und stürmte los: Erlaubte ihr Herrchen endlich, dass sie sich auf ihren Lieblingsfeind stürzte? Leider fing er sie am Halsband ab, Mist!

Brunner erbleichte und rutschte von der Tischkante, »Ist das Life-Power nicht geschlossen?«, er fixierte jede Zuckung der Hündin, »Wegen der laufenden Ermittlungen?«

»Die Firmeninhaber haben Kowalski bequatscht. Der Laden ist wieder offen. Sie halten die Mordsache möglichst klein, Begründung: Imageschaden.«

»Lesen die keine Zeitung?«

»Der Hauptknackpunkt sind die Regressansprüche. Ein paar finanzstarke und ungenügend ausgepowerte Dauerkunden werden ungemütlich.«

Friedhelm schnappte nach Luft, »Du verlangst, dass ich die Stammkunden unter die Lupe nehme?«

»Ist doch sinnvoll? Vielleicht verbirgt sich der Mörder hinter einem längerfristigen Vertrag?«

»So einer wie du, Brunner?«, grinste Cornelia.

Friedl fuhr herum, »Was soll das heißen, Kleine?«

»Keine Aggression in meinem Büro! Aber wenn du grade stehst«, Sebastian lächelte gewinnend, »kannst du sofort starten. Und bitte frage die Belegschaft, ob ein schwerer, abgerundeter Gegenstand vermisst wird. Danke für deinen Einsatz.«

»Und womit vertreibst du dir die Zeit?«, fauchte der Bodybuilder zurück, »Mit Gassi schlendern?«, wütend fegte er aus dem Zimmer. Er lief den Flur entlang zum Parkdeck. Im Fond seines magmaroten A7 wartete seine Sporttasche. Wenn Tobler ihn ins Life-Power schickte, gestattete er sich zur Tarnung ein paar Trainingseinheiten. Er riss die dicke Brandschutztür auf, lief einige Schritte am Parkdeckrand neben den Buchsbaumkugeln entlang und starrte wie angewurzelt auf den Frevel vor sich: An der frisch gewienerten Chromfelge des linken Hinterrads prangte ein stumpfer Klecks. Eine langgezogene, feuchte Nase glänzte am Reifen und endete in einem gelben Schneefleck, »Dieser verdammte Köter!«, Friedl schnappte nach Luft, aufgebracht rannte er zu seinem entehrten Wagen.

Er knallte die schwere Fahrertür ins Schloss.

Mit wutrotem Gesicht brauste er über den Innsbrucker Ring. Er hasste dieses Vieh, er hasste Tobler und er hasste denjenigen, der Bodo umgebracht hatte. In Höhe der Bad-Schachener Abzweigung mogelte sich ein Gedanke zwischen seinen Zorn: Sebis Vermutung stimmte, er hatte die Siegesprämie in finanzschwachen Tagen kassiert, aber lag ein Racheakt Drehers nicht näher? Hatte der frühere Trainer seinen Ex-Chef zur Rede gestellt? Stritten sie sich, bis es zu Handgreiflichkeiten kam? Im Affekt der tödliche Schlag? Woraufhin Marc, mehr Muskeln als Verstand, Haas in dem Seilzug drapierte, um seinen Selbstmord vorzugaukeln. Mord aufgrund seiner ungerechtfertigten Kündigung? Brunner schluckte, um den gewaltigen Kloß in seinem Hals zu lösen: An diesem Rauswurf war er nicht ganz unschuldig. Friedhelm erinnerte sich ungern an den Testkampf für die Studio-Championship und an seine fingierte Niederlage. Taktisch gesehen ein genialer Streich, emotional eine Katastrophe. Hinterher war er kreuz und quer durch den Michaelipark gestapft, um seine Aggressionen unter Kontrolle zu bringen. Blöderweise war er auf das Obdachlosen-Gesocks gestoßen. Ein übles Wort gab das andere. Insbesondere Kwame, der Afrikaner weigerte sich, zu spuren. Es waren zu viele Penner, um sich mit ihnen anzulegen. Ob aus Vernunft oder Angst: Nach dem Streit hatte Brunner sich getrollt. Aber das war lange her.

Im Studio in der Einsteinstraße angekommen, hofierten ihn die Angestellten, »Klasse, dass du jetzt die Mord-Untersuchungen vorantreibst! Marc hast du ja auch überführt!«

»Nein, hab ich nicht. Es gab keine Beweise«, dämpfte er ihre Erwartungen, sein Blick blieb an der Skulptur im Eingang hängen: Ein Schrauben-Athlet lag rücklings auf einer Bank und stemmte eine Langhantel. Gegen diese kraftvolle Darstellung wirkte der benachbarte Turm aus bunten 2kg-Verkaufshanteln lächerlich. Seine Lieblingsfarbe lag zu unterst.

»Aber quasi schon, wenn man die Fakten logisch zusammenfügt!«, Frau Wilkens tätschelte seine Schulter, »und diese Fähigkeit haben wir beide einfach im Blut!«

Lob tat gut, selbst von dieser Schnepfe. Die Möchtegern-Ermittlerin wurde Brunner langsam unheimlich. Kannte sie die Hintergründe zu dem nächtlichen Studioeinbruch?

Nein, es existierten keine Zeugen, hielt er sich im Stillen zu Gute. Dank der umfassenden Ausbildung lernte jeder Polizist, wie man Spuren vermeidet. Doch da täuschte er sich.

Inzwischen wuchtete Jörg Hansen seine 120 kg Körpergewicht die Präsidiumstreppe zu Toblers Büro hinunter. Sonja Ospen folgte ihm. Trotz ihrer stämmigen Statur wirkte sie hinter dem übergewichtigen IT-ler eher schmächtig.

»Ich hab was!«, außer Atem deponierte Jörg Brunners Saftkrug auf dem Teppich und platzierte seinen Laptop auf dem Aktenberg, »aber zuerst Sonjas Informationen zu Dreher«, er zwängte seine Fülle in den modernen Besucherstuhl und reinigte die angelaufene Brille mit dem Ärmel. Der Freischwinger wippte bedrohlich.

»Ich fasse mich kurz«, seine Kollegin setzte sich neben ihn, »Die groben Daten wissen wir von ihm selbst. Unverheiratet, Abschluss am Gymnasium München-Nord, Knorrstraße 171, eine spezielle Schule zur Sportförderung. Sportstudium an der DHGS, deutsche Hochschule für Gesundheit und Sport, Standort Ismaning. Diverse Auszeichnungen. Seit 2012 angestellt im Life-Power. Seinen Wechsel zum body+soul Center kennt ihr. Finanziell: überschaubar, kein auffälliges Vorkommnis. Keine Eintragung in unseren Registern. Fragen?«, sie sah in die Runde, niemand meldete sich, »Jetzt zu Katja Wilkens, ergänzend zum gestrigen Vernehmungsprotokoll im Studio: eine geborene Kopmann, ausgebildete Bäckerei-Fachverkäuferin. Verheiratet von 2004 bis 2006 mit Jürgen Wilkens. Nach ihrer Scheidung Umzug von Hamburg nach München.«

»Hamburg?«, Tobler horchte auf.

»Es leben fast zwei Millionen Menschen in dieser Stadt!«, Sonja fuhr fort, »ledig, keine Kinder. Umschulung in Kursen zur Trainerin. Seit drei Jahren im Life-Power. Eintragungen: Einmal Trunkenheit am Steuer, dreimal Pöbelei und Handgemenge im betrunkenen Zustand bei Events. Jörgs Infos werden euch mehr interessieren.«

Der klappte den Laptop auf, »Hier drauf ist eine Kopie von Bodo Haas´ Privat-Rechner«, er zwinkerte ihnen aufgeregt zu, einige Schweißperlen glänzten auf seiner Stirn, »Der Mistkerl stöberte im Darknet!«, seine Finger tanzen über die Tastatur, bis eine Porno-Seite am Bildschirm aufleuchtete, »das ist nur der Anfang.«

»Lass sehen«, Roman erhob sich.

»Von wegen, nackte Frauen anstarren!«, Sonja drückte ihren Freund auf die Sitzfläche zurück, »Vergiss es!«

Vienna nutzte die Unruhe, um sich neben Tobler zu setzen.

Inzwischen fuhrwerkte Jörg erneut hektisch auf den Tasten herum, »Hier, diese Aufstellung ist sehr aufschlussreich!«, eine Tabelle mit unendlich vielen Zahlen flirrte über den Monitor, »Du hattest einen feinen Riecher, Sebi: Haas hat die Filme aus der Damendusche tatsächlich verkauft, dieser Sauhund!«

Sonja verteilte Kopien der Liste, »Es handelt sich um Geldsummen mit dazugehörigem Datum.«

»Schaut euch die Beträge an!«, Jörgs feistes Gesicht strahlte über seinen Fund, »Nettes Nebeneinkommen, oder?«

Roman stieß einen leisen Pfiff aus, »Ein stolzer Obolus für banale Duschszenen«, er zeigte auf einen mehrstelligen Betrag, »echt krass!«

»Super Arbeit, Jörg!«, Tobler überflog die Liste, »damit bekommt Haas´ Tod eine neue Bedeutung«, er bemerkte Viennas drängenden Blick.

»Und jetzt seht einmal hier«, Hansens dicker Finger tippte auf die entsprechende Stelle am Papier, »Im Oktober herrschte eine deutliche Flaute bei seinen Einnahmen. Erst im Dezember zog es wieder an.«

»Mehr als deutlich, das sind fast neunzig Prozent! Findest du eine Erklärung für den Rückgang in seiner Datenflut?«

»Leider nein«, Jörgs zuckte mit den Schultern, »dafür sind wir seine Telefonlisten durch, privat und geschäftlich. Auf den ersten Blick weder auffällige Rufnummern noch verdächtige Wiederholungen. Aber wer telefoniert schon bei diesem Thema mit einer angezeigten Nummer?«, seine kleinen Schweinsäuglein scannten die Runde, »Nicht mal ein Idiot! Ebenso mager ist die Auswertung seiner E-Mails, alle sauber. Keine fällt bei den Suchroutinen auf. Details analysieren wir später.«

»Mach das. Oktober, irgendetwas lief schief in dieser Zeit«, Sebastian fischte sein Handy aus der Jackentasche, »Jungs und Sonja: Das sieht nach Überstunden aus. Baut am besten schon mal zu Hause vor«, er tippte.

»Tobler«, meldete sich eine gedämpfte Frauenstimme.

»Endlich gehst du ran, Eileen! Ich versuch´ den ganzen Tag, dich zu erreichen! Schalt gefälligst das Handy an!«

»Hör´ auf zu nörgeln! Montags ist Babyschwimmen, schon vergessen?«, Marinas unwilliges Geschrei schrillte durch den Hörer, »Na, bravo! Du hast sie aufgeweckt!«

»Und wie soll ich dich erreichen, wenn´s brennt?«

»Brennen? Im Büro?«, sie lachte hämisch, »Hast du eigentlich eine Ahnung, was hier los ist? Dein Fräulein M hat den Kinderwagen vollgekozt! Ich musste ihn die drei Stockwerke hoch schleppen, weil Frau Sommer wieder den Eingang wischte. Die Räder voller Dreck und Matsch, das klitschnasse Verdeck, meine neue Bluse ...«

Er unterbrach sie wirsch, »Kein Wunder, das Marina durchdreht. Du regst dich ständig über Nichtigkeiten auf!«

»Über Nich... ? Komm´ du mir heim!«

»Später«, Sebi drückte sie weg und seufzte, »Außer dem Baby zählt nichts mehr bei ihr.«

Seine Teamkollegen schauten pikiert zur Seite, bis Romans Zusammenfassung die Situation rettete: »Wir haben die heimlich gefilmten Damen, die zweispaltige Tabelle mit kryptischen Einträgen aus Haas´ Schubladen-Safe und eine Zusammenstellung der Geldbeträge auf seinem Privat-PC. Alles hängt perfekt zusammen.«

»Selbst der Studioleiter hängt.«

»Das war arg daneben, Julius«, Romans zerknülltes Duplopapier prallte gegen Stadlers Stirn.

»Merkt ihr was?«, Tobler rang um Sachlichkeit, »Wir entfernen uns immer mehr vom ersten Mord-Motiv: Dem Autoverkauf an Herrn Bekensen«, nervös kippelte er mit seinem Stuhl, »Filmen, verwalten, vermarkten und das bei laufendem Betrieb. Recht aufwändig für eine Person. Hatte er Unterstützung? Von einem Kunden, der auf solche Angelegenheiten spezialisiert ist?«, im Stillen ergänzte er: Jemandem mit geschultem, kriminalistischem Wissen zu Überwachungskameras?

»An wen denkst du? Die auffällige Wilkens oder Brunner?«

»Nicht offiziell«, gab er kleinlaut zu, »Aber Kwames Worte lassen mich nicht los: ʹHab gesehen, wie er die Haustür aufschließt und zu den Wohnungen hochmarschiertʹ«, zitierte er den afrikanischen Obdachlosen, »Kwame ist damals Friedhelm nach dem heftigen Wortwechsel im Michaelipark bis zum Life-Power gefolgt. Mitternacht war längst vorbei. Das Studio ist zu diesem Zeitpunkt geschlossen. Wir kennen Brunners Adresse, die liegt woanders. Am Folgetag bemerkte man den Einbruch. Ich frage mich: Was trieb unser Kollege dort so spät?«

Betretenes Schweigen. Jeden quälte derselbe Gedanke: Ein konspiratives Treffen zwischen Brunner und Haas?

Das inständige Fiepen der Amstaff-Hündin unterbrach die Stille, »Okay, es muss nicht zwingend etwas bedeuten«, wiegelte der Teamleiter ab, »Vienna kneift schon die Backen zusammen, Zeit für eine Pause«, aber das Misstrauen sickerte wie eine Tinte in jede Zelle der Teammitglieder.

Rund eine Stunde und einen Döner später, klopfte Bernhard an die Außenseite der Milchglasscheiben, »Schau einmal, wen ich dir mitbringe«, er nickte zu einem breitschultrigen Mann mit osteuropäischen Zügen neben ihm.

»Jurij!«, begrüßte Tobler den Obdachlosen, »Wo kommst du denn her?«, er lief auf ihn zu.

»Von der Arbeit, Kumpel. Dein Bulle bestand dʹrauf das ich mitkommʹ«, er warf einen finsteren Blick auf Fischler, »Wenn ich den Tierheimjob verliere, ...«, die Augenbrauen des Russen berührten fast die Nasenwurzel, »Die andern sinʹ auf meine Moneten angewiesen!«

»Ich regle das, versprochen, Jurij. Wie geht's Bolle? Wohnt Irina endlich bei euch?«

»Jo, Renters Matratze war frei, un' die vom Jack erst recht.« Renter hatte vor einem Jahr die Gruppe unter der Reichenbachbrücke verlassen. Jack ebenfalls. Während Renter frisch verheiratet in einer kleinen Wohnung lebte, ruhte Jack unter einer der drei steinernen Stelen am Ostfriedhof, dem Sammelgrab der Wohnungslosen, ermordet. Doch das war eine andere Geschichte.

»Und Schlumpf? Haben die Motten seine rote Mütze inzwischen aufgefressen?«

»Uns'r Alter hält sich wacker, er schuftet immer noch mi'm Kwame am Bau. Si'n'n nettes Team«, der Russe sah sich nervös um, »Warst ewig nich' mehr bei uns. Edi hat schon gefragt.«

»Lehrer frag'n immer. Dein Deutsch is' echt klasse, Jurij«, Tobler akzeptierte den Rüffel, »Braucht ihr 'n Platz in'er Bayernkaserne?«

»Nee, lass mal. Wir sin' zufrieden, solange wir genügend Holz find'n. Rück'n halt enger z'amm.«

»Und Bronco?«

»Der Mexikaner friert ständig und is' noch imm'r komisch. Kann' ich geh'n? Muss pünktlich an'er Brücke sein: Fred un' Kwame komm'n, Gedankenaustausch weg'n eur'm Glatzkopf. Hab vorher noch 'ne zweite Gassi-Schicht und 'ne Handvoll Tiere zum Bürsten.«

»Nix da!«, schaltete sich Bernhard ein, »Erzähle dem Kommissar, was du eben beobachtet hast«, er bemerkte Sebis ärgerlichen Blick, »was *Sie* soeben beobachtet haben«, verbesserte er sich schnell.

Jurij berichtete ihnen, wie er seine achtköpfige Hundemeute vom Tierheim abgeholt und ausgeführt hatte. Er schwärmte von der friedlichen und sonnigen Schneelandschaft, seinen ersten Weihnachtsgefühlen und den bewundernden Kommentaren einiger Passanten zu seinem Rudel. Er bemerkt einen Mann an der Hecke, der sich tief über einen goldbraunen Körper beugte. Am Boden vor ihm lag ein alter, verletzter Mastiff. Besorgt ließ der Russe seine Schützlinge absitzen und winkte einen jungen

Spaziergänger heran. Er drückte dem verdutzten Mann kurzerhand die acht Hundeleinen in die Hand, dann spurtete er los.

Der Schnee war aufgewühlt, fahrige Scharrspuren zeugten vom andauernden Todeskampf des Tieres. Es atmete schwer, seine Pfoten zuckten unkontrolliert. Teures Halsband, Steuernummer, Tasso-Anhänger.

»Ihr Hund?«, Jurij musterte misstrauisch den davor hockenden Herrn. Ein dynamischer Mittvierziger, langer Mantel, ohne Handschuhe und Kopfbedeckung. Keine Kleidung für ausgedehnte Spaziergänge, »Schon n´Doktor g´holt?«

»Ich verstehe es nicht! Er fällt um, ohne Vorwarnung und bleibt liegen!«, der Mann streichelte den Kopf des Tieres, es knurrte leise, »Morgen fliege ich nach Bremen, drei Monate.«

»Ihr Hund?«, wiederholte Jurij skeptisch, die raue Reaktion des Mastiffs alarmiert ihn. Er scheuchte den Schönling zur Seite und kniete in den Schnee »ich kenn´ mich mit Hunden aus, arbeite im Tierheim«, die ergraute Schnauze witterte schwach an seiner Hand, während Jurij mit der anderen den Körper abtastete. Der Herzschlag war kaum spürbar, »Rufen Sie 01805 843773, Tierrettung München, schnell!«

Dem Mann rutschte zweimal das Handy aus den klammen Fingern, bis er es schaffte, ihren Standort durchzugeben. Die ersten Schaulustigen näherten sich, der Obdachlose ignorierte sie und inspizierte die untere Halsseite, »Der is´ verletzt!«, entsetzt starrte er auf seine blutigen Finger, dann untersuchte er die Wunde. Langsam richtete er seinen Blick auf den adretten Herrn, »Is´ angeschoss´n«, ergänzte er gedehnt. Mimte der Kerl nur den Verzweifelten? Wollte er das alte Tier vor seiner Reise loswerden?

»Wieso? Wer ...? Bruno, Nein!«, zwei Hände packten den massigen Kopf, »Bruno! Mein Gott!«

»Weg da, ich untersuch´ die Wunde!«, Jurijs Argwohn beruhigte sich, die Bestürzung klang echt. Vorsichtshalber merkte er sich die Registriernummer, »Der Schuss war gezielt. Ruf die 089/6216-0, Kommissar Tobler soll kommen«, um die Zeit zu überbrücken, plauderte er, aus seiner Vergangenheit »bin mit kaukasischen Owtscharkas aufgewachsen. Kennst´e die? Das sin´ große, kräftige Hunde. Bis 50 Kilos, 75 Zentimeter hoch. Schöne, stolze Hunde«, er betastete den gedrungenen Hals des Mastiffs, kein harter Gegenstand, keine steckengebliebene Kugel, »Owtscharkas sin´ nich´ zum Spielen«, eine Sirene näherte sich und mit ihr weitere Schaulustige, die mit ihren Handys die Szene fotografierten.

»War n´ echt kurzer Gassigang für meine Freunde.«

»Keine Kugel«, resümierte Tobler die Erzählung des Wohnungslosen, »Haste ´nen Pfeil gefund´n?«

»Glaubst ´te, ich achte auf ´n Kinderspielzeug?«

»Der Arzt tippt wieder auf eine Vergiftung«, übernahm Kollege Bernhard Fischler, »Vorort konnte er das Toxin nicht analysieren. Die Dosis war glücklicherweise für das massige Tier zu gering, er wird durchkommen. Ein Durchschuss im Schultermuskel. Das Projektil fehlt. Sonderbar, nicht?«

»Keine Spuren«, Sebastian erinnerte sich an Fegers Vortrag im Fall mit dem königsblauen Kleid über die unterschiedlichen Medikamentenhüllen, »Ein Profi! Vielleicht verwendete er sich auflösende Kapseln?«, es klang weit hergeholt, »Bitte sucht trotzdem das Gebiet mit einem Metalldetektor ab. Womöglich wurde der Pfeil durch das Wälzen des Hundes herausgerissen.«

»Viel Spaß! Weiß´te wie viel Ehrenamtliche da täglich rumlauf´n? Soll ich mim´ Arthus geh´n? Der Schäfer is´spitze beim Riechen!«

»Klaro, das is´n Ding! Aber, Jurij, das mim´m Gift hast´e nich´ gehört, verstand´n? Pass auf, das Bolle, Irina, Schlumpf, Edi und Bronco nichts rumplaudern, kapiert?«, und an Fischler gewandt, »Und du sorgst bitte dafür, dass auch der Arzt und der Hundebesitzer den Mund halten. Anordnung von Kowalski, aus ermittlungstechnisch´n Gründen!«

Bernhard grinste, »Sebi, du sprichst wie Jurij.«

»Is´ halt einer von uns«, gab der Russe zurück, er klopfte stolz auf Toblers Schulter, »un´ Bronco kriegt eh´ nichts mit.«

Sebastian senkte den Blick: Ja, er war einer von ihnen. Im Fall mit dem gelben Hut hatten ihn die Obdachlosen der Reichenbachbrücke unterstützt. Eben deshalb lag ihm der depressive Mexikaner so am Herzen.

Am späten Nachmittag trafen sie sich zur zweiten Teamsitzung des Tages. Stefan Meisl von der Spurensicherung wurde per Telefon zugeschaltet, »Wir sind mit den Untersuchungen bei Bodo Haas´ Heimatadresse fertig: bis jetzt nichts Besonderes. Die Witwe war sehr kooperativ. Aber wir haben einen Nachtrag zum Fitness-Studio, keine Ahnung, ob´s wichtig ist: Bei denen steht im Technikraum ein komplettes, hochwertiges Beleuchtungssystem. Sollen wir es für unsere nächste Polizei-Party in Beschlag nehmen?«

»Wenn du mir verrätst, wie ich das bei unserer Spaßbremse Kowalski eintüte?«

»Wir könnten ihn mit geilen Regina-Fotos ködern«, Brunner schürzte die Lippen, »Alt, aber gewagt!«

Sebastian winkte ab, »Bringt uns die Korrespondenz oder der persönliche Mailverkehr des Studio-Chefs weiter?«

»Keinen Schritt. Entweder stinknormale, private Vorgänge oder reine Firmen-Angelegenheiten. Einige Anrufe nach Ljubljana. Wir überprüfen das. Jedenfalls nichts, was auf die Vermarktung der Nacktaufnahmen hindeutet. Es spricht sich rum, dass ein Pre-Paid Handy für solche Zwecke sinnvoller ist. Wir analysieren jetzt die restlichen Proben aus dem Haus des Toten, ich melde mich, servus.«

»Okay, zu dir, Friedl: Was plaudern die Angestellten?«

»Das meiste kennt ihr«, es klang frustriert, »niemand hat etwas gesehen, keiner rechnete damit, ist mies fürs Firmenimage Angst vor Filialschließung«, zählte er auf.

»Wen wundert´s«, Cornelia verteilte diesmal Schokoladen-Nikoläuse, »Eine weihnachtliche Einstimmung für euch.«

»Bodos Passwörter? Ein fehlender Gegenstand?«, Tobler trommelte auf die Tischplatte, er erwartete mehr Engagement.

»Im Firmensafe lag keine Notiz mit den Zugangsdaten für den Chef-PC, außer Jörg konnte niemand das kleinste Bit von Haas Rechner lesen. Die Wilkens überprüft aktuell nochmals die Abrechnungen. Sie war sich nicht sicher, wie viele der Hanteln verkauft wurden.«

»Wieso dauert das so lange? Haben wir ein Foto oder eine

genaue Beschreibung von dem Teil? Wenn es für Feger als Tatwaffe in Frage kommt, geben wir es zu Fahndung raus.«

»Du weißt nicht, wie eine Hantel aussieht?«

»Das lila Ding, mit dem du gestern reingeplatzt bist?«

»Genau! Die gibt´s in allen Farben an der Theke«, er lachte höhnisch, »Welchen Radius gedenkst du absuchen zulassen, du Optimist? München? Passau? Hamburg? Vergiss es!«

»Ich hab´s verstanden!«, Tobler raufte sich die Haare.

Entmutigt drehte Roman seinen kleinen Schokoladen-Nikolaus zwischen den Fingern, seine Daumen strichen gedankenverloren über das Glanzpapier, »Nomen est omen: Hoffentlich wachsen uns bei diesem Fall nicht ebenso langen Bärte, wie dem hier«, er köpfte ihn.

»Und den Frauen? Haare auf den Zähnen?«

»Friedl, in meinem Team herrscht Anstand!«, das Telefon unterbrach Sebastians Ärger, »Ja, Jörg?«, er lauschte gespannt, sein Blick streifte Brunner, »Ja ... hast du sonst etwas? ... Bronco? Moment, ich stell dich auf laut.«

»Ich hab dir doch versprochen, ein bisschen im Netz herum zu stöben«, quäkte die Bass-Stimme des IT-lers aus dem Hörer, »Leider üble Nachrichten: Broncos Vater ist schwer erkrankt. Schaut schlecht für ihn aus. Falls du mich fragst, will der Junge nur heim, um seinen Papa noch einmal zu sehen.«

»Mist!«, Sebi biss sich auf die Unterlippe, »Selbst wenn er Tag und Nacht in der Fußgängerzone Gitarre spielt: Ein Flugticket hängt für ihn in den Sternen!«, er wühlte in den Papieren.

»Wartet!«, Cornelia stürzte hinaus. Sie kehrte mit der leeren Lebkuchenschachtel vom Aufenthaltsraum zurück, »Wie wäre es, wenn wir für Bronco sammeln?«

»Ohne mich!«, Brunner hob abwehrend die Hände, »Wieso soll ich diesem Gesellschaftsparasiten einen Urlaub finanzieren, den ich mir selbst nicht leiste?«

»Letzte Warnung Friedhelm! Achte auf deine Worte!«

»Bezahl´ du´s doch für deinem Busenfreund!«

»Wenn ich ihm das Geld vorstrecke, dann k...«

»Sebi!«, Romans Hand schnellte zu Viennas Halsband.

Tobler winkte ab, »... köpft mich Eileen!«

Er fummelte Viennas angekauten Zehner aus dem Scheinfach und warf ihn als Erster in die Schachtel, »Morgen folgt mehr. Der Nächste, bitte«, die Box wanderte durch den Raum. Jeder, bis auf Friedl, legte eine Banknote hinein. Sebastian tastete weiter suchend über den Tisch.

»Ab jetzt kostet der Kaffee zehn Euro!«, Cornelia platzierte die Schachtel direkt neben der Kaffeemaschine, »Lasst euch nicht lumpen, Jungs! Sebi, was wird das?«

»Apropos Geld«, Sonja nahm ihren Spick-Zettel zur Hand, »Wir haben zu Haas Finanzen recherchiert. Die Konten decken sich mit den Angaben der Gattin. Aber das hier dürfte euch interessieren: Eine Deutsche-Bank-Filiale im Münchener Westen meldete uns ein Schließfach, exklusiv auf Bodos Namen. Überprüfen wir, ob der Schlüssel vom Schreibtisch dort passt?«

»Das erledige ich«, Brunner schielte zu Vienna, »Ich kenne Bodo schon so lange, das bin ich ihm schuldig. Ich hole mir Kowalskis Erlaubnis und fahre gleich rüber.«

Als Brunner außer Hörweite war, atmete Tobler erleichtert auf, »Jetzt sind wir unter uns: Laut Jörg ist eine nette, kleine Software für die Kamera-Ansteuerung auf Haas´ Dienst-PC installiert. Herrgott, wo liegt mein Stift?«

»*Die* Kamera?«, Roman warf ihn dem JFK-Füller zu.

»Jawohl, *die* Kamera! Sie wurde vor kurzem benutzt.«

»Wann?«

»Vor einer Woche, genau am Montag, 6. Dezember.«

»Sieht er, was gefilmt wurde?«, Cornelia errötete.

»In der Damendusche? Mach dich nicht lächerlich! Sicher nicht den Nikolaus!«

»Und wieso rückst du erst jetzt damit raus, Sebi?«

»Roman, Friedl weiß bisher nichts von den Filmchen. Ich«, er zögerte und sah zur Tür, »Bauchgefühl. Sorry, Leute!«

»Hast du Muffen wegen Kwames Beobachtung?«

»Ich mein´s nicht persönlich, aber ...«, er zuckte mit den Schultern, »Zurück zum Fall, Leute: Laut Meisl beinhaltete der Schubladen-Safe neben dem Schlüssel nur diesen kryptischen Zettel«, er legte das Blatt in die Mitte, »Zwei Spalten: ´Bereich alt´, ´Bereich neu´. Darunter handschriftliche Zeilen aus Buchstaben- oder Zahlen-Kombinationen.«

»Diese sündteure Sonderanfertigung für ein einziges, läppisches Papier?«, Julius rümpfte ungläubig die Nase.

»Einverstanden. Dann nehmen wir an, dass Haas vor seinem Tod weitere Unterlagen aus dem Mini-Tresor entfernt hat?«

Alle nickten.

»Welche Art von Dokumenten?«, forderte Sebastian ungeduldig, »Offizielles läge im Firmensafe.«

»Ich vermute Privates, das er ungern bei sich zu Hause oder im Wagen aufbewahrte.«

»Möglich, aber wieso und wohin verlagerte er sie?«

»Und warum behielt er die Tabelle mit den kryptischen Zeichen bei sich? Sind die Einträge schon analysiert?«

Der Tobler schüttelte den Kopf, »Bisher war keine Zeit, ich geh´ sie im Anschluss durch. Wenn er sie gesichert und griffbereit in seiner Nähe verwahrte, war sie wichtig für ihn«, ABBAs Waterloo dudelte aus Toblers Aktenmappe, »Sorry, da muss ich ran«, er wühlte nach dem Handy, »Mama? Was gibt es?«

»Wieso verbringst du mehr Zeit mit Toten, wie mit deiner Familie?«, Sophia Menkes Stimme dröhnte, dass es jeder im Raum hörte.

»Hat sich Eileen beschwert?«

»Die Verstorbenen haben alle Zeit der Welt, aber deine Frau braucht dich! Besonders jetzt, wo sie dir doch eine so niedliche Tochter geschenkt hat, mein Sohn!«

»Ich verdiene die Moneten für den ganzen Babypamps nun mal mit der Aufklärung von Verbre...«, die Antwort lief ins Leere, Frau Menke hatte bereits aufgelegt. Sebastian verdrehte die Augen, »Mist!«, er sammelte sich, »Dann hören wir eben, was unser Rechtsmediziner herausgefunden hat«, er drückte die Kurzwahl und wartete acht lange Töne.

»Leichenfledderei Feger«, meldete sich Gustavs Stimme, »derzeit wegen Überfüllung geschlossen.«

»Das wäre sinnvoll bei dieser miesen Verbindung! Es knistert entsetzlich«, Sebastian hielt den Hörer etwas weiter vom Ohr, »Ich verstehe dich kaum.«

»Knistern ist besser wie Matschen, oder? Das kommt von der Schutztüte. Die darf gerne rot marmoriert sein, der Apparat nicht. Blutkrusten zwischen den Tasten beenden die Garantie.«

»Wie weit bist du mit unserer Leiche?«

»Er hat Fusseln am Kopf.«

»Fusseln?«, Tobler schaltete auf laut.

»Oranges, dünnes Material. Meisl war ganz scharf auf die Fasern. Ein fröhlicher Kontrast zum getrockneten Blut, oder?«, Gustav lachte trocken, »Der Schlag saß perfekt. Er hat Haas sofort ins Jenseits befördert. Ich kann mir nicht vorstellen, dass sich Bodo den Gegenstand selbst ans Hirn gedonnert hätte.«

»Hast du Hinweise zum Mörder?«

»Schreib *ordnungsliebend* auf deinen WANTED-Zettel. Das passt zu dem frisch gewienerten Boden beim Tresen.«

»Er plante, uns einen Selbstmord unterzujubeln.«

»Dafür gibt´s Note sechs: Der Schädel ist zwar volle Pulle mit der Sutura coronalis, das ist die Naht zwischen Stirnbein und Scheitelbein«, schob er erläuternd nach, »an das Metallgerüst geknallt, wobei die Halswirbelsäule abknickte. Es sind eindeutig zwei nahe Verletzung auf dem Häuptchen des Filialleiters. Die Schläge am vorderen Rand der Os parietale, seiner Schädeldecke, haben ihn ordentlich geschmerzt, von der Kante hat er nichts mehr gespürt. Ein sehr zuvorkommender Mörder, oder?«

»Das wird eine prickelnde Fahndung: Gesucht Mörder, ordnungsliebend und zuvorkommend.«

»Ergänze mit: dekorativ, kräftig und gewieft.«

»Dekorativ?«

»Haas hing wie eine Perle im Strickmuster.«

»Ich sehe den Mörder direkt vor mir, danke Gustav.«

»Im Ernst, das war kein Zufallstreffer, eher eine Punktlandung. Wer Santa Claus mit einem solchen Hieb niederstreckt, will hinterher nie wieder ´Ho-Ho-Ho´ hören, oder?«

»Ich habe es verstanden: göttlicher Beistand zwecklos. Die Mordwaffe?«

»Rund, faustgroß und nicht auffindbar, laut Meisl. Eure gefaxte Hantel passt perfekt zu der Verletzung«, das Knistern verstärkte sich, »Sebi, die Tüte ist schmierig und schlüpfrig. Wenn mir das Handy raus flutscht und in den offenen Torso fällt, infiziere ich den Haas posthum, servus!«, das Knistern erstarb.

»Der Mörder hat die Tatwaffe eingesteckt, um keine Spuren zu hinterlassen«, Roman tippte auf den skizzierten Kreis auf Sebastians Block, »Bedeutet das, wir durchwühlen doch sämtliche Mülleimer in München?«, er schnaubte verächtlich, »zuzüglich der Isar und den angrenzenden Seen?«

»Aussichtslos, da hat Brunner leider recht. Tippt ihr auf eine Affekthandlung?«

»Hängt davon ab, ob er die Mordwaffe mit im Gepäck hatte, oder improvisierte. Stichwort Hanteln.«

»Und vom Grund: Bei einem Streit wegen der Kamera gilt Affekt. Bei einer nackten Ehefrau im Internet spielen Ansehen und Würde eine Rolle, somit Vorsatz.«

»Oder, wegen einer unerwarteten Preiserhöhung beim Autoverkauf?«, kam Julius auf ihren ersten Verdacht zurück, »Wenn man aus Hamburg anreist, wäre so etwas echt ärgerlich!«

»Also doch dieser Bekensen? Er ist der einzige Namen, den wir momentan haben. Es nutzt nichts, wir müssen ihn finden!«

Inzwischen stand Brunner in einer kleinen Pfütze im Keller der Deutschen Bank. Vor ihm erhob sich die Schließfächer-Wand. Jedes Fach wurde durch zwei Schlösser gesichert.

Der Filialleiter steckte den Zentralschlüssel in die Schließvorrichtung von Nummer 68, »Ich tue das äußerst ungern, Herr Brunner! Wenn das die Runde macht ...«, widerstrebend warf er einen fragenden Blick zu dem bulligen Polizisten.

Der wedelte mit dem amtlichen Schreiben der Staatsanwaltschaft und nickte ihm aufmunternd zu, »Ich warte! Sie unterliegen genauso der Schweigepflicht, wie ich als treuer Staatsdiener. Ihr Kunde wird garantiert nicht nachfragen. Schließen Sie endlich auf«, er schlüpfte in die Handschuhe, »und dann verlassen Sie bitte den Raum, wegen des Bankgeheimnisses.«

Der Schlüssel aus Haas´ Schreibtisch passte perfekt. Friedhelm entnahm fünf braune Umschläge. Drei waren mit römischen Zahlen beschriftet: I, VI, VI-XL. Jedes der Kuverts enthielt durchnummerierte USB-Sticks, die vierte Hülle nur einen. Im Fünften entdeckte er einige Briefe und ... er stieß einen leisen Pfiff aus! Unschlüssig betrachtete er erneut die Datenträger: Was verheimlichte Haas? Waren das Informationen, mit denen er andere belasten konnte? Auch ihn? Brunner wurde es heiß, dicke Schweißperlen traten auf seine Stirn. Langsam zog er seine Daunenjacke aus und legte sie auf den Tisch, Schneematsch rutschte vom Stoff auf den Boden. Seine Gedanken überschlugen sich, dann traf er eine Entscheidung.

Kurz darauf stand er wieder neben dem Filialleiter im Vorraum, »Alles in Ordnung. Nichts Relevantes da drin. Bitte verriegeln Sie das Fach ordnungsgemäß«, er folgte dem Mann in den Tresorraum und holte seine Jacke, »Falls sich jemand nach diesem Schließfachfach erkundigt, informieren Sie mich bitte umgehend!«, er reichte ihm seine Karte. Gemeinsam verließen Sie den Keller. Der Banker händigte Kopien der Schließfachanmietung aus, notierte die Uhrzeiten und Friedhelm quittierte vorschriftsmäßig seine Anwesenheit.

Die Glastüren der Filiale glitten auseinander, und der glatzköpfige Polizist trat ins Freie. Draußen segelten kleine Flöckchen vom Himmel und schmolzen auf seinem Gesicht. Er hielt seine Jacke in der Hand. Die Kälte war ihm momentan egal.

Und jetzt?

Brunner überlegte direkt nach Hause zu fahren. Nein, dafür war es zu früh. Womöglich würden ihn die Nachbarn bemerken und dumme Fragen stellen. Kurzentschlossen googelte er im Wagen nach dem nächsten Internet-Café und fuhr los.

Mit der dicken Jacke über dem Arm schlenderte er zu einem verschwiegenen Eck. Die wollenen Handschuhe behielt er an, sie verdeckten die Latexhandschuhe. Beiläufig scannte er den Raum: Niemand beachtete ihn. Beruhigt griff er in die geräumige Innentasche und zupfte einen der Umschläge heraus. Ein breites Grinsen überzog sein Gesicht. War es nicht eine geniale Idee, die unförmigen Jacke als Versteck zu benutzen? Bevor er die Sticks Tobler übergab, beabsichtigte er sich selbst ein Bild von deren Inhalt machen. Er wählte ein beliebiges Exemplar, steckte es in die Buchse und öffnete eine der Dateien ...

Mit offenem Mund starrte er gebannt auf den Bildschirm. Er vergaß den Raum um sich. Ihm wurde heiß, sein Zeigefinger scrollte im Schnelldurchgang.

Schritte, ein Mann näherte sich.

Hastig löschte er den Bildschirm.

»Ist Ihnen nicht gut?«

»Doch, doch, alles in Ordnung«, der Stick verschwand in den Tiefen seiner Hosentasche.

»Nicht, dass Sie mir vom Stuhl kippen, bei ihrer Gesichtsfarbe«, grummelte der Besitzer und schlurfte zurück.

Brunner bezahlte und verließ das Cybercafé.

Sie lümmelte auf dem Sofa ihrer kleinen Pasinger Wohnung. Vor dem Fenster unterteilte das dürre, schwarzen Geripppe einer nahezu kahlen Linde die gegenüberliegende Häuserfront in unzählige, bizarre Puzzleteile. Ein weiteres, mit schweren Eiskristallen überzogenes Blatt verlor den Halt. Es stürzte senkrecht zu Boden und landete hinter einem Schneepflug auf dem, mit Schneematsch bedeckten, Asphalt der Agnes-Bernauer-Straße.

Die Frau bemerkte es nicht.

Obwohl sie heute früher wie sonst ihre Arbeit verlassen hatte, dämmerte es bereits - kein Wunder nach ihrem Umweg. Ihre geröteten Wangen brannten noch immer wegen der Kälte. Sie strich sich die Haare zurück und rekapitulierte die vergangenen Monate: Der erste Fall war ihrer Kontrolle komplett entglitten, aber die Genugtuung über das Ergebnis berauschte sie wie eine Droge. Selbst die Einleitung des zweiten Coups verlief simpler als erwartet, nur die Dosis passte nicht, wie sie eben überrascht feststellen musste. Zusammen mit den anderen Schaulustigen war sie zu ihrem letzten Testobjekt geeilt. Zu ihrer großen Enttäuschung lebte der massige, hellbraune Hund noch, er wand sich im Todeskampf. Das Biest röchelte schwer, Speichel rann aus seinem faltigen, schwarzen Fang. Welch eine überflüssige und hässliche Kreatur! Ein ungepflegter Mann mit osteuropäischen Zügen legte einen provisorischen Druckverband oberhalb der getroffenen Vene an. Neben ihm wimmerte der kreidebleiche Tierhalter im Schnee. Immer wieder streichelte er verzweifelt seinen Köter. Niemand bemerkte den dunklen Schatten unter dem aufgewühlten Schnee. Sie wählte einen günstigeren Platz, bückte sich und fegt die dicke Schneeschicht von ihren Schuhen, wobei sie beiläufig den Bolzen samt Adapter aufhob und in ihre Tasche gleiten ließ. Wieso lebte das Vieh noch? Aus der Nähe betrachtet, stimmte ihre Einschätzung perfekt. Der Hund wog rund 90 kg. Ihr anvisiertes Opfer, ein Durchschnittsmann mit zirka 1,80 m Körpergröße und einem BMI von 27,4 brachte laut Tabelle ebenfalls um die 88,7 kg auf die Waage.

Wieder plumpste ein schneebedecktes Blatt unbeachtet auf die Straße. Ihr blieben nur wenige Stunden, um die Vorbereitungen mit einer erhöhten Dosis zu korrigieren. Sie entfernte die Speicherkarte mit den Fotos des verletzten Tiers aus ihrer Kamera, steckte das kleine Plastikteil in ein adressiertes Kuvert und verschloss es sorgsam. Im Schließfach neben den anderen war es am besten aufgehoben. Nur keine Spuren im Haus behalten, kein belastendes Material mit sich herumschleppen und keine der schwer zu beschaffenden Daten ungesichert lassen. Schon einmal musste sie von vorne anfangen, weil ein Idiot ihre Kamera mit seinem VW-Bus überrollt hatte.

Sie fuhr den Rechner hoch und rief Facebook auf. Es war Ewigkeit her, dass sie hier etwas geschrieben hatte: ein letzter Abschiedsgruß. Heute trieb sie das Gefühl, dem Verstorbenen dort näher zu sein. Reglos verharrte sie vor seinem Profilbild.

»Dein Tod bleibt nicht ungesühnt, Faris!«, flüstert sie, »Der erste Schritt ist vollzogen und die Vorbereitungen für die weiteren nahezu abgeschlossen«, ihr Zeigefinger strich sanft über das vertraute Gesicht am Monitor, »ich regele das für dich, um der Gerechtigkeit willen.«

Unbewusst huschten ihre Augen über die letzten Chronikeinträge: Ihr eigener Abschiedsgruß gefolgt vom Eintrag seines Chefs: ´Danke für deine Unterstützung´, emotionslos wie immer. Sie lächelt weichherzig: Horst und Gefühle! Wie hielt es Martha nur bei diesem Pragmatiker aus? Es folgten Nachrufe von Personen, die ihr nichts sagten: Baschar, Hugo, Achmet, Iskandar, Alban, Mohamed, Rupert, Ibrar, irgendwelche Freunde. Danach blieb es auf seinem Profil lange stumm. Erst einige

Monate später, am Tag des Urteils, erschien ein neuer Eintrag, geschrieben von Faris: ´Ich vermisse dich, mein kleiner Syrer! Ich liebe dich auf ewig, egal wo du jetzt bist!´

Sie stutzte: Wie konnte das sein? Verblüfft kontrolliert sie den Benutzernamen des Schreibers, dann runzelte sie die Stirn. Da stand tatsächlich: *Faris*!

Das war unmöglich! Faris war tot. Ein anderer Faris? Nein, jemand schrieb unter seiner Kennung! Ihr Körper sackte tiefer ins Sofakissen. Sollte sie diese Person per PN oder Kommentar kontaktieren, um deren wahre Identität herauszubekommen? Sie wagte es nicht.

Wer verbarg sich hinter seinem Namen?

Liebte ihr Faris eine andere Frau? Ihr Faris?

»Bitte nicht! Nur das nicht!«, ihre Lippen bebten.

Ohne eine Spur zu hinterlassen, verließ sie Faris Facebook-Account. Ihr Herz raste, ihre Hand zitterte, während der Rechner herunterfuhr.

Stefan Meisl sah den magmaroten Audi A7 auf das Präsidiumsparkdeck rollen. Das Fahrzeug hielt neben seinem alten Seat, »Servus Friedl! Fünf Uhr und bist noch immer im Dienst?«, er grüßte kollegial, »Schönen Feierabend, wenn´s so weit ist!«, er stieg ein und startete den Motor.

Brunner grunzte unverständlich und eilte zu Tobler.

»Da bist du ja! Du kommst spät, war Stau?«

»Der mittlere Ring nach Büroschluss: München ist dicht.«

»Hast du die Schließfach-Verträge?«

»Logisch!«, er richtete seinen Blick auf die Teammitglieder, Vienna döste auf ihrer Decke, »Seit 13.04.2018. Bodo inspizierte die Einlagen regelmäßig. Und jetzt der Knüller!«, er hielt zwei Briefe in die Höhe, »Beide an ihn adressiert.«

»Du hast das Schließfach geplündert? Ich glaubs´s nicht!«

Brunner wappnete sich mit Latex-Handschuhen, »Wie kommen wir sonst weiter, Sebi? Mit Däumchendrehen?«, er öffnete ein Kuvert, »´Ein Monat! Du weißt, was du bis dahin zu verkaufen hast! Ansonsten erfolgt ein anonymer Hinweis an die Polizei!´«, zitierte er, »Der Zweite ist krasser: ´Letzter Termin:

23.12. Verkaufe, oder deine Frau feiert alleine Weihnachten!´«

»Quad erat demonstrandum«, pflichtete Julius bei, »eine zutreffende Voraussage.«

»Ich bezweifle, dass Haas das große Latinum besaß.«

»Ist doch egal, Roman, endlich eine klare Spur!«, Cornelia klatschte begeistert in die Hände, ihre Augen leuchteten, »Jetzt sind wir dem Täter auf den Fersen!«

»Eine Spur, leider ohne Fußabdrücke«, Tobler drehte die Briefe in den Händen, »die Absender fehlen«, missmutig verzog er das Gesicht, »Wir geben sie Meisl. Vielleicht findet er bekannte Fingerabdrücke, die weder dem Opfer, Friedl oder einem Postboten gehören.«

Brunner überreichte Tobler weitere Unterlagen: eine Kopie der Besuchsliste, den Mietvertrag und drei braune Kuverts mit römischer Beschriftung. Insgesamt enthielten sie neununddreißig USB-Sticks, »Der Kleine hier lag separat.«

»Danke, irgendeine Erläuterung zu den Sticknummern?«, er musterte den Stick mit Nummer I-7.

»Ich seh´ nix, und du?«

»Meisl wird das untersuchen. Was ist drauf?«

»Spinnst du? Das ist Jörgs Job!«

»Na, dann«, Tobler erhob sich, »Wechseln wir die Location! Hoffentlich ist er da.«

Sie gruppierten sich hinter Jörgs Stuhl, vor sich die vier Monitore des IT-lers, »Einige Datenträger sind doppelt vorhanden. Ich starte mit Stick I-16 aus Umschlag I.«

Zunächst sprach keiner ein Wort, jeder war zu perplex über die unerwarteten Bilder, dann brach der Damm:

»Wow«, »Echt scharf«, »Zu alt«, »Die passt«, »Schaut mal, was sie mit der Seife macht!«, »Da würd´ ich gerne helfen!«, »Eine Oma mit Rollator! Schalt ab, bevor sie sich auszieht!«

»Okay, das war jetzt keine Überraschung«, fasste Sebi die gesehenen Bilder emotionslos zusammen.

»Nicht? Also, ich bin platt!«, improvisierte Brunner.

»Ich auch!«, unterbrach ihn Roman, »Sonja, wird in euren Gemeinschaftsduschen immer so ferkelig eingeseift?«

»Keine Ahnung, und wenn geht's dich nichts an.«

»Wozu die Aufnahmen?«, dirigierte sie Tobler zurück zum Thema, »Zur eigenen Belustigung, oder besserte sich Haas mit den Nacktaufnahmen sein Gehalt auf?«

»Der Bodo? Nie!«, erst jetzt realisierte Brunner die Sprengkraft seines Fundes, »Der war nicht der Typ!«

Tobler und Roman tauschten Blicke, es wurde Zeit Farbe zu bekennen, »Friedl, während du unterwegs warst, hat Meisl eine Kamera in der Damendusche entdeckt, und Jörg eine Liste auf Haas' Rechner. Eine Verkaufsliste«, er nickte zu den Sticks.

»Quatsch!«

»Es ist so«, bestätigte Roman, »Und jetzt interessieren mich seine Geschäftspartner.«

»Bist du so scharf auf die Ware?«, Sonja knuffte ihn in die Seite und erntete ein überdeutliches Kopfnicken.

»Falls er mit den Aufnahmen gehandelt hat, Friedl, finden wir seinen Mörder wahrscheinlich in diesem Umfeld. Vielleicht wurde ihm eine ausstehende Lieferung zum Verhängnis?«

Brunner schluckte.

»Prima Ansatz, Cornelia!«, Tobler wandte sich ebenfalls an Friedhelm, »Erkennst du einige dieser Dusch-Nixen?«

»Ich? Was jucken mich diese alten Schachteln?«, unbewusst kratzte sich der Glatzkopf im Schritt, »Ich bin dort zum Trainieren und nicht zum Flirten.«

»Wisst ihr, was mich daran stört?«, Tobler hob beschwichtigend die Hand, »Mord wegen dieser insgesamt eher harmlosen Bilder? Jeder Spanner sieht am Flaucher Ähnliches.«

»Stimmt, schon heftig, oder?«, pflichtete Roman bei.

»Aha!«, Sonja baute sich vor ihrem Freund auf, »Und wie würdest du reagieren, wenn *ich* darauf wäre?«

»Die anderen rausschicken und verzückt die Szene in Dauerschleife abspielen«, feixte Roman, er duckte sich unter ihrem Boxhieb hindurch.

»Wie wär's mit einer Erpressung? Jemand aus der Belegschaft kommt Bodo Haas auf die Schliche, fordert Schweigegeld, das er nicht termingerecht aufbringt?«, Jörg zeichnete mit dem Finger eine Schlinge um seinen Kopf.

»Das wäre eine Variante. Vor Weihnachten ist jeder knapp bei Kasse«, Sebastian nickte zu dem Brief mit dem Ultimatum, »Was meint ihr: die blonde Anja Eckert oder die düstere und blutleere Jolanda Valweig von der Verwaltung? Die Wilkens oder eine uns unbekannte Person?«

»2. Variante:«, meldete sich Sonja, »Haas erpresst ausgewählte Damen, bis eine unerwartet reagiert?«

»3. Variante: Ihm unterläuft ein grober Fehler beim Verkauf seiner Videos«, philosophierte Tobler weiter, »woraufhin seine Geschäftspartner kalte Füße bekommen. Sie befürchten aufzufliegen und schalten ihn stumm. Er wäre nicht der Erste.«

»Zum Beispiel eine VIP? Das käme teuer für die Händler«, grinste Brunner schadenfroh, »Noch blöder wäre eine polizeilich gesuchte Person, die um ihre Sicherheit fürchtet.«

Alle nickte, »Klingt realistisch.«

»Dann müssen wir seine Abnehmer finden. Schauen wir uns einen anderen Datenträger an. Vielleicht löst sich dadurch das Rätsel um die römischen Zahlen auf den Umschlägen.«

»Gerne, diesmal ein Stick aus der VI-Tüte«, Jörg fütterte den zweiten Rechner.

Sechs Augenpaare fixierten den Bildschirm: Szene im Poolbereich, romantische Beleuchtung, das Wasser leuchtet golden. Ein Mann wartet am Beckenrand, er raucht. Eine Frau schlendert in einem durchsichtigen Umhang heran, lässt ihn kokett fallen. Er zieht sie an sich, küsst sie. Sie streift ihm seine Hose ab, sie umschlingen sich, rollen über den Boden, gleiten über den Beckenrand. Unterwasseraufnahmen zwischen Palmen und Sträuchern, im Hintergrund eine Liege.

»Mensch, der hat die gesamte Deko versenkt!«

»Ich hab mich schon gewundert, wie die Reinigungskräfte diese Unmenge künstlicher Pflanzen abstauben.«

Eine neue Aufnahme, ein neues Paar: zwei wohlgeformte Damen, die sich ekstatisch im flachen Wasser bewegen. Ihre Hände sind tief zwischen den Beinen der andern vergraben. Wasser spritzt, die Frauen japsen, verlieren den Stand, kämpfen sich wieder an die Wasseroberfläche. Es folgte eine Reihe Szenen gemischter Pärchen, verschiedener Charaktere und unterschiedlichster Nationalitäten, alle beim aktiven Geschlechtsakt. Teilweise zärtlich verspielt, fast schamhaft als wäre es das erste Mal. Andere deutlich aggressiver und hektisch. Manche übernahmen die Führungsrolle, sie hievten die zweite Person kraftvoll in die geforderte Stellung. Teilweise flirrten wahre gymnastischen Hochleistungen über den Bildschirm.

Das nächste Video zeigte zwei Männer bei Kerzenlicht. Sie entkleideten sich gegenseitig. Unter wilden Küssen setzte sich der Ältere auf den obersten Tritt der Leiter, der Jüngere hechtete neben ihm ins Becken. Sein schlanker Körper glitt elegant durch die kräuselnde Wasserfläche zurück zur Treppe. Dort reichte ihm der Senior eine kleine Dose.

»Scheiße, das ist Vaseline! Die werden doch nicht?«

»Mach weg, Sebi! Das ist ja irre!«, stöhnte Brunner.

»Nicht irre, nur ungewohnt für uns.«

»Von 1871 bis 1994 hätte man die Zwei aufgrund §175 verhaftet und verurteilt«, belehrte Jörg die Anwesenden, »Zum Glück wurde dieser Paragraph abgeschafft«, mit hochrotem Kopf verfolgt er die Bilder. Schweiß glänzte auf seiner Glatze. Einige Tropfen rannen in seinen Hemdkragen. Er öffnete einen weiteren Knopf des Hemdes, »Gib mir mal einen anderen Datenträger aus diesem Kuvert, Roman.«

Sie scrollten durch die Aufnahmen verschiedener Sticks. Alle spielten im romantischen Licht am Beckenrand, auf der Treppe, im Wasser.

Einige räuspert sich verlegen.

Jemand öffnete das Fenster.

»Jetzt ein Datenträger aus VI-XL.«

Es folgten die reinsten Orgien im Poolbereich. Rund zwanzig Personen tummelten sich, alle nackt. Sie fielen kreuz und quer übereinander her. Jeder trieb es mit jedem oder jeder. Als Unterstützung dienten Trauben, Karotten und Bananen, jedoch nicht zum Essen. Dazu reichlich Champagner.

»Da hat jemand eine grandiose Unterwasserkamera!«

Die Filme unterschieden sich nach Thema, Dekoration und Kleidung. Mal spielte es im römischen Design, dann nordisch, oder griechisch.

Beim nächsten Stick trat eine Domina im schwarzen, knappen Glanzleder zwischen die geschäftigen und stöhnenden Akteure. Sie schwang eine lange Peitsche, der ohrenbetäubende Knall zerriss die Luft, alle erstarren.

»Geil!«

Die Lady in Black dressierte die Liebenden wie wilde Tiere zu gleichen Stellungen, die alle synchron vollzogen.

»Wie Roboter!«, hauchte Cornelia.

»Mach den Ton leiser, das ist ja abartig.«

Die Ersten bäumten sich ekstatisch auf, sofort fegte ein warnender Peitschenhieb knapp über ihren Rücken. Die anderen Paare zwangen sich jetzt zum Durchhalten. Gleichzeitig hoben und senkten sich die Körper. Einzelne angestrengte Gesichter in Großaufnahme, unterbrochen von herangezoomten Details. Endlich hallte der erlösende Peitschenknall, gefolgt von lautem Anzählen: 1-2-3! Hektische Aktivität auf den Fliesen, Stöhnen, dann ein kollektives Gebrüll der Erleichterung.

»Wer steht auf so etwas? Wie viele Sticks sind das?«

»Zu viele!«, entschied Tobler matt, »Jörg, das reicht!«, er atmete erleichtert aus, als der Bildschirm im neutralen Schwarz glänzte, »Fassen wir zusammen: I bedeutet Einzelpersonen, VI spricht für sich: sexuelle Handlungen.«

»Und VI-XL: Orgie. Sex ausgeweitet, längere Sequenzen«, ergänzt Sonja trocken, »Was auffällt: keine einzige offensichtliche Vergewaltigung! Selbst wenn es teilweise recht grob wirkt, scheinen die Teilnehmer damit einverstanden gewesen sein.«

»Alles nur eine Frage der Bezahlung ...«, spottete Friedl, der Hemdenstoff unter den Achseln wies dunkle Stellen auf.

»Habt ihr im Poolbereich ebenfalls eine Kamera entdeckt?«

»Sorry, Sebi, diese Qualität bekommt man nicht mit einem mickrigen Ding, wie dem in der Dusche. Hier war ein Profi am Werk. Die Frage ist: Wer?«

»Da kommen viele in Betracht: Jeder der einen Schlüssel zu den Räumlichkeiten besitzt«, Tobler fuhr sich über das Gesicht, »und er nicht alleine.«

»Hey, Sebi, was versteckt sich auf dem kleinen, separierten Stick? Oder willst du uns das Beste vorenthalten?«

Jörg aktivierte den Rechner wieder: Der Datenträger enthielt nur eine einzige, vergleichsweise nüchterne Excel-Datei: Eingang.xls. Vor ihnen flimmerte eine Liste mit den Stickbezeichnungen, dazu Zahlen, Datum und Uhrzeit. Hinter den Einträgen von Abschnitt I standen Adressen, keine Namen.

»Okay«, Brunner griff nach den Umschlägen, »Gebt mir die Sticks, ich bringe sie zu Meisl, bevor er heimgeht.«

Tobler schob seine Hand zurück, »Nein!«, mit dem Füller und notierte er sich die Anzahl Sticks je Tüte.

»Sebi, die Datenträger gehören erkennungstechnisch untersucht!«, protestierte Friedl, »Das ist Vorschrift!«

»Stimmt. Aber zuerst überfliege ich sie in Ruhe. Vielleicht entdecke ich Haas, oder jemand, den wir kennen.«

»Warum schaust du nicht gleich nachts dort vorbei? Dein Testosteronspiegel gehört längst mal wieder durchgepustet. Seit Eileens Entbindung bist du echt ätzend!«

»Friedhelm, es reicht!«, Roman erhob sich und deutete auf die Tür, »Zieh´ Leine, Kumpel!«

»Und die Filmchen?«, beharrte der Kraftprotz.

»Bleiben da!«, Sebastian legte seine Hand auf die Umschläge, »Wenn mir etwas auffällt, das nicht mit Brüsten und Popos zu tun hat, informiere ich euch«, er kochte innerlich.

»Falls du überhaupt deine Augen von den sexy Brüsten und Popos abwenden kannst! Was wird Eileen dazu sagen, wenn du dir neben den Babyflaschen solche Pornos reinziehst? Willst du sie damit stimulieren? Aufmerksamkeit erhaschen?«

»Raus!«, brüllte Tobler, er sprang auf, »Mein Privatleben geht dich einen Scheiß an! Du ...«

»Quad erat demonstrandum«, wiederholte Roman flüsternd. Er drückt seinen Freund auf den Stuhl zurück, »und du, Friedl: Hau ab!«

Brunner grinste nur süffisant und blieb.

»Lass mich los!«, Sebastian stemmte sich erneut hoch, »der Blödmann unterstellt mir, perverses Beweismaterial zu unterschlagen!«

Nur Romans schwere Pranke verhinderte, dass er sich auf den Kollegen stürzte. Der Zweimeter-Hüne zwängte sich zwischen die Streithähne, »Friedhelm, Marc Dreher hat sich nach dir erkundigt, du sollst ihn zurückrufen, gleich!«, eine Notlüge.

»Das fällt dir erst jetzt ein?«, Brunner rauschte davon.

Wütend stapfte Friedhelm durch die Gänge Richtung Ausgang. Ich Voll-Depp, beschimpfte er sich selbst, wieso bin ich derart ausgerastet? Jetzt steckte ich gehörig in der Patsche. Nach diesen verbalen Attacken brauche ich mich vorerst nicht mehr im Team sehen lassen. Und Marc erreichte er nicht!

Frustriert gelangte er zu seinem Wagen. Außer dem magmaroten A7 standen nur vereinzelte Fahrzeuge auf dem matschigen Parkdeck. Die meisten der Kollegen waren längst zu Hause oder ergötzten sich im Präsidium an seinen ergatterten Pornos, wogegen sie ihn vor die Tür setzten.

Wütend lief er zu dem graublauen T4, holte aus und trat mit dem Fuß heftig gegen die Radkappe. Das kostet!

Im Schritt fühlte es sich noch immer eng an, verdammt eng! Falls jetzt die passende Frau hier auftauchte ...

Er dachte an den VI-XL Umschlag. Allein diese Beschriftung ließ ihm glühende Hitze ins Gesicht steigen. Ob er bei sich zu Hause, mit einigen Kumpels ...?

Er steckte seine Hand in die Hosentasche und lächelte. Nach diesem Rauswurf fasste sich das Bündel Scheine aus dem letzten Umschlag vollkommen legal an. Seine Finger tasteten tiefer nach den restlichen Sticks. Sticks, die er Tobler vorenthalten hatte. Er musste diesem affektierten Kolumbianer ja nicht alles auf dem Tablett abliefern.

Etwas beruhigter betrachtete er den friedlich vor ihm liegenden Parkplatz. Über dem Dach des Bullis glänzte ein rechteckiges Licht in der dunklen Präsidiumsfassade: das erleuchtete Fenster des Hauptkommissars.

Der Chef blieb heute länger, perfekt!

Friedhelm sah sich um: Niemand zwischen den Autos, niemand hinter einem Fenster, »Na, dann«, er grinste höhnisch und schlich ins Gebäude zurück.

Dienstag

Der folgende Tag begann fast wie im Bilderbuch: weihnachtlich verschneit, sonnig, windstill und eiskalt. Selbst die neue Delle in der Radkappe beeinträchtigte Sebastians Laune nicht.

»Guten Morgen zusammen!«, begrüßte Tobler seine Teammitglieder überraschend fröhlich. Er wirkte wesentlich frischer und ausgeglichener wie die Tage zuvor. Vienna tänzelte brav bei Fuß und ließ sich zufrieden auf ihre Decke fallen.

Wie schnell ihn ein gelungener Abend und ein gemeinsames Frühstück veränderten. Angefangen hatte es gestern mit seinem Vorschlag, dass er sich um ihr Abendessen kümmerte. Ein Gericht beherrschte er perfekt: die ´Pizza á la Junggeselle´, auf die er alles drapierte, was der Kühlschrank hergab. Vorausgesetzt, es befand sich ein Fertig-Pizza-Teig darunter. Aber genau das war jetzt sein Problem. Ein Fauxpas, der ihm in den Jahren vor Eileen nie passiert wäre. Gemeinsam hatten Sie über sein verdattertes Gesicht gelacht und in Erinnerung an seine erste Einladung geschwelgt, bis der Hunger siegte. Kurzerhand verpackten sie ihr kleines Fräulein M in den Schneeanzug und spazierten zum Trevi, ihrem Lieblingsrestaurant. Die Pizzeria lag nahe der Pathologie und eignete sich ausgezeichnet für vertrauliche Gespräche, dienstliche wie private. Fabrizio, der Inhaber, begrüßte sie mit Handschlag, »Wie immer der dezente Tisch, den die Überwachungskameras nicht erfassen, Herr Tobler?«, er herzte Marinas Wange. Die Kleine antworte mit lautstarkem Protest. Einige Gästen bedachten die Neuankömmlinge mit finsteren Blicken.

»Ja, bitte die abgeschirmte Ecke und eine Flasche Pinot Grigio«, bestellte der junge Papa augenzwinkernd. Der Rest verlief perfekt. Zur Krönung schlüpften sie gemeinsam unter die Decke und genossen den ersten Sex seit Marinas Geburt.

Versonnen schwelgte er vor den Aktenstapeln in Erinnerungen.

Hatte Friedl mit seiner gestrigen Anspielung auf seinen akuten Testosteron-Stau doch recht? Zugeben würde er es jedoch nie! Mit einem Lächeln auf den Lippen schlug er die Zeitung auf.

Wie erwartet berichtete die Presse über den Hundevorfall in voller Breite. Das Wort *Gift* fehlte zum Glück. Die BILD prahlte mit einem schwarz/weiß-Foto. Es zeigte Jurij, der den Mastiff untersuchte. Auf der anderen Seite des Hundes drückte sich eine Gruppe glotzender Passanten herum. Die Bildunterschrift lautete: ´Was trieb Obdachlosen: Mordlust oder Hunger?´

Hunger? Wohnungslose, die Hunde essen? Toblers Frohsinn war dahin, »Das ist Rufmord!«, brüllte er und schleuderte das Blatt an die Wand, »Wieso zieht die keiner zur Rechenschaft?«

Aufgeschreckt eilten seine Kollegen ins Zimmer. Cornelia hob die Zeitung auf, »Pressefreiheit hat nichts mit Wahrheit zu tun«, sie überflog den Artikel, »Jurij ist gut getroffen!«

Zusammen beugten sie sich über das Foto und sichteten die banalen Zeilen. Dabei stach dem Kommissar eine junge Frau unter den Schaulustigen ins Auge, er stutzte. Sie trug eine dunkle Baskenmütze, unter der ein dicker Wust Locken hervorquoll. Ihm gefiel ihr ebenmäßiges, feines Gesicht. Sie kam ihm vage bekannt vor, aber woher? Er kam nicht drauf.

»Sebi«, holte ihn Roman in die Realität zurück, er deutete auf die dösende Vienna unter dem Fenster, »Kowalski explodiert, wenn er sie heute nochmals hier sieht! Warum bleibt sie nicht bei Eileen?«

»Ich hab´s ihr versprochen. Thema: Haussegen«, er wandte sich ab, »Bernhard, nimm den Artikel zu deinen Hunde-Akten. Hast du was Neues?«

»Der reisefreudige Mantelträger zahlt regelmäßig Hundesteuer für den Mastiff, er gehört ihm tatsächlich.«

»Wenn das geklärt ist, fahren wir im Fall Bodo Haas fort«, er schlug sein Notizbuch auf, »Wo ist Friedhelm?«

»Der dreht eben seine morgendliche Runde und zählt seine Schützlinge.«

»Schützlinge?«, Tobler lachte herb, »Friedhelm staucht die Penner wegen jeder Kleinigkeit zusammen. Momentan hagelt es Beschwerden aus seinem neuen Revier. Jurij hat mir erzählt, dass Fred und Kwame von den Michaelis zurzeit regelmäßig ihr Lager unter der Reichenbachbrücke aufsuchen, zum Gedankenaustausch.«

»Hätte nie erwartet, dass sich diese beiden Gruppen jemals annähern.«

»Not schweißt zusammen, und deren Not heißt Brunner«, Sebastian schüttelte den Kopf, »Warum lässt er die Obdachlosen nicht wenigstens im Winter in Ruhe? Was können sie dafür, dass nur fünf Tage Wärmestube erlaubt sind?«, er kannte sich aus, »Cornelia, was macht der gestrige Bericht?«

»Fertig, er liegt am Share. Wenn du damit einverstanden bist, schicken wir ihn zu Kowalski.«

»Haas´ Verkaufsanzeigen für seinen Nissan GT-R erfreuten sich auf den Portalen von mobile.de und AutoScout24 regem Interesse. Kein Wunder bei 315 km/h und knapp 2,8 Sekunden auf Tempo 100«, vermeldete Julius, »Die ersten Interessenten haben auf unsere gestrigen fingierten Mails reagiert. Wenn die wüssten, dass der Verkäufer längst tot ist. Seibold und Maier bleiben beim überwiegenden Rest dran. Marc Dreher hatte sich sämtliche Annoncen eingemerkt, sich aber nicht gemeldet.«

»Er kam ja persönlich. Bei ihm bin ich gestern auf dem Heimweg vorbei«, Sebastian streckte sich, »Dreher wiederholte seinen Frust darüber, dass Haas sein Kaufangebot abgelehnt hatte. Samstag Nacht stritten sie sich heftiger, als er zunächst anklingen ließ. Haas war nervös, ihm lief wohl die Zeit davon. Er versuchte Marc aus dem Studio zu schmeißen, angeblich wegen eines späten Besuchers. Dreher weigerte sich zu gehen, woraufhin ihn sein Ex-Chef anbrüllte«, der Teamleiter blätterte in seinem Notizbuch, »Ich zitiere den Dialog: ´Ist das dein Dank, dass ich dein Verhalten unter den Tisch gekehrt habe? Ohne mich wärst du jetzt arbeitslos.´, ´Ach ja, und warum?´, ´Weil niemand einen Einbrecher einstellt! Ein Hinweis von mir und du stehst auf der Straße, wie ein Penner! Und jetzt: raus!´«, er klappte das Büchlein mit den feinen Füllerlinien zu, »Sie schubsten sich wie kleine Kinder, Bodos Gesicht lief dabei puterrot an. Marc strauchelte, sein Mantelärmel verhedderte sich an der Schraubenskulptur am Tresen. Er verlor das Gleichgewicht und griff instinktiv nach der Thekenplatte. Dabei erwischte er den Stapel Verkaufshanteln. Das war alles, laut ihm. In Anbetracht von Haas beträchtlichem Bluthochdruck, hat er dann nachgegeben und ist aufs Parkdeck raus.«

»Wie realistisch schätzt du seine Schilderung ein?«

Tobler seufzte, »Folgende Szenarien: Erstens: Es lief genau so ab. Zweitens: Er greift zu den Hanteln, erwischt eine der seitlichen, wobei die zwei darüber liegenden Exemplare vom Stapel rutschen. Er schlägt seinen Ex-Chef auf den Schädel, bis der tot ist, drapiert ihn zwischen den Seilen und steckt die verwendete Waffe ein. Bevor er das Studio verlässt, schichtet er den Turm neu auf, damit nicht auffällt, dass eine fehlt«, sein Team hörte schweigend zu, »Realistisch ist beides«, Sebastian lehnte sich zurück und streckte die Arme.

»Das sehe ich anders«, widersprach Roman, »Würdest du nach einem Totschlag tags darauf zur Polizei rennen?«

»Wenn er Haas auf dem Gewissen hat, ist es nur logisch uns proaktiv aufzusuchen. Von seinem späten Besuch hätten wir, dank der Wilkens, sowieso erfahren. Da ist es geschickter, er heuchelt den bestürzten Ex-Freund und bietet uns seine Hilfe an. Trotzdem tendiert mein Bauch zu: unschuldig.«

»Kowalski hasst Bauchgefühl«, Cornelia hängte ihre zwei Notizzettel an die Falltafel, »Und irgendwer ist ja für die verwischten Blutspuren im Flur verantwortlich.«

»Bernhard, hast du Frau Hartmann erreicht?«

»Wie denn? Mir ist der Mastiff dazwischen gekommen. Ich kümmere mich gleich darum und frage sie, was sie bis zur Entdeckung der Leiche gereinigt hat. Den ungeputzten Flur hat Meisl schon bemerkt. Soll ich sie auf einen fehlenden abgerundeten Gegenstand ansprechen?«, Tobler signalisierte ´Daumen hoch´, »Kollege Huber kommt mit«, setzte Fischler grinsend hinzu, »Die Polizei dein Freund und Helfer.«

»Okay, was haben wir?«, Tobler überflog die Notizen auf der Pinnwand, »Mord, erschlagen und stranguliert. Verwischte Blutspuren im Flur. Personell ist das Life-Power unterbesetzt, der Umsatzrückgang bringt die Konzernleitung auf den Plan.

Dazu eine verdächtige Frau Wilkens, die auf eine Beförderung hofft. In Haas´ Schließfach entdeckt Brunner Pornoaufnahmen und Drohbriefe. Drei Listen: die für uns kryptische Tabelle aus dem Schreibtischsafe, eine mögliche Verkaufsdokumentation von seinem Privat-PC mit Geldbeträgen und Datum. Dazu die Bestandsliste Eingang.xls mit Adressen, Uhrzeiten und Datum vom Schließfach-Stick«, er sah in die Runde, »Fusseln auf der Kopfverletzung, die vom Kimono seiner Gattin stammen könnten sowie der hypothetische Autokäufer Bekensen und ...«, er zögerte.

»... den gefeuerten Marc?«, ergänzte Roman.

Widerstrebend nickte der Kommissar, »... und Brunner?«

Alle schwiegen, manche sahen verlegen zur Seite. Ob aus Ablehnung oder wegen des prekären Verdachts, war für Tobler nicht zu erkennen, »Was trieb Friedl in jener Einbruchsnacht im Life-Power? Und wieso erwähnte er uns gegenüber nie die Kamera in der Damendusche? Bei einer professionellen Einbruchsermittlung hätte sie ihm auffallen müssen. Er ist ausgebildeter Polizist!«

»Du hast ja recht, Sebastian«, Roman hob beschwichtigend die Hände, »Aber außer einer Vermutung haben wir keinen einzigen Beweis gegen Friedhelm.«

»Hätten wir bei den anderen Verdächtigen Beweise, könnten wir heimgehen«, Tobler kratzte sich in den Haaren, »Ich schlaf kaum, Brunners Rolle liegt mir wie ein Felsbrocken im Bauch! Trotzdem ist es wichtig, dass wir alle Fakten neutral betrachten«, er drehte sich zur Pinnwand zurück, »Los Leute, strengt euch an! Wir arbeiten jetzt für Friedls Entlastung: Wer ist der Mörder des Studioleiters?«

»Wenn wir wüssten, wann Haas seine Listen zuletzt verändert hatte, bekämen wir ein besseres Zeitgefühl.«

»Gute Idee, ich setze unsere Forensiker auf die kryptische Schreibtisch-Tabelle an«, Romans Finger langten schon nach Toblers Füller, aber er besann sich und tippte die Notiz in sein Smartphone, »Wegen dem Alter der Tinte.«

»Deren Bedeutung konnte ich eingrenzen«, Sonja präsentierte lächelnd ihr Handy-Display, »Es handelt sich um Fitnessgeräte gefolgt von Rechenoperationen. Zum Beispiel steht bei Spalte ´Bereich alt´: SQMIZE VLP 200/7. Unter dem Begriff SQMIZE VLP 200 findet Google eine vertikale Beinpresse. Nur ´/7` passt nicht. In ´Bereich neu´ stehen ähnliche Bezeichnungen. Wäre es möglich, dass er plante, die Plattform umzustellen und neu zu bestücken?«

»Also Sackgasse! Und ich hielt den Zettel für wichtig.«

»Falls dir die letzten Speicherzeiten seiner digitalen Listen weiterhelfen«, Jörg rief die Datei am Laptop auf, »die vom Privat-PC des Toten wurde zuletzt am vergangenen Mittwoch gesichert. Die Aufstellung der Datenträger samt Uhrzeiten und einiger Adressen, die Excel-Liste aus dem Schließfach vor knapp zwei Wochen, am 30.11.2020«, er zögerte, »Wartet mal, Sebastian, über die dort verzeichneten Daten können wir Rückschlüsse auf die Videoaufnahmen herstellen.«

»Welche Rückschlüsse?«

»Auf die Namen der gefilmten Duschnixen von Rubrik I«, er deutet auf die Spalte Adresse.

Roman sah auf, »Dank dieser Angaben«, er sprach gedehnt, »wäre es ein Leichtes die Frauen mit den nassen, nackten Tatsachen zu erpressen.«

»Stimmt! Durch die elektronischen Mitgliedskarten wissen wir genau, wer sich zu welcher Uhrzeit im Studio aufgehalten hat«, Sonjas Wangen glühten farblich passend zu ihren rubinroten, mit einer Spange hochgesteckten Haaren, »Ich gleiche die gespeicherten Kundendaten und Uhrzeiten mit den Einträgen in dieser Schließfach-Adressliste ab.«

»Es wäre gut, wenn parallel dazu Anja Eckert und Jolanda Valweig die gefilmten Frauen identifizieren würden. Jörg, bitte bearbeite einige Bilder: Wir zeigen ihnen nur die Köpfe. Sind diese Damen fest im Studio angemeldet? Wenn ja: Wie lauten ihre Namen? Kein Wort über die Duschen! Die Filme im Poolbereich sind vorerst tabu, aber streckt die Fühler aus. Wer übernimmt?«, sein Blick fiel erneut auf das Pressefoto, er nahm es hoch. An wen erinnerte ihn dieses Gesicht?

Roman hob die Hand, Tobler legte das Foto zur Seite und nickte zustimmend, »Fangt an!«

»Moment, was ist mit Marc Dreher?«, mahnte Bernhard.

Sebastian seufzte, »Er bleibt unser Hauptverdächtiger. Aber ich hadere mit seiner Rolle«, er wurde das Gefühl nicht los, ein wichtiges Detail zu übersehen, »Ist er bei der Sache unbeteiligt oder war es eine Racheaktion wegen der Kündigung?«, überlegte er laut, »alternativ: Mord, damit die Filmerei endet?«

»Das passt zu unseren gestrigen Überlegungen«, Bernhard Fischler bewegte sich neben die Pinnwand, »Nehmen wir einmal an: Marc und Haas waren Film-Komplizen. Nach Marcs Einbruch erpresste Bodo den Ex-Kollegen damit«, er deutete auf die jeweiligen Personenzettel, »Oder umgekehrt«, die folgende Pause erhöhte die Spannung im Raum, alle hingen an seinen Lippen, »Marc bemerkte die Kamera, deckte aber seinen Chef. Nach seiner Kündigung erpresste er Haas, bis dieser finanziell streikte. Das würde die Notiz, ′es reicht!!!′ erklären. Ob Dreher selbst Hand an ihn legte, oder ob er Bodo einem der Vertriebspartner ans Messer lieferte, müssen wir herausfinden. Zeit, um einen Zweitschlüssel fürs Studio anfertigen zu lassen, hatte er genug. Vergesst nicht, dass er im Oktober angeblich seinen Schlüssel vermisste.«

»Weil man damit im Life-Power eingebrochen ist und die Schreibtische durchwühlt hat«, ergänzte Cornelia.

»Marc, oder jemand anderes?«, im Stillen dachte Tobler an Brunner. Wusste ihr Kollege schon damals von den illegalen Nacktaufnahmen oder den aufwendig inszenierten Sexorgien? Nein, Friedl hätte im Oktober diesen skandalösen Fall sofort offiziell an sich gerissen und aufgebauscht, schon wegen der Presse. Oder etwa doch? Versucht er, Reibach daraus zu schlagen? Tobler stutzte, das wäre durchaus eine logische Erklärung, weshalb Friedl unbedingt bei den Ermittlungen im Life-Power mitmischen wollte. Und wieso versteifte sich Haas′ Verdacht auf Dreher, obwohl ihm Friedhelm offiziell keine Beweise lieferte? Heimliche, manipulative Gespräche? Durfte er Brunner vertrauen? Und Marc? Er stöhnte leise. Einem vereidigten Polizisten wohl eher, wie einem Fremden. Trotzdem nagte etwas an seiner Überzeugung.

»Wir verzetteln uns!«, Tobler versuchte Klarheit in seine Gedanken zu bekommen, »Pause! Ich bin kurz Gassi und kümmere mich dann um die orangen Fasern«, und zu Roman, »wir verschwinden über das Parkdeck. Hinter dem Fahrradständer sieht uns der Chef nicht, nur zehn Minuten.«

Er führte seine Amstaff-Hündin zwischen den abgestellten Autos zu der gelben Schutzmauer, die das Präsidiumsareal von der angrenzenden Heinrich-Weber-Straße abtrennte. Er fror, sein Atem kristallisierte zu kleinen weißen Wolken. Im Winter sehnte er sich häufig nach seiner ersten Heimat, Sogamoso. In Kolumbien sank die Temperatur selten unter 8°C. Doch seine Vergangenheit unterband weitere Gedanken an eine Reise. Bevor Tobler den Zugangscode für die Nebenpforte eintippte, pinkelte Vienna an eine der neu gepflanzten Buchsbaumkugeln. Erleichtert hüpfte sie über das Gelände zurück, es gehörte mittlerweile zu ihrem Revier. Am Fahrradständer hinterließ sie eine weitere Duftmarke. Sebastian zählte sieben Drahtesel, die trotz des eisigen Wetters unter dem Wellblechschutz auf ihren Besitzer warteten. Ein Rad lag im Schnee, ein Damenfahrrad.

Der Kommissar verlangsamte seine Schritte, das war's! Er schlug sich an die Stirn: Natürlich! Im Oktober, der Unfall an der Gabelsberger Straße! Die junge Radlerin, die von einem Hamburger BMW umgefahren wurde. Sie war die attraktive Schaulustige auf dem Foto! Wie hieß die Frau nochmals?

Irgendetwas mit sauber, Saubermann? Nein ... Er sah sie wieder vor sich: Dicke, rötliche Locken hingen in ihr sommersprossiges Gesicht. Etliche Strähnen ergossen sich wirr vom Scheitel auf den Straßenbelag. Er erinnerte sich an die grünsten Augen, die er je gesehen hatte, und daran, dass er ihre Daten aufgenommen hatte, bevor den Fall an die diensthabenden Kollegen übergab. Er folgte Vienna durch den Flur. Kurz vor seinem Büro traf er auf den freudestrahlenden Ulf Maier.

»Schau mal Sebi, was ich bei eBay ersteigert habe!«, Maier wedelte mit zwei FC-Bayern-Tickets, »Morgen, Allianz-Arena, gegen VfL Wolfsburg. Ein Schnäppchen! 105 Euro gespart!«

»Gratuliere! Und welchen Gewinnanteil stopfst du in Broncos Spendenbox?«, Tobler nickte auffordernd zur Lebkuchenschachtel bei der Kaffeemaschine, »Fünfzig passt sicher«, er verschwand in seinem Büro. Dort blätterte er die alten Notizen durch: Am 5. Oktober 2020 stieß er auf den gesuchten Füllereintrag: Ute Reining, 13. September 1992, wohnhaft: Agnes-Bernauer-Straße, München Pasing, Studentin. Wieder spürte er den anregenden Karottengeschmack auf der Zunge, ergänzt mit einer leichten Pistazien-Note. Das Bild wurde klarer, Details erschienen. Das war sie! Was für ein ausdrucksstarkes Gesicht!

»Sebi, Telefon!«, Cornelia riss ihn aus den Gedanken, »geh´ endlich ran, das nervt!«

Es war Stefan Meisl, »Guten Morgen. Wegen der Fusseln, die Feger auf der Glatze des Toten entdeckt hat ...«, kam der Leiter der Spurensicherung sofort zur Sache.

»Stammen die von einer Mütze oder Kappe?«

»Dafür müssten es mehr sein. Ich bin gestern nochmals in die Pathologie und habe den Schädel abgesucht. Es sind nur vereinzelte und ausschließlich oberhalb des rechten Ohrs.«

»Von einem Taschentuch?«

»Den Schweiß wird er sich im Dezember nicht abgewischt haben. Und trainiert hat Haas schon seit Längerem nicht mehr, laut Feger.«

»Die Handtücher im Nass-Bereich?«

»Fehlanzeige. Der Stoff stammt nicht aus dem Studio.«

»Letzter Versuch: Kaschmir? Seine Frau öffnete uns die Tür in einem apricot- oder orangegemusterten Kimono-Morgenmantel, als wir ihr die schlechte Nachricht überbrachten.«

»Das perfekte Outfit für den Anlass«, Meisl lachte trocken, »Möglich. Wir identifizieren Fasern anhand deren Schuppenstruktur und weiterer Oberflächeneigenschaften. Dank differenziellem Interferenzkontrast zeigt uns ein Spezialmikroskop die feinen Ränder auf der zylindrischen Oberfläche der Wolle. Es handelt sich um Pashmina-Fasern.«

»Und das heißt?«

»Du hast korrekt getippt: Pashmina ist gehobene Kaschmirqualität. Feines, dünnes Gewebe. Es wird häufig bei Tüchern, Schals, oder Kleidungsstücken verwendet. Teuer, oft mit Seide durchsetzt, was hier nicht der Fall ist. Chemische Reinigung.«

»Dann könnten die Fusseln von seiner Frau stammen?«

»Bring mir den Kimono, und wissen wir es genau«, er räusperte sich, »Ihr wart am Montagabend ja lange fleißig: Brunner ist mir gegen 17:00 Uhr entgegengekommen.«

»Ich lobe ihn selten, aber gestern hat er uns einen entscheidenden Hinweis geliefert. Die Datenträger in deinem heutigen Eingang stammten ursprünglich von ihm. Uns interessieren nur die Fingerabdrücke. Falls du dir den Inhalt ansiehst, halt dich fest«, warnte er, bevor er auflegte.

Tobler starrte einige Sekunden auf das Telefon. Hatte er eben richtig gehört? Brunner hatte gestern Abend gesehen, wie Meisl in den Feierabend fuhr? Wieso spielte er sich so auf, um die Sticks zur Spurensicherung zubringen? Was lief da ab?

Noch immer fixierte er den Apparat. War der Chef schon im Büro? Die gestrige, schlüpfrige Wendung im Fall interessierte ihn sicher. Aber Regina teilte ihm mit, dass Kowalski momentan einen Auswärtstermin absolvierte. Dann halt später, Tobler wandte sich seiner alten Notiz zu.

Ute Reining, 5. Oktober, dieses Jahr ... kurz darauf flackerte ihr Unfallbericht am Monitor. Die Adresse stimmte, der Kollege hatte sogar ihre Handy-Nummer vermerkt. Sebastian biss sich auf die Lippen. Sollte er ...?

Nein! Stattdessen rief er Eileen an, um sich nochmals für den famosen Morgen zu bedanken. Er wartete, und wartete ..., endlich eine Stimme: »Dieser Anschluss ist zurzeit nicht erreichbar, ...«, er legte auf, typisch!

Utes Handynummer leuchtete vor ihm am Bildschirm.

Er schnappte sein Smartphone und verließ den Raum.

Ebenso unschlüssig starrte Regina auf das Foto in ihrer Hand. Momentan gehörte ihr das Hauptkommissariat alleine. Theodor besprach sich mit Richter Jungwein und Staatsanwältin Gudrun Fendt wegen des letzten Fake-Polizisten-Falls.

»Warum bist du nur so verdammt argwöhnisch?«, das Bild zeigte ein Brautpaar: Kowalski, im dunklen Anzug des Bräutigams, daneben sie selbst. Sie strahlte ihn von unten verliebt an. Auf ihrem Kopf thronte ein monströser, gelber Designerhut, eine originalgetreue Kopie der Kopfbedeckung eines früheren

Mordopfers. In ihrem Rosenstrauß wiederholte sich die Farbe. Ansonsten war nach der Hochzeit in Theodor Kowalskis Büro alles beim Alten geblieben: sein Schreibtisch, die Regale, die Couch, der Besprechungstisch, selbst die Pflanzen.

Sie schlenderte ans Fenster und blickte zum Haupteingang hinunter. Die Lage des Büros erlaubte ihrem Gatten die Wege und Arbeitszeiten der Belegschaft genauestens zu überwachen. Leider riss er öfters das Fenster auf und brüllte ihnen kurzfristige Anweisungen hinterher. Das würde sie Theo sicher noch abgewöhnen. Liebevoll strich sie über die Fotographie in ihren Händen. Auch heute zierten sieben gelbe Rosen ihren Schreibtisch. Theo konnte so aufmerksam sein ... doch er war so leicht zu manipulieren! Sie musste aufpassen, auf ihren Gatten und auf Sebastian Tobler. Dieser junge, unkonventionelle Kommissar mit dem wirren Lockenkopf neigte dazu, von einem Fettnäpfchen ins nächste zu hopsen. Seltsamerweise, oder gerade deshalb überstieg seine Aufklärungsrate die der anderen Kollegen bei weitem. Das rief Neider auf den Plan, Neider wie Friedhelm Brunner. Monatelang schien sich ihr Zwist beruhigt zu haben und alles glatt zu laufen. Aber gestern?

Gedankenverloren drehte sie das Bild um: Ein gelbes Post-It klebte unterm Aufsteller: 28. August 2020. Keine vier Monate seit der Hochzeit, und Theo notierte sich ihren Hochzeitstag? Typisch Mann! Und dieser Schussel trug Verantwortung für sämtliche Personalangelegenheiten des Präsidiums?

Sie grübelte über den Vorfall von gestern Abend: Sie waren auf dem Sprung zu ihrem Lieblingsrestaurant, dem Werneckhof by Geisel in Schwabing gewesen, als die Bürotür aufflog und Brunner unangemeldet in den Raum stürmte, »Ich bringe wichtige Informationen für den Chef!«

»Fünf Minuten!«, demonstrativ zog sie ihren Mantel an. Ihr Bauchgefühl riet ihr, ihm mit der kleinen Gießkanne ins Büro des Hauptkommissars zu folgen. Theo hatte sicher vergessen, dass die Blumen längst gegossen waren.

»Wie ich Ihnen eben sagte, Herr Kowalski: Es waren Hardcore-Pornos auf den konfiszierten Sticks! Tobler weigerte sich vehement, die Beweisstücke zur erkennungsdienstlichen Untersuchung freizugeben«, theatralisch breitete Brunner die Arme aus, »Mittlerweile weiß jeder, dass er Zoff mit der Habermann, sorry, seiner Frau, hat. Seit dem Baby läuft bei denen anscheinend nichts mehr im Bett«, er bemerkte Regina, räusperte sich und warf ihr einen unwilligen Blick zu.

»Schatz«, sie ignorierte den Muskelprotz, »du hast seit zehn Minuten Feierabend, es wird Zeit, unser Termin!«,

»Sofort«, der Hauptkommissar konsultierte seine Uhr, »Es ist spät Herr Brunner. Tobler wird die Videos gewiss morgen früh der Spurensicherung übergeben.«

»Sicher, nachdem er sich den ganzen Abend sabbernd am Bildschirm einen runtergeholt hat!«, rutschte es Friedl heraus.

Hatte sie richtig gehört? Regina fuhr herum, sie richtete die Tülle der Gießkanne wie einem Pistolenlauf auf den glatzköpfigen Polizisten, »Reden Sie aus eigener Erfahrung, Herr Brunner? Wenn Sie keine beweisbaren Informationen für meinen Gatten haben, und nur ihren Kollegen anschwärzen möchten, dann: raus!«, der silberne Schnabel pickte gegen die muskulöse Brust des Bodybuilders, »Wir haben einen seriösen Termin!«

Theo fing ihren Seitenblick auf und komplimentierte Brunner artig hinaus.

Der weitere Abend verlief traumhaft, das Fünf-Gänge-Menü schmeckte genial wie immer. Doch es bedrückte sie, dass Theo sich strikt weigerte, über den Fall Tobler zu reden.

Das war gestern gewesen.

Heute atmete Regina kräftig durch und stellte ihr Hochzeitsfoto zurück. Sollte sie eingreifen? Sie kannte ihren misstrauischen Mann: Brunners Saatkorn steckte tief, sehr tief in Theos Hinterkopf! Sebastian Tobler musste aufpassen, ganz gewaltig aufpassen!

»Mensch, Sebastian! Wo warst du?«, nervös hibbelte Bernhard vor dem Büro auf und ab, »Schon wieder ein Hund! Vermutlich ein Bernhardiner.«

»Die beschädigte Radkappe anzeigen, wegen der Versicherung und im Aufenthaltsraum«, verteidigte sich Tobler, »Leider kein Nachschub bei den Lebkuchen«, er hielt Fischler die Tür auf und folgte ihm ins Büro, »Ein Bernhardiner? Diese Rasse passt überhaupt nicht zu den früheren Opfern.«

»Labrador, Husky und der Mastiff, alles wehrhafte Charaktere. Bisher habe ich auf einen Täter mit extremer Hundeangst getippt, oder auf einen breiten Racheakt nach einem Angriff.«

»Wieso dann ein Tollpatsch auf vier Pfoten? Der würde ihn höchsten niederschmusen und in Sabber ertränken. Die Rassen werden immer größer«, Tobler schaute zurück, »Vienna, herein mit dir! Ich warte nicht ewig auf dich!«

Fischler spähte in den Flur, »Pass bloß auf, das Kowalski sie nicht sieht.«

»Mir egal. Ist er tot, der Bernhardiner?«, besorgt schaute er seiner quirligen Amstaff-Hündin hinterher.

»Keine Ahnung. Als der Anruf reinkam, war ich am Sprung zu dieser Putzfrau, und du nicht auffindbar.«

»Frau Hartmanns Befragung übernehme ich, zusammen mit Huber«, Tobler pfiff leise, »Fuß, Vienna. Auf zum T4!«, und zu Bernhard, »Dieser Hundemörder geht mir derart auf den Sack! Ich zieh dich kurzfristig vom Ermittlungsteam Haas ab. Konzentriere dich auf diesen Idioten. Ein trotteliger Bernhardiner! Warum nicht gleich einen ausgewachsenen Mann?«

Rechnungen, Bestellungen und Abrechnungen der Apotheke! Neben der jungen Frau stapelten sich Notizen für die heutigen Lieferungen. Sie seufzte, das waren früher Faris Aufgaben gewesen. Anfangs hatte sich ihre Mutter um diese Arbeit gekümmert. Nach ihrem Tod Horst, ihr Teilhaber.

Seit jenem traurigen Tag verbrachte sie ihre Semesterferien in München, um ihm zu helfen. Horsts Veränderung, die sie bei ihrer ersten Rückkehr bemerkt hatte, war erschreckend: Er war gealtert, wog rund zehn Kilogramm weniger und wuselte ständig nervös durch die Gegend. Nicht selten nahm er Papiere der Sebaldus Apotheke, Bestellungen und Abrechnungen mit nach Hause, damit sie seine Frau Martha bearbeitete. Doch die stellte ihn vor ein Ultimatum: Entweder holte er sich Unterstützung für die Arbeit oder ihre Ehe würde platzen. Horst stand vor einem Dilemma: Wie sollte er ihre Forderung bei dem fortwährenden Fachkräftemangel erfüllen? Er war heilfroh, als Faris durch die Tür schneite und um eine Anstellung bat. Ein Kriegsflüchtling, ein junger syrischer Pharmazeut. Horst stellte ihm einige Fragen zu komplizierten, fachlichen Themen. Der kleine Mann beantwortete alle korrekt. Wo Deutschkenntnisse fehlten, half Latein. Die Wochen vergingen, Horst blühte buchstäblich auf, fand zu seinem Lachen zurück und blieb verheiratet.

Doch nun war Faris tot. Überfahren, ermordet in dem Land, wo er Schutz suchte.

Sie blickte aus dem Fenster. Der andauernde Baustellenlärm von der Gehweg-Sanierung nervte allmählich.

War es wirklich ein Unfall?

Erneut überfielen sie Zweifel, sie hasste diese belastenden Momente. Warum konnte sie sich nicht mit der polizeilichen Erklärung zufriedengeben? Ständig nagte dieser Widerspruch in ihr. Hatte sie es noch immer nicht verkraftet? Weil sie laufend sehnsüchtig zur Tür schielte, in der irren Hoffnung, Faris würde jeden Moment hereintreten?

Sie öffnete das Fenster und schaute hinaus auf die belebte Plinganserstraße, ein Presslufthammer löste knatternd die alten Pflastersteine. Die Fußgänger eilten achtlos an ihr vorbei. Eine Mutter hielt mit ihrem Kinderwagen an der Fußgängerampel bei der Harras-Kreuzung. Ihr Kleines spielte mit einem bunten Stoff-Nikolaus. Ein Obdachloser schob seine Habseligkeiten in einem geklauten dm-Einkaufswagen Richtung U-Bahn. Eine Dame grüßte durch die Scheibe und betrat die Apotheke. Der Türsummer meldete die Kundin an.

Sie musterte die geschlossene Lagertüre: Dieser penetrante Vertreter hielt Horst immer noch fest. Ihr Kompagnon war zu weich, zu gutherzig um den schwafelnden Zeitstehler vor die Tür zu setzen.

Sie seufzte und eilte in den Verkaufsraum. Es folgte ein routiniertes Gespräch mit der Kundin. Ihre Hände griffen automatisch zu den Mitteln gegen Erkältungskrankheiten: Nasenspray, Hustensaft, Schleimlöser, Fiebersenker. Sie packte zusätzlich ein kostenloses Päckchen Taschentücher in die Papiertüte mit ihrem Firmen-Logo. Winter in München.

Zufrieden verließ die Frau die Sebaldus Apotheke, sie sah ihr lange nach. In knapp anderthalb Jahren war sie mit dem Studium fertig. Anschließend würde sie Mutters Anteil an der Apotheke übernehmen. Mehr war von ihren Zukunftsträumen nicht übrig geblieben. Kein Faris an ihrer Seite, der ihr bei Entscheidungen half. Insgeheim hatte sie sich so auf ihre gemeinsamen Kinder gefreut: kleine, schwarzgelockte Wesen mit großen dunklen Augen. Aber er war tot.

Oder, wie die Staatsanwaltschaft während der Verhandlung lapidar äußerte, zum falschen Moment am falschen Ort aufgetaucht. Dieser falsche Moment hatte ihre Zukunft zerstört: Puff und weg.

Die Tür hinter ihr wurde geöffnet, »Danke, bis in einem halben Jahr!«, Horst reichte dem Vertreter die Hand.

»Keine Ursache, ich erwarte Ihre Bestellung in Kürze. Auf Wiedersehen!«, die Glasscheiben teilten sich und der Mann trat ins Freie.

»Hast du dir etwas aufschwatzen lassen, Horst?«

»Nein, nur den Lockbonus kassiert. Vielleicht ordere ich ein paar Aspirin bei ihm. Die verkaufen sich immer. Wie weit bist du mit den Abrechnungen?«

»Fast fertig. Ich fahr´ gleich meine Runde. Bei dem Verkehr wird es etwas dauern, bitte mach dir keinen Sorgen«, Sie schob ihm die Post rüber, »Dein Teil für später.«

»Hauptsache du kommst wieder.«

»Du denkst an Faris?«

Horst zuckte mit den Schultern, »Wir schaffen die Apotheke auch ohne ihn. In sechzehn Monaten bist du eine Pharmazeutin mit Master und wirst voll einsteigen«, er griff nach dem Stapel Briefe. Er würde sie am Heimweg einwerfen, bevor er einen seiner üblichen Abstecher machte. Sollte er Blumen besorgen?

»Ich frag mich ständig, was Faris in dieser Ecke suchte«, sie nahm die befüllten Tüten mit dem Firmen-Logo, »Das Bahnhofsviertel passt gar nicht zu ihm.«

»Warum nicht? In dieser Gegend leben mehr Afrikaner und Araber wie sonst nirgendwo in München. Ein Syrer fühlt sich dort sicher heimisch.«

»Schon, aber Faris hat weder die Schwanthaler Straße, noch die Paul-Heyse-Unterführung oder den Bereich um die Landwehr Straße je erwähnt. Was suchte er dort?«

»Das hättest du ihn fragen müssen«, Horst blätterte durch die Papiere, »Es war seine private Angelegenheit.«

»In der Gegend gibt´s nichts. Ich habe gegoogelt: nur Bars und runtergekommene Kneipen. Geschäfte, die um diese Uhrzeit längst geschlossen sind und einige Stundenhotels.«

»Na, dann hast du vielleicht den Grund?«

»Faris? Nie!«

Horst sah sie überrascht an, »Wenn ich richtig liege, hatte er eine Freundin, diese ... Cydem?«, er war stolz, dass ihm dieser Name einfiel, »Er erwähnte sie einmal. Keine Ahnung, was er damals dort wollte, aber er plauderte von einem Treffen.«

»Ich fahre jetzt«, sie umrundete die Theke und schritt zügig auf die Schiebetüren zu, »bis später, versprochen!«

Faris war nie wieder in die Apotheke gekommen, obwohl er es versprochen hatte! Er kam nie mehr zurück.

Im Wagen ordnete sie die Transportboxen, hängte die aktuelle Adressliste ans Klemmbrett und fädelte sich in den frühen Münchener Mittagsverkehr ein. Wenn der Verkehr rollte, würde es Horst nicht merken, dass sie einen kleinen, privaten Umweg einlegte. Als sie den Blinker setzte und in die Hansastraße einbog, grübelte über ihre gestrige Entdeckung nach. Stammten die Facebook-Einträge von dieser Cydem? Wer war sie? Eine Frau, die ebenso vor Sehnsucht verging, wie sie selbst?

»Scheißkerl, syrischer!«, fluchte sie zärtlich, »Ich habe es dir am Grab versprochen: Ich werde dich rächen und ich halte mein Wort! Ansonsten finde ich keine Ruhe«, sie bog ab.

Die Befragung von Frau Hartmann hatte den Kommissar fast drei Stunden gekostet, zwei davon im Stau. Wieso verlangte Eileen von ihm, dass er Vienna mitnahm? Sie genoss ihre Freizeit und er stand vor organisatorischen Problemen. Per U-Bahn wäre es schneller gegangen aber der Maulkorb lag zuhause am Fensterbrett zwischen den Bonsais. Wenn sich der ganze Aufwand wenigstens gelohnt hätte!

Mürrisch korrigierte er seinen Bericht. Frau Hartmann war fleißig gewesen, zu fleißig! Ihre Angaben deckten sich mit den Feststellungen der Spurensicherung: Der ganze Verwaltungsbereich war frisch mit Desinfektionsmittel gereinigt worden. Alles, bis auf den Gang, den erledigte sie immer zuletzt. Doch diesmal war ihr der grausige Fund dazwischen gekommen. Bei der Erinnerung zupfte sie nervös am Kopftuch. Die Blutflecken im Foyer bereiteten ihr weiterhin Kopfzerbrechen, sie hatte Angst vor einer Kündigung. Erst als Tobler ihr versicherte wie dankbar ihr die Spurensicherung dafür war, beruhigte sie sich. Auf die abgängige Schlagwaffe angesprochen, zögerte sie kurz. Außer den bunten Hanteln fiel ihr kein passender Gegenstand ein, und deren Anzahl auf dem Tresen änderte sich täglich.

Huber erbot sich, ihr ein paar Minuten länger beizustehen. Wenn der wüsste, wie launisch Frauen sein konnten!

Tobler war schon in der Tür, als er sich noch einmal zu ihr umdrehte. Er musterte ihr blasses Gesicht umrahmt von ihrem heutigen Hijab, »Dürfte ich bitte nochmals ihr Kopftuch sehen, das sie am Sonntag getragen haben? «

Sie brachte es ihm. Der fließende Stoff lag unendlich weich in seinen Händen. Hellorange, wie Meisls Fusseln, er steckte es ein, »Danke, wir benötigen es für die Ermittlungen«, er ließ die verstörte Frau in Hubers Obhut zurück.

Ein Räuspern schreckte ihn aus den Erinnerungen.

»War wirklich ein Bernhardiner«, Bernhard lehnte am Türrahmen, »Jetzt ist er mausetot.«

»Scheiße!«, Sebastian wischte sich eine Locke aus der Stirn, »Und wie?«, hakte er nach.

»Diesmal wieder ein Pfeil, hier«, Fischler öffnete die Hand.

»Der Täter besinnt sich auf das Bewährte«, Tobler nahm das gefüllte Tütchen entgegen, »Gift? Wie beim Labrador am Flaucher im Sommer, und bei dem Husky im Hirschgarten? Ist der Befund vom gestrigen Mastiff bestätigt?«

»Die Untersuchungen laufen derzeit, aber ich bin mir sicher. Nebenbei: Der Schütze zielt mit seinen Giftpfeilen auf keine lebensbedrohliche Stelle. Somit ein gefundenes Fressen für die Presse: Tierquälerei beim Töten.«

»Ich informiere den Hauptkommissar«, Tobler wählte, zeitgleich gab er die Worte Hund, Mord, München, in Google ein. Regina stellte ihn sofort durch. Kowalski lauschte erstaunlich schweigend seinem Bericht. Tobler endete mit dem Vorschlag: »Falls sich eine Gifttötung bestätigt, würde ich abraten dieses Detail der Presse mitzuteilen. Wie Sie schon beim Mastiff anmerkten: Wir riskieren Panik unter der Bevölkerung.«

»Lesen Sie keine Zeitung, Tobler? Die Redaktionen haben längst Wind bekommen von den Attacken auf die Tiere.«

»In den sozialen Medien jagen etliche Bilder durchs Netz«, räumte der Kommissar ein, »Ich scrolle gerade durch die Facebook-Kommentare. Beim heutigen Vorfall diskutieren sie über die Schussverletzung, kein Wort von Toxinen«, er wechselte die Hand, »Tötung durch Gift ist ein ziemliches Kaliber. Giftmorde sind überlegt, geplant und gut vorbereitet. Wer wird das nächste Opfer? Spielende Kinder? Mein Vorschlag: Wir stufen die Priorität der Hundemorde höher ein, bevor uns die Presse Untätigkeit und Verschleppung um die Ohren schlägt.«

Ein widerwilliges Schnauben war zu hören, »Von mir aus. Aber wir halten die Verwendung von Gift weiterhin unter Verschluss. Apropos Polizeiarbeit: Pfeifen Sie umgehend Hiebler zurück. Keine weiteren Vernehmungen der gefilmten Damen! Oder können Sie belegen, dass die Bilder öffentlich zugänglich sind? Mit Ihrer blöden Idee scheuchen Sie die Opfer unnötig auf! Wenn sich nur Haas daran ergötzt hat, sind die Aufnahmen wurscht, der ist tot. Er wird weder plaudern noch kann er zur Rechenschaft gezogen werden. Heikel wird es erst, wenn weitere Personen auf die Daten zugreifen. Ich hoffe, ihr Team hält dicht.«

»Meine Leute respektieren die Vorschriften!«

»Hoffentlich! Wie reagiert eine Frau, wenn sie erfährt, dass sie von einem kompletten Polizeiteam beim Duschen beobachtet wurde? Bei Regina ... nicht auszudenken! Werden die Sticks inzwischen erkennungsdienstlich untersucht?«

Was lief da ab?

Kowalski hatte Kenntnis von den Datenträgern? Jedenfalls nicht von ihm, mangels Gelegenheit.

»Seit heute früh«, murmelte Tobler, seine Gedanken rasten, »Wir haben das Beweismaterial gestern spät abends erhalten, da war Meisl schon weg«, vor seinen Augen erschien ein Bild: Brunner!

»Dann geben Sie ein bisschen Gas, Tobler, und vergessen Sie die Fake-Polizisten nicht! Seit Tagen keinerlei Fortschritte! Jeder weitere Übergriff geht auf ihre Kappe!«, der Hauptkommissar donnerte den Hörer auf die Gabel.

Sebastian ignoriere es.

Hatte dieser glatzköpfige Scheißkerl in aller Herrgottsfrühe mit seiner Entdeckung bei Kowalski geprahlt? Wer war hier der Teamleader? Wutschnaubend schickte er eine SMS an Romans Handy: *Vernehmung einstellen, Chef bekommt nasse Füße!*

Am Display leuchtete 12:34 Uhr, er versuchte es erneut bei Eileen, diesmal nahm sie ab.

»Wieso warst du wieder nicht erreichbar?«, blaffte er.

»Ärger im Präsidium, oder weshalb fährst du mich so an? Muss ich mir jetzt auch noch deine Probleme anhören?«

»Du weißt, dass ich nie über Dienstliches rede. Mich interessiert nur, was meine Ehefrau und meine Tochter den ganzen lieben langen Tag so treiben!«

»Deine Tochter schläft jetzt endlich, nachdem sie mich den ganzen Vormittag auf Trab gehalten hat. Zwischendrin rief deine Mutter an, um mit einem Baby zu telefonieren!«, sie schnaubte verächtlich, »Marina ist zweimal durch das Klingeln aufgewacht. Und neben Wickeln und Haushalt muss ich auch noch deine Lust befriedigen. Ich brauche endlich einige Sekunden Zeit für mich, Sebastian«, die Türglocke schellte, »Mist!«.

»Meine ...?«, er schnappte nach Luft, »War´s so schlimm für dich gestern?«, er klickte sie weg. Wütend griff er in seine Bocadillo-Schachtel, doch darin lag nur ein gelber Zettel: Diät! »Scheiß-Idee, Eileen!«, fluchte er laut.

Sein Blick blieb auf dem Zeitungsbild hängen. Ute Reining, zart, eine Locke verwegen im Gesicht. Mit weit aufgerissenen Augen starte sie auf den Mastiff am Boden, eine Hand vor den Mund gepresst. War es der gebrochene Arm? Er versuchte, sich zu erinnern. Im alten Unfallbericht entdeckte er die Antwort:

Ja, es war der Rechte. Hielt sie den Arm nicht etwas sonderbar? Wie lange hatte diese junge Frau wegen der Verletzungen leiden müssen? Und jetzt, der angeschossene Hund direkt vor ihren Augen. Das arme Mädchen! Er sah zu seinen Kollegen hinüber. Im Großraumbüro herrschte geschäftiges Treiben, jeder starrte in seinen Monitor oder telefonierte. Bernhard fehlte, Roman ebenso. Tobler senkte seinen Blick auf den Bildschirm, Utes Kontaktdaten standen im oberen Eck. Sollte er? Immerhin war sie eine Zeugin und musste zum Tathergang beim Tierheim befragt werden ... und: Er kannt sie! Das war durchaus ein Vorteil bei der Wahrheitsfindung. Seine Finger huschten wie von selbst über die Tasten. Mit stockendem Atem vereinbarte er mit ihr einen Termin: heute um 19:00 Uhr im Café Wiesen, in der Erika-Mann Straße. Er stufte den Vorfall als eine ʽBesondere Gefährdung der Öffentlichkeitʹ ein, das verlieh der Befragung deutliche Würze. Sie sprachen ein, zwei Minuten miteinander, dann verabschiedete er sich. Sie musste zu einem wichtigen Termin, und er wollte sie nicht länger aufhalten. Versonnen lächelte er den Hörer an, hatte sie eben mit ihm geflirtet?

»Vienna, das wird ein unterhaltsamer Gassigang!«, endlich legte er das Handgerät zurück. Hoffentlich gefiel es Ute dort. Das Café bot einen imposanten Blick auf die kristallförmige, gläserne Kuppel des alten Hauptzollamtes sowie auf die zwei bekanntesten Brücken Münchens: Hacker- und Donnersbergerbrücke. Ob Ute Reining ihn wiedererkannte? Ein Ohrwurm von Willy Astor kroch durch seine Gehirnwindungen:

Donnersberger Brück'n – Du greislig krummer Hund.
Du Golden Gate für Arme, Du bist ned schee, na und?
Donnersberger Brück'n – Du machst Di ganz schee breit.
Du dreckats G'stell aus Stahlbeton, Du überbrückst de Zeit.

Brunner drehte hundemüde seine obligatorische Obdachlosen-Runde durch den Olympiapark. Seine Gedanken kreisten um den gestrigen, geilen Abend mit seinen Kumpels. Die Filmchen waren ein voller Erfolg gewesen und der Schlaf entsprechend kurz. Wann war der Letzte endlich nach Hause gegangen? Um vier oder um fünf Uhr? Er gähnte, klopfte sich den Schnee von den Schultern und zog die Mütze tiefer ins Gesicht. Er hasste den Winter. Nichts als Kälte, Nässe und rutschige Straßen.

War es möglich, die einbehaltenen Sticks ohne Gesichtsverlust zurück zu schmuggeln? Schwierig, am besten verkaufte er sie. Welcher Kollege beschäftigte sich mit Drecksvideos? Ein Plausch über seine Ermittlungserfolge kostet nichts. Mit etwas Glück lieferte er ihm die nötigen Kontakte und dadurch eine Menge Geld. Er lächelte und vergrub sein Kinn tief zwischen den Lagen seines Schals.

Die meisten der Penner hatte er gesichtet. Bei acht Personen fehlte der Haken auf seiner Liste. Er würde in den Teestuben und der Bayernkaserne nachfragen, ob sie dort gemütlich ihre Stunden verbrachten. Es schadete nichts, wenn er diesen sozialen Einrichtungen etwas auf die Finger sah. Mitleid war der Freibrief für die rücksichtslose Vorteilsnahme dieses Gesocks. Fünf Nächte ein warmes Dach über dem Kopf, inklusive Essen und Duschen. Das war mehr als genug, was man dem Steuerzahler für diese Faulpelze aufbürdete. Er stapfte weiter durch den matschigen Schnee zum nächsten illegalen Unterschlupf, am anderen Ende des Olympiaparks, am Georg-Brauchle-Ring. Trotz der Räumung 2019, erfreute sich die Brücke neben dem Mittleren Ring wieder großer Beliebtheit. Von den Streetworkern erwartete Brunner keine Unterstützung, das waren alles nur warmherzige Luschen. Seit Tagen lag sein Bericht über die Missstände im Rathaus. Es wurde Zeit, dass endlich jemand reagierte und diesen Schandfleck räumte. Jeder, der sich ansatzweise bemühte, fand Arbeit in München, sogar Marc.

Bei dem Namen des Trainers meldete sich wieder das flaue Gefühl in der Magengegend. Wieso war der Leiter des Fitness-Studios nach seinem Ermittlungsbericht zum Einbruch derart ausgerastet? Bodo war doch sonst so besonnen. Weshalb Marcs überzogene Kündigung? Obwohl Friedhelm nicht an der Früh-Besprechung teilgenommen hatte, kam ihm derselbe Verdacht: Hatte sich der blonde Schönling wegen des ungerechtfertigten Rauswurfs an seinem Ex-Boss gerächt, oder ... Brunner stockte, er blieb stehen und überlegte: Ging es um den Nissan?

Scheiße, der Wagen!

Marc war immer scharf auf den Nissan gewesen, aber Bodo weigerte sich, das Fahrzeug an ihn zu verkaufen. Es störte ihn angeblich, sein Auto täglich vor dem Studioeingang zu sehen. ´Verreck´ doch an deiner Rennsemmel!´, hatte Dreher lautstark Haas Begründung kommentiert. Worte, denen niemand Beachtung schenkte. Aber jetzt? Kannte Marc Bodos Neigung zu illegalen Autorennen? Hatte er eine seiner Verabredung belauscht oder Bodos Nissan flitzen sehen?

Wenn ja, mit wem? Ihm wurde heiß.

Tobler zog seine Schlinge um Marc langsam zu. Was würde sein Ex-Trainer ausplaudern, wenn ihn der Kommissar unter Druck setzte, ihn ausquetsche? Friedhelm öffnete den Reißverschluss seiner Jacke und lockerte den Schal. Trotz der niedrigen Temperaturen schwitzte er. Und jetzt?

Es rumpelte hinter ihm, Schnee spritzte. Gehetzt fuhr Brunner herum. Schleuderte man Schneebällen auf ihn? Niemand zu sehen, nur eine Schneelawine unterhalb eines Dachs.

Reiß dich zusammen, Friedhelm, werde bloß nicht verrückt!

Er brauchte Zeit, Zeit um den Vorfall mit Marc gerade zu biegen und vor allem Zeit, um von sich selbst ablenken.

Vor einem Zeitungsaufsteller zögerte er, das reißerische Bild von Jurij und dem Köter lachte ihm entgegen. Er verlangsamte seinen Schritt. War das die Gelegenheit, die Ermittlungsprioritäten des kleinen Kolumbianers zu verschieben? Er blickte sich um, beobachtete ihn jemand?

Nein. Mit einer schnellen Bewegung riss er das Blatt ab und notierte auf der Rückseite:

´Jeder ist in Gefahr! Polizei hält unter Verschluss: Die vier Hunde erlagen nicht ihren Verletzungen, sondern starben durch hochtoxisches Gift. Wann trifft es Menschen? Rückfragen an´, er suchte nach seiner Notiz des Untersuchungslabors und fügte den Institutsnamen an. Zuletzt: ´Polizeiinterner Hinweis!´.

Das reichte, damit die habgierigen Redakteure einige Nachforschungen anregten. Selbst wenn sich das Labor auf die Verschwiegenheitspflicht berief, war der Skandal im Kasten. Brunner wusste, wo sich die Journalisten abends trafen. Ein verlorener Zettel weckte stets ihr Interesse.

Sebastian saß in seinem Büro vor der Akte Haas und las die einzelnen Ermittlungsergebnisse nochmal Stück für Stück. Er fischte die Kopie der kryptischen Liste aus dem Schreibtisch-Safe zwischen den Unterlagen heraus und betrachtete sie. Er wurde nicht schlau daraus: Wieso versteckte Haas eine Umbauaufstellung in seinem Tresor? Lag es an den teuren, neu anzuschaffenden Geräten oder spiegelte sie eine bislang nicht kommunizierte Personalumstellung wieder?

»Sebi, wir haben was!«, Julius Stadler klopfte an die Milchglaswand und betrat zeitgleich den Raum, »unsere Rundrufaktion bei den Autobörsen ergab einen Treffer!«

»Echt?«, er steckte die Liste zurück, »Zeig her!«

»Siebenundvierzig haben auf unsere Anrufe oder Mails reagiert. Zwei drohten uns mit einer Anzeige wegen unerlaubter Belästigung einer Privatperson«, Stadler verzog den Mund zu einem säuerlichen Lächeln, »Acht Interessenten erhielten zwar unsere Pseudo-Rückmail, meldeten sich aber bisher nicht. Bei allen kam ein Kontakt zu Stande, außer«, er kostete die Pause aus, bis Tobler ihn per Handzeichen antrieb, endlich weiterzusprechen, »Außer bei einer E-Mail! Sie existiert nicht mehr: Dominik_Bekensen_Hamburg@gmx.de.«

»Die ist es! Habt ihr sie zurückverfolgt?«, er sprang auf.

»Jörg sitzt dran. Bisher leider ohne Erfolg.«

»Bekensen. Der Name, den Haas seitlich auf die Verkaufsanzeige von Autoscout24 notiert hat! Doch der Autoverkauf?«, er fuhr sich durch die Locken, »Wie hängen dann die Videoaufnahmen mit drin oder gar nicht?«, erneut zog Tobler die kryptische Liste hervor, »Sagt dir das etwas, Julius?«

»Heute nicht mehr wie gestern, sorry. Ich probiere mit Rolf und Ulf weiter die Restlichen zu erreichen, servus!«

Tobler drehte das Blatt in seinen Händen, er betrachtete es von der Seite. Erneut fragte er sich: Wieso sicherte Bodo Haas dieses mysteriöse Schriftstück in einem Safe?

Es sei denn ...

Mit einem leisen ´Klick´ schloss sich die Milchglastür. Im Großraumbüro fuhren sämtliche Köpfe herum. Alle Augen fixierten die Außenklinke: definitiv zu.

»Eine Idee, was unserem Teamleiter soeben die Stimmung versaut hat?«, Roman schlenderte Richtung Tür, »Soll ich?«, er imitierte ein Anklopfen.

»Lass es!«, zischte Cornelia, »Ich prüfe mal, ob ausreichend Kaffee da ist. Schätzungsweise braucht er den gleich!«

»Und ich besorge etwas für die Regulierung seines Zuckerspiegels«, Roman formte mit beiden Daumen und Zeigefingern ein ´B´ und verschwand im Flur.

Hinter der Glasfront suchte Sebastian an der Pinnwand ihre Zusammenstellung aller Kontaktdaten des Seilzug-Mords und wählte. Ungeduldig lauschte er dem Freiton.

»body+soul, Dreher«, meldete sich eine gehetzte Stimme.

»Kriminalkommissar Tobler, Leiter des Ermittlungsteams zum Todesfall im Life-Power«, brachte er sich in Erinnerung.

»Ich dachte, Brunner leitet jetzt die Ermittlungen?«

»Nein. Er wurde lediglich ins Team geschickt«, korrigierte Sebastian, »Wie kommen Sie auf Leitung?«

»Er rief mich an und fragte, ob ich Bodo umgebracht habe«, erklärte Marc schwer atmend. Im Hintergrund dröhnte aufpeitschende Musik.

»Und? Haben Sie?«

»Was? Sie auch? Wir haben uns nur gestritten, nicht mehr! Glauben Sie, ich bring ihn um, nur weil er mich gefeuert hat?«

»Was fragte Brunner sonst noch?«

»Moment, ich wechsele den Ort«, inzwischen skizzierte Sebastians Füller ein ´B´ mit einem Blitz und strengen Smiley. Er hörte eine Tür zuschlagen, die Musik erstarb, danach erneut Marcs Stimme, »Jetzt kann ich reden. Brunner wollte wissen, wie eng ich mit Bodo befreundet war. So ein Quatsch! Wir haben uns jahrelang die Arbeit geteilt: er das komplette Management und die Verhandlungen mit den Ketten-Eigentümern, ich die Organisation der Plattform. Aber wir tranken nach Dienstschluss kein Bier miteinander.«

»Da Sie die Vergangenheit erwähnen: Ich frage Sie das rein privat, weil ich mich ungern in die früheren Ermittlungen eines Kollegen mische: Wie sehen Sie den Studio-Einbruch während der späten Stunden vom 30. September auf den 1. Oktober?«

»Der war in der Nacht nach unserem Testkampf zur Studio-Championship«, er verstummte kurz, »Für Sie zur Info: In fünf Minuten gebe ich einen Kurs«, er holte tief Luft, »Ihr Kollege Brunner hat gesiegt, knapp aber verdient. Anschließend ist die Belegschaft zum Chinesen, alle außer Brunner.«

»Friedhelm ist nicht mitgekommen? Warum?«

Marc lachte wehmütig: »Selbst beim Duschen hat er mich geschlagen. Seine Klamotten waren von der Bank verschwunden, als ich zu meinem Kleiderstapel kam. Angeblich hatte er sich den Arm verrissen und ist heim. Draußen johlten alle, ich solle mich beeilen. Dass mein Studio-Schlüssel fehlte, ist mir erst am nächsten Morgen aufgefallen.«

»Brunner?«, Tobler traute seinen Ohren nicht, dieses Detail mit dem gemeinsamen Duschen war ihm neu!

»Jeder konnte die Umkleide betreten, solange wir unter der Brause standen«, nuschelte Marc verlegen, »Nur hatte keiner der Wartenden etwas bemerkt.«

»Sind Sie sich sicher, dass sie den Schlüssel zuvor auf ihrer Wäsche deponiert hatten?«

»Absolut! Trotzdem«, wich Marc aus, »ist es möglich, dass ich ihn nach dem Anziehen in Gedanken eingesteckt hatte und mir der Bund beim Chinesen gestohlen wurde.«

War das der richtige Zeitpunkt, um Marc von der versteckten Filmkamera in der Damen-Dusche zu erzählen? Nein. Dann erinnerte sich Sebastian an die Andeutung der Trainerin Katja Wilkens, »Der Fluchtweg durch das Treppenhaus der Mietwohnungen, ist der dem Kundenstamm bekannt?«

»Klar! Der steht im Vertrag, dick und fett. Macht Sinn, dass jeder im Notfall in die richtige Richtung rennt.«

»In den Belangen des Studios sind Sie fit, oder?«

»Logisch. Bin ich jetzt nicht mehr ihr Hauptverdächtiger?«

»Doch, solange Sie uns kein glaubwürdiges Alibi vorlegen. Oder ist Ihnen inzwischen eines eingefallen?«

Marc Antwort dauerte verdächtig lange, »Nein.«

»Vielleicht ändert sich die Verdachtslage trotzdem bald. Ich möchte Sie um Unterstützung bitten. Sagen wir, um«, er überlegte, »ein Rätsel zu lösen.«

»Ich habe eine Verschwiegenheitserklärung im Life-Power unterschrieben«, Marc zögerte, »Nur wenn ich dadurch keine Schwierigkeiten bekomme.«

»Versprochen. Mir bleiben sechs Tage Zeit, um den Fall zu lösen. Helfen Sie uns, den Mörder zu finden?«

»Wegen gestern? Der aufbrausende und unfreundliche ältere Herr in ihrem Büro?«, unkte Marc.

Sebastian überging es, »Sie arbeiten in einem Fitnessstudio, body+soul. Ist Ihnen nicht wohler, wenn wir diesen Studio-Mörder fassen? Ich habe hier eine zweispaltige Tabelle, darauf sind kryptischen Buchstaben- und Zahlenfolgen. Wir tippen auf Gerätebezeichnungen, gefolgt von simplen Rechenoperationen. Ich schicke sie Ihnen aufs Handy. Bitte erklären Sie mir, was das Geschreibsel bedeutet.«

»Mehr nicht? Woher ...«

»Doch«, Tobler räusperte sich verlegen, »Keine Fragen und kein Wort zu irgendjemand«, er trennte die Verbindung.

Friedl war mit Dreher gleichzeitig unter der Dusche gestanden, danach unbeobachtet in der Umkleide. Wieso verschwieg ihnen Brunner bislang dieses Detail?

Pünktlich um 14:00 Uhr ließ sich Levent Puettmann an der vereinbarten Stelle nieder: Luitpoldpark, seine Lieblingsbank. Er schob den anthrazitfarbenen Ärmel über seine Rolex, fegte mit der behandschuhten Hand die Semmelkrümel seiner Mittagspause vom Mantel und richtete die Krawatte. Den Schal trug er lässig um den Hals gelegt. Er legte sehr großen Wert auf Äußerlichkeiten. Wieder fragte er sich, wem er dieses geheimnisvolle Rendezvous zu verdanken hatte? Geschmack besaß die Dame jedenfalls, er lächelte selbstsicher.

Die Parkbank stand abseits der stark frequentierten Wege an der Kuppe des siebenunddreißig Meter hohen Luitpoldhügels. Er lehnte sich zurück, beide Arme über die Lehne gebreitet. Hier saß er auf Münchens zweitgrößtem Trümmerberg, unter ihm der Schutt des Weltkriegs, vor ihm ein strahlender Wintertag mit traumhaftem Blick auf die Stadt, aber eisig kalt. Durch das dürre Geäst verfolgte er eine Gruppe spielender Kinder. Sie tobten und johlten, kugelten den verschneiten Hang hinunter und bewarfen sich mit Schneebällen. Sie ignorierten den nahen Pumuckl-Spielplatz oder das dürre Hecken-Labyrinth am Fuß des Berges. Wenn er sich umwandt, lugte die Spitze des Obelisken weit über die Linden und Eichen. Auch von seiner Penthauswohnung blickte er auf dieses Denkmal zu Ehren des 90. Geburtstages des bayerischen Prinzregenten Luitpold. Er liebte diese Parkanlage fernab der Touristenströme, er liebte diese zurückgesetzte Bank unter den Ästen, und er liebte die Ruhe an diesem Ort.

»Störe ich?«

Er zuckte zusammen, er hatte niemanden ankommen hören! Eine junge Frau stand dicht hinter seiner Bank. Sie lächelte ihn an. Ein attraktives Gesicht, ausdrucksstark. Es kam ihm vage bekannt vor. Irgendwo hatte er sie bereits gesehen. War sie sein Termin? Unwahrscheinlich, eigentlich schade.

»Danke, dass Sie gekommen sind«, ihre Augen leuchteten über den vom Frost geröteten Wangen, »Wie wäre es mit einem kleinen Plausch über Herrn Hamoud?«

»Über wen?«, er verstand nicht sofort.

Sie hob einen bunten, runden Korb über die Rückenlehne, und lächelte ihn entzückend an, »Darf ich?«, sie stellte ihn auf die Sitzfläche neben Puettmann, »Im Schnee weicht er auf.«

»Hier ist genug Platz für zwei!«, Levent rutschte zur Seite, »Bitte setzen Sie sich. Die Aussicht hier oben ist grandios!«

»Ich weiß!«, lächelnd stützte sie sich mit beiden Händen auf die Lehne. Ihren Oberkörper wippte sie dezent vor und zurück, »wirklich grandios! Und so still.«

Sie berührte ihn leicht, verführerisch sanft, wich aber sofort wieder zurück. Genießerisch sog er ihren Duft ein, während er unverhohlen die beiden Wölbungen unter dem grobgestrickten Pulli im geöffneten Parka musterte. Maximal vierundzwanzig, ein erstklassiger Fang! Er lächelte einladend, »Kommen Sie, meine Liebe«, Levent tätschelte neben sich auf das Holz, »über wen möchten Sie reden?«

»Über einen sinnlos getöteten Mann«, sie wiederholte den Namen, diesmal ergänzt mit weiteren Details.

Puettmann erstarrte, »Ich weiß nicht, warum Sie hier sind!«, jetzt weniger freundlich, er wandte sich von ihr ab, »Lassen Sie mich in Ruhe, verschwinden Sie! Mein Vater hat beste Connections zu Wolfgang Herrnbichler, Sie kennen den Staranwalt?«

»Ich weiß«, wiederholte sie.

Dieses Gesicht, dies ..., jetzt fiel es ihm ein! Er atmete tief ein, endlich begriff er den wahren Grund dieses Treffens. Seine Hände verkrampften sich zu Fäusten. Hastig sah er sich um: Alleine! Mit etwas Glück würde er das Problem ohne Hilfe von Herrnbichler lösen können.

Es ging ganz schnell.

Eine halbe Stunde später kehrte Roman mit einer bunten Papp-Schachtel in der Hand ins Präsidium zurück, »Wenn das nicht hilft, rufen wir einen Arzt!«, er lauschte an der trüben Scheibe.

Stille.

Seine Kollegen starrten gespannt zur Bürotür.

Roman klopfte, drückte die Klinke und rauschte mit lautem »Tataa« direkt auf Tobler zu. Mit einer eleganten Verbeugung platzierte er den Karton vor seinem Freund.

»Bevor du mich rausschmeißt, verdrückst du bitte ein Bocadillo. Dieser Zuckerverzicht macht dich langsam unberechenbar, Sebi!«, er hielt ihm ein Tütchen des Guavenkonfekts hin, »Während du genießt, erzähle ich von meinen Einsatz.«

Tobler traute seinen Augen nicht, »Du, du ...«, stotterte er verlegen. Mehr brachte er nicht heraus. Das erste Bocadillo seit Fräulein Ms Geburt! Wenn Eileen wüsste, dass er ihre verordnete Diät umging! Er nahm ein zweites. Beim wohlbekannten Knistern der Verpackung stupste ihn jemand in die Kniekehle, eine schwarze Hundetatze legte sich sacht auf den Oberschenkel. Sein Blick traf sich mit Viennas tiefschwarzen Augen. Die Ohren andächtig nach hinten gezogen und mit niedlichen Hautfalten auf ihrer Stirn, bettelte sie ihn wie ein Häufchen Elend an. Verschwörerisch legte ihr Herrchen den Zeigefinger auf die Lippen, »Aber nicht verraten!«, er reichte ihr die klebrige Tüte.

Vienna schnappte verzückt nach der Verpackung und trug die Beute in Sicherheit.

Bevor Tobler wieder sprechen konnte, sprudelte Roman los: »Im Life-Power bin ich prompt unserer kriminalistischen Katja Wilkens in die Arme gelaufen. Sie hat eine umwerfende Neuigkeit für uns: Morgen fängt in der Zweigstelle am Ostbahnhof ein neuer Chef an.«

Der Kommissar präsentierte ihm sein leeres Bocadillo-Tütchen und kaute demonstrativ weiter.

»Ein Insider, meinte sie verschmitzt. Seinem Namen wollte, oder konnte sie nicht preisgeben. Dafür wuselte sie ständig um mich herum und versuchte Details herausquetschen. Äußerst unsympathisch. Zum Glück wurde sie von einer Kursteilnehmerin zur Trainingsstunde gerufen.«

Tobler schloss die Augen, schluckte einmal, zweimal, »Oh Gott! Ich hatte fast vergessen, wie köstlich die schmecken!«

»Angeber! Nimm noch eines, zum Depot auffüllen. Anja Eckert, die Verwaltungsdame, erklärte mir, dass die gigantische Beleuchtungsanlage für regelmäßig stattfindende Partys angeschafft wurde. Trainieren bei Discobeleuchtung und sportiven Drinks mit Schirmchen. Sie präsentierte mir den Werbeflyer für die kommende Silvesterparty. Wir sind herzlich dazu eingeladen, vorausgesetzt wir finden den Mörder rechtzeitig.«

»Und wenn nicht?«

»Würde ich ungern hingehen. Die Dame ist ziemlich resolut, und Jolanda Valweig gruselig einsilbig. Dazu die fitten Trainerinnen ... die könnten uns im Pool ersäufen!«, er lachte und Sebastian stimmte ein.

Die Kollegen vor der Tür entspannten sich.

»Zu Jörgs modifizierten Bildern: Ich erzählte den Angestellten, dass wir Kunden mit Doppelmitgliedschaften eruieren. Sie erkannten die eine oder andere der Gefilmten. Leider blieb ein ganzer Stapel Bilder wegen Kowalskis Stopp in der Tasche. Zwei der Filmsternchen radelten gerade auf Spinning Bikes«, er grinste.

»Und? Ich kenn dich, da kommt noch etwas!«

»Dann rate, wer unter den gefilmten Damen war.«

»Die Wilkens?«

»Nein, ihre Freundin. Die, die vor Kurzem gekündigt hat.«

»Hast du den Namen dieser Person?«

»Beatrice Renner, die Adresse stand in der Kartei«, Roman pinnte sie an die Wand, er musterte seinen Freund, »denkst du, dass sie die Filmerei bemerkt hat, und deshalb ausgetreten ist?«

»Ist durchaus möglich«, Tobler nickte bedächtig, »Vielleicht wurde die Frau von Haas erpresst und sann auf Rache?«

»Die Renner ist zu filigran für die Seilaktion. Das passt eher zur Wilkens. Die Trainerin ist kräftig genug.«

Wieder nickte Sebastian bedächtig, »Denk an Katja Wilkens Hinweis: die Treppe. Sie wirft uns einen Brocken hin, um von sich abzulenken ... ein perfektes Manöver«, unbewusst griff er erneut in die Schachtel und fasste zusammen, »Sie haben ein Motiv. Die Wilkens wusste, dass Haas den Schreibtisch immer versperrte. Sie betonte seine Leidenschaft für Listen und hat jederzeit Zugang zum Studio. Zu zweit wäre es ein Klacks für die Damen den Toten mir den Seilen zu fixieren.«

»Und«, ergänzte der Lange, »Sie kennen die Handhabung der Geräte. Ein Seilzug ist für Laien kompliziert.«

»Wir kommen der Sache näher!«, Tobler öffnete das Fenster, »Trau keiner Frau! Laut Statistik werden fünfzehn Prozent aller Morde durch das weibliche Geschlecht begangen. Sie töten im Stillen: überlegt und im Verborgenen.«

»Wie nachts in einem verlassenen Fitness-Studio?«

»Genau, Roman. Aber für die Anklage ist eine Statistik zu wenig. Haben wir ihre Handydaten?«

»Sicher, in der Kundenkartei, wegen ausfallender Termine«, er kniff die Augen zusammen, »Sebi, du brauchst einen richterlichen Beschluss, bevor du in ihre Privatsphäre eindringst!«

»Oder einen verschwiegenen Kollegen, der sich unerkannt Zugang zu ihren WhatsApp-Chats verschafft«, er deutete mit den Daumen ins erste Stockwerk, »Falls Jörg auf etwas Handfestes stößt, finde ich einen Grund für offizielle Ermittlungen.«

»Pass auf, dass Friedhelm nichts davon erfährt!«, der Lange schielte zu dem Kollegen, der eben den Gang entlang Richtung Kaffeemaschine stolzierte und folgte ihm.

»Friedl!«, Sebastians winkte den Glatzkopf zu sich ins Büro und schloss leise die Tür hinter dem Bodybuilder.

»Hey, was ist?«, echauffierte sich der, »du schließt sonst nie die Tür!«

»Nur für uns: Du hast doch sicher bei den Einbruchsermittlungen die Kundenbewegungen im Life-Power überprüft. Wer ist unmittelbar davor oder hinterher ausgetreten?«

Brunner zog die Augenbrauen zusammen, »Warum?«

»Ich überlege eben, ob der Einbruch mit dem jetzigen Mord zusammenhängt.«

»Du spinnst! Hast du einen Waffenschein für deine abartige Phantasie?«

»Du hast es nicht kontrolliert?«, sein Tonfall verriet Toblers Enttäuschung, »ist es nicht naheliegend, dass sich der Eindringling vorher oder unmittelbar danach absetzt?«

Brunner zuckte mit den Schultern, »Nein?«

»Verdammter Mist! Müssen wir auch noch deinen alten Fall aufklären? Dann mach dich wenigsten jetzt nützlich: Fühl der Wilkens und ihrer Freundin Beatrice auf den Zahn, finde heraus, ob sie erpresst wurden. Aber bitte auf die sanfte, diplomatische Tour, ohne die Filmaufnahmen zu erwähnen. Das ist eine Anordnung vom Chef! Und verplappere dich nicht! Ihre Privat-Adressen pinnen an der Wand.«

Friedls Gesicht lief rot an, ob aus Scham oder Wut, ließ sich schwer sagen. Er schwieg, den Blick stur an Sebastian vorbei, die Fäuste geballt. Langsam bewegte er sich zum Fenster.

»Grrrrrr!«, erklang es in Knöchelhöhe.

»Scheiße!«, Brunner spurtete zurück zur Tür, »Hat dir der Chef nicht verboten, diesen Köter mitzunehmen?«

»Sebastian, dringende Mail von Dreher!«, ohne Vorwarnung stürmte Cornelia herein, »´Kryptische Daten: Der Schlüssel des Rätsels hängt mit der Anschaffung der jeweiligen Sportgeräte zusammen!´, er ist fast durch.«

»Warum weiß ich davon nichts? Zeig her!«, Friedhelm entriss ihr den Zettel, »Diese Liste hätte ich dir sofort entziffert!«, fauchte er Richtung Teamleiter, »Wie jeder, der dort trainiert. Und du fragst Marc? Einen Externen?«, seine Augen scannten die Seite: Verbarg die Liste etwas Belastendes über ihn?

»Benimm dich Friedl!«, Tobler nahm ihm das Blatt ab.

»Was, wenn Marc hinter dem Mord steckt? Vergisst du, dass er der Letzte war, der Kontakt zu Haas hatte? Damit gefährdest du den Ermittlungserfolg. Gib mir die Liste!«

»Nein! Mit diesem Ton bekommst du gar nichts!«

»Das ist Beweisunterschlagung!«

»Ich bin der Chef! Ich entscheide, wer welcher Spur folgt!«

»Oder maßgebende Inhalte dem Team bewusst vorenthält!«

»Das sag der, der ohne Rücksprache direkt an Kowalski berichtet, ich sage nur: Videos!«

»Wenn du unfähig bist und die Vorschriften ignorierst, ...«

Ein Anruf aus der Zentrale beendete Brunners lautstarke Anklage. Arbeitete Schreinmeister rund um die Uhr?

»Scheinhacker, Zentr...«

»Ich weiß, wie Sie heißen«, unterbrach ihn Tobler unwirsch, »Was ist es diesmal?«

»Luitpoldpark, eine Leiche.«

»Nicht schon wieder!« , stöhnte der Kommissar.

»Eine Seniorin hat den leblosen Körper auf einer Parkbank entdeckt. Zwei Jungen alarmierten die Polizei. Ein Streifenbeamter gab die Koordinaten durch. Er erwartet Sie.«

»Neue Leiche im Luitpoldpark!«, rief Tobler nach draußen, »Roman, Julius, ihr kommt mit mir. Zwei Wagen. Friedhelm: Du verständigst Meisl und Feger. Wo steckt Fischler?«

»Fick dich!«, Brunner versuchte sich, vor ihm durch die Tür zu quetschen, doch Vienna war schneller. Sie jagte durch seine Beine ins Vorzimmer. Dort drehte sie euphorisch eine Runde um die Schreibtische: Endlich Aufregung!

Friedl taumelte, dann eilte er durch den Flur davon.

»Sorry, Sebi«, Cornelia guckte besorgt, »Ich hab ihn durch das Milchglas nicht gesehen.«

»Scheiße! Ich war eben dabei ihm den Kopf waschen, weil er eigenmächtig Kowalski die Inhalte der Sticks verraten hat!«

»Ich übernehme Brunners Job«, Cornelia tippt auf ihrem Diensthandy, »Bernhard ist wegen der Hunde unterwegs.«

Roman fuhr, »Stau am Innsbrucker Ring, Mist! Das Navi leitet uns über den Nockherberg und weiter zur Reichenbachbrücke«, am Dach flackerte das Blaulicht. Er bog scharf in die Erhardtstraße ab und scheuchte einige Langweiler auf die Isarseite der Trasse.

Tobler aktivierte das Martinshorn, im Augenwinkel rauschten sie am Deutschen Museum auf seiner Insel vorbei.

Roman folgte dem Fluss Richtung Isarring, »Sagst du Sonja Bescheid, dass es später wird?«

»Mach ich«, er erwischte die Ex-Blondine sofort am Handy, Eileen nicht, »Was macht die Frau die ganze Zeit?«, frustriert guckte Sebastian auf die Straße, »Tagsüber ist sie ständig mit Marina unterwegs, und abends müde - rechts halten - wenn ich heimkomme, pennt die Kleine. Sobald ich um das Kinderbett schleiche - da vorne abbiegen - mault sie nur: nicht wecken!«

Roman schlängelte sich durch die enge Notfallgasse, rechts und links erhoben sich die Bäume des Englischen Gartens, »Wie schaffst du das, bei eurer mickrigen Wohnung? Himmel nochmal!«, Roman kurbelte wild am Lenker, »Bist du taub? Du blöder Depp«

»Am Wochenende sind die zwei unzertrennlich. Baby hier, Marina da, mach´ es so, nehme sie flacher, klopfe den Rücken leichter, die Windel sitzt schief - bei der Ampel links, Vorsicht Radweg!«, soufflierte Sebastian die Navi-Anzeige, »Weißt du, wie deprimierend das ist?«

»Hmm.«

»Während Eileens Schwangerschaft schwärmte meine Mutter ständig von diesem speziellen Babyduft. Von wegen! Hast du schon mal eine vollgeschissene Windel gewechselt? Rechts halten.«

Roman schlug gegen die Hupe, »Mach Platz, Idiot!«

»Hundekacke ist ein Dreck dagegen. Und wenn ich endlich einmal Marina zu mir nehme, kräht die Kleine und Eileen spurtet los - da vorne in die Belgradstraße, dann geradeaus durch die Grünanlage.«

»Festhalten: Bordstein!«, der Schneematsch spritzte.

»Schau mal dort«, Tobler zeigte aus dem Fenster, »Ein Ehepaar mit Kinderwagen! Hand in Hand im Park. Warum klappt das bei uns nicht?«

Unterhalb des Luitpoldhügels bremste Roman scharf ab und schalte den Motor aus, »Kurz: Du fühlst dich überflüssig oder zweitklassig. Bist neidisch, weil Eileen mehr Zeit mit Fräulein M verbringt als mit dir, und die Kleine nicht mit dir teilt.«

Julius parkte hinter ihnen.

Am höchsten Punkt der Erhebung patrouillierte ein älterer Streifenpolizist unter den altehrwürdigen Bäumen. Immer wieder verscheuchte er Schaulustige aus der Nähe einer Bank. Sein Kollege hockte abseits auf einem hölzernen Schlitten, neben ihm eine betagte Dame. Zwei Kinder im Grundschulalter vertrieben sich die Langeweile mit Schneebällen.

Sebastian winkte und bog in Richtung der Bank ab, »Passt auf die Fußabdrücke im Schnee auf! Meisl wird jeden Augenblick ankommen«, er blieb mit Abstand vor der Bank stehen.

»Logisch!«, Roman kannte seine Rolle, »Julius und ich helfen den Tatort zu sichern.«

Der Mann lag auf der linken Seite, er starrte mit weit aufgerissen Augen regungslos in den azurblauen Himmel. Anfang dreißig, keine Kopfbedeckung. Blonde, modisch geschnittene Haare. Eiskristalle glitzerten auf seinen Wangen, sie schmolzen nicht. Über ihm ragten schneeleere, schwarze Äste in der Wintersonne. Der Tote trug einen warmen, anthrazitfarbenen Mantel, ein Schal hing schlaff um den Kragen, farblich perfekt mit der Krawatte abgestimmt. Nur das helle Rot des versickerten Blutes zerstörte die optische Harmonie.

Ein leichtes, wie im Wind segelndes Gefühl erfasste Tobler. War es Überraschung, Leichtsinn oder Leichtgläubigkeit? Dazu ein Hauch Arroganz? Eine Intuition, der er folgen würde, bis er den Täter überführt hat. Er schauderte. Dieses Gefühl kannte er nur zu gut, und hasste es: Denn, Leichtsinn und Leichtgläubigkeit hatten seinem Bruder das Leben gekostet. Santiago, die einzige Stütze seiner Kleinkinderzeit. Zog sein Mörder weiterhin ungestraft durch Sogamoso oder hatte er Kolumbien inzwischen verlassen?

Ein Schatten glitt über das Opfer, »Ich hab ihn nicht angerührt«, der ältere Polizist deutete auf die sich überschneidenden

Schuhspuren um die Leiche, »Ein paar Jungs haben den Fall gemeldet. Sie warten bei meinem Kollegen.«

»Danke, das hier überlassen wir der Spurensicherung. Gute Arbeit«, Tobler lugte zu dem zweiten Streifenpolizisten, »Solange halten Sie bitte weiter die Stellung, ich geh´ mal rüber«, auf dem Weg zu der Gruppe am Schlitten informierte er Staatsanwältin Gudrun Fendt über die anstehende Obduktion.

»Mein Name ist Tobler, Kriminalpolizei«, er zeigte seinen Ausweis, »Wie fühlen Sie sich, Frau ...?«, er schätzte sie über siebzig. Sie hielt ein altmodisches Stofftaschentuch in den handgestrickten Handschuhen. Ein kleiner Tropfen baumelte an ihrer geröteten Nase.

»Wird a Zeit, dass Sie kemma! De Kloana soiten scho lang dahoam sei!«

»Kolpinger, Inspektion Schwabing«, stellte sich der Polizist vor, »Frau Steinleitner, ich wiederhole dem Kommissar ihre Aussage, damit Sie nicht alles doppelt erzählen brauchen. Bitte unterbrechen Sie mich, falls ich etwas vergesse.«

Sie nickte, dabei purzelte der Tropfen ergeben auf das Tuch. »Oma«, die Kinder scharten gelangweilt mit den Schuhspitzen im Schnee, »wann geh´n wir endlich? Mir wird kalt!«, nölte das Mädchen, etwa fünf Jahre alt, ihr Bruder maximal Sechs.

»Du bleibst do und schaugst mia ned dort hi, host mi verstand´n?«

»Frau Steinleitner kam gegen 14:15 Uhr mit ihren beiden Enkeln hierher zum Schlittenfahren«, zitierte Kolpinger von seinem Block, »Nachdem ihr die Füße vom Stehen schmerzten, wanderte sie gegen 14:30 Uhr zum Bankerl herauf. Der Mann saß bereits hier, den Kopf nach vorne gesunken, das Kinn in den Mantel gestützt. Frau Steinleitner vermutete, dass er eingenickt war und stellte ihre Tasche mit der Brotzeit für die Kinder auf die Bank.«

»Zerst hab i erm gfragt, ob i mi dazua setzen derf. Aber der wollt ned antworten. I war grantig und hob de Taschn a bisserl grob auf´s Bankerl gschtellt«, gab Frau Herman zu bedenken, »dann is a umgfoin!«

»Auf ihr Rufen hin reagierte der Mann nicht?«

»Na. I wollt erm aufhelfa, aba nacha war da des Bluad!«

Das Mädchen biss sich auf die Lippen, der jüngere Bruder rempelte sie an und deutete verstohlen Richtung Leiche.

Sebastian folgte seinem Blick. Meisl nebst Kollegen spannten grelle Absperrbänder über das strahlende Weiß. Roman signalisierte per Handzeichen sein Kommen, um die Spurensicherung bei ihrer Arbeit nicht zu behindern.

Tobler nickte.

»Frau Steinleitner bemerkte das Blut am Mantelkragen und rief um Hilfe«, fuhr Kolpinger fort, »Inzwischen verfärbte sich der Schnee unter dem Herrn. Blut tropfte aus dem vollgesogenen Mantelkragen.«

»Habt ihr den Mann gesehen?«, Tobler musterte die Gesichter der Kinder.

»Nein. Die beiden großen Jungs waren schneller. Die haben uns weggeschickt. Einer rief die Polizei, und der andere versperrte uns den Weg zur Oma.«

»Wir haben deren Adressen. Die Kerle warten dort drüben«, der Polizist wies mit dem Kopf zu einer Gruppe etwa Zwanzigjähriger, die sich etwas verloren unter den kahlen Ästen einer alten, dicken Eiche herumdrückten. Er registrierte Roman und reichte ihm den Notizblock, »Ah, die Ablösung, danke! Meine Füße sind inzwischen eiskalt. Wird Zeit, dass ich mir die Beine vertrete.«

»Ich danke ihnen, Herr Kolpinger! Eine erstklassige Vorarbeit, falls Sie einmal zur Kripo wechseln ...?«

»Na, gewiss Ned´. Mit Toten hab ich´s nicht so. Höchstens Bierleichen. Aber Danke!«, er trollte sich zu Julius und seinem Kollegen.

Roman grinste und überflog den Notizblock, »Sein Stift?«

»Hat er mitgenommen«, Tobler zögerte, dann reichte er ihm den sündhaft teuren JFK-Montblanc, »Ausnahmsweise.«

»Kennen Sie den Toten? Frau Steinleitner«, spann Sebastian den Faden weiter, »Haben Sie ihn schon einmal gesehen?«

»Heit, von unt scho, aber sunst ned. Derf ma jetzt a geh? I hob a koide Fiaß und der«, sie deutete mit dem Taschentuch zur Bank, »der wird ned glei davo renna.«

»Eine Frage noch: Haben Sie etwas hier oben beobachtet, bevor sie hoch marschiert sind? Eine weitere Person? Eine ungewöhnliche Bewegung des Herrn?«

»Na. Der hockte scho so da, alloa.«

Sicherheitshalber überprüfte Roman die Kontaktdaten, dann brach das Trio auf. Die beiden Kripobeamten beobachten aus der Ferne das Gewusel der Spurensicherer, »Da brauchen wir uns vorerst nicht sehen lassen. Was konntest du erkennen?«

»Wenig: Anfang dreißig, teure Kleidung, Krawatte.«

»Krawatte? Wer trägt heute noch Krawatte?«

»Bänker, Anwälte, bedeutendere Leute wie wir.«

»Name?«

»Zu riskant wegen der Fußspuren, und der schnellen Spusi«, er schielte zu den Einsatzwagen. Hinter dem Absperrband trieben sich hauptsächlich junge Leute herum. Familien mit kleinen Kindern schlugen einen weiten Bogen um das Einsatzteam. Einige Hundebesitzer bemerkten die Menschenmenge und leinten instinktiv ihre Vierbeiner an. Andere drängten sich von hinten näher heran, in der Hoffnung, über die Schultern der ersten Reihe einen Blick auf das Geschehen zu erhaschen. Am unteren Ende des Hügels tobte eine Schneeballschlacht. Tobler sah rot gefrorenen Nasen, bunte Mützen und herumrennende, kreischende Teenies. Oma Steinleitner rodelte mit ihren Enkeln den Hang hinab. Ein älter Herr mit schneeweißem, schulterlangem Haar und brauner Ledertasche unter dem Arm sprang gerade noch rechtzeitig zur Seite. Gustav Feger, der Rechtsmediziner, lachte und johlte ihnen freudig hinterher.

»Überlassen wir die Identitätsfeststellung Meisls Mitarbeitern«, Sebastian winkte dem Gerichtsmediziner zu, »Reden wir mit den beiden Burschen dort drüben«, sie stapfen los.

Patrick Zubin und Markus Hohlberger stellten sich als Urbanistik-Studenten an der Technischen Universität München vor. Sie wohnten beide in der Landeshauptstadt.

»Der Kerl saß schon mittags dort, als wir hier vorbei sind,« erzählten sie freimütig nach dem einleitenden Wortgeplänkel, »Der hockt öfters auf dieser Bank, eigentlich täglich.«

»Woher wissen Sie das?«

»Weil wir gelegentlich zwischen den Vorlesungen hierherkommen. Zum Luftschnappen, Füße vertreten und rauchen.«

»Saß er stets zur gleichen Uhrzeit hier?«

»Keine Ahnung. Was interessiert uns ein Fremder? Jedenfalls grinste er immer und beobachtete die Leute.«

Ein Stich durchzuckte Tobler, wieder eine Parallele zu seinem Leben. Gab ihn die Vergangenheit nie frei? Der Mann kam regelmäßig und völlig ahnungslos zu seinem gewohnten Platz: Genauso wie sein Vater. Bloß hatte es sich bei ihm um keine Parkbank gehandelt, sondern um das Polizeipräsidium in Sagomoso. An jenem Tag glühte die Sonne ebenfalls durch die Zweige der alten Zeder. Er, der kleine Sebastian drückte sich in ihren Schatten, eine Tüte in der Hand, und wartete auf seinen Vater. Hormingas, die kolumbianische Delikatesse aus gerösteten und gesalzen Ameisen, Vaters Leibspeise. Die Tür schwang auf und sein Vater verließ seine Arbeitsstätte zum letzten Mal.

Tobler fröstelte, er schlug den Kragen hoch, »Danke, weitere Beobachtungen?«

Patrick Zubin zuckte mit den Schultern, »Die Oma kreischte entsetzlich. Wir sind herauf gerannt, um zu sehen, was los ist.«

»Er war tot. Haben Sie seine starren Augen gesehen?«

»Dann haben wir die Polizei verständigt«, ergänzte Holberger, »das war doch richtig, oder?«

»Haben Sie den Mann angefasst?«, Roman schrieb.

»Ich wollte ihm zuerst aufhelfen, aber dann ... die Augen!«, Markus schaudert, »ich schaffte es nicht.«

»Und zuvor, haben Sie da jemanden bei ihm bemerkt?«

»Nö, der Typ hat uns nie interessiert, nur sein widerliches, arrogantes Grinsen, mit dem er die Kinder beobachtet hat, echt überheblich.«

Im Anschluss richteten die Beamten einige Fragen an die Zuschauer hinter der Absperrung. Die meisten waren erst nach den lauten Rufen von Frau Steinleitner auf die Bank aufmerksam geworden. Sie lag weit oberhalb, in einem schlittenuntauglichen Gebiet und war aufgrund des Hügels kaum einsehbar. Nur eine weißhaarige Seniorin mit Gehstock gab an, eine Frau dort oben gesehen zu haben, »Das war gleich zu Beginn der Gassi-Runde«, sie deutete auf einen zitternden Terrier. Mit der dürftigen Ausbeute, aber einer langen Kontaktdaten-Liste stieß Sebastian zum Fundort. Feger bekreuzigte sich eben und untersuchte den Toten. Meisls Team durchforstete in Overalls die Umgebung, kleine weiße Erhebungen, die sich im Schnee fortbewegten.

»Schaut euch mal das Umfeld um diese Leiche an!«, Meisl wischte sich die herunter gefallenen Eiskristalle von der Stirn, »Hunderte Schuhabdrücke! Und das Eisgrieseln von den Ästen macht es nicht einfacher!«, er blinzelte verärgert zu den Zweigen über ihm, »Wir untersuchen das Areal rund um die Bank. Mit Glück finde ich etwas. Jedenfalls ist seit dem Mord keiner allzu dicht an den Toten herangetreten, sonst wäre er schon früher von der Sitzfläche gefallen.«

Tobler deutete zu der Gruppe im Tal, »Ein Schneeball?«

»Zu weit entfernt. Die Jungs werfen nur auf die Mädels, und die weibliche Truppe wirft normalerweise schwächer und nicht so weit. Ein kräftiger, mit Steinen gespickter Ball zwischen den Baumreihen herausgezielt, hätte die Leiche sicher umgenietet. Nur«, er wies über das Areal, »Bei diesen Temperaturen müssten wir Reste davon entdecken. Haben wir aber nicht«, Meisl seufzte, »Zur Todesursache frage Feger«, er deutete auf den Mann im dunkelbraunen Mantel.

In diesem Moment zerriss lautes Gekreische die Stille der Schaulustigen. Vier Mädchen um die Zwanzig warfen sich auf einen gestrauchelten Jungen und seiften ihn gehörig ein. Weitere junge Frauen stießen dazu. Die andern Kerle johlten nur.

»In der Gruppe kann die holde Weiblichkeit richtig gefährlich werden«, grinste Tobler und beugt sich neben dem Rechtsmediziner über die Leiche, »Servus, Gustav!«

»Levent Puettmann. Du darfst gewiss Levent zu dem stillen Jungen sagen. Meisls Leute haben den Ausweis sichergestellt.«

»Klasse, und der philosophiert mit mir über Wurfweiten«, er kniete sich nieder, »War Dr. Teubner schon da?«

»Ich bin hin, er kam hin, ich bin weg, er ist weg, ich bin erleichtert hin«, fasste Feger seine mäßige Freude über ein Treffen mit dem Doktor zusammen, »Es blieb ihm kaum Zeit zum Niesen. Den Totenschein hat er der Leiche in die Manteltasche gestopft«, er fischte ein zusammengefaltetes Papier aus seiner Mappe, »Takt- und kontaktlos gleichzeitig, oder? Was sagst du zu seiner fehlenden Achtung einem Verstorbenen gegenüber?«

»Zumindest hält er uns nicht auf. Die rechtliche Grundlage für die Obduktion ist eingetütet. Wie findest du den Toten?«

»Kalt, etwas über dreißig, unsympathisch«, im Hintergrund lachten einige Kinder, Gustav sah ihrem Bob sehnsüchtig nach, »Jung müsste man nochmal sein und einen Schlitten haben. Stattdessen: ein schlaffer Körper im rutschhemmenden Mantel. Ein schlechter Tausch, oder? Für den Herren hier ist der Zug seit ungefähr 14:00 Uhr abgefahren«, er drehte den Toten, »die erste Zeit hat´s Levent P. richtig warm gehabt, nur leider war er da schon tot«, er lüfte den Mantelkragen: Ein blutdurchtränktes Hemd leuchtete Tobler entgegen. Der Mediziner zeigte auf eine kleine, aber tiefe Verletzung am Hals, »Schlagader aufgeschnitten, der Mantel gleicht einem Schwamm.«

»Schlagader? Spritzt das nicht gewaltig?«, es glänzten keine Sprenkel auf der Schneedecke, nur der rote Fleck direkt unter seinem Hals.

»Schlagader habe ich geäußert, nicht sprühfreudige Arterie, oder? Der Täter unterließ es, einen effektheischenden Horrorfilm zu inszenieren, er setzte die Klinge tiefer an. Bei richtiger Handhabung fließt das Blut in einem großen Schwall heraus.«

»Definitiv Mord?«, schloss Sebastian.

»Definitiv. Selbst ein Vollidiot bekommt keine so miserable Rasur hin. Der Schnitt liegt bemerkenswert. Er ist es wert, dass ich ihn später genauer ansehe, oder?«

»Du sprichst von einer Menge Blut, wieso ist nichts auf die Bank gelaufen?«,

»Weil Puettmann reichlich Geld für effektive und sportliche Kleidung ausgab«, Feger wechselte die Latexhandschuhe und tupfte auf das Innenfutter des Mantels, »Siehst du? Vollgesogen wie ein Schwamm, dank des Gore-Tex-Obermaterials. Dieser Stoff besitzt eine hauchfeine Membran aus Polytetraflourethylen oder expandiertem Polyethylen. Das macht ihn teuer aber atmungsaktiv: Wasserdampf tritt durch diese Schicht aus, Wasser- oder Blutstropfen nicht. Tot, Rot, nach außen hin sauber.«

Puettmann war verblutet, wie Sebastians Vater. Die Erinnerung kehrte zurück. Im Geiste raste wieder der schwarze Jeep an der alten Zeder vorbei, die Männer auf dem Pritschenwagen rissen die Waffen hoch, sie zielten auf den Mann vor der Tür, feuerten etliche Salven. Das Fahrzeug jagte weiter, hinter ihm sank sein Vater zu Boden, durchlöchert wie ein Sieb. Er starb in seinem eigenen Blut, wie Puettmann.

»Hörst du überhaupt zu? Ich sagte: Da ist etwas Auffälliges: seine Handgelenke, oder?«

Der Kommissar fuhr sich mit einer Hand übers Gesicht, um die schreckliche Erinnerung zu vertreiben. Er musterte die bleichen Gelenke im Schnee, »Was ist damit?«

»Leer, beide, oder? Wieso trägt so ein Schnösel keine protzige Uhr? Seine Haut wird es mir sicher verraten. Das erledige ich, bevor ich ihm sein Zettelchen an die Zehe hänge.«

»Danke. Wenn wir nur bei den Hundemorden eine ebenso schnelle Diagnose bekommen könnten«, Sebastian checkte den Abstand zu den uneingeweihten Kollegen, er flüsterte, »Irgendein Gift. Die Labore stellen die Untersuchung immer hinten an, sind halt nur Hunde. Aber sag´s nicht weiter.«

»Ein Giftköder am Wegrand?«

»Nein, jemand hat sie angeschossen. Mit einem Pfeil, mitten in den Muskel«, er schilderte die Todeskämpfe des Labradors, Huskys und Bernhardiners, »Nur bei einem Mastiff fand Bernhard keinen Pfeil. Das Tier hat überlebt.«

»Mit einem Pfeil? Ein schreckliches Pfeilgift, oder?«

»Logisch schrecklich: Drei Tiere sind tot.«

»Nomen est Omen: Der Kollege von der Tierobduktion soll auf Phyllobates terribilis testen. Dem Sekret des schrecklichen Pfeilgiftfroschs.«

»Wegen des Namens?«

Gustav Antwort klang eigentümlich gedämpft und gedehnt, »Nein«, seine Stimme übernahm diese sonderbare dunkle, monotone Färbung, die Tobler in den letzten Monaten schon öfters beobachtet hatte. Seine Augen schienen sich auf einen Punkt in weiter Ferne zu fokussieren, »Der grellgelbe Frosch ist läppische fünf Zentimeter groß, aber sein Hautsekret extrem giftig. Das Gift tötet einen Menschen innerhalb weniger Minuten. Die Nukak-Indianer in Kolumbien benutzen es heute noch für die Jagd mit dem Bogen oder Blasrohr.«

Kein obligatorischen *oder?*, keinerlei Sarkasmus!

»Zur Jagd? Wird die Beute dadurch nicht ungenießbar?«

»Falls Verletzungen im Magen-Darm-Trakt vorliegen: absolut. Der Wirkstoff heißt Batrachotoxin, der Name stammt vom griechischen *batrachos,* Frosch. Es wirkt nur tödlich, wenn es direkt ins Blut kommt. Es ist ein Neurotoxin, beeinflusst die Natriumkanäle und stoppt die Nervenleitungen. Ein Kampfgift. Schon ein bis zwei µg pro Kilogramm Körpergewicht führen zum sicheren Tod: Kammerflimmern Herzrhythmusstörungen, und schließlich Herzversagen. Batrachotoxin ist zehnmal stärker als das giftigste bekannte Steroidalkaloid.«

Tobler staunte, »Seit wann bist du Spezialist für Gifte?«

Fegers Mine verdüsterte sich, er schwieg.

Eine lange, drückende Stille zwängte sich zwischen die beiden Freunde. Tobler räusperte sich verlegen, »Der Mastiff, ein Durchschuss ohne entdecktes Projektil. Was hältst du davon?«, versuchte er das Gespräch wieder aufzunehmen.

»Möglich«, vollkommen regungslos.

»Woher ...?«

Gustav sog laut die Luft, »Das willst du nicht wissen«, entschied er und presste die Lippen aufeinander. Der Arzt schüttelte kaum merklich den Kopf, die Augen noch immer auf diesem imaginären, weit entfernten Punkt gerichtet.

»Du? Wann und wo? Erzähl ...«

Ächzend rappelte sich der alte Mann auf, »Schick mir Puettmann«, schweigend schloss er die lädierte Goldschnalle seiner Ledermappe und verließ er den Hügel, ohne sich umdrehen.

Tobler sah seinem Freund lange hinterher, »Danke für den Tipp«, murmelte er besorgt. Gustav kannte sich mit exotischen Giften aus? Er überraschte ihn immer wieder mit Spezialwissen, das meilenweit von seiner Tätigkeit als Rechtsmediziner entfernt lag. Was verbarg sein Freund vor ihm?

Sie trafen sich diesmal im Besprechungszimmer des Präsidiums. Julius Stadler erschien mit einer roten Zipfelmütze, sein frisch erworbenes Weihnachtsgeschenk für Sohn Timo.

Ihr Teamleiter spendierte jedem Mitglied eines seiner Bocadillos zur Nervenstärkung.

»Es liegt eine Menge Arbeit vor uns. Was wissen wir von Levent Puettmann?«

»Der Tote lebte in der Brunnerstraße Nr. 29. Er verhielt sich unauffällig, von einigen nächtlichen Partys abgesehen«, erläuterte Sonja Ospen ihre Personenrecherche.

»Brunnerstraße?«, Julius knuffte seinen Nebenmann in die Seite, »Möchtest du umziehen, Friedhelm? Dort ist eben eine Wohnung frei geworden.«

»Ich kenne meinen Namen, ich brauche keine Erinnerung am Straßenschild«, gab ihr Bodybuilder grob zurück.

»Liegt die Straße nicht gleich am Luitpoldpark?«

»Du kennst wohl jede Ecke in München, Sebi?«

»Kein Wunder«, der Teamleiter lachte herb, »Dort habe ich nur kurz auf einem Anwohnerparkplatz gestanden, 55 Euro!«, er schüttelte den Kopf, »Das war im August, die wiederholten Beschwerden wegen eines kampierenden Obdachlosen.«

»Hey! Das ist mein Revier!«, ereiferte sich Brunner.

»Sorry, wenn es sich um Bolle, Edi oder Schlumpf handelt, bin ich überall zuständig, vergessen?«

»Öffentliches Kampieren im Park ist ein Verstoß gegen die Anordnung des Ordnungsamtes!«, ereiferte sich Friedl.

»Jeder Lehrer macht in den Ferien Urlaub. Das gilt auch für den ehemaligen Pauker Edi. Er verbringt diese Tage gewohnheitsmäßig im Grünen.«

Brunner hasste Sebastians Vorliebe für das Reichenbacher-Pack, er ließ diesem Gesocks zu viele Freiheiten. Trotzdem zog er es vor, momentan zu schweigen.

Unbeeindruckt von dem Geplänkel, setzte Sonja ihren Bericht fort, »Puettmanns Eltern wohnen in Wolfratshausen. Sein Beruf: Versicherungsvertreter bei der Münchener Rückversicherungsgesellschaft. Strafregister: Eine Eintragung: Hinweis auf illegales Autorennen in München.«

Brunner nickte anerkennend, »Cooler Typ!«

»Oh ja, supercool. Mit Personenschaden.«

»Also ein Anfänger ...«

Roman krauste die Nase, »Sonst fällt dir nichts ein, Friedl?«

»Doch: Welcher Wagen?«

»Ein schwarzer Audi R8, Totalschaden.«

»Ein Jammer um die Karosse! Was hat man Puettmann aufgebrummt?«, erkundigte sich Brunner unbeeindruckt.

»8.500 Euro Geldstrafe, sechs Monate Freiheitsentzug auf
Bewährung, drei Monate Führerscheinentzug wegen fahrlässiger Tötung. Dazu einen Gips am linken Arm und mehrere Ver-
bände wegen der Abschürfungen und Prellungen«, Sonja schob
einen Ausdruck über den Tisch »Ein Passant erlag am Unfallort
seinen Verletzungen.«

Tobler horchte auf, »Details vom Unfallhergang?«

»Nichts, nur dass Staatsanwältin Fendt zuständig war.«

»Und dann dieses milde Urteil? Hat sie geschlafen?«

»Gemäß Gesetzgebung wären bis zu zehn Jahren Haft für
ihn fällig. In Ausnahmen verhängen sie lebenslänglich, erinnert
euch an Berlin, Kurfürstendamm. Üblich sind ...«

»Was?«, Brunner riss entsetzt die Augen auf, »Bisher waren
es zwei bis drei Jahre, meist auf Bewährung!«

»Die bisherige Regelung lautete bis fünf Jahre Freiheitsentzug und endete 2017«, Julius Stadler drückte ihn auf den Stuhl
zurück, »Ist es möglich, dass du wie eine gesengte Sau durch
München fegst und nicht einmal den aktuellen Bußgeldkatalog
kennst? Du, ein Polizist?«

»Mir weist ihr nichts nach!«

»Beruhig dich. Wir wissen alle, dass du flott unterwegs bist,
Friedl«, versuchte Tobler die Situation zu entschärfen, »Daher:
Bitte lass deine Connections spielen. Vielleicht weiß einer aus
der Szene, wer im beteiligten Wagen saß?«

»Und wenn ich nicht mag?«

»Dann rufe ich die abteilungsinterne Knöllchenstatistik ab«,
Cornelia tippte auf einem imaginären Laptop.

»Ja, leckt mich doch alle miteinander!«, stinkwütend sprang
Brunner auf, »Wer spurtet hier los, wenn´s höllisch brennt?«, er

eilte zum Ausgang, aber Tobler hielt ihm am Hemdsärmel zurück, »Du bleibst hier, die Sitzung ist noch nicht beendet.«

»Ist mir scheißegal! Eure Erpressung lass ich mir nicht gefallen! Ich geh´ zu Kowalski!«, mit einem vernichtenden Blick auf Julius Stadler stürmte er aus dem Raum.

»Geh´ brav petzen, Mimöschen!«, rief ihn Julius hinterher und streckte sich genüsslich, »Die Zahlen sprechen für sich. Stellt euch vor, er überfährt ein Kind. So einem Fahrer ist mein Timo ausgeliefert. Warte nur Sebastian, bis eure Marina eigenständig zum Laufen beginnt!«

»Du hast ja Recht. Trotzdem schätzen wir seine Fahrkünste in dienstlicher Sicht durchaus. Das Private geht uns nichts an«, Tobler musterte seine Runde.

»Einspruch, Sebastian!«, Roman klopfte seinem Freund auf die Schulter, »Es geht uns durchaus etwas an, wenn ein Kollege wegen privater, mörderischer Raserei eingebuchtet wird, und wir seine Arbeit aufgebrummt bekommen.«

»Somit hat sich Brunner erstklassig vor der Aufgabenverteilung gedrückt«, Sonja sammelte ihr Notizen ein.

»Danke, damit wären wir zurück beim Thema«, seufzte der Kommissar, »Leute, Kowalski hockt uns im Nacken: nur sechs Tage für Haas, und jetzt der Puettmann-Mord! Finden wir bei diesem Unfall ein Mord-Motiv? War jemand über den Tod des Passanten mehr als stinksauer? Wir brauchen Details!«

»Wartet«, Jörg nestelte an seinem Laptop herum und drehte den Bildschirm zu Sonja, »Bitte.«

Sie überflog laut die Urteilsbegründung, »Der Todesfahrer kommt gegen geringe Strafe frei. Gemäß dem Richter bestand keine Tötungsabsicht. Puettmann war genötigt auszuweichen, weil ein Betrunkener über die Beine eines schlafenden Obdachlosen stolperte und auf die Straße stürzte. Deshalb ein geringeres Strafmaß gemäß § 222 StGB, fahrlässige Tötung.«

»Die Namen des Trunkenbolds und des Wohnungslosen?«

»Anton Lesko und Heinrich Steinhammer«

»Ritschi? Wurden er und der Besoffene vernommen?«

»Steinhammer bestätigte den Vorgang. Der Betrunkene erinnerte sich an nichts mehr, 2,7 Promille. Der zweite Teilnehmer des mutmaßlichen Rennens entkam unerkannt«, zitierte Sonja weiter, »Puettmann bestritt, dass es sich um ein Rennen handelte. Angeblich waren ihm Fahrer und Fabrikat des anderen Fahrzeugs fremd.«

»Hat das Opfer einen Namen?«

Sonja scrollte, »Tarik Hamoud, Asylbewerber, Ganghoferstraße. Keine Angehörigen in Deutschland. In Syrien konnten sie keine Verwandten aufstöbern, der Krieg. Wer weiß, ob dort noch jemand von seiner Familie lebt.«

»Irgendetwas sagt mir, dass es eine Verbindung zwischen dem Unglück und Puettmanns Tod gibt. Wurden die Nachbarn des Unfallopfers wegen Auffälligkeiten befragt?«

»Nein.«

»Mist! Jörg, bitte treib Anton Leskos aktuellen Aufenthaltsort auf. Funkt Bernhard an: Sorry, aber die Hunde haben leider wieder zweite Priorität, ich brauche jeden Mann! Schicke ihn zu Hamouds Nachbarn: Mit wem hat sich der Syrer getroffen? Hatte er Besuche? Deren Nationalität könnte entscheidend sein. Ist er abends regelmäßig ausgegangen, wohin? Ferner benötigen wir Informationen von seinem Arbeitgeber: Julius, bitte erkundige dich über Zuverlässigkeit, Kontakte, Telefonate.«

»Wer befragt den Obdachlosen?«, alle Augen fixierten ihn.

»Schon gut, um Ritschi kümmere ich mich selbst. Ich weiß, wie ich in finde«, er seufzte, »Puettmanns Eltern besuche ich ebenfalls, aber nur mit Verstärkung, Roman?«, erfreut registrierte er sein Nicken, »Sonja: Was passierte mit Tarik Hamouds Hinterlassenschaft?«

»Die wurden eingekellert, falls sich später jemand meldet. Er kam 2015 aus Aleppo, mit der großen Kriegsflüchtlingswelle. Erinnert ihr euch an Merkels: Wir schaffen das?«

Romans Hände formten eine Raute, er zog die Lippen zur Schnute und nickte bedächtig. Alle lachten.

In diesem Moment betrat Brunner den Raum, »Tolle Stimmung für einen Mord!«

»Warst du echt bei Kowalski?«, Julius sah ihn an.

»Hast´e Schiss gekriegt?«, der Muskelprotz grinste zufrieden, »Ich war pieseln, euer Mist schlägt mir auf die Blase.«

Vienna grummelte leise vor sich hin. Beschützend legte sie sich zu Toblers Füßen. Dieses Kraftpaket blieb ihr suspekt.

»Was ist jetzt mit deiner Recherche? Wenn du bei dem Job kneifst, gehe *ich* zu Kowalski, aber echt.«

»Schon gut, Sebi, ich höre mich ein bisschen in der Renn-Szene um. Wann war das genau, Rotköpfchen?«

»07.02.20, 22:57 Uhr, Kahlkopf, Schwanthaler Straße.«

»Okay, dann vorerst: servus!«, Brunner verschwand.

Manchmal brauchte man nur ein bisschen Glück. Sein Toilettenbesuch war echt gewesen, er hatte dort telefoniert, erfolgreich telefoniert! In einer halben Stunde würde er sieben Sticks gegen einen satten Batzen Geld eintauschen. Und Sebastian lieferte ihm dafür frei Haus einen Vorwand, um sich zu verdrücken. Einfach perfekt! Er schwebte regelrecht durch den Flur und tänzelte freudig zu seinem A7 am Parkdeck. Ein Prachtwagen! Seine Hand glitt liebevoll über die magmarote Karosserie. Falls die Betreiber der Porno-Seite anbissen, würde er in Kürze fahrzeugtechnisch aufrüsten. Was für ein geiler Abend gestern mit seinen Kumpels! Die Qualität der Filme durfte sich echt sehen lassen.

Der dunkle Schemen hinter dem Fenster des Hauptkommissariats entging ihm.

Im Büro des Teamleiters starrte Sebastian lange zu der offenen Tür, »Erst schlägt Friedl den Job aus, und dann rennt er los?«, alle zuckten mit den Schultern, »Dabei ist Puettmann gar nicht sein Fall«, beunruhigt klopfte er mit dem JFK-Füller auf den Tisch, was bedeutete Brunners Stimmungsumschwung?

»Dann ohne ihn: Was gibt´s Neues bei dem Seilzugmord an Bodo Haas?«, Vienna rollte sich entspannt zusammen, mit dem Kopf auf seinen Schuhen.

»Stefan Meisl ist mit den Drohbriefen aus seinem Schließfach fertig«, Sonja pinnte Kopien an die Wand, »Simple Aldi-Qualität mit zwei registrierten Fingerabdrücken. Mit denen des Opfers haben wir gerechnet, aber sagt euch der Name Maximilian Lambrecht etwas?«

»Nein, bitte klär uns auf.«

»Geboren in Dresden, am 2. März 1996, gemeldet in München. In unseren Datenbanken tauchte dieser Name einmal in Verbindung mit Bolek Piotrowski auf.«

»Piotrowski?«, der Pole war öfters durch Verstöße aufgrund Hehlerei und Prostitution aufgefallen, »Ist das unser Mann?«

Jörg lachte, »Irrtum: Lambrecht ist Postbote, und die wechseln ihre Bezirke, wie andere die Unterhose.«

»Wieder Fehlanzeige!«, unbewusst kraulte Tobler Viennas Kinn, er registrierte die kleinen, wachsenden Lachfältchen an den Augenwinkeln des IT-lers, »Ich seh´s dir an, Jörg: Du hast noch etwas.«

»Nichts Neues, dennoch höchst erregend«, er drehte seinen Laptop, damit jeder den Monitor im Blick hatte, »Kommt euch das bekannt vor?«, über den Bildschirm flimmerte die Domina am Poolrand.

»Logisch, die Aufnahmen von gestern.«

»Und? Seht ihr einen Stick am PC?«, Jörgs Grinsen wurde breiter, als sie ihn verdutzt ansahen, »Fundort: Darknet!«

»Wie bist du darauf gestoßen?«

»Wenn man das Video hat, ist es simpel. Vorausgesetzt die eingespielte Version wurde nicht überarbeitet. Ihr kennt doch die Bildersuche bei Google? Es funktioniert ähnlich, falls man ein paar Kleinigkeiten beachtet.«

»Findest du heraus, wer die Schweinereien eingestellt hat? Womöglich fassen wir so die Hintermänner der Drohbriefe.«

»Das ist nicht so leicht«, er kontrollierte die Uhrzeit, »Heute wird´s eng, die Kollegen vom Darknet sind schon im Feierabend. Ich kontaktiere sie gleich morgen.«

»Okay!«, Tobler räusperte sich verlegen, »Danke, dass ihr euch so reinkniet, ihr seid ein klasse Team!«

Hoch oben ratterte die 33er-Tram über die alten Schienen. Das Kreischen der Räder in den Gleisen drang bis in den Keller tief unterhalb der Straße. Eine Weiche rief herbe, sich wiederholende Erschütterungen hervor: *radun-radun-radun*. Bei jedem Schlag rieselte Dreck und Sand von der Decke. Es rieselte seit dem Ende der 50er Jahre, als das Münchener Straßenbahn-Netz ausgebaut wurde. Das dunkle Gewölbe unterhalb des Asphalts hatte diese Zeit unbeschadet überstanden, selbst den neuerlichen Umbau des denkmalgeschützten Hauses darüber.

Die Lampe beleuchtete einen Block mit akkuraten Notizen, Zahlen und Tabellen. Über den Monitor einer Kamera lief eine lange Reihe Fotos. Gelegentlich stoppt der Fluss und das Bild wurde aufgezoomt: Ja, die Berechnungen stimmten, rund 90kg.

Jetzt fehlte nur der geeignete Moment, um den endgültigen Beweis anzutreten. Mit einem zarten ′Klack′ rastete die neue Speicherkarte ein, die alte Karte glitt in einem Briefumschlag. Auf ihr ruhte die komplette Dokumentation des Vorhabens. Es war gefährlich, die Daten auf einem Rechner zu halten. Gerade jetzt, nachdem sich dieser Polizist gemeldet hatte. Eine Kamera war unauffälliger und notfalls schneller entsorgt. Eine kleine Speicherkarte noch einfacher. Deshalb hielt sie immer ein frankiertes und adressiertes Kuvert parat. Zieladresse: ein Postfach in der Fraunhoferstraße.

Das Rumpeln verstummte, es wurde Zeit aufzubrechen. Die Verabredung mit dem Kommissar stand. Sie war riskant, aber den Termin abzusagen war entschieden gefährlicher. Vielleicht gelang es ihr, den Spieß umzudrehen und Antworten auf eigene Fragen zu erhalten? Fragen wie: Von wem stammte das Zeitungsfoto? Eine neue mögliche Testperson? Kein allzu abwegiger Gedanke, um einen Zeugen zu beseitigen, ein Lächeln.

Der Lichtschein erlosch. Mit ihm versank auch der Schriftzug ′Mama ist lieb′ im Dunkeln. Leise Schritte. Nach mehr als zwei Jahrzehnten kannte man die kleinsten Unebenheiten des Bodens. Stille. Nichts außer dem Knarzen der sich schließenden Tür, dem Scheppern des Schlüsselbunds im Schloss und dem entfernten Rasseln der sich nähernden 15:18 Uhr Tram.

Das Dienstfahrzeug der Polizeistation an der Tegernseer Landstraße fuhr die Geiselgasteiger Straße entlang, überquerte bei Grünwald die Isar Richtung Höllriegelskreuth und tuckerte im Berufsverkehr weiter über die B11 nach Wolfratshausen.

»Wieso ausgerechnet ich, wenn du den Puettmanns den Tod ihres Sohnes beibringst, Sebi? Wo bleibt unsere Freundschaft?«

»Ich trenne Privates von Dienstlichem, Roman. Wovor hast du Angst? Cornelia hat die Dame vom Krisenteam schon dorthin geschickt. Die fängt auch dich auf, falls du einknickst.«

»Fast sechzig, klapperdürr und esoterisch angehaucht, ich danke! Wenn es wenigstens Sonja wäre«, er spähte durch die Windschutzscheibe, »Ich hasse den Feierabendverkehr! Schau dir die Schlange vor uns an.«

Tobler sah in den Rückspiegel, »Genau wie hinter uns. Bitte erinnere mich daran, dass ich mich bei Bolle und Edi erkenntlich zeige. Ihr Tipp, dass Ritschi in diesem Jahr sein Winterquartier im Perlacher Forst aufgeschlagen hat, war erstklassig. Nur schade, dass uns die Befragung um keinen Schritt weitergebracht hat«, er kurvte die weiten Serpentinen zur Isar hinunter, »Weshalb konnte Puettmanns Mörder nicht warten, bis der Studio-Fall aufgeklärt war? Bei Haas kommen wir einfach nicht weiter« er ließ seinem Frust freien Lauf, »Wo steckt der Mann, der sich hinter dem fingierten Käufer Bekensen verbirgt? Was verschweigt uns Beatrice Renner und welche Rolle spielte Frau Wilkens?«

»Eine nervige! Die Pseudo-Kriminalerin dokumentiert ihre eigenen Befragungen akribisch in einer Tabelle, ähnlich ihrem Vorbild Bodo Haas. Sie schickt uns das Ergebnis.«

»Haas und akribisch!«, er schnaubte abfällig, »Ich habe sein Eingangs-Excelsheet mit den Inhalten der Kuverte verglichen. Zu vielen Sticks existieren Duplikate, die nicht aufgelistet sind. Einige Nummern fehlen komplett oder liegen nur einmal vor. Entweder schwächelte er gewaltig bei der Aktualisierung, oder es sind ihm eine beträchtliche Anzahl Sticks abhandengekommen.«

»Die Wilkens?«, vermutete Hiebler, »entwickelt sie sich zur Schlüsselfigur in diesem Mordfall?«

Tobler wischte sich eine Locke aus der Stirn und zuckte mit den Schultern, »Möglich. Wo wir von Schlüssel reden«, er berichtete Roman von Marcs Telefonat.

»Stimmt, theoretisch könnte jeder Drehers Hauptschlüssel für die Muckibude geklaut haben«, bekräftigte der Lange die Einschätzung des Trainers.

»Aber nur einem bescherte es einen Vorteil. Marc versemmelte das Finale der Championship nach seinem Rauswurf.«

»Brunner? Du meinst, er hat die Sache eingefädelt? Einzig und alleine für seinen Sieg bei diesem belanglosen Event?«

Tobler nickte vage, die bockige Locke wippte synchron mit.

»Dieser Schweinehund! Kein Wunder, dass er stümperhaft ermittelte«, Roman schlug mit der Faust hart gegen das Armaturenbrett, »Wenn du Recht hast, deckt Friedl seinen eigenen Coup! Glaubst du, er rechnete mit Drehers Entlassung?«

»Sicher nicht. Unruhe stiften, ja. Anklagen: ja. Aber ohne es zu wissen, stach er mit dem Einbruch in ein Wespennest, wenn man an die Filmchen denkt. Aber das alles ist Spekulation.«

»Abbremsen!«, Roman deutete auf ein 80er-Schild, »Angenommen, Bodo begreift nach seinem Disput mit Dreher, dass er mit dem Ermittlungsauftrag an Brunner den Wolf zum Schäfer gemacht hat. Er konfrontiert Friedl damit. Der benötigt nun dringend einen Erfolg und zeigt ihm die Kamera in den Damen-Duschen. Haas bestreitet gewiss, davon gewusst zu haben. Wenn er sie demontiert, ist Ende mit dem Nebenverdienst. Vom Ärger, mit den geprellten Abnehmern ganz zu schweigen. Bodo steckt in der Klemme.«

Der Ermittlungsleiter nickte, »Richtig! Was sollte Haas abhalten unserem Kollegen einen Maulkorb zu verpassen und ihn unter Druck zu setzen? Brunners Karriere wäre gelaufen, wenn ein vorgetäuschter Einbruch rauskommen würde.«

»Und Friedhelm hätte genügend Kraft für den Seilakt, dazu Erfahrung und Zugang zum Studio«, Roman schnaufte durch, »Vorausgesetzt, er ließ Marcs Schlüssel kopieren.«

»Ein Pappenstiel für einen Polizisten samt Dienstausweis«, Tobler zog die Locke lang und biss auf ihr Ende, »Der Obdachlose Kwame gab an, Brunner in jener Nacht beim Betreten des Gebäudes beobachtet zu haben«, nuschelte er, »und zwar über den Eingang zu den Wohnungen. Mist!«, er bremste scharf vor einem Zebrastreifen, die Locke schnellte zurück. Ein gebückter Mann drohte ihnen mit dem Gehstock durch die Windschutzscheibe.

»Sebi: höchste Zeit für den Friseur!«

»Scheiße, Roman!«, der Kommissar sah ihn eindringlich an, »Verstehst du nicht? Damit steht Brunner ab sofort unter dringendem Verdacht, seinen möglichen Erpresser zum Schweigen gebracht zu haben!«

Das Gespräch mit Levent Puettmanns Eltern verlief schwierig. Während sich Vater Holger in wüstesten Spekulationen erging, war seine Frau zu keiner Aussage fähig. Sie benötigte die volle Aufmerksamkeit der Krisen-Kollegin. Ihr Gatte zeige keinerlei Emotionen, er schaltete auf stur. Immer wieder betonte er, »Ich werde die besten Anwälte beauftragen!«

Er fegte Toblers Fragen bezüglich Levents Freunde, einem veränderten Verhalten oder sonstigen Auffälligkeiten vehement bei Seite, »Der Junge ist erwachsen! Er braucht keinen Babysitter!«. Ihr Kontakt beschränkte sich auf ein Pflicht-Telefonat pro Woche. Von fragwürdigen Anrufen oder sonderbarer Post hatte ihr Junge nie erzählt. Darauf angesprochen, dass Levent beim Auffinden keine Uhr trug, antwortete der Vater verblüfft: »Selbstverständlich besitzt er eine goldene Rolex! Unser Beitrag für sein adäquates Auftreten bei der Münchener Rückversicherung. Levent bekleidete dort einen angesehenen Posten. Er muss vollkommen durch den Wind gewesen sein, wenn er ohne seine geliebte Uhr loszieht.«

Natürlich handelte es sich um eine Rolex!

Das brachte Tobler zu den nächsten Fragen: »Erzählte Ihr Sohn von Spannungen, hatte er Neider?«

Holger Puettmann überlegte, »Na ja, der Bengel von Konsul Rimpes war ebenfalls scharf auf Levents Posten. Aber ich hatte die besseren Argumente für die Einstellung.«

»Die wären?«

»Private«, er drängte die Polizisten unmissverständlich zur Tür, »Sie verstehen, ich habe soeben mein Kind verloren.«

Als sich die Polizisten und später die Kollegin vom Krisenteam verabschiedet hatten, stellte sich Holger hinter seine verzweifelte Frau, »Ich verspreche dir, Erna: Ich werde alle Register ziehen!«, er berührte mit seiner Hand tröstend ihre zuckenden

Schultern, »Wer immer uns das angetan hat: Der Schurke bleibt nicht ungestraft! Du weißt: Wolfgang Herrnbichler hat spezielle Methoden, wie er zuletzt im Gerichtssaal bewiesen hat.«

»Du meinst: Fakten verdrehen oder zu unterschlagen?«, sie schnaubte verächtlich, »So, wie Kennzeichen, Farbe und Autotyp von Levents Rennpartner? Du hast gehört, wie dicht unser Bub an der Stoßstange des anderen gehangen ist.«

Er nahm sie sanft in die Arme, »Levent war ein ausgezeichneter Fahrer. Trotzdem war Herrnbichlers Maulkorb die einzige Chance für unseren Jungen, ihn bei dem Unfall rauszuhauen.«

»Dafür bin ich ihm unendlich dankbar. Nur seine Art, wird er wieder an den Aussagen drehen?«

»Möglich, dass er dem Erinnerungsvermögen eines Zeugen mit Geld nachhilft«, der alte Mann nickte bedächtig, »Erna, ich will Levents Mörder! Herrnbichlers Methoden sind mir egal. Er braucht nur einen Verdächtigen, dem er auf den Zahn fühlen kann. Mit etwas Manipulation wird er die Wahrheit schon aus ihm herausquetschen«, sein Blick wurde eiskalt, gehässig flüsterte er, »Wolfgang macht ihn fertig!«, seine Finger vergruben sich tief in ihrer Schulter.

Sie stöhnte auf, vor Trauer, Sorge und Schmerz.

Im Wagen wurden die Polizisten von Vienna bereits sehnsüchtig erwartet. Sie trippelte nervös auf dem Beifahrersitz.

»Sorry, Kleine, pieseln ist hier gefährlich. Der Grundstücksbesitzer prahlt offen mit seinem Kontakt zu einem Anwalt«, er scheuchte sie auf die Rückbank. Auf der Heimfahrt diskutierten die Polizisten die anstehenden Fragen: Hängt Puettmanns Tod mit dem von ihm verursachten tödlichen Unfall im Februar zusammen? Wenn ja: Handelte es sich um späte Rache? Oder lag es an seinem zur Schau gestellten Reichtum und Levent fiel einem Uhrenraub zum Opfer? Spielte etwas anderes hinein und er hatte sich mit den falschen Leuten angelegt?

»Bei diesen Worten fällt mir Bodo Haas ein«, Tobler setze den Blinker, »Ich würde gerne bei seiner Frau vorbeifahren und ihr ein paar weitere Fragen stellen. Von hier ist Starnberg ein Katzensprung«, sie bogen zur Autobahn ab.

»Soll ich uns anmelden?«

»Nein, wir bleiben nicht lang«, Sebastian trat das Gaspedal durch, die Autoschilder flogen an ihnen vorbei.

Ein Anruf vom Präsidium meldete sich dudelnd am Funkgerät, Roman erkannte die Nummer, »Team-Tobler, Co-Pilot Hiebler. Wir ermitteln aktuell mit ...«, er beugte sich weit zur Fahrerseite, »223 km/h. Bitte bestelle einen Sanka, Sonja!«

Dann passierten vier Sachen gleichzeitig: Tobler glotzte den Kollegen grantig an und zeigte ihm einen Vogel. Der gestikulierte wild in Richtung einer Geschwindigkeitsbegrenzung vor einer Baustelle, Vienna sprang alarmiert auf ... und: Es blitzte!

»Scheiße!«

»Sonja«, bat Roman flehend, »bitte notiere: 17:34 Uhr, A95 Richtung München, Höhe Schäftlarn, Kennzeichen«, er gab die Nummer des Dienstwagens durch, »Bitte schicke Cornelia mit einigen ihrer Schoko-Nikoläuse zu ihren früheren Kollegen bei der Straßenüberwachung. Die müssen diesen Eintrag unbedingt löschen, bevor er intern viral läuft!«

»Spinnt ihr? Jetzt, wo wir den Bekensen haben?«

Tobler bremste scharf und wechselte nach rechts, »Erzähl!«

»Dominik Bekensen, gemeldet in Hamburg Stadtteil Eimsbüttel, Telemannstraße 189. Geboren 19. April 1972. Die Mail: Dominik_Bekensen_Hamburg@web«, lauter Jubel unterbrach sie, »Sorry, Jungs: querschnittsgelähmt.«

»Mist! Damit scheidet er als Seilkünstler definitiv aus. Hat er einen Mittelsmann geschickt?«, überlegte Tobler, »egal, um eine Befragung kommt er nicht herum.«

»Diese Dienstreise genehmigt euch der Chef nie. Wie wäre es mit einem Telefonat mit Bekensen?«

»Nein. Neunzig Prozent der Antworten finden in der Mimik statt«, Tobler überlegte, »Sonja, Roman schickt dir gleich einen Fragenkatalog. Sobald ich das Okay von Kowalski habe, beauftragen wir zwei Kollegen in Hamburg. Sag ihnen, worum es geht und worauf zu achten ist. Ich mach jetzt Schluss, wir sind am Zielort, Starnberg.«

»Ohne Krankenwagen? Respekt!«, sie legte auf.

Sie parkten direkt vor dem beleuchteten Rentier samt Schlitten. Frau Haas öffnete ihnen mit einer engen Jeans und figurbetontem, schwarzem Pulli bekleidet. Die lange, blonde Haarpracht trug sie kunstvoll hochgesteckt, »Bitte kommen Sie herein«, nach einem prüfenden Blick auf ihre nassen Schuhe überlegte sie es sich anders und blieb mit den Polizisten im Flur stehen.

Nach wiederholten Beileidsbekundungen kam Tobler direkt zum Thema, »Ist Ihnen bekannt, dass Ihr Gatte ein Schließfach besitzt?«, er löste die Füllerkappe.

»Ein Schließfach? Nein, das ist mir neu. Wissen Sie, was er dort aufbewahrt?«, ihr Blick zuckte nervös zum Wohnzimmer.

»Noch nicht«, log Tobler, »Erzählen Sie mir bitte mehr über Ihren Gatten, damit ich ein deutlicheres Bild von ihm bekomme«, in diesem Moment öffnete sich die Tür zur Stube.

»Ich bin die Liste durch, widmen wir ...«, ein junger, athletischer Mann stutze beim Anblick der Polizisten.

Nicht minder irritiert stammelte der Kommissar, »Entschuldigung, aber ...«

»Eine Sekunde, Mikulas«, unterbrach ihn Romina Haas, sie strich sich kokett eine gelöste Strähne zurück, »Die Herren brechen gleich auf«, provokant setzte sie sich auf die Treppe zum Obergeschoss und schlug die Beine übereinander, ihre Zehen wippten, »Wie Sie sehen, habe ich Besuch.«

Der Mann nickte grüßend und zog sich in den Raum zurück.

Tobler räusperte sich peinlich berührt und Roman nutzte die Unterbrechung zum diskreten Studium des adretten Körperbaus der frischgebackenen Witwe.

»Besitzt Ihr Mann eine Kamera?«

»Sicher. Er arbeitete einige Zeit als freischaffender Kameramann bei der Fa. Liebermann.«

»Ich nehme an, dass er abends öfters unterwegs war?«

»Damals ja, aber seit er das Studio übernommen hatte, nur viermal pro Jahr: wegen der Quartalsdurchsprachen der Studioleitung«, sie schielte zum Wohnzimmer.

Toblers Füller notierte *4x*, »Wo fanden diese Treffen statt?«

»Abwechselnd in jeder Filiale«, ihre Ungeduld stieg.

»Und wann kam er nach den Sitzungen abends heim?«

»Überhaupt nicht. Er schlief im Studio, auf einer der Liegen im Ruheraum des Saunabereiches«, der Fuß wippte genervter, »Die lange Wegstrecke! Am Folgetag sollte er wieder fit sein.«

»Und vorgestern? Haben Sie auf ihn gewartet?«

»Nein. Er sagte, dass es später wird, Personalmangel.«

»Waren Sie nicht beunruhigt?«

»Ich rechnete damit, dass er wieder im Studio schlief.«

»Eine andere Frage«, schaltete sich Roman ein, »Wo hielt sich ihr Mann am 7. Februar 2020 auf? Das war ein Freitag.«

»Oh Gott, das ist zu lang her!«

»Hatte er sich in dieser Zeit auffällig benommen? Denken Sie an seinen Wagen, den Nissan«, fügte er zur Hilfe hinzu.

»Na ja, der kam im Februar in die Werkstatt, wegen dieser Kratzer. Aber das wissen sie ja schon. Es war ihm peinlich, er achtete akribisch auf den Silbernen.«

Romans Handy klingelte, er kontrollierte den Anrufer und entfernte sich einen Schritt, »Ja? Welche? Okay, mach ich, mein Schatz!«, schmunzelnd schielte er zu Sebastian.

Der schüttelte missbilligend den Kopf.

»Wenn Sie jetzt keine weiteren Fragen haben«, die attraktive Hausherrin erhob sich grazil und öffnete die Haustür.

»Eine habe ich tatsächlich noch«, lächelte Tobler verlegen, »Würden Sie uns bitte Ihren orangenen Morgenmantel aushändigen? Auf dem Kopf ihres Mannes wurden Faserspuren gefunden. Falls sie von Ihrer Kleidung stammen, sind sie für uns bedeutungslos.«

»Warten Sie«, hüftschwingend stieg sie in den ersten Stock und reichte ihnen kurz darauf den Kimono, »Erlauben Sie, dass ich mich jetzt um meinen Besuch kümmere?«

Im Rahmen drehte sich der Kommissar noch einmal um, »Wir haben auf seinem Schreibtisch eine Notiz entdeckt: ´es reicht!!!´. Fällt Ihnen ein, worauf sich das beziehen könnte?«

»Gewiss nicht auf mich, ...«, und mit spöttischem Blick auf Roman, »seinen *Schatz!* Aktuell empfinde ich wie er.«

Kaum saßen sie im Wagen, platzte Tobler der Kragen: »Spinnst du? Ein Privatgespräch mitten in einer Vernehmung?«

»Kollegin Ospen hat Informationen für uns, falls du mich wohlbehalten bei ihr im Präsidium ablieferst. Eine betrifft diese Romina Haas«, er lächelte versonnen, »Das ist echt eine geile Granate! Wenn ich mir die in diesem Kimono vorstelle ...«

»Pass auf, dass Sonja deine Begeisterung nicht bemerkt. Sonst behält sie ihre Neuigkeiten für sich«, er registrierte Viennas drängenden Blick im Rückspiegel, »Gleich! Bei dem zweibeinigen Wachhund im Haus setzt du besser keine gelbe Duftmarke an das Rentier!«

Im Präsidium angekommen, eilte Roman sofort in Sonjas Büro. Inzwischen ließ Sebastian Vienna aus dem Wagen. Die Hündin flitzte quer über das Parkdeck, sie pinkelte an die vorderste Buchsbaumkugel, bevor sie auf der verschneiten Fläche vor der gelben Trennmauer ein stinkendes Häufchen hinterließ. Tobler folgte ihr mit einem schwarzen Kotbeutel. Seine kleine Amstaff-Hündin war doch völlig unproblematisch, wieso stellte sich Eileen bloß so an?

Er prüfte die Uhrzeit: eine dreiviertel Stunde bis zu seinem Termin mit Ute Reining. Es kribbelte im Bauch, wenn er daran dachte. Dabei war es doch nur eine Vernehmung, eine simple Befragung in Sachen des angeschossenen Mastiffs! Wieder sah er die junge Frau vor sich auf dem Asphalt liegen, die wunderschönen, grünen Augen. Zu dem Kribbeln gesellte sich ein sonderbarer Druck in seiner Brust. Er warf die verknotete Kot-Tüte in den nächsten Mülleimer und rief bei Eileen an: »Dieser Anschluss ist vorübergehend ...«, nicht schon wieder!

»Hi, Sebastian!«

Er fuhr herum. Zu seiner Überraschung entdeckte er Regina in der geöffneten Brandschutztür, sie winkte ihm eindringlich zu sich heran.

»Servus, was gibt's?«

»Komm näher, damit uns Theo nicht durch das Fenster beobachten kann«, sie trat in den Gang zurück, »Sebastian«, flüsterte sie, »Du musst aufpassen: Brunner war beim Chef. Theo ist entsetzt, dass du einen potenziell Verdächtigen in die Ermittlungen einbindest.«

»Marc Dreher?«

»Genau den. Friedhelm Brunner versucht alles, um die Leitung der Mordermittlungen im Fall Haas zu übernehmen.«

»Der Kerl petzt? Wie reagierte der Chef darauf?«

»Er sagte wörtlich: ʹDie Leitung bleibt bei Tobler, aber behalten Sie ihn im Augeʹ, und hinterher zu mir: ʹWieso macht der Junge einen solchen Fehler?ʹ«

»Dieser Mistkerl!«, er dachte an den Einbruch.

»Sebastian, nimm Brunner an die kurze Leine, oder verpassʹ ihm einen Maulkorb. Er versucht soeben deine Karriere zu ruinieren!«, Regina liebkoste Vienna, »Friedhelm ist heute Nachmittag regelrecht über das Parkdeck getänzelt. Weißt du, warum? Wenn ich ihn so sehe, bekomme ich kalte Füße!«

Tobler ballte beide Fäuste, »Am liebsten würde ich ihn mit Vienna in ein Zimmer sperren und das K-Wort brüllen!«

»Das K-Wort?«

Der Kolumbianer beugte sich ans Ohr der Hauptkommissargattin und wisperte: »Kill«, dann wieder normal, »Ein Erziehungsrelikt von Jülich. Unser letzter Fall vor eurer Hochzeit, die aufgespießte Künstlerin mit dem gelben Hutmonster ...«

»Monster? Mein Hochzeitshut?«

»Er stand dir ausgezeichnet, glaub mir!«, er holte tief Luft, »Jedenfalls hat dieser Jülich Vienna zum Töten abgerichtet!«

Zunächst schwieg sie, dann, »Weiß es Eileen?«

»Ja. Sie war bei der Ergreifung des Täters dabei. Ich habe einen Deal mit Jülich: Solange er im Gefängnis sitzt, bewahre ich sein Hündchen vor der Tötungsstation. Im Gegenzug hilft er uns mit Tipps bei ihrer Erziehung.«

»Weiß Theo vom K-Wort?«

»Um Gotteswillen: Nein!«

»Du solltest mir so etwas nicht anvertrauen, Sebastian. Hoffentlich verplappere ich mich nicht. Vienna ist längst ein Dorn in seinen Augen«, ihr Finger folgte der Kontur von Viennas V-förmiger Fellzeichnung, »aber nur in seinen, meine Süße!«

»Dann erinnere ihn daran, dass ohne Vienna sein Neffe Valentin jetzt tot wäre«, er lugte in den Flur, Schritte näherten sich. Roman kehrte mit Sonja zurück. Regina grüßte knapp und huschte an ihnen vorbei Richtung Chefsekretariat.

»Ärger?«, der Lange sah ihr nach.

»Erzähl ich in meinem Zimmer«, zwei Bildschirme flackerten im Großraumbüro, ansonsten war es menschenleer, »Brunner jagt Torpedos unter meinen Stuhl.«

»Ausgerechnet der!«, Sonjas Rotschopf lehnte an Romans Schulter. Erst jetzt bemerkte Sebastian, dass Pumps und Haartönung farblich exakt aufeinander abgestimmt waren, »Dafür verrate ich dir, wo sich Anton Lesko aufhält. Der Suffkopf, wegen dem es überhaupt zum Unfall und Hamouds Tod kam. In der Hochäcker Straße am neuen Südfriedhof. Seit sechs Monaten. Kurz vor der letzten Verhandlung ist er hackedicht in die Isar gestürzt.«

»Mist, *der* war das!«, Sebastian erinnerte sich an die Presse, »dann bleibt es bei seiner ersten vagen Aussage in den Akten«, er biss sich auf die Lippen, »Mich würde es nicht allzu sehr wundern, wenn Puettmanns Anwalt Wolfgang Herrnbichler bei Leskos Vergesslichkeit die Finger mit im Spiel hatte.«

»Und ihn zum Schweigen gebracht hat?«, Roman kramte im Hosensack nach dem Autoschlüssel, »´Isar´ bedeutet nicht umsonst ´die Reißende´, wenn ihr mich fragt.«

Tobler nickte, »Was Neues über Frau Haas?«, er gähnte.

»Wir haben uns bei Bodo Haas´ Notar nach dem Testament erkundigt. Es wurde vor Kurzem geändert: Frühere Begünstigte sind raus, seine Frau ist Alleinerbin.«

»Just in time, würden böse Zungen sagen«, Roman zwinkerte seinem Teamleiter zu, »Ist es okay, wenn wir uns verabschieden? Uns fehlen einige Weihnachtsgeschenke ...«

»Von mir aus. Stellst du bitte morgen alles zu Romina Haas zusammen, Sonja?«, Sebastian pinnte die neue Information zu den anderen Daten an der Pinnwand, »Die behalten wir fest im Auge, mitsamt ihrem Besucher«, er stemmte die Hände in die Seiten und betrachtete ihr Kunstwerk aus Zetteln, Fotos und Fäden, »Ich fotografiere den aktuellen Ermittlungsstand ab, falls mir unterwegs etwas einfällt. Ich breche gleich zu einem Termin auf.«

»Moment! Ein letztes Schmankerl habe ich noch für euch«, Sonja wippte aufgeregt, »Es stand auf einem Verhandlungsbeiblatt versteckt: Bei Tarik Hamoud fand man einen gefälschten Pass sowie eine manipulierte Arbeitsgenehmigung. Beides ausgestellt auf den Namen Faris El Din.«

»Wieso das? Plante er einen terroristischen Anschlag?«

Sebastian gähnte erneut, seine abendliche Vernehmung hatte länger gedauert als erwartet. Er trug eine voll gekackte Windel in die Küche und versenkte sie im Mülleimer. Er war froh, der eisigen Stimmung im Wohnzimmer zu entkommen. Eileen kuschelte in der Sofaecke und stillte Marina. Die Kleine drückte ihre Fingerchen immer wieder fest gegen Eileens Brust. Und er? Wann durfte er seine Frau wieder anfassen? Ihre Haut riechen, den Kopf auf ihre Brust legen und die Hüften umklammern? Er linste hinüber. Die feingliedrige Goldkette um Eileens Hals hob und senkte sich gleichmäßig. Mit ihr der runde Anhänger aus zwei ineinander verschlungen Buchstaben ´XY´. Er war eine Anspielung auf ´Mister X´oder ´Fräulein Y´, wie sie ihr Baby in der Schwangerschaft nannten. Marina grunzte zufrieden und Eileen tupfte ihrer Tochter zärtlich das Schnütchen ab.

Vienna ignorierte ihn ebenfalls. Sie war schnurstracks auf ihre Decke gestürmt und schlief fest unter dem Fensterbrett mit den Bonsais. Kein Wunder, nach der Standpauke wegen ihres ungebührlichen Verhaltens im Café.

»Guten Abend, wie war dein Tag?«, seit Eileen bei ihm eingezogen war, hatte er sein früher alltägliches Ritual nicht mehr vollzogen, »Ich hab heute eine Frau vernommen, eine äußerst attraktive Person«, setzte er leise hinzu, »Eine, die am Handy erreichbar ist. Weißt du, was das Tollste ist? Sie ist tatsächlich die Frau, die der Hamburger BMW im Oktober an der Kreuzung Gabelsberger-/Barerstraße vom Fahrrad gerammt hat«, er stützte den Ellbogen am Hängeschrank ab, »Ihre Augen sind noch grüner, als ich in Erinnerung hatte, dazu das zarte Gesicht mit dieser Unmenge an Sommersprossen«, er lachte leise, »Am liebsten würde ich jede Einzelne zählen, aber sie verstecken sich meistens hinter dem roten Lockenwust«, er lächelte versonnen, »Sie hat mich tatsächlich wiedererkannt! Wir haben über den Unfall gesprochen. Zum Glück sind der Armbruch und ihre Prellungen schnell verheilt. Sie erinnerte sich sogar daran, dass ich beim Wegfahren mit einem blaugrauen T4 über ihren Schal gefahren bin!«, er kicherte leise, »Und ich hatte den überhaupt nicht registriert, Ursula! Peinlich, oder? Nur den bunten Bolga-Korb, der ihr vom Radl gerutscht war«, ein stummer Seufzer, »Sie war so entsetzt, als heute Morgen der Mastiff direkt vor ihrer Nase zusammenbrach, das arme Mädchen! Es muss grausam sein, so lange den Todeskampf eines Tieres mit anzusehen. Im Stillen hatte sie gebetet, dass dieser Penner, also Jurij, ihn rettet. Ute schossen wieder Tränen in die Augen«, er verlagerte sein Gewicht und wisperte leise weiter, »Du hättest ihr Gesicht sehen sollen, wie ich ihr erzählte, dass der Hund durchkommt. Blöd, dass ich ihr nicht gleichzeitig mitteilen konnte, dass wir den Schützen geschnappt haben.«

»Sebastian? Sprichst du mit dem Schrank?«

Er lugte über die Schulter zu seiner Frau. Fräulein M lehnte an ihrem Schlüsselbein und genoss Mamas sanftes Bäuerchenklopfen, das Fäustchen mit Sabber und Erbrochenem verklebt.

»Ich wollte dich nicht mit meinem Tagesablauf belästigen. Ursula hört prima zu«, und mit einem Zwinkern, noch leiser zum Spalt zwischen Hochschrank und Wand: »Aber vielleicht klappts beim nächsten Mal, sie hat meine Visitenkarte. Emanzipiert ist sie«, er grinste, »Dann ohne Viennas ständigem Gegrummel. Die Kleine ist doch sonst nicht so abweisend Fremden gegenüber. Drück mir die Daumen, ja? Ute hat sich so gefreut, wie ich ihr hinterhergerannt bin um ihr das vergessene Handy vom Café-Tisch nachzubringen.«

»Mir erzählst du nichts? Es wäre hilfreich, wenn du das Abendessen eindeckst, Marina braucht noch etwas Zeit.«

»Mach ich, Eileen. Wusstest du, dass man in Kolumbien bis heute mit Pfeilgift jagt?«, wechselte er das Thema.

»Nein, aber vielleicht deine Mama? Ist das wichtig?«

»Es interessiert mich«, er wählte die Nummer seiner Adoptivmutter, während er die Wurst auspackte.

Sophia Menke meldete sich sofort und er wiederholte die Frage, »Weißt du mehr?«

»Wer ist hier der Polizist, mein Sohn?«, lachte sie spöttisch, »Fein, dass du dich auch mal meldest!«, und seufzte laut, »Eine Betreuerin deines Kinderheims erzählte mir davon. Ich fand es arg kurzsichtig, dass sie ausschließlich die aufgegriffenen Straßenkinder vor solchen Drogen und Giften warnten.«

»Wir waren nicht drogensüchtig, Mutter!«

»Eure Gruppe nicht, noch nicht! Ihr wart zu klein. Aber es wäre zwangsläufig dazu gekommen, wenn wir dich da nicht rausgeholt hätten, Sebastian.«

Er sah es wieder vor sich: Die dunklen Keller, in denen sich die verstoßenen Kinder versteckten, die Angst, der Hunger, die Straßenkämpfe der rivalisierenden Gruppen um die besten Almosen-Plätze. Sein größerer Bruder Santiago, tot im Straßendreck. Mit sechs Jahren die Zwangseinweisung in das Kinderheim, bis ihn die deutsche Entwicklungshelferin Sophia Menke bei sich aufnahm.

»Erinnerst du dich an Details zu diesem Gift?«, einhändig manövrierte er den Wurstteller ins Wohnzimmer. Eileen kuschelte weiterhin mit Marina. Bei ihrem Anblick versetzte es ihm einen herben Stich.

»Besser, du liest es bei Google nach, meine Erinnerung ist lückenhaft. Was treibt mein Enkelchen?«

»Sie schmiegt sich an Eileen. Da passt keine Hand dazwischen.«

»Vernehme ich einen Anflug von Neid? Deine Zeit kommt später, mein Junge. Darf ich jetzt weiter fernsehen?«, sie legte sofort auf.

Enttäuscht betrachtete Sebastian seine kleine Familie. Neid? Ihm fehlte die Erinnerung an seine früheste Kindheit. Empfand seine leibliche Mutter ähnlich tiefe Zuneigung zu ihm und Santiago, wie Eileen zu Fräulein M? Wie war sie gewesen, seine richtige Mutter? Warum hatte sie ihn weggegeben? Fragen, die ihn seit Längerem nicht mehr gequält hatten, waren wieder präsent. Hatte seine kolumbianische Mutter ihre Söhne freiwillig auf die Straße geschickt, oder wurden sie ihr weggenommen?

Hatte sie sich gewehrt und verzweifelt um ihre beiden Kinder gekämpft? Wie sah sie aus, wie alt war sie damals? Ein fiktives Bild schwebte ihm vor Augen: groß, schlank, Locken. Dichte, schwarze Locken, genauso wie er. Bildschön. Liebevoll hält sie ihr Neugeborenes im Arm, streichelt über sein Gesichtchen. Santiago kuschelt strahlend auf ihrem Schoß, ein braungebrannter Mann beugt sich zu ihr hinunter und küsst sie, alle drei.

Fräulein M gähnte und schmatzte glücklich, er wandte den Blick erneut von ihr ab. Marina würde nie zu fragen brauchen: Wer sind meine Eltern?

War er neidisch? Neidisch auf seine eigene Tochter?

In dieser Nacht fand Tobler keinen Schlaf. Unter der Bettdecke rief er sein Foto der Büro-Pinnwand auf seinem Handy auf. Immer wieder rekapitulierte er in Gedanken die einzelnen Aspekte der beiden Morde.

Hingen sie zusammen, und wenn ja: Wie? Was übersah er? Verbarg sich die Lösung unbeachtet zwischen seinen Aufzeichnungen in seinem Notizblock?

Aber nur eine Frage raubte ihn den nötigen Schlaf: Wer ist meine wahre Mutter?

»Hast du die anderen informiert?«, Bolek sah auf die Milbertshofener Straße hinunter.

»Logisch! Alle haben deine Nachricht erhalten. Getarnt als Einschreiben, wie immer.«

»Antworten?«

»Vier«, Max legte die Briefe auf dem Tisch, »heute Morgen im speziellen Briefkasten. Deine Idee mit dem Vogelfutterhäuschen war genial.«

»Solange keinem auffällt, dass es von verschiedenen Leuten befüllt wird. Und vor allem womit«, er riss die Umschläge auf. Eine Antwort nach der anderen landete im Schredder, »Nichts. Mist!«

»Und jetzt?«, Max musterte seinen Lebensgefährten, »Lässt du Haas Ermordung auf sich beruhen, Bolek? Diese Provokation?«

»Nein. Ist schon eine Forderung eingetroffen?«

»Etwas wie: Haas war der Erste. Wenn du nicht kooperierst, folgst du ihm?«, Max verstaute seine Postmappe, »Nein.«

»Dann lassen sie uns ein wenig zappeln. Angst treibt den Preis. Wir müssen herausfinden, wer den Fitness-Idioten umgebracht hat«, Bolek kratzte sich im Schritt, »Wer ist unser größter Gegner?«

»Johnson, oder die Bullen?«

»Die Bullen?«, er lachte rau, »Der war gut! Was verstehen die schon von unserem Geschäft? Nur bekackt, dass Haas mit seiner Karre viel zu viel Aufmerksamkeit auf sich gezogen hat. Ich hoffe, er war schlau genug, um unsere Ware ordentlich zu verstecken.«

»Dann: Johnson, der King der Darknet-Pornos?«

»Wer, außer ihm hätte sonst den Mumm dazu? Vielleicht versuchte Haas den Wagen hinter unserem Rücken über dunkle Kanäle zu verscherbeln? Wäre nicht das erste Mal, das Johnson aus der Notsituation anderer selbst Profit schlägt. Er hat einen Riecher für sowas.«

»Der Hinweis: Abwicklung bis zum 24. Dezember?«

»Genau. Wenn unsere Informanten schon nichts mitbekommen haben, dann höre dich im Darknet um, inwieweit unsere Weihnachtsabmachung durchgesickert ist, aber sei vorsichtig!«

»Logisch, ich spiel den Ball flach und warte, ob ein naiver Klugscheißer darauf anspringt.«

»Okay, und flöhe unseren Kundenstamm. Einige der geilen Jungs arbeiten bei den Online-Verkaufsplattformen.«

»Wie wär's mit Fink? Den von AutoScout24?«

Bolek schob die Unterlippe vor und nickte, »Perfekt! Setz ihn unter Druck. Wenn er die IPs der Interessenten rausrückt, verkneifen wir uns einen anonymen Hinweis über sein schmutziges Hobby an seinen Chef«, er lachte bitter, »Mit Johnson rede ich gleich ein Wörtchen.«

Mittwoch

In den frühen Morgenstunden frischte der Wind erneut auf. Er fegte die kleinen Eiskristalle über die langen, tief verschneiten Kieswege des neuen Südfriedhofs. Es war bitterkalt. Der gefrorene Schnee knirschte unter ihren Füßen. Sie näherte sich langsam dem Gräberfeld oberhalb des kleinen Sees. Seit den 90er-Jahren bestatteten hier muslimische Bürger ihre Angehörigen gemäß islamischer Tradition nach Mekka ausgerichtet.

Ihr Schatten fiel auf ein nüchternes Grab. Sie erstarrte: Wieder drei gelbe Rosen vor der Steintafel! Von wem? Instinktiv überflog sie den Friedhof. Aber niemand außer ihr stand früh am Morgen zwischen den trostlosen Grabreihen. Faris besaß keine Angehörige in der Landeshauptstadt. Nach Horsts Antrag war die islamische Gemeinde München für die Bestattungskosten ihres mittellosen Glaubensbruders aufgekommen.

Sie entfernte die dürren, herangewehten Birkenästchen. Immer wieder stachen ihr die Rosen in die Augen. Gab es doch eine heimliche Frau in Faris Leben? Diese Cydem?

»Habe ich mir deine Liebe nur eingebildet?«, hauchte sie verunsichert, »Wir wären doch das perfekte Paar gewesen«, sie schniefte, »Oder war ich blind, Faris?«, ihre Gedanken flohen in die Vergangenheit, sie und der kleine, zurückhaltende Syrer, »Wer ist diese Cydem, die dir auf Facebook so innig schreibt?«

Sie wartete vor der Steintafel vergebens auf eine Antwort. Ihre Finger strichen sanft über den rauen Rand, »Waren meine Bemühungen völlig umsonst? Mache ich mich eben in deinen Augen posthum lächerlich?«, sie zwinkerte trotzig eine vorwitzige Träne zurück, »Jetzt, wo ich die ausreichende Giftmenge herausgefunden habe?«, weitere Tropfen bildeten sich in ihren Augen, sie schluckte, es schmeckte bitter und salzig.

Ein leichtes Schneegrieseln setzte ein. Die eisigen, weißen

Flocken landeten auf ihren geröteten Wangen. Sie schmolzen und vermischten sich mit den Tränen. Die frostige Kälte klärte ihre Gedanken, »Selbst wenn ich mich in dir getäuscht habe: Ich werde es zu Ende bringen! Die Veranstalter dieses mörderischen Autorennens haben ihre gerechte Strafe erhalten. Es fehlt die unfähige Gerichtsbarkeit!«, trotzig vergrub sie ihr Gesicht tiefer im Schal, »Ich bitte dich von ganzen Herzen, Faris, gib mir die Kraft!«, damit verließ sie den muslimischen Hügel.

Sie hatte im Sommer ihr Vorhaben gestartet. Alles verlief reibungslos, bis zu diesem unsinnigen Fahrradunfall. Die Verletzungen waren ihr geringstes Problem, doch die verlorenen Daten warfen sie um Monate zurück. Seitdem sicherte sie ihre Erkenntnisse regelmäßig. Und dann gestern: dieser brünstige Kommissar! Wie gefährlich konnte er ihr werden? Er besaß Informationen, Informationen über den laufenden Ermittlungsstand. Informationen, die wichtig sein könnten, um in keine Falle zu tappen. Würde der Mann etwas ausplaudern, wenn sie ihm den Kopf verdrehte? Wäre es sogar möglich, seine Ermittlungen zu beeinflussen?

Geringer Einsatz, hoher Gewinn. Es schadete nicht, ihn ein bisschen abzulenken. Auf jeden Fall war der Mann eine weitere Person, die sie kurzfristig zum Schweigen bringen musste, zusammen mit seinem Köter. Dieses Vieh hatte sie im Café ständig angeknurrt und einmal sogar die Zähne gefletscht. Eine Unzahl weißer, spitzer Hauer im grellrot durchbluteten Kiefer. Ein Haifischgebiss! Unwillkürlich schauderte sie. Wieso hielt sich der Mann so ein Untier? Dieser Tobler wurde ihr unheimlich, je schnell sie ihn los war, umso besser!

Sie erreichte den Ausgang, dort hielt sie für wenige Augenblicke inne, dann straffte sich ihre Haltung. Ein kurzer Blick zurück zum Hügel zementierte ihren Entschluss:

Für Faris, egal ob er mich liebte oder nicht.

Meisl trat kurz nach acht Uhr durch die offene Türe des Ermittlungsleiters, »Morgen, störe ich dich beim Frühstück?«, er deutete auf die angebissene Quarktasche und den Marsriegel, die neben dem Kaffeebecher auf der Zeitung lagen.

»Komm´ rein, Stefan, bevor Kowalski die Schlagzeilen gelesen hat. Die Spekulationen über den Mord im Luitpoldpark waren zu erwarten, aber das hier gibt Ärger«, er deutete auf die BILD: »`Polizei vertuscht Giftmorde an Hunden!´, und das bei der aktuellen Nachrichtensperre!«

»Hast du eine Idee, wer es durchsickern ließ?«

»Nein, sonst würde ich den Schwachkopf umgehend an den Haaren zum Chef schleifen!«

»Bevor du zu ihm hochgehst, hier ein paar Informationen für Kowalski, hoffentlich stimmt es ihn milder. Fangen wir mit dem blauen Audi von Bodo Haas an. Mein Trupp hat ihn ordentlich zerlegt: jede Menge Dreck, Papierschnipsel, Bonbon-Papiere und ein verpacktes Kondom neben einer Christopherus-Plakette im Handschuhfach. Ansonsten das Übliche: Fahrzeugschein, Parkmünzen, Warndreieck. Den Rest erspare ich uns. Jede Menge Spuren von ihm und seiner Frau. Nichts, was uns weiterbringt. Seine Gattin erhält ein nahezu steriles Auto zurück«, er händigte Tobler eine Liste aus.

»Gar nichts?«

Meisl schüttelte bedauernd den Kopf, »Der Nissan ist intensiv gereinigt worden, sinnvoll vor einem Verkauf. Damit: Sackgasse Parkdeck.«

»War eure Ausbeute am Luitpoldhügel wenigstens ergiebiger?«, wechselte der junge Kommissar zum zweiten Mordfall.

»Wir haben Sohlenabdrücke des Täters gefunden. Unmittelbar hinter der Bank, in Höhe des Toten.«

»Vom Täter?«, Sebastian schnippte die Füllerkappe neben den Kaffeebecher, »Wieso bist du dir so sicher?«

»Weil der Puettmann sonst schon früher umgekippt wäre. Ein Toter sitzt nun mal nicht sonderlich stabil. Ein kleiner Ruck an der Bank oder ein scharfer Luftstoß reicht völlig.«

»Nach dem Motto: Schlafende Hunde weckt man nicht und schlafende Männer erst recht nicht?«

»So ähnlich. Damenschuhe Größe 41. Ihr sucht eine hochgewachsene Frau, oder zumindest eine mit großen Füßen.«

»Altersmäßig? Welcher Schuh-Typ?«

»Eher jünger. Fünf Zentimeter Absatz, grobes Profil. Ein

seitlich hochgezogener Rand, wie bei den meisten der Winterstiefel. Ein Glück, dass dort der Schnee so dick liegt.«

»Ein Markenname im Schneeabdruck? Preisniveau?«

»Bin ich Gott? Von Billigware bis Designer: Alles ist möglich, nur kein Toyota«, er zwinkerte bei dem Kalauer.

»Somit scheidet zumindest eine Täter-Kategorie aus: hochbetagte Senioren, wie im Fall mit dem königsblauen Kleid.«

»Wieso?«, Meisl sah ihn irritiert an.

»Wegen der Absätze und fehlender Rollator-Spuren. Wer in dieser Altersklasse trägt Absätze und riskiert einen Oberschenkelhalsbruch? Wer ist dann unsere Täterin?«

»Eine Frau aus der Schneeballgruppe?«, soufflierte Stefan, »Sie schleicht sich von hinten an und Zack«, seine Hand fuhr vor seinen Hals, »Es wird flott gegangen sein. Bei der Menge an Fußspuren unterhalb des Hügels war anscheinend halb München an diesem sonnigen Tag unterwegs. Zu viele, die sie beobachten konnten.«

»Okay, eine Frau«, Sebastian nuckelte am Ende des Füllers, »die Leidtragenden von Mörderinnen sind zu 80-90 Prozent männlich. Bei Männern ist das Verhältnis etwas anders: 60 Prozent männliche Opfer und 40 Prozent weibliche«, geistesabwesend klackerte er den Füller gegen die Zähne, »Die Statistiken verraten uns weiter: Frauen sind raffinierter. Während Männer die grobe, gewalttätige Tour mit Knarren oder Baseballschlägern bevorzugen, ersticken, vergiften und erstechen die Damen ihre Opfer.«

»Dann liegt unsere Mörderin mit ihrer Halsschlagaderöffnung voll im Trend«, er schnaube angeekelt, »Eine Kleinigkeit, vermutlich spielt sie für Puettmanns Tod keine Rolle: Volkmar Weninger entdeckte an der rückwärtigen Falte des Goretex-Mantels eine veränderte Stoffstelle, fast ein Riss. Die obenliegenden Fasern sind durchtrennt. Ich tippe auf eine Dorne, oder einen spitzen Ast. Vorsichtshalber schaut das Labor drauf«, er streckte sich, »Meine Leute warten, servus!«

»Moment!«, Tobler kramte Frau Hartmanns Hijab und den Kimono der Haas-Witwe aus seinem Rucksack, »Bisher ist mir die Farbe Orange nie aufgefallen, jetzt sehe ich sie überall.«

Nach dem Abgang des Leiters der Spurensicherung schwieg Sebastians Telefon weitere zehn Minuten.

Die rote Signallampe neben dem Label HK-K starrte leblos zurück, dunkel. Kowalski verschlang jeden Morgen die Zeitungen. Der Hinweis auf eine polizeiliche Vertuschung musste ihn zur Weißglut bringen. War der Chef erkrankt oder ihm etwas zugestoßen? Sebastian überlegte, sich bei Regina nach ihm zu erkundigen, ließ es aber dann. Stattdessen wählte er die Nummer des Rechtsmediziners.

»Ausgeschlafen?«, erkundigte sich Dr. Feger, bevor ihm der Kommissar Meisls Informationen aufzählte, »Eine große Frau? Das kommt hin. Die Klinge wurde von schräg oben angesetzt. Der Täter stand hinter Puettmann, der nichts ahnend den Park betrachtete, oder?«

»Wie lautet dein Fazit?«

»Eine Grobmotorikerin scheidet aus. Der Einschnitt wurde exakt gezogen, klein, aber effektiv. Außerdem ist dieser Person die menschliche Anatomie vertraut, oder?«, er zögerte, »Bei einem Mann würde ich einen Arzt, Chirurg, Uhrmacher vermuten. Sie sind feinmotorisch geübter, als ihre Geschlechtsgenossen, oder?«, wieder hielt er kurz inne, »ansonsten: jedes versierte weibliche Wesen.«

»Konzentrieren wir uns auf eine Frau. Weshalb ist niemandem der Mord aufgefallen? Puettmann wird doch sicher um Hilfe geschrien haben.«

»Nein. Sie kommt von hinten, hält die kleine Klinge in der Faust verborgen. Sie umarmt den verdutzen Mann, als wäre es ihr Liebster. Mit dem Daumen der rechten Hand schiebt sie Kragen und Schal beiseite. Mit der Linken setzt sie den Schnitt, bevor das Opfer *Au* sagt. Von unten gewiss ein netter Anblick.«

»Aber Puettmann hat sich doch sicher gewehrt?«

»Nicht, wenn du ihm mit dem Phalanx proximalis, dem vorletzten Daumenknochen, seinen Kehlkopf eindrückst.«

»Hat sie?«

»Hat sie!«, kein ´oder?´.

Eine Gänsehaut überzog Toblers Arme, »Das funktioniert?«

»Ja, zu einhundert Prozent!«

Sebastian sah förmlich, wie Gustav am anderen Ende der Leitung den Kopf neigte und lächelte. Er überdachte den skizzierten Tathergang und nickte, »Eine Frau schafft das?«

»Mit der richtigen Technik: nochmals ´Ja´. Sie muss ihn nicht sofort töten, sondern nur durch Atemnot am Schreien hindern. Den Rest erledigt das heraussickernde Blut. Es rinnt in die Luftröhre. Erst ersticken, dann verbluten. In den Augen der Mörderin eine sichere Sache.«

Sebastian schwieg, er schauderte.

»In der Gruppe kann die holde Weiblichkeit ganz schön gefährlich werden«, zitierte Feger mit seiner sonderbaren und unheilvollen Stimme Toblers gestrigen Ausspruch. Seine Gedanken schienen an einem fernen Ort. Nach einem Zögern, »Denk an die Frauenregimenter im Krieg.«

Es folgte eine frostige, düstere Pause. Die bedrohliche Stille verbot jede Art der Unterbrechung. Erneut drängte sich Tobler eine Szene aus ´Herr der Ringe´ ins Bewusstsein: Gandalf, tief unten in den dunklen Gewölben von Moria. Er wartete.

»Aber Frauen«, fuhr der alte Rechtsmediziner mit dem unheilvollen Monolog fort, »morden lieber alleine«, grußlos legte er auf.

Sebastian starrte auf den Hörer, er zog sich die Pulloverärmel über die Handgelenke.

Was war nur los mit Gustav?

Weitere zehn Minuten fixierte Tobler das rote Lämpchen neben HK-K, doch es blieb dunkel. Spielte man ihm einen Streich? Hatten ihm die Kollegen ein übel modifiziertes Zeitungsexemplar untergejubelt, um ihn zu erschrecken?

Er trat ins Großraumbüro, bunte Weihnachtsgirlanden baumelten zwischen den Deckenlampen. Was kam als Nächstes? Kowalski im Christkindl-Kostüm?

»Leute, wir starten unsere Morgenrunde. Diesmal außerhalb meines Büros, Heimvorteil für euch«, mit einem leichten Stöhnen plumpste er auf einen leeren Besucherstuhl, »alle da?«

»Bernhard fehlt«, Cornelia tippelte zu ihrem Schreibtisch und befestigte die restlichen Strohsterne am künstlichen Grün,

sie sah glücklich aus, »und Roman leiht sich von Sonja Geld.«
Eilige Schritte ertönten im Flur, »Da kommt er ja!«

»Muss ich das verstehen?«

»Bin schwarzgefahren«, erläuterte Hiebler beim Eintreten, er hielt eine sandfarbene Damenbörse in der Hand, »Heute früh hab ich vergessen, die zwei MVV-Innenraum-Streifen zu stempeln. Zum Glück wurde ich nicht erwischt. Den ersparten Fahrpreis spendiere ich der Bronco-Kasse.«

Sonja folgte ihm mit hektischem Pumps-Stakkato, damit sie bei seinen langen Beinen mithielt. Ihr heutiges Kostüm strahlte in kräftigem Blau. Sie grinste süffisant unter den rubinrot gefärbten Haaren.

»Glückspilz! Bei dir sind´s nur 2,40 Euro«, meuterte Julius säuerlich, »Ich musste gestern 19,30 Euro abdrücken, nur weil ich´s nicht rechtzeitig zum Fahrkartenautomat geschafft hatte. Das hat man davon, wenn man außerhalb wohnt.«

»Ihr wurdet beide nicht erwischt? Was ist mit dem ersparten Bußgeld? Es ist unmoralisch, wenn ausgerechnet ein Polizist nicht bezahlt«, Cornelias Augen strahlten erwartungsvoll.

»Von mir aus«, Roman zupfte sechzig Euro aus dem Scheinefach, »übernimmt Sonja«, zwinkernd reichte er den geplünderten Geldbeutel an seine Freundin zurück.

»Dafür bügelst du heute zwei Körbe!«

»Wenn das geklärt ist«, ihr Teamleiter schleuderte die BILD in Kowalski-Manier auf den Tisch, »War das einer von euch?«

»Bei allem Respekt vor deiner Phantasie, Sebi: Du traust uns beruflichen Selbstmord zu?«, Julius schüttelte enttäuscht den Kopf, »Was sagt der Chef dazu?«

»Bisher nichts, nur unheilvolles Schweigen. Und das macht mir Angst«, er sah ihnen prüfend in die Augen und wartete. Erst schwiegen alle, bis sich Cornelia zaghaft meldete, »Um 6:37 Uhr besuchte Frau Steinleitner die Frühschicht. Sie unterschrieb ihre Aussage vom Luitpoldhügel.«

»Eine Seniorin mit Schlafproblemen«, kommentierte Tobler erleichtert. Für eine Sekunde hatte er ernsthaft befürchtet, ihre Jüngste würde ein Geständnis ablegen, »Zu unseren gestrigen Fragen: Wer erkundigte sich bei Hamouds Nachbarn?«

»Bernhard, die nächste Frage, Sebi!«, grinste Cornelia.

»Dann zu seinem Arbeitgeber, Julius.«

»Um diesen Mann, Herrn von Bülow, zu beschreiben, reicht ein einziges Wort: phlegmatisch. Den Typ bringt nichts aus der Ruhe. Er schilderte mir Tarik Hamoud als sehr zuverlässig und stets pünktlich. Wegen der Sprachdefizite setzte er ihn anfangs im Büro oder im Lager ein. Hamoud, bzw. El Din, wie er sich dort nannte, lernte schnell und half nach kurzer Zeit sogar im Verkaufsraum aus. Fachlich war der Syrer top, weshalb er wohl seine Arbeitserlaubnis erhielt.«

»Die gefälscht war, ebenso wie sein Ausweis.«

»Bei diesem Thema fiel sein Chef doch etwas aus der Fasson. Fragt mich nicht, was ihn mehr erschüttert hat: Die Enttäuschung wegen Hamouds Betrugs oder pure Angst vor den Folgen, falls wir ihn rechtlich belangen würden.«

»Verständlich.«

»Ich habe ihn wegen Auffälligkeiten im Verhalten, bei Telefonaten oder Kontakten angesprochen. Herr von Bülow schüttelte den Kopf. Ebenso bei meiner Frage zu Hamouds Privatleben. Zitat: ʹIch sehe meine Frau kaum, wegen der Apotheke. Wieso sollte ich die knappe Freizeit mit meinem Angestellten verbringen?ʹ. Tariks Beteiligung an einer terroristischen Vereinigung hielt er für völlig absurd. Verfolgen wir das weiter?«

»Er ist tot, sparen wir uns das. Wer ist der Nächste?«

»Hintergründe zu Bülow«, Sonja tippte auf ihren Laptop, »Trotz Namensgleichheit nicht verwandt mit dem weitverbreiteten mecklenburgischen Uradel. Ehefrau Martha, kinderlos, Teilhaber der Sebaldus Pharmazie. Er lebt zurückgezogen, fast spießbürgerlich, er ist im Schachverein aktiv. Fachlich scheint Horst von Bülow auf Zack zu sein. Er verbrachte einige Jahre in Südamerika, spricht perfekt Spanisch. Im Mai hielt er in Davos einen Workshop anlässlich einer Fachtagung: Pharmazeutische Analytik, die Untersuchung von Arzneimitteln und ihrer Bestandteile«, sie reichte Tobler einen ein Bild der Referenten aus dem Fachmagazin SWISS PHARMA™, »Der große Pummelige mit den traurigen Augen, schütterem Haar und kurz getrimmtem Bart. Brauchen wir mehr von ihm?«

»Danke, das reicht vorerst. Kommen wir zu dem Mann, der Hamoud umnietete: Puettmann. Er fährt eine Person nieder und bekommt ein erschreckend mildes Urteil. Wieso?«

»Kein Wunder bei seinem Anwalt: Wolfgang Herrnbichler.«

»Spricht das für eine Menge Geld oder Beziehungen?«

»Eher beides«, Cornelia Baumgartner blätterte durch ihre Unterlagen, »Ich fasse das Wichtigste aus dem Prozess zusammen. Puettmann stritt zunächst die Beteiligung eines zweiten Fahrzeugs ab. Erst als die Zeugenlast zu groß wurde, erwähnte Herrnbichler einen vorausfahrenden Wagen. Das Wort ´Autorennen´ kam ihm dabei nicht über die Lippen. Er verteidigte Puettmanns Vergesslichkeit mit dessen Schock.«

»Ich glaube eher, er wollte den anderen nicht preisgeben.«

»Oder er hatte Schiss vor der Rache des zweiten Rennteilnehmers. Eine Verurteilung wegen Mitschuld an Hamouds Tod wäre für den durchaus möglich.«

»Klingt nach Herrnbichler: Einen anderen verpetzen, hätte sich für Puettmann nicht strafmindernd ausgewirkt.«

»Gibt es eine Art Ehrencodex unter Rennkollegen? Wie: Du hast mich nie gesehen, dafür verrate ich dich nicht?«

»Das wäre wieder eine Frage für Brunner. Aber der Puettmann-Mord ist nicht sein Fall.«

»Der erste Wagen überraschte die wenigen Passanten an der Schwanthaler Straße. Er raste so schnell vorbei, dass sie die Marke nicht treffsicher identifizieren konnten. Ihre Aussagen erwiesen sich als widersprüchlich. Eine einzige Zeugin klassifizierte das Geschehen als ´Rennen´. Sie glaubte, einen seitlichen Firmenaufkleber erkannt zu haben. In der Verhandlung zog sie beide Behauptungen zurück. Sie reduzierte den Vorgang auf zwei schnell hintereinander herfahrende Fahrzeuge. Begründung: Sie wäre unter Schock gestanden. Strittig blieb Hamouds Standort, ob auf dem Gehweg oder der Fahrbahn«, Cornelia blätterte um, »Der Mann, der bei der Vernehmung am Unfallort ´Bürgersteig´ angegeben hatte, widerrief das später. Bei dem ganzen Tumult habe er die Worte unbedacht dahingeplappert, weil ihm der exakte Standort unwichtig erschien. Ob der Syrer auf dem Bürgersteig stand oder ein Stück daneben, war für ihn wegen des Schneegrieselns nicht zu erkennen.«

»Ein suspektes Urteil und verworrene Schilderungen. Fakt ist: ein eventuell gesehenes Logo am Auto eines der Rennteilnehmer und die Entfernung eines Logos von Haas Wagen bei einer Reparatur. Kein Beweis, ob die Aufkleber identisch sind oder nicht. Wir stecken fest! Cornelia, bitte hänge deine Notizen unter Levent Puettmann an die Pinnwand.«

»Da wäre noch eine Nebensächlichkeit: Laut Protokoll telefonierte Tarik Hamoud mit dem Handy, während er von Puettmanns Wagen erfasst wurde.«

»Kennt man den Namen des Gesprächspartners?«

»Wird hier nicht erwähnt. Ist es wichtig?«

»Sicher nicht, aber kontaktiert vorsichtshalber seinen Provider. Vielleicht treiben Sie eine Sicherung auf, Sonja?«, Tobler raufte sich die Locken und sprach weiter, »Um herauszufinden, ob es einen Zusammenhang zwischen den beiden Fällen gibt, müssen wir wohl Puettmanns Wohnung auf den Kopf stellen. Vielleicht schrieb er sich das Unfalltrauma von der Seele? Sein Anwalt Wolfgang Herrnbichler frisiert nur die Worte der Mandanten, nicht deren Behausungen.«

»Brauchen wir Kowalskis Zustimmung?«, Julius tippte auf die Schlagzeile mit den Hunde-Giftmorden.

»Es ist besser, ich informieren ihn, obwohl man keine schlafenden Hunde wecken sollte«, Sebastian nagte an seiner Unterlippe, er zögerte, »egal, wie der Chef auf den Gift-Artikel reagiert«, dann drückte er am Telefon die HK-K-Kurzwahl, »Dank Romans schneller Reaktion bei dem K-Wort habe ich eh´ einen Anschiss bei ihm gut.«

»Danke, dass du anrufst!«, meldete sich Regina vom Vorraum, »Seit einer halben Stunde suche ich einen Vorwand, um Fischler aus Theos Büro zu befreien.«

»Bernhard? Wegen der Zeitung? Ich rette ihn! Bitte schicke ihn zu uns.«

»Okay, ich übergebe dich jetzt der hundsmiserablen Laune meines Gatten. Viel Vergnügen!«

Kowalski reagierte erstaunlich bedächtig und sachlich auf das Anliegen seines Kommissars. Er versprach sich umgehend bei der Staatsanwaltschaft für eine Durchsuchung der Räume in der Brunnerstraße einzusetzen, perplex legte Tobler auf. In dem Moment betrat Bernhard kreidebleich das Großraumbüro, »Habt ihr den Chef bis runter brüllen hören?«, erschöpft sank er auf einen freien Stuhl, »Du hast was gut bei mir, Sebi!«

»Dann ruf das Labor an«, er klopfte seinem Kollegen aufmunternd auf die Schulter, »Feger tippt bei den Hunden auf ein kolumbianisches Froschgift, Batrachotoxin. Begründe den Verdacht mit geheimen laufenden Ermittlungen. Ein Hinweis auf die Rechtsmedizin und der heutige Artikel spornen sie hoffentlich dazu an, die Untersuchung vorzuziehen«, Tobler grinste verschmitzt, »Bernhard, wir werden die Presse-Plaudertasche finden, der du dein Treffen mit Kowalski verdankst! Wir stopfen ihr das Maul, versprochen. Den Job delegiere ich mit Freuden an unser Muskelmännchen Friedhelm Brunner. Er erledigt solche Fälle besonders eindrucksvoll, in jeder Beziehung.«

Pünktlich um acht Uhr betrat Ute Reining die Sebaldus Apotheke, »Guten Morgen! Ich fülle gleich die Erkältungsmedikamente auf«, sie beutelte den Schnee von ihrer Baskenmütze, in ihren dichten Locken funkelten kleine Kristalle, »Bei dem Sauwetter klingelt unsere Kasse!«, sie faltete ihren Schal und legte ihn mit einer anmutigen Bewegung über die Stuhllehne.

Horst registrierte, wie sachte sie den Stoff glattstrich, »Es freut mich, dass du ihn so häufig trägst«, lächelte er glücklich.

»Aus Sentimentalität?«, sie zwinkerte, um eine aufsteigende Traurigkeit zu überspielen, »Als meine Mutter starb, was hätte ich nur ohne dich angefangen?«, wieder fuhr sie über den weichen, anschmiegsamen Stoff, »Schon komisch, wie viel Halt und Kraft ein farbenfroher Schal verleihen kann.«

»Genau deshalb habe ich ihn dir geschenkt. Außerdem passt er perfekt zu deinen wundervollen Haaren.«

»´Pack dich warm ein und verliere nicht den Kopf´. Deine Worte, als du mir das Päckchen überreicht hast. Ich hab´s nicht vergessen«, sie sah ihm direkt in die Augen.

Er schmunzelte verlegen, »Geht es dir momentan nicht gut, Ute? Bedrückt dich etwas?«

»Wieso?«

»Weil, ... weil du in letzter Zeit so ...«, er suchte nach dem richtigen Wort, »verändert bist.«

»Verändert?«, sie musterte ihn prüfend, dann antwortete sie zögernd, »Es passt schon. Ich mach mir Gedanken wegen Faris und diesem ermordeten Studioleiter«, auf einmal vernahm sie eine lange nicht mehr vernommene Stimme im Kopf. Verängstigt sog Ute die muffige Lager-Luft ein. Sie schwankte, sie musste weg hier, alleine sein! Abrupt wandte sie sich ab, »Ich ..., ich bin im Lager«, ihre Hand fasste nach den Schal, sie warf ihn sich um beide Schultern. Sofort umhüllte sie ein Hauch Wärme und Geborgenheit. Schnell hastete Sie zu den hintersten Regalen. Mit jedem Schritt dröhnte seine Stimme lauter durch ihrem Schädel: Seine Stimme, es waren Faris Worte:

»Ja? ... Nein, ich bin noch unterwegs. Morgen schicke ich die Bestellungen raus, versprochen«, gefolgt vom Lärm eines heranbrausenden Fahrzeugs.

Erschöpft lehnte sich die junge Frau mit dem Rücken an das hinterste Regal, die rötliche Lockenpracht fest gegen die Medikamentenboxen gedrückt. Mit leeren Augen starrte sie auf die Schale mit den Arbeitsutensilien auf dem Beistelltisch: Klebeband, Notizblätter, Taschenrechner, ein Skalpell für die Verpackungen, Stifte und ein Radiergummi.

Sie atmete schwer. Wie im Trance durchlebte sie erneut die entsetzlichen Sekunden des Unfalltages:

»Ja, ich bin noch dran ... Keine Sorge, ich sperr morgen früh auf ...«, entferntes, kreischendes Motorengeheul. Gleichzeitig grölte ein derber Fluch über den Asphalt.

»Was?«, ein Schnaufen, »... fast hätte ein silberner GT-R einen Mann überfahren!«, der Lärm übertönte fast seine Worte, »Vorsicht! Da kommt noch einer!«, erneutes Motorengeheul, dann schrie Faris, »Der Mann!«, panisch und weit entfernt. Jemand brüllte: »Lauf!«, hell, gepresst, verzweifelt, und dennoch vage bekannt. Bremsen quietschen, ein Scheppern, ein dumpfer Aufschlag und das Knirschen von zerberstendem Metall, danach ... Stille ...

»Faris, bitte!,« flehte sie verzweifelt ins Telefon, umsonst. Langsam begriff sie, was passiert war. Noch einmal flüsterte sie tonlos: »Faris ... bitte, nicht Faris!«

Tränen rannen über ihr Gesicht, benetzten ihre Lippen. Es schmeckte salzig. Dicke Tropfen klatschten auf den Boden. Sie merkte es nicht. Ihre Hände verkrampfen sich in dem orangenen Schal um ihren Hals, zerrten daran. Ihre Schultern bebten im Weinkrampf. Sie presste eine Faust in den Mund und biss in ihre Fingergelenke. Schmerz mit Schmerz bekämpfen. Ein süßlicher Blutgeschmack mischte sich zwischen die Tränen, aber das war egal. Nicht Faris! Bitte nicht auch noch Faris! Was sollte sie ohne ihn anfangen? Beten? Beten, wie bei ihrer Mutter? Bei ihr hatte Beten nichts geholfen. Verzweifelt drückte sie ihren Kopf in das weiche Polster und schrie sich die Wut über diese Ungerechtigkeit von der Seele. Niemand hörte die Verzweiflung in ihrer Stimme, niemand kam zum Trösten.

Wie lange werden sie Faris letzte Minuten noch quälen? Ihr Kopf dröhnte, ihre Brust drohte unter dem durchdringenden Druck zu explodieren. Ihr Atem pumpte. Anfangs hatte sie gehofft, dass eine drastische Verurteilung des Fahrers dieser Qual ein Ende setzen würde. Aber Puettmanns Anwalt hatte die Wahrheit mit Füßen getreten und das Gericht kläglich versagt. Die unzähligen, bunten Medikamentenpackungen verschwammen, vor ihren Augen, sie weinte.

Es gab nur eine Chance, diesen Albtraum zu beenden: Den Justiz-Fehler bereinigen, ihn korrigieren. Erst dann würde sie Ruhe finden. Das war ihr vorgezeichneter Weg.

Stehe auf und reiß´ dich zusammen, schalt sie sich, Rumheulen bringt dich nicht weiter. Sie straffte sich und verknotete den Schal vor der Brust. Erst Haas, jetzt Puettmann. 50% waren erledigt, nur zwei fehlten!

Geistesabwesend schlich sie die Regale entlang, öffnete die neuen Versandkartons mithilfe der scharfen Skalpellklinge und warf einige Packungen Grippostad, Paracetamol und Aspirin in den Transportkorb. Die Schachteln vermengten sich mit einer weiteren Auswahl an Nasensprays, Schleimlösern, Husten- und Schmerzmitteln.

Besorgt beobachtete Horst die junge Frau durch einige größere Lücken zwischen den Schachteln. Er senkte die Augen, traurig schüttelte er seinen Kopf: Ute kämpfte noch immer mit Faris Tod, aber nicht nur sie. Wäre es sinnvoll, ihr mitzuteilen, dass sich gestern Nachmittag ein weiterer Polizist, Julius Stadler, nach Faris erkundigt hatte? War es wichtig, oder würde es das arme Mädchen zusätzlich belasten? Nein, es war besser, dieses Gespräch für sich zu behalten. Er hatte Faris angestellt. Daher war es seine Pflicht, der Polizei Rede und Antwort zu stehen. Er warf erneut einen Blick auf Ute: zart und zerbrechlich, wie ihre Mutter. Bald würde das Mädchen voll in das Geschäft einsteigen. Er lächelte, als er sah, wie Ute den Schal vor der Brust verknotete. Sie trug sein Geschenk fast täglich. An kalten Tagen um ihren Hals, in heißen Zeiten zur Abdeckung über dem Korb. Lag es nur an dem angenehmen Stoff, oder beabsichtigte sie damit, ihm ein wenig Freude bereiten? Egal, Horst von Bülow freute sich, dass der orange Schal zu einem Teil von Ute geworden war, von *seiner* Ute.

Kurz vor zehn Uhr verfolgten die Anwohner durch die Fenster der Brunnerstraße ein seltsames Schauspiel: Etliche Fahrzeuge durchquerten hintereinander die gediegene Wohngegend und hielten in zweiter Reihe vor dem Haus mit Nummer 29. Die Männer und Frauen schleppten Taschen, Säcke und Kisten zum Eingang. Sie öffneten die Zugangstür, ohne zu klingeln. Der Vorgang wiederholte sich im obersten Stock bei Puettmann. Eine aufmerksame Anwohnerin alarmierte die Polizei.

Inzwischen schlüpften Meisls Leute im Treppenhaus in die Schutzkleidung. Mit Kameras und der üblichen Ausstattung der Spurensicherung betraten sie die Wohnung. Volkmar Weninger leitete den Einsatz. Tobler folgte ihnen, er empfand die Einrichtung kalt, nüchtern und extrem aufgeräumt.

»Klinisch sauber«, sprach ihm Roman aus der Seele, »Und das bei einem Dreißigjährigen! Ein komischer Kauz!«

»Du bist fast gleich alt und trägst am helllichten Tag Gummihandschuhe«, in diesem Moment meldete sich Sebastians Handy, »Ja, Herr Schrei...? Die Fake-Polizisten? Wo?«, er signalisierte Roman einen schnellen Aufbruch, »In der Brunner...? Halt, Stopp! Kein Einsatzkommando! Das sind wir! Offiziell mit Durchsuchungsbeschluss!«, er legte auf und lachte, »Verhaften wir uns jetzt gegenseitig?«

Mit etwas Abstand beobachteten sie die Einsatzkräfte, die auf dem Boden, im Schubläden und Schränken nach Hinweisen suchten. Volkmar Weninger winkte die beiden Ermittler heran, »Das hier steckte in einem der Bücherregale seines Arbeitszimmers«, er reichte ihnen einen Ordner, »Fein säuberlich abgeheftete Hetzschriften und Flugblätter gegen Ausländer.«

»Ein Rassist? Das würde zu ihm passen«, Roman schnaubte verächtlich, »Futter für Ulf Maier und Rolf Seibold? Vielleicht finden Sie ihn in ihren Listen.«

»Ebenso Futter für uns, Roman: Überfuhr Puettmann den Syrer aus Versehen oder mit Absicht? Das verkompliziert die Angelegenheit.«

»Du liebst es doch kompliziert.«

»Schaut euch das mal an«, als Nächstes präsentierte ihnen Weninger einen sandfarbenen Brief, »Levent Puettmann wurde zum Tatort bestellt.«

»Was?«, Tobler überflog den gedruckten Text, »´Treffpunkt übermorgen, Dienstag, 14:00 Uhr, bei Ihrer Lieblingsbank im Luitpoldpark´«, er sah auf, »Im Ernst: Würdest du bei diesen Zeilen hingehen?«

»Ich bin Polizist und von Dienstwegen vorsichtig.«

»Und dann bandelst du mit Sonja an?«, grinste der Team-Leiter, »Volkmar, wie lange braucht ihr? Wann dürfen wir uns in der Wohnung umsehen?«

»Schwer zu sagen, zwei bis vier Stunden? Ist dir klar, dass wir momentan in drei Fällen für dich arbeiten? Die Fake-Polizisten, Bodo Haas und hier Puettmann. Wie wäre es, mit einer Überstundenvergütung von Kowalski?«

»Gerne, aber sämtliche Extrawürste landen bei uns in Broncos Flug-Ticket Box«, er erzählte ihm von dem schwerkranken Bronco-Papa in Mexiko und dessen mittellosem Sohn, der ihn gerne wieder sehen wollte, »Wir zählen auf eure Beteiligung.«

»Geht klar! Mit Glück springt was für den Jungen raus.«

»Danke, funk′ mich an, sobald ihr fertig seid. Wir befragen inzwischen Puettmanns Nachbarn und seine Arbeitskollegen.«

Die Mitbewohner schilderten den Ermordeten als einen äußerst rücksichtsvollen und höflichen jungen Burschen, der in seinen schwarzen Audi A8 vernarrt war. Er lebte alleine und hatte oft wechselnde Damenbesuche. Es deckte sich mit Sonjas Online-Ermittlungen. Eine Anzeige der Fake-Polizisten bei der Zentrale stritten alle kategorisch ab. Sebastian beließ es dabei, man hatte es nur gut gemeint.

In der Leopoldstraße angekommen, klopften sie dem ′Walking Man′ anerkennend auf den Unterschenkel, bevor sie das verglaste Objekt der Münchner Rückversicherungsgesellschaft betraten. Warum schafften sie nicht, ebenso dynamisch mit langen Beinen durch ihre Ermittlungen zu eilen?

Puettmanns Kollegen steuerten keine weiteren Erkenntnisse bei. Levent hatte ihnen vom gestrigen Treffen im Luitpoldpark erzählt. Auf sein Verhältnis zu Ausländern angesprochen, hielten sich die meisten bedeckt oder schwiegen. Tobler vermutete einige Sympathisanten unter ihnen. Sie beschrieben Puettmann als erfolgreichen Kollegen, der seine Ziele skrupellos verfolgte. Keine Geldprobleme. Neuen Kolleginnen gegenüber charmant und aufgeschlossen. Den Reaktionen der anwesenden Damen entnahm Tobler, dass dieses Verhalten nicht unbedingt auf Gegenliebe stieß. Frau Groß, eine zugeknöpfte Mittvierzigerin, titulierte ihn als arroganten Angeber. Sein Vorgesetzter öffnete höchst widerwillig Levents Schreibtisch. Zwischen den Seiten eines Hochglanzprospektes für hochpreisige Autos entdeckten sie ein anonymes Kuvert, darin steckte ein weißes Blatt Papier: ′Ich freue mich auf morgen, 14:00 Uhr, Lieblingsbank!′ folglich waren es zwei Briefe, mit denen Puettmann ins Verderben gelockt worden war.

Im Treppenhaus kritzelte Toblers Füller seine wichtigsten Eindrücke auf den Block, ein weiterer Zettel für die Falltafel. Der beschlagnahmte Brief lag in einer erkennungsdienstlichen Tüte in der Jackentasche des kleinen Kolumbianers.

Roman steuerte den Wagen durch den dichten Mittagsverkehr Richtung Brunnerstraße. Sebastian sichtete zum x-ten Mal die bisherigen Einträge am Notizblock. Schweigend passierten sie im Schritttempo die Münchner Freiheit. Ein eindeutiges Grummeln in Toblers Magengegend unterbrach die Stille, »Gilt Hunger als Notfall?«, der Kommissar deutete auf das Martinshorn.

»Wenn du dir einen neuen Job wünschst, trag´s ins Fahrtenbuch ein.«

»Okay, an der Karl-Theodor-Straße kommt ein Dönerladen, der liegt am Weg«, einige Abzweigungen lang schwieg Sebastian, »Wir haben zwei Morde, bei jedem stoßen wir auf eine vorherige Terminvereinbarung. Komisch, oder?«

»Die eine stammt aus Hamburg, die andere aus München.«

»Ist das sicher? Vorsicht, die Ampel!«, er klammerte sich an den Haltegriff, als Roman bei dunkelorange über die Kreuzung rauschte. Der Dönerladen lag nun hinter ihnen, »Mist! Aber bleiben wir bei Puettmann: Er überfährt einen Syrer, jetzt ist er selbst tot.«

Der Blinker tickte erneut und Roman reihte sich in die Abbiegespur ein, »Glaubst du an Zufall?«

»Dann hätten wir unseren Beruf verfehlt. Wir benötigen mehr Details«, Sebastian tippte auf den Polizeifunk, »Sonja, sei so lieb und besorge weitere Informationen über diesen Hamoud bzw. El Din. Alles, was du auftreiben kannst. Cornelia soll bitte organisieren, dass man seine Habseligkeiten für uns freigibt. Wenn Rolf und Ulf die Nase von ihren Rechtsextremen gestrichen voll haben, sind sie herzlich eingeladen, Cornelia bei der Sichtung zu unterstützen. Und bitte vergiss die Witwe Haas mit ihrem Mikulas nicht«, sie parkten vor der Hausnummer 29.

Die Spurensicherung hatte in Puettmanns Wohnung jede Menge Abdrücke sichergestellt, aber keines der Artefakte konnte auf Anhieb mit Levents oder Bodo Haas Tod in Verbindung gebracht werden. Die beiden Ermittler staksten über die Aufsteller, welche die einzelnen Fundorte markierten. Kollege Weninger fasste die Ausbeute zusammen: eine Menge Zeit und Aufwand für nahezu nichts. Kowalski wird toben.

Sebastians Handy brummte. Der erste Lichtblick des Tages, eine SMS von Marc Dreher: *Liste entschlüsselt! 14:30 Hirschgarten, Eisstockbahn?*

Zurück im Präsidium balancierte Sebastian ein vollbeladenes Tablett zu seinem Büro. Kurz darauf pingte bei jedem Teammitglied der Rechner: *Treffpunkt bei mir, jetzt!*

Zu ihrer Überraschung erwartete die Crew eine neue Bocadillobox, daneben mehrere dampfende Starbucks-Becher. Auf Cornelias Tannengrün thronten drei leuchtende LED-Lichter, Toblers Entschädigung wegen des letzten Weihnachtsdebakels. Der Teamleiter winkte sie herein und deutete auf den Telefonhörer in seiner Hand, »Gratuliere, Gustav! Deine Vermutung mit dem Froschgift war korrekt! Echt schade, dass die andern Tierkadaver längst eingeäschert sind. Mich hätte brennend interessiert, ob bei ihnen das gleiche Gift verwendet wurde.«

Tobler beobachtete, wie Cornelia Broncos Flugticket-Box zwischen seinen Unterlagen ausleerte und das Geld zählte.

»Da zweifelst du?«, drang es aus dem Hörer, »Wozu Neues ausprobieren, wenn das eine Mittel funktioniert, oder?«

»Ich mach mir Sorgen um Vienna.«

»Das solltest du, wie alle Hundebesitzer. Als Dank für den Tipp schickst du mir den Laborbericht, oder?«, der Arzt nieste, »Sorry, hier zieht es. Mein Kamerad am Seziertisch sperrt seinen Bauch unverschämt weit auf. Ich würde ihn gerne zustopfen, bevor er sich die Innereien erkältet«, ohne eine Antwort abzuwarten, beendete er das Gespräch.

»Wo ist Fischler, Roman?«, Sebastian legte auf.

»Er befragt die letzten Zeugen wegen des angeschossenen Mastiffs am Tierheim. Er wird bald zurückkommen. Wenn's eilt: Hier ist sein Bericht über die Befragung von Hamouds Nachbarn: Nichts Auffälliges.«

»347,21!«, platzte Cornelia dazwischen, sie drehte eine eingerissene und löcherige Banknote in ihren Fingern, »Wer von euch perforiert seine Scheine?«

»Vienna«, grinste Tobler verlegen, »Habt ihr es mitbekommen? Das Pfeilgift ist bestätigt. Auf gesunder Haut ist Batrachotoxin harmlos. Gefährlich wird es jedoch bei Verletzungen, wie beim Eindringen einer Pfeilspitze. Es unterbindet die Nervenleitungen, es greift Muskeln und Herzzellen an, die sofort verkrampfen. Das Gift des ´Schrecklichen Pfeilgiftfroschs´ gilt als giftigstes Steroidalkaloid. Ein Mensch verstirbt daran innerhalb von Minuten.«

»Klingt passabel. Wie groß ist das Untier?«, Brunner beugte sich gespannt vor, »Wird es gemolken?«

»Größe: fünf Zentimeter. Die Indianer streichen nur mit den Blasrohrpfeilen über seinen Rücken. Ein Richtwert: Das Gift eines Tieres reicht, um bis zu zehn Menschen zu töten.«

»Sinnvoll eingesetzt wäre unser geliebtes München bald frei von Streunern«, Brunners warf dem Teamleiter ein süffisantes Grinsen zu, »von Vier- und Zweibeinigen!«

»Du stellst Obdachlose und Hunde auf eine Stufe?«

»Einmal mit einem vergifteten, scharfen Gegenstand an der Sippe entlangfahren und ...«

»Noch ein Wort und du fliegst raus!«

»Sebi«, grätschte Julius dazwischen, »Ist das dein Bericht über die Fake-Polizisten?«, er zeigte auf eine bedruckte Seite, die unter den Tannenzweigen hervorlugte.

»Nein. Nur die Liste der Einbruchsadressen. Die Aussagen stehen da drin«, Tobler tippte mit dem Füller auf seinen Notizblock, langsam beruhigte er sich, »Erst lösen wir die Morde«, und an ihre resolute Ex-Blondine gewandt, »Wie steht´s bei der Witwe Haas und ihrem Mikulas?«

»Entwarnung: Romina wurde als zweites Kind der Familie Dumitrescu geboren. Ihr großer Bruder heißt Mikulas. Er hilft seiner Schwester, die Sachen zu erledigen, die Bodo nicht mehr geschafft hat. Abrechnungen, Überweisungen. Inklusive dem jetzt anfallenden Schreibkram und der Beerdigung.«

»Trotzdem könnten die Geschwister den Ehemann auf dem Gewissen haben und sich das Erbe teilen.«

»Wieso hast du eigentlich Eileen geheiratet, bei dem ständigen Misstrauen Frauen gegenüber?«, feixte Sonja zurück.

»Ich bin nur objektiv. Meisl untersucht hoffentlich bald den Kimono der Lady.«

Im weiteren Gespräch informierte der Kommissar das Team

über den verplemperten Vormittag, »sieht schlecht aus für den Syrer. Sonja, hast du herausbekommen, mit wem Hamoud an der Schwanthaler Straße telefonierte?«

»Logisch«, kam es zurück, »Mit einer Ute Reining.«

Sebastian verschluckte sich. Sein heftiger Hustenanfall ließ alle verstummen, »Sorry, Leute!«, er würgte noch einmal, »Die Frau übernehme ich!«

Ute Reining? Ausgerechnet sie? Es musste ein Zufall sein, ein harmloser Zufall. Oder waren sich die beiden näher gestanden, als er wahrhaben wollte?

»Wieso du?«, Toblers spontanes Vorpreschen weckte Brunners Misstrauen, »Normalerweise schickst du einen von uns durch die Gegend, während du mit deinem Köter Gassi gehst«.

»Siehst du Vienna?«, demonstrativ spähte Sebastian zu der Hundedecke unter dem Fenster, »Nein! Somit brauch ich einen anderen Grund, um mir die Füße zu vertreten«, seine Gedanken hingen bei Ute und ihrem gestrigen Café-Besuch. Er griff erneut in die Bocadillo-Schachtel. Unter dem Tisch googelte er nach der Sebaldus-Apotheke. Horst Bülows bekanntes Gesicht leuchtete ihm entgegen, ohne Angaben zu den Angestellten.

»Ich glaube nicht, dass uns dieses Telefonat weiterbringt«, Roman rückte seinen Stuhl näher zum Tisch, »Laut Meisls Forensikern wurde die kryptische, handschriftliche Auflistung aus Bodos Schreibtisch-Safe zuletzt Ende November verändert, was immer das bedeutet.«

»Ist der Code inzwischen geknackt?«, Jörg Hansen schielte erwartungsvoll zu Brunner.

»Frag Sebi«, wehrte der mit den Händen ab, »oder Marc, unseren neuen, externen Ermittler.«

Tobler fiel es schwer, sich zu konzentrieren. Woher kannte die reizende Ute diesen Hamoud? Worüber sprachen sie?

»Sebi! Die Liste?«, Julius stieß ihn an.

Nur schwer verdrängte Tobler Utes Bild, die volle Lockenpracht, die tiefgründigen, grünen Augen und ihre niedlichen Sommersprossen. Etwas zu spät reagierte er, »Welche Liste?«

»Träumst du? Die handschriftliche Tabelle mit den Gerätebezeichnungen und Rechenoperationen!«, half Cornelia nach.

»Sorry, mir war grad nicht so gut«, er kippte den Kaffee auf einen Satz hinunter, »die Liste, da ich bin dran. Morgen weiß ich mehr«, Schweiß trat auf seine Stirn, der heiße Kaffee forderte seinen Tribut, er wischte sich über das Gesicht, »Jörg was ist mit der Freundin dieser Pseudokriminalistin Wilkens: Beatrice Renner. Hast du ihr Handy angezapft?«

Für eine Sekunde flackerten Jörgs Augen nervös zu Brunner, »Die Genehmigung hat etwas gedauert«, log er, »Neben allgemeinem, stumpfsinnigen Geplänkel fällt nur eine Neuigkeit im Chat-Verlauf auf: Beatrice Renner ist fest liiert. Den Namen des Glücklichen gibt sie nicht preis. Selbst die Wilkens tappt mit ihren Vermutungen im Dunklen. Ein Promi?«

»Klatsch interessiert mich nicht«, knüppelte ihn Tobler gereizt nieder, fest entschlossen wieder Stärke zu zeigen. Er überging die irritierten Mienen seiner Kollegen, »Friedl, was ergab die direkte Befragung der beiden Damen?«

»Wenig. Die Wohnung der Renner ist echt strange. Ein Kinderzimmer für Erwachsene: Sie sammelt Dekorationspuppen!«, er imitierte ein starres, süßliches Gesicht, was bei Brunner grotesk wirkte, »Sie wählte ihre Worte mit Bedacht. Keine Silbe über einen Freund. Vielleicht macht sie sich im Chat nur wichtig. Nichts für mich!«, er lachte dreckig, »Das Life-Power hat sie aus persönlichen Gründen verlassen. Mehr ließ sie sich partout nicht aus der Nase ziehen. Eine Erpressung streitet sie ab.«

»Erpressung? Du hast sie *direkt* gefragt?«, Tobler schnappte vernehmlich nach Luft, »Du plapperst unsere internen Spekulationen aus? Sagte ich nicht: diplomatisch und sanft?«, Romans strenger Blick brannte in seinem Rücken.

»Komm runter, Sebi!«, Friedl musterte ihn kritisch, »Sie ist von selber darauf gekommen, wegen ihres unvermittelten Austritts«, improvisierte er, »Für meinen Geschmack streitet sie eine Erpressung zu vehement ab. Ich fragte sie nach Gesetzesverstößen im Studio, ob sie etwas darüber gehört hatte. Sie verneinte«, eine Pause leitete den Personenwechsel ein, »Die Wilkens wohnt gemütlicher, kriegt aber ihr Maul nicht zu, wie immer. Viel Text, viel Verschwörung, wenig Inhalt. Von den Filmen hab ich beiden nichts erzählt«, er deutete zur Decke,

»wegen Kowalskis Schweigepflicht und bis wir wissen, ob sie verbreitet wurden.«

Tobler wechselte mit Jörg einen schnellen Blick: Kein Wort zum Darknet! »Lügt eine?«

»Möglich. Die kleine Beatrice wirkte nervös und vorsichtig. Irgendetwas passt da nicht.«

»Warum verschweigt sie den Anlass für ihren Abgang?«, Cornelias Finger spielte mit den Zweigen, bis die ersten Nadeln auf die Tischplatte rieselten, »Da ist doch was faul!«.

»Stell dir vor, du wirst mit Nackt-Bildern aus dem Studio erpresst«, widersprach Julius, »Würdest du dort auch nur einen Tag länger trainieren?«

»Verdacht auf Erpressung«, genervt schnippte Sebastian ein leeres Bocadillo-Tütchen in die Box zurück. Er zwang sich, das Entsetzen über Utes Verbindung zu Hamouds Tod zu verdrängen und beim Thema zu bleiben, »Relevant sind nur Frauen, die vor Kurzem den Vertrag gekündigt haben, oder nach ihrer Aufzeichnung nicht mehr zum Training erschienen sind. Friedhelm, ist das feststellbar?«

»Jep, sofern sie mit der Mitgliedskarte einchecken.«

»Danke. Sonja, kümmerst du dich mit einer der Teamassistentinnen Anja Eckert oder Jolanda Valweig darum? Und bitte stelle bei der Gelegenheit fest, welche Kundenveränderungen sich um dem Einbruchstag Anfang Oktober ergeben haben«, sein Seitenblick traf den Muskelprotz, »Vielleicht suchte der Einbrecher exakt diese Schmuddelvideos und Bodo Haas hing deswegen in den Seilen.«

Niemand sprach ein Wort, die LED-Leuchten tauchten das Schreibtischchaos in ein gespenstisches Licht. Lange Schatten wuchsen von den Aktenstapeln über die Platte, Tobler seufzte, »Immer wieder stoßen wir auf diesen Einbruch! Wie kam es dazu? Liegt dort der Ursprung für Haas´ Ermordung?«

Ein nerviger Klingelton riss ihn aus seinen Überlegungen: Die rote Signallampe neben HK-K pulsierte drohend.

»Sonja, ich begleite dich«, Brunner sprang abrupt auf, »Die Verwaltungsladys lieben mich. Wenn ich dabei bin, rücken sie die Informationen schneller raus.«

Er verließ das Büro, bevor sich Kowalski melden konnte. Sonja folgte ihm achselzuckend. Im Vorbeigehen berührte sie kurz Sebastians Schulter.

Hatte sie bemerkt, wie verstört er war?

Der Stimme des Hauptkommissars holte ihn zurück in die Gegenwart, »Irgendwelche Ergebnisse im Fall Haas?«

»Wir sitzen gerade darüber. Zwei Personen sind soeben auf dem Weg zum Studio. Sie verfolgen eine neue Spur.«

»Welche? Wieso höre ich nichts davon?«

»Soll ich Ihnen mit jeder Vermutung die Zeit stehlen? Sobald sich die Spur als heiß erweist, informiere ich Sie.«

Kowalskis Groll war spürbar, »Die Gerüchteküche brodelt. Im Internet kursieren Hinweise, dass es sich bei dem Täter um einen Angestellten handelt. Wieso erfahre ich derartige Details nicht von Ihnen?«

»Weil im Internet jeder seinen Mist ungeprüft ablädt. Mit sachlichen Ermittlungen hat das nichts zu tun.«

»Ein Mörder unter der Belegschaft! Aus Sicht der Konzernleitung grenzte das an Rufmord. Der Vorstand besteht auf der umgehenden Überführung des Täters. Nicht vergessen: Ihnen bleiben nur fünf Tage, Tobler!«

»Danke für den Hinweis«, Sebastian verdrehte die Augen, trotzdem gelang ihm eine höfliche Verabschiedung. Sein Blick blieb an Jörgs feistem Gesicht hängen, »Wer verzapft diesen Täter-Mist im Internet?«

»Katja Wilkens. Sie befeuert die Spekulationen und ein paar Mitläufer stechen rein«, er winkte abfällig, »notorische Besserwisser, die sich bei jedem Chat als Experten profilieren. Einigen Personen konnte ich Verbindungen zu Konkurrenz-Studios nachweisen: body+soul, MUNICHGYM, Fit-Star, McFit, um nur die Größten zu nennen. Typisches Wettbewerbsgeplänkel, wenn du mich fragst.«

»Doch organisierter Rufmord?«, Julius nickte zum Telefon, »Von dem die Wilkens eindeutig profitiert. Das Life-Power am Ostbahnhof braucht eine energische Führung, um nicht völlig unterzugehen. Sie hofft auf ihre Ernennung nach Haas Ermordung. Wie weit geht man für seine Karriere?«

Tobler unterstrich ihren Namen an der Pinnwand, »Wir drehen uns im Kreis!«

»Es gibt zwei weitere Sachen, die ihr wissen solltet«, mit einem Blick zur Bürotür vergewisserte sich Jörg, das niemand lauschte, »Die Domina im Darknet. Diese Daten liegen hinter einer massiven Firewall. Einer wahrhaft massiven und teuren! Ein fachliches Gespräch mit dem Admin würde mich reizen, aber gewiss nicht mit seinem Chef. Meine Informanten haben Schiss, sich den Mund zu verbrennen. Ohne eine richterliche Genehmigung wäre es Selbstmord, dort herumzustochern«, die Enttäuschung stand ihm deutlich im Gesicht, »Jetzt zum anderen Thema«, wieder der vorsichtige Blick zur Tür, »Wie ihr ja wisst, besitze ich nahezu uneingeschränkten Zugang zu unseren Daten«, er lächelte verschmitzt, »selbst zu den gelöschten. Die ruhen am Backupserver. Ich rede vom Kollegen Brunner.«

Augenblicklich wurde es totenstill. Sebastian stellte sich vor das Fenster und starrte auf die Straße. Vorsorglich stemmte er sich am Fensterbrett ab, jetzt war er zu allem bereit, »Was hat er diesmal ausgefressen? Nötigung? Wurde er handgreiflich? Oder etwas Neues?«, seine Finger verkrampften sich, »Haben wir nicht genug um die Ohren? Muss jetzt zusätzlich seine Personalie aufploppen?«, er schlug gegen den Fensterrahmen.

»Wäre besser, du setzt dich«, Jörg winkte ihn zurück, aber Sebastian blieb, »Ich war neugierig, ob Puettmann an weiteren Autorennen beteiligt war. Deshalb habe ich meine Rechner mit den Stichworten Autorennen, Oberbayern und Audi gefüttert. Die Suche lief über sämtliche Polizeiserver. Levent Puettmanns schwarzer Audi A8 tauchte nirgends auf, dafür aber vier Hinweise auf einen magmaroten A7«, er legte eine theatralische Pause ein, »Besagtes Fahrzeug raste mit einer weit überhöhten Geschwindigkeit am 16. März 2018 auf der A9, 17. November 2019 auf der A96, 4. Juni 2020 über die B2 zwischen Pasing und Laim und am 23. September in diesem Jahr am Autobahnring A99. In zwei Fällen erinnerten sich Zeugen an ein Münchener Kennzeichen. Beim dritten Trip merkte sich eine überholte Fahrerin die Zahlen: 7298«, er richtete seine Brille, »ich tippe auf M-BF-7298.«

Ein Tannenzweig knackte zwischen Cornelias Fingern, »In unbeschränkten Zonen ist Rasen auf der Autobahn nicht strafbar«, versuchte sie zaghaft zu vermitteln.

»Stimmt. Aber in Beteiligung mit einem anderen Fahrzeug zählt es als illegales Autorennen. Der eigentliche Knaller folgt gleich«, Jörg verschränkte süffisant lächelnd die Hände vor seiner beachtlichen Bauchwölbung und lehnte sich genüsslich zurück. Für einige Sekunden sonnte er sich in der angespannten Stille. Hinter der Nerd-Brille wanderten seine Schweinsäuglein erwartungsvoll von einem zum anderen, bevor er die Bombe platzen ließ, »Am 17. November 2019, auf der A96, wurde neben dem uns bekannten roten Audi ein teilnehmender silberner Nissan gemeldet. Ein Nissan, mit einem runden Werbeaufkleber auf der Beifahrertür. Die Zeugin hat ihn im Laufe der Aussage beschrieben. Ratet, welchem Logo er verdammt ähnelt?«

»Dem Life-Power? Brunner und Haas?«, Tobler hämmerte gegen die Fensterscheibe, »Sag, dass es ein Scherz ist!«

»Leider nein. Lust auf einen Nachschlag?«

»Erbarmen!«, Sebastian, diesmal setzte er sich artig, »Was solls´, schieß los!«

»Manchmal reitet mich die Neugierde, deshalb hab ich die Suchkriterien und Datenbanken erweitert«, Jörg warf ihm einen bedauernden Seitenblick zu, er tippte auf seiner Tastatur, seine Nase dicht am Bildschirm, »Voilá, it´s Foto-Time!«, er drehte den Laptop, bis jeder im Zimmer einen Blick auf den Monitor werfen konnte: Ein Blitzerfoto vom 6. Januar 2020, aufgenommen auf der A94 Höhe Parsdorf. Gemessene Geschwindigkeit: 218 h/km bei einer 120 h/km Beschränkung. Das Fahrzeug: ein silberner Nissan GT-R, M-HB-375. Zwei Männer hinter der Frontscheibe. Der eine sportlich, mit hellem T-Shirt und kurzgetrimmten Haarschnitt. Der Zweite muskulös, glatzköpfig, sein überhebliches Grinsen bestens bekannt, er saß am Steuer!

»Wow, das ist mir neu!«, » Mir auch«, »Jep!«, kam es von allen Seiten.

»Wen wundert´s?«, Jörg tätschelte seine Wampe, sie klang hohl, »Alle Hinweise wurden polizeilich bagatellisiert und in Frage gestellt. Sämtliche Angelegenheiten verschwanden aus unseren elektronischen Aufzeichnungen, inklusive dieser Aufnahme«, er nickte zum Monitor, »Wegen Mangel an Beweisen kam es nie zu Verhandlungen, aber unser Backup-Server vergisst nichts.«

»Ist das möglich? In der heutigen Zeit?«

»Wenn Brunner einen Spezi an der richtigen Position kennt, easy! Ein Anruf: ′Lösch doch mal, dafür ...!′. Ihr versucht doch auch, dienstliche Knöllchen unter den Tisch fallen zu lassen, bevor Kowalski davon Wind bekommt«, säuselte er mit spitzen Lippen. Sein Blick pendelte zwischen Roman und Tobler.

Deren ertappte Mienen sprachen Bände.

»Dieser Spezi hat entweder keine Ahnung von den regelmäßigen Backups, oder ihm fehlen die entsprechenden Zugriffsberechtigungen. Meine Suchmaschinen hingegen«, Jörg lächelte und ließ den Satz offen.

Der Kommissar raufte sich die Locken, »Und ich Voll-Depp beauftrage ihn gestern, sich wegen potentiellen Rennteilnehmern umzuhören! Jetzt habe ich den Wolf zum Jäger erkoren!«

»Das bringt uns einen Batzen für Broncos Box!«, Cornelia platzierte die Lebkuchenschachtel neben ihr gefleddertes Gesteck, »Diesmal blecht Friedl für deinen Obdachlosen!«

»Das wird nicht reichen, wenn die Sache bekannt wird. Das schreit direkt nach einem Disziplinarverfahren. Wartet!«, eben hatte Tobler ein Gedanke gestreift. Er kratzte sich am Kopf und versuchte, ihn zu fassen, dann: »Sonja«, es klang gequält, »Bei Puettmanns Fahrt mit tödlichem Ausgang: Steht in den Unterlagen eine Beschreibung des zweiten Fahrers?«

»Nein«, sie riss die Augen auf, als sie verstand, »du denkst doch nicht?«

Sebastian massierte sich die Schläfen, »Bitte kein Fahrzeugtausch mit Haas, bitte nicht Brunner!«, ein Stoßgebet.

»Du sprichst uns aus der Seele. Vernimmst du ihn?«

»Ich denk darüber nach. Es ist nur eine vage Idee und bleibt bitte hier im Raum. Falls wir uns irren, was ich inständig hoffe, rennt Friedl sofort zum Chef. Fakt ist, dass sich Brunner und Haas privat zum Rechtsbruch verabredet haben«, er schüttelte den Kopf, »Und jetzt? Wenn Friedl am 7. Februar 2020 in Haas

Nissan mit Puettmann über die Schwanthaler Straße gejagt ist, steckt er bis zum Hals in der Scheiße. Das Einzige, was sein Vergehen abmildern würde, wäre der Nachweis, dass man ihn reingelegt hat.«

»Geht´s etwas klarer?«, Julius gähnte.

»Laut den Berichten kam Levent Puettmann bei dem Unfall überraschend leichtverletzt davon. Puettmann mit seiner rechten Gesinnung fordert Brunner im Wagen von Haas zu einem Rennen auf und lässt ihn vor. Die wenigen Passanten sind vom ersten durchrauschenden Fahrzeug abgelenkt, keiner achtet auf Hamoud, keiner auf das zweite Fahrzeug. Er nutzt den Vorteil und mäht den Syrer absichtlich nieder«, Tobler stöhnte leise, »vorausgesetzt: Er wusste, wo sich der Mann aufhielt.«

»Suchst du nach Strafmilderung für Brunner?«

Sebastian zuckte mit den Schultern, »Friedl ist ein richtiges Rindvieh, aber bei einem Mord mit hineingezogen zu werden, das hat er nicht verdient. Auf geht´s Leute: Hatte Levent Puettmann neben seiner rassistischen Einstellung ein weiteres Motiv, um Hamoud zu töten?«

»Oder«, erinnerte ihn Roman, »eine Partnerin? Eine Frau, die Tarik Hamoud alias Faris El Din dort hinbestellte, ihn mit dem Telefon vor Ort hielt und ablenkte, bis der schwarze Audi A8 zur Stelle war?«

Ute Reining! Tobler wurde übel. Tariks letztes Gespräch!

»Wer fährt freiwillig gegen eine Wand, riskiert sein Leben, nur um jemand umzubringen?«, Sebastian schluckte, irgendwo musste es doch eine Schwachstelle bei dieser Theorie geben.

»Nope!«, der IT-ler zoomte die Unfallstelle in Google-Maps auf, »Wenn das Opfer am Bürgersteig weitergegangen wäre, hätte ihn der Audi dort erwischt«, er zeigte auf den Bildschirm, »Ein guter Fahrer riskiert höchstens den Seitenspiegel. Aber dann fiel der betrunkene Anton Lesko auf die Fahrbahn und Hamoud änderte die Richtung. Der Fahrer war fixiert auf sein Ziel, zum Nachdenken blieb ihm bei der irren Geschwindigkeit keine Zeit ...«

»Mir reicht´s mit den Hiobsbotschaften! Ich troll´ mich in den Keller«, Cornelia stand auf, »Dort hocken Rolf und Ulf mit den Hinterlassenschaften des Syrers. Ich sag ihnen, worauf sie achten müssen«, sie platzierte die Spendenbox wieder neben der Kaffeemaschine und eilte davon.

»Und die Zeugin, die ihre ursprüngliche Aussage von einem Autorennen in hintereinander fahrende Fahrzeuge abmilderte?«

»Die besuche ich«, Tobler räusperte sich zweimal, bevor er den folgenden Satz herausbrachte, »Ich... ich kümmere mich jetzt um Ute Reining, Hamouds letzten Kontakt.«

Da war es wieder: Ihr blasses, schmales Gesicht, übersät mit Sommersprossen. Zwei tiefgründige, grüne Augen eingerahmt von einer roten Lockenpracht. Die Verbrechen: ein überfahrener Asylbewerber und vergiftete Hunde ... und mittendrin diese reizende Ute. Welch eine elendige Scheiße!

Tobler parkte seinen T4 in der Schloßschmidstraße am Gehweg zwischen zwei Bäumen. Der Stau an der Friedenheimer Brücke hatte ihn satte zehn Minuten gekostet! Drei Grad unter Null, er kramte seine Handschuhe aus dem Rucksack. Wenn er zur Eisstockbahn joggte, würde er ein wenig Zeit reinholen. Er trabte über den tief verschneiten Sandweg, umrundete einige Familien und wich gerade rechtzeitig einem frechen Dackel aus. Am Basketballplatz verließ ihn die Kondition. Mit Seitenstechen marschierte er zum Treffpunkt. Schon von Weitem sah er Marc ungeduldig über die Holzplanken der Bahnumrandung streifen.

»Schön, dass Sie doch noch kommen. In fünfzehn Minuten fängt mein nächstes Workout an.«

»Der Verkehr!«, japste Sebastian und hielt sich die schmerzende Seite, »Sie haben die Codierung geknackt?«

»Logisch«, Dreher strahlte zufrieden »Es hängt mit unserer Inventarisierung zusammen«, er übergab ihm ein Schriftstück, »Soll ich es ihnen erklären?«

»Nein, danke«, Tobler sog mehrmals laut die Luft ein, »Ich bin ebenfalls in Eile. Sind Sie heute erreichbar, falls ich Unterstützung brauche?«

»Ab 22:00 Uhr. Da wäre etwas ...«

»Reden wir heute Abend darüber?«, unterbrach ihn Tobler mit einem Blick auf die Uhr, »Die nächste Vernehmung wartet.

Je später ich erscheine, desto vergrätzter sind die Zeugen. Und das spiegelt sich in der Informationsdichte wieder«, entschuldigend zuckte er mit den Schultern und steckte die Liste ein, »Danke nochmals, ich melde mich!«

»Ich arbeite Ihnen gerne einen Trainingsplan aus«, hörte er Marcs Stimme hinter sich, »Mit Übung läuft sich´s besser!«

»Schicken Sie mir lieber ein gutes Alibi für die Mordzeit!«, der Kommissar sah zurück, »Bis zur Geburt meiner Tochter bin ich regelmäßig im Grubenpark gejoggt, die stillgelegten Kiesgruben in Waldtrudering. Jetzt fehlt es an Zeit und Schlaf. Vielleicht fange ich am Wochenende wieder damit an«, er winkte und bemühte sich möglichst aufrecht davon zugehen.

Marc eilte auf dem kürzesten Weg zu seinem neuen Arbeitsplatz im body+soul zurück. Er merkte nicht, wie Sebastian sein Handy zückte.

»Eileen? Schön dich am Telef..., was ist das für ein Lärm? Die Krabbelgruppe? Bei uns? Wieso trefft ihr euch nicht woanders? Warum unbedingt in unserer Zwei-Zimmer-Wohnung?«, lautes Baby-Gequake im Hintergrund, »Pass bloß auf, dass sich keine deiner Hypermamas an Ursulas Netz vergreift! Wie verkraftet es Vienna? ... Hält in der Küche Wache. Braves Mädchen«, er lachte erleichtert, »Bis wann ist die Meute weg? ... Okay, ich habe um 15:45 Uhr eine Vernehmung, danach fahre ich nochmals ins Präsidium, Kowalski Bericht erstatten. Schau bitte, dass alle bis 19:00 Uhr draußen sind, wenn ich komme!«

Ute wartete in dem kleinen Bistro in der Nähe ihrer Apotheke. Sie trug einen cremefarbenen Rolli, einen blauen Wollrock und warme Strumpfhosen. Ihre Haare quollen aus einer gewalkten, passend blauen Baskenmütze, »Ich wäre in wenigen Minuten gegangen. Es ist Hochsaison im Laden.«

»Wir hätten auch dort reden können, Frau Reining.«

»Ein Gespräch zwischen Kunden?«, sie sah ihn neckisch an, »Nein, ich entfliehe nur zu gerne dem Baustellenlärm vor unserer Apotheke«, ihre grünen Augen blitzten ihn schelmisch an, »Nennen Sie mich Ute. Immerhin ist dies schon unser zweites Treffen!«, im Hintergrund spielte dezent orientalische Musik.

Sein Argwohn schmolz wie Eis im Sommer. Er setzte sich ihr gegenüber, »Darf ich Sie zum Kaffee einladen?«

»Einen arabischen Kardamom-Kaffee mit Zimt, bitte«, sie schubste ihr Handy zur Seite, damit er Platz hatte, »Wissen Sie schon, wer auf den Mastiff geschossen hat?«

»Wir sind dran. Sie sind eine angehende Pharmazeutin, was sagt Ihnen Froschgift?«

Sie lachte.

Sämtliche Sommersprossen schienen vergnügt über ihr Gesicht zu tanzen, »Das kam irgendwann am Rande einer Vorlesung dran«, sie tippte auf ihrem Handy, »Wenn es Sie interessiert, dann lesen sie bitte hier nach«, sie schob ihm das Gerät entgegen. Am Display leuchtete die Google-Eingabefunktion.

»Gifte werden nicht gelehrt?«

»Doch. Aber in der Pharmazie sind nur solche von Bedeutung, die man gering dosiert für Heilungszwecke verwendet«, sie zog das Gerät zurück, wobei sie mit einem Finger sanft die Hand des Polizisten berührte.

Tobler hielt die Luft an, hoffentlich bemerkte es Ute nicht. In seinem Kopf gähnte eine Leere, »Beobachtet haben Sie niemanden?«, wiederholte er deshalb seine gestrige Frage, um die peinliche Stille zu füllen.

»Nein. Ich habe darüber nachgedacht«, der Kaffee wurde serviert, »Vielleicht hockte der Täter zwischen den Büschen?«, sie rührte gelassen einen braunen Kandis ins Glas. Als sie den Löffel ableckte, suchten ihre Augen die seinen, »Wenn ich spazieren gehe, achte ich nicht auf die anderen. Privatsphäre, Sie verstehen? Ich nehme sie sehr wichtig«, wieder dieser Blick. Ihre Finger zwirbelten jetzt verführerisch eine Strähne.

Sebastian stieg die Hitze bis zum Hals, er schob den dampfenden Kaffee zur Seite, »Ich«, er räusperte sich verlegen, »Vor einigen Monaten starb ein Angestellter Ihrer Apotheke«, wechselte er das Thema, »Tarik Hamoud alias Faris El Din. Kannten Sie ihn näher?«

Betroffen senkte Ute den Blick, »Nur als Kollege. Eine entsetzliche Sache.«

»Bitte verzeihen Sie, falls die Frage Sie verletzt hat.«

Sie schüttelte den Kopf, »Menschen kommen und gehen, so ist die Natur. Bei manchen läuft es etwas dramatischer ab.«
»Sie haben mit Hamoud telefoniert.«

Motorengeheul, »Vorsicht! Da kommt noch einer!«, Faris panisch, Lärm, »Der Mann!«, weit entfernt. Bremsen quietschten. Ein Schrei: »Lauf!«, von wem? Ein lautes Krachen, ein dumpfer Aufschlag und das Knirschen von zerberstendem Metall, danach ... Stille.

Sebastian wartete auf eine Reaktion von ihr, die nicht kam, »Was wissen Sie über ihn?«
»Was ich bereits bei dem Unfall zu Protokoll gegeben habe. Wir telefonierten wegen ein paar Bestellungen«, sie nippte erneut, diesmal mit genießerisch geschlossenen Augen und leckte sich die Lippen, »Der Zimt-Kaffee wärmt und schmeckt hier hervorragend. Probieren Sie ihn!«
»Danke, gleich«, Tobler schwitzte noch immer, »Warum so spät? Es war fast Mitternacht.«
»Bekomme ich jetzt Schwierigkeiten, weil ich so spät arbeite? Wenn Faris Ruhe haben wollte, schaltete er sein Handy aus«, wie Eileen dachte Tobler.
»Kannten Sie ihn näher?«
»Er war Syrer, bitte halten Sie mich nicht für rassistisch. Er war nicht mein Typ«, sie zwinkerte ihm amüsiert zu, »Nur ein ausgebildeter Apotheker, oder wie das dort heißt. Sein Deutsch war ziemlich holperig, aber Latein klingt überall gleich. Wir brauchten Unterstützung. Wo findet man heutzutage noch eine Fachkraft?«
Das deckte sich mit von Bülows Aussage, »Gibt es Probleme mit der Apotheke?«, sein Handy verkündete den Eingang einer SMS, er ignorierte es.
Eine lange Strähne flog im hohen Bogen über ihre Schulter, »Nein, die läuft prima. Kritisch ist nur der Arbeitsaufwand. Der Bürokram und das Organisatorische im Hintergrund frisst uns auf. Früher übernahm meine Mutter den Job«, sie schwieg betreten, »sie starb vor einigen Jahren.«

»Mein Beileid!«, er meinte es ernst. Diese kleine verwaiste Frau, das Studium und nebenbei jede Menge Arbeit. Nach kurzem Schweigen fragte er unvermittelt, »Nach dem Unfall kam es zu einer Gerichtsverhandlung. Kennen Sie das Urteil?«

»Ja, aus der Zeitung. Aber jetzt stelle ich eine Frage: Wieso reden wir über F... Tarik? Geht es nicht um den armen Hund?«

»Hamouds Unfallverursacher wurde ermordet, wir ermitteln die Hintergründe.«

»Oh! Das wusste ich nicht!«, log sie und musterte ihn eindringlich, »Hintergründe? Sehen Sie einen Zusammenhang mit Tariks Tod?«

»Das ist nicht auszuschließen. Deshalb habe ich Sie auf das Telefonat angesprochen. Hatte Herr Hamoud ihnen gegenüber irgendetwas angedeutet? Fühlte er sich verfolgt, oder wartete er auf jemanden?«

»Da fragen Sie die Falsche, so vertraut waren wir nicht«, sie überlegte rasch, »Nein, er verhielt sich völlig normal. Sie vermuten einen Racheakt, wegen Faris?«

»So in der Art.«

»Ein anderer Syrer? Jemand, der mit ihm geflohen ist?«, ein Name trat ihr vor Augen, »er sprach einmal von einer Cydem.« »Sie kennen die Dame?«

Ute schüttelte den Kopf, »Es war nur ein kurzer Nebensatz von ihm«, sie schnaubte leise, »Wie gesagt, nicht mein Typ«, entschuldigend hob sie die Hände, kleine feingliederige Finger mit perfekt gefeilten Nägeln, »Er, nicht«, sie zwinkerte ihm zu.

»Tarik Hamoud benutzte einen gefälschten Pass. Aus politischen Gründen? Ist Ihnen etwas aufgefallen?«

»Nein!«, erschrocken schlug sie die Hände vor den Mund, »Politisch? Mit dieser Cydem?«, sie riss die Augen auf, »Sprechen Sie von einem islamistischen Terroranschlag?«, ihr Atem stockte, »Oh, Gott!«

Erneut pingte sein Handy, »Darf ich, bitte?«, er wandte sich ab. Die Nachricht stammte von Sonja: *Ruf an!*

Utes Blick brannte in seinem Nacken, als würde sie ihn mit Kardamom-Kaffee übergießen.

Er tippte: *Wichtig?*

Die Antwort kam prompt: *Fake-Polizisten-Attacke.*

Mist, ausgerechnet jetzt! Er schielte zu Ute: *Schicke Julius und Cornelia. Melde mich später.*

»Immer im Dienst?«, sie musterte ihn amüsiert, »Tragen Sie eigentlich ständig die komplette Polizei-Ausrüstung bei sich?«

»Wie meinen Sie das, Frau Reining?«

»Ute«, verbesserte sie ihn, »James Bond schleppt in seinen Filmen immer Handschellen und Pistole mit sich herum, Herr Tobler«, sie beugte sich vor, stützte ihre Ellenbogen auf die Tischplatte und legte ihr Kinn auf die verschränkten Hände.

Nur wenige Zentimeter trennen ihre Köpfe.

»Nur wenn wir im Dienst sind«, er lachte über diesen Vergleich, »und bevor Sie fragen, Ute: Ich trage im Moment keine schusssichere Weste unter meinem Hemd«, er prostete ihr mit dem Kaffee zu, »Sebastian, übrigens!«

»Cheers, Sebastian!«, sie winkte dem Kellner, »Die nächste Kaffeerunde übernehme ich!«, kleine, drollige Fältchen schimmerten neben den grünen Augen.

Tobler lehnte sich entspannt zurück, dieses Gespräch verlief vollkommen anders als erwartet, wesentlich angenehmer. Das Bistro versprühte eine wohlige Atmosphäre und Ute eine Fröhlichkeit, eine Leichtigkeit die er seit langem vermisste. Mit einem Wort: Leben!

Für einen Augenblick erinnerte er sich an seine ursprüngliche Vermutung, dass Ute Reining selbst den Tod von Hamoud rächen wollte. Aber dieser Gedanke war absurd, er war nicht ihr Typ! Absurd war ebenfalls die Vermutung, sie hätte ihn für Puettmann hingehalten, das konnte er sich bei dieser liebreizenden jungen Frau absolut nicht vorstellen!

Sie tranken den Kaffee und plauderten über ihr Studium, ihr Interesse an Südamerika und den Luxus frei und ungebunden zu leben. Als sie eine halbe Stunde später zum Zahlen an die Theke schlenderten, streifte Sebastians wachsamer Blick noch einmal ihren Tisch, »Dein Handy«, er eilte zurück und reichte es Ute, »Zum Glück hast du es mit einer PIN gesichert.«

»Oh, danke, das vergesse ich ständig! Für die PIN müsste mich der Finder jedoch gut kennen, denn ich bin äußerst eigen mit meinem Geburtsdatum«, sie zwinkerte ihm zu, »Aber bisher hat sich niemand für das antiquierte Modell interessiert.«

Der Parkplatz des graublauen T4 lag auf Utes Weg. Es dauerte eine ganze Weile, bis sie endgültig auseinandergingen. Als sich der Kommissar hinter das Lenkrad quetschte, kribbelte es in seinem Bauch. Schmetterlinge! Große, quirlige Schmetterlinge, wie damals bei Eileen.

Eileen! Ein mieses Gefühl beschlich ihn, es wuchs unbarmherzig, überflutete seinen Körper und erstickte das wundervolle Flattern in seinem Bauch.

Schuldbewusst rief er seine Frau an, »Sind sie weg?«

»Bald. Lass dir Zeit, Marina ist fix und fertig. Ich werde sie anschließend warm baden, das beruhigt. Wenn du nach Hause kommst, sei bitte leise. Gut möglich, dass wir beide schlafen.«

»Mein Kind wird ihren heimkehrenden Vater überleben«, er rollte mit den Augen, seine Finger trommelten auf das Lenkrad, »Du machst so einen Tanz um das Baby! Ich bin auch groß geworden, ganz ohne eine überfürsorgliche Mutter. Alleine und auf der Straße!«, damit endete ihre Verbindung, »Verdammte Zicke!«

Hatte ihn seine leibliche Mutter genauso gluckenhaft behandelt? Wenn das normal war, wieso landeten dann Santiago und er auf der Straße? Wie intensiv konnte sich sein älterer Bruder an ihre Herkunft erinnern? Mit dieser Frage hatte er ihm nur allzu häufig bei schlaflosen Nächten in ihrem dunklen, kalten Kellerversteck gequält. Santiago kannte Bruchstücke ihrer Vergangenheit, doch er schwieg darüber, bis zum Tod.

In seiner Hosentasche klingelte es erneut. Sicher seine Frau, um sich für ihre überzogene Reaktion zu entschuldigen. Aber dafür war es zu spät! Ebenso störrisch ignorierte er den folgenden SMS-Eingang.

Ute winkte dem VW-Bus zum Abschied noch lange strahlend hinterher, bis er in die Albert-Roßhaupter-Straße einbog. Kaum war er außer Sicht, erlosch die Freude auf ihrem Gesicht. Ihr fröstelte. Sie zog ihren Lieblings-Schal aus der Manteltasche, dabei streiften ihre Fingerkuppen einen kleinen Karton. Sebastians Visitenkarte, die er ihr gestern aufgedrängt hatte: Polizeipräsidium Tegernseer Landstraße. Sie drehte das Kärtchen zwischen ihren Fingern. Ihr Blick wanderte zurück zu dem Punkt, wo der Wagen verschwunden war. Ihre Augen verengten sich zu Schlitzen, ihre Mine wurde kalt, die Iris glänzte eisgrün.

Kowalski stand am Fenster und lauschte den wortreichen Ausführungen seines Besuchers. Der Tenor missfiel ihm: interne Spannungen! Er hasste solche Spannungen, sie behinderten die Arbeit. Unten auf der Straße bog ein graublauer VW T4 auf das Polizeiparkdeck ein, er schnaubte missbilligend. Jetzt rollte ein Apotheker-Fahrzeug die Fahrbahn entlang. Es wendete an der nächsten Kreuzung und rangierte in die soeben freigewordene Parklücke gegenüber des Präsidiums. Eine bunte Werbeschrift zierte die Fahrertür: Tabletten-Taxi Sebaldus Apotheke.

Der Wortschwall hinter ihm brach ab, »Soll ich fortfahren?«

»Bitte, ich höre zu«, damit gesellte er sich der Hauptkommissar wieder zu seinem Gast.

»Lust auf einen neuen Tiefschlag?«, begrüßte Roman im Präsidium seinen Freund, er reichte ihm einen Ausdruck, »Die Ausführungen der Hamburger Kollegen.«

»Mach´s kurz«, Tobler schälte sich aus seinem Mantel und warf die Handschuhe auf die Heizung.

»Zu alt, gebrechlich, kein Internetanschluss. Dieser Bekensen kämpft schon mit seinem Handy, versicherte seine Pflegekraft. Keine Eintragungen, keine Verbindung.«

»Eine geklaute Identität des Autokäufers?«

Der blonde Lange nickte, »Sieht so aus. War deine Vernehmung von Ute Reining erfolgreicher?«

»Es lief so lala«, wich Sebastian aus. Ohne diesen Schmetterlingen, kam er sich im Nachhinein reichlich naiv vor, »Sie arbeitet in einer Apotheke. Aus beruflichen Gründen besitzt sie Kenntnisse über chemische Substanzen«, wie viel sollte er ihn erzählen? »Sie kennt das Froschgift vage, verweist auf Google. Hamouds Tod scheint ihr nicht sonderlich nahe zu gehen.«

»Seltsam. Ich würde durchdrehen, wenn du von einem Einsatz nicht mehr zurückkehrst.«

Tobler nickte bedächtig, »Geht mir genauso«, langsam gewann der Kommissar wieder die Oberhand in ihm. War er Utes Avancen blindlings erlegen? Viele Neuigkeiten brachte er nicht mit zurück, hauptsächlich Schmetterlinge und selbst die nur am Anfang. Wieder erschien ihm ihr reizendes Gesicht. Diese betörende Flut Sommersprossen, als hätte der Herrgott vergessen, den Deckel auf den Sommersprossen-Streuer zu schrauben.

»Das Telefonat mit Tarik Hamoud räumte sie ein, ein spätes Arbeitsgespräch«, gab er widerwillig zu, »Sie erwähnte in Verbindung zu ihm eine gewisse Cydem. Bitte Jörg, diesen Namen zu überprüfen, und Sonja die Reining. Sie wollte mir vorhin etwas über die Fake-Polizisten mitteilen. Was ist los?«

»Oberföhring, Lohengrinstraße. Ein 82-jähriger Mieter liegt mit blauen Flecken und gebrochenem Kiefer im Krankenhaus Rechts-der-Isar. Sie haben ihm die Verstecke seiner Wertsachen regelrecht rausgeprügelt. Bis er wieder zu sich kam, waren die zwei Fakes über alle Berge. Julius und Cornelia sind bei ihm.«

»Scheiße!«

»Hat dir Friedl mitgeteilt, dass Marc ab 1. Januar zurück ins Life-Power in der Einsteinstraße wechselt? Er steigt zum neuen Filialleiter auf.«

»Was? Kein Wort! Dieser Schweinehund!«, damit meinte er sowohl Brunner wie Marc Dreher, »Ich melde mich mal beim Chef. Der rotiert doch, wenn er nicht alle Fäden in der Hand hält, und nach der letzten Fake-Attacke erst recht. Nicht, dass Regina an seiner üblen Laune erstickt.«

Regina thronte hinter ihrem Schreibtisch und telefonierte. Sie winkte Sebastian in die Warteecke und deutete mit dem Stift auf die geschlossene Tür des Hauptkommissars, »Selbstverständlich, Herr Kowalski wird sich sogleich bei Ihnen melden, Frau Fendt«, die hektische Stimme der Staatsanwältin dröhnte bis zu Tobler. Regina sah entnervt zur Decke, »Ich verstehe«, sie notierte etwas. Die Tür zu ihrem Chef wurde aufgerissen. In ihr erschien ein zufrieden lächelnder Brunner.

»Servus, Sebi!«, er warf Regina zwinkernd eine Kusshand zu und schwebte mit leicht federnden Schritten an ihnen vorbei Richtung Treppe.

Regina verzog das Gesicht zu einer angeekelten Grimasse, deckte die Sprechmuschel ab und kündigte Kommissar Tobler im Büro des Hauptkommissariats an.

Kowalski tigerte erregt im Zimmer auf und ab, »Da sind Sie ja endlich! Was treiben Sie die ganze Zeit? Gibt es Neuigkeiten aus Oberföhring? Außerdem liegt mir Puettmanns Rechtsanwalt Herrnbichler in den Ohren. Wo bleibt Ihr Bericht?«

»Meine Leute haben in der Lohengrinstraße alles im Griff. Sobald sie zurück sind, erhalten Sie Informationen aus erster Hand«, ein Dank an Romans kurzfristiges Update, »Der Bericht folgt heute Abend«, aber das bedeutete Überstunden.

»Und der Fitness-Mord? Haben Sie schon einen Verdächtigen? Ich trete morgen vor die Presse, ich brauche endlich harte Fakten, Herr Tobler. Wir stehen aktuell in der Öffentlichkeit da, als würden wir die Hände in den Schoß legen!«

Tobler referierte ihre Ermittlungen im punkto Frau Wilkens und deren Freundin Beatrice, »Frau Renner könnte durchaus ein Motiv haben, falls sie von den Filmaufnahmen erfahren hat. Die Nachforschungen über die Verkaufsplattformen erbrachten nur einen gehackten Account. Der richtige Eigentümer ist querschnittsgelähmt und scheidet als Mörder aus. Marc Dreher gab mir heute einen Tipp, um diese kryptische Tabelle aus Haas´ Schreibtisch-Safe zu dechiffrieren. Schätze, morgen liegt dieser Bericht vor«, hoffentlich.

»Also haben Sie nichts Relevantes vorzuweisen! Ist Ihnen bekannt, dass Dreher Bodo Haas´ Nachfolger wird?«

»Ich habe es eben erfahren.«

»Ist Ihnen nie die Idee gekommen, dass mehr hinter seiner Hilfsbereitschaft stecken könnte? Nein? Sie mauscheln mit ihm und binden ihn in die Ermittlungen ein.«

»Herr Dreher ist zuverlässig«, er zwang sich zur Ruhe.

»Sicher? Wäre sein Aufstieg nicht ein perfektes Motiv? Er ist groß, kräftig und kennt das Life-Power in- und auswendig. Ebenso die Gewohnheiten seines Ex-Chefs. Ihm hätte der Haas blindlings spät nachts die Studiotür geöffnet.«

Für einen Moment war Sebastian sprachlos: Der Hauptkommissar zitierte ihre internen Überlegungen!

»Herrschaftszeiten, Tobler!«, pulverte Kowalski laut weiter, »Muss ich Ihnen den Job erklären? Zum Glück hält mich Brunner am Laufenden. Von Ihnen kommt ja nichts«, er trat dicht an Sebastian ran und senkte seine Stimme zu einem bedrohlichen Flüstern, »Seien Sie ehrlich: Decken Sie diesen Marc?«

Eine Sekunde war Tobler zu perplex, dann beugte er sich bis auf eine Handbreit vor, »Was erlauben Sie sich?«

»Ich frage mich ernsthaft, ob Sie der richtige Teamleiter für diesen Fall sind. Ihnen bleiben fünf Tage, dann werde ich reagieren!«, demonstrativ wendete sich Kowalski ab und stellte sich ans Fenster, »Sie können jetzt gehen!«, das Tabletten-Taxi stand noch immer in der Parklücke.

Sebastian öffnete den Mund und schloss ihn wieder. Zornig starrte er auf den Rücken seines Vorgesetzten, rang um Atem, zwang sich zur Ruhe. Am liebsten hätte er Kowalski Brunners Eskapaden entgegengeschleudert, ihm das Blitzerfoto gezeigt, aber in der momentanen Verfassung riskierte er verbal zu entgleisen. Wütend stürmte er aus dem Chef-Büro.

Brunner! Erst drängte er sich in sein Team, dann torpedierte und hintertrieb er die Ermittlungen. Womit musste er bei dem Idioten noch rechnen?

»Sebas... ?«, Regina starrte ihm ungläubig nach. Langsam wandte sie ihren Blick zu der geöffneten Tür. Sie atmete einmal tief durch und hängte den Telefonhörer aus, »Theodor, wir beide haben eine Besprechung!«

Tobler fand Friedhelm bei der Spülmaschine, den frisch gereinigten Saftkrug in der Hand, »Besprechung!«, bellte er ihn an. Mit einer unwirschen Handbewegung forderte er ihren Bodybuilder zum Mitkommen auf.

Brunner folgte ihm still in sich hineinlächelnd. Sein Lächeln verschwand, als Tobler die Milchglastür ins Schloss drückte, »Was ist los?«, erkundigte er sich scheinheilig.

»Ich habe ein paar Fragen, Friedhelm. Setz dich.«

Unwillig stelle Brunner den Saftkrug auf die Fake-Polizisten-Akte, »Jup!«, erwartungsvoll schürzte er die Lippen.

»Wieso hast du gestern Abend darauf bestanden Meisl die Videosticks zu bringen, obwohl du gesehen hast, dass er nach Hause gefahren ist?«, in diesem Moment läutete das Telefon. Tobler nahm ab, »Ja, Jörg. Ist es dringend oder kann es warten? Ich bespreche mich soeben mit Friedhelm.«

»Brunner?«, der übergewichtige IT-ler zögerte, »Dann eher morgen, ich bin schon am Sprung. Ein Amuse Geule: Auf der Suche nach dieser Cydem, bin ich auf etwas Pikantes im Internet gestoßen. Servus!«

Was wollte Jörg damit andeuten? Langsam legte Tobler den Hörer zurück auf die Gabel.

»Mensch, Sebi!«, riss Friedl ihn aus den Gedanken, »Diese nackten Tatsachen haben mich völlig von der Rolle geworfen. Da vergisst man schonmal eine Nebensächlichkeit, oder?«

»Illegale Autorennen sind aber *keine* Nebensächlichkeiten für dich, oder?«

»Worauf willst du hinaus?«, Brunner zog die Augenbrauen zusammen.

»Du solltest dich nach Puettmanns möglichem Renn-Gegner erkundigen, vergessen? Und?«

»Da gibt es nichts, echt!«

»Dann plaudern wir über einen Vorfall vom 17. November 2019 auf der A96«, gespielt lässig blätterte Sebastian in seinen Notizen, »Ach ja, hier: 23:51 Uhr: Anruf einer Bürgerin, deren Name ich absichtlich nicht zitiere, ´Höhe Klinik Augustinum drängte mich ein heranrasendes Fahrzeug unter andauerndem Aufblenden auf die rechte Fahrbahn.´, und hier, etwas später: ´Ein silberfarbener Nissan GT-R, Baureihe 2018 und ein magmaroter Audi A7 Sportback von 2017 liefern sich ein Rennen´. Klingelt da irgendetwas bei dir?«

»Nicht bei mir. Wenn du etwas hörst, wird´s Zeit für deinen Ohrenarzt. Sag selber: Eine Frau mit so detaillierten Fahrzeugangaben? Lächerlich und unrealistisch!«, er erhob sich.

»Hinsetzen!«, Sebastian packte ihn am Oberarm, »Sie ist eine von Münchens versiertesten Autohändlern mit beachtenswertem Umsatz. Friedhelm: Wir ermitteln in zwei Morden die im Zusammenhang mit einem silberfarbenen Nissan GT-R stehen. Haas war im Begriff den seinen zu verkaufen, und Puettmann lieferte sich vermutlich ein Rennen mit dem gleichen Fahrzeugtyp, bevor er Hamoud niedermähte«, Sebastian stützte seine Arme vor Brunner auf, »Und du verschweigst uns, dass du einen der beiden Teilnehmer näher kennst und einmal sogar am Steuer dieses Nissan gesessen bist? Ist das eine deiner sogenannten Nichtigkeiten?«

»Von was redest du? Bist du verrückt? Wurde ich irgendwann einmal angezeigt?«, Brunners Blick durchbohrte ihn.

»Es gab Anzeigen! Ich frage nicht, wen du bestochen hast, um diese Anzeigen zu bagatellisieren und zu löschen.«

»Das ist eine infame Unterstellung! Ich ...«, er sprang auf.

»Hock´ dich hin! Oder ist Kowalski inzwischen zu deinem Kummerkasten mutiert? Diese Renn-Einträge wurden gelöscht. Sie enthielten Hinweise wie: ´unrichtig´ oder ´Falsch-Aussage eines Wichtigtuers´ und im Falle eines ausländischen Obdachlosen: ´kein vertrauenswürdiger Zeuge´. Wir fahren eine stündliche Sicherung, Friedl! Zu blöd, dass dein Hiwi nicht für alle Speichermedien befugt ist!«

»Du hast echt eine an der Klatsche, Sebi! Ich gehe!«

»Nein!«, Toblers Arm schnellte vor und hielt ihn am Ärmel fest, »Gründet die Schlampigkeit deiner Einbruchsermittlungen auch in der engen Bekanntschaft mit Bodo Haas? Starb er deswegen?«, er fixierte Friedls rotes Gesicht, der schwitzte. Für einen Augenblick blieb sein Kollege sprachlos. Ungerührt fuhr der Kommissar fort, »Was ist am 7. Februar geschehen? Hat dir Haas etwas gestanden, oder«, er sog die Luft ein, »bist du in dieser Nacht selbst mit dem Wagen des Studioleiters über die Schwanthaler Straße gejagt?«

»Arsch!«, Brunner riss sich los und stürmte hinaus, dass die Tür in den Angeln schwang. Sein Saftkrug wartete vergeblich darauf, den Raum zu wechseln.

War es nach Hamouds Tod zum Bruch zwischen Friedhelm und Haas gekommen?

Tobler schluckte: Er verdächtigte den Kollegen des Mordes!

Mit gespreizten Fingern fuhr er sich durch die dunklen Locken. Nein, das durfte einfach nicht wahr sein! Sein Blick blieb an der Telefontastatur hängen, Jörg. Warum hatte ihr IT-ler das Gespräch abgebrochen, sobald Brunners Name fiel, oder hatte es nichts zu bedeuten? Er massierte seine Schläfen, die Ermittlungen zerrten an seinen Nerven und an der Substanz. Am liebsten wäre er jetzt heim, aber dort erwartete ihn eine stinksaure Eileen. Zur Beruhigung kramte er sein Handy aus der Hosentasche, um ihre Entschuldigung für den Gesprächsabbruch zu lesen. Doch die SMS stammte nicht von seiner Frau, sie kam von Meisl, dem Leiter der Susi: *Spuren von Batrachotoxin (Phyllobates terribilis Pfeilgiftfrosch) an Puettmanns Mantel.*

Gift? Ihr anfänglicher Raubmord-Verdacht wegen der verschwundenen Rolex verpuffte innerhalb dieser Sekunde.

Ein geplanter Mord!

Nach einem Wendemanöver hielt sie in einer Parklücke gegenüber des Präsidiums und wartete. Zeit spielte zum Glück keine Rolle, Horst hatte sie umgehend von der Arbeit befreit, nachdem sie ihm akute Kreislaufprobleme vorgegaukelt hatte. Ein bisschen schämte sie sich, er hatte ernsthaft besorgt geklungen.

Erneut las sie die Adresse auf der Visitenkarte: Polizeipräsidium Tegernseer Landstraße. Dieser Polizist brannte förmlich auf ein Wiedersehen, er würde es bekommen!

Viel hatte Ute nicht von ihm erfahren. Nur, dass er ebenfalls im Fall Puettmann ermittelte. Levent Puettmann: Im Kopf spulte sich erneut die gestrige Szene ab:

Sie spricht ihn an, stellt den Korb ab, nennt Faris Namen. Der Schnösel lächelt sie amüsiert an. Erst bei Faris richtigem Namen, Tarik Hamoud, zuckt Puettmann zusammen.

»Die Gerichtsverhandlung!«, Levent schaut zu ihr empor, daher kannte er das rothaarige Mädchen, »Sie saßen unter den Zuhörern, nicht wahr?«

Sein Blick hatte die Frau bei der Urteilsverkündung flüchtig gestreift, doch diese kräftige Haarmähne und die sonderbaren Augen waren ihm im Gedächtnis geblieben. Sie hatte ihn von einer der hinteren Bänke mit ausdruckslosem Gesicht taxiert. Jetzt brannte ihr Blick erneut in seinem Nacken, genau wie damals auf der Anklagebank.

»Sie haben sich nicht entschuldigt. Kein Wort, dass es ihnen leidtut, den Mann überfahren zu haben«, der Pfeil liegt präpariert in ihrer Hand, perfekt verdeckt durch die Holzlehne. Die Nähe wirkt aphrodisierend. Ein Versagen, wie bei dem testweise abgeschossenen Bolzen beim Mastiff, war ausgeschlossen.

Puettmanns Lächeln erstirbt, »Weshalb entschuldigen? Ich musste ausweichen und dieser Idiot lief direkt auf mich zu«, er zieht seine Geldbörse, fischt vier grüne Scheine heraus und reicht sie ihr über die Lehne, »Ist das Entschuldigung genug?«

Geld? Das war pervers! Wütend holt sie aus, den Pfeil fest im Griff, und sticht kraftvoll zu. Doch ihre geplante Bewegung endet in einer Stofffalte. Der Mann sitzt zu weit vorne auf der Sitzbankkante, die hölzerne Rückenlehne blockiert ihren Arm, der Pfeil entgleitet ihren Fingern. Er fällt in den tiefen Schnee, unbrauchbar für einen zweiten Versuch. Es war misslungen!

Fassungslos sinkt ihre zitternde Hand in die Manteltasche.

Der Mann missversteht ihre entsetzte Mine und fügt drei weitere Banknoten hinzu, »An Ihrer Stelle würde ich das Geld nehmen und abtauchen, bevor Herrnbichler Sie bei Gericht zerlegt«, auffordernd wedelt er mit den Scheinen vor ihren Augen. Eine dicke Rolex blitzt an seinem Handgelenk, im Gesicht ein spöttisches Grinsen.

Angewidert spreizt sie im Mantel die Finger, dabei berühren sie eine kalte Klinge: Das Skalpell zum Öffnen der Verpackungen! Es ging ganz schnell.

Noch immer in ihren Erinnerungen gefangen, kontrollierte Ute unbewusst ihre Hände. Puettmanns Blut war längst mehrfach abgeschrubbt, ihre Finger desinfiziert. Doch dieser Geruch von frischem Blut haftete nach wie vor in ihrem Gedächtnis. Den Pfeil hatte sie, zusammen mit einigen Handvoll des umgebenden Schnees in ihren Korb geworfen und die Aufschlagsstelle zertrampelt. Im letzten Augenblick war ihr die Idee mit der Rolex gekommen: Sie konnte eine falsche Spur legen!

Jetzt lasen die Fische in der Isar die Zeit daran ab.

Eisige Kälte kroch durch das Blech in ihr kleines Gefährt. Ausgerechnet heute trug sie die dünneren Schuhe. Sie bewegte die Zehen, um die Blutzirkulation anzuregen.

Schuhe, verdammt!

Ruckartig fuhr sie im Fahrersitz auf. Sie hatte vergessen, die großen Absatz-Stiefel aus dem Secondhandladen zu entsorgen! Noch war es nicht zu spät, Sie würde es zu Hause sofort nachholen. Der Frost drang unerbittlich in ihren Apothekenwagen. Sie wagte es nicht, den Motor anzuschalten, aus Angst dadurch aufzufallen. Trotzig wickelte sie ihren Mantel enger um sich, die Augen fest auf die Ausfahrt des Polizeiparkdecks geheftet. Weshalb hatte der Kommissar Puettmanns Tod bei ihrem Treffen angesprochen? War sie leichtsinnig gewesen? Hatte jemand sie erkannt, wie sie den Fahrer des schwarzen Audis umarmte?

Inzwischen war es dunkel. Im trüben Licht der Straßenlaternen glänzte der zusammengefahrene Schneematsch am nassen Asphalt. Eine dreiviertel Stunde später erspähte sie die markanten Lichter des alten VW-Busses in der Ausfahrt.

Sie beugte sich tief über den Beifahrersitz.

Tobler fuhr in ihrer Richtung in die Straße ein. Er konzentrierte sich auf den Verkehr und rollte ahnungslos an ihr vorbei. Sie fädelte sich hinter ihm in den Abendverkehr ein. Der T4 überragte die meisten Fahrzeuge, es fiel ihr leicht, ihm zu folgen. Sie fuhren Richtung Neuperlach, streiften den Truderinger Wald und passierten den Abzweig Friedrich-Panzer-Weg in den Grubenpark. Zweimal bogen sie ab, vorbei an der beschmierten Bushaltestelle der Linie 139 und erreichten die Konrad-Adenauer-Allee. Dort verlangsamte Sebastian die Fahrt, er suchte einen Parkplatz. Während er einparkte, rauschte ihr Tabletten-Taxi unbemerkt an ihm vorbei. Ute hielt mit eingeschaltetem Warnblinker in einer Parallelstraße in zweiter Reihe, stieß die Tür auf und rannte zurück.

Weit vor ihr durchschritt die bekannte, lockige Silhouette den Durchgang zum Innenhof des alten Karrees aus den zwanziger Jahren. Eine Minute später folgte sie ihm. Es gab vier Aufgänge, vier schwere Eingangstüren mit altmodischem Fenster im oberen Segment. Beim Dritten wurde sie fündig: E.+S. Tobler. Verheiratet - und er baggerte sie im Bistro an?

Das Licht im Treppenhaus sprang an, Schritte. Sie sah sich um: Zum Hoftor war es zu weit, aber der Mülltonnenverschlag lag in erreichbarer Nähe. Ute spurtete los.

Sie kauerte sich hinter den Bau und schielte zum Eingang.

Die Tür sprang auf, »Einen guten Abend, Frau Sommer!«, die Stimme des Polizisten. Hinter ihm schoss sein wildgewordener Hund ins Freie und zerrte wie verrückt an der Leine. Mit hochgerissenen Lefzen keifte er in ihre Richtung.

Ute hielt die Luft an, duckte sich tiefer in die Schatten.

»Vienna, spinnst du? Da ist nichts, komm weiter!«

Was für ein Vieh! Sie wartete, bis der Kommissar mit seiner Bestie durch die Pforte zum Innenhof verschwunden war, dann atmete sie aus. Die automatische Treppenbeleuchtung erlosch. Nur der schwache Schimmer einer angelehnten Wohnungstür im Erdgeschoß glomm im Eingangsfenster, und verbreitete eine romantische Stimmung im Innenhof.

Am Mülltonnenhäuschen verzog sich ein sommersprossiges Gesicht zu einem breiten Grinsen. Ein Plan reifte unter der verführerischen Lockenpracht, ein überaus böswilliger Plan: Der Mann sollte sein Wiedersehen bekommen. Nur bezweifelte sie, dass er sich darüber freuen würde.

Ute zählte bis zehn, dann verließ sie den Hinterhof.

Bolek kehrte heute spät von der Arbeit nach Hause in die Milbertshofener Straße zurück. Die einsame Glühbirne tauchte die Wohnküche in ein spärliches Licht. Er warf seine Jacke über die hölzerne Stuhllehne, fegte Max Füße vom Tisch und knipste den Fernseher aus, »Ich brauch erst 'ne Zigarette. Hast du die IP-Adressen aller Kaufinteressenten von Bodos Wagen?«, er zog den überquellenden Aschenbecher heran.

Mürrisch erhob sich der Jüngere und streckte sich, »Keine Chance. Die Bullen waren vor uns da. Sämtliche Daten zu dieser Anzeige wurden konfisziert, beziehungsweise unter Verschluss gesetzt«, er gähnte, »Fink registrierte etliche Nachfragen in ihrem Portal, obwohl Haas 'ne Unmenge Kohle für die

Karre verlangte. Die meisten Chats endeten schnell, weil er auf seinem Preis beharrte.«

»Mich interessiert nur sein letzter Kontakt«, Bolek kramte eine Zigarette aus der Brusttasche, er bemerkte Max anzügliches Grinsen, »Was ist?«, mit seiner freien Hand kratzte er sich zwischen den Stoppeln seines grauen Bürstenschnitts.

»Ich hab Fink etliche Freiminuten auf unserer Plattform versprochen, wenn er sich erinnert. Daraufhin lieferte er prompt: Dominik_Bekensen_Hamburg@gmx.de.«

»Sicher 'ne Fake-Adresse, aber 'Hamburg' klingt verwertbar«, eine Stichflamme schoss aus Boleks Feuerzeug, »Selbst mit 'ner falschen E-Mail wird kein professioneller Mörder eine lange Unterhaltung führen.«

»Hat er nicht. Er nannte einen Termin und Haas nahm an.«

»Von welcher IP?«

»So weit waren die Bullen schon. Da läuft nichts, bei aktuellen Ermittlungen ist es den Providern zu heiß, diese Info auszuplaudern. Vergiss die IP.«

»Mist!«, er nahm einen langen Zug und blies grauen Rauch durch seinen rechten Mundwinkel, »Und im Darknet? Hat er's darüber versucht?«

»Nein, kein Deal dieser Größenordnung.«

»Ich bin sicher: Johnson ist über Haas' Bockmist mit dem Autorennen voll im Bilde. Er weiß, dass unser Lieferant viel zu lange an seinem Wagen geklebt hat. Aber wieso bindet er es uns so drastisch auf die Nase? Wieso knüpft er den Haas in die Seile? Was bezweckt er damit?«

»Einschüchterung, um uns klein zu halten?«

»Machtdemonstration!«, die Rauchschwaden waberten.

»Um unsere Plattform zu übernehmen?«, Max kratzte sich nervös am Ohr und hustete, »Dazu braucht er keinen umzubringen: Ein Tipp an die Bullen und wir sind geliefert.«

»Nee, nur ein Idiot springt aus der eigenen Deckung. Johnson ist ein Wichser, Halsabschneider und Erpresser, aber garantiert kein Idiot«, Boleks Handfläche glitt über die Haarstoppel, »Zu gefährlich, dass die Polente spitzbekommt, wer hinter dem plakativen Hinweis steckt«, er betrachtete die qualmende Zigarette in der Hand, »Glaub mir, der arbeitet an was Größerem!«, er kippte mit dem Stuhl leicht zurück, bis er eine Schublade im Wandregal erreichte und sie vorsichtig öffnete, »Falls er einen Königsmord plant, soll er nur kommen. So billig lasse ich mich nicht überrumpeln!«, er zog seinen Revolver aus dem Halfter und legte ihn vor sich auf den Tisch.

Donnerstag

»Servus, Sebastian«, begrüßte ihn Cornelia an diesem Morgen im Präsidium, »Heute wieder ohne Vienna?«

»Du weißt, wie Kowalski über sie denkt. Er nutzt jede Möglichkeit, um mir eine reinzuwürgen«, er streckte sich, »In vier Tagen läuft sein Ultimatum ab und wir haben weder im Studio-Mord noch bei Levent Puettmann einen dringend Verdächtigen vorzuweisen. Von den Fake-Polizisten ganz zu schweigen. Ist inzwischen durchgesickert, wem wir die Stichworte ´Gift bei Hunden´ in der Presse verdanken?«

»Nein. Marc Dreher?«, Sebastian antwortete ihr mit einem Schulterzucken, »Okay, Teamsitzung, wenn alle da sind?«

»Ja, bis dahin kläre ich etwas in eigener Sache«, er wartete, bis Cornelia außer Hörweite war, dann wählte er Marc Drehers Nummer. Er kam sofort zum Thema, »Warum haben Sie mir gestern verschwiegen, dass Sie als Haas Nachfolger ins Life-Power zurückkehren? Das war höchst ungeschickt!«

»Ich kam ja nicht dazu, Sie waren schon am Sprung.«

Zu Ute, verdammt! Diese Frau lenkte ihn zusehends ab.

Ertappt ging er zum Gegenangriff über, »Ihr Karrieresprung ist wieder ein Punkt, der Sie belastet. Wann liefern Sie mir endlich ein Alibi?«

Marc schwieg bedrückt.

»Weil wir eben so nett plaudern«, lenkte Tobler das Thema auf die kryptische Tabelle aus Haas´ Schreibtischsafe, »bevor ich an Ihrem Zettel verzweifle, erklären Sie mir die Schlüssel?«

»Erklären gerne, aber umdrehen müssen Sie ihn selbst: Suchen Sie die Inventarlisten. Jede Gerätegruppe im Life-Power trägt eine Gruppennummer. Die notieren Sie sich. Er codierte vermutlich zwei Handynummern.«

»Handynummern? Wie kommen Sie da drauf?«

»Wegen der Hantelbank am Tresen, die Schrauben-Skulptur.

Der Stifthalter war unser erstes ′Trainingsgerät′, bevor die echten Maschinen für die Plattform eintrafen. Spaßeshalber haben wir ihm die Inventar-Gruppennmmer 0 verpasst. Seine Bestellnummer steht in beiden Spalten der Tabelle an erster Position.«

»Die wissen Sie auswendig?«

»Ja, weil ich vor Kurzem die gleiche Figur als Einstandsgeschenk im body+soul gekauft habe.«

Cornelia reichte ihm die Post ins Zimmer. Zuoberst lag ein weißer Briefumschlag mit gedruckter Aufschrift ′Kommissar Tobler′. Achselzuckend kehrte sie ins Vorzimmer zurück.

Ein Liebesbrief? Sebastians Miene verfinsterte sich, »Danke vielmals für Ihre Unterstützung, Herr Dreher. Ich melde mich, wenn wir die Inventarlisten durch sind, servus.«

Er betrachtete den Umschlag von allen Seiten, dann öffnete er ihn mit einem Bleistift. Das Kuvert enthielt ein einziges Blatt: ein eingescanntes Zeitungsfoto, darunter ein Satz: ′Überprüfen Sie Facebook, sonst ist Ihr Amstaff der Nächste!′

Vienna? Er schnappte nach Luft, seine Hand sank kraftlos in seinen Schoß. Verdammt, warum Vienna? In Panik rief er den gestrigen Mastiff-Zeitungsartikel am Rechner auf, das gleiche Bild! Nein, er stockte: nur fast das gleiche! Die ihm zugespielte Ausgabe wurde manipuliert, der rechte Teil mit den Schaulustigen fehlte, alle vier Personen, darunter: Ute. Hatte der Absender das Bild auf das Wesentliche reduziert oder wollte er etwas bewusst verbergen?

»Morgen, Sebastian«, Roman lehnte am Türpfosten, »So blass heute? Ist dir schlecht?«

»Nein, komm rein und schließ die Tür«, er zeigte ihm den Zettel, »Wer hat was gegen meine Kleine?«

»Da fallen mir eine Menge ein: Kowalski, Brunner, frühere Opfer aus Jülichs Zeit, um nur die naheliegenden zu nennen.«

»Wieso Vienna? Sie steht in keiner Verbindung zu den attackierten Tieren.«

»Weil unser Präsidium die Fälle untersucht?«

»Das macht Fischler, der besitzt keinen Hund.«

»Aber sein Chef«, der Lange tippte auf die Zeile, »Wer das geschrieben hat, kennt sich zumindest mit Hunderassen aus.«

»Oder er versteht die Google-Suche. Hältst du die Drohung für ernst?«, Sebastian biss sich auf die Lippen. Voller Sorge betrachtete er das Hintergrundbild seines Handys: Viennas große, dunkle Augen sahen ihn hilfesuchend an, »Wieso Facebook?«

»Waren die anderen Hunde auf Facebook abgebildet?«

»Keine Ahnung. Vienna nicht, schon wegen ihrer Vergangenheit. Bitte Bernhard die Daten aller betroffenen Hundebesitzer an Jörg zu schicken. Vielleicht entdeckt unser IT-ler auf deren Facebook-Einträgen einen entsprechenden Hinweis«, er stand auf, um das Fenster zu öffnen.

»Mach ich. Wir nehmen diesen Wisch ernst?«

»Vorläufig ja, immerhin betrifft es meine Vienna«, er seufzte, »Wer macht sowas? Der Hundemörder, oder ein unbeteiligter Zeitungsleser mit skurrilem Humor?«

»Für einen Trittbrettfahrer wäre es riskant, den ermittelnden Polizisten zu bedrohen.«

»Also der Hundemörder?«, er stand neben Viennas Hundedecke, »Nicht beruhigend.«

»Bist du dir ganz sicher, dass Vienna in letzter Zeit niemand angekeift oder verletzt hat? Wer ihre Zähne aus der Nähe sieht, kann schon auf dumme Gedanken kommen.«

»Ich hab sie im Griff, glaub mir.«

»Und Eileen? Wie sieht ihr Facebook-Profil aus?«

Tobler schüttelte den Kopf, »Stalkst du Sonjas Profil?«

»Bin ich wahnsinnig?«

»Ich habe so eine Scheißangst um meine Kleine!«, er tigerte nervös durch den Raum, »Okay, ich frag Eileen.«

Sebastian wiederholte Romans Vermutung am Telefon, im Hintergrund plärrte das Baby, »Eileen, irgendetwas muss doch passiert sein, erinnere dich! ... es ist wichtig ... Ja, ich weiß, dass wir ein Kind haben. Hast du Vienna vor Kurzem von der Leine gelassen? ... Nein? Gut! Wurde sie provoziert? ... Natürlich erfordert Marina deine volle Aufmerksamkeit, aber falls jemand unabsichtlich das K-Wort ... Du wirst doch bemerken, wenn sie ausrastet, du warst Polizistin, da hat man die ganze Umgebung im Blick ... nein, ich hyperventiliere nicht! Konzentriere du dich besser auf eure letzten Spaziergänge und gib in

Gottes Namen Marina endlich den Schnuller, das ist ja nicht mehr zum Aushalten! Eileen!«, er sah Roman verdutzt an, »Sie hat aufgelegt.«

»Nachvollziehbar.«

Sebastian verdrehte die Augen, »Ich hole Vienna! Es ist mir scheißegal, was Kowalski dazu sagt. Hier ist sie sicherer. Eileen ist damit völlig überfordert, auf unser Kind und den Hund gleichzeitig aufzupassen«, für eine Sekunde erinnerte er sich an Ute und deren Doppelbelastung durch Studium und die Tätigkeit in der Apotheke. Diese junge Frau schaffte es anscheinend spielend.

Hieber hielt ihn an der Tür zurück, »Und wenn es gar nicht um die Hundemorde geht?«, er sah ihn an, »Jemand schickt dir diesen Facebook-Tipp. Der Wink auf den perfiden Hundemörder dient als Druckmittel, damit du seinem Hinweis schnellstmöglich nachgehst?«

Tobler überlegte, »Möglich. Jörg soll zur Sicherheit zusätzlich sämtliche Social Media Accounts unserer Opfer einsehen: Bodo Haas und Levent Puettmann ... und diesen Hamoud nicht vergessen. Ich hole Vienna trotzdem!«

Als er erneut in den Hof des Präsidiums einbog, lastete Eileens eisiges Schweigen noch immer schwer auf ihm. Selbst die Androhung des Mord-Anschlags auf Vienna hatte ihr kein Wort entlockt. Er befreite die Hündin aus den Gurten des von ihr annektierten Kindersitzes. Für Marina hatte er einen zweiten angeschafft. Seitdem gratulierten ihm regelmäßig Fremde zu seinen Zwillingen.

Vienna spurtete sofort los, sie lief über das Parkdeck, markierte die vorderste Buchsbaumkugel, dann weiter am Fahrradständer vorbei bis zur Brandschutztür. Schwanzwedelnd wartete sie dort auf ihr Herrchen.

Derweil suchte Sebastian intensiv die Lücken zwischen den Fahrzeugen ab: kein versteckter Heckenschütze mit Pfeil.

»Wen haben wir denn da?«, Jörgs massige Hände kraulten zwischen Viennas Ohren, »Freust du dich, wieder hier zu sein?«, außer Brunner und Bernhard waren fast alle anwesend.

»Im Nachhinein ist mir jetzt einiges klar geworden«, Tobler zeigte den Teammitgliedern den Brief, »In den letzten Tagen verhielt sich Vienna häufig richtig komisch. Sie schnuffelte abfällig an meiner Kleidung und grollte fremde Personen an. Gestern Abend rastete sie vollkommen aus, sie keifte wie wild in die Dunkelheit«, missbilligend schüttelte er den Kopf, eine vorwitzige Locke pendelte vor seinem Gesicht, »Die Kleine spürt es: Irgendetwas liegt in der Luft.«

»Und weshalb ist sie jetzt hier?«

»Schutzhaft!«, grinste er und erhob sich, »Seid ihr über die Ernennung des neuen Life-Power-Chefs im Bilde? Dreher!«, kollektives Nicken, »Dann weiter: Mir liegt der Laborbericht unserer Spurensicherung vor: Auf Levent Puettmanns Mantel befinden sich Spuren von Batrachotoxin.«

»Im Ernst?«, »Was?«, »Unmöglich!«

Tobler heftete an der Pinnwand ein Post-It unter den Namen des Versicherungsvertreters der Münchener Rück, »Es besteht eine Verbindung zu den Hundemorden. Bernhard ist informiert. Seine Ermittlungen haben ab sofort höchste Priorität!«

»Dafür streiche bitte bei Puettmann unsere Notiz ´Rassist?´. Weder Ulf Maier noch Rolf Seibold finden bei ihm eine Beziehung zur rechtsextremen Szene.«

»Danke, Cornelia. Somit zwei neue Fakten. Bringen uns die Informationen weiter?«

Er sah wie die Gedanken in ihren Köpfen rasten, und wieder verebbten. Roman brachte es auf den Punkt, »Nein, kein neuer Hinweis auf den Täter.«

»So sehe ich es auch, leider. Wir betrachten ab sofort beide Morde unter diesem Aspekt, vielleicht fällt uns etwas auf. Zu Haas: Kowalski fordert bis Montag den Täter«, Tobler wanderte ans vordere Ende der Tafel, »Beim Studioleiter keinerlei Anzeichen von Toxinen. Nachdem Dreher aktuell einen klaren Vorteil aus seinem Tod zieht, sollten wir ihn genauer unter die Lupe nehmen.«

»Und wie, ohne dass er es bemerkt?«, Sonjas Fuß wippte.

»Cornelia, dich kennt Marc nicht. Was hältst du von einem kostenlosen Probetraining in seiner Filiale vom body+soul?«

»Ist Cornelia die Richtige dafür ?«, Roman betrachtete ihre Jüngste, »Wenn Marc Dreck am Stecken hat und er die Observierung bemerkt ...«

»Dann lege ich ihn aufs Kreuz, genau so wie wir es gelernt haben«, sie zwinkerte, »Und den Seilzug verweigere ich.«

»Okay, erkundige dich über seine Gewohnheiten, mögliche Chefallüren. Wie spricht er vom Life-Power und seinen früheren Chef. Wie ist die Stimmung im body+soul nach dem Mord bei der Konkurrenz?«

»Und inspiziere die Damendusche! Vielleicht steckt Marc bei der Video-Geschichte mit drin«, ergänzte Julius.

»Bleib angezogen, wenn du dich umsiehst«, riet ihr Sonja und an den Teamleiter gewandt, »Wie wichtig ist Ute Reining für die Ermittlungen? Mutter früh verstorben, Vater nicht eingetragen, ansonsten keine Besonderheit«, Sonjas Pumps schaukelte auf ihren Zehen, »Details folgen.«

»Danke«, Sebastian entspannte sich: Ute hatte ihren ersten Check überstanden, »Und der Facebook-Tipp?«

»Jup!«, meldete sich Jörg mit erhobener Hand wie ein Erstklässler, »Bei Puettmann und Haas finde ich nichts Auffälliges. Nur die übliche Social Media Angeberei. Das Gleiche bei den Hundehaltern. Der Besitzer des Labradors postet seinen neuen Welpen. Das Husky-Herrchen verherrlicht den Hund seit seiner Ermordung im Oktober und schwört auf Rache.«

Tobler horchte auf, »Bingo!«

»Nix Bingo«, schaltete sich Sonja ein, »Ein wahrer Dampfplauderer, der um Zustimmung heischt.«

»Der Mastiff Bruno verstarb gestern Nachmittag an Herzversagen, das Alter«, fuhr Jörg weiter, »Sein schicker Besitzer postet nur Ansichten aus Bremen.«

»Hund tot – Herrchen frei. Ist er selbst der Täter?«

»Zu dünn und zu durchsichtig. So blöd ist der Mann nicht. Aber jetzt kommt es: Mein gestern bei Sebastian angekündigtes Amuse Geule«, Jörgs Äuglein blitzten verschmitzt, »Facebook-Einträge aus dem Jenseits! Tarik Hamoud aktualisierte seinen Status nach seinem Tod.«

»Wie das? Er war doch totale Matsche.«

»Definitiv. Wer kennt seine Zugangsdaten?«

»´Ich vermisse dich, mein kleiner Syrer! Ich liebe dich auf ewig, egal wo du jetzt bist!´«, zitierte Jörg in süßlicher Stimme, »klingt nach einer Frau.«

»Ist uns eine Freundin bekannt?«

»Nein. Laut Nachbarn und Arbeitgeber lebte Hamoud wie ein Eremit. Allerdings unter den Namen Faris El Din.«

»Logisch, dass er wegen seiner falschen Identität Aufsehen vermeidet.«

»Und diese Cydem?«, erinnerte Tobler.

Jörg seufzte, »Keine Cydem zu finden, ein Phantom.«

»Ich habe Hamouds Fluchtroute gemäß den Angaben vom Asylamt rekonstruiert«, meldete sich Sonja, »Von Aleppo per Bus über den Libanon in die Türkei. Dort versteckte er sich einige Tage im Wald. Ein Schmuggler schickte ihn mit rund fünfzig weiteren Flüchtlingen in einem zwei Meter breiten und dreimal so langen Schlauchboot über das Meer. Türkische Polizisten entdecken das Boot. Angeblich versuchten sie, es zu versenken. Ein UNICEF-Schiff zog sie aus dem Wasser, nicht alle überlebten. Vom Hafen Mytilini ins Lager auf Lesbos. Später über Athen, Ungarn nach Österreich. Von Wien nach München. Bei seiner Ankunft besaß er nichts, außer seiner Kleidung«, sie sah auf, »sorry, Leute! Das ist doch verrückt!«, dann fasste sie sich, »Zuerst gemeldet in einem Auffanglager, dort tauchte er ab. Weiter geht es als Faris El Din: gefälschter Pass, Aufenthaltsgenehmigung sowie Arbeitserlaubnis. Der Rest deckt sich mit Bernhards gestrigen Informationen.«

»Danke, bei seiner Flucht bringt uns der Facebook-Hinweis keinen Deut weiter.«

Schlurfende Schritte kündigten Brunners Eintreffen an.

»Weil wir bei dem Syrer sind: Ulf, Rolf und ich haben seine Hinterlassenschaft geflöht«, Cornelia legte eine Asservatentüte auf den Tisch. Zu sehen war nur die Rückseite eines Fotos, »Es war für die Unfallermittlung belanglos, aber in Anbetracht der Hundemorde und unserer aktuellen Erkenntnisse, erhält diese Aufnahme eine neue Bedeutung«, sie drehte es um.

Schlagartig war Tobler Mund staubtrocken.

»Ihr schaut Urlaubsfotos?«, Brunner langte von hinten über Cornelias Schulter und riss es ihr aus der Hand, »Ein verliebtes Paar mit rot beschmierten Eingeborenen und Blasrohr«, kommentierte er, bevor er es zurückwarf, »Ätzend!«

Es zeigte Tarik Hamoud neben einer jungen, durchtrainierten Frau mit roten Lockenschopf: Ute!

Waren sie doch mehr als Arbeitskollegen? Wie nah standen sie sich? Stammte der süßliche Facebook-Eintrag etwa von ihr? Die abgestorbenen Schmetterlinge in Toblers Bauch mutierten zu zentnerschweren Steinen. Niemand im Team ahnte, dass er Ute bei ihrem früheren Unfall kennengelernt und vor kurzem zweimal getroffen hatte. Alle kannten nur ihr halbverstecktes Gesicht zwischen den Schaulustigen vom Zeitungsfoto. Er sah sich um, keiner reagierte, hatte niemand sie erkannt? Irgendetwas hielt ihn zurück seine Kollegen aufzuklären.

Ein wilder Gedanke schoss ihm in den Kopf: Falls Seibold und Rolf sich irrten und Puettmann nur schlau genug war, seine rassistische Einstellung geheim zu halten, wie würden dessen Gesinnungsbrüder auf dieses Foto reagieren? Wie weit geht ihr Hass? Trifft er auch ein deutsches Mädchen, dass sich mit einem Syrer zeigte? War Ute in Gefahr? Er rieb sich den Nacken, um den wirren Gedanken zu vertreiben. Drehte er völlig durch?

»Woher stammt das Foto?«, überbrückte er die Stille.

»Bei Touristen-Ausflügen gehören solche Erinnerungsfotos für ein paar Cent zum Service«, spielte Roman den Mann mit Erfahrung, »Eine Ahnung, wo das aufgenommen wurde?«

»Das sind Nukaks«, brachte Sebastian hervor, »ein indigenes Volk in Kolumbien. Sie leben am Amazonasbecken.«

Brunner schielte zu ihm, »Echt? Bist du früher ebenfalls mit solchen roten Fahrern im Gesicht rumgelaufen?«

Bevor Tobler konterte, grätschte Roman rein, »Dieses Gift stammt ebenso aus deiner ersten Heimat, oder Sebi?«

Alle Augen fokussierten den Teamleiter.

»Was seht ihr mich so an? Ich hab´s nicht mitgebracht!«, die Wendung verdarb ihm die Stimmung.

»Keine billige Kamera«, Jörg hielt sich eine kleine Lupe vor die Nerd-Brille, »Die Auflösung des Fotos ist gigantisch.«

»Das Handy von einem der beiden Turteltäubchen?«, schlug Cornelia vor, »und ein anderer Einheimischer drückt ab?«

»Können die Eingeborenen mit einem Telefon umgehen?«, Brunner rollte ein Papier zu einem Rohr, »Wenn ja, würden sie dieses Wunderding einstecken und, puh«, er pustete Richtung Tobler, »den Besitzer entsorgen.«

»Das sind keine primitiven Primaten, Friedl«, Sebastian riss ihm die Rolle vom Mund, »die sind schlauer als du!«

»Friede! Vergesst euer Handy. Eine bessere Auflösung und erstklassige Optik. Beachtet die Schärfe und Details«, dröhnte Jörgs tiefer Bass dazwischen, »Meine Spezialsoftware liest bei eingescannten Fotos die Metadaten aus. Fazit: eher ein Tourist mit einer Spiegelreflex«, das beruhigte die Situation.

»Bringt uns der Fotograf weiter? Wer könnte das Bild aufgenommen haben?«, wieder vermied es Sebastian, zuzugeben, dass er Ute erkannt hatte, »Ein Freund oder ein fremder Reiseführer? Anders gefragt: War es eine privat geplante Reise, oder wurde sie über einen Veranstalter gebucht? Bei welchem? Jörg, schaffst du es, Teilnehmerlisten der relevanten Touren von TUI und Konkurrenten herauszufiltern?«

»Wieso der Aufwand Sebi? Ein Foto von Hamoud mit Blasrohr, na und?«, Brunner zuckte verächtlich mit den Schultern, »Glaubst du, der Syrer hat die Hunde abgemurkst? Erst pustet er Puettmanns Köter ins Jenseits, woraufhin dieser ihn nieder brettert? Schalt die Gehirnzellen ein: Der kleine Braune war längst platt, als die Tölen tot umfielen.«

»Bitte ändere deine Ausdrucksweise! Aber prinzipiell hast du recht: Der Zeitpunkt passt nicht und Puettmann besaß nie einen Hund. Trotzdem könnte es eine Verbindung zwischen diesem Foto und den Giftpfeilen geben«, ...und zu Ute.

Verdammt, welche Rolle spielte sie?

Er stockte und hielt mit weit aufgerissenen Augen die Luft an. Ute? Er sah es vor sich: Utes rote Locken umfließen Puettmanns Gesicht. Sie schmiegt ihre sommersprossige Wange an den verblüfften Versicherungsmakler, ihr Antlitz zu einem falschen Grinsen verzerrt, die Baskenmütze tief in die Stirn gezogen. Zwischen ihren Fingern blitzt eine Klinge: ein Skalpell.

»Bist du okay, Sebi?«

»Sorry, mir war etwas schwindelig«, er wischte den entsetzlichen Gedanken beiseite.

»Dann reißen Sie sich zusammen, Tobler!«, von hinten legte sich Kowalskis Schatten über die Fallakten. Zeitgleich rutschte Roman vom Stuhl und verschwand unter dem Tisch.

»Jetzt Pressekonferenz, vergessen? Ich warte schon wieder auf Sie!«, fauchte der Chef, »Hiebler, was wird das?«

Tobler war schneller, »Seit wann steht der Termin?«

»Heute früh, 8:00 Uhr. Ignorieren Sie meine Mails?«

»Sorry, da war ich auswärts. Bin schon unterwegs!«, ohne sich umzudrehen eilte er dem Chef nach. Scheiße!

Hinter ihnen löste sich Roman von Viennas Körper, gefolgt von einem dumpfen Schlag, »Au, verdammt!«, dann richtete er sich in seinen vollen 2,04 m Körpergröße auf, »Wehe es lacht einer!«, er rieb sich den Hinterkopf, »Niederschmusen war die einzige Chance, damit sie unentdeckt bleibt!«

Man konnte von Kowalski halten, was man wollte: Bei inhaltslosen Pressekonferenzen lief er zur Höchstform auf. Er schaffte es, mit vielen Worten absolut gar nichts zu sagen. Die Angriffe der Presse wegen der zurückgehaltenen Giftinformation, nutzte er zu einem Gegenschlag. Er warf den Journalisten kriminelle Leichtgläubigkeit vor. Sie meldeten jede x-beliebige Information, ohne sich über die Glaubwürdigkeit des Inhalts zu vergewissern oder deren Quelle zu prüfen. Er spannte den Bogen zu Haas und Puettmann. Seine Tirade gipfelte in: »Ihr Verhalten torpediert mühselige Ermittlungsarbeit. Ich hoffe, dass es nie dazu kommen wird, aber falls weitere Opfer gemeldet werden, klebt Blut an ihren Händen! Ich behalte mir eine Anklage vor!«

Wenn er im Büro nur halb soviel glänzen würde!

Es war fast Mittag, als Tobler zurückkehrte, »Ich gehe mit Vienna zur Döner-Bude. Braucht jemand etwas?«

Mit einer Bestellliste über zwei Dürüm, ein Lahmacun und drei Döner marschierten sie Richtung St. Quirinsplatz, stoppten an einem Baum für eine Pinkelpause und folgten einem Kiesweg durch eine Grünanlage. Seine Gedanken hingen bei Utes

Worten: ´Nicht mein Typ!´. Aber um mit ihm in den Urlaub zu fliegen, dafür reichte die Sympathie! Hatte sie ihn belogen oder waren sie mit weiteren Freunden unterwegs und das Foto vollkommen harmlos? Bei der Erinnerung an den gestrigen Bistrobesuch durchflutete ihn Wärme, er schmeckte wieder das zarte Zimtaroma des arabischen Kaffees auf seiner Zunge.

Ein Grummeln mischte sich unter die leisen orientalischen Klänge in seinem Kopf. Vienna stand neben ihm, die Schultern sprungbereit geduckt, den Schädel gesenkt. Jeder Muskel ihrer Hinterläufe angespannt. Die Augen auf das gegenüberliegende Mülltonnenhäuschen eines Mietshauses gerichtet.

»Vergiss die Mäuse. Bei Kilics bekommst du ein Fitzelchen Fleisch, los jetzt«, er zerrte sie vorwärts.

Zwei Straßen weiter erreichten sie Kilics beliebten Dönerwagen. Er stand an der üblichen Stelle, direkt neben einer verwilderten Berberitzenhecke.

Eine überschaubare Schlange von Hungrigen wartete davor, Sebastian reihte sich ungeduldig ein.

Vienna grummelte erneut, sie stemmte sich ein und untersuchte wachsam die Umgebung.

Langsam näherte sich Tobler der Theke, »Komm weiter!«, er ruckte an der Leine. Die Hündin stäubte sich, witterte angespannt und knurrte leise. Sie duckte sich sprungbereit.

Zwischen den geparkten Fahrzeugen kniete eine Gestalt, sie hielt einen Gegenstand in der Hand. Die Vorrichtung zielte auf den Scheitelpunkt des weißen V´s auf Viennas Kopf. Langsam senkte sich die Waffe auf die Hundebrust.

Vienna erstarrte, jeder Muskel pulsierte unter dem schwarzglänzenden Fell.

»Hör auf zu zicken! Gleich gibt´s Drehspieß!«, doch darin täuschte sich ihr Herrchen gewaltig. Er kam gerade noch dazu, seine Bestellung aufzugeben, ...

Wäre Tobler in der Milbertshofener Straße, am anderen Ende Münchens gestanden und mit dem Lift in den vierten Stock der Hausnummer 159 hinaufgefahren, dann hätte er den unflätigen Ausruf gehört, den Bolek vor seinem Bildschirm ausstieß.

»Max! Komm her und sieh dir das an!«, sein Gesicht lief rot an, »Schau, was dieser Saukerl Johnson heute online anbietet!«

Max beugte sich über seine Schulter, »Kommt mir das bekannt vor, oder täusche ich mich?«

»Verdammt bekannt sogar! Das sind unsere Haas-Videos!«

»Muss aber schon einige Tage her sein, ...«

»Redest du von Doppelverkauf? Nee, dazu war der Trottel zu feige!«, Bolek klatschte die Faust gegen die geöffnete Hand und lachte schief, »Johnson! Das Aas fängt glatt an zu Streamen! Offenbar kann er´s nicht abwarten, meine Plattform zu kapern. Klaut unsere Filmchen!«, seine Zunge wühlte über die wulstigen Lippen, »Warte Bürschchen, dich ruf ich gleich an!«

Max trug den vollen Aschenbecher in die Küche, wusch ihn aus und kehrte mit dem Telefon zurück, »Brauchst du Unterstützung? Ich könnte die anderen zusammentrommeln, falls du dich noch ein paar Stunden beherrschst.«

»Nee! Das ist ´ne Ehrensache zwischen Johnson und mir, mach Platz!«, Bolek fegte den Aschenbecher zu Boden.

Max sah pikiert hinterher, zog es jedoch vor, zu schweigen. Besorgt verfolgte er, wie die Finger seines Freundes über das Handydisplay wirbelten.

»Du Arsch«, blaffte Piotrowski los, kaum das abgenommen wurde, »Worauf willst du hinaus? Meinen Teil übernehmen?«

»Der alte Bolek!«, drang es aus dem Hörer, »Sag, was sollte ich mit deiner verkommenen Plattform? Meine Kunden schätzen Stil, nicht Dreck.«

»Ach ja? Wenn dir meine Ware zu dreckig ist, weshalb kopierst du sie dann? Noch nie was von Urheberrecht gehört?«

»Quatsch, was soll ich mit deinem Schund? Die Kundschaft verprellen?«

»Seit wann läuft die Domina am Pool bei dir? Ich habe sie seit drei Monaten im Programm.«

Stille

»Es gibt mehrere Dominas, von welcher sprichst du?«

»Von der Drallen im Life-Power«, er beschrieb die Inneneinrichtung bis ins kleinste Detail, »Die Ware wurde direkt an mich geliefert!«

Max setzte sich an seinen Rechner. Der aufflackernde Bildschirm schickte einen zarten Lichtschein durch das Zimmer. Darin waberten Boleks Zigarettenrauch mit unzähligen Staubkörnern um die Wette.

»Gib mir einen Account«, forderte Johnsons Stimme angespannt aus dem Hörer, »dann seh´ ich nach, ob du bluffst.«

»Als ob du eine offizielle Berechtigung nötig hättest! Aber bitte ...«, Bolek schnippte zu Max, »Einen Gästezugang!«

Es wurde leise in der Wohnküche, nur Piotrowskis erboste Atemzüge füllten den Raum.

Einige Minuten später meldete sich Johnson erneut, »Arsch stimmt, aber das ist ein anderer«, seine Stimme klang gepresst, »Und zwar derjenige, der mir gestern diese Filmchen verkauft hat«, es entstand eine erdrückende Pause. Max setzte an, etwas zu sagen, doch Bolek brachte ihn mit einer unwirschen Handbewegung zum Schweigen.

»Der wird es bald zu spüren bekommen«, grunzte Johnson, »und gewiss nicht nur am Arsch!«, jetzt erklang ein dumpfes Lachen, »Bolek, das waren ein paar Proben. Bei guter Nutzung liefert er weitere Filme.«

»Lass die Finger davon! Die Serie läuft bei mir.«

»Keine Sorge, Kollege. Die Videos interessieren mich nicht. Duplikate sind mies fürs Geschäft. Aber dieser Typ ... der reizt mich jetzt umso brennender!«

Tobler rannte so rasch, wie ihm die Beine gehorchten, hektisch pumpte er die Luft durch seine Lungen, er schwitzte. Mit beiden Armen presste er Vienna an seine Brust. Ihr schlaffer Körper schien mit jedem Meter schwerer zu werden, Blutstriemen schmierten über seine Jacke. Er hämmerte gegen die Schleuse und verfluchte Schreinbäcker, oder wie immer der Junge hieß, weil er nicht sofort öffnete.

»Einen Arzt!«, Tobler umfasste Vienna fester, Blut klebte an seinen Fingern. Er stürmte durch den leeren Gang, »Roman! Es ist ernst!«

Der Lange sprintete ihm entgegen, »Was ist passiert? Mein Gott!«, gemeinsam legten Sie Vienna auf Toblers Schreibtisch.

Die Amstaff-Hündin blinzelte, öffnete ihr Maul einen spaltbreit und hechelte schwach nach Luft.

Cornelia hastete mit kalten, feuchten Tüchern durch die Tür. Rennend quetschte sie sich an den die Männer vorbei und bleib abrupt vor der Hündin stehen, »Die lacht ja!«

»Von wegen«, Tobler sah auf das schwarze Häufchen Elend zwischen seinen Akten. Kleine Blutstropfen schimmerten auf Viennas seidigen Fell. Ihre Lungen rangen nach Atem, »sie ist verwundet!«

Hastige Schritte am Flur.

Kollege Rolf Seibold, ein ausgebildeter Sanitäter, stürmte in den Raum, »Was ist passiert? Wo ist der Verletzte?«, er musterte zuerst Sebastian, dann Vienna, die sich langsam aufrappelte, »Das ist nicht dein Ernst, oder?«

»Jemand hat geschossen! Vienna hat sich gerade noch rechtzeitig weggedreht«, und zu Roman, »Das war keine leere Drohung! Vienna sollte sterben!«, Tobler zitterte vor Erschöpfung, »Sie ... sie hatte nur verdammtes Glück und ihren erstklassigen Instinkt!«

Inzwischen standen Bernhard und Julius in der Tür. Seibold untersuchte Vienna, die ihre Aufmerksamkeit deutlich genoss, »Ein Streifschuss«, Rolf inspizierte eine Schramme in Viennas Fell, »Die Haut ist angegriffen, aber es blutet nicht.«

»Und das hier?«, Sebastian zeigte ihm seine blutverschmierten Finger.

»Kommt von der anderen Seite, hier«, er wischte über die Hundeschulter und präsentierte seine blutigen Kuppen, »Schau, lauter kleine Kratzer. War sie in einem Gebüsch?«,

»Sie ist durch eine Berberitzenhecke geflohen«, jetzt fiel es ihm wieder ein.

»Verstehe. Ich mach ihr eine Kompresse mit Desinfektionssalbe. Wer weiß, welcher Hund oder Mensch zuvor dort gepinkelt hat«, Seibold fixierte das Stück Stoff mit sternförmig angebrachten Pflasterstreifen.

»So, das müsste auf dem Fell halten«, Rolf klopfte Tobler auf die Schulter, »Entspann dich Sebi. Morgen hast du einen Muskelkater in den Oberarmen.«

»Die Tücher brauchst eher du«, Cornelia legte ihm eines der feuchten Handtücher auf den verschwitzten Nacken und reichte ihm ein weiteres, um das nasse, erhitzte Gesicht zu kühlen.

»Sieht aus wie Ursula«, stöhne Tobler erleichtert »Vienna, dir klebt eine Spinne am Pelz!«

Die Hündin schüttelte sich, gähnte und stapfte quer über die Fake-Polizistenakte auf ihren Herrn zu.

»Bist du okay, meine Kleine?«, zur Antwort setzte sich das Tier vor ihn nieder und leckte seine Fingerkuppen.

»Ihr hat´s Spaß gemacht«, Roman tätschelte das schwarze Fell, »Jetzt mal in Ruhe: Wie ist es passiert?«

Statt einer Antwort zog Sebastian eine weiße Serviette mit Aufschrift ´Kilics Döner´ aus der Tasche und legte sie vorsichtig auf einen Papierstapel. Er schlug die Zipfel zurück. Zum Vorschein kam ein kleiner, dünner Pfeil, »Der steckte neben ihr im Dönerwagen.«

»Nicht anfassen!«, Bernhard zog eine Beweistüte aus der Hosentasche und stülpte sich Handschuhe über, »Wie bei dem Mastiff und den anderen Hunden. Erinnert euch an Fegers Warnung: Bei Froschgift keinerlei Kontakt mit blutenden Stellen! Ich bringe das Geschoss ins Labor. Tatbestand: Angriff auf ein Teammitglied, damit geht´s schneller!«

»Wenn sich das Gift bestätigt«, Roman deutete auf den verpackten Pfeil, »dann sind wir ganz nahe an Puettmanns Mörder dran. Für ihn etwas zu nahe?«

Inzwischen hatte sich der Vorfall bis in die erste Etage herumgesprochen. Jörg, gefolgt von Sonja, drängte in den Raum. Roman schloss seine aufgewühlte Freundin in die Arme, »Alles okay! Der schönste Fehlalarm seit Jahren!«

»Wo liegt das Drohschreiben von heute früh?«, Jörg blickte sich suchend um, »Mit Glück grenzt das benutzte Papier oder der Druckertyp den Täterkreis ein«, er fand und betrachtete es. Dann zog er eine Lupe aus der Hosentasche und untersuchte es eingehend, »Sieht nach einem 0815-Laserdrucker aus, wie in jedem Großmarkt erhältlich. Vor ein paar Monaten hatte Aldi ein respektables Angebot, läppische 107 Euro.«

»Das beschränkt den Täterkreis keineswegs.«

»Jap! Wir suchen keine Stecknadel im Heuhaufen, sondern im gesamten, mehrstöckigen Heuschober«, Tobler strich seiner Hündin über die weißen Konturen des ´V´s, »und jetzt? Hier ist sie nicht sicher und zu Hause kriegt Eileen einen Anfall, aus Angst, dass der nächste Pfeil Marina trifft.«

Jörg reichte ihm den Zettel zurück, »Den sollte sich Meisls Team ansehen, genauso wie den Tatort.«

»Stimmt«, langsam klärten sich Sebastians Gedanken, »Dabei kann er auch gleich unser Essen mitbringen.«

Nachmittags nahm sich Tobler Zeit und beschäftigte sich ausgiebig mit der Puettmann-Verhandlung. Er ärgerte ihn gewaltig, wie billig der junge Mann davongekommen war. Das geringe Strafmaß basierte einzig und alleine auf seiner Behauptung, Hamoud sei auf der Fahrbahn gegangen. Eine Zeugin meldete anfangs ein Autorennen und eine markante Seitenfront, was sie später relativierte. Ein zweiter war sich im Nachhinein urplötzlich nicht mehr über Hamouds Standort sicher, als ihn Levents Auto erfasste. Keine weiteren Zeugen, zumindest keine aktenkundigen. Wer will zu dieser späten Stunde mit diesem dubiosen Viertel in Verbindung gebracht werden? Und: Tarik telefonierte mit Ute.

Es klopfte, laut und resolut, »Sag mal, spinnst du?«, fauchte Bernhard von der Tür. Ohne Zögern rauschte er herein, beugte sich über Sebastian, die Hände auf den Tisch gestemmt. Auge in Auge zischte er ihn an, »Mit welchem Recht mischst du dich in meine Angelegenheiten?«

»Jetzt mal langsam!«

»Langsam? Dir geht´s wohl nicht schnell genug! Wieso vernimmst du meine Zeugen?«

Es dauerte einige Sekunden, bis Sebastian begriff.

Bernhard meuterte indes ungebremst weiter, »Ich war bei einer Zeugin des Mastiff-Mordes. ´Kommissar Tobler hat mich doch schon vernommen!´«, zitierte er ihre Reaktion mit künstlich heller Stimme, »Wieso erfahre ich nichts davon?«

»Sorry, ich hab´s vergessen zu erzählen.«

»Wie kommst du dazu?«, Fischler funkelte ihn wütend an,

»Nur weil du einen Köter besitzt? Das ist mein Fall, lass gefälligst die Finger davon! Kapiert?«

»Wie nennst du Vienna?«

Die Hündin hörte ihren Namen und rappelte sich auf.

»Köter, jawohl! Ein Köter, der uns permanent zwischen die Füße läuft«, Vienna schlurfte mit schiefgelegtem Kopf zu den beiden Streithähnen, »Da, schon wieder!«, blökte Fischler.

Vor der Tür bildete inzwischen sich eine Traube Schaulustiger. Toblers komplettes Team verfolgte den Zwist.

»Stimmt!«, pflichtete ihm Brunner bei, »Wieso müssen wir ständig den Babysitter für deinen Amstaff spielen, nur weil du dich mit Eileen verkracht hast.«

»Was?«, Sebastian fuhr herum, »Was geht dich mein Privatleben an, Friedl?«

»Eine ganze Menge, wenn deine Ehestreitigkeiten zu unserem Problem mit einem Listen-Hund mutieren!«, konterte der Glatzkopf.

»Du sprichst von Problemen? Ausgerechnet du?«, Tobler sprang auf. Es reichte! Erst Utes Foto, dann der Anschlag auf Vienna und jetzt versuchte Friedl aus der Stimmung Profit zu schlagen. Nicht mit ihm! Er schob Bernhard brüsk zur Seite, »Erinnerst du dich an die Eingang.xls auf dem separierten Stick in Haas´ Schließfach? Ja?«, er stupste Friedl unsanft gegen die Brust, »Der feine Bodo vermerkte dort jede Bewegung seiner Filmchen. Eingänge und Verkäufe. Die Verkäufe zusätzlich auf der Liste am Privat-PC zur Abrechnung. Du weißt selbst, wie pedantisch der Studio-Chef war«, er holte Luft für die Anklage, »Rate einmal, wie viele Sticks im Schließfach sein sollten?«

»Bin ich Hellseher, worauf willst du raus?«

»Es fehlen siebzehn Datenträger! Sind die dir beim Transport versehentlich aus den Kuverts gerutscht?«

Für einen Moment überlegte Friedl, ob er diesen Strohhalm ergreifen sollte, fand ihn jedoch zu dünn. Er entschied sich für einen Gegenangriff, »Du spionierst mir nach? Ist das dein vielgepriesenes Vertrauen in unser Team?«

»Gib mir augenblicklich die fehlenden Sticks, Brunner! Das ist Beweisunterschlagung!«

»Von wegen«, blaffte der zurück, »Auf denen befinden sich womöglich private Daten von mir! Das ist Eigentumsrecht.«

»Was?«, Tobler starrte ihn fassungslos an, »Du warst bei der Sauerei dabei?«, er traute Brunner vieles zu, aber Pornos?

»Nein ...«, den geilen Abend mit seinen Kumpels würde er auf keinen Fall gestehen, »schon mal überlegt, was Bodo alles heimlich hätte drauf speichern können? Ich wollte verhindern, dass ihr herausfindet, dass ich ein Rennen mit ihm gefahren bin«, log er etwas zu hastig.

Lautes Schmatzen unterbrach den Zwist. Alle spähten in die Richtung, aus der das Geräusch drang: die Hundedecke unter dem Fenster. Vienna leckte sich genüsslich die Desinfektionssalbe vom Fell. Vor ihr pappte der heruntergerissen Spinnen-Verband auf den plüschigen Knochen-Print.

»Aufhören, sofort! Du kriegst Durchfall!«, Tobler sammelte die klebrigen Pflasterstreifen ein. Er warf einen schnellen Blick zum Mülleimer, aber die Kollegen blockierten den Weg. Kurzerhand stopfte er das Bündel in die Jackentasche. Inzwischen war Friedhelm bis zur Glastüre gewichen, wo Roman ihm den Fluchtweg versperrte.

»Autorennen, du gibst es zu«, nahm Sebastian den Faden erneut auf, »Du bist mit Haas befreundet. Ihr rast mit mörderischem Tempo über die Straßen, Haas dreht Pornos mit wer weiß wem«, Tobler trat zornig auf Brunner zu, »Dann wird im Life-Power eingebrochen und die Schreibtische werden durchwühlt. Ging es dabei um die Sticks, die du jetzt verschwinden lassen willst? Starb Haas, weil er sich weigerte, sie herauszurücken?«

»Spinnst du? Du stempelst mich zum Mörder! Hast du noch alle Tassen im Schrank?«, Brunners Glatzkopf lief dunkelrot an, kleine Speichel-Tröpfchen sprühten bei jedem seiner Worte in Toblers Gesicht, »Du hast nicht das Geringste in der Hand, was deine irrationale Theorie untermauert!«

Friedhelm bahnte sich mit Körpereinsatz einen Weg durch die Anwesenden. Er schwitzte vor Wut! Er brauchte dringend etwas, um es an die Wand zu schmeißen! Er entdeckte den perfekten Gegenstand, warf ihn aber nicht, sondern verschwand.

»Puuh, das war starker Tobak, Sebi! Hoffentlich hängt er dir keine Klage an«, Roman stellte sich neben seinen Freund. Sebastian wirkte dadurch noch kleiner. Seine Locken hingen ihm wirr ins Gesicht, er war kreidebleich, »Sorry, ich erwarte, dass er die Dinger zurückgibt und eine eindeutige Erklärung für ihre Unterschlagung liefert.«

»Er ist nicht der Einzige, dem Schmutz am Stecken klebt«, brachte sich Fischler in Erinnerung und trat dicht an ihn heran »Stichwort: Zeugenvernehmung!«

Tobler lehnte sich an die Wand, schloss die Augen und vergrub sein Gesicht in den Händen, er war so fertig! Fix und fertig. Es brauchte zwei tiefe Atemzüge, bis er sich wieder unter Kontrolle hatte, dann wandte er sich an seinen Kollegen, »Du hast ja recht: Ich bin ein scheiß´ Teamleader! Seit Tagen schuften wir, um diese Mordfälle aufzuklären. Jeder von euch gibt sein Äußerstes und trotzdem stecken wir fest. Sorry, meine Nerven liegen blank«, Sebi setzte sich und sah Bernhard unterwürfig an, »Ich hab diese Frau schon früher einmal bei einem Verkehrsunfall getroffen. Ich fand es lustig, sie darauf anzusprechen«, er fischte das Urlaubsfoto aus seinen Unterlagen, »aber das hier wirft alles über den Haufen«, er reichte es Bernhard, »Ute Reining neben einem Blasrohr. Es kann Zufall sein. Trotzdem müssen wir herausfinden, ob sie sich mit Froschgift befasst hat. Als Pharmazeutin hätte sie Möglichkeiten dazu. Überprüft bitte ihre Internetrecherchen und Bestellungen im Ausland«, er biss die Lippen zusammen, scheiße!

Die Gruppe verteilte sich, selbst Roman ließ ihn allein.

Nur Vienna hockte brav vor ihm, den Kopf schiefgelegt, die Ohren hochgezogen. Ihre dunklen, verzweifelten Augen flehten ihn an, ihr den Tumult zu erklären. Er fuhr ihr mit dem Finger über den Nasenrücken bis zur schneeweißen Zeichnung, »Ich bin so ein Volldepp, Vienna! Erst verkrach ich mich mit Eileen, jetzt mit meinen Kollegen«, mit der Linken raufte er sich die Haare, »Und dich bringe ich auch in Gefahr!«

Vor seiner Tür röhrte die Kaffeemaschine, ein verführerisches Aroma wehte durch das stille Großraumbüro bis ein jäher Aufschrei, die muffige Stimmung zerriss, »Hey! Broncos Sammelbox ist weg!«

Alle rannten los, sie trafen sich bei Cornelia, die entsetzt auf die Ablage wies, »Sie hat ist hier gestanden, ganz sicher!«

»Wann wurde sie zuletzt gesehen?«, Tobler gewann wieder Oberwasser, »Von wem?«

»Ich hab mir den letzten eingekochten Rest geholt, bevor du mit Vienna zum Dönerladen los bist«, Julius rümpfte die Nase, »sehr eingekocht! Zu der Zeit stand die Box noch hier.«

»War viel drin?«

»Bei der letzten Zählung exakt 347,21 Euro!«, Cornelia sah sich mit großen Augen um, »Ein Dieb im Präsidium!«

»Das reicht! Selbst hier ist man nicht mehr sicher«, Tobler pfiff, »Vienna, ich brauch frische Luft!«

»Und wieder vergeudet er Arbeitszeit mit dem Hund!«, Hauptkommissar Kowalski zeigte hinter der Fensterscheibe auf das Parkdeck, »Siehst du Regina: Brunner hatte recht.«

»Sebastian ist dein bester Ermittler. Gönn ihm die Auszeit.«

»Nicht, wenn sich Kollegen durch das Tier bedroht fühlen.«

»Kollegen? Seit wann zählt der Muskelprotz doppelt?«, sie knuffte ihn in die Seite, »Ich frag mich, wer von beiden bissiger ist, Theo. In puncto Vertrauen siegt der Hund.«

Kowalski legte versöhnlich den Arm um seine Frau, »Trotzdem, seit dem Baby schwächelt Tobler enorm. Er liefert nicht den geringsten Fortschritt bei den Morden.«

»Der erste war vor vier Tagen, der andere vorgestern. Ist das nicht ein kleines bisschen ungerecht? Friedhelms Einflüsterungen gefallen mir nicht, Theo. Worüber habt ihr gesprochen?«

»Ich habe Brunner gebeten, unsere kompletten Daten zum Thema Pornofilme im Netz zusammenzutragen.«

»Wieso ausgerechnet Brunner? Tobler ist der Leiter!«

Kowalski seufzte, »Damit dein Muskelprotz eine sinnvolle Aufgabe hat«, nach einer Pause, »und weniger stänkert, einverstanden?«, er drückte Regina etwas fester an sich.

»Was hältst du von einem Menü bei Werneckhof by Geisel, als Belohnung für diesen Einfall? Diesmal bezahle ich!«

Tief unten setze Tobler seinen Weg fort. Er braucht frische Luft und einen sicheren Ort für Vienna. Immer wieder checkte er die Umgebung. Er nahm die U1 am St. Quirins Platz bis zur Fraunhoferstraße. Sie schlenderten südwärts, querten die Auenstraße und folgten der Reichenbachbrücke bis zu ihrer Einmündung in die Ohlmüllerstraße. Hier bogen sie zu den Isarauen ab und gleich nochmals, zurück bis zu der vertrauten Brücke. Mit jedem Schritt fiel Druck von ihm ab. Vor ihm rauschte die Isar durch tief verschneite Fluren, unter den Brückenbögen blubberte Irinas Gaskocher. Bolle, Jurij, Edi und Schlumpf hocken dick eingepackt auf ihrem Lager. Ein karger Adventskranz auf einem umgestülpten Bierträger bildete das feierliche Zentrum. Die Flammen flackerten auf zwei unterschiedlichen Kerzen fröhlich vor sich hin. Bronco kauerte ein Stück abseits am Fluss auf einem Stein, alleine.

Erleichtert setzte sich Sebastian zwischen die Obdachlosen, »Warum nur zwei Kerzen?«

»Hab'n nur die drei, die Letzte is´ für Sonntag. Heißer Kaffee?«, Bolle reichte Tobler seinen Blechbecher, »Is´ gut für die Liebe!«, der Sprecher der Obdachlosen tätschelte Irinas Knie.

Schlumpf brachte ihm eine Decke. Es war fast wie früher, nur eisiger und Santiago fehlte. Eine Stunde später verabschiedete er sich von seinen Freunden. Vienna fiepte verzweifelt, als Jurij sie am Halsband zurückhielt. Hier war das sicherste Versteck, sie musste bleiben und ausharren, genauso wie Bronco.

Es freute Brunner, dass er bei Kowalski nachträglich offiziell den Segen für seine Porno-Recherchen ergattert hatte. Es fühlte sich besser an, besonders weil er das Ergebnis privat nutzen konnte. Er hielt sich das Handy ans Ohr und grinste zufrieden: Eben verkündete sein Kunde, dass die erste Teillieferung der unterschlagenen Videos ein Volltreffer war, er forderte mehr.

»Da steckt jede Menge Arbeit drin, das dauert«, Friedhelm pokerte auf Zeit.

»Als ob du erst jetzt die Deko zurecht schiebst«, ein raues, aber freundliches Lachen, »Übergabe in dreißig Minuten. Sonst sinkt der Preis, wenn eine Nacht wegfällt.«

»Irrtum«, konterte Brunner, »der Preis steigt, weil eine weitere Nacht hinzu kommt: Leg fünfzig Prozent drauf, Kumpel! Ich versprech´ dir: Die Filmchen sind es wert!«

»Dreißig. Die Ware um 16:30 Uhr am Kaiser-Ludwig-Platz, Bushaltestelle. Woran erkennt dich mein Bote?«

»Keine Sorge, ich werde ihn erkennen«, Friedl misslang es, seinen überheblichen Unterton zu kaschieren.

Pünktlich näherte sich Friedhelm dem Münchner Musiker-Eck: Beethovenstraße, Haydnstraße und Schubertstraße. Die Straßen verliefen sternförmig zum Kaiser-Ludwig-Platz. Alle, außer die querlaufende Mozartstraße, passend zu diesem Luftikus. Pikanterweise befand sich die Polizeiinspektion 41 in unmittelbarer Nachbarschaft, ein prickelndes Gefühl, bei seinem illegalen Vorhaben. Die angrenzenden Gebäude dämpften den ständigen Verkehrslärm vom Bavariaring, der die Fahrzeugkolonne an der gigantischen Theresienwiese mit den bunten Zelten des Winter-Tollwoods entlang leitete. Im Vergleich zu ihr glich der anliegende Kaiser-Ludwig-Platz einem Fliegenschiss. Brunner lehnte an einer Linde und scannt die kleine, ovale Fläche direkt vor ihm: knapp einhundertfünfzig Meter lang, mit kahlen Bäumen eingefasst und in drei Teile gegliedert. Rechts und links verschneite Rasenfläche, dazwischen ein gepflasterter Streifen mit einer erhöhten Terrasse, auf der die Reiterstatue Ludwigs des IV. thronte, besser bekannt als Ludwig der Bayer.

Der oberbayerische Herzog eliminierte seinen Nebenbuhler in der Schlacht bei Mühldorf, wodurch er als erster Wittelsbacher den deutschen Königs- und Kaiserthron bestieg. Er residierte seinerzeit in der ehemaligen Ludwigsburg, dem heutigen Alten Hof. Seine Doppelfunktion diente bis heute betrunkenen Oktoberfestbesucher als Ausrede, wenn sie das Standbild am Heimweg zweimal sehen.

Nüchtern betrachtete Friedl die wenigen Passanten vor Ort: zwei geschniegelte Geschäftsmänner und einige Familien mit Kindern. Zwei Männer am Podest, daneben ein sich rekelnder Penner auf der Parkbank. Drei Kleinwagen, ein Lieferwagen, ein verschmustes Pärchen. Ein muskulöser Osteuropäer, um die dreißig vor der Terrassenmauer. Eine aufgebrezelte Tussi mit vierbeiniger Trethupe unter den Bäumen, den gefüllten Kackbeutel in der Hand. Ekelhaft!

Ihm entging keine Bewegung. Die Trethupe bepinkelte jeden Baum in der Reihe. Einige Autos passierten die Straße. Ein Taxi brauste vorüber. Für einen erfahrenen Polizisten war das hier ein leichtes Katz-und-Maus-Spiel. Er lachte leise, als ob er Schurken nicht auf den ersten Blick erkennen würde!

Der dunkle Glockenschlag von St. Paul, neben der U-Bahn-Station Theresienwiese, wehte herüber. 16:30 Uhr, der Mittelsmann musste Vorort sein. Der Osteuropäer? Brunner spannte die Muskeln. Oder das Pärchen? Es wäre die perfekte Tarnung.

Zwei Minuten darüber. Die Businessmen eilen vorüber, sie waren es nicht! Die Tussi mit ihrem Psycho-Hund erreichte den letzten Baum vor ihm, wartete geduldig, bis ihre Töle wieder auf vier Beinen stand und schlenderte weiter.

»Wehe er pinkelt mich an!«, raunzte Brunner drohend.

»Komm, Filou! Da steht jemand«, sie zerrte den protestierenden Hund an ihm vorbei zum nächsten Baum.

Ein Stadtbus fuhr vor und hielt. Drei Personen stiegen aus: eine eingemummte Frau, ein Senior mit rotgeäderten Wangen und ein bärtiger Mann mit Mütze. Zwei eilten in die entgegengesetzte Richtung davon, einer in seine.

Der Osteuropäer spurtete los.

Auf geht´s! Brunner richtete sich zu seiner massigen Größe auf. Er ließ seine Muskeln spielen, rein zur Optik. Noch fünf Meter, dann hastete der Osteuropäer an ihm vorbei, kollidierte fast mit dem bärtigen Mann und quetschte sich gerade noch rechtzeitig zwischen die Hydrauliktüren des Busses, bevor der weiterfuhr. Der Vollbartträger fluchte und setzte seinen Weg unbeirrt fort. Hinter ihm rollte ein Amazon-Lieferwagen über den Asphalt. War der nicht schon einmal vorbei gefahren? Das Fahrzeug stoppte am Randstein, schaltete den Warnblinker ein.

Friedhelm fixierte es wachsam.

Ein kräftiger Schlag auf den Hinterkopf beendete Brunners Beobachtungen. Er fiel wie ein nasser Sack zu Boden. Vor ihm öffnete sich die Schiebetür des Lieferwagens. Die Tussi trat vor und schmiss den Kackbeutel in den Wagen, es klirrte metallisch. Hinter ihr erleichterte sich der Köter an Brunners Schulter, gelbe Flüssigkeit besprenkelte sein feistes Gesicht.

Zeitgleich rannte der Amazon-Bote laut fluchend mit einem Paket zur nächsten Haustür. Ihm folgten die mitleidigen Blicke der Passanten. Er studierte verzweifelt die Namensschilder und fragte dann die Fußgänger. Nein, einen Herrn Milkory kannte niemand in dieser Gegend. Unverrichteter Dinge kehrte er zum Fahrerhaus zurück. Inzwischen hatten die Tussi und der bärtige Mann den Bewusstlosen unbemerkt ins Innere des Wagens gehievt und schlossen die Schiebetür. Keine fünf Sekunden später brauste der Paketbote mit dem nächsten Ziel entgegen.

Zurück blieb die Tussi. Zufrieden warf sie ihrem Hündchen ein Leckerli zu und wanderte fröhlich summend den gleichen Weg retour, den sie gekommen war. Diesmal ohne die schwere Kacktüte.

Im zweiten Stock der Agnes-Bernauer-Straße schloss Ute Reining hinter sich die Tür. Erschöpft lehnte sie ihren Kopf gegen den Türstock. Wieso rechnete Horst ihr die Abwesenheiten in der Apotheke vor? Überwachte er sie? Zwar hatte er sich morgens besorgt nach ihren Kreislaufproblemen erkundigt, ihr aber im selben Atemzug vorgeworfen, dass er gestern gegen Mittag zwei Stunden lang die Kunden alleine bedienen musste. War es nicht genug, dass sie ihm die Medikamenten-Zustellungen abnahm? Die meiste Zeit war sie im Stau gestanden. Ihre kleine, private Einlage hatte kaum dreißig Minuten in Anspruch genommen.

Höchste Zeit, dass ihre Mission endete! Dazu dieser nervige Kommissar. Lange hielt sie die Best-Friends-Rolle nicht mehr durch. Er raubte ihre immer knapper werdende Zeit. Zeitdruck war der Feind der Präzision. Ute massierte sich die Schläfen. Wann hatte sie zum letzten Mal daneben geschossen? Vor zwei Jahren am Trainingsstand, beim Niesen. Es durfte nicht wieder passieren, ganz sicher nicht morgen.

In der Küche öffnete sie den Apotheken-Beutel und stellte ihre Kamera sowie ihr Sportgerät vorsichtig auf ein Geschirrtuch. Der Schlitten musste leicht laufen, die Sehne stramm gespannt sein. Mit einem Lappen polierte sie alles auf Hochglanz. Sie war müde, mit leeren Augen starrte sie auf die Straße unter sich. Ein Mann in warmer Winterjacke näherte sich ihrem Eingang. Weiße Schneeflocken hafteten auf seinen fast schwarzen Locken. Sie ließ den Vorhang fallen, Scheiße! Hektisch drückte ihr Daumen gegen die Karten-Verriegelung der Kamera, endlich sprang sie heraus. Sie steckte die Speicherkarte in ein wasserfestes Tütchen.

Es klingelte.

Ute rannte ins Wohnzimmer, riss eine Schublade auf, fischte einen fertig adressierten und frankierten Umschlag heraus. Die Speicherkarte rutschte ins Kuvert.

Es klingelte erneut, diesmal oben, vor ihrer Wohnungstür, »Ute? Störe ich? Ich hab dich am Fenster gesehen!«

Mist, »Moment, ich komme!«, sie verschloss den Brief und überflog die Adresse: ihr Postfach in der Fraunhoferstraße. Der Umschlag musste verschwinden! Wenn Tobler ihn zu Gesicht bekam, würde er sicher Fragen zu dem Postfach stellen und schlimmstenfalls Erkundigungen einziehen. Aber wohin damit? Ihr blieb keine Wahl, in der Garderobe stopfte sie das Kuvert kurzerhand in ihre Manteltasche, aber ein Eck lugte heraus, Mist! Auf dem Weg zur Tür fiel ihr Blick auf die Apparatur in der Küche. Es war zu spät, um sie zu verstecken. Hastig warf sie die Apothekentasche darüber. Sie zwang sich gleichmäßig zu atmen und öffnete die Tür, »Sebastian, was für eine nette Überraschung!«, strahlte sie ihn an, »Ich war eben beim Umziehen«, ihre Finger nestelten an einem Blusenknopf.

Tobler errötete, »Ich wollte dich zu einem Spaziergang einladen. Willst du?«, was faselte er da? Er kam zu einer Vernehmung, »Darf ich kurz reinkommen?«

Sie zögerte, instinktiv schielte sie über ihre Schulter zurück. Beabsichtigte er die Räume zu durchsuchen?

In schlechter Polizeimanier drängte er sich an ihr vorbei, »Danke«, sein Blick glitt über die Wohnung, sie war unordentlich. Kein Wunder bei ihrem Stress, »An diesem Fenster habe ich dich eben gesehen«, er steuerte die Küche an.

»Warte«, Ute zupfte ihn am Ärmel zurück, »Zum Spaziergang geht´s hier hinaus«, sie zwang sich zur Ruhe und lächelte. Ihre Sommersprossen schienen über jedes Lachfältchen zu tanzen, »Im Winter ist der Nymphenburger Park am schönsten und einsamsten«, fügte sie zwinkernd hinzu, »ich jogge dort oft«, sie schlüpfte in ihren Mantel. Den Schal schlang sie lose um ihren Hals. Hoffentlich schaute er nicht unter den Beutel!

Tobler drohte in ihren grünen Augen zu versinken.

Sie hakte sich bei ihm unter, um ihn schleunigst aus ihrer Wohnung zu bugsieren.

»Warte, dein Handy! Dort, am Wohnzimmertisch.«

»Ach, da liegt es! Ich vergesse es immer.«

»Stimmt, ich erinnere dich schon zum dritten Mal dran«, Toblers Schmetterlinge erwachten wieder.

Arm in Arm stapften sie durch den Neuschnee. Weiße Flocken tanzten vom Himmel. Neben ihnen rauschte der Verkehr über die Landsberger Straße. Verzweifelt schielte Ute nach einem Postkasten, um die Speicherkarte mit den verräterischen Fotos einzuwerfen. Sebastian plauderte von den Fake-Polizisten, banales Zeug, das in jedem Revolverblatt stand. In der Laimer Unterführung schwiegen sie. Die lange Röhre verstärkte die Motorengeräusche zu nervenzerreißendem Dröhnen. Ute zermarterte sich das Hirn, an welcher Ecke der nächste Briefkasten stand. Was, wenn er das herausspitzende Kuvert bemerkte und ihr anbot, ihn einzuwerfen? Es musste verschwinden, schnell und unauffällig! Derweil konzentrierte sich der Kommissar auf Meisls Beschreibung der Fußspuren hinter Puettmanns Bank: Fünf Zentimeter Absatz, grobes Profil. Breiter Fuß, seitlich hochgezogener Rand, Größe 41. Ute tänzelte in schmalen, flachen Winter-Sneakers neben ihn her, maximal Größe 38. Sie erreichten die Schlossmauer, Tobler musterte die neu erbaute Häuserzeile.

Jetzt oder nie! Ute griff in ihre Manteltasche.

»Lausig kalt heute«, nahm er den Redefluss wieder auf und hauchte in seine bloßen Hände, »Hoffentlich tauen meine Finger bald auf!«, er steckte sie in die Jackentasche und pumpte mit beiden Fäusten, um die Durchblutung anzuregen.

»Hallo, warten Sie!«

Beide drehten sich um, eine Frau lief ihnen aus einem Hauseingang hinterher. Sie hielt Sebastian einen weißen Brief entgegen, »Ist das Ihrer?«, ihre Wangen glühten vom Frost.

»Nein«, er wendete ihn, »An ein Postfach in der Fraunhoferstraße, anonym, komisch. Ist das deiner, Ute?«

Sie schluckte, woher kam die Person so plötzlich? Sie hatte die Frau nicht bemerkt, als sie den verfänglichen Brief auf die Straße fallen ließ. Jetzt kannte der Kommissar das Postfach. Er durfte es nicht mit ihr in Verbindung bringen, »Nein.«

Tobler musterte den Umschlag, »Komisch, dass er uns nicht aufgefallen ist. Wir hätten doch darübersteigen müssen«, mit den Augen überprüfte er beide Richtungen der menschenleeren Straße und zuckte mit den Schultern, »Danke«, er reichte ihn der Dame zurück, »Er ist nicht von uns.«

Sein Blick streifte Utes Gesicht.

Die Frau drehte den frankierten Umschlag unschlüssig in ihren Handschuhen, »Dann habe ich mich getäuscht. Ich laufe sowieso an einem Postkasten vorbei«, sie stapfte davon.

Erleichtert setzte Ute den Weg fort, doch Sebastian hielt sie am Arm zurück, »Warte, was ist denn das?«, bevor sie reagieren konnte, griff seine Hand an ihrem Gesicht vorbei. Der raue Stoff seiner Jacke streifte ihre Wangen, sie zuckte zusammen.

»Halt still, da klebt etwas«, Tobler nestelte an ihrem Schal, »Wie kommt das hierher?«, er zeigte ihr ein Knäuel aus klebrigen Bändern. Forschend scannte er die Fassade, oben entdeckte er ein offenes Fenster.

»Ihhh! Ist das Blut?«, einzelne kleine, verschmierte Fahrer leuchteten auf dem weißen Stoff, » das ist ja ekelig!«

»Ja, mehr als ekelig! Unglaublich, was die Leute aus ihrem Fenster werfen! Warte«, Tobler fummelte eine Kottüte aus der Hosentasche und versenkte das Bündel darin, »Vorteil eines Hundebesitzers!«, er lachte resigniert, dann kam er endlich zum eigentlichen Thema seines Besuches, »Wir haben ein Foto gefunden, von dir und Tarik Hamoud.«

»Was für ein Foto und woher?«, Ute sah ihn überrascht an. Ihr Arm zuckte in seinem, ihre Haltung versteifte sich.

»Kolumbien, wenn meine Vermutung stimmt.«

Es blitzte in ihren Augen, »Worauf willst du hinaus?«

»Ich frage mich, ob Tarik nicht *doch* dein Typ war?«

»Sicher nicht«, lachte sie, »Zeigst du es mir?«

»Ich habe einen Ausdruck dabei«, er entfaltete ein Blatt.

Utes Herz hämmerte wild, sie erkannte den Ort! Die Erinnerungen an diesen Abend schmerzten. Was sollte sie antworten? Leugnen war zwecklos, die Wahrheit gefährlich. Wieder lachte sie, unbewusst schob sie eine rote Strähne zurück, die ihr bei Toblers Aktion aus ihrer Baskenmütze gerutscht war, »Ach, das! Es gibt doch diese Schausteller auf den Jahrmärkten, die Szenen nach Wunsch gestalten. Hast du dich nie in einer alten Tracht oder Paradeuniform fotografieren lassen?«

»Sicher nicht. Diese Aufnahme wirkt äußerst realistisch«, er sah sie an, »Wann war das und auf welchem Jahrmarkt?«

Ute betrachtete das Bild, »Dachau? Oder Fürstenfeldbruck, keine Ahnung. Wir haben Faris die Gegend gezeigt, zum Einleben«, sie zwinkerte verführerisch, »eifersüchtig?«

Er lief rot an, glaubte ihr aber kein Wort. Die offensichtliche Lüge war Hinweis genug. Mit einem Frontalangriff kam er bei ihr nicht weiter, deshalb wechselte er das Thema, »Auf Vienna wurde heute mit einem Pfeil geschossen.«

»Dein süßer Hund?«, bestürzt schlug Ute die Hand vor dem Mund. Eine Reaktion, die Tobler schon einmal bei ihr beobachtet hatte. Es passte nicht zu Ute, es wirkte gespielt, aufgesetzt. Oder bildete er sich das nur ein?

»Und? Ist sie verletzt?«, hakte sie nach.

»Nur ein kleiner Kratzer, sie wird durchkommen«, er fegte ein paar Schneeflocken von der Schulter, »Ihr Schutzengel ist besser auf Zack, wie die Kollegen bei den anderen Hunden«, war da ein leichtes Zucken am Augenlid?

Sie diskutierten über die Tiermorde, bis sie die den Apollotempel im Park erreicht hatten.

Wieder vergrub der Kommissar seine Hände in der Tasche, fand den richtigen Knopf am Handy und löste ein Klingeln aus. Nach einem fingieren Blick auf das Display, entschuldigte er sich, »Sorry Ute, dienstlich! Ein dringender Einsatz, ich melde mich wieder«, er winkte ihr zum Abschied mit der Kot-Tüte und rannte mit dem Telefon am Ohr davon.

Sie blieb irritiert stehen. Beunruhigt folgte sie ihm grübelnd mit den Augen. Sein Abgang glich eher einer Flucht, dazu sein skeptischer Seitenblick, als er den Brief zurückreichte. Sie fröstelte. Als Polizist war er darauf geschult Lügen zu enttarnen, da machte sie sich nichts vor. Mist! Wird er dem Postfach nachgehen? Doch das war nur eines der akuten Probleme. Das Entscheidendere lautete: Woher hatte der Kommissar das Foto? Woher wusste er von ihrer Reise? Von Faris sicher nicht, der war tot, von ...? Unmöglich, das würde sie wissen. Dieser Polizist wurde ihr immer gefährlicher: erst die Fragerei nach dem Froschgift, jetzt Kolumbien. Hielt er sie für verdächtig? Jedenfalls verschwieg er ihr einiges, ebenso wie sie ihm.

Für ihre letzten Vorbereitungen benötigte sie dringend Ruhe und etwas Zeit. Wenn sein angeschossener Hund nicht als Ablenkung reichte, was dann? Ein weiteres Ziel? Eines, das ihn richtig schmerzen würde? Eines, das Tobler endgültig aus der Bahn werfen würde? Oh doch, das gab es!

Höchste Zeit, das Ruder herumzureißen und ihn zum Rückzug zu zwingen! Zum Kneifen war es zu spät. Manchmal war es nötig, über den eigenen Schatten zu springen und alle Skrupel fallen zu lassen.

»Diesmal treffe ich besser!«, sie lächelte zufrieden, zog die Baskenmütze tiefer ins Gesicht und lief zur nächsten U-Bahnstation. Wie viele Stunden blieben ihr, bis Tobler eine Genehmigung zum Öffnen ihres Postfachs erhielt?

Sebastian verlangsamte seinen Schritt, doch seine Gedanken rasten: Der Leiter des Life-Power wird ermordet, als er im Begriff ist seinen silbernen Nissan GT-R zu verkaufen. Ein silberner Wagen war am Rennen beteiligt, bei dem Puettmann den Syrer überfuhr. Ein Foto von Tarik Hamoud und Ute - war das ihre Verbindung? Nur noch drei Tage, inklusive Wochenende ... aber er brauchte Beweise, um vor Kowalski treten zu können!

Testete Ute bei immer größeren Hunden die nötige Giftdosis für Menschen aus? Tobler hasste sich bei diesem Gedanken. Er bog in die nächste Seitenstraße. Mit einem schnellen Blick über die Schulter vergewisserte er sich, dass sie ihm nicht folgte. Es war schon spät, trotzdem rief er im Präsidium an, »Gut, dass du noch im Büro bist, Sonja! Haben wir die Adressen der Zeugen, die bei Hamouds Unfall ihre Aussage relativierten? Und bitte intensiviere deine Ermittlungen bezüglich Ute Reining.«

»Wieso bist du plötzlich so scharf auf die Reining?«

»Ich ...«, ertappt räusperte er sich, die Schmetterlinge verhielten sich sonderbar still, »Bauchgefühl! Bitte vergiss´ nicht herauszufinden, ob sie sich mit Giften beschäftigt hat. Ich fahre erst zu Feger und anschließend direkt heim.«

Der alte Rechtsmediziner kam ihm im Kühlraum entgegen, er trocknete seine Hände, »Dein Outfit passt vollendet zu meinem Arbeitsplatz«, er deutet auf die Tür zum Aufbewahrungsraum, »dort schwitzt keiner, nicht einmal mit einer Winterjacke.«

»Erinnerst du dich an diesen Mann?«, Sebastian zeigte ihm Tarik Hamouds Foto, »Er starb dieses Jahr, am 7. Februar.«

»Bei Einlieferung sehen meine Kunden meist etwas zerfleddert aus, warte«, er tippte das Todesdatum in den Rechner, sortierte zwei Frauen aus und stutze, als das Gesicht einer männlichen Leiche angezeigt wurde. Erneut betrachtete er das Foto, »Der wurde von deinen Aubinger Kollegen zusammengeschaufelt und abgegeben. So hübsch war der einmal?«

»Wer hat ihn identifiziert?«

Feger schürzte die Lippen, »Sein Arbeitgeber. Er sagte mir gleich, dass er ein Problem mit Leichen hat.«

»Ein Mann? Keine Frau?«

»Eindeutig männlich, aber zart besaitet. Der Herr brauchte hinterher zwei Schlucke aus meiner Spezialabfüllung«, er kniff die Augen zusammen, »von Bülow, nicht verwandt mit dem hiesigen Adelsgeschlecht. Kennst du die? Die Herren, Freiherren und Grafen von Bülow zählen zum mecklenburgischen Uradel und konnten sich weit über ihre Stammheimat hinaus ausbreiten. Selbst heute existieren zahlreiche Zweige der Familie. Aber er gehört nicht dazu. Besitzt ausgezeichnete pharmazeutische Kenntnisse. Fachleute treffe ich selten unter den letzten

Besuchern, oder?«, er entließ sein schulterlanges, weißes Haar aus dem Haarnetz.

»Ich nehme an, du hast ausgiebig mit ihm geplaudert?«

»Er musste warten, bis mein Lebenselixier nicht mehr polizeilich nachweisbar war. Ein Mitarbeiter weniger, wer riskiert dann freiwillig, dass man ihm den Lappen raubt, oder?«

»Wie hat sein Chef bei Hamouds Anblick reagiert?«

»Erstaunlich ruhig und besonnen. Viel mehr als Schädel und Schultern konnte ich ihm nicht präsentieren, aber die waren vom Feinsten modelliert, oder?«, er schenkte Tobler sein spitzbübisches Gandalf-Lächeln, »Er bestätigte nur: ʹDas ist mein Angestellter. Wurde der Ladenschlüssel bei ihm gefunden?ʹ«, Feger musterte nochmals das Urlaubsfoto, »Diese biometrischen Passfotos verderben meinen Ruf. Wie soll ich mit solchen emotionslosen Vorlagen ein realistisches Gesicht zaubern, oder?«, am Monitor blitzte die grimmige Visage eines dunkelhaarigen Mannes mit dunklem Teint und Bart auf, »Aber wenn von Bülow ihn trotzdem erkannt hat, wird Hamoud bei der Arbeit selten gelächelt haben.«

»Und der Schlüssel?«

»Wurde ihm ausgehändigt. Das steht irgendwo notiert«, er sah zu dem Jüngeren hinüber, »Sebastian, wird es Zeit, dich auf ein Bier einzuladen, oder?«

»Hab ich etwas angestellt?«

Gustav legte den Kopf schief und sah ihn nur schalkhaft von unten herauf an, »Fabrizios stille Ecke ist perfekt, falls wir bei diesem Schneetreiben bis dort hinkommen, oder? Ich kontrolliere nur schnell, ob meine Jungs und Mädels für die Nacht ordentlich zugedeckt sind und sich keiner die Erkennungsmarke vom Zeh gestrampelt hat.«

Fabrizio freute sich, den Kripo-Beamten ein weiteres Mal in dieser Woche zu bewirten. Doch Tobler bereute seine Zusage sofort, als Gustav ihn auf seine Eheprobleme ansprach.

»Manchmal brauchen junge Frauen einen väterlich Vertrauten. Du weißt, wie lange wir uns kennen«, entschuldigte sich Feger mit nach oben gedrehten Handflächen. Die Geste erinnerte Sebastian an eine Gottesdarstellung. Zuletzt verkündete der Münchener Gott sein Urteil: »Du bist nicht unschuldig an eurer Misere, Junge!«

Gustavs Standpauke reichte für ein abgrundschlechtes Gewissen: zu selten zu Hause, kein Verständnis für seine Frau und nicht den leisesten Schimmer, wie nervenaufreibend ein schreiender Säugling sein konnte. Zuletzt: die vertane Chance, sein eigenes Kind in Händen zu halten, es aufwachsen zu sehen, es zu behüten und ihm ein Vorbild zu sein.

Kurzum: Versagen auf ganzer Front! Toblers Verteidigung reduzierte sich auf einen einzigen Satz: Ich habe derartige Fürsorge selbst nie erlebt.

Jetzt stand er mit einem Strauß roter Tulpen vor seiner Frau. Diesmal bemerkte er die dunkeln Ringe unter Eileens Augen, das müde Lächeln, die fahle Haut. Leggins und Schlabberpulli störten ihn nicht mehr.

»Rote Tulpen, im Dezember?«

»Meine ersten Blumen. Als alles mit uns anfing ...«, er biss sich verlegen auf die Lippen, »Ist das kein gutes Omen, für einen neuen Anfang?«

»Damals habe ich dich mitsamt den Tulpen bei Fabrizio im Trevi sitzen lassen«, erinnerte sie ihn verschmitzt.

»Darum bring ich sie dir gleich nach Hause«, er nahm sie in den Arm und küsste sie. Als sie sich trennten, lag eine kleine Schachtel mit goldenen Lettern ´Juwelier Christ´ in ihrer Hand.

»Weil ich dich in letzter Zeit öfters mit unserem Mädchen alleine gelassen habe«, er drückte sie an sich. Ja, er hatte sie im Stich gelassen, um mit einer potentiellen Mörderin im Bistro zu flirten.

»Wo ist Vienna?«

»In Sicherheit. Ich erzähle es dir, wenn du dich beim Stillen am Sofa an mich kuschelst.«

Eileen öffnete die Schatulle, »Das ist ja ...«, sie war sprachlos und betrachtete den Ring von allen Seiten, »XY: Der passt zu meiner Kette, die du mir zur Geburt geschenkt hast.«

»Genau: Mister X oder Fräulein Y.«

»Unser Fräulein Y hat inzwischen einen Namen!«

»Den schönsten der Welt. Jetzt fehlt nur ein Mister X!«

In dieser Nacht flüchtete sich Ursula von ihrem Spinnennetz hinter den Küchenschrank.

Die Harmonie endete exakt um 22:37 Uhr durch Bolles Anruf, »Vienna is weg!«, stieß der alte Reichenbacher atemlos hervor.

»Weg? Wie das?«, Sebastian war sofort hellwach.

»Die Leine is´ durch.«

»Scheiße!«, er raufte sich die Haare, »Durchgebissen oder geschnitten?«, jetzt stand er am Fenster. Ein Schneesturm fegte durch die spärlich beleuchteten Straßen.

»Faserig, entweder n´ stumpfes Messer oder scharfe Zähne. Wir wart´n auf dich und helf´n suchen.«

»In ganz München? Unmöglich! Sie kann überall gefangen sein, in einem Hinterhof, in einem Kellerraum, in einer Garage, oder tot in einem Müllcontainer«, Eileen nahm ihn in den Arm.

»Hast recht, besser morgen, wenn´s hell ist. Hier treibt der Wind das Eisgrieseln ungnädig durch die Brückenbög´n.«

»Bleibt in euren Schlafsäcken, Bolle. Es ist lausig kalt. Zu zapfig, um durch die Straßen zu stapfen«, kraftlos legte er den Hörer auf. Sein starrer Blick heftete sich an den Wetterhahn am gegenüberliegenden Dach. Die Blechfigur wirbelte im Sturm, Schneeflocken peitschen durch die Luft. Vor seinen Augen verwandelten sich die Flocken in kleine Pfeile, in hunderte giftiger, kleiner Pfeile. Krampfhaft versuchte er, die Tränen zurückzuhalten, dann zuckten seine Schultern in Eileens Armen.

Vor dem Fenster tobte das Unwetter mit voller Wucht, trotzdem rannte er im Pyjama die Treppe hinunter, rief im Hinterhof nach seiner Hündin und drehte eine verzweifelte Runde um den Block: nichts. Keine vierbeinige Heimkehrerin, nur Frau Sommers schwarze Silhouette in ihrem erleuchteten Fenster.

Wo war Vienna? War sie wohlauf oder verletzt? Gefangen oder überfahren am Straßenrand? Wie standen ihre Überlebenschancen bei diesem Wetter?

Er schickte Eileen unter die warme Bettdecke, sie brauchte morgen Kraft für Marina. Er selbst wechselte nur seine durchnässte Kleidung. Verzweifelt tigerte er auf Zehenspitzen im Dunkeln vor dem Baby-Bett auf und ab, er fror. An Schlaf war nicht mehr zu denken, er brauchte Ablenkung. Leise stülpte er sich die Zudecke über seine Schultern und schlich mit ihr in die Küche. Dort schloss er die Tür, knipste das Licht an und ließ sich, in Ermangelung eines Stuhls, im Schneidersitz am Boden nieder. In dieser unbequemen Haltung vertiefte er sich in Bodo Haas´ Inventarlisten und in diese kryptische Tabelle aus dessen Schreibtischsafe.

Langsam kam Friedhelm zu sich, die Augenlider waren schwer wie Blei. Als Erstes registrierte er einen vibrierenden Boden, dann den Würgegriff um seine Kehle. Er saß mit ausgestreckten Beinen auf hartem Untergrund. Hinter seinem Rücken kniete ein Mann, der ihn an Oberkörper und Hals fixierte. Friedhelms Schultern drückten gegen einen breiten Brustkorb. Mühsam öffnete er die Augen einen schmalen Spalt: Es war duster und kalt. Motorengeräusche, das Schaltgeräusch eines Lasters. Abbremsen ... Wo war er?

Jemand klatschte ihm ins Gesicht, es brannte, »Aufwachen! Wird´s bald?«, ein Mann hockte vor ihm, über dem Kopf eine schwarze Sturmhaube.

Langsam fiel es ihm wieder ein: Ein Paketbote, der Osteuropäer, die zweite Lieferung! Was war schief gelaufen?

»Was, ... ohrr!«, ein muskulöse Arm um seinen Hals ruckte und erstickte damit seine Frage.

Der schwarze Schädel erhob sich, »Du hast mir gestohlene Ware verkauft, Bullen-Sau«, dunkle Handschuhe rissen an seiner Jacke, klopfen ihn ab. Eine Hand ertaste sein Portemonnaie und zog es heraus, »Warum wolltest du mich reinlegen?«

Intuitiv wusste der Polizist, dass der Mann unter der Kopfmaske breit grinste, er an seiner Stelle hätte es getan. Brunner wand sich und probierte sich loszureißen, aber der eiserne Griff um seinen Hals drückt erneut zu, »Ahrrr!«

»Ich will mein Geld zurück, du Kanaille!«

Wieder ein erstickender Ruck an seiner Kehle. Sein Gesicht verfärbte sich rot, kalter Schweiß perlte auf seiner Glatze. Ein Schlagloch auf der Fahrbahn verschlimmerte die Lage.

»Mhrrr!«, stöhnte er, instinktiv umklammerte er den muskulösen Arm, er zerrte daran, japste nach jedem Luftmolekül.

»Untereinander sind wir ehrliche Geschäftspartner«, flötete die Stimme, die Lederhandschuhe fächerten die Banknoten aus seinem Geldbeutel durch, »Das reicht nicht, wir haben dir mehr für die erste Lieferung bezahlt!«

»Das hab ich nicht dabei!«, röchelte Friedhelm mit zusammengebissenen Zähnen, als sich der Griff etwas lockerte.

»Aber Morgen! Morgen in einem Kuvert. Wirf es am Giesinger U-Bahnhof in den Mülleimer. Pünktlich um zwölf Uhr, damit mein Bote nicht umsonst hinfährt«, eine stumme Geste delegierte diesen Job an Özil, dem Mann hinter Brunner.

»In welchen?«, es gab dort mehrere Müllkübel.

»Den mit dem roten AC/DC-Aufkleber, verstanden?«

Friedl starrte ihn mit großen Augen an, er würgte ein Grunzen über die Lippen.

»Ich habe gefragt, ob du mich verstanden hast?«, ein Fausthieb traf sein Jochbein, es knackte, »Antworte!«

»Hrra!«, mehr kam nicht heraus.

Die Handschuhe tasteten ihn erneut ab, »Das behalte ich als Anzahlung«, das Handy und seine Pistole schwebten vor Brunners Augen und verschwanden, »Und keine fiesen Spielchen. Keine Verstärkung. Wenn wir sehen, dass du uns reinlegst, bist du tot«, er fuhr sich mit den Fingern über den Hals.

Auf sein Zeichen lockerte sich der Griff, Brunner sog gierig die stickige Luft im Transporter ein. Er schmeckte Blut, sein Gesicht schien zu explodieren, sein Verstand setzte aus, »Tot? Erdrosselt wie der Haas?«, nuschelte er.

»Hau ihm auf die dreckige Fresse!«

Özil gehorchte. Brunner schrie auf, seine Beine trommelten verzweifelt auf den Boden. Warmes Blut lief ihm die Schläfe herunter, über seine Wangen und Lippen.

»In die Pampa mit ihm. Ein einsamer Fußmarsch bei diesen Temperaturen wird ihm die Gedanken klären«, die Sturmhaube trat gegen seine Beine. Brunner brachte nur noch ein leises Wimmern heraus, »Aber schlaf´ unterwegs nicht ein. Wenn dir die Finger abfrieren und ich deshalb mein Geld nicht rechtzeitig zurückbekomme«, erneut ein Tritt, »dann wirst du dir wünschen, gleich hier krepiert zu sein!«

Freitag

Ein wilder Albtraum quälte den Kommissar spät nachts:

Vienna erspäht in der Ferne Krähen am Feld, geduckt spurtet sie los, rennt über eine Kiesstraße. Ihr Abstand zu der Schar dunkler Punkte schmilzt dahin.

»Kill!«, Jülichs Stimme, laut, direkt neben ihm.

Aufgeschreckt flattern die Vögel vom Boden auf. Vienna ist nur noch wenige Zentimeter von den schwarzen Federn eines Galgenvogels entfernt. Sie setzt zum Sprung an, der Schub ist gewaltig. Ihr gestreckter Körper jagt durch die Luft, sie reißt das Maul auf: Weiße, spitze Zähne im roten Kiefer, ein Haifischgebiss! Ein Pfeil zischt über das Feld, fliegt direkt auf den schwarzen Hund zu. Viennas helle Zeichnung leuchtet kurz im Sonnenschein, dann krümmt sich ihr Körper, sackt zu Boden, schlägt hart auf dem Dreck auf. Die Vögel retten sich auf einen Baum. Unter ihnen jagen die Muskeln ein letztes Zucken durch den Köper der Hündin, dann erschlafft er. Wie ein Dolch ragt der rote Pfeil aus ihrer Seite. Abgeschossen, tot!

Eine gekrümmte Gestalt im Straßenstaub.

Leblos, wie Santiago, sein Bruder.

Tobler erwachte schweißgebadet. Sein Herz hämmerte wie wild. Ein Traum, nur ein Traum! Er massierte sein Gesicht und die Schläfen. Hatte ihm das Schicksal Viennas letzte Sekunden vor Augen geführt?

Wo steckte sie bloß? Draußen war stockdunkle Nacht. Unruhig warf er sich im Bett hin und her. Eileen schnarchte laut, Marina brabbelte im Schlaf und stöhnte. Alles vertraute Geräusche und doch war es zu still. Kein Schmatzen unter dem Fensterbrett, kein Fiepen während Viennas Träumen, kein Atmen oder Seufzen. Das Fehlen sämtlicher Lebenszeichen der treuen Hündin ließ ihn nicht zur Ruhe kommen.

Ein Blitz zerriss die Dunkelheit, gefolgt von dumpfem, grollendem Donner. Vor dem Fenster wirbelte der Sturm weiterhin Schneeflocken durch die Straßenflucht. Ein Wintergewitter.

Sebastian hasste es, tatenlos im Bett zu liegen und auf den Morgen zu warten. In der Küche schlüpfte er in seine Wäsche.

»Pass auf dich auf, Ursula! Nicht, dass ich dich auch noch verliere!«, er klebte Eileen ein Post-It an die Kaffeemaschine: ´Konnte nicht schlafen und wollte dich nicht wecken. Fahre ins Büro und organisiere einen Suchtrupp. Ich liebe dich!´

Vienna gehörte zum Team, selbst wenn es Kowalski missfiel. Er überlegte, wie er am besten vorging: Direkt den Hauptkommissar bitten, ihm einige Männer für die Suche freizustellen, oder Regina einschalten? Zu dieser Uhrzeit gewiss kein erfolgreiches Unterfangen.

Er hielt mit seinen graublauen T4 vor der Tankstelle. Als er die Beutel mit der Quarktasche und dem Marsriegel in Viennas leeren Kindersitz warf, versetzte es ihm einen herben Stich in der Brustgegend. Lieber Gott, bitte gib sie mir zurück, lebend!

Der Wind hatte sich gelegt, flaumige Schneeflocken tanzten vor der Windschutzscheibe. Er bog auf das verwaiste Parkdeck ein. Die dicke, unberührte Schneedecke knirschte laut unter der schweren Last des VW-Busses. Waren sämtliche Kollegen der Nachtschicht mit den Öffentlichen gefahren? Tobler hielt neben den wellblechüberdachten Fahrradständern. Sie waren komplett leer und würden es noch eine Weile bleiben. Höchst unwahrscheinlich, dass selbst Seibold bei diesem Wetter sein Mountainbike durch die Nebenpforte schob. Kleine, weiße Erhebungen im Schnee markierten die gepflanzten Buchsbaumkugeln.

Mit dem Rucksack in der einen Hand, und der Frühstückstüte in der anderen, trottete er zum Hintereingang. Die schwere Brandschutztür versperrte ihm den Eingang. Daneben lag der aufgesalzene Doppelparkplatz ihres Hauptkommissars und zu seinen Füßen matschiger Schnee.

Er klemmte die durchweichte Tüte zwischen die Zähne und wühlte im Rucksack nach dem Schlüssel. Die Schwerkraft der Quarktasche überforderte die Stabilität des dünnen Papiers, es ratschte und das Gebäck landete im Matsch.

»Scheiße, verdammt!«, ein leises Echo warf seine Stimme über der leeren Fläche zurück. Er bückte sich.

Hinter ihm erwachte eine Buchsbaumkugel zum Leben, sie kam auf ihn zugeschossen. Eine weiße Schneefahne wehte über das Parkdeck, darunter ein Stück lederne Leine.

»Vienna?«, Matsch spritzte nach allen Seiten, als er sich auf die Knie warf, die Arme weit ausgebreitet, »Vienna, du hier?«

Übermütig sprang die Hündin an ihm hoch, legte die Pfoten auf seine Schultern und leckte wild über sein Gesicht. Ihr dünner Schwanz peitschte Schnee in seinen Kragen, egal.

»Du bist ja klitschnass und zitterst!«, er nahm die Amstaff-Hündin wie ein Baby in seine Arme. Sie strahlte ihn mit großen Kulleraugen an. Drei wulstige Falten kräuselten ihre Stirn, die Ohren hingen enttäuscht herab.

In ihrem Blick spiegelten sich zwei schwerwiegende Fragen: Warum hast du mich abgeschoben? Hab ich etwas falsch gemacht?

»Nichts, meine Kleine. Nichts!«, seine Tränen vermischten sich mit den Schneekristallen, »ich bin ja so froh, dass du bei mir bist!«, Tobler presste sie fest an seine Brust, und zwinkerte eine Freudenträne weg, »Wie ich kann dich nur beschützen?«

Er trug Vienna ins Warme. Im Flur entwand sie sich seinen Armen und lief voraus. Er schickte Eileen eine SMS: *Unsere Große ist im Präsidium! Bitte füttere Ursula, das habe ich vergessen!* Anschließend informierte er Bolle.

Sie passierten den Empfang, rannten weiter zum Büro. Rolf Seibold streckte sich hinter seinem Schreibtisch, »Bist du aus dem Bett gefallen, Sebastian? Übernimmst du die letzte Stunde der Nachtschicht?«, Vienna tänzelte ihm aufgeweckt entgegen.

»Guten Morgen!«, gähnte Julius herzhaft, er bückte sich zur Hündin, »Solltest du nicht bei den Reichenbachern sein?«, er streichelte sie, »Du bist ja eiskalt!«

»Kein Wunder, wenn man die Leine durchbeißt und hierher flieht. Zum Glück war es zwischen den Büschen windgeschützt und die dicke Schneedecke hat sie zusätzlich isoliert.«

»Wie hat sie denn das geschafft?«, Julius holte sich Kaffee-Nachschub, »Die weite Strecke im Schneesturm?«

»Sie ist zäher, als man ihr ansieht.«

»Glück für Vienna«, Rolf beäugte das durchnässte Bündel, »dagegen siehst du echt scheiße aus! Wenn du schon da bist: Brunner hat sich dienstunfähig gemeldet. Offiziell wurde er in eine Rauferei verwickelt, als er zwei Schlägertypen zu trennen versuchte.«

»Friedhelm? Nie im Leben! Der hätte die Streithähne angeschleppt, wie Trophäen, und mit seinen Blessuren geprahlt«, Tobler wickelte die bibbernde Vienna in seine Jacke.

»Klingt realistischer. Was vermutest du, ist vorgefallen?«

»Eine private Auseinandersetzung?«, schlug Sebastian vor, »und Brunner überlegt fieberhaft, wie er uns am besten seinen Zustand erklärt«, Tobler rubbelte Vienna warm, »Mein Mitgefühl gilt eher seinem Kontrahenten. Du kennst Friedhelms Schlagkraft. Ich möchte nicht wissen, wie der andere aussieht«, aber innerlich fluchte er: Ausgerechnet jetzt meldete sich Brunner krank. Er wusste doch, wie sehr ihm Kowalski wegen der Morde im Nacken saß.

»Morgen, du so früh?«, Roman klapste ihn auf die Schulter.

»Schau mal wer hier ist!«, Tobler warf seine Quarktasche zu dem Jackenbündel, »Frühstück, du Ausreißerin!«, und zu den Kollegen, »wechseln wir ins Besprechungszimmer? Dort kann Vienna vor dem Heizkörper auftauen und trocknen.«

Vor der Tür schälte sich Kollegin Baumgartner, ihre Jüngste, aus ihrer Jacke. Ihr erster Weg führte zur Kaffee-Ecke. Insgeheim hoffte sie, dass der Dieb Broncos Sammelbox zurückgestellt hatte, leider vergeben.

»Morgen Cornelia! Einen Moment, bitte«, Sebastian wühlte im Rucksack und hielt ihr die bei Ute gefüllte Hundetüte hin, »Wärst du so lieb und bringst das schnell zu Meisl?«

»Spinnst du?«, angewidert rümpfte sie die Nase.

»Abwarten! Sag ihm: Falls er etwas Bekanntes findet, bitte ich um sofortige Information!«

»Wieso?«, ungläubig musterte Roman den verpackten Amstaff auf der Decke, »Scheißt Vienna jetzt schon Beweise?«

»Wenn sich mein Verdacht bestätigt, reicht es für einen offiziellen Durchsuchungsbefehl. Mehr später, es ist zu ... prekär.«

Nacheinander trafen die restlichen Mitglieder des Ermittlerteams ein. Bernhard stellte das Tablett mit frischem Kaffee auf den Tisch, Sebastian spendierte eine Schachtel Bocadillos, die er fast alleine verdrückte, als Frühstücksersatz.

»Fassen wir zusammen: Fall 1: Letzten Samstag wird Bodo Haas ermordet und stranguliert im Fitnessstudio aufgefunden. In seinem Schreibtisch verwahrte er eine kryptische Tabelle, zu der komme ich gleich. Ferner liegt auf seiner Tischplatte eine PKW-Verkaufsanzeige, darauf notiert: 'Bekensen', der Tarnname eines Käufers. Wir entdecken eine Videokamera in der Damendusche und später Pornofilme, die im Studio gedreht wurden. Eine Verkaufsliste mit Einnahmen am Privat-PC sowie eine Bestands- und Adressliste in seinem Schließfach. Friedhelm kennt Haas durch illegale Autorennen. Die Witwe erhält tatkräftige Unterstützung von Ihrem Bruder.«

»Stopp«, hakte Julius ein, »deinen Unterton bei *tatkräftig* darfst du streichen: Meisls Ergebnisse von ihrem Kimono und dem Hijab der Putzfrau sind eingetroffen: beides kein Pashmina, nur schnödes Kaschmir bzw. Synthetik. Somit keine Verbindung zu den Fusseln auf Haas blutendem Schädel.«

»Danke«, er seufzte, »damit sind zwei unserer Verdächtigen endgültig raus, einverstanden?«, zustimmendes Nicken der Anwesenden, »Weiter zu Fall 2: Puettmann wird mit einer scharfen Klinge ermordet. Am rückwärtigen Mantelstoff entdeckt Meisl einen Kratzer mit Giftspuren. Der Tote hat im Februar während eines illegalen Autorennens einen Mann totgefahren. Nebenhandlung: Bei den Hundemorden wurde das gleiche Gift verwendet. Die Arbeitskollegin des Überfahrenen wird zufällig Zeugin eines dieser Tötungsversuche«, seine Treffen mit Ute verschwieg er erneut, »Es taucht ein Foto auf, das die beiden mit einem Nukak-Indianer zeigt, ein Volksstamm, der mit eben diesem Gift jagt. Somit schließt sich der Kreis. Gesucht werden die Mörder von Haas und Puettmann«, er leckte ein Zuckerkrümel von den Lippen, »Hintergründe zum Foto?«

Sonja öffnete ihren Blazerknopf und nickte, »Wir haben die Reisebuchung rekonstruiert. Hamoud reiste unter seinem falschen Namen, El Din. Mit dabei: Ute Reining, seine Kollegin.

Abflug am 1. November 2019, 10:15 Uhr Air Europa, Umstieg in Bogota, Ankunft am Germán Olano Airport in Puerto Carreño. Hotelübernachtung in separaten Zimmern. Gebuchte Rundreise zum Fels von Guatapé, dem Tempel Las Lajas Sanctuary und zum El Tuparro National Park.«

Wie zwei Turteltäubchen! Toblers Bauch verkrampfte sich. War das Eifersucht?, »Und der Fotograf?«

»Keine Infos. Die Reise organisierte und bezahlte die Reining privat.«

Tobler schluckte, das war ihm neu, »Habt ihr die weiteren Fluggäste im Flieger auf bekannte Namen überprüft? Vielleicht erinnert sich jemand vom Hotel an das Paar und dessen Reisebekanntschaften?«

»Sebi, das ist über ein Jahr her! Das Personal hat anderes zu tun, als Touristen zu beobachten«, eilte Roman Sonja zu Hilfe.

»Wir haben die Boardingliste überprüft, es stehen keine uns bekannten Personen darauf«, ergänzte seine Freundin.

»Und bei einer anderen Fluggesellschaft?«

»Ein Mann und eine Frau auf Urlaub in Kolumbien«, feixte Bernhard, »Würdest du eine Anstandsdame mitnehmen?«

»Checkt trotzdem die Passagierlisten der Konkurrenz-Airlines, einen Tag davor und danach«, forderte Tobler, mehr um sein flaues Gefühl im Magen zu beruhigen, »Eventuell war der Flug überbucht und die Gruppe musste sich aufteilen?«

Sonja verzog genervt den Mundwinkel, »Sorry, Sebastian, das ist weltfremd! Aber wenn du darauf bestehst, schalte ich Jörg ein. Er sitzt eben über deinem Bauchgefühl, der Reining.«

»Danke«, Tobler bemerkte die fragenden Blicke der anderen und schob zur Erklärung nach: »Nur ein blöder Gedanke: Apothekenpersonal gelangt über den offiziellen Weg leichter an Batrachotoxin, wie eine Privatperson«, umschrieb er seinen gestrigen Verdacht bezüglich der Hundeattentäterin. Dann fiel ihm etwas ein, »Die Postfiliale in der Fraunhoferstraße vermietet Postfächer. Ich brauche von Jörg eine Liste aller Besitzer.«

»Wieder Bauchgefühl, oder erklärst du es diesmal?«

»Versprochen«, Sebastian nickte verschämt, ihm war durchaus bewusst, dass er Informationen zurückhielt, »Sobald ich etwas Konkretes habe. Deshalb die Liste, zur Untermauerung meiner Theorie. Kowalski reißt mir den Kopf ab, wenn wir ihm nur wilde Spekulationen aber nichts Handfestes bringen! Und wir hängen fest!«

»Interesse an einen neuen Anhaltspunkt?«, flötete Cornelia kokett von der Seite, sie lächelte provozierend.

Münchner Westen, Gräfelfing bei Nacht. In der Siedlung duckten sich die Einfamilienhäuser mit ihren dicken Schneemützen hinter hohen Hecken. In keinem der Fenster brannte Licht, die Straßen waren menschenleer. Die großen Bäume in den Gärten ächzten unter der weißen Last. Eine dicke Eibe schmiegte sich so eng an einen grauen Verteilerkasten, als wollte sie ihn verschlingen, ihn durch ihre dichte, immergrüne Nadelfront in das luftige innere Geäst hineinziehen. Eine junge Frau kauerte zwischen den dürren Zweigen, den Körper fest gegen das billige Glasfasergehäuse gepresst. Trockene Nadeln und Ästchen belagerten ihre Baskenmütze. Sechs Grad unter Null, sie rieb sich die Hände, um die Blutzirkulation anzuregen und etwas Wärme hinein zu bringen. Nach dem Gewitter war die Nacht sternenklar und lausig kalt. Noch zwei Personen, danach würde sie in der Schweiz untertauchen, bald. Sie spähte konzentriert über den Elektrokasten.

Das Anwesen lag direkt vor ihr, versteckt hinter einem dichten Holzzaun und einer hohen Thujenhecke. Sein Besitzer legte großen Wert darauf, nicht gesehen zu werden. Bei seinem Beruf gewiss eine richtige Entscheidung. Doch wenn man seinen Arbeitsplatz und sein Gesicht kannte, war es einfach, ihm hierher zu folgen. Er fuhr täglich mit seinem BMW vom Strafjustizzentrum am Stiglmaierplatz direkt nach Hause.

Jetzt wartete sie, dass er zur Arbeit aufbrach. Der eisige Untergrund fraß sich durch ihre Schuhsohlen, sie trippelte auf und ab. Dann ein lautes Knacken, sie zuckte zusammen. Was war das? Hatte es jemand gehört? Aber nichts regte sich. Mit dem abgeschirmten Display ihres Handys suchte sie den Boden ab. Neben ihren rechten Fuß lugten der eingeknickte Rand eines gelben Sandförmchens und ein rotes Nikolaustanniol aus dem

Schnee. Kinder! Sie schob die oberste Lage ihres Schals weit über ihre Nase und wärmte die Hände im Mantelinneren. Ihr Atem gefror am Stoff. Aus Präzisionsgründen hatte sie sich für ein Paar Handschuhe ohne Fingerkuppen entschlossen. Aktuell bereute sie ihre Entscheidung, denn kalten und steifen Fingern unterliefen Fehler. Fehler, die sie sich nicht leisten konnte.

Ein Auto kämpfte sich über die schneebedeckte Fahrbahn der Grossostraße, einer der Schichtarbeiter kehrte heim. Er war heute später dran, wie sonst. Die Nacht verstärkte den Motorlärm, doch die Bäume verschluckten das Geräusch hinter der nächsten Biegung. Es erstarb, eine Autotür schlug zu.

Sie wartete weiter in ihrer geduckten, unbequemen Haltung. Ihr Blick streifte erneut die beleuchtete Hausnummer 58.

6:32 Uhr, die Außenbeleuchtung flackerte auf, endlich! Sie ging in Deckung. Der Lichtkegel scheiterte an den, parallel zur Fahrbahn gepflanzten Alleebäumen. Im Inneren der Eibe blieb es stockfinster. Sonnenaufgang in neunundachtzig Minuten, das reichte!

Die Gartenpforte öffnete sich, ein hochgewachsener Mann im blauen Daunenmantel trat auf die Garageneinfahrt, er hielt eine Schneeschaufel in der Hand. Wie jeden Morgen schaute er in alle Richtungen, in ihre ebenfalls. Instinktiv zog sie sich tiefer ins Geäst zurück. Für ihn blieb sie unsichtbar. Sie atmete langsam ein und wieder aus, um sich zu beruhigen: Gleich war es so weit! Mit dem ersten Scharren des Schiebers entsicherte sie ihre Waffe, sie wartete auf einen günstigen Moment. Kein Laut verriet sie, alles war bereit. Von rechts glommen die Scheinwerfer eines weiteren Wagens, sie näherten sich langsam. Perfekt! Das Motorengeräusch und das Knirschen der Räder im Schnee vermischte sich mit dem Kratzen der Schaufel.

Im Inneren der Eibe: eine Bewegung. Leise richtete sie sich auf. Die eingeschränkte Sicht durch die Zweige störte nicht. Ihr Atem beruhigte sich.

Wie im Schießstand: einatmen, Luft anhalten, ...

Das Fahrzeug passierte den Verteilerkasten, niemand würde etwas hören.

Die roten Rücklichter rollten vorbei, jetzt!

Zielen ... Schuss!

Der Mann zuckte zusammen, die Augen weit aufgerissen, er stolperte einige Schritte zur Seite und sackte zu Boden.

Ausatmen.

Sie ließ den Arm sinken, geschafft! Ihre Waffe glitt zurück in die Tasche. Ab jetzt drängte die Zeit: Der Kommissar rückte ihr zusehends auf den Pelz. Je eher sie ihn und die letzte Person erledigte, desto besser!

Cornelia hielt inne, bis sich sämtliche Augen im Besprechungsraum auf sie gerichtet hatten, »Von meinem gestrigen Erkundungstraining in Marcs aktuellem Studio«, sie genoss die Aufmerksamkeit und freute sich, diesen wichtigen Beitrag zu leisten, »Dreher ist äußerst beliebt und versteckte Kameras waren nirgends zu sehen«, danach schwieg sie abwartend.

»Komm schon!«, drängte Julius, »Wo bleibt der Knaller?«

»Ratet einmal, wen ich dort angetroffen haben?«

»Den echten Faris El Din?«, »Die Reining?«, »Dr. Feger?«

»Quatsch, Beatrice Renner. Ihr markanter Pagenkopf ist mir sofort aufgefallen. Angezogen wirkt sie eher schmächtig«, ihr Grinsen blieb bestehen.

»Das ist doch nicht alles, Cornelia, oder?«

»Nein. Ich kenne den Namen ihres Liebhabers«, tratze sie weiter, bis Tobler sie mit einem Wink aufforderte, endlich weiterzusprechen, »Marc Dreher!«

»Das ist ein Ding«, Bernhard nickte, »Dann hat sie das LifePower bloß wegen ihm verlassen?«

»Und nicht infolge der Dusch-Videos?«, ergänzte Roman, »Damit platzt die Theorie: Renner erpresst Haas. Streichen wir sie von unserer Täterliste?«, er pfiff anerkennend über Cornelias Entdeckung.

Vienna spurtete in Hab-Acht-Stellung neben Toblers Füße, »Sorry, Kleine, Fehlalarm!«, Sebastian tätschelte ihr entschuldigend den Kopf, bevor er entschied, »Sie schon, aber damit verfestigt sich Marc als Hauptverdächtiger. Ich würde explodieren, wenn jemand Eileen beim Duschen filmt!«

»Und die Wilkens?«, warf Bernhard ein, »Immerhin gibt sie an, Marc spätnachts ins Studio gelassen zu haben.«

»Sicher rechnete sie damit, dass Dreher uns seinen späten Besuch beichtete. Versucht sie, ihm den schwarzen Peter unterzujubeln? Jedenfalls lenkt sie uns ständig auf abwegige Spuren, weit weg von ihrer Person.«

»Teamwork?«, Sebastian missfiel dieser Gedanke, dennoch war es möglich. Katja Wilkens war scharf auf den Chefposten, Marc besaß handfeste Motive für Haas Ermordung. Er hüstelte, »Nach dem Motto: Sie lässt Marc ins Studio, er erledigt seinen Ex-Chef aus Rache. Sie hilft erst bei der Spurenbeseitigung und zeigt anschließend mit dem Zaunpfahl auf den eigentlichen Täter. Damit hätte sie zwei Fliegen mit einer Klappe erschlagen: eine freie Stelle und einen ausgeschalteten Konkurrenten, falls sich die Konzernleitung an Dreher erinnert«, er seufzte, alles deutete auf Marcs Beteiligung hin.

»Genau so!«, nickte Roman mit einem Bocadillo im Mund.

»Den Mord an Bodo Haas müssten wir ihnen erst nachweisen. Wir stellen bis Montag die Motivkette zusammen. Wenn es reicht, gehe ich damit zu Kowalski und der Staatsanwältin. Falls Gudrun Fendt zustimmt: Zugriff Montagmittag! Dreher ahnt nicht, wie dicht wir ihm auf den Fersen sind«, wenn er es überhaupt war, ergänzte er für sich. Es wunderte ihn, mit wie viel Pathos er entgegen seiner Überzeugung sprach, »Weil wir schon über ihn sprechen ...«, Tobler wühlte im Rucksack nach seiner nächtlichen Fleißarbeit: die Entschlüsselung der kryptischen Tabelle.

»Wieso reagieren Männer auf ein angekratztes Ego immer mit Gewalt?«, Cornelia streckte sich, »Das ist so unsexy!«

»Nicht alle, es gibt Ausnahmen«, Sebastian legte die Blätter beiseite und wischte das neuestes Foto auf sein Handydisplay, »Was hältst du hiervon? Das ist meine Art, einen Zwist beizulegen. Damit habe ich mich gestern bei Eileen entschuldigt«, ergänzte er stolz, »vom Juwelier Christ.«

»Wow, der ist ja süß! Der passende Ring zu ihrer Mister-X/Fräulein-Y-Kette?«, Cornelia reichte das Telefon an Sonja.

»Nobel! Roman, weshalb schenkst du mir so etwas nicht?«

»Das übersteigt mein Gehalt, Schatz. Was hat der gekostet, Sebastian?«

»359 Euro.«

»Nicht übel!«, Julius nickte bedächtig, »Erst jammerst du uns vor, wie teuer dir das Baby kommt, und dann spendierst du Eileen einen Ring, mehr kostet, wie wir für Bronco gesammelt hatten.«

Sofort wurde es totenstill im Besprechungsraum.

»Was willst du damit andeuten, Stadler?«, flüsterte Tobler, eine rötliche Note überzog sein Gesicht, »Sprich´ es aus. Ich hasse Getratsche hinter meinen Rücken!«

»Schluss jetzt!«, Sonjas Faust donnerte auf den Tisch, »Das war echt mies von dir, Julius! Nicht alles, das um die 350 Euro kostet, wird aus unserer Spendenbox finanziert.«

Kollektives Schweigen. Aber das Misstrauen blieb greifbar.

Sebastian war eben im Begriff laut los zu wettern, da platzte Kowalski ohne Anklopfen herein, »Ach da stecken Sie, Tobler! Was wird das hier? Eine Stammtischrunde? Und drehen Sie in Gottes Namen die Heizung runter, hier stinkt es nach nassem Hund«, er riss ein Fenster auf.

Roman nutzte die Sekunden und bedeckte ihr vierbeiniges Teammitglied mit Sonja´s Blazer.

Kowalski pulverte weiter, »Sie plaudern hier gemütlich und ich renne wie blöd durchs Präsidium! Wieso hinterlassen Sie keinen Hinweis auf ihrem Schreibtisch?«

Tobler horchte auf: Das klang ernst, sehr ernst, wenn der Chef sogar auf sein Telefon vergaß, »Was ist passiert?«

»Richter Jungwein ist tot! Staatsanwältin Fendt ist völlig aus dem Häuschen. Otto erschien um 7:30 Uhr nicht rechtzeitig zur Morgen-Besprechung. Er reagierte auf keinen Anruf. Sie schob es auf das Schneechaos und erkundigte sich im dortigen Präsidium, ob er überhaupt durchkam. Bei der Erwähnung von Jungweins Adresse stutzte der Kollege: Für diese Anschrift war soeben eine Meldung der Ambulanz eingegangen«, er wischte sich einen Schweißtropfen von der Stirn, »Gudrun Fendt alarmierte mich. Sie bat uns den Fall zu übernehmen«, der Hauptkommissar stemmte die Hände in die Hüften, »Ab jetzt läuft es zackig hier, meine Herrschaften! Ist der Fitness-Mord endlich gelöst, Tobler? Sie brauchen ab jetzt alle Kraft für Jungwein!«

»Sein Mörder verharrt leider in der Deckung, er schert sich nicht Ihre Ultimaten, Herr Kowalski«, Sebastian rief ein Bild von Jungwein auf den Monitor, »Hinweise auf die Todesursache? Unfall, Herzinfarkt oder Mord?«

»Das zu klären ist Ihr Job, Tobler. Worauf warten Sie?«

»Der ist ja fast so groß wie ich!«, staunte Roman.

»Aber doppelt so alt und schwer«, ihr Teamleiter prägte sich das Aussehen des kräftigen Hünen mit dünnem Haarkranz ein, »außerdem grauhaarig und besser angezogen«, er stand bereits, »Wie lautet Otto Jungweins Adresse?«

»Grossostraße 58, Gräfelfing. Beim S-Bahnhof in Richtung Westen und dann bis ganz hinten durchfahren. Frau Baumgartner fährt mit. Sie kommt bei ihren Einsätzen immer zu kurz, fürchten Sie sich vor weiblicher Konkurrenz?«

Bei den Gedanken an eine neue Leiche sackte Cornelia auf ihrem Stuhl zusammen, kreidebleich warf sie Sebastian einen flehenden Blick zu.

»Sie ist derzeit im Studiofall eingebunden. Ist ein Krankenwagen vor Ort?«, die Feder kratzte über's Papier.

»Inzwischen sicher. Jungweins Nachbar bewachte bis dahin den Toten«, Kowalski schluckte, seine Hände zitterten.

»Roman, Julius, Bernhard, aufgeht's! Ihr drei Mädels haltet die Stellung!«, sie stürmten raus. Broncos Box war vergessen.

»Drei?«, Kowalski lugte von Sonja zu Cornelia, »Langsam befürchte ich, dass Tobler reif für die Klapse ist!«, kopfschüttelnd verließ er den Raum. Er musste dringend mit Regina über diese Ausfälle reden. Ebenso, dass der Kommissar die junge Kollegin ständig ausgrenzte und ins Büro verbannte.

Als er außer Hörweite war, löste Sonja ihren eisernen Griff am Hundehalsband, »Bleib!«, flüsterte sie mit einem vorsichtigen Blick in den Gang, »Dein Herrchen schafft das ohne dich. Und Meisl dreht durch, wenn du am Tatort herum schnuffelst«, sie schlüpfte in ihre Pumps.

Vienna befreite sich aus dem Blazerversteck, doch ihr Blick klebte weiterhin an der Tür.

»Ein Bocadillo, Kleine?«, lockte Cornelia, »Sebi gönnt dir ja nie etwas von seinem Guavenzeug«, sie löste die Folie.

Mit Blaulicht und Martinshorn preschten die drei Polizisten die Candidstraße entlang, keiner sprach ein Wort. Im Osten ging hinter einer Wolkenschicht die Sonne auf. Die Route führte sie weiter über die Heckenstaller und Würmthalstraße nach Gräfelfing. Sie schlängelten sich zügig durch den Berufsverkehr, stets bereit, eine Vollbremsung hinzulegen, falls ihnen ein Dickschädel den Weg versperren sollte.

Endlich erreichten sie die alte Siedlung.

»Ich mach die Tröte aus«, Toblers Stimme klang belegt. Er betätigte den Schalter, »sonst schrecken wir zu viele Neugierige auf«, sie bogen in die Grossostraße ein.

Gepflegte Einfamilienhäuser hinter tiefverschneiten Hecken säumten die Straße. In einigen Vorgärten standen Schneemänner, um sie herum spitzte buntes Spielzeug unter der Schneedecke hervor. Die meisten Garagen waren geschlossen, Tobler bezweifelte, dass sich in ihnen mickrige VWs oder Opels verbargen. Alles schien friedlich, gesittet und alt eingesessen. Ein Mord passte nicht in diese Gegend. Sie fanden die Nummer 58 sofort, eine Menschentraube belagerte den Zugang. Der Sanka parkte quer in Jungweins Einfahrt, er blockierte die Blicke der Neugierigen auf den Einsatzort. Kinder mit roten Wangen und gefrorenem Atem liefen umher, sie bewarfen sich kreischend mit Schneebällen. Zwei Jungs duckten sich hinter einem Verteilerkasten, der über und über mit weißen, halbrunden Schneehaufen gespickt war, die wie Pocken an ihm klebten. Einige Schneekugeln verfehlten das Ziel, sie rauschten vorbei und verschwanden zwischen den Zweigen der dahinterstehenden Eibe. Was für ein Spaß!

Sebastian juckte es in den Fingern, er schob eine Handvoll der weichen, weißen Masse über einem Postkasten zusammen, formte eine Kugel und ...

»Seid ihr neu hier?«, ein athletischer Mann im Parka sprach ihn an, »Der Tote liegt da drüben, kommt mit!«, er deutete auf die Seitenwand des Sankas.

In Kolonne drückten sie sich am Einsatzfahrzeug vorbei, bis ihnen ein massiger Sanitäter den Durchgang verwehrte. Sebastian spähte unter seiner Achsel hindurch: Vor der Thujenhecke lag ein langgezogener Schneehaufen, aus dem blauer Stoff und menschliche Extremitäten hervorragten.

»Ich habe ihn gefunden, er ist mein Nachbar!«, quäkte der Parkaträger, »Das sind eindeutig Ottos Beine! Ich kenne seine Jacke«, sprudelte er weiter, während seine Augen die Straße absuchten, »Habt ihr die Polizei gesehen? Vorhin konnte man sie noch hören, und jetzt: Totenstille. Die Idioten haben sich wahrscheinlich verfahren! Jeder spricht über Geldmangel, aber ein Navi sollte man denen schon spendieren!«

»Die Idioten sind hiermit eingetroffen«, Toblers Blick fiel auf die aufgeweichten Pantoffeln ihres Begleiters, »Und ziehen Sie sich etwas Vernünftiges an. Die Rettung ist nicht scharf auf weitere Kunden«, er schleuderte den Schneeball über das Dach des Rettungswagens ins Dunkle.

Jemand kreischte verärgert auf.

»Sie?«, unwillkürlich zuckte der Anwohner zusammen, verstohlen musterte er den südländischen Mann im Rollkragenpullover, die dunklen Locken, »Ich ...«

»Der Kollege Hiebler kümmert sich gleich um Sie, Herr?«, Sebastian zog Bock und Füller hervor. Mit einem Kopfnicken forderte er Julius und Bernhard auf, mit den Befragungen der Passanten zu beginnen.

»Meindl«, hauchte der Parkaträger, »Heiner Meindl.«

»Lebte Otto Jungwein alleine?«, Tobler suchte in der Menschenmenge nach einer aufgelösten Gattin oder Partnerin. Zu seiner Erleichterung entdeckte er keine.

»Ja, meistens.«

»Meistens?«

»Gelegentliche Bekanntschaften.«

»Danke, dürften wir jetzt bitte vorbei?«, Roman tippte Jungweins Nachbarn auf die Schulter, »Und bevor Sie fragen: Der Füller ist keine Sparmaßnahme, sondern die Leidenschaft des Kommissars. Wir besitzen inzwischen sogar Diktiergeräte!«, er ließ ihn stehen und trat neben seinen Freund, »Was meinst du?«

»Jungwein hat die Einfahrt geschippt, aber nur zur Hälfte. Die Schaufel warf er beiseite«, Tobler zeigte auf ein hölzernes Blatt, dass halbverdeckt ein Stück neben der Leiche im Schnee lag. Er äugte zu den Thujen hinauf. Eine weiße Mütze bedeckte einen Großteil der übermannshohen, grünen Wand. Doch ihr mittlerer Teil war lediglich leicht bestäubt, »Der Schneehaufen stammt von dort oben, aber deshalb stirbt man nicht.«

Jungwein lag auf dem Bauch. Die Hosenbeine waren hochgerutscht und offenbarten ein Paar bleiche Beine. Der Richter trug einen blauen, jetzt steifgefrorenen Daunenmantel. Unzählige Fußstapfen im Schnee zeugten von den vergeblichen Bemühungen der Rettungskräfte.

Sie begrüßten die wartenden Rettungssanitäter, »Schneiderfahrt, wie ich höre?«

»Leider ja. Kein Puls«, die Männer staksten um die Leiche herum, peinlich darauf bedacht, in die eigenen Tritte zu stapften, »Wir haben seinen Kopf bis auf die Schulter ausgegraben, man versucht es ja trotzdem«, zwei eisblaue, kalte Augen starrten aus einem unrasierten Gesicht durch den Schnee, »Herzinfarkt wegen der Schneelawine oder aufgrund der körperlichen Betätigung auf nüchternen Magen, dazu die eisige Kälte. Zumindest vermutete ich das anfangs«, er trat vorsichtig zur Seite, »Aber, wie sich Jochen niedergekniet hat, genau wie ich jetzt, liegt dieses Teil hier«, eine längliche, dunkle Kontur schimmerte unter dem frischgefallenen Schnee.

»Vorsicht!«, Tobler hielt seinen Arm zurück.

Dumpfe Schläge von der Straße verkündeten neue Treffer am Verteilerkasten und der Sanka-Wand, die Kinder grölten vor Freude. Der Sanitäter fuhr erschrocken zusammen, »Schmeißt wieder ein Depp Schneebälle auf uns?«

Tobler ignorierte die Frage »Roman, da! Wie bei Vienna!«

Der Lange bückte sich über den Sanitäter, »Scheiße!«

»Vienna?«, irritiert zog der Ersthelfer die Augenbrauen zusammen, »Nein, Bruno! Bruno hieß der tote Hund in der BILD. Bei ihm wurde angeblich auch eine Art Pfeil gefunden oder?«

Tobler nickte, »War jemand vor Ihnen bei der Leiche? Ist es möglich, dass eine Person diesen Gegenstand berührt hat?«

»Nein, das würden wir an der Spuren im Schnee erkennen«, er seufzte, »Dem Kerl hier«, er deutete auf Jungwein, »konnten wir nicht mehr helfen, aber dieses Ding ist mir suspekt. Darum haben wir euch angefunkt.«

»Absolut korrekt entschieden«, Tobler nickte zustimmend.

»Auf keinen Fall die Finger ablutschen! Es ist möglich, dass der Schnee durch diesen Pfeil mit Giftstoffen belastet ist.«

»Wer kommt vom Amt? Der schrullige alte Dr. Feger?«, der Rettungssanitäter freute sich, als der Kommissar bejahe, »Geil, den wollt′ ich schon lange kennenlernen!«

Tobler sah zur Seite: Und ich? Kenne ich Gustav? Er dachte an Gustavs seltsame Stimmungsschwankungen in letzter Zeit. Kannte ihn überhaupt jemand? Er gab sich einen Ruck, »Wir verschwinden von hier und warten auf die Spurensicherung.«

Roman telefonierte mit Meisl. Sebastian informierte Bernhard und Julius über den Fund, beide passten die Fragen ihrer Vernehmungen an. Das Ergebnis blieb mager: Niemand hatte etwas gesehen oder bemerkt. Nur Herr Meindl, der Nachbar in Parka und Pantoffeln, plauderte, dass Jungwein ihn heute früh mit dem Schneeschippen geweckt hatte. Nach dem Frühstück verließ er sein Haus, um den verschneiten Wagen warmlaufen zu lassen. Er wunderte sich, weshalb Otto nicht fertig geräumt hatte, und guckte über den Zaun. Dabei bemerkte er die bloßen Beine im Schnee.

»Sind Sie nicht auf die Idee gekommen, ihn auszugraben?«

»Ich frühstücke lange und ausgiebig. Eine Stunde unter dem Schnee ... ein Held bin nicht«, gab er kleinlaut zu.

»Kannten Sie Jungwein näher? Sprach er von Bedrohung?«

»Er? Nee, eher war er eine Bedrohung, für diese Fake-Polizisten«, Meindl lachte rau, »Otto sagte immer: Ich freu mich auf den Tag, an dem ich diese Typen mit Paragraphen zerlege und hinter Gitter bringe. Das war sein Hauptthema. Er triggerte angeblich damit ein hohes Tier bei der Polizei.«

Ein Schneeball klatschte direkt neben ihm an die Seitenfront des Krankenwagens, »Jonas! Jetzt ist aber Schluss! Ab in Haus mit euch!«

»Ist heute keine Schule?«, Roman dachte an die Spusi, den

Pfeil und die folgenden Untersuchungen.

»Sie sehen doch: Schnee! Beim ersten Schneefall bricht hier das Chaos aus. Busfahren wird in München zum Glücksspiel, zumindest hier draußen. Sie hätten erleben sollen, wie aufgedreht die Meute nach dreißig Minuten heimgerannt kam.«

»Und Sie? Arbeiten sie heute nicht? Schneefrei im Büro?«

Meindl zuckte mit den Schultern, »Jemand muss doch die Kinder betreuen«, hinter ihm zwängten sich drei etwa sechsjährige Mädchen mit roten Wangen aus dem Versteck zwischen den Eibenzweigen, »Annika, Sophie, Leoni: raus da!«, er fuchtelte wild mit den Armen.

Tobler stöhnte leise: Vielleicht sollte er doch noch einmal mit Eileen über seinen voreiligen Vorstoß für Mister X reden?

Das bunte Treiben wurde jäh beendet, als Stefan Meisl mit dem Team anrückte. Statt Schneebällen durchzogen gelbe Absperrbänder die Umgebung. Die Schaulustigen verteilten sich widerwillig. Wenn sie schon zu spät zum Unfall gekommen waren, wollten sie ihrem Nachbarn zumindest posthum seelisch beistehen, so die offizielle Darstellung.

Sebastian begrüßte Gustav, der Dr. Teubner im Schlepptau durch die zurückgedrängten Gaffer loste.

»Nach Ihnen, Kollege! Sie haben es eh leicht: ein Blick, ein Totenschein und schon kehren Sie zurück ins Warme.«

»Und was habe ich davon? Nichts außer kalte Füße!«

»Aber nicht ganz so frostig, wie dieser Herr, oder?«, Feger deutete zu dem Schneehaufen, »und sicher hübsch rosig.«

Dr. Teubner grunzte etwas und kletterte über das Absperrband. Als er wenig später zurückkehrte, um den gewünschten Totenschein auszuhändigen, kommentierte Gustav: »Dreiundzwanzig Sekunden, Ihr neuer Rekord! Schade, dass Richter Jungwein es nicht mehr würdigen wird.«

Dr. Teubner winkte abfällig und hastete Richtung U-Bahn.

»Ihr seid gemeinsam gekommen?«, irritiert runzelte Sebastian die Stirn, »Das gab es bisher nie!«, er musterte den alten Mann. Die herantrudelnden Schneekristalle verschmolzen mit seinem schulterlangen, weißen Haar.

»Wer nicht warten will, muss sich überwinden, oder? Langsam wird´s voll in meinem Kühlhaus, Sebastian. Denk mal ans Aufräumen und löse deine Fälle.«

Meisl trat zu ihnen, »Es schmerzt enorm, einen Bekannten als Leiche vor sich zu haben«, alle nickten betroffen, »Deine heutige Probe muss leider warten, Sebastian. Ich versprech´ dir, dass ich mich unmittelbar nach diesem Einsatz damit befasse«, er verfolgte die Arbeit seiner Kollegen, »Wir untersuchen die Umgebung auf Fußabdrücke«, er deutete auf einen Bereich mit dünner Schneedecke in der Hofeinfahrt, »Dort hat er geschippt, dann ist er weggelaufen, trat dabei ein paarmal in den dicken Schnee«, sein Finger wies auf mehrere Vertiefungen im Weiß, »verliert die Schuhe und bricht hier zusammen«, er zeigte auf den Schneehaufen und winkte den Kollegen mit der Fotoausrüstung, »bitte alle Fußspuren, den Toten zuerst im Schnee und dann fegt ihr ihn sauber ab, damit wir Details sehen. Danke! Und nehmt Probeabdrücke von Herrn Meindl und den Sanitätern. Habt ihr die von Dr. Teubner?«

»Logisch,«, Volkmar Weninger platzierte einen leuchtend roten Plastikaufsteller neben die verteilten Schuhe des Toten.

»Hat er versucht ins Haus zu laufen?«

»Sieht so aus, Roman. Dabei ist er gestrauchelt und gegen die Hecke gestolpert, wodurch die sich über ihm entladen hat.« Tobler notierte mit dem Füller. Kälte erfasste ihn, er vernahm einen Hauch von Jungweins Angst und Unverständnis auf diese Weise zu sterben ... und Trauer, oder war es Enttäuschung? Das musste er herausfinden, um diesen Fall zu lösen.

Die Spurensicherung füllte Becher mit Schneeproben aus der nächsten Umgebung des Toten. Nach und nach legten sie den leblosen Körper des Richters frei. Eine bleiche Hand ragte unter dem Brustkorb hervor.

Roman kniete nieder, »Er hat sich an den Oberarm gefasst.«

»... und das Geschoss herausgerissen«, ergänzte Sebastian, »Trotzdem war es zu spät für ihn«, ein kleiner gefrorener Blutklecks markierte die Einstichstelle am blauen Mantel.

Gustav bekreuzige sich und kniete ebenfalls eng neben dem Toten nieder, »Zuvorkommend wie immer, dieser Jungwein.

Jetzt liefert er sich sogar vorgekühlt ein, oder? Die Verletzung ist tief, aber ungefährlich. Trotzdem mausetot ...«, er wechselte einen schnellen Blick mit Tobler, ohne das einer von ihnen die naheliegende Vermutung aussprach, »dir ist klar, wonach ich sein Gewebe untersuchen werde, oder?«

»Ich ahne es. Was sagst du zum Todeszeitpunkt, Gustav?«

»Nachdem er sich unter der Schneelawine versteckt hat, ist er recht frisch. Das Gewebe wurde längere Zeit nicht durchblutet, oder? Er ist schockgefrostet, wie ein tiefgefrorenes Schnitzel«, der Rechtsmediziner leuchtete dem Toten in die starren blauen Augen, »Ein Schnitzel stopfe ich in die Tonne, sobald der Frostbrand einsetzt. Den hier werde ich sezieren, oder?«

»Gustav, Todeszeitpunkt?«

»Nach den Frostbeulen zu urteilen, vor rund vier Stunden, gegen 5:30 Uhr. Scheint ein Frühaufsteher zu sein, oder?«

»Er starb in den ersten Morgenstunden, wie Bodo Haas.«

»In den frühen Morgenstunden kam Jesus über den See zu ihnen, Matthäus 14:25«, zitierte Gustav, »Leider knausert unser Erlöser derzeit mit Wunder, oder? Vielleicht verabscheut er das kalte Wetter und hasst zugefrorene Seen?«

Meisl lupfte vorsichtig den blauen Stoff an Jungweins Oberarm, »Ein kleiner, gleichschenkliger Einschnitt, wie von einem Geodreieck.«

»...und mit enormer Wucht eingedrungen«, ergänzte Feger monoton. Er betrachtete den eingetüteten Gegenstand in Meisls Händen, seine Miene verfinsterte sich, »Der Pfeil stammt von einer Pistolenarmbrust, eine seltene Waffe«, er sprach langsam und betont. Seine Stimmlage glitt ins Dumpfe ab, »selten und höchst gefährlich!«

»Pistolenarmbrust, was ist das Feines?«, Bernhard Fischler stand mit Julius Stadler hinter ihnen, »Ich kenn nur das hölzerne Gestell, das Wilhelm Tell abgefeuert hat.«

Feger überging die Einwürfe, seine Augen starr auf den Gegenstand gerichtet. Er schwieg, kein einziger Muskel regte sich im Gesicht des erfahrenen Mannes. Plötzlich stieß er hervor: »Die Laborunterlagen zu den Hundemorden! Bestehe darauf«, atemlos, kein Blinzeln, kein Zucken, »Sofort!«

Sebastian wechselte einen schnellen Blick mit seinem hochgeschossenen Freund. Auch Roman hatte Fegers Veränderung bemerkt, »Wie stelle ich mir diese Pistolenarmbrust vor?«, erkundigte er sich vorsichtig.

»Klein ...«

»Also ein Armbrüstchen?«, grinste Julius.

»...und absolut tödlich! Damit macht man keine Scherze«, ausdruckslos und dunkel. Der fünfte Satz ohne ´oder´.

»Wie groß?«, hakte Tobler nach.

»Maße: 40 x 20 Zentimeter, extremer Schub, passt in jede X-beliebige Plastiktüte, die Pfeile mit neun Zentimeter in eine Hosentasche.«

»Wäre sinnvoll, wenn man damit nicht stolpert.«

»Wie bei jeder ungesicherten Waffe im Hosenbund«

»Hast du Erfahrung mit derartigen Geräten, Gustav?«, eine Gänsehaut überzog Sebastians Arm.

Feger blickte auf, sah ihn scharf an: »Nein!«, ein verbaler Schuss und verbaler Mord ihrer Unterhaltung. Wortlos erhob sich der alte Arzt. Ohne sich umzudrehen, stapfte er davon.

Gustav kannte diese Waffen, eindeutig! Er war mit den Verletzungen, die sie verursachten, vertraut. Woher? Tobler schauderte. Was ihn aber am meisten beunruhigte: Feger hasste sie!

Das Detailwissen seines alten Freundes beängstigte den jungen Kommissar nicht zum ersten Mal. Was verbarg Gustav vor ihnen? Sollte er doch Jörg auf die Vergangenheit seines väterlichen Freundes ansetzen? Aber was, wenn der findige IT-ler auf eine wunde Stelle im Lebenslauf des alten Rechtsmediziners stieß? Würde Jörg Stillschweigen bewahren? Oder brachte er Gustav damit sogar in Gefahr?

Tobler riss sich zusammen, er unterbrach die lange währende Stille, »Okay: ein Pfeil, ein Toter. Wie du es immer formulierst: das volle Programm bitte, Stefan. Schick deine Leute in Otto Jungweins Haus und Garten, wenn ihr hier fertig seid«, übernahm Tobler den Einsatz, »Julius und Bernhard, bitte zieht von Tür zu Tür. Befragt jeden Anwohner. Haben sie jemanden bemerkt, der hier nicht hingehört? Ein fremdes Fahrzeug, eine Person? Wir haben einen weiteren Mord, einen prekären dazu.

Unser Täter schreckt nicht einmal vor einem Justizbeamten zurück. Wer ist der Nächste auf seiner Liste? Wir müssen diesen Mörder schnellstmöglich fassen!«, er sah ihnen nach und zückte sein Handy, »Herr Scheinbecker, bitte verbinden Sie mich mit dem Labor.«

Gustav hatte recht!

Drei Stunden später stand der Kommissar alleine mitten im geräumigen Besprechungszimmer. Aschgraue Vorhänge unterstrichen die Nüchternheit dieses Raumes. Er vermisste Vienna. Laut Sonja weigerte sich seine Hündin, das Zimmer der Personenrecherche zu verlassen. Auf den Tischen stapelten sich das Fotomaterial und die Unterlagen aus seinem Büro. Er sortierte es zu drei Haufen, einem pro Fall. Anschließend sichtete er die spärlichen Informationen zu Otto Jungwein. Das Bild des alten, zusammengekrümmten Mannes neben der Hecke brannte noch immer in seinem Kopf. Niedergestreckt und begraben unter einer dicken Schneelawine, welch ein grausamer, frostiger Tod.

Kälte durchströmte seinen Körper, tiefe eisige Kälte, Kälte der Ungerechtigkeit, der Enttäuschung und Verzweiflung.

Er er kannte diese Kälte, er hatte sie vor Jahren schon einmal empfunden. In Sogamoso, als die gegnerische Straßengang seinen Bruder Santiago getötet hatte. Erinnerungen wallten auf. Bilder der Schlägerei, das Eingreifen der Anwohner mit Stöcken und Stangen. Die Erwachsenen trennten die Kinder, sie drängten seine Gruppe in eine Ecke. Alle, bis auf Santiago. Der blieb mit blutendem Kopf im Straßendreck liegen. Reglos, endgültig. Erneut vernahm er seine eigenen, verzweifelten Schreie. Spürte, wie er gegen kräftige Arme ankämpfte, um zu seinem Bruder zu eilen, vergeblich. Eiskalte Ungerechtigkeit.

Trotz der Heizung schauderte er im Besprechungsraum.

Wieder drängte sich Santiagos zerschlagenes Gesicht in sein Bewusstsein. Wurde sein Mörder gefasst und für sein Verbrechen zur Rechenschaft gezogen? Oder schikanierte er weiterhin Schwächere? Damals war er ein Kind, kaum sechs Jahre. Wut und Rache waren aussichtslos. Doch die eisige Kälte der Leere blieb. Eine Leere, die ihm Sophia Menke viele Jahre mit Liebe und Vertrauen füllte. Jetzt war er erwachsen und Polizist. War es nicht seine Aufgabe, denjenigen aufzuspüren, der Santiagos Lebenslicht ausgelöscht hatte? Sollte er nach Kolumbien zurückkehren, um endlich Ruhe zu finden? Den Fall lösen, damit diese innere Kälte des Verlusts ein Ende fand? Vielleicht später, wenn die aktuellen Verbrechen aufgeklärt waren. Er atmete tief durch und schwor sich, dem Kälte-Gefühl zu folgen, bis er Otto Jungweins Mörder überführt hatte. Die Jagd begann!

»Ach, hier versteckst du dich! Wir haben schon befürchtet, dass du mit den gesamten Dokumenten durchgebrannt bist«, Roman sah ihn besorgt an, »Alles Okay? Wieso verkriechst du dich im Besprechungsraum?«

»Quatsch, das war Reginas Idee. Drei Morde brauchen mehr Platz, meinte sie. Deshalb hat dieses Zimmer für die Dauer der Ermittlungen sie uns reserviert. Ihr Theo wird sich so lange bei seinen Empfängen auf sein Büro beschränken.«

»Er hat´s dort gemütlicher.«

»Dafür gehört uns die riesige Wandtafel. Hilfst du mir, die drei Fälle chronologisch anzupinnen? Rechts Haas im Seilzug, mittig den Rennfahrer Puettmann und darunter den Syrer Tarik Hamoud, links Jungwein«, er wickelte einen Faden von einem Woll-Knäuel, »Damit markieren wir bekannte Verbindungen. Von Haas zu Puettmann mit Vermerk ´Logo?´, von Puettmann zu Hamoud«, er platzierte ein oranges Rechteck in der linken äußersten Ecke, »die Fake-Polizisten, sonst vergessen wir die.«

»Und der grüne Kreis da unten?«

»Für Brunner. Namenlos, damit er nicht ausflippt«, er zeichnete eine gestrichelte Linie zwischen Jungwein und Puettmann und kennzeichnete sie mit einem ´?´.

»Rechnest du mit dem gleichen Gift?«

»Warten wir die Berichte von Gustav und Meisl ab.«

»Stichwort Gustav: Zeitweise wirkt er richtig unheimlich.«

Tobler nickte zustimmend, »Er weigert sich, mir eine Erklärung für seine Stimmungsschwankungen zu geben«, er seufzte, »Ich bleib dran. Teilst du den anderen unser neues Hauptquartier hier oben mit? Einweihung in zehn Minuten!«

Und Marc Dreher? Sein Bauchgefühl warnte ihn, Marc als einen Mörder zu klassifizieren. Er vertraute dem Blonden, der ihm bei der Entschlüsselung der kryptischen Tabelle geholfen hatte. Die Liste, verdammt! Er musste endlich sein Team informieren. Trotzdem klebte er einen gelben Kreis mit blauem *M* in die Mitte und verband ihn mit Haas und Brunner.

Nacheinander trudelten die Teammitglieder ein.

Cornelia verteilte heute Plätzchen zur Aufmunterung, »Genießt es, ab Januar gibt´s wieder Duplos.«

Sonja betrat den Raum, aber nicht alleine!

»Oh, nein!« Toblers Magen verkrampfte sich.

Hinter der Ermittlerin mit den rubinroten Haaren tapste ein Blazer ins Zimmer, aus dem Kragen ragte Viennas Kopf. Eine üppige, dunkelrote Weihnachtsschleife fixierte das Jackett am Rücken des Tieres, »War das nötig?«

»Soll sie sich erkälten?«

Der Kostümblazer rollte sich wohlig grunzend in einer Ecke zusammen und schloss die Augen.

»Ich weigere mich, mit ihr in diesem Aufzug das Präsidium zu verlassen!«, seine Kollegen grinsten amüsiert, »Frauen!«, Sebastian setzte sich kopfschüttelnd, »Okay, wie weit sind wir mit dem jüngsten Fall: Jungwein«, er schnippte die Füllerkappe auf den Block, »Julius?«

»Entweder wollte niemand etwas sehen, oder die Anwohner sind so schlafmützig: Keine auffälligen Beobachtungen auf der Grossostraße, echt frustrierend.«

»Habt ihr allen auch gehörig auf den Zahn gefühlt? Jemand wird doch etwas gesehen haben?«

»Die Siedlung ist alt eingesessen. Die Häuser stehen abgeschirmt hinter jahrzehntealten Hecken. Jeder kann dort ungesehen vorbeifahren und Jungwein in der Einfahrt abschießen.«

»Überwachungskameras?«

»Einige Attrappen. Die Echten werten wir eben aus. Blöderweise sind die streng auf die eigenen Grundstücke ausgerichtet, damit sich kein Nachbar beschwert.«

»Mist. Reden wir über mögliche Motive«, Sebastian sah in die Runde, »Aus welchem Grund tötet man einen Richter?«

»Weil man mit seiner Art der Gesetzesauslegung und seinen Urteilen hadert?«, schlug Cornelia vor.

»Oder aufgrund der frühen Ruhestörung«, Bernhards Hände schippten imaginären Schnee vom Tisch.

»Ich halte es für unwahrscheinlich, dass sein Nachbar, dieser Heiner Meindl, deswegen ausrastet. Dafür verhielt er sich zu auffällig. Trotzdem: Jörg könntest du vorsorglich sein Leben durchleuchten? Wie war sein Verhältnis zu den Nachbarn? Bei wem ist er wegen was angeeckt? Aber bitte sei behutsam, die Presse wird uns gewaltig auf die Finger schauen, wie wir an die Informationen gekommen sind.«

»Du kennst mich doch, Sebi: schnell und diskret«, Jörgs tiefer Bass beruhigte die Stimmung, »Die beiden sind WhatsApp-Kunden und ich lese gezielter als Microsoft. Meindl ist harmlos. Seit seiner Trennung besteht sein Leben aus Geldverdienen und Kindern. Jungwein hat ihm seinen Scheidungsanwalt zugeschanzt. Meindl lud ihn als Dank regelmäßig zum Grillen ein.«

»Er fliegt also raus, und die Fake-Polizisten?«, Julius deutete auf das orange Schild, »Die sind nicht amüsiert, wenn sich ein Richter auf ihre Verhaftung und Verurteilung freut.«

»Kein Richter wird die mit Samthandschuhen anfassen. Ich erkundige mich am Amtsgericht nach seinen letzten Urteilen.«

»Danke, Sonja. Finde heraus, an welchen Fällen Jungwein aktuell gearbeitet hat, die laufenden Verfahren und seine heutigen Verhandlungen. Vergiss nicht die vertagten. Gibt es schon Infos von Feger und Meisl?«

Allgemeines Kopfschütteln.

»Ist inzwischen ein neues Highlight zu Haas und Puettmann aufgetaucht?«, er legte die Inventarlisten samt entschlüsselter Liste vor sich auf den Tisch. Gleich würde er seine Entdeckung preisgeben. Er lächelte stolz: Ein Teamleiter, der die härteste Nuss knackte! Er genoss es, den Moment hinauszuzögern.

»Viel Arbeit für Nichts«, missmutig schob Jörg Hansen seine Brille zurück, »Die Passagierlisten nach Kolumbien: Wie erwartet, findet sich bei den Konkurrenz-Fluglinien einen Tag davor und nach Hamouds Reise kein bekannter Name. War jemand von euch erfolgreicher?«

»Träum weiter. Soll ich jetzt bei den Hunden weiterbohren, Sebastian? Wegen des verwendeten Froschgifts?«

»Mach das, Bernhard. Ich rede noch einmal mit dieser Apothekerin«, er vermied es, Utes Namen auszusprechen, »Cornelia, bitte bringe die Adressen von Jungweins Verwandtschaft zu Kowalski. Er hat die Information der Angehörigen zur Chefsache erklärt«, sein Handy klingelte, »Ja?«

Der Neue vom Eingang, »Verzeihen Sie die Störung, hier ist ein sonderbarer Anruf für Sie. Von einem gewissen«, er räusperte sich pikiert, »Herrn *Schlumpf.* Es scheint sehr dringend zu sein.«

»Ein Informant, das ist dringend,«, die glänzende Goldfeder des blauen JFK-Montblanc-Füllers schwebte einsatzbereit über dem Notizblock, »Servus, Schlumpf, was gibt´s?«, begrüßte er den ältesten Obdachlosen der Reichenbachgruppe.

»Gab´s ´ne Gehaltserhöhung für´n Glatzkopf? Brunner hat ´nen Umschlag mit ´ner Menge Geld im Mülleimer deponiert, Sebi. Da stimmt was nicht!«

»Blüten?«

»Der? Nie! Die Scheine seh´n echt aus ...«

Tobler kniff die Augen zusammen, »Krass!«, er vermerkte Fundort und Betrag, »Ich schick dir ´nen Kollegen, bleib dran, bin gleich wieder zurück in der Leitung«, er drückte die Taste Zentrale, »Schreinhacker, haben Sie einen Überblick, wo sich unsere Kollegen derzeit aufhalten? - Gut. Wer ist am nächsten beim Giesinger U-Bahnhof? - Rolf Seibold und Ulf Maier, perfekt! Am Gehsteig vor der Boutique ´Chiqadella´ hockt ein Obdachloser mit roter Strickmütze, der einen Mülleimer beobachtet. Schicken Sie die beiden dorthin. - Nein, keine Personalien aufnehmen. Das ist ein Informant. Wir vermuten eine getarnte Geldübergabe. Zugriff, sobald jemand ein Kuvert aus dem Abfallbehälter fischt, und: Es eilt!«

»Woher wissen Sie, welche Mütze der Penner trägt?«

»Er hat nur diese eine, und die ist fest auf seinem Kopf verwachsen«, der Kommissar holte den Anrufer zurück in die Leitung, »Schlumpf, Seibold und Maier kommen in Zivil. Sobald sie dich ansprechen - Nein, keine Verhaftung!«, wiederholte er gereizt, »Du zeigst ihnen nur den Mülleimer. Sie übernehmen die Observierung - Nein, auch keine Unterstützung! Du haust ab, halt dich im Hintergrund! Anschließend kommst du mit ins Präsidium. Wir nehmen deine Aussage zu Protokoll. Ich hoffe, es fehlt kein Schein?«, er bemerkte wie Roman am Ohr zerrte, und schaltete auf laut.

»Nicht mal einer?«

»Null-Koma-null!«

Ein Schnauben auf der anderen Seite der Leitung, »Und das nennt sich n´ Freund!«

»Mensch, Schlumpf! Das is´ ´ne pure Vorsichtsmaßnahme zu dein´m Schutz, falls später Komplikationen auftret´n. Wenn nich, lass ich deine Aussage verschwind´n, Ehrensache.«

»Das nächste Mal nehm ich die Monet´n und halts Maul.«

»Is´ in dies´m Fall riskant, oder findest du Brunners Verhalten normal? Irgendwas steckt dahinter.«

»Da kannst´e drauf wetten, so demoliert wie euer Kumpel ausschaut. Meine Fresse! ´ne wahre Freude für meine Augen!«

»Der Zaster war für jemand´n deponiert. Wenn der beobachtet, wie du es klaust, wirst du dein Maul gewiss länger halt´n. Zwangsweise, weil dir die Zähne fehl´n.«

Die Tür öffnete sich leise. Dr. Feger erschien im obligatorischen Anzug, die weißen Haare zu einem kurzen Schwänzchen gebunden, seine Ledermappe unterm Arm. Cornelia deutete auf einen freien Stuhl und schob ein Begrüßungsplätzchen rüber.

Nach einem kurzen Nicken beendete Tobler sein Gespräch, »Unsere Jungs von der Rechtsextremen durchstöbern soeben in nächster Nähe eine Wohnung, in einem Block an der Deisenhofener Straße. Sie kümmern sich jetzt um diese Angelegenheit«, erklärte er den Anwesenden, »Damit bleibt die Sache vorerst im Team, bis ich mit Brunner geredet habe«, er holte tief Luft, »Wieso tingelt Friedl durch München, wenn er krankgeschrieben ist?«

»Die Wege des Herrn sind unergründlich!«, zitierte Gustav augenzwinkernd Römer (11,13).

»Das sind Brunners Entscheidungen häufig.«

»Leider, Roman. Cornelia, nimmst du bitte Schlumpfs Aussage auf und gibst ihm das hier von mir?«, Sebastian zupfte einen Zwanziger aus der Geldtasche, »Meine private Erstattung seiner Anreisespesen«, und zu dem Rechtsmediziner gewandt, »Was treibt dich her?«

»Wisst ihr schon, wer unserem Richter schockgefrostet hat? Jungwein macht seinem Ruf eines eiskalten Hundes alle Ehre«, er präsentierte seine rotgeäderten Hände, »Leichte Frostbeulen! Im Vergleich zu seiner Körpertemperatur sind meine Leichenkühlfächer die reinste Südsee.«

»Irgendwelche Erkenntnisse?«

»Er hat ansprechend gefrühstückt, üppiger wie ich. Danach der Frühsport: Schneeschippen. Selbst von einem Toten kann man noch einen sinnvollen Lebenswandel erlernen, oder?«, er schmunzelte, »Aber zu den Fakten: Ich bestätige meinen Tipp: Pistolenarmbrust. Gesundheitlich war Jungwein ein typischer Schreibtischtäter: Krampfadern, Bauchansatz, litt an Bluthochdruck, sein Herz hätte Unterstützung gebraucht, oder der Richter eine rüstige Frau. Ein Armbruch in Jugendzeiten, Plattfüße. Aber das interessiert euch weniger, oder?«

»Starb er durch die Verletzung oder am Blutverlust?«

»Glich der Schnee bei ihm einem Erdbeereis? Es kam auch nicht viel, nachdem ich die Wunde aufgetaut hatte. Seine Einstichstelle weist identische Hautveränderungen auf, wie beim Mastiff. Der Täter bleibt seiner alten Masche treu. Es würde mich gewaltig wundern, wenn unser Labor *kein* Gift diagnostizieren würde, oder?«

»Wieder Froschgift?«, Roman streckte sich.

»Vermutlich. Ist das nicht paradox? Der Mörder verseucht seine Opfer mit dem Gift springfreudiger Frösche, um ihnen den letzten Hüpfer auszutreiben, oder?«

»Warten wir auf den Befund«, Tobler steckt die Kappe auf den Füller.

»Weißt du schon, dass auf Vienna ebenfalls mit einem Pfeil geschossen wurde?«, Sonja nickte zu dem Stoffknäuel. Bei der Erwähnung ihres Namens horchte die Hündin auf und lugte unter dem Blazer hervor.

Augenblicklich erstarb Fegers Lächeln, »Auf Vienna?«, er starrte alarmiert seinen Freund an, »Wann? Wie ...?«.

»Gestern. Sie sprang in letzter Sekunde zur Seite, offenbar

hatte sie die Gefahr gewittert. Ein Dank an Jülichs harte Ausbildung und an ihren Instinkt.«

Ein lauter Seufzer, »Schick ihm eine Postkarte, dann freut er sich, oder?«

»Lieber würde ich dem Schützen den Hals umdrehen.«

»Dann mach deinen Job. Ich obduziere auch Morde durch Polizisten«, der weißhaarige Mediziner öffnete die ramponierte Schnalle seiner Ledermappe und legte ein kleines Tütchen samt aufgezogener Spritze vor Tobler, »Zur Sicherheit.«

»Was ist das?«

»Ein Gegengift, falls der Irre es nochmals versucht.«

»Wo hast du das her?«, Sonja beugte sich vor.

»Ich bin Arzt«, er winkte ab zum Zeichen, dass er die Antwort nicht weiter vertiefen würde, »Gibt es Neues zu unserem ausgelaufenen Bankerl-Sitzer im Luitpoldpark?«, Gustav schob die Mappe auf das Fensterbrett. Er stutzte und beförderte eine Lebkuchenschachtel zwischen den Vorhangfalten hervor »Oh! Wer hat dich hier versteckt?«

»Broncos Sammelbox!«, Cornelia sprang auf, ihre Augen leuchteten vor Freude. Sie schüttelte die Schachtel, entsetzt riss sie den Deckel herunter und starrte in das Behältnis, »Leer!«

Alle Augen richteten sich auf Tobler.

»Hey, was soll das? Ich war´s nicht!«

»Aber du warst der Erste in diesem Zimmer, alleine«, fügte Roman mit sonderbarem Unterton an.

»Logisch, dass du den teuren Ring kaufen konntest«, Cornelia presste die Schachtel an ihre Brust, Tränen schimmerten in ihren Augen. Sie rannte hinaus, »Ich fass es nicht!«

Julius, erhob sich, »Wir warten auf deine Erklärung.«

»Wozu eine Erklärung?«, Bernhard trat neben seine Kollegen, »Seid ihr Kriminalbeamte, oder pappen eure Augen zusammen? Ich gehe!«, Julius folgte ihm.

Sogar Sonja erhob sich, »Ich bin enttäuscht von dir!«, mit energischem Absatzklackern folgte sie Cornelia.

»Erklärt mir jemand, was hier los ist?«, Feger guckte irritiert von Tobler zu den verbliebenen Kollegen, »Hab ich was Falsches gesagt?«

»Du nicht, Gustav«, Roman legte beruhigend seine Hand auf die knochige Schulter, »Bronco, der obdachlose Mexikaner von der Reichenbachbrücke braucht Geld für seinen Heimflug. Wir haben gesammelt«, er deutete zu dem Vorhang, »in dieser Schachtel lagen über dreihundert Euro. Jetzt ist sie leer. Gleichzeitig protzt Sebi mit einem sündteuren Ring für Eileen. Was schließt du daraus?«

»Das ihr Idioten seid, oder?«, Gustav warf einen Fünfziger auf den Tisch, »Mein Beitrag zur Neubefüllung der Kasse. Wer nicht an Toblers Unschuld zweifelt, sollte erneut einen kleinen Obolus beisteuern. Finanziell verkraftet jeder von euch locker das Doppelte zu spenden, oder?«

Roman fixierte Sebastian und schleuderte einen Zwanziger auf Fegers Braunen, »Für Bronco! Schließlich kann er nichts dafür«, fauchte er und stolzierte wütend aus dem Raum.

Ein betretenes Schweigen hing bleiern im Zimmer.

Schnelle, trippelnde Schritte am Flur kündigten Regina an, »Was ist hier los?«, sie lugte durch die Tür, »Dicke Luft oder eine Beerdigung? Ihr schaut so betöppert.«

»Nein, ein Missverständnis! Einen Moment, bitte«, Tobler drängte neben ihr hinaus und rief die Treppe hinunter, »Leute, wir haben einige Morde aufzuklären. Ich erwarte, dass jeder augenblicklich wieder hier am Tisch erscheint!«

Hinter ihm klappte Hansen lautstark seinen Rechner zu, »So nicht!«, er klemmte sich das Gerät unter den Arm und schlurfte zur Tür, »Wir sind nicht deine Sklaven, Sebi! Mahlzeit.«

Regina rang verzweifelt um versöhnliche Worte, umsonst, »Meisl hat vergeblich versucht dich im Büro zu erreichen. Er steckt mitten in den Auswertungen. Vor einer Stunde brauchst du nicht mit ihm zu rechnen.«

Feger schürzte die Lippen, »Manchmal ist eine Pause effektiver wie eine Besprechung, oder? Vor allem wenn man sie zum Nachdenken nutzt«, er verbeugte sich vor Regina und bot ihr den Arm an, »Was spricht gegen einen Imbiss in der Kantine, Gnädigste?«, gemeinsam verließen sie den Besprechungsraum.

Im Türrahmen schaute Regina noch einmal zurück: Sebastian stand vor leeren Stühlen und hämmerte auf sein Handy ein.

Hatte Theo doch Recht mit Toblers Krise?

Zeitgleich brummte bei allen Teammitgliedern der Eingang einer SMS: *Fortsetzung in einer Stunde, T.*

»Auf geht's Vienna, wir gehen eine Gassirunde im Grubenpark. Dort rechnet keiner mit uns«, er schmiss die rote Schleife in den Müll.

Nach der Pause tröpfelte einer nach dem anderen mit stoischem Blick ein, keiner sah Tobler ins Gesicht.

Eisiges Schweigen beherrschte das Zimmer.

Endlich fasste sich Sonja ein Herz, »Das Justizministerium hat uns die Unterlagen von Jungweins Verhandlungen bereitgestellt. Es ist eine ganze Menge. Ich bräuchte Unterstützung.«

»Okay, das hat Priorität. Bernhard, hilfst du ihr?«

Zur Antwort kam ein stummes Nicken.

Jetzt hob Jörg die Hand, »Privatleben Jungwein: Mit dem Richterberuf tritt er in die Fußstapfen seines Vaters. Geboren 19. April 1973 in München, Abitur 1991. Vier Jahre Bundeswehr. Studium mit ausgezeichneten Noten abgeschlossen. Er lebte bis zuletzt in seinem Elternhaus. Zweimal verheiratet und wieder geschieden. Aus erster Ehe zwei Kinder, heute 23 und 12 Jahre. Keine harmonischen Trennungen, er besaß den eindeutig besseren Anwalt. Beide Damen wurden verhältnismäßig dürftig abgespeist, trotz Einspruch. Exakte Beträge verkneife ich mir«, Jörgs säuerliche Mine verriet, wie gering die monatlichen Zahlungen ausgefallen waren, »Hobbys: Golf, Skifahren, Tennis, junge Mädchen. Er besitzt einen Flugschein für seine zweimotorige Diamond DA62. Fazit: Keine ersichtlichen Schweinereien, die ihm sein Leben hätten kosten könnten.«

»Die Ex-Frauen?«, Tobler blieb skeptisch.

»Unwahrscheinlich. Beide neu verheiratet«, er reichte dem Teamleiter einen Ausdruck, »Ihre Kontaktdaten. Ich persönlich sehe den Pfeil als wichtigsten Anhaltspunkt bei diesem Mord.«

Tobler nickte zustimmend, »Wer ist anderer Meinung?«, er sah in fünf unbewegte Gesichter. Wortlos schüttelten Cornelia, Roman, Bernhard, Sonja und Julius den Kopf. Die Tür öffnete sich und Meisl trat ein, »Was ist denn mit euch los?«, er glotzte verblüfft von einem zum anderen.

»Intern«, Sebastian verzog schnippisch den Mundwinkel, »Was hast du für uns, Stefan?«

»Wenig, und sorry für meine Verspätung: Ich bin eben bei Dr. Feger vor der Kantine hängengeblieben«, er setzte sich und kam sofort zur Sache, »Bei Jungwein konnten wir keine relevanten Fußabdrücke im frischen Schnee finden. Nur seine eigenen und die des Nachbarn, von eueren und denen der Sanitäter abgesehen. Am Schaufelstiel sind nur Abdrücke des Richters vorhanden. Das zusammen unterstreicht Gustavs Theorie: Distanzschuss. Wir gehen davon aus, dass sich der Schütze hinter dem Verteilerkasten verbarg.«

»Und dort, Fußabdrücke?«

»Tausende, ab Kindergröße 32. Dazu ein zertretenes Sandförmchen und Schokoladenpapiere. Die Rasselbande hat ganze Arbeit geleistet! Am Verteilerkasten: ein Meer kleiner Fingerabdrücke. Somit uninteressant, außer wir suchen einen Zwerg.«

»Klar, mit Schuhgröße 41! Und das Geschoss? Der Pfeil?«

»Wieder Giftreste, das gleiche wie bei Puettmann und Vienna. Zitat Feger: verdammt einfallslos, oder?«

»Man setzt auf Bewährtes«, Tobler kratzte sich am Kinn.

»Oder«, brach Roman sein Schweigen, »Jemand kommt an kein anders Gift heran.«

»Wahrscheinlich«, der Chef der Spurensicherung zuckte mit den Schultern, »Die Auswertungen von Jungweins Wohnung sind am Laufen. Erste Ergebnisse liegen ab Montag auf eueren Schreibtischen.«

»Danke, Stefan. Ich weiß das zu schätzen. Aber selbst wenn ihr euch so beeilt, es macht Jungwein nicht mehr lebendig«, er überlegte kurz, »Denkst du noch an meine eingetütete Probe? Die wäre wichtig für den Fitness-Mord.«

»Erkläre das Kowalski. Der Richter hat erste Priorität. Dein Kotbeutel muss warten. Ist euch klar, dass ihr uns in letzter Zeit alle drei Tage anfordert?«

»Alle drei?«, Sebastian schaute fragend zu Roman.

»Bodo Haas am Samstag, Levent Puettmann am Dienstag, heute ist Freitag. Stefan hat Recht, wenn man den Life-Power Chef zu den Gift-Morden rechnet.«

»Mist! Wenn das kein Zufall ist, steht uns am Montag der nächste Mord ins Haus«, er schob sich die dunklen Locken aus der Stirn, erhob sich und tigerte vor der Wandtafel auf und ab, »Aber wer? Wer fehlt in dieser Opferserie?«

»Hier«, Jörg reichte ihm einen Zettel über den Tisch, »Während ihr bei Otto in Gräfelfing wart, habe ich die IP-Adresse recherchiert, von der die Facebook-Einträge unter dem Namen Faris El Din auf Hamouds Account gepostet wurden.«

»Wie ...?«, Tobler riss überrascht die Augen auf, als er die Adresse entzifferte.

»Frage nicht. Pass lieber auf, dass die Notiz nicht ebenfalls verschwindet, wie Broncos Box.«

Fassungslos starrte Sebastian in das frostige, feiste Gesicht des übergewichtigen IT-lers. Jörgs Blick hielt seinem stand, bis Tobler sich abwandte. Waren alle im Team überzeugt, dass er Broncos Geld gestohlen hatte? Frustriert wandte er sich zur Wandtafel, Tränen der Enttäuschung sickerten in seine Augen.

»Keine Sorge, Jörg«, raunte Bernhard hinter seinem Rücken »wir wissen ja jetzt, wo der Zettel zu finden ist«, er zeigte auf den Vorhang.

Es reichte! Eine glühende Hitze stieg Sebastian ins Gesicht, ein-, zweimal atmete er schwer, dann donnerte seine Hand an die Tafel, »Ich muss hier raus!«, er floh aus dem Raum und lief den Gang entlang. Weg, nur weg von diesen Kollegen, die er einmal als Freunde betrachtet hatte!

In seiner Faust: Jörgs Zettel.

Vienna sprang ihm hinterher. Sie verstand den Trubel nicht, aber ihr Herrchen in dieser Stimmung alleine lassen? Niemals!

Sebastian kochte vor Wut, er rannte zu seinem persönlichen Schutzraum: dem T4. Kaum hatte er die Schiebetür geöffnet, hüpfte die Amstaff-Hündin in ihre Babyschale. Er fixierte ihre Gurte, ohne es zu realisieren. In seinem Kopf rasten die Gedanken: Er brauchte dringend Informationen. Informationen von ihrem IT-ler. Er nahm das Handy, »Jörg? Bitte überprüfe, wer sich hinter den folgenden Nummern verbirgt - Nein, nicht anrufen, dezent, auf deine Art«, er diktierte ihm die Lösung der kryptischen Tabelle.

»Mach ich«, bestätigte Jörgs tiefer Bass emotionslos.

Enttäuscht legte der junge Kolumbianer Telefon und Papier auf den Beifahrersitz.

Keiner würdigte seine Arbeit! Der Stolz und sein Triumphgefühl seit der nächtlichen Decodierung der Tabelle zerflossen und versickerten im Schnee. Legte er überhaupt noch Wert auf Lob oder Anerkennung von diesem voreingenommenen Team? Nein, darauf verzichtete er dankend!

Wenn sie auf stur schalteten, würde er eben die Fälle alleine lösen: Zwei Zeugen hatten ihre Aussage bei dem Autorennen zurückgezogen, warum? Es war höchste Zeit, mit ihnen darüber zu reden. Doch eine weitere Befragung war zunächst dringlicher. Er lenkte seinen Graublauen vom Parkdeck zur Einmündung in die Tegernseer Landstraße.

»Wegen dir muss ich mein Privatauto nehmen«, pöbelte er Vienna an, um sich Luft zu machen, »Ich beantrage, dass ab sofort ein Kindersitz zur Grundausstattung für jedes Polizeifahrzeuges gehört.«

Vienna gähnte gelassen in ihrer Schale.

Tobler trat das Gaspedal durch und fädelte sich knapp vor einem weißen BMW in den fließenden Verkehr ein. Bremsen quietschten, gefolgt von dröhnenden Hupen.

»Mangelnder Respekt vor der Polizei!«, er beschleunigte und wechselte auf die linke Spur. Den magmaroten A7 auf der anderen Straßenseite, bemerkt er nicht.

Jedes Mordopfer rief ein gewisses Gefühl in ihm hervor. Ein Gefühl, das ihn leitete, bis er den Mörder überführt hatte. Es widerstrebte ihm, dass diese Wahrnehmung bei Tarik Hamoud alias Faris El Din fehlte. Was für ein Typ war er gewesen? Laut und umtriebig oder zurückgezogen und still? Hamouds Mörder kannte er, Levent Puettmann, aber der tote Syrer war ihm vollkommen fremd und jede Empfindung fern. Doch es gab einen Ort, an dem er ihm nahe sein würde.

In der Hochäcker Straße parkte er vor dem Blumengeschäft des neuen Südfriedhofes. Eine hochbetagte Dame quälte sich die Eingangsstufe des Ladens hinunter. Das Grablicht in ihrer Hand passte farblich zu ihren geröteten Wangen.

»Endstation, bitte aussteigen«, Sebastian öffnete die Schiebetür. Vienna lief aufgekratzt hin und her, sie schnüffelte am Boden und suchte die Straße in beide Richtungen ab, »Komm schon! Wir haben nicht ewig Zeit! Wir schieben ein paar Befragungen ein, von denen meine feinen Kollegen nichts zu wissen brauchen«, er zerrte die Hündin Richtung Blumengeschäft.

Endlich pinkelte sie an eine kahle Linde.

»Woll'n 's was für z'Haus oder nebenan?«, begrüßte ihn die dralle Mittvierzigerin hinter der Theke und wischte die erdverkrusteten Hände an ihrer dunkelblauen Schürze ab.

»Weder noch«, Sebastian legte den Dienstausweis auf den Tisch, dazu vier Fotos, »Kennen Sie diese Personen?«

Sie betrachtete die Bilder, Puettmann und Haas gab sie umgehend kopfschüttelnd zurück. Bei Utes Gesicht zögerte sie einen Moment, entschied sich aber dagegen. Nummer vier entlockte ihr ein Lächeln, »Den kenn ich!«, sie tippte auf die Aufnahme aus der Pharmazie-Fachschrift, »Der kommt regelmäßig her, alle zwei Wochen und kauft drei Rosen. Immer Gelbe.«

»Privat, oder für ein Grab?«, der Kommissar nickte in Richtung Friedhof.

»Rosen kauft man immer privat. Aber bei ihm tipp ich auf 'ne verstorbene Liebe. In seinen Augen fehlt das verliebte Blitzen. Im Gegenteil: Er trauert. Was ist mit ihm?«

»Nichts. Wann war er zuletzt da?«

Sie überlegte, »Anfang der Woche? Soll ich ihn nicht mehr bedienen?«

»Doch, mit besonderer Freundlichkeit, bitte! Und: Erzählen Sie ihm nichts von unserem Gespräch, das würde ihn nur zusätzlich belasten«, er zwinkerte vertraulich und verließ eilends den Laden. Sein Grabbesuch bei Tarik Hamoud war vergessen.

Die Sanierungsarbeiten am Harras blockierten eine ganze Straßenseite. Zweimal fuhr Sebastian an der Sebaldus Apotheke vorbei, bevor er eine Lücke fand. Er schnallte Vienna in ihrem Kindersitz ab, »Mit dem Dienstwagen hätte ich am Harras auf dem Fußgängerbereich gehalten«, moserte er und wartete, bis sie heraussprang, »Sei anständig diesmal, versprochen?«

Sie umrundeten die Bau-Absperrungen. Vienna überprüfte jede Lücke zwischen den abgestellten Autos am Straßenrand. Immer wieder kontrollierte sie die Fahrbahn. Etwas passte ihr nicht. Sie verhielt sich exakt wie vor Kilics Dönerwagen. Lauerte ihnen jemand auf? Mit angehaltenem Atem scannte Sebastian nervös die Umgebung. Wurden sie verfolgt?

Mit dem Brummen des Türsummers retteten sie sich in die Apotheke. In Sicherheit! Erleichtert atmete er aus.

Vienna schlich geduckt hinter ihm durch den Verkaufsraum, sie grummelte leise vor sich hin.

»Benimm dich!«

Von Bülow trat an den Tresen, »Oh, der Herr Kommissar!«, Horst lächelte, »Sind Sie nicht der Polizist, mit dem sich Ute kürzlich getroffen hat?«

»Ja, ich ...«

»Keine Sorge! Ich verstehe schon«, ließ ihn Horst väterlich wissen, wandte sich Richtung Nebenzimmer und rief vergnügt, »Ute, Besuch für dich!«

Ein Stuhl rumpelte und die hübsche Rothaarige erschein im Türrahmen. Sie stutzte, dann leuchtete ein Strahlen auf ihrem Gesicht.

Vienna grollte lauter.

»Geht nur, ihr beiden«, schmunzelte der Pharmazeut, »ich schaffe die letzten Stunden alleine, es ist eh wenig los. Vertretet euch ein bisschen die Beine«, er beugte sich zu Vienna runter und kraulte sie zwischen den Ohren. Für einen Moment wechselte ihr unwirsches Grummeln in ein wohliges Brummen.

Ohne zu zögern, warf sich Ute den Mantel über, schnappte sich Mütze und Schal und verließ mit Tobler die Apotheke.

Bevor der Kommissar von Bülow auch nur eine Frage stellen konnte, standen sie wieder auf der belebten Straße.

Ein nettes Paar! Horst sah ihnen durch die Scheibe hinterher. War Ute deshalb in letzter Zeit so komisch? Hoffentlich blühte sie jetzt wieder auf. Ein kleines Lächeln umspielte seine Lippen, einen attraktiven Polizisten hatte sie sich da geangelt.

»Lieb von dir, dass du mich besuchst«, routiniert stopfte Ute ihre rote Mähne unter die Baskenmütze, »Laufen wir zur Isar?«

Die zu dieser Zeit stark frequentierten Isarauen waren nicht der passende Ort für eine dienstliche Vernehmung, Sebastian schwenkte um, »Was ist mit unserem Bistro? Auf einen Kardamom-Kaffee?«, Vienna schnaubte mehrmals, sie zerrte an der Leine, »Hey! Lass das, oder ich setze dich ins Auto!«

Im Lokal dröhnte Musik, jeder Tisch war besetzt.

Wie sollte er hier mit ihr ein vertrauliches Gespräch führen? Die ersten dicken Schneeflocken wirbelten über den Harras, sie schmolzen auf ihren Gesichtern. Ute krauste belustigt die Nase, »Hier sieht es schlecht für uns aus, nicht wahr?«, ihre grünen Augen strahlten, kleine Wassertröpfchen glänzten auf ihren sommersprossigen Wangen. Sie weckten die Schmetterlinge in Sebastians Bauch zu neuem Leben. Es waren zu viele! Sie torpedierten seinen Argwohn, legten ihn lahm. Seine Konzentration und sein Instinkt schmolzen dahin. Nein, unter diesen Umständen wurde jede Vernehmung zur Farce.

Während er fieberhaft überlegte, wie er sich zurückziehen konnte, klingelte sein Telefon, »Was ist, Cornelia?«, er lächelte Ute entschuldigend zu, »Moment und sorry, das ich dich unterbreche, ich ruf dich in zwei Minuten zurück!«, er legte auf, »Ja, dann ... reden wir morgen weiter?«

Vienna fiepte verzweifelt, sie zappelte. Er ignorierte sie.

»Morgen?«, Ute lachte vergnügt, »Diesen Samstag klappt es leider nicht. Was ist mit Sonntag?«

Sonntag war ihr Familientag, aber Eileen würde gewiss verstehen, wenn er ein kurzes Verhör einschob, »Ich melde mich bei dir«, diesmal würde er seine Fragen stellen, ganz sicher!

Am besten organisierte er einen Spaziergang. Beim Laufen an frischer Luft fiel das Reden leichter, besonders bei schwierigen Vernehmungen und diesem Kribbeln im Bauch.

Kurz vor der Pharmazie jagte ihnen ein Lieferando-Radler mit ausladender Lieferkiste auf dem Gehweg entgegen. Reflexartig zog Tobler die junge Frau näher zu sich heran, beide lachten, »Also dann, bis Sonntag!«

Horst beobachtete die Szene durch die Auslagenscheibe. Er war zufrieden, dass sein Plan geklappt hatte. Im Augenwinkel registrierte er, wie ein übel zugerichteter Herr mit kahl rasiertem Schädel aus einem Hauseingang trat und hinter dem Paar in einen roten Wagen stieg.

»Hat sich Özil gemeldet?«, Johnsons Blick suchte den Gehweg vor seinem Grünwalder Haus ab.

»Nein, noch nicht. Soll ich es bei ihm probieren?«

»Damit die Bullen den Anruf nachverfolgen können, falls sie ihn geschnappt haben? Idiot!«, nervös lief er auf und ab, »Gnade ihm Gott, wenn Özil mit den Moneten abgehaut ist!«

»Macht er nicht. Dafür ist er zu feige, er kennt dich. Glaub mir, die haben ihn erwischt!«

Johnson sah seinem Hiwi direkt in die Augen, »Und weshalb? Weil er wie ein Penner im Mülleimer gewühlt hat? Gibt es etwas Belangloseres?«, er schlenderte in die Küche und goss sich ein Glas von dem teuren Roten ein, »Fest steht: Der Glatzkopf hat uns reingelegt! Zuerst ködert er mich mit den gestohlenen Videos und dann verpfeift er uns.«

»Du meinst, er kassiert doppelt? Er behält unser Geld, gibt den Bullen einen Tipp und streicht eine Belohnung ein?«

»Möglich«, Johnson schwenkte das Rotweinglas im Gegenlicht, »Oder, er erledigt die Drecksarbeit für jemanden. Fragt sich nur für wen«, er trank bedächtig, die Augen starr auf einen fernen imaginären Punkt gerichtet.

»Die Bullen? Meinst du, sie haben bei Boleks stranguliertem Lieferanten Kopien von der Ware entdeckt und schicken jetzt einen Kollegen, um uns mit den Duplikaten zu ködern?«

»Unrealistisch, die hätten ihren Strohmann beobachtet und den Lieferwagen aufgehalten«, Johnson schwieg, »Was würde ich an Boleks Stelle unternehmen?«, er trank einen Schluck, und fuhr sich über das Kinn, »Ich würde nach einer Möglichkeit suchen, meinen Konkurrenten auszuschalten und seinen Kundenstamm übernehmen.«

»Schlau!«, sein Gesprächspartner sog die Luft zwischen die Zähne und nickte bedächtig, »Kapiere! Bolek schickt erst einen seiner neuen Männer mit Kopien zu uns und spielt hinterher den Entrüsteten. Sobald sich sein Komplize zurückgezogen hat, verpfeift er die fingierte Geldrückübergabe an die Bullen.«

Johnson grunzte zustimmend, »Die Idee könnte fast von mir stammen!«

»Ist ein verdammt gwieftes Bürschchen, dieser Bolek!«

»Stimmt. Falls etwas schief läuft, ist er persönlich weit aus der Schusslinie«, wütend schlug der *King of Darknet* gegen den Türrahmen, »Wir haben bloß den Laufburschen vermöbelt«, mit dem Glas in der Hand wanderte er immer nervöser durchs Zimmer, die rote Flüssigkeit schwappte bedenklich, »Wird Özil sprechen?«

Sein Gegenüber schüttelte den Kopf, »Nein, er kennt dich. Das wäre Selbstmord, Chef«, wiederholte er zu Bestätigung.

»Stimmt. Dann kümmern wir uns ab jetzt um den Richtigen: um Bolek. Ruf die anderen!«

»Du warst megapeinlich!«, wutschnaubend befestigte der junge Kolumbianer die Gurte um Viennas Körper, »Ich kann es mir nicht leisten, noch einmal abgelenkt zu werden«, er tippte Cornelias Nummer, »Jetzt geht´s. Was ist passiert?«

»Wo bist du? Fischler sitzt nebenan, er vernimmt den Mann, der Brunners Scheine aus dem Mülleimer geholt hat«, die Polizistin brachte ihn auf den neuesten Stand.

»Danke. Dann werde ich unseren dienstunfähigen Kollegen ins Präsidium zitieren«, der Mann saß fest, aber er musste seiner Mannschaft irgendeinen Grund für seine Fahrt nennen, »Ich befrage noch den zweiten Zeugen, der seine Aussage zurückgezogen hat, dann komme ich.«

Er erreichte Brunner am Handy, »Wie geht´s unserem Kranken?«, lauter Baustellenlärm drang durch den Hörer, »Wo bist du?«, wiederholte er Cornelias Frage.

»Geht dich nichts an, Sebi!«

Die dunklen Augen des Kommissars wanderten zu den lautstarken Sanierungsarbeiten beim Harras. Ein Presslufthammer lockerte einige Platten vor der Apotheke. Misstrauisch lauschte er in den Hörer und schwieg.

»Was ist jetzt, Sebi?«

»Bist du bei einer Baustelle?«

»Frage ich dich, wer neben dir schnarcht? Zu Bürozeiten?«

Sebastian warf einen Blick in den Fond. Vienna schnarchte lautstark in ihrem Kindersitz. Ihre gewohnten Geräusche fielen ihm längst nicht mehr auf, »Wieso wirfst du Geld weg?«

Zögern, »Ich kann mit meinem Geld machen, was ich will.«

»Geld, von dem jemand weiß, dass du es dorthin deponiert hast?«, präzisierte der Kommissar.

»Mich fegst du gestern an, aber selbst stocherst du im Privatleben anderer herum! Das ist meine Privatangelegenheit. Es geht dich nichts an, mit wem ich Geschäfte mache.«

»Auch mit Johnson? Sein Handlanger sitzt aktuell bei uns im Vernehmungszimmer.«

Das markante Geräusch eines startenden Motors untermalte Brunners leises Stöhnen.

Tobler sprach ungerührt weiter, »Er hat uns deinen gestrigen Denkzettel gestanden. Nur sträubt er sich, uns die Hintergründe mitzuteilen«, ein Blinker tickte durch die Leitung, der Wagen fuhr an, langsam verebbte der Baustellenlärm, »Es wäre besser, wenn du trotz deiner Krankschreibung im Präsidium erscheinst. Wir haben hier genug Mist am Hut, da brauche ich nicht zusätzlich einen Kollegen mit kriminellen Privatangelegenheiten! In einer Stunde, Friedl!«, er trennte die Verbindung.

Brunner kochte innerlich, während er den A7 routiniert durch den Münchener Feierabendverkehr lenkte. Verdammt! Woher wusste Sebi von der Mülleimer-Transaktion? Er fuhr sich über das zerschundene Gesicht, es brannte. Im Rückspiegel betrachtete er sein Veilchen und die aufgeplatzte Lippe. Die Abschürfungen am rechten Jochbein verbesserten sein Aussehen nicht minder. Zum Glück verdeckte seine Kleidung die restlichen blauen Flecken an Körper, Armen und Beinen.

All das verdankte er Sebastian Tobler! Oder hatte ihm der kleine Kolumbianer nur die geringste Chance gelassen, die vorenthaltenen Sticks ins Präsidium zurück zu schmuggeln? Nein!

Wieder betupfte er seine geschwollene Lippe, Blut klebte an seinen Fingern, er lutschte es ab. Na warte! Diesem pseudobraven Ehemann würde er es heimzahlen! Er hatte nicht umsonst eine Ewigkeit an der gegenüberliegenden Seite des Präsidiums gewartet, bis Tobler das Büro verließ: Es hatte sich gelohnt!

Er fuhr in den mittleren Ring ein und brummte versonnen, »Du Scheißkerl! Hab ich dich glatt in flagranti mit dem Rotschopf erwischt! Mal sehen, was bei dieser Aufnahme für mich rausspringt«, sein Mund verzog sich zu einem kurzen Lächeln, was er sofort bereute, »ein Bonus bei unserem Gespräch?«

»Heiner Meindl ist eben raus, er hat die Aussage zum Auffinden des toten Nachbarn unterschrieben«, empfing ihn Cornelia im Präsidium, sie versuchte sich an einem unverbindlichen Lächeln ihrem Teamleiter gegenüber, »Hast du mit dem Inhaber der IP-Adresse gesprochen?«

Vienna erhielt eine deutlich freundlichere Begrüßung.

»Ungünstiger Moment«, nuschelte Tobler ausweichend. Er fühlte sich schuldig, weil er wiederholt vor Ute gekniffen hatte, »Wann krieg ich Sonjas Ergebnisse zu Ute Reining?«

»Frag doch selber nach.«

»Und Meisl? Ignoriert er weiterhin meine gestrige Probe?«, die miese Stimmung versaute seine Tonlage.

»Sprich nicht so barsch mit mir!«, Cornelia kochte.

»Sorry«, betroffen stierte Sebastian an ihr vorbei, er atmete tief durch, »War Schlumpf da?«, erkundigte er sich nun sanfter, »Konntet ihr Brunners Mülleimeraktion zu Protokoll nehmen?«

»Ja. Deine Spende hat er eingesteckt, ich hab einen Zehner dazu gelegt, für intakte Handschuhe.«

Natürlich, dafür zahlte sie! Sein Blick fiel auf die zwei einsamen Scheine am Besprechungstisch. Aber für Gustavs geforderte Vertrauensaktion ihm gegenüber, ließ sie nichts springen, »Bitte sag mir Bescheid, wenn Brunner eintrifft. Ich bin oben bei Sonja.«

»Ist der nicht erkrankt?«

»Für ein paar klärende Sätze wird es reichen«, verbittert ließ er sie stehen. Das leise Vibrieren von Cornelias Handy nahm er nicht mehr wahr, ebenso wenig ihre gehauchte Antwort, »Ja? Ich packe eben zusammen«, und ihren scheuen Blick zur Tür, »Hab ich, wir reden später darüber. Bis gleich!«, sie sah sich um: endlich alleine! Dann brummte der Drucker in der Ecke.

Cornelia verstaute die Papiere in ihrer Tasche und wartete artig auf Brunner, bevor sie das Büro für den heutigen Tag verließ.

Sonja und Bernhard stöberten in Jungweins Urteilen. Sie wandten sich nicht einmal um, als Sebastian den Raum betrat.

»Es gibt von ihm einige, für Laien schwer nachvollziehbare, richterliche Entscheidungen«, erklärte die dralle Ex-Blondine, ohne aufzuschauen, »aber alle sind faktisch ausreichend belegt und durch Paragraphen untermauert«, stur auf ihre Unterlagen blickend nestelte sie an einer rubinroten Strähne.

»Kein Mordmotiv darunter?«

»Nein, alles wasserdicht, wie erwartet. Schon beim kleinsten Fehler hätte jeder Anwalt sofort eingehakt. Wir finden aber nichts dergleichen. Otto Jungwein war erfahren, in der Juristen-Szene hatte er den Ruf eines gerechten Perfektionisten, der mit offenen Karten spielt.«

Der Seitenhieb saß, »Somit platzt dieser Ansatz?«

Nur eisiges Nicken.

»Und die Bestellungen der Apotheke?«

»Über St. Sebaldus wurde nie Batrachotoxin bestellt. Kein Eintrag unter der Apotheke oder den Namen der Angestellten in den Registern.«

Das hieß noch lange nichts. Welcher Mörder erwarb sein Material auf nachverfolgbarem Weg an eine offizielle Adresse? Er zögerte, das Postfach? Seine Leute arbeiteten am Limit, aber er brauchte Gewissheit, selbst wenn ihn sein Verdacht schmerzte. Frustriert verließ Tobler den Raum. Mit hängenden Schultern trottete er mit Vienna durch den Flur, »Total voreingenommen die beiden, nicht wahr?«, sogar seine Hündin wirkte bedrückt, »Wieso sollte ich die Spendenbox klauen? Das ist idiotisch: Bronco ist mein Freund!«, er sprach mehr zu sich, »Sorry Kleine, dass dich die Kollegen so schneiden. Versuchen wir es bei Roman, vielleicht streichelt er dich.«

»Kaffee?«, sein schlaksiger Freund trat aus ihrem Aufenthaltsraum und hielt ihm seinen Becher entgegen, »Leider noch immer keine Kekse. Langsam fehlt mir Mühlbacher.«

»Danke, mehr für die Ansprache als für die Plörre.«

Roman überging es, »Warst du erfolgreich?«

»Vergiss es!«, wich der Teamleiter aus, »Am Rückweg bin ich in der Landwehr- und Goethestraße vorbeigefahren, unangekündigt«, die Miene des Langen signalisierte, dass ihn Sebis Gedankensprung abgehängt hatte, »Unfall Hamoud: Die Zeugen, die ihre Aussage nachträglich angepasst haben.«

»Die Frau, die das Wort ´Rennen´ zu einem ´schnell hintereinander herfahren´ abmilderte, und die Form des Aufklebers vergessen hat?«, Hiebler befüllte einen neuen Becher.

»Ja. Und der andere, der sich auf einmal nicht mehr sicher war, ob Tarik Hamoud am Gehweg oder auf der Straße stand, als er überfahren wurde.«

»Und?«, er kraulte Vienna hinter den Ohren.

»Beide wirkten verängstigt, sie drucksten herum und bereuten es sichtlich, mich in ihre Wohnung gelassen zu haben. Die Zeugen berichteten voneinander unabhängig, dass nach ihrer ersten Befragung ein Anwalt bei ihnen zu Hause aufgetaucht war. Er legte beiden eindringlich nahe, ihre Aussage zu überdenken. Falls sie sich täuschten, drohten ihnen wegen Falschaussage bis zu sieben Jahren Gefängnis. Er bezeichnete das Gespräch als *einen freundlichen Hinweis*«, Tobler zögerte und überlegte, »Beide wirkten äußerst nervös, ich frage mich, ob diese Korrektur-Empfehlung mit einer Zahlung unterstrichen wurde.«

»Setzen wir Jörg dran? Hast du den Namen des Anwalts?«

»Eine Dame beschrieb den Mann. Intuitiv googelte ich nach meiner Vermutung und zeigte ihr ein Bild: Bingo! Rate mal.«

»Doch nicht Wolfgang Herrnbichler? Puettmanns Anwalt?«

»Fast, sein Kanzleipartner. Ich habe ihnen verdeutlicht, dass Einflussnahme auf Zeugen strafbar ist. Beide haben aktuell die Hosen gestrichen voll.«

»Puettmann ermordet. Er fuhr ein Autorennen mit Haas, bei dem Hamoud starb. Haas war im Begriff diesen Wagen zu verkaufen und wurde im Seilzug erhängt«, der Lange pfiff leise.

Tobler nickte, »Klingt schlüssig. Damit sind unsere Erpressungsthesen hinfällig«, in ihm entflammte das gleiche Gefühl, das ihn im Luitpoldpark beschlichen hatte: Leichtsinn, Überraschung und Leichtgläubigkeit. Dazu ein Hauch Arroganz. Er war dem Täter auf der Spur. Er pfefferte den leeren Becher in den Mülleimer, »Interessiert dich Brunners Version der Geldübergabe? Er wird jeden Moment eintreffen.«

»Klar, ich hole Jörg und Sonja zur Unterstützung dazu.«

»Roman?«, Sebastian sah zu ihm auf, »Danke, dass du mit mir gesprochen hast. Bitte vertraue mir: Wer immer Broncos Box entwendet hat: Ich war es nicht!«

Handlanger Özil schwieg auch die restliche Zeit. Er weigerte sich, seine Hintermänner zu verraten.

Es war schon spät, als Tobler nach Hause kam. Zusammen mit Eileen schleppte er den Kinderwagen die drei Stockwerke hinunter. Gemeinsam schoben sie ihn am Kiesweg durch den kleinen Park zum Trevis. Vienna lief aufgeregt ein Stück voraus. Einige Kinder rutschten auf Plastiktüten von den verschneiten Hängen eines beleuchteten Erdhügels. Wann würde er mit der warm eingepackten Marina Schlittenfahren, wie Frau Steinleitner mit ihren Enkeln im Luitpoldpark?

Sie bestellten bei Fabrizio das Gleiche wie bei ihrem ersten Treffen: Eileen eine Pizza mit Lachs und Spinat, er seine geliebte Mafioso, extra scharf. Der Pinot Grigio kam ohne Bestellung. Mit eng zusammengesteckten Köpfen tuschelten sie über einen möglichen Mister X, obwohl Sebastians Sehnsucht, seit der Kinder-Horde vor Jungweins Haus, arg geschrumpft war. Am Heimweg plauderten sie über die nervenaufreibende Arbeit von Müttern und diskutierten verschiedene Szenarien, weshalb Frauen ihre Kinder zur Adoption freigaben.

Welches davon traf auf seine leibliche Mutter zu?

Die Erzieherin des kolumbianischen Kinderheims hatte ihn, den verwaisten Straßenjungen, adoptiert. Frau Menke wurde zu seiner Mutter. Vier Jahre darauf kehrten sie gemeinsam nach München zurück, alleine. Sein Adoptiv-Vater blieb in Sogamoso, auf dem Friedhof. Ein Drogenkartell hatte sich für die Verhaftung eines der führenden Köpfe revanchiert, direkt vor den Augen seines Sohnes.

Und wieder stellte sich Tobler die Frage: Wer ist meine leibliche Mutter?

Er behielt seine Gedanken für sich.

Kurzerhand lud das junge Paar Marinas Großmutter morgen zu einem Ausflug ein.

Die tiefen, dunklen Schatten der umstehenden Bäume säumten spät nachts den spärlich beleuchteten Kiesweg durch die Grünanlage. Zu dieser Stunde benutzte kaum jemand diese Abkürzung, so wie die Gestalt, die ihnen im großen Abstand folgte. Sie hielt einen Gegenstand in der Hand, jederzeit einsatzbereit, und wartete nur auf den rechten Moment.

Samstag

Gleich nach ihrem Frühstück klingelte es an der Wohnungstür, »Komm rein, Mutter. Warum nimmst du nicht deinen Schlüssel?«, Sebastian manövrierte Marinas Ärmchen in den Schneeanzug, »Wir sind gleich fertig.«

»Nerven euch die drei Stockwerke nicht mit der Kleinen?«, Sophia Menke stieg schwer schnaufend über eine neue Rassel. Vienna bemerkte die Besucherin und sprang übermütig auf sie zu, einen rosafarbenen Schnuller im Maul.

»Eileen, sieh dir das an! Euer Hund stiehlt Marinas Ditzi!«, umgehend versuchte die Oma, das Corpus Delicti zu ergattern, doch Vienna war schneller. Sie hüpfte über die Babywippe und verschwand im Bad. Welch ein famoses Spiel!

»Hole lieber die fertigen Fläschchen. Die Thermobox steht auf dem Küchenschrank, neben Ursula«, unterbrach der Vater das Thema und folgte Vienna.

»Kommt eure Spinne auch mit zum Neufinsinger Speichersee?«, unkte die Oma zurück.

»Quatsch, das alte Mädchen bleibt hier und passt auf unsere Wohnung auf«, er reichte Eileen den ergatterten Schnuller, »für Fräulein M.«

»Iiih, nein!«, entsetzt stürzte Frau Menke dazwischen.

»Oma! Wenn du Marina jetzt ihren Lieblings-Nuckel wegnimmst, ist der Tag gelaufen! Hundespeichel desinfiziert. Sind alle fertig zum Aufbruch?«

»Zweimal gewickelt und frisch umgezogen«, fasste Eileen zusammen, sie wischte sich den Schweiß von der Stirn, »Abmarsch, sonst kommen wir hier nie weg.«

»Ich weiß, dass du auf ′Umzug′ allergisch reagierst, Sebastian«, seine Mutter gab nicht auf, »Du hast eine Verantwortung für deine Familie: In diesen beengten Wohnverhältnissen kann es nicht weitergehen!«

Sobald alle am Ismaninger Stauwerk ausgestiegen und losmarschieren waren, ließ sich Sebastian zurückfallen. Er genoss die idyllische Ruhe, den Schnee und lauschte dem Gesang der wenigen Vögel, die am Ufer überwinterten. Vienna trabte neben ihm her. Toblers Gedanken glitten zu Brunner ab, Friedl und sein gestriges Geständnis:

Ihr Bodybuilder sah übel zugerichtet aus, als er ihm abends die fehlenden Sticks aushändigte. Ein dickes Veilchen, Blutergüsse und Schürfwunden zierten seine Visage, »Ich war haarscharf an den Hintermännern der Pornoseite dran!«, verteidigte er sich.

»Unter einer Armlänge. Ich seh´s in deinem Gesicht«, trotz Brunners Fehlverhalten tat er ihm leid, »Du hast dir die Filme angesehen?«

»Logisch, ich muss doch wissen, womit ich die in die Falle locke.«

»Ist etwas darauf, dass unseren Ermittlungen weiterhilft?«

»Nicht direkt. Glaubst du, ich registriere jedes Detail, wenn drei Kumpels neben mir rollig werden und sabbernd in den Bildschirm starren? War ein echt geiler Männerabend.«

»Was? Du hast unser Beweismaterial mit deinen Freunden angesehen? Bist du wahnsinnig?«

»Kowalski gab mir die Anweisung, mich um die Pornos zu kümmern. Ihr wart mit den Morden beschäftigt und ich brauchte Verstärkung. Acht Augen sehen mehr wie zwei. «

»Äußerst erfolgreich«, Sebastian deutete auf Brunners zerschrammtes Gesicht, » ́Kümmern ́ war gemeint, im Sinne von etwas ́nachforschen ́.«

»Nein, im Sinne von: ́Fall lösen ́«, widersprach Friedl.

»Was hattest du vor?«

»Erst lief alles nach Plan. Leider wusste ich nicht, das Haas nur Kopien für den privaten Gebrauch im Schließfach gebunkert hat. Natürlich waren die stinksauer! Wer zahlt schon gerne für Dubletten. Folglich erhielt ich die bekannten Anweisungen für die Rückabwicklung: Deponiere das bereits erhaltene Geld in einem Kuvert am U-Bahnhof Giesing in einem Mülleimer.«

»Und wen hast du für dein Geschäft herausgepickt?«

»Tom Johnson, der stand in unserer Kartei.«

»Den ´King of Darknet-Pornos´, gleich dem Größten dieser Szene? Ihm konnten wir bisher nie etwas nachweisen.«

»Deshalb bin ich zu ihm.«

Die restlichen Teammitglieder hörten nur kopfschüttelnd zu. Niemand kaufte Friedl seine Uneigennützigkeit ab.

»Ich nehme es wertfrei zur Kenntnis. Dir ist schon klar, dass ich dein eigenmächtiges Vorgehen Kowalski melden muss?«

»Spinnst du? Gerade du?«

»Zu deinem aktuellen Problem«, Tobler überging den Einwurf, »Ist es dir recht, wenn wir dich unterstützen, oder legst du Wert auf ein weiteres Treffen mit Johnsons Handlangern?«

Brunner rümpfte die Nase, »Gewiss nicht, noch bin ich in einem Stück«, lenkte er ein.

»Okay! Sonja: bitte Personenrecherche zum gefassten Özil und Johnson, inklusive Vorstrafen.«

»Wie sieht es mit seinem Geschäftspartner aus? Benötigen wie Infos über diesen Herrn Brunner?«

»Untersteh dich!«, Friedhelm sprang auf, »Sonst ...«

»Was sonst?«, Romans baute seine zwei Meter Körpergröße schützend vor Sonja auf, »Du drohst einer Kollegin? Ist dir bewusst, dass du eben versuchst, die Ermittlungen zu beeinflussen?«

»Ruhe! Setzt euch!«, Tobler hasste dieses überflüssige Kindergartengehabe, »zurück zur Sache: Jörg, bitte flöh´ das Darknet in Bezug auf Friedls Informationen.«

»Mach ich. Dein erster Wunsch zur Darknet-Recherche ist erledigt: Die zwei Telefonnummern gehören Bolek Piotrowski und Max Lambrecht, dem Postboten. Verrätst du uns jetzt, wie du an ihre geheimen Nummern gekommen bist?«

»Ich erzählte doch, dass Marc Dreher den Code der Schreibtisch-Safe-Liste geknackt hat«, Marc, der selbstlose Unterstützer und Marc ihr Hauptverdächtiger. Es passte nicht zusammen. »Sonja war nahe dran: Es handelt sich um die Position einiger Sportgeräte auf der Inventarliste. Aus dem Grund verwahrte Bodo Haas die Inventurunterlagen ebenfalls in einem der Schreibtisch-Schubfächer auf. Er war ein Listen-Mensch, wie es die Wilkens behauptete. Aber wieso hat er den Schlüssel für die sündteure Beleuchtungsanlage nicht dort aufbewahrt?«

»Der liegt extrem sicher«, Brunner hoffte Sebastian durch seine Mitarbeit umzustimmen, »Jolandas Ausstrahlung ist Abschreckung pur. Den holt keiner aus ihrer Ablageschale.«

»Ablage ... Moment!«, der kleine Kolumbianer zögerte, ihm war eben ein Gedanke gekommen. Wild blätterte er durch seine Notizen, »Hier, am Dienstag: *2 Drohbriefe: 1.: Ein Monat, verkaufen, sonst Hinweis an Polizei. 2.: bis 23.12. verkaufen, oder Frau Weihnachten alleine*«, und später mit dem Füller schräg daneben gekrakelt: »*Fingerabdr. Max Lamprecht/Postbote.* Das ist es, Leute! Piotrowski und Lambrecht waren Bodo Haas Geschäftspartner! Die beiden vertrieben die Porno-Filme. Kennen wir ihre Adresse?«

»Ja.«

»Wenn wir das Material bei ihnen finden, sind sie dran! Und Johnson gleich mit. Friedhelms neue Visage rechtfertig einen Zugriff.«

Sebastian erwischte Kowalski in dessen Wohnung. Selbst zu dieser späten Stunde erhielt der Chef bei der Staatsanwaltschaft die Überwachungserlaubnis für Piotrowski.

»Du bist so schweigsam, mein Schatz?«, Eileen hakte sich bei ihm unter, »Mitten in der herrlichen Natur am Speichersee grübelst du über deine Arbeit? Am Wochenende?«

»Ja, mir ist eben wieder eine Äußerung von Friedl eingefallen. Irgendetwas stimmt dabei nicht«, wie gestern erfasste ihn eine sonderbare Unruhe. Warum? Was steckte hinter Brunners abfälligen Worten, das ihn aufhorchen ließ? Er seufzte, er würde schon noch draufkommen.

Er legte den Arm um ihre Taille und drückte sie fest an sich, »Erinnerst du dich an unseren Fall mit Kowalskis Neffen?«

»Natürlich! Valentin, den Drogenabhängigen.«

»Den Jungen haben wir gemeinsam gerettet, auch an einem Wochenende«, er küsste ihre Nasenspitze, »Manchmal vermisse ich diese Zeit!«

»Wem sagst du das?«, sie knuffte ihn liebevoll in die Seite, dann fügte sie an, »Aber du bist wohl immer im Dienst?«

Sebastians knurriges Brummen wäre an sich Antwort genug gewesen, »Kowalski hat mir eine 7-Tage-Frist gesetzt. Sie läuft am Montag ab. Ich brauche dringend einen Erfolg. Irgendetwas, das ich dem Chef vorweisen kann«, er kontrollierte die Uhrzeit, »Bist du mir sehr böse, Schatz, wenn ich später eine spontane, kurze Befragung einschiebe?«, einen Hinweis auf die kopierten Unterlagen in seinem Rucksack verkniff er sich.

Bevor sie antworte, klingelte sein Diensthandy, er trat beiseite, »Ja, Roman? Ich hab eben an euch gedacht. Wie läuft die Überwachung?«

»Langweilig. Er scheint bis jetzt zu pennen, sämtliche Rollläden sind unten, kein Lichtschein in den Ritzen. Du verpasst nichts.«

»Danke Roman, dass du den Einsatz übernimmst, und für das Update. Ich kitte soeben meine Ehe!«

Die vier Damen waren inzwischen weitergegangen. Vienna bildete mit dem Schnuller die Vorhut, dahinter Marinas Kinderwagen und zuletzt die beiden Mütter, die gemeinsam schoben. Die Frauen tuschelten und kicherten miteinander. Was heckten die zwei wieder aus? Sebastian stapfte ihnen hinterher, er fühlte sich überflüssig. Warum konnte er nicht neben Roman sitzen und den Einsatz leiten? Tobler wischte sich mit der Hand übers Gesicht. Wieso verplemperte er seine Zeit bei einem Familienausflug? Jetzt, wo die Lunte brannte. Aber einen Punkt konnte er im Verlauf des Spaziergangs klären. Ein Anliegen, das ihm gewaltige Bauchschmerzen bereitete, er wählte eine Nummer.

»Dreher«

»Hier Tobler, Kripo München. Ich habe ein Problem.«

»Wieder eine Liste?«

»Schlimmer: Sie!«, die Verblüffung am anderen Ende war spürbar, »Sie, und ihr verdammtes, fehlendes Alibi! Sie waren kurz vor Haas Tod im Studio, mit ihm alleine. Sie selbst haben es bestätigt. Außerdem wurden Sie von einer Zeugin gesehen, die vor ihnen die Einrichtung verlassen hat. Herr Dreher, wir sind kurz davor Sie zu verhaften, ist Ihnen das klar?«, sein Gefühl riet ihm, Beatrice Renners Dusch-Szenen zu verschweigen. Bevor Marc darauf reagieren konnte, pulverte er weiter, »Kommen Sie endlich in die Pötte: Ich bin überzeugt, dass Sie ein Alibi besitzen, es aber aus gewissen Gründen nicht nennen wollen, oder können. Es ist scheißegal, wo sie waren, von mir aus im Puff! Aber nennen Sie uns einen Zeugen, der belegt, dass Sie um 23:45 Uhr nicht mitten im Life-Power standen!«, er holte Luft, »Also: Wer?«

Marc schwieg.

Tobler war sich bewusst, dass er soeben gegen die Dienstvorschriften verstieß. Es war strikt verboten einem Verdächtigen den geplanten Zugriff anzukündigen. Was, wenn Dreher nach dem Gespräch die Koffer packte und türmte? Er betete im Stillen, sich nicht in Marc getäuscht zu haben und wartete auf eine Reaktion, nichts.

»Wann sind Sie gefahren?«, probierte er es häppchenweise.

»Gegen 23:00 Uhr, es war kein angenehmes Wiedersehen, wie ich Ihnen schon erzählte.«

»Ich weiß, der Streit. Sie haben sich übergangen gefühlt, da Ihr geliebter Nissan weit unter Ihrem früheren Gebot verscherbelt werden sollte. Es kam zu Handgreiflichkeiten. Sie stützten sich an der Theke ab und berührten eine Hantel. Ich kenne die Geschichte auswendig. Wir haben bei Bodo Haas hochbrisantes Material gefunden. Sie waren seine rechte Hand und verfügten über sämtliche Schlüssel.«

»Fast«, korrigierte ihn Marc mit belegter Stimme, »Den zu der Beleuchtungsanlage verwahrte Jolanda.«

Beim Wort ´Beleuchtungsanlage´ zuckte Tobler zusammen. Was war der Fehler, dass es ihm aufstieß? Aber zunächst Marc, »Nachdem Katja Wilkens an Ihnen vorbei ist, waren Sie und Bodo alleine in der Etage. Alles deutet auf Sie hin, der Einbruch, der Mord. Jetzt retten Sie endlich ihren Arsch! Wer kann Sie entlasten?«

Marc schluckte, dann zaghaft, »Bea, Beatrice Renner.«

»Wir wissen von Ihrer Beziehung zu Frau Renner. Ebenso, dass sie verheiratet ist.«

»Sie hat im Wagen auf mich gewartet. Nachher sind wir ins ´Neuraum´, den Keller-Club bei der Hackerbrücke.«

»Kenne ich«, Tobler überlegte, »Wo genau parkte Ihr Auto, als Sie im Studio waren?«

»Unweit von Bodos blauem Audi und seinem Nissan. Eine Reihe dahinter, etwas seitlich versetzt. Bitte ...«

Tobler brauchte einige Sekunden, bis sich sein Atem beruhigte, »Danke, Marc. Rufen Sie Ihre Bea an und feiern Sie gemeinsam Geburtstag«, er trennte die Verbindung.

Sein nächstes Telefonat galt Katja Wilkens. Nach längerem Überlegen erinnerte sie sich an Marcs Wagen, und das eine Person darin gesessen hatte, »Zuerst bin ich erschrocken, weil ich sie für Bea hielt. Aber Bea trägt niemals eine Pudelmütze mit Bommel.«

Das reichte! Der Kommissar bedankte sich überschwänglich für ihr hervorragendes kriminalistisches Gespür.

Nicht Marc! Erleichtert atmete er auf, definitiv nicht Marc Dreher! Jetzt konzentrierte sich alles auf seinen Verdacht, die für später geplante Vernehmung.

Mittags kehrten sie von ihrem Ausflug zurück, Vienna matschverschmiert, Marina übelst gelaunt weil hungrig. Oma Menke verabschiedete sich, bevor sie den Hinterhof zum Hauseingang erreichten. Nacheinander zwängte sich Familie Tobler in den kleinen Flur. Zu zweit drängten sie sich um den Kinderwagen, verstauten Mützen, Handschuhe, Jacken und die durchnässten Schuhe, während Marina in Eileens Armen lautstark ihre Mahlzeit einforderte. Mitten in dieses Chaos hinein klingelte Sebastians Handy, »Weiterhin göttliche Ruhe bei euch, Roman?«

»Bolek Piotrowski bekommt soeben Besuch.«

»Von wem?«

»Drei Männer. Wir jagen eben das Autokennzeichen durch die Datenbank ... Frank Uffenauer ... einen Moment.«

Tobler hörte ein eifriges Tippen. Ungeduldig hakte er nach, »Was jetzt?«

»Warte, ja! Polizeilich bekannt. Hat diverse Anzeigen wegen Zuhälterei. Aber, ne, das von ihm gespeicherte Foto passt zu keinem der Drei!«

»Dann gedenkt jemand, ihm diesen Besuch in die Schuhe zu

schieben. Los! Schaut nach, was sie von Piotrowski wollen.«

»Zugriff, wenn nötig?«

»Ja, sobald Gewalt aufflammt, packt ihr alle ein. Uffenauer wird es euch danken. Freiwillig hat er den Typen seinen Wagen sicher nicht überlassen. Aber ihr braucht einen triftigen Grund für euer Einschreiten!«

»Ich halte dich auf dem Laufenden«, Roman legte auf und Tobler sehnte sich erneut an die Seite seines Freundes.

»An deiner Sohle klebt ein Zettel«, Eileen zeigte zu Boden.

»Wie kommt der hierher?«, Sebi musterte den Schlitz unter der alten Wohnungstür, »Den hat jemand durch geschoben.«

»Im dritten Stock?«

»Ins Treppenhaus kommt jeder. Er braucht nur oberhalb läuten und schnell an der Tür von der Sommer vorbei. Hier oben am Treppenabsatz, vor unserem Eingang, sieht ihn keiner«, er faltete das Papierstück auseinander. Es zeigte ein Foto: Ein kleines Mädchen mit schwarzen Locken und roter Nase lachte vergnügt aus ihrem Kinderwagen: Marina!

Darunter der Text: ′Es könnte auch Ihr Kind treffen!′

Tobler schnappte nach Luft und starrte auf die Zeilen.

Eileen schaute ihm über seine Schulter und schrie, »Nein!«, entsetzt presste sie Fräulein M mit beiden Armen an ihre Brust, »Was bedeutet das, Sebastian?«

Marina beschwerte sich lauthals.

»Denk an die Drohung für Vienna: ′Sonst könnte Ihr Amstaff der Nächste sein!′. Das hier kling verdammt ähnlich.«

»Auf Vienna wurde geschossen!«, Eileen starre ihn an mit aufgerissenen Augen an, »Sebi!«, mehr brachte sie nicht heraus.

»Genau das ist unser Problem!«, Tobler lehnte verzweifelt den Kopf gegen die Wand. Der Flur, seine Frau und sein Kind verschwammen in seinen Tränen.

Normalerweise genoss Horst von Bülow die vier Samstagsstunden in der Sebaldus Apotheke. In zwanzig Minuten würde er schließen. Martha kochte sicher schon das Mittagessen. Er saß im Nebenraum über Utes unerledigten Abrechnungen und wartete auf Kunden. Vor ihm lag die ungelesene Tageszeitung.

´Mörder-Schnee – Richter tot!´ prangte auf der Titelseite. Es interessierte ihn nicht.

Durch die schmalen Zwischenräume der adventlichen Werbeaufsteller lugte er über die Plinganserstraße hinweg auf die neugestaltete Fußgängerzone am Harras: In der einen Ecke der Rundbrunnen, dahinter die weitläufige, schneebedeckte Pflasterfläche. Zwei beidseitig nutzbare Riesenbänke boten Platz für müde Passanten. Sie erinnerten ihn an die Bahnhofswartebänke der Jahrhundertwende. Die wenigen Platanen, die den Umbau überlebt hatten, reckten erbittert ihre kahlen Äste anklagend in den grauen Himmel.

Täuschte er sich, oder hatte ihn der lockige Kommissar gestern komisch angesehen? Lauernd, als wenn er etwas von ihm wollte? Nachdenklich strich er sich über den kurzgetrimmten Vollbart. Waren sie ihm auf der Spur?

Nervös blätterte er in seinem schwarzen Notizbuch, es enthielt Einträge aus längst vergangenen, glücklicheren Zeiten. Aber nicht nur das: Manche Aufzeichnungen bezeugten seine Schuld, seine Schuld an Faris Tod.

Ihm wurde schlecht, er legte das Buch zur Seite. Niedergeschmettert begrub er sein Gesicht in den Händen.

Die Todesfälle häuften sich in diesen Tagen, es wurden zu viele für ihn. Erst sein Angestellter Faris, dann der Fahrer des ersten Wagens. Zuletzt der Todesfahrer selbst.

Und Jahre zuvor ...

Er sorgte sich um Ute. Das sonst so lebenslustige Mädchen wirkte seit Kurzem verschlossen und verhärmt. Selbst das Treffen mit dem jungen Polizisten hatte nichts geändert. Er ahnte den Grund, verdrängte jedoch vehement jeden weiteren Gedanken daran.

Der Türsummer schrillte.

Von Bülow klappte das Notizbuch zu, schob es unter die Zeitung und eilte in den Verkaufsraum. Es war die Kollegin von der Apotheke in der Lindenschmittstraße.

»Ich brauche deine Hilfe, Horst. Eine ältere Kundin ist auf ihre Medikamente angewiesen. Blöderweise hat sie es verbummelt rechtzeitig Nachschub zu bestellen. Ein, für sie lebenswichtiges Produkt ist bei uns nicht vorrätig«, sie reichte ihm einen Zettel, »Und bei dir?«

»Warte«, er checkte den Lagerbestand am Computer, »zwei Packungen, N3.«

»Genial! Sie wohnt direkt auf deinem Heimweg zur Isarvorstadt, Ecke Oberländer Straße. Könntest du es ihr bitte vorbeifahren? Die Dame kann kaum laufen und mir ersparst du einen Umweg. Das Rezept liegt bei ihr am Tisch.«

Horst warf einen Blick auf seine Uhr. Martha hasste es, sein Essen zu wärmen, »Okay, ich fahre gleich los. In den letzten Minuten taucht hier eh keiner mehr auf«, kurz darauf verließen sie gemeinsam die Apotheke.

Sebastian stand hilflos im Flur seiner Zwei-Zimmer-Wohnung, Eileen lehnte mit Marina an seiner Brust und weinte.

Was war zu tun? Sein Kopf war dumpf, schwammig und leer. Wieso fiel ihm nichts ein, ausgerechnet jetzt?

In seiner Verzweiflung rief den väterlichen Freund Gustav an und schilderte die Sachlage, »Ich ... bei jedem neuen Fall weiß ich sofort, wie ich die Sache anpacke. Aber jetzt, hier bei uns ...«, er brach erneut in verzweifelte Tränen aus.

»Ich komme«, Feger klang erstaunlich gelassen für Toblers dramatische Lage, »Bleib, wo du bist. Versuche, einen klaren Kopf zu bewahren. Und: weg vom Fenster, alle drei!«

Toblers nächster Anruf galt Stefan Meisl von der Spurensicherung. Er schloss mit: »Das Foto, Stefan, würdest du es dir bitte ansehen? Vielleicht grenzt die Aufnahmeart den Täterkreis ein? Sorry, ich bin fix und fertig!«

»Das höre ich. Kopf hoch, du bist Polizist, wer könnte die Kleine besser beschützen?«

»Hast du meine Probe von Freitag?«, für einen Augenblick sah er Utes Antlitz vor sich, ihre grünen Augen blitzten erfreut. Er zwang sich, den grausamen Gedanken auszusprechen, »Ich befürchte, dass sie damit zusammenhängt«, die Erscheinung verpuffte in dieser Sekunde.

»Im Ernst? Ich leg sofort los! Bringst du das Foto zu mir ins Labor oder soll ich Volkmar Weninger anfunken?«

»Nein, ich bleibe bei meiner Familie. Ich schicke es dir per Taxi-Kurier. Das ist schneller, als wenn jemand von euch erst herfährt, um es zu holen.«

Die Minuten schleppten sich zäh dahin. Eileen und Sebastian liefen zappelig in der kleinen Wohnung auf und ab, ihre Augen fixierten ängstlich die Eingangstür.

Vienna folgte ihnen besorgt auf Schritt und Tritt, bis ihr die Lauferei zu blöde wurde. Sie flüchtete zu Ursula in die Küche. Die Spinne verbreitete wenigstens keine Hektik.

»Ich gehe nach untern«, beendete Sebastian die erdrückende Stille, »Lass niemanden rein. Ich hab den Schlüssel.«

Er setzte sich auf die unterste Treppenstufe und behielt die angelehnte Haustür im Blick, er lauerte auf den Taxi-Kurier. Brauchte der eine Ewigkeit? Es klingelte im Haus, dann wurde die Klinke nach unten gedrückt. Doch statt des Fahrers betrat Frau Sommer den Flur, mit einer Papiertüte der Hofpfisterei in der Hand. Tobler äugte an ihr vorbei, niemand folgte ihr.

»Haben Sie eben geläutet?«, fragte er ihren Hausspion.

»So häufig, wie hier Kinder in ihre Wagen gepackt werden, ist es die einzige Chance, um Kratzer an der Tür zu vermeiden. Sie sehen ja nicht tagein, tagaus das schäbige Türblatt!«

»Waren Sie länger weg?«

»Ist das eine Vernehmung, Herr Polizist?«

»Nein, aber jemand war an meiner Tür und ...«

»Woher soll ich wissen, welches Geschwerl sich hier rumtreibt? Zur Seite, ich lüfte: Der ganze Boden ist klitschnass, so eine Sauerei!«, die Tür rastete schwungvoll in die Halterung an der Wand ein. Ein frostiger Luftzug wehte die Treppen hinauf.

»Wann sind Sie gegangen?«

»Wie lange brauchen Sie zum Bäcker?«, konterte sie gereizt und wedelte mit der Papiertüte vor seinen Augen, »Ich habe ein Alibi, für was auch immer!«

Zehn Minuten, überflog Tobler. Wenn er ihren typischen Ratsch dazu rechnete, dreißig. Sie hatte schätzungsweise fünf Minuten bevor er und seine Familie vom Speichersee zurückkehrten, ihre Wohnung verlassen. Half ihm das weiter? Nein, der Kerl konnte längst mit der U- oder S-Bahn Richtung Trudering bzw. Unterhaching verschwunden sein, oder unauffällig in irgendeinem Café sitzen.

»Weshalb interessiert Sie das? Sie stehen doch sonst nicht hier unten und halten Maulaffen feil«, Frau Sommers Neugier war geweckt.

»Ich warte auf einen Taxifahrer«, in dem Moment erschein ein junger Mann in der Tür, Tobler war erleichtert, »sind Sie der Taxifahrer?«

»Ja. Haben Sie mich gerufen?«

Sebastian reichte ihm das braune Kuvert mit dem gesicherten Droh-Schreiben. Er nannte Meisls Laboradresse, »Was kostete die Tour?«

»Je nach Verkehr, zirka 40 Euro.«

Er zückte einen Fünfziger, »Runden Sie großzügig auf. Die Quittung bekommt der Empfänger. Bitte beeilen Sie sich!«

»Wegen Ihnen riskiere ich kein Knöllchen.«

»Der ist Polizist!«, mischte sich jetzt Frau Sommer ein, »Sie werden doch sicher einer polizeilichen Aufforderung nachkommen, junger Mann!«

Der Fahrer musterte den kleinen Kolumbianer mit den verstrubbelten Haaren skeptisch, er zögerte.

Tobler nickte zur Bestätigung, »Um dieses Knöllchen kümmere ich mich persönlich, versprochen.«

Am Rückweg zum dritten Stock klingelte er an sämtlichen Wohnungstüren und befragte die Mitbewohner. Niemand erinnerte sich an verdächtige Geräusche, kein Läuten an der Haustür, kein Treppengetrampel. Nur Frau Jovanović aus dem Zweiten behauptete, eine ihr fremde Radlerin im Innenhof gesehen zu haben. Aber Frau Jovanović wohnte erst seit sechs Wochen im Gebäude, sie kannte nicht alle Bewohner dieses Blocks.

»Und jetzt?«, empfing ihn Eileen nervös. Ihre roten Augen verrieten, dass sie geweint hatte, »Hier ausziehen und zu deiner Mutter?«

»So, wie ich diesen Menschen einschätze, kennt der längst Mutters Adresse«, er führte seine Frau zu dem Kinderbettchen. Marina nuckelte im Schaf versonnen am Däumchen, »Dadurch liefern wir ihm nur ein neues Opfer für seine Drohungen. Ich..,

ich weiß es nicht!«, er fuhr sich verzweifelt über das Gesicht, »Ich weiß nicht weiter, Schatz! Wie soll ich euch beschützen?«

Es läutete, beide zuckten zusammen. Keiner wagte es, sich auch nur einen Zentimeter zu bewegen. Vier Augen starrten auf die geschlossene Wohnungstür.

»Mach auf!«, es hämmerte wild gegen das Türblatt, »Ich weiß, dass du drinnen bist, oder?«

»Gustav!«, erleichtert stürmte Tobler in den Flur, »Komm herein!«

»Wieso wohnst du nicht Parterre?«, der betagte Mediziner atmete schwer, »Diese Treppen sind eine Zumutung in meinem Alter, oder?«, er drückte den Rücken durch, »Ist inzwischen der Ermittler in dir zurückgekehrt? Wurde im Gebäude jemand beobachtet?«

»Nein, und unsere zuverlässige Treppen-Überwacherin war auswärts.«

»Zeig mir das Bild.«

»Das hab ich eben per Taxikurier zu Meisl geschickt.«

»Was? Bist du bekloppt?«, Feger warf seinen Mantel über den Kinderwagen, »Das Foto war unser einziges Beweisstück, und du übergibst es einem Fremden?«, er beutelte die Schnee-flocken von seiner Anzugshose.

Hitzige Röte stieg in Sebastians Gesicht. Erst jetzt begriff er seinen Fehler: Bei seiner Unterhaltung mit Frau Sommer hatte die Haustür offen gestanden. Wie simpel war es, ihr Gespräch von außen zu belauschen? Jeder konnte sich für den Taxifahrer ausgeben. Jeder, selbst der Erpresser. Dazu hatte er mit seiner Frage, ob er der Taxifahrer wäre, dem Mann eine Steilvorlage geboten und nicht einmal seinen Ausweis verlangt. Entsetzt sank Sebastian auf Viennas Knochen-Print-Decke.

»Ich Idiot!«, er vergrub sein Gesicht in den Händen, »Aus Angst vergesse ich die einfachsten Vorsichtsmaßnahmen!«, das war die Chance seines Lebens, den Attentäter zu ergreifen!

»Dann ab ins Auto und ihm nach. Das Blaulicht liegt hof-fentlich im Handschuhfach, oder? Jetzt wäre der perfekte Zeit-punkt, es einzusetzen«, Gustav reichte ihm die Hand zum Auf-helfen.

Doch Tobler blieb sitzen, »Nein! Ich bleibe hier, bei meiner Frau und meinem Kind«, wehrte er ab.

»Du gehst. Ich passe auf!«, ein Kommando.

»Du? Was kannst du in deinem Alter groß ausrichten?«

Gustavs Züge verhärten sich, seine Lippen wie ein dünner Strich. Die Augen starr und seltsam leer. Wortlos öffnet er das Wohnzimmerfenster, Schneeflocken trudelten herein. Er stellte sich neben Fensterrahmen, den Rücken fest gegen die Außenwand gepresst, für neugierige Blicke von der anderen Straßenseite unsichtbar. Sein Gesicht unbewegt, wie versteinert. Seine Pupillen fokussierten die Kommode an der gegenüberliegenden Wand, davor Marinas Gitterbett. Er griff in sein Jackett ... und hielt eine Pistole in der Hand.

»Nein!«, Eileen schrie. Sie sprang, stellte sich beschützend vor Marina, die Augen angstvoll aufgerissen, »Du?«

Fegers Miene blieb ausdruckslos.

Tobler stürmte auf den bewaffneten, weißhaarigen Mann zu, zerrte an seinem Arm, »Ich..., ich habe dir vertraut!«, seine Stimme brach hysterisch. Gustavs Arm war hart wie Stahl.

Ein ohrenbetäubender Knall zerfetzte die mittägliche Stille.

Friedhelm Brunner tupfte vor dem Badspiegel eine neue Lage Wundsalbe auf seine blutigen Stellen im Gesicht und auf den Extremitäten. Er war stinksauer. Wie und woher hatte Sebastian von seinen Video-Geschäften erfahren? Befehligte der Mann eine riesige Spitzelhorde im gesamten Münchner Stadtgebiet? Zum Glück verwehrte jede Bank seinen heruntergekommenen Spionen den Zutritt, sonst hätte Sebi längst ein Verfahren gegen ihn angezettelt. Er linste zu dem braunen Umschlag auf seinem Küchentisch, bis jetzt hatte noch keiner die unterschlagenen 245.000 Mäuse aus Haas´ Schließfach angesprochen. Die Salbe brannte auf der Wange, er biss die Zähne zusammen. Nahm Tobler ihm seine umfrisierte Darstellung von Kowalskis Auftrag ab? Falls Özil sich zum Reden entschloss, hatte Tobler ihn in der Hand. Würde der kolumbianische Volldepp am Montag allen Ernstes zum Chef rennen und ihn verpfeifen?

Brunner blieben zwei Möglichkeiten: Entweder brachte er

Özil endgültig zum Schweigen, oder Sebi. Er entschied sich für die ungefährlichere Variante, den Teamleiter. Der Kollege hatte genug Dreck am Stecken: Er verheimlichte Informationen, zog mit Marc einen Verdächtigen ins Ermittlungsteam, mischte sich in Bernhards Aufklärungsfälle und unternahm Befragungen auf eigene Faust ohne Ergebnisse zu liefern. Aber nicht nur das ...

Friedhelm schaltete sein Handy ein und scrollte durch die letzten Fotos. Sie waren besser geraten wie erwartet. Er wählte zwei aus, versah sie mit einem Hinweis zum aktuellen Ermittlungsstand und sendete sie an Kowalskis Dienstgerät. Zufrieden steckte er das Telefon in die Tasche zurück. Am Montag würde Sebi sein blaues Wunder erleben!

Marina kreischte, Eileen ebenfalls.

Ihr Geschrei übertönte jedes weitere Geräusch, wie den heftigen Knall des zerberstenden Stahls, als der schwarze Wetterhahn vom gegenüberliegenden Dach stürzte und unter lautem Scheppern über das rote Ziegeldach rutschte. Mit metallischem Knarzen verhakte er sich in der dunklen Dachrinne und blieb hängen. Das rostige Gebilde schaukelte sanft im Wind.

Tobler stand der Mund offen. Der Mann in seinem Wohnzimmer schien ihm auf einmal vollkommen fremd. Sein Blick pendelte fortwährend zwischen Feger und dem Fenster.

Langsam entspannte sich Gustav, er ließ seine Pistolenhand sinken, jedoch die Augen weiterhin starr an die gegenüberliegende Wand geheftet.

Keiner sprach ein Wort, nur Marina heulte weiter.

Zwei Atemzüge später verwandelt sich der Fremde in Sebis Wohnung von einem entschlossenen John Wayne zurück in den liebenswürdig lächelnden Gandalf. Gustav legte auf wohlbekannte Art den Kopf schief und lächelte ihn vertrauensvoll an, »Glaubst du mir jetzt?«, fragte er langsam.

»Immer, aber ... du ...«, stammelte der Vater.

»Frag nicht, renn!«, es war ein Befehl, »Jede Minute zählt. Der Mann hat einen Vorsprung. Wie groß, wissen wir nicht. Fahre zu Meisl, nur so erfährst du, ob er ein Taxifahrer oder der Attentäter ist. Los jetzt!«, er zerrte ihn am Ärmel, »Schau in jedes Fahrzeug! Niemand hält auffällig in zweiter Reihe, wenn er einen Kindermord plant. Womöglich musste er weiter entfernt parken. Meine Beine sind nicht so flink wie früher. Jetzt lauf in Gottes Namen, lauf für deine Tochter!«

Toblers Erstarrung brach, er sprang über Vienna, rannte zur Anrichte mit dem Familienbild und riss seine Dienstwaffe und die Handschellen an sich.

»Warte!«, Feger hielt ihm am Hosenbund zurück, »Nimm das hier«, er reichte ihm eine Tüte.

Sebastian betrachtete die verpackte Infusion, »Was ist das?«

»Eine zweite Dosis Gegengift, falls der Idiot dich aufs Korn nimmt.«

»Bleib hier, bitte!«, Eileen stürzte zu ihrem Mann, sie klammerte sich verzweifelt an seinen Arm.

»Er geht!«, Fegers Worte duldete keinen Widerspruch, »Ich verteidige euch, notfalls mit meinem Leben!«, kein ´oder?´.

»Pass auf Marina auf!«, Tobler hauchte ihr einen Kuss auf die Stirn und suchte Gustavs Augen, »Danke«, stammelte er, dann rannte er ins Treppenhaus. Die Wohnungstür bleib hinter ihm offen. Marinas Geschrei erfüllte die Treppe vom Speicher bis zum Erdgeschoss.

Gustav zielt blind?

Dieser Schuss, wie war das möglich? Das schaffte nicht einmal er selbst! Der Kommissar hastete hinunter, er nahm immer zwei Stufen zugleich.

Im Erdgeschoss flog lautstark eine Tür auf, »Haben Sie das eben gehört?«, rief ihm Frau Sommer vom Stiegenende entgegen, »War das ein Schuss?«

»Davon hab ich nichts mitbekommen ...«

Die Frau schielte die Stockwerke hoch, Marina brüllte noch immer bei offener Tür, »Kein Wunder bei dem Lärm!«

»Das war sicher nur eine ... Fehlzündung«, improvisierte er im Vorbeirasen. Hoffentlich hatte er vorhin mit dem Taxifahrer nicht den größten Fehler seines Lebens begangen. Den Fehler, der den Tod seines Kindes bedeuten konnte!

Er stürmte zum VW-Bus und drehte den Zündschlüssel um, noch bevor die Tür zufiel. Er setzte den T4 rückwärts auf den

Fahrradweg neben der Konrad-Adenauer-Allee. Hupte, bis ein irritierter Fahrer stockte. Rasch quetschte er in die entstandene Lücke. Der Hintermann funzelte ihn wütend an.

Kowalski! Er musste den Chef informieren, hektisch tippte er auf den Kontakt, »Dieser Anschluss ist momentan nicht zu erreichen«, Wochenende, ausgeschaltet!

Knapp 150 Meter vor ihm entdeckte er ein beiges Taxi, er aktivierte das Blaulicht, drückte auf die Hupe und lenkte auf die Gegenfahrbahn. Zwei Biegungen später überholte er den Fahrer: ein Inder, der Falsche!

Wie viele Taxis gab es in der Landeshauptstadt? Kannte die Zentrale die aktuell gefahrenen Strecken? Google meldete rund zweihundert Taxiunternehmen alleine in München, unzählige in der Umgebung. Alle anzurufen würde Stunden dauern! Aber war das nötig? Der Erpresser würde gewiss seinen eigenen Wagen benutzen. Langsam gewann das analytische Denken die Oberhand: Er hatte ein Taxi angefordert und jemand war gekommen. Solange kein weiterer Fahrer bei Eileen läutete, war alles in Ordnung. Er reduzierte das Tempo, doch die Angst, das Bild dem Falschen gegeben zu haben, blieb.

Kurz darauf rappelte sein Telefon, das Präsidium, »Habt ihr ihn?«, er passierte das Werbeschild seiner VW-Werkstatt Alexander Petrev, warum lief heute alles so langsam?

»Nein«, verwirrtes Zögern am anderen Ende, »Hier Polizeipräsidium Tegernseer Landstraße, Zentrale. Sind Sie zu Hause, Herr Tobler? Ist alles in Ordnung?«

»Wieso, Herr Schreihagen?«, er bog ab.

»Scheinhacker, mein Name hat nichts mit Nina Hagen zu tun«, der Neue seufzte, »es gab einen Notruf wegen Schüssen in der Konrad-Adenauer-Allee. Sie wohnen doch in der Konrad-Adenauer-Allee?«

»Von wem stammt der Anruf?«, erneutes abbiegen, aber der Verkehr blieb, »Scheiße!«

Ein irritiertes Zögern, »Eine Frau Sommer ...«

»Das war eine Fehlzündung, Schlagen...«, er brach ab, »Das habe ich bereits mit der Dame persönlich geklärt.«

»Eine Fehlzündung?«

»Ja. Danke für Ihre Sorge, ich weiß es zu schätzen. Ist Meisl schon da? Wurde ein Umschlag für ihn abgegeben, von einem Taxifahrer?«, der Blinker tickte erneut.

»Ja, der war da. Er kam wie ein Henker auf unseren Hof gebraust und faselte etwas von einer dringenden, polizeilichen Lieferung. Daraufhin bin ich im Dauerlauf mit dem Kuvert zur Spurensicherung. War das ein Fehler?«

»Nein«, Sebastian atmete erleichtert auf. Sämtliche Ängste, dem Erpresser ein Beweisstück ausgehändigt zu haben, lösten sich in Luft auf ... und damit auch seine einzige Spur, »Danke für Ihren Einsatz. Ich bin gleich da«, er legte auf und lenkte seinen Graublauen über den mittleren Ring.

Scheinhacker starrt auf den Hörer: Fehlzündung? Skeptisch runzelte er die Stirn, zur heutigen Zeit, 2020? Dann zuckte er mit den Schultern: vielleicht doch. Schließlich war Tobler ein Kommissar und er nur ein einfacher Beamter.

Stefan Meisl saß mit einer Lupe ans Auge geklemmt am Labortisch, er blickte nicht einmal auf, »Zu deiner Probe: Es handelt sich um ein stinknormales Verbandspflaster. Wir verwenden die gleiche Sorte im Notfallset des Präsidiums.«

»Es stammt von Rolf Seibold«, erklärte Tobler, »Und der Rest? Kommt dir etwas bekannt vor?«

Meisl schielte zu ihm herauf, »Blut, nicht menschlich«, er zeigte auf einen großen, braunen Fleck, »Dazu eine Unmenge schwarzer Hundehaare. Vienna?«

»Das stammt von ihrem Streifschuss. Die seitlichen, spinnenartigen Klebeflächen, hast du die schon überprüft?«

»Hab ich«, er deutete mit einer spitzen Pinzette auf das vor ihm liegende Ende einer der länglichen Befestigungen, »schau dir das hier an: diese kleinen Partikel zwischen den Haaren.«

»Und?«

Meisl schürzte die Lippen, er nickte vielsagend, »Ich mach es im Labor dringlich. Wir jagen die Blutpartikel durch unsere Datenbank, und die angeklebten Stoffreste ... gib mir ein paar Minuten Zeit.«

»Danke! Und der Drohbrief?«

»Weninger sitzt am PC und analysiert das Bild deiner Tochter. Ein Foto wäre simpel, aber ein Ausdruck«, er seufzte entschuldigend, »Volkmar will sich nicht festlegen, er tippt auf eine Leica. Den Typ kriegt er auf die Schnelle nicht heraus.«

»Eine Leica?«, Tobler beschlich ein ungutes Gefühl, »Das Foto aus Hamoud Hinterlassenschaft, wurde es nicht ebenfalls mit einer Leica aufgenommen?«

»Das mit der rassigen Rothaarigen?«, Stefan blätterte in den Unterlagen, »Stimmt, könnte aber Zufall ein.«

Zufall? Sebastian wollte es nur zu gerne glauben, aber sein Gefühl sprach dagegen. Wieso passten die beiden Kameratypen zusammen? Wieso stand Ute bei dem Anschlag auf den Mastiff unter den Schaulustigen? Alles nur Zufall? War er so blind gewesen, oder *wollte* er bislang blind sein? »Ich bin ein Idiot!«

»Das merkt man immer als Letzter«, Stefan sah ihn fragend an, »Somit war unser Sondereinsatz zumindest nicht umsonst.«

»Manchmal braucht es einen Schlag ins Gesicht, um klar zu sehen!«, er wandte sich zum Ausgang, »Merci, Stefan. Ich hab ein tolles Team. Bitte erinnere mich, dass ich es am Montag für die anderen wiederhole.«

Ute! Seine flippige, sommersprossige Ute mit den verführerischen, grünen Augen. Diesmal flatterte nur ein einzelner und flügellahmer Schmetterling in seinem Bauch.

Gustav beschützte seine beiden Mädchen. Ohne exakt anzulegen, hätte er selbst nie im Leben den dünnen Stab des Wetterhahns getroffen. Fegers Verteidigungsfähigkeit übertraf seine eigene Schießfertigkeit bei Weitem. Es war müßig, darüber zu grübeln: Sein nächster Schritt lag auf der Hand, diesmal würde er nicht kneifen: Er musste mit Ute Reining reden, sofort!

Während der Fahrt zur Agnes-Bernauer-Straße entwarf Tobler seinen Schlachtplan. Er setzte auf den Überraschungseffekt, Ute sollte keine Chance bekommen, um sich Ausflüchte und Lügen zurecht zulegen. Er parkte in der Perhamerstraße, einer Parallelstraße, und eilte zu Fuß weiter. Vorsichtig spähte er die Landsberger entlang. Zu ihrem Hauseingang waren es rund einhundert Meter. Er hielt sich dicht an der Hauswand, falls sie aus dem Fenster schaute. Einige Passanten sahen ihm entgeistert zu. Hoffentlich verriet ihn keine spitzfindige Anwohnerin, wenn er über die verschneiten Rabatten trampelte. Er erreichte die Tür ohne Zwischenfall und läutete im obersten Stockwerk.

»Wer da?«, quäkte eine Frauenstimme aus der Anlage.

»Der Paketbote, ich bring´s Ihnen rauf«, vorsorglich schaltete er sein Diensthandy aus. Ein Anruf zum falschen Zeitpunkt konnte fatale Folgen haben.

»Schon wieder eines?«, der Türöffner summte. Im Hausflur vernahm er von weit oben, »Roland, was hast du jetzt schon wieder bestellt?«

Er nahm zwei Stufen auf einmal, dicht an die Treppenwand gedrückt. Je später die verprellte Bewohnerin aus der obersten Wohnung seine Lüge mitbekam, umso besser. In der zweiten Etage lehnte er seinen Rücken an die Wand und drückte den Klingelknopf. Er hörte, wie sich Utes Schritte näherten, dann Stille. Wenn sie durch den Spion schaute, würde sie ihn nicht entdecken. Er klingelte erneut, diesmal öffnete sie. Bevor sie etwas sagen konnte, stand er in ihrer Wohnung und schlug die Tür hinter sich ins Schloss, »Hallo Ute!«

»Sebastian?«, sie schnappte überrascht nach Luft, »Wieso rufst du nicht vorher an? Dann hätte ich ...«, sie schielte in das Zimmer, »aufgeräumt.«

»Passt schon, gehen wir rein«, er drängte sich an ihr vorbei, doch sie versperrte ihm den Weg.

»Nein. Erst sagst du, warum du hier bist«, sie zog ihre niedliche Schmollschnute und verschränkte trotzig die Arme vor der Brust. Egal, was er sagen würde: Sie musste ihn aufhalten, unbedingt! Ein Schritt weiter und der Kommissar würde ihre Vorbereitungen in der Küche entdecken. Ein Polizist erkannte sofort, was dort am Tisch lag. Trotz ihrer Anspannung gelang ihr ein schelmischer Gesichtsausdruck, »Ich warte!«

»Nur ein paar Fragen«, in Toblers Bauch entfalteten weitere der dämlichen Schmetterlinge ihre Flügel, »Wieso bist du doch zu Hause? Gestern sagtest du, du hättest keine Zeit«, schwach, sehr schwach und falsch, dachte er, während die Worte herauspurzelten. Denk an Marina und Viennas Streifschuss!

Er holte tief Luft und bevor Ute reagierte, ging er zum Angriff über, »Du warst mit Tarik Hamoud, bzw. Faris El Din im Urlaub«, es fiel ihm wahnsinnig schwer, »Du studierst Pharmazie in der Schweiz und kennst dich mit Giften aus«, er reichte ihr das Foto mit dem Mastiff, »Bist du Mitglied in einem Armbrustschützenverein?«, es folgte die Aufnahme von Puettmanns Hals mit blutverschmierten Schal, »Willst du mir etwas beichten, Ute?«

»Nein, wieso?«, ihr Lächeln gefror auf ihren Zügen, doch ihre Gedanken rasten. Er hatte sie! Aber er durfte sie jetzt nicht aufhalten: Noch fehlte eine Person. Ihr Schwur an Faris Grab!

»Bitte antworte mir, sonst durchsuche ich deine Wohnung.«

»Okay«, sie sah sich um, »Reden wir über mein Leben, aber nicht hier, lieber draußen an der frischen Luft«, sie trat dicht vor ihn. Ihre schlanken Finger fassten nach seinem Mantelkragen und schlug ihn kokett hoch, ihr Gesicht nur wenige Zentimeter von dem seinen entfernt. Lange strahlte sie ihn versonnen an, ihre Lippen bebten.

Seine Hände zuckten, wünschten sich, Utes warmen Körper zu berühren, sie zu umarmen ... aber er widerstand. Sein Atem ging schwer, »Von mir aus«, stammelte er und wich zurück.

»Warte, ich hole ein paar Sachen«, sie wandte sich ab.

Die Gefahr für Sebastians Gefühle war gebannt.

Waren die Drohungen nicht drastisch genug? Jeder Vernünftige würde vor Angst vergehen und bei seiner Familie hocken. Wieso zog sich Tobler nicht von den Ermittlungen zurück? Seit wann war er ihr auf der Spur? Nur er, oder kannte das gesamte Präsidium seinen Verdacht? Dieser Mann musste verschwinden. Auf einen weiteren Mord kam es jetzt nicht mehr an. Sie wusste auch schon wie und wo.

Sebastians Herz hämmerte, während er auf sie wartete. Er begriff, wie fahrlässig es von ihm gewesen war, allein hierher zu kommen. Warum hatte er nicht Roman um Unterstützung gebeten? Die Antwort war klar: Er wollte es nicht, wegen Ute und wegen der herben Reaktion des Langen nach dem Auftauchen von Broncos geplünderter Sammelbox. Außerdem leitete Roman den Piotrowski-Einsatz.

Ute kruschte in der Küche. Er überschlug die Ausmaße ihrer Wohnung. Sie war groß, wesentlich größer wie seine Eigene. Die Räumlichkeiten gegen ihren Willen zu durchsuchen war aussichtslos. Außerdem fehlte ein Durchsuchungsbeschluss.

Er dachte an Eileen und Marina ... alles würde gut werden!

Ute kehrte mit ihrem bunten Bolga-Korb zurück, eine OBI-Tüte ragte über den Rand, »ich kenn einen netten Ort, perfekt zum Problemwälzen!«, unbekümmert hakte sie sich bei ihm unter, »Komm mit, ich zeige ihn dir!«

Passt, entschied Sebastian für sich, vielleicht erwische ich Roman, damit er nach der Observierung hier unbemerkt reinschaut, solange ich sie ablenke. Damit wäre sein Problem mit dem fehlenden Durchsuchungsbeschluss umgangen.

Kaum war ihr Mann durch die Tür, fasste sich Eileen, »Gustav! Ich erkenne dich nicht wieder«, sie deutete auf die Pistole in Fegers Hand, »du warst nie«, sie rang nach dem richtigen Wort, »gewaltbereit.«

»Von eisgekühlten Leichen geht selten Gefahr aus, oder?«, er zwinkerte vertraulich.

»Wieso hast du nie erzählt, dass du so perfekt schießt?«

»Es ist unwichtig, oder?«, im Treppenhaus schlug eine Tür, Gustav wechselte sofort zum Eingang und lauschte. Stille, er entspannte sich, »Lassen wir das Thema«, diesmal ohne seinen typischen ´oder?´-Zusatz, dafür unerwartet streng und direkt.

Schweigend warteten sie auf eine Nachricht von Sebastian. Letztendlich rief Eileen bei ihm an, »Er hat sein Handy ausgeschaltet!«

»Ist besser für seine Konzentration«, Gustav stand seitlich am Fenster und registrierte jede Bewegung auf der tief unten liegenden Konrad-Adenauer-Allee. Nach einer weiteren halben Stunde wurde es selbst Feger zu lange, »Frag in der Zentrale nach, ob er angekommen ist und wo er steckt.«

Melvin Scheinhacker verwies sie an Meisl, »Sorry, Eileen, er ist vor einer Stunde raus. Er verfolgt eine verdammt heiße Spur. Falls er sich bei dir meldet, soll er mich sofort anrufen. Das ist äußerst wichtig!«

Sie legte den Hörer zurück, »Vorhin wusste Sebi nicht, was er unternehmen sollte, und jetzt rennt er plötzlich einer heißen Spur hinterher?«, Argwohn lag in ihrer Stimme.

Feger bezog Stellung am Küchenfenster, »Ist recht schnell gegangen, oder?«, er scheuchte Vienna ins Wohnzimmer und begutachtete die dicke Spinnwebe an der Wand. Hoffnungslos überfordert, die heutigen Mütter!

Vienna blieb beim Kinderbett, Marina brabbelte im Schlaf.

»Wieso ruft er nicht an? Er weiß doch, dass wir auf Kohlen sitzen?«, irgendetwas stimmte nicht, das spürte Eileen genau, »Findest du nicht, dass sich Sebastian in letzter Zeit verändert hat, Gustav?«

»Drei Morde sind kein Grund zur Freude, oder?«, er lugte hinaus, »Das haut viele um, nicht nur die Toten.«

Eileen saugte an ihren Lippen, begonnen hatte es am Speichersee, mit der angekündigten Vernehmung. Ihr Mann plante, heute nochmals wegzufahren. Dann dieser Zettel: Anfangs war Sebastian regelrecht ausgerastet, aber anschließend wirkte er überlegt. Der Taxifahrer, wann hatte er ihn bestellt? Oder war alles nur eine Finte, um sich an ihrem Familien-Samstag zu verdrücken? Von wem stammten die bedrohlichen Zeilen? Von einem Irren oder von ihrem eigenen Mann?

Sie sah zu Dr. Feger der in gespielter James-Bond-Manier die Umgebung überwachte, die Pistole schussbereit an seine Schulter gelehnt. Welch eine Show!

Langsam fiel der Groschen: Diese ´Vernehmung´ musste für Marinas Vater extrem wichtig sein, wenn er sogar den hochbetagten Mediziner mit ins Boot zog. Sie presste die Lippen zusammen, die Gedanken rasten, ihre Züge wurden hart: Verbrachte ihr Ehemann den Samstag mit einer anderen?

»Gustav«, flüsterte sie, »wem würde Sebastian eine heiße Spur anvertrauen?«, sie betonte *heiße* mit deutlich skeptischen Unterton.

Dr. Fegers rechte Augenbraue wanderte langsam nach oben. Ohne die Straße außer Acht zu lassen, brummelte er, »Vernehme ich da eine Spur von Misstrauen, oder?«, er zögerte einen Augenblick, um die Anspielung zu überdenken, dann schüttelte er den Kopf, »Nicht Sebastian. Eher liefert er sich freiwillig für euch ans Messer«, seine Konzentration kehrte zurück, »Sebis heiße Spuren haben keine Hochkommas. Sie sind weit gefährlicher als jede Affäre ...«, er begutachtete den Flur, hängte den beiseite geworfenen Mantel an den Garderobenhaken und überprüfte das Treppenhaus durch den Türspalt, »... und eine eifersüchtige Ehefrau, oder?«

»Entschuldige bitte, ich dreh´ langsam durch. Erst die Drohung, dann ...«

»Im Bad gibt´s kaltes Wasser, perfekt um Angst und dumme Gedanken wegzuwaschen, oder?«, er zwinkert ihr zu, die erste lockere Geste, seit er die Wohnung betreten hatte, »Anschließend rufst du den Kollegen Hiebler an.«

»Höchste Zeit, dass du dich meldest«, schnaubte Roman in sein Telefon, »Wir brauchen dich hier, sofort!«

»Ich bin´s«, verstört musterte Eileen den Hörer, »Du weißt nicht, wo Sebastian ist?«

»Nein, Eileen! Aber er sollte sich, verdammt dringend, bei mir bei melden! Wir beobachten ein Haus. Jederzeit kann hier die Bombe platzen!«

»Bombe?«

»Eine Keilerei«, relativierte Hiebler genervt.

Eileen wurde blass, »Er fehlt seit Stunden. Steckt er dort mit drin?«

»Nein, davon wüsste ich. Wieso schaltet er sein Diensthandy aus? Ich versuche es schon zum dritten Mal bei ihm!«

»Nicht nur du. Glaubst du, dass ihm etwas zugestoßen ist?«, es schepperte laut hinter ihr, panisch fuhr sie herum. Sie sah, wie sich Gustav weit aus dem aufgerissenen Fenster beugte, die Waffe entsichert. Vienna stürmte vorbei, sie beschnüffelte die Erde auf ihrer Knochendecke, den heruntergestürzten Blumentopf und den heraus katapultierten Bonsai.

»Fehlalarm«, Feger schloss die Scheiben, »Ich räume das später weg, versprochen.«

»Wer ist bei dir?«, Romans Stimme.

»Gustav.«

»Ohne: oder?, warte«, ein Funkspruch quäkte, »Schreie und Schüsse?«, wiederholte Roman, »Fertig machen zum Zugriff, in einer Minute!«, und zu Eileen, »Es geht los. Hat dir Sebastian etwas über sein gestriges Gespräch erzählt? Er ist abends zum Standort einer IP-Adresse gefahren.«

»Ich bin zwar eine Ex-Polizistin, aber er nimmt das Dienstgeheimnis ernst, ausnahmslos.«

Roman sah zur Uhr, noch 48 Sekunden, »Ich alarmiere die Kollegen. Wir bleiben in Kontakt«, er trennte die Verbindung und rief bei Jörg an, »Habe Zugriff in neunundzwanzig Sekunden«, brüllte er ins Telefon, »Wem gehört die IP? Sebastian ist verschwunden!«, er lauschte, »Scheiße! Deshalb macht Sebi so ein Geheimnis um sie«, achtzehn Sekunden, er horchte weiter, »Ja, ich schau es mir vorher an, sobald ich hier wegkann. Postfach Reining, Fraunhoferstraße, servus!«, wiederholte er. Vier Sekunden, er öffnete die Fahrertür, »Alle Mann raus, Zugriff Piotrowski und Co!«

Tobler hoffte, Ute umzustimmen. Er schlug einen Spaziergang in den Isarauen vor. Dort kannte er eine windgeschützte Baracke mit traumhaftem Blick durch eine Baumgruppe zum Fluss. Der Verschlag diente im Sommer einigen Wohnungslosen als Bleibe. Im Winter fanden seine Bewohner Schutz in Münchens Wärmestuben, der Bayernkaserne oder den Notbussen.

Aber Ute beharrte auf ihrem netten Ort. Zu seiner Überraschung steuerte sie die U5 Laimer Platz an. Ein überfüllter Zug war der letzte Ort, um Fragen zu stellen. Schweigend umklammerte er im Mittelgang die Haltestange. Zufrieden lächelnd verfolgte Ute die Spiegelungen in den Fensterscheiben. Tobler wartete ungeduldig auf das Ende ihrer Fahrt, Friedenstraße, Westendstraße, Heimeranplatz... Zur Ablenkung zählte er die Farbringe an ihrem runden Korb. Er waren sieben in vier verschiedenen Farben. Karlsplatz, Lehmbachplatz ..., »Nächster Halt: Odeonsplatz«, verkündete die Tonbandstimme.

»Hier raus«, Ute drängte an ihm vorbei zum Ausgang.

»Über den Hofgarten zum Englischen Garten?«

»Nein, dieser Aufgang«, sie lief Richtung Briennerstraße.

Sebastian beschlich ein mulmiges Gefühl. Wieso schleppe sie ihn durch die ganze Stadt? Wegen seiner Fragen hatte Ute sicher mitbekommen, dass er sie verdächtigte. Sein Argwohn wuchs: Was plante sie? Um sich nichts anmerken zulassen erkundigte er sich möglichst beiläufig: »Die Theatinerkirche?«, wie sollte er dort mit ihr reden?

Ute schüttelte den Kopf, sie leitete ihn weiter am Wittelsbacher Platz vorbei. Damit schied auch das Reiterstandbild von Kurfürst Maximilian I. als Ziel aus, »Zum Obelisken am Karolinenplatz? Mir reicht´s langsam, mit deiner Stadtführung.«

»Viel besser!«, jetzt überquerten sie die vierspurige Fahrbahn und bogen kurz darauf links in eine breite Straße ein. Ein Schild bezeichnete sie als Amiraplatz, der in den Salvatorplatz mündete. Vor ihnen erhob sich die protzige Fassade des bayerischen Staatsministeriums für Unterricht und Kultus.

»Hier?«, jetzt wurde es ihm zu dumm, »Warum setzen wir uns nicht dort vorne auf die Bank, zwischen den Bäumen?«

»Wir sind gleich da«, Ute lief weiter, »Der Bau gegenüber der Salvatorgarage«, sie zeigte auf eine nüchterne und graue, sechsstöckige Fassade, »ich habe hier ein Zimmer. Dort können wir ungestört reden«, sie kramte im bunten Korb nach einem Schlüssel.

Endlich! Sebastian schnaufte durch. Ihm lag sehr viel daran, die Angelegenheit schnellstmöglich hinter sich zu bringen und zu seiner Familie zurückzukehren. Sicherheitshalber tastete er nach seiner Ausrüstung: Handschellen und Pistole waren dort, wo sie hingehörten. Er seufzte erleichtert, also dann los!

Sie schob die Tür eines nüchternen Bürogebäudes auf und rief den Fahrstuhl. Das Display zählte zäh nach unten.

»Du hast in der U-Bahn meinen Bolga-Korb fixiert. Erinnerst du dich an ihn?«, sie stiegen ein.

»Woran?«, er kam nicht drauf, »In welches Stockwerk?«

»An den Unfall! Ich hatte ihn am Fahrrad dabei!«

Der Unfall, natürlich!

Der Tag, an dem sie sich zum ersten Mal begegnet waren: Sie lag auf dem Rücken, die dicken, rötlichen Locken hingen ihr ins Gesicht. Wirre Strähnen ergossen sich auf den Straßenbelag. Die üppige Haarpracht verlieh ihr damals eine gewisse Verwegenheit. Es passte zu ihr!

»Meine erste Frage damals? Hast du die auch vergessen?«, sie stand dicht bei ihm, ihre Arme streiften sich.

»Ich komm nicht drauf«, er roch ihren Duft, ihr wunderbares Parfum.

»Mein Schal!«, sie schmunzelte, ein jäher Stich an seinem Oberschenkel riss ihn aus den Erinnerungen, »Ich vermisste meinen Lieblingsschal«, Ute bedachte ihn mit einem breiten Lächeln, langsam verschwamm ihr Gesicht ...

»Was war ... das?«, lallte er wie besoffen. Die Aufzugstür öffnete sich. Wann waren Sie gefahren?

»Warte, ich helfe dir«, Ute warf sich seinen Arm über die Schulter und geleitete ihn zu einer seitlichen, hölzernen Tür. Dahinter erstreckte sich ein Gang, das Licht eines grünen Notausgangszeichens blendete ihn unnatürlich grell. Es roch moderig und feucht. Sebastian musste sich stark konzentrieren, um ein Bein exakt vor das andere zu setzen, »Wohin ...?«, stammelte er, wieder eine Tür, wie viele kamen da noch?

»Gleich«, sie zwinkerte ihm auffordernd zu, ihre Sommersprossen hüpften kreuz und quer über ihr Gesicht, lösten sich, schwebten frei im Raum ...

Ein dumpfes Rattern rollte auf ihn zu. Instinktiv duckte er sich, verlor sein Gleichgewicht und sackte in den Vierfüßlerstand zusammen. Hoch über seinem Kopf dröhnte es wie von tausend Presslufthämmern, irritiert lugte er hinauf.

Sand rieselte von der Decke, direkt in seine Augen.

»Scheisssse!«, die Zunge gehorchte ihm nicht mehr.

Die letzte Tür fiel laut krachend hinter ihm ins Schloss.

Er stand in einem Keller, einem sehr dunklen Keller, einem immer dunkler werdenden Keller, einem ... ein ...

Endloses Schwarz.

Seine Beine gaben endgültig nach, er stürzte ungebremst zu Boden, sein Gesicht schlug hart auf einen kalten, rohen Ziegelboden. Eine Falle! Er war ihr in die Falle getappt. Dumm, wie ein kleiner Hund ... Hund ... und dann war nichts mehr.

»Herr Kowalski?«, Roman atmete erleichtert aus, »Gut, das ich Sie erreiche!«

»Fassen Sie sich kurz, Hiebler. Ich sitze am Gasteig in der Philharmonie. Gleich beginnt Beethovens Neunte.«

Natürlich, der Hauptkommissar verbrachte den Samstag auf einem der 2.572 Sitzplätze im Münchener Kulturbunker, oder eher: in der Kulturvollzugsanstalt, wie die Münchener Bevölkerung den roten Backsteinbau verspottete. Und er schob Überstunden, »Wir mussten bei der Piotrowski-Überwachung einschreiten. Eine Schlägerei, Johnsons Leute gegen Bolek Piotrowski und Max Lambrecht. Fünf Personen wurden festgenommen. Drei Polizisten sind verletzt, zum Glück nur leicht. Wir haben Datenmaterial gesichert. Wir überprüfen, ob es sich um Haas´ Pornofilme aus dem Life-Power handelt«, fasste er die Ereignisse zusammen, »und: Kommissar Tobler ist spurlos verschwunden! Seine Frau bittet uns um Hilfe. Er ist nicht erreichbar. Wir machen uns Sorgen!«

Reginas Blick brannte auf Theodor Kowalskis Wange. Ihm fehlte die Zeit für ein längeres Gespräch, die Zeit und die Lust. Anscheinend wusste Hiebler noch nichts von Brunners Entdeckung und dem Foto: Tobler mit der hübschen Roten.

»Er wird sich mit jemandem verplaudert haben. Der kommt schon zurück. Ansonsten gelten die Vorschriften auch für Polizisten: 24 Stunden Freigang bei Erwachsenen, bevor wir eine Suchaktion ausrufen. Gratulation zum Zugriff.«

»Das passt nicht zu Tobler, ich kenn ihn! Wir haben einen Verdacht, ...«, weiter kam er nicht.

»Und *ich* bin überzeugt, dass es uns gar nichts angeht. Ich mische mich nicht in Familienangelegenheiten«, Applaus brandete auf, »Das Orchester kommt, bis Montag«, Kowalski schaltete das Handy stumm.

»Wer fehlt?«, Regina kuschelte sich an seine Schulter.

»Niemand. Wir genießen Beethovens Musik, meine Liebe«, die ersten Töne erfüllten den Saal. Typisch Tobler, alle verzehrten sich vor Sorge und er ging mit diesem Rotschopf fremd, der Sauhund! Er scrollte durch die Liste seiner verpassten Anrufe. Auch Tobler hatte versucht, ihn zu erwischen. Wollte er sich krankmelden, um mehr Zeit für sein Gspusi zu ergattern? Kein Wunder, dass sich bei ihm in den letzten Tagen die Fehler und Fehleinschätzungen bei seinen Ermittlungen häuften. Er verlustierte sich, während die anderen sich für seine Fälle abrackerten. Damit ist Schluss, entschied sein Chef: Am Montag mach ich ihn rund!

Der Hauptkommissar lehnte leger zurück und schloss die Augen. Zunächst wollte er sich selbst ein Bild davon machen, wie miserabel es tatsächlich um die Akustik des Gasteigs stand. Schließlich flossen auch seine Steuergelder in längst versprochenen Sanierungsarbeiten.

In der Zwei-Zimmer-Wohnung an der Konrad-Adenauer-Allee kämpfte Eileen mit aufwallender Panik, »Glaubst du, Sebastian hat inzwischen rausgefunden, wer Marina bedroht, Gustav?«

Der alte Mann zuckte mit den Schultern. Seit Stunden behielt er jeden Winkel der Umgebung im Blick.

»Ich meine: Ist er ihm auf der Spur, verfolgt er ihn?«

»So blöd ist der Junge nicht, oder?«

Sie ignorierte ihn, »Vielleicht liegt er längst tot in irgendeinem Waldstück? So wie 1965 diese Monika, im Winter.«

»Sein letzter Fall, oder? Der, mit dem königsblauen Kleid? Wenn ich mich richtig entsinne, wurde die Frau lebend vom Wald in ein Krankenhaus gebracht«, wo sie später ihren Verletzungen erlag, aber das verschwieg er.

Eileen fand keine Ruhe, zappelig fegte sie durch die Wohnung. Bei der x-ten Runde hielt Feger sie zurück, »Setz dich, sonst trampelst du einen Schützengraben ins Parkett.«

»Ich dreh hier noch durch, Gustav!«, hibbelig spreizte sie die Finger, »Ich muss los, ihn suchen. Ich kann doch nicht untätig hier herumsitzen, während ...«

»Herumlaufen, trifft es eher.«

»Ist doch egal,«, fauchte sie genervt, »...während Sebastian um sein Leben kämpft?«, sie zerrte die Handtasche vom Garderobenhaken, »Ich mache mich auf die Suche. Marina schläft sicher eine weitere Stunde. Ihre Fläschchen stehen fertig vorbereitet im Kühlschrank. Fünf Minuten im Wärmer!«

Sie schnipste mit den Fingern, »Vienna komm!«

»Du bleibst hier!«, er versperrte ihr den Weg.

Vienna verstand die Welt nicht mehr: Ihr bester Freund griff ihr Frauchen an? Wie sollte sie darauf reagieren? Was erwartete man von ihr? Einen Befehl abwarten, oder ... Sie preschte vor, packte Fegers Hosenbein und riss ihn zur Seite. Gustav verlor das Gleichgewicht, er taumelte, instinktiv stützte er sich an der Wand ab. Das genügte: Eileen rannte die Treppe herunter, die Amstaff-Hündin jagte hinterher. Endlich raus aus dieser düsteren Stimmung!

Gustav sah ihnen lange im Treppenhaus nach, er schüttelte den Kopf und schloss die Wohnungstür. Sein Blick streifte die Garderobe: Der Haken, an den er seinen Mantel gehängt hatte, war leer. Eileen! War sie jetzt vollkommen verrückt? Grenzenlos enttäuscht über ihren Diebstahl, schlich er zurück in die Küche. Nach einem Schluck eiskaltem Wasser fühlte er sich besser. Er schob die Gardinen beiseite und schaute aus dem Fenster. Tief unter ihm blitzten die Scheinwerfer seines Autos auf, Eileen stieg hastig ein und manövrierte den Wagen aus der Parklücke. Das leidige Manko eines Funkschlüssels.

»Zumindest braucht sie nicht zum Tanken, wenn es weiter wird, oder?«, er schlich zum Kinderbett. Seine faltige Hand streichelte sanft über Marinas Wange, das Baby schmatzte im Schlaf, »Hoffentlich riskiert deine Mama nicht zu viel.«

Wie könnte er Sebastian je wieder unter die Augen treten, wenn Eileen etwas zustieß? Kaum hörbar flüsterte er, »Es sind schon zu viele Frauen und Kinder sinnlos gestorben«, er brach ab, dunkle Bilder stiegen aus seiner Erinnerung empor, Explosionen, Schüsse, Schreie ..., er blinzelte und drängte die Vergangenheit zurück.

Sein Auftrag lautete: Beschütze dieses kleine Mädchen! Er betrachtete das schlafende Baby, ein sanftes Lächeln legte sich über sein Gesicht, »Kinder sind das wertvollste auf dieser Welt. Keine Angst Marina, ich werde dich nicht auch noch verlassen, ich stehe dir bei.«

Leise stellte er das leere Glas in das Spülbecken. Das staubige Knäuel Spinnfäden klebte immer noch neben der äußeren

Seitenwand des Küchenschrankes, es widerstrebte ihn. Spinnen und Kinder, das passte nicht zusammen, selbst wenn es sich weder um eine Tarantel noch um eine Vogelspinne handelte.

Gustavs Autoschlüssel steckte in seiner rechten Manteltasche. Dank der Funk-Funktion erkannte Eileen seinen Wagen vor der Kirche. Sie schämte sich für den Diebstahl, nein das Ausleihen, korrigierte sie sich, aber es war ihre einzige Chance, um etwas Sinnvolles zu unternehmen. Sie reihte sich in den Verkehr ein und ließ sich treiben. Vienna beobachtete sie vom Beifahrersitz aus. Ohne ihren Kindersitz fühlte sie sich höchst unwohl.

Eileen steuerte intuitiv das nahe Waldstück am Gewerbepark West an. Dort durchkämmte sie etliche Zeit die verschneiten Wege, sie suchte unter Bäumen. Die frische Luft tat gut, sie klärte ihre Gedanken. Wie sehr sie doch die Ermittlungsarbeit vermisste!

Vienna rannte voraus. Sie schnüffelte unter jedem Gestrüpp, hetzte mit der Nase tief am Boden in alle Richtungen. Aber das Einzige, was sie aufstöberte, waren zwei Katzen, einige Vögel und ein angebissenes Sandwich. Eileen versuchte es weiter am Grubenpark im Truderinger Wald, Sebastians früherer Joggingstrecke, am Perlacher Forst und am Forstenrieder Park. Ihr war bewusst, wie hoffnungslos ihr Unterfangen war: Kein Mörder würde seine Leiche sichtbar am Wegrand drapieren und jeder Wald für sich schien grenzenlos. Sie suchte die Nadel im Heuhaufen. Dennoch beruhigte es, dass sie nicht untätig herumsaß. Aber wie sollte sie ihren geliebten Ehemann nur finden? München war groß und sie alleine! Sebastian kannte durch seinen Beruf viele Menschen in der Stadt, sie selbst nur einige Mütter, die sich gewiss nicht an der Suche beteiligten. Hoffentlich rekrutierte Roman genügend Kollegen. Sie überprüfte ihre Nachrichten: nichts. Wieso meldete er sich nicht? Die Antwort war leicht: weil der Lange akut nach Sebastian suchte. Eileen überquerten den Mariahilfplatz und rollte über die Ohlmüllersraße Richtung Isar. Plötzlich sprang Vienna wie verrückt gegen das Seitenfenster und kläffte. Neben ihnen schlurfte ein alter Mann mit roter Strickmütze durch den Schneematsch des Gehwegs.

»Schlumpf?«, Eileen bremste und hielt in einer Parklücke, »Gleich haben wir beste Unterstützung der Welt!«

Der Obdachlosen-Trupp saß dick eingemummelt unter dem Bogen der Reichenbachbrücke. Ihr dürftiger Adventskranz lag auf einer umgedrehten Bierkiste, zwei von drei Kerzen flackerten. Irinas Gasherd blubberte, ein delikater Duft nach Paprika und Knoblauch schwebte in der feuchten Luft. Daneben wartete Bolle mit seiner Blechschüssel, er trug Fingerhandschuhe. Jurij und Edi hatten gegen die Kälte ihre Schlafsäcke über die Schultern geworfen, Schlumpf diskutierte an der Isar mit Bronco. Die Kälte zauberte jedem eine rote Nase ins Gesicht.

In knappen Worten schilderte Eileen die letzten Stunden.

»Jetzt sieh´ste, warum man nich´ in de´ Bayernkaserne soll! Man verpasst die wichtigst´n Momente vom Leb´n«, kommentierte Bolle, »Jungs, wir schwärm´n aus! Jeder übernimmt ´ne Sippe. Die soll´n alle mitmach´n!«

Juri marschierte zur Teestube ´Otto&Rosi´ in der Rosenheimer Straße. Schlumpf kannte ein paar Kumpels im ´Komm´, in der Zenettistraße. Bolle schrubbte sich mit der Hand am Kinn, »Dann will ich mal auf zum Fred. War schon lang´ nich´ mehr bei d´n Michaelis. Edi, was is´ mit d´n Lehnbachern?«, Irina reichte ihm seine Schüssel Suppe.

»Die hocken im warmen ´Pille´, bin schon weg«, der ehemalige Lehrer erhob sich stöhnend und trottete in Richtung der Männerunterkunft in der Pilgersheimer Straße.

»Bronco, komm her! Wir brauch´n dich!«, brüllte Bolle den Fluss hinunter, er winkte den in sich gekehrten Mexikaner zu sich, »du singst oft am Hauptbahnhof. Frag in da Bahnhofsmission, ob ´n paar Kumpels helf´n.«

»Ich auch gehen, zum ´Karla 51´«, Irina löschte sorgsam die Flamme und strich sich den bunten Rock glatt, »vielleicht die Frauen helfen«, sie wickelte ihr Schultertuch fester um sich, »Bin ich Sebi schuldig, wegen Jack.« Das zerschlagene Gesicht des ermordeten Wohnungslosen auf ihrem Schrottplatz, quälte die kleine Polin bis zum heutigen Tag mit schlaflosen Nächten. Kurz darauf lag das Camp still und verlassen unter den gewaltigen Brückenbögen.

Schneefall setzte ein, der Wind trieb einzelne weiße Flocken unter die graue Betonrundung, sie verzierten den lückenhaften Adventskranz und einige Habseligkeiten der Obdachlosen mit Glitzerkristallen.

Vienna begleitete Eileen zu Gustavs Wagen. Wenn Sebastian gar nicht mehr in München war? Wenn er an einem weit entfernten Ort lag, verletzt?

Bei der Postfiliale Fraunhoferstraße setzte Roman seinen polizeilichen Charme in Kombination mit seiner Größe ein. Doch erst sein Dienstausweis brachte ihn den entscheidenden Schritt weiter. Es dauerte eine gefühlte Ewigkeit, bis sich der Angestellte auf die Suche nach dem Vorgesetzten begab. Zum Einen lag es an der Platzwunde an Romans Jochbein, einen Gruß von Johnsons Handlanger, zum anderen am Fehlen des Hauptkommissars, um die Notwendigkeit zu bestätigen.

Ein Mann mittleren Alters in blauem Anzug, weißem Hemd und kräftiger Krawatte winkte ihn in einen der Besprechungsräume, »Markgraf«, stellte sich der Filialleiter vor, »Herr Hiebler, bitte verstehen Sie, wir haben Vorschriften«, damit schloss er hinter ihnen die Tür, »Und Polizei in unserer Filiale, unser Image ...«

»Jetzt öffnen Sie endlich das Fach!«, Roman traute seinen Ohren nicht bei dem Gesülze, »Es ist Gefahr in Verzug!«

»Das sieht man ihnen an. Bitte benutzen Sie mein Telefon, um das entsprechende Schreiben anzufordern.«

Hiebler sah zur Uhr, die Zeit drängte, er musste Sebi finden. Je früher, desto besser! Seine einzige Hoffnung auf einen Hinweis zu seinem Aufenthaltsort lag in diesem Postfach. Kowalski schied aus, der saß im Konzert. Er pfiff auf den Dienstweg und versuchte es kurzerhand bei Staatsanwältin Gudrun Fendt. Die lehnte eine Freigabe ohne eingehende Prüfung oder Rücksprache mit dem Hauptkommissar rundweg ab. Sie fragte Hiebler, ob er sich überhaupt bewusst sei, welchen Schaden er der Polizei zufügen würde, falls er die Sache falsch einschätzte? Als kleines Entgegenkommen versprach sie, Kowalski selbst um Rückruf zu bitten, um die Dringlichkeit zu unterstreichen.

Desillusioniert und wütend stürmte Roman aus der Postfiliale. Er schwor sich: Wenn Sebastian etwas zustieß, würde er die beiden ganz oben hinhängen und verklagen!

Kommissar Tobler lag auf der Seite, er fror. Instinktiv suchte er nach seiner gemütlichen Zudecke, um sich tiefer darunter zu verkriechen, aber seine Hände gehorchten ihm nicht. Er versuchte es mit den Füßen, doch die brachte er nicht auseinander. Träumte er?

Er blinzelte, seine Augenlider hoben sich außergewöhnlich schwer und langsam. Sein Schädel brummte wie nach einem Vollrausch. Hatte er gestern Abend gesoffen? Er erkannte nur Schemen. Etwas stand ein Stück entfernt, aber was? Es dauerte einige Zeit, bis sich seine Pupillen darauf fokussierten konnten: ein Schemel. Für wenige Sekunden erhellte ein diffuses Leuchten dessen Oberfläche, dann erlosch es.

Erneut Dunkelheit, Scheiße! Ängstlich und träge drehte er den Kopf, spähte in die Schwärze: nichts.

Er lag eindeutig nicht in seinem Schlafzimmer, aber wo war er? Wieder versuchte er, Hände und Beine zu bewegen, sie auseinanderzubringen, vergeblich. Hinter ihm scharrte und klirrte Etwas, es klang ganz nahe. Die ersten Geräusche, seit seinem Erwachen. Kein fremdes Atmen, keine Schritte, keine tickende Uhr. Was bedeutete das Klirren? Vorsichtig betastete er mit den Fingern den Boden: kalter harter Stein, im Fischgrätmuster verlegt. Die Textur kannte er: alte Ziegelplatten, an einigen Stellen bestäubt mit feinkörnigem Sand.

Verdammt! Was war passiert? Wo war er?

Er fühlte sich zurückversetzt nach Sagomoso, Kolumbien. Ihre kleine Gruppe Straßenkinder kauerte in einem alten Keller, sie versteckten sich vor einer größeren Gang da draußen auf den nächtlichen Straßen. Er lauschte auf jedes Geräusch, hörte aber nur sein eigenes Blut in den Ohren rauschen.

Jetzt flammte die damalige Furcht erneut auf, derselbe muffige Geruch, dieselbe Feuchtigkeit, dieselbe Ungewissheit.

Langsam gewöhnten sich seine Augen an die Dunkelheit. Nach und nach schärfte sich sein Blick. Er zog die Fersen ans

Gesäß und stemmte sich mit Hilfe eines Ellenbogens in den Kniestand. Wieder dieses Klirren, wieder der diffuse Schein. Sein Atem klang rasselnd in den Lungenflügeln. Er sah an sich herunter: nackt, bis auf die Unterhose. Die Hände locker hinter seinem Rücken gefesselt. Er erkannte die eigenen Handschellen um die Gelenke. Das Licht erlosch.

Seine Fingerkuppen betasteten die kalten Zehen. Langsam arbeiteten sie sich über den Rist zu den Knöcheln hoch. Ein hartes, schmales Band schnitt in seine Haut: ein überkreuzter Kabelbinder. Wieso das? Was war nur vorgefallen? »Scheiße!«

Er setzte sich, stellte die gefesselten Füße vor sich auf den Boden. Es kostete es ihn einiges an Kraft, das Gleichgewicht zu halten, ohne sich abzustützen, aber er schaffte es. Wie viel Platz hatte man ihm zugestanden? Vorsichtig beugte er sich zurück. Seine Bauchmuskeln fühlten sich schwammig an. Er biss die Zähne zusammen, versuchte es erneut. Erst nach einigen Versuchen unter großen Anstrengungen gelang es ihm, sie anzuspannen. Er streckte die Hände nach hinten, sie berührten eine raue Mauer. Kalter, grober Ziegel. Eine Wand, Schutz von hinten! Erleichtert lehnte er sich zurück, bis ihn ein unerwarteter Schmerz durchzuckte. Er japste und fuhr nach vorne. Der kratzige, grobe Mörtel bohrte sich tief in seine bloße Haut.

Von Fern schwoll ein dumpfes Rattern langsam an, als käme etwas direkt auf ihn zu. Es wurde beständig lauter, drohender: *radun-radun-radun.*

Instinktiv suchte er die Finsternis ab, nichts. Der Lärm donnerte über seinen Kopf. Zeitgleich rieselte eine Wolke Staub und Sand auf ihn nieder. Dann entfernte sich das Rumpeln, die Luft wurde reiner, das Atmen fiel leichter. Er schüttelte sich den Dreck vom Gesicht. Woher kannte er dieses Geräusch?

Gestern, in einem verschwommenen Gang. Nach und nach kehrte die Erinnerung zurück. Die U-Bahn, der Odeonsplatz, der Aufzug. War er alleine gefahren? Nein, jemand stand neben ihm ... eine Frau, aber nicht Eileen, es war ... Ute! Ja, sie sprachen miteinander ... und dann dieser Stich im Oberschenkel.

»Scheiße,« wiederholte er flüsternd, »das Miststück hat mir Drogen gespritzt!«

Es traf ihn wie ein Fausthieb mitten ins Gesicht:

Wie ein Idiot rannte er ihr seit Tagen hinterher. Er hatte ihre Schuld geahnt, sich aber vehement geweigert es zu akzeptieren. Die Gewissheit und die Ernüchterung, schmetterte ihn nieder. Benommen erinnerte er sich an sein Gefühl neben Jungweins Leiche, gestern in der verschneiten Einfahrt an der Grossostraße: Kälte, ein Hauch von Angst und Unverständnis auf diese Art zu sterben und Enttäuschung.

Die gleichen Schwingungen, die gleiche Täterin?

Erschöpft bettete er seine Stirn auf die Knie.

Wie spät war es? Wie lange hatte er hier gelegen?

Lange genug, zu lange. Gänsehaut, er fror. Und jetzt?

Zuerst musste er sich einen Überblick über sein Gefängnis verschaffen, das bedeutete: aufzustehen. Er stemmte den nackten Rücken gegen die kratzige Wand, biss die Zähne zusammen und schob sich daran hoch. Die Unebenheiten fraßen sich tief in seine Haut. Wie Krallen kratzten sie über sein Kreuz, aber schließlich stand er. Der erste Versuch, sich mit den gefesselten Füßen fortzubewegen, scheiterte kläglich. Er strauchelte und riss instinktiv beide Arme nach vorne, doch die Handschellen blockierten sie. Er verlor das Gleichgewicht und stürzte. Ungebremst knallte er auf die Knie, schrie auf und rollte über die Schulter in Seitenlage. Tränen schossen in seine Augen. Einige Sekunden hielt er die Luft an, bis der lodernde Schmerz in den Kniescheiben nachließ. Hoffentlich war nichts gebrochen!

Die Reste der Droge lullten ihn ein, forderten ihren Tribut. Eine tiefe Müdigkeit und Erschöpfung überfielen ihn, sie raubten seine Kräfte. Sollte er liegen bleiben und schlafen?

Marina, der Drohbrief, warnte ihn sein Gedächtnis. Er riss sich zusammen: Dieses rothaarige Aas! Er musste hier raus, um seine Familie vor ihr zu beschützen. Angst und Verstand zwangen ihn, sich erneut aufzusetzen.

Wo war er nur? Was war das für ein Raum?

Er streckte die Beine aus, presste die Fersen fest gegen den Ziegelboden und stemmte sich auf die Fingerkuppen. Langsam rutschte er mit dem entlastetem Gesäß Zentimeter für Zentimeter nach vorne. Sein warmer, keuchender Atem strich über die nackte Haut. Noch ein Stück, Füße, Hintern, Füße, Hintern. Beim nächsten Hub hörte er ein leises, zischelndes Rascheln neben sich. Entsetzt hielt er inne. Eine Schlange?

Er hielt den Atem an und lauschte, Stille.

Bloß weg von diesem Geräusch!

Im Raupengang bewegte er sich fieberhaft über den krümeligen Belag. Die Körner schmirgelten wie Sandpapier an Fingern, Gesäß und Schenkeln. Das Zischeln folgte unbarmherzig, etwas Kaltes streifte seinen Po.

Großer Gott, was war das?

Er zuckte jäh zusammen und arbeitete umso emsiger weiter. Langsam näherte er sich dem Schemel, von dem das Licht aufgeleuchtet hatte, bevor es viel zu schnell erstarb. Nur ein kleines Bisschen, dann würde er ihn erreichen. Doch der nächste Hub seiner Fersen endete jäh in der Luft. Etwas hielt ihn fest. Er zerrte, kämpfte gegen den Widerstand an, bis die Kabelbinder unbarmherzig in sein Fleisch schnitten.

Endstation, kaum einen Meter von seinem Ziel entfernt.

Er war arretiert. Gefangen, wie ein Fisch an einem Haken. Kalter Schweiß perlte auf seiner Stirn. Vorsichtig zog die Beine an, wieder dieses Zischeln. Ängstlich betastete er seine brennenden Fesseln. Diesmal berührte er ein dünnes Stahlseil, das am Kabelbinder hing. Seine Finger folgten dem Draht über den Boden, er kam von links. Tobler rutschte nach, fingerte weiter dem Seil entlang, rutschte nach, tastete erneut. Immer auf der Hut sich rechtwinkelig und in einer geraden Linie zu bewegen, damit er nicht die Orientierung verlor. Tasten, rutschen, tasten ... sein Ellbogen schrammte gegen eine Mauer.

Wie weit war er nach links gerutscht? Einen oder zwei Meter? Ihm fehlte ein Vergleichspunkt. Wo endete seine Angelschnur? Konzentriert schob er sich das restliche Seil durch seine Finger, bis es steil nach oben führte. Wie vorhin, drückte er sich am Mauerwerk hoch, prüfte am Druck im Rücken den Verlauf des Drahts. Er endete in einem hüfthoch eingelassenen Mauerring, nochmals Scheiße!

Wieder flammte das Leuchten wenige Sekunden lang auf.

Aus der neuen Perspektive erkannte er ein Handy! Der Schein erhellte seine Pistole, Utes Bolga-Korb mit der leeren OBI-Tüte, eine Zigarettenschachtel und daneben eine Pistolenarmbrust, klein und tödlich. Das Display erlosch. Die Mord-Waffe, mit der sie auf Puettmann und Vienna gezielt hatte, versank im Dunklen. Die gleiche Waffe, mit der sie Marina töten würde. Marina, sein kleines, unschuldiges Mädchen!

Und er saß hier fest, gefesselt an einem unbekannten Ort, unfähig sein einziges Kind zu verteidigen. Ihm wurde schwarz vor Augen. Erschöpft sank er zu Boden.

Eileen war weg und würde so schnell nicht wieder nach Hause kommen. Dr. Gustav Feger zog ein paar sterile Handschuhe aus seiner Jackentasche. Für ihn gehörten sie zur Standardausstattung, wie bei anderen ein Taschentuch. Vorsichtig untersuchte er Sebastians Wohnung. Das Baby schmatzte in seinem Gitterbettchen und spreizte die Finger im Schlaf.

Unter dem Tisch entdeckte er den wohlbekannten Arbeitsrucksack des Kommissars, »Du wirst doch nicht?«, enttäuscht zog er ein Bündel Aktenkopien heraus, »Junge, du musst noch viel lernen! Zu Hause suchen Sie immer zuerst«, er setzte sich auf das Sofa und überflog die Seiten. Drei Morde, dann die tödlichen Angriffe auf die Hunde. Bei einem Asservaten-Foto des vergifteten Labradors am Flaucher stutzte er. Er verglich es mit den entsprechenden Aufnahmen der späteren Delikte. Er fotografierte es ab, zoomte eine Stelle auf, um sie eingehender zu untersuchen.

»Man stolpert stets über Kleinigkeiten! Welchem Scheusal du auch immer in die Falle gegangen bist, Sebastian: Damit finde ich dich!«, er nickte zufrieden: Vor ihm lag das bisher unentdeckte, fehlende Puzzleteil in Toblers Fakten-Mosaik!

Marina brabbelte im Traum, er streichelte beruhigend ihre Wange, »Schlaf weiter! Ich arbeite daran, dass dein Papa lebendig zurückkehrt.«

Sein Blick streifte einen Augenblick die griffbereite Pistole, dann tippte er eine Nummer in sein Telefon. Es läutete viermal, bis der Anruf entgegengenommen wurde, schweigend.

»Vipernbiss«, nur ein Wort, seine Stimme eiskalt, befehls-gewohnt. Der alte Arzt lauschte auf die Reaktion.

Zunächst hörte er nur angestrengte Atemgeräusche. Endlich ein gestöhntes, »Merde! Wie hast du mich gefunden?«, die korrekte Quittung für ihr altes Codewort.

»Es geht nicht um dich«, er sprach mit monotoner, dunkler Stimme, konzentriert, emotionslos, »Eine Viper in Form einer Z-BOWS FWD Ultrasonic, ich brauche Daten.«

»Etwas kleiner wie unsere Jagdbomber.«

»Ebenso tödlich.«

»Wen?«

»Die Tochter eines Freundes.«

»Tot?«

»Noch nicht, noch!«

»Kinder? Immer noch der Sensible?«, ein heiseres, belegtes Lachen, »Fabrikatsvarianten?«

»Bolzen, Pfeile mit Spezial-Adapter. Es gibt nur die eine.«

Stille, dann: »Was brauchst du?«

»Namen der Besitzer, mit Wohnort. Schnell.«

»Beim Morgenappell hast du´s«, der Mann schnaubte leise über ihren alten Witz.

»Früher, Kamerad, früher! Die spezielle Verschlüsselung, und Vokale groß«, Gustav Feger legte auf.

Die nächsten Stunden verliefen ruhig in der Wohnung des Kommissars, sehr ruhig, ermüdend ruhig. Seit seinem Anruf gab es für Gustav nichts mehr zu erledigen.

Er lauschte auf jedes Geräusch im Haus, behielt die Wohnungstür, die anliegenden Straßen sowie alle Dächer im Visier. Mittlerweile rechnete er nicht mehr mit einem Angriff, zumindest nicht im Schutze der Wohnung. Er hockte sich neben das Kinderbett und beobachtete das schlafende Mädchen, bis ihm auch das zu langweilig wurde. Musik schied aus, um das Kind nicht zu wecken. Er streckte sich, wanderte seine Beobachtungspunkte ab und blieb unschlüssig mitten im Raum stehen. Die Untätigkeit machte ihn nervös, und Nervosität war schon immer der ärgste Feind konzentrierter Wachsamkeit. Er topfte den heruntergefallenen Bonsai wieder ein, kehrte die lose Erde zusammen, und reinigte das Fensterbrett. Nach einem Blick aus dem Küchenfenster erledigte er den Abwasch, schrubbte das Becken, die Arbeitsfläche und entfernte Tropfschlieren von den Küchenfronten. Im Bad knüpfte er die Wäsche von der Leine und legte sie auf Kante zusammen. Angespannt kontrollierte sein Handy: keine Antwort. Die Zeit versickerte nur langsam. Er nahm die beiden Familienbilder zur Hand: Sebastian als Vater mit Eileen und Marina und Sebastian als Kind vor seinen Eltern. Jedem Kind stand eine glückliche Kindheit zu, vertrauensvolle Eltern, ein Leben in Frieden und Freiheit, unversehrt. Eine Lücke in der Staubschicht verriet den Standort der Fotos. Er fand einen Staublappen. Im Wohnzimmer zupfte er die vertrockneten Blätter aus den Bonsais, scheuerte Viennas Fressnapf und lugte erneut zur Uhr.

Wann würde endlich der Rückruf erfolgen?

Wo blieben nur Marinas Eltern?

Im Schlafzimmer schüttelte er die Betten auf und schlug die Decken zusammen. Sebastians Wäsche wanderte zu akkuraten Rechtecken gefaltet ans Fußende. Er sortierte das Besteck und zupfte Viennas Haare von der Hundedecke.

Die Ruhe verpuffte schlagartig, als das Mädchen erwachte. Sie schrie, laut, penetrant und quäkend. Er spulte das volle Programm ab: Das Baby herausnehmen, schaukeln, Fläschchen erwärmen, abkühlen lassen, Schnuller anbieten, die stinkende Windel ignorieren, Flasche schütteln. Kind wiegen, bis es aus der Pampers tropfte. Im Badezimmer dann doch wickeln, dabei das Weinen ausblenden. Nochmals das Fläschchen reichen, Ruhe! Völlig durchgeschwitzt drehte er mit dem trinkenden Baby auf dem Arm seine Runden. Die Pistole baumelte griffbereit an seinem kleinen Finger. Nachdem Marina die Flasche geleert hatte, schrie sie sich erneut die Seele aus dem Leib, verlangte nach der zweiten Portion Milch.

Verzweifelt rief Feger ihre Mutter an, es klingelte im Flur in ihrer Jackentasche.

»Herr Gott!«, entkam es ihm, »Wo bleibt sie nur!«

Eileen kehrte erst eine Stunde später zurück. Unter Gustavs Augen lagen dunkle Schatten, er wiegte das weinende Baby,

»Dafür bin ich nicht geschaffen, oder?«, er überreichte ihr das Kind, eine halbvolle Flasche schwappte in seiner Jackentasche, »Wo ist Sebastian?«

Marina gluckste erleichtert, drückte ihr kleines Gesichtchen zwischen Mamas Brüste und verstummte. Eileen klopfte ihrer Tochter sanft den Rücken, »Bolle und Co durchforsten ganz München. Bis jetzt keine Spur«, Marina rülpste glücklich.

Von Kowalski würde keine Hilfe kommen, soviel war Roman klar. Der Chef frönte seinem Hobby und relaxte in der Philharmonie, während Sebastian möglicherweise in den Fängen eines Mörders um sein Leben kämpfte. Der hochgeschossene Polizist gab den, von Hansen genannten IP-Standort ins Navi ein. Das Leitsystem manövrierte ihn zügig durch den Münchner Samstagnachmittagsverkehr. Die Parkplatzsuche entpuppte sich als kompliziert. Hockten sämtliche Anwohner am vierten Adventswochenende daheim? Kurzerhand parkte er seinen Wagen auf der Fußgängerzone, zwischen dem runden Brunnen, der an eine Diskusscheibe erinnerte, und den skurrilen, beidseitig besetzbaren Wartebänken. Zur Beschwichtigung der Ordnungshüter legte er das Polizeieinsatz-Schild hinter die Windschutzscheibe und rannte los. Er drückte die Klinke der Sebaldus Apotheke und rumpelte gegen den verschlossenen Eingang. Fünf Minuten zu spät. Seit wann begaben sich Selbständige pünktlich in den Feierabend?

Verdammt, jetzt musste er die zwei hier arbeitenden Personen in ihren Wohnungen aufsuchen! Hoffentlich waren sie zu Hause! Er hastete zurück. Fluchend rangierte er den Wagen auf die Plinganserstraße. In der Agnes-Bernauer-Straße klingelte er dreimal an Ute Reinings Haustür, »Na, mach schon auf!«, er läutete Sturm. Hibbelnd wartete er, aber niemand öffnete. Mist!

Fieberhaft tippte er die nächste Adresse ins Navi.

Der Weg führte ihn über den Altstadtring. Zum zweiten Mal bog er zum Stadtteil Isarvorstadt ab, dann stand er vor einem nüchternen Neunziger-Jahre-Bau. Eintönige, schmale Balkone unterbrachen eine glatte, unpersönliche Fassade. Am Klingelbrett standen acht Namen. Den, den er suchte, entdeckte er im zweiten Stock, er drückte den Knopf. Eine leise Frauenstimme nuschelte aus der Gegensprechanlage.

»Polizei, ich hätte ein paar Fragen zum Mord an Herrn«, er überlegt, »Faris El Din«, ungeduldig zählte er die Sekunden, bis der Türsummer summte. Im Türrahmen der zweiten Etage wartete eine grauhaarige Dame um die Sechzig. Ohne ein Wort winkte sie ihn in das Wohnzimmer und bot ihm einen Platz am Sofa an. Skeptisch musterte Roman die nostalgisch anmutende Velours-Couch mit gesteppten Rückenteilen vor einer dunklen Holzschrankwand. Daneben stand ein goldener Servierwagen mit Glaseinsätzen, darauf ein Teller bunter Weihnachtsplätzchen und eine Flasche dunklen Whiskys nebst Nosing-Glas für den Herrn des Hauses. An der Mauer gegenüber zwei übervolle Bücherregale. Etliche gerahmte Auszeichnungen zierten die Wände. Orchideen, Zimmerlilien mit baumelnden Senkern und dichte Vorhänge verhinderten den Einblick von der Straße. Verstohlen musterte er den bunten Perserteppich. Hätte er die nassen Schuhe ausziehen müssen?

Vorsichtshalber blieb er stehen, »Ist Ihr Ehegatte zu Hause, Frau von Bülow?«

»Leider nein, er erledigt eine Botenfahrt für eine Kollegin. Bei dem Verkehr wird es eine Weile dauern.«

Das war schlecht, sehr schlecht, »Haben Sie einen Schlüssel zur Apotheke?«

»Hat Ihre Frau freien Zugang zum Polizeipräsidium?«, konterte sie verschmitzt.

Fast wäre ihm ein ´ja´ über seine Lippen gerutscht. Im letzten Augenblick schluckte er es hinunter. Was ging dieser Frau seine Beziehung mit einer Kollegin an?

»Worum geht´s?«, Martha strich über die Sofalehne, dunkle Streifen im Velours markierten die Spuren ihrer Finger, »Vielleicht kann ich Ihnen weiterhelfen?«

Was sollte er antworten? Wissen Sie, dass sich ihr Mann im Internet für einen Toten ausgibt?, stattdessen erkundigte er sich, »Wissen Sie, wo sich Frau Reining aufhält?«

»Es ist Samstag und Ute ein nettes, junges Mädchen. Keine Ahnung! Bei ihrem neuen Verehrer?«, sie zwinkerte ihm verschwörerisch zu, »Vielleicht kennen Sie ihn sogar? Horst verriet mir, dass er ebenfalls bei der Polizei arbeitet.«

Sebastian? In Bezug auf Ute Reining reagierte er extrem angespannt, aber seine Freundin? Niemals!

Hier kam Roman nicht weiter, »Bitte richten Sie ihrem Gatten aus, dass er sich umgehend bei mir melden soll«, er reichte ihr seine Visitenkarte, »Es ist äußerst dringend!«

Er verabschiedete sich, eilte nach unten und rannte auf die Straße. Zwei Stockwerke über ihm bewegte sich der Vorhang im hintersten Zimmer der Bülowschen Wohnung. Ein aufmerksamer Beobachter hätte den großen, dunklen Schatten dahinter bemerkt, der dem Wagen nachsah.

Sonja lief Roman sofort entgegen, sobald er seinen Schlüssel im Schloss umdrehte, »Eileen hat dreimal angerufen, hast du was von Sebastian gehört?«

»Nicht die Bohne. Mir fallen nur noch seine Kumpels unter der Reichenbachbrücke ein. Kommst du mit?«

»Ja, zu Eileen«, sie schnappte sich die Handtasche von der Garderobe, »Die Obdachlosen durchstöbern bereits München.«

Er lächelte wehmütig, »Sebastians privater Fan-Club.«

»Die halten zusammen. Neidisch?«, sie stellte sich auf die Zehenspitzen und küsste ihn auf die Wange.

»Nicht auf seine Vorgeschichte, mein Schatz!«

Es klingelte, eine Finte? Dr. Feger öffnete die Tür einen schmalen Spalt und warf einen Blick ins Treppenhaus. Schritte, mehrere Personen, sie stapften die Stiegen hoch.

Er kontrollierte die Pistole, entsichert. Er war bereit!

Ein rubinroter Pferdeschwanz schimmerte zwischen dem Treppengeländer. Beim Anblick der beiden Polizisten atmete Gustav erleichtert aus, »Ah! Herr Hiebler und Frau Ospen«, ein mattes Lächeln huschte über sein faltiges Gesicht, »Meine Ablösung, oder?«, er drückte sich an die Wand und ließ sie ein.

»Servus, Neuigkeiten von Sebastian?«

Er schüttelte den Kopf und führte sie ins Wohnzimmer.

Die junge Mutter stillte das Baby.

»Ich kann jetzt nach Hause, Eileen, wenn dir zwei Kriminaler beistehen, oder?«, er gähnte.

Die Ex-Polizistin nickte schwach, die Augen waren gerötet, »Bitte entschuldige nochmals, wegen deines Autos. Und vielen Dank, Gustav, Danke für alles!«

Der alte Rechtsmediziner zwinkerte ihr spitzbübisch zu, ein Leuchten erschien in seinen müden Augen, »Der Zweck heiligt die Mittel, oder? Doch: Reden ist Silber, Schweigen ist Gold. Das gilt besonders für gewisse Wetterhähne, oder?«, erleichtert schlängelte er sich an den zwei Neueingetroffenen vorbei, »Ihr bleibt heute Nacht bei ihr, bewaffnet!«, damit entfleuchte er durchs Treppenhaus.

»Spinn´ ich? Feger erteilt Befehle, und ...«, Roman stierte ihn mit offenem Mund nach, »steckte da eine Pistole im Hosenbund? Was wollte er mit dem Wetterhahn?«

»Bitte stell keine Fragen. Apropos Spinne, schaut mal in die Küche«, ihr Gesichtsausdruck verriet nichts Gutes.

Eine Tür quietschte. Durch das Geräusch schreckte der kleine, zusammengekauerte Kolumbianer auf. Ein eisiger Windhauch streifte seine nackte Haut. Er war entsetzlich durstig, er zitterte vor Kälte. Mit angehaltenem Atem lauschte er auf jeden Ton. Ein verhaltenes ´Klick´, und ein dämmriger Lichtschein drang unter dem Türschlitz hindurch. Kam endlich Hilfe?

Hatte Eileen jemanden organisiert?

Unmöglich, niemand wusste, wo er sich befand, nicht einmal er selbst. Und Ute? War sie zurückgekehrt?

Ein Stuhl scharrte über den Ziegelboden, dann öffnete sich der Zugang zu seinem kleinen Raum. Ungewohntes Licht blendete ihn. Hastig rappelte er sich auf die Knie. Am Boden leuchtete ein kantiger Lichtfleck. Ein langer Schatten bewegte sich darin, er kam auf ihn zu.

»Fein geträumt?«, erklang Utes Stimme, sie hielt außerhalb seiner Reichweite.

Er zerrte die Hände neben den Rücken und zeigte anklagend die Handschellen, »Warum das?«, es klang heiser und belegt. Seine spröden Lippen platzten auf, er schmeckte Blut. Tobler räusperte sich, um kein allzu klägliches Bild abzugeben, obwohl er in dieser Pose einem betenden Bittsteller glich.

»Weshalb kaufen, wenn du sie mir kostenlos lieferst? Dazu noch in bester Polizei-Qualität«, sie warf den Schlüssel für die Handschellen neben die Pistole, »Sie dumm, dass du ihn nicht erreichst!«, der Lichtschein streifte ihr Gesicht: ihre Mine kalt und berechnend.

»Marina, wieso Marina? Lebt sie?«

»Das würdest du gerne wissen, nicht wahr?«, sie streichelte mit dem Zeigefinger zärtlich ihre Waffe, »Es gibt andere Möglichkeiten, nicht nur meine kleine Armbrust.«

Tobler zwang sich die Bedeutung dieser Worte auszublenden, vergeblich, »Ist sie ...«, er brach ab, ängstlich hielt er die Luft an. Seine Zunge klebte am Gaumen, die trockenen Lippen brannten.

»Möchtest du es wirklich wissen?«, ihr Mund verzog sich zu einem spöttischen Lächeln, sie schwieg.

Wollte er es erfahren, oder sich lieber an den dünnen Strohhalm der Ungewissheit klammern? Sebastian sackte in sich zusammen. Nach einer quälend langen Pause bettelte er demütig: »Bekomme ich etwas zu trinken?«

»Du brauchst nichts mehr.«

»Was habe ich dir getan? Warum hältst du mich hier fest?«, langsam gewöhnten sich seine Augen an das matte Licht.

Ihre Miene verhärtete sich, »Weißt du, wie sehr es mich anekelte, als du mir den Hof gemacht hast?«, sie schnappte verächtlich nach Luft, »Ich habe Faris verloren, aber dir geht das am Arsch vorbei! Dir ist es egal, dass ich niemals ein Kind von ihm bekommen werde! Ein kleines, dunkelhaariges Mädchen, wie deine Marina!«

»Wir ermitteln in seinem Fall!«

Eine schnelle Bewegung. Ein harter Tritt traf ihn an der linken Schulter und schleuderte ihn auf den sandigen Boden zurück. Reflexartig rollte er sich herum, bestrebt, die antrainierte Schutzhaltung einnehmen. Das Drahtseil verhinderte eine Drehung, die Plastikstreifen verbissen sich im Fleisch, er schrie vor Schmerz.

Schweigend verließ Ute den Raum und kehrte mit einer gewebten, schweren Wolldecke und einer flachen Schale zurück, »Du schaust grauenhaft aus, so blau gefroren.«

Für einen Augenblick registrierte er einen alten Schreibtisch mit erleuchteter Pixar-Tischlampe hinter der Türöffnung, dann klatschte ihm der raue Stoff ins Gesicht. Ein tönerner Blumenuntersetzer schlitterte auf ihn zu, Wasser schwappte zu Boden. Gierig robbte er darauf zu. Er soff es wie ein Hund, aus Angst etwas von dem kostbaren Nass zu verschütten. Die kalte Flüssigkeit benetzte wie eine Erlösung seine ausgedörrte Kehle, sie kühlte seine blutenden Lippen.

Es klickte.

Er fuhr hoch, eine Pistole?

Über ihm stand Ute, sie zielte auf sein Gesicht. Der Auslöser ihrer Leica klickte erneut, »Was meinst du, wird sich deine Frau über dein letztes Foto freuen? Bei deinem verkommenen Anblick?«, grinsend trug sie die Kamera in den Vorraum.

Kein weiteres Wort über Marina schwor er sich, das Thema war zu heiß, falls die Kleine noch lebte. Es dauerte eine halbe Ewigkeit, bis seine gefesselten Hände die starre Decke über ihn gezerrt hatten, »Wieso hast du auf Vienna geschossen?«

»Warum wohl? Um dich aus deiner Gott verdammten Ruhe zu stoßen!«, sie lehnte im Gegenlicht im Rahmen, »Du solltest dich aus den Ermittlungen zurückziehen. Leider ist dein Mistvieh flinker als die anderen Köter.«

»Wieso hast du die Tiere getötet? Woher kommt dein gnadenloser Hass auf Hunde?«

»Weil diese Viecher unberechenbar sind. Ich wurde zweimal von einem Schäferhund gebissen. Meine Mutter eilte mir zur Hilfe, anschließend lag sie ebenfalls im Krankenhaus«, sie presste die Lippen aufeinander, »Wie sollte ich sonst die Dosierung des Gifts austesten? Wären dir Kinder lieber gewesen?«

Tobler schauderte, instinktiv zog er die Decke enger, »Wie bist zu an das Froschgift gekommen?«

»Ja, Froschgift, du warst nahe dran«, sie lachte herb, »Die Blasrohrvorführung, bei der auch das Foto mit Faris entstanden ist, hat mich fasziniert. Wie du siehst, zahlt es sich aus, wenn man Reisekontakte pflegt und gelegentlich kleine Gefälligkeiten ins kolumbianische Dorf schickt. Sie revanchierten sich mit einer perfekt verpackten Giftlieferung und etwas anderem.«

»Haas, Puettmann, Jungwein. Gehen alle drei Männer auf dein Konto?«

»Ich stelle die Fragen!«, sie kehrte zum Schemel zurück, »Und wenn du sie nicht zu meiner Zufriedenheit beantwortest, stirbst du«, ruckartig wandte sie sich um und legte mit der Pistolenarmbrust auf ihn an.

Er zuckte zurück, schluckte.

»Mit wem hast du über deine Ermittlungen gesprochen? Mit dem Langen, der andauernd um dich herum wuselt, mit deiner Frau oder gar mit dem gesamten Team?«

»Was spielt das für eine Rolle?«

»Damit ich weiß, wie viel Zeit mir bleibt.«

»Wir sind dir auf der Spur.«

»Ich benötige nur eine weitere Portion Batrachotoxin, für die Beendigung meiner Mission. Den Rest verbrauche ich dann nach Gutdünken.«

»Ich sage nichts mehr.«

»Das werden wir sehen«, mitleidig lächelnd griff sie zu dem Päckchen Zigaretten, »Rauchen stärkt den Mut. Insbesondere, wenn enthemmende Substanzen beigefügt sind«, damit zündete sie eine an und paffte einige Male schweigend vor sich hin.

»Himmlisch!«, für einen Moment schloss sie genießerisch die Augen, dann fokussierten sie wieder auf den Mann am Boden, »Probieren?«, sie grinste schief.

»Nein.«

»Stört es dich?«

»Mach was du meinst«, angewidert schaute er weg. Stoffrascheln, ein schneller Schritt, ein eiskalter Luftzug auf seinem Körper, und dann: ein tiefer, brennender Schmerz am Oberarm. Er zuckte verzweifelt. Sein spitzer Schrei hallte im Raum. Er warf sich zur Seite. Fassungslos starrte er auf die Brandwunde.

»Ich weiß, was ich will. Aber du brauchst etwas Nachhilfe«, sie nahm das Feuerzeug und zündete die Zigarette erneut an, »*Wer* ist mir auf der Spur?«, zwei weitere Rauchwölkchen stiegen zwischen Utes Lippen empor. Sie tauchten ihr zartes, bleiches Gesicht in mystische Farben.

Hanf, der unverkennbare Cannabis Geruch schwängerte die Luft, vermischt mit dem süßlichen Duft verbrannten Fleischs. Sein Blick hing lange auf der fortgeschleuderten Decke. Viel zu träge sah Tobler erneut zu ihr auf.

Von fern rollte das bekannte, dumpfe Geräusch heran.

radun-radun -radun.

Utes Schatten kam näher, zwischen den schwarzen Fingern die glimmende Glut.

»Nein«, er atmete schwer. Er warf sich zur Seite, um nach ihr zu treten. Dabei stachen die scharfen Kanten der Plastikstreifen tiefer in die bestehenden Verletzungen. Er keuchte vor Schmerz, Schweiß trat aus seinen Poren, Angstschweiß.

Ute lachte höhnisch, »Du Narr, glaubst du tatsächlich, dass ich deinen Beinen zu nahe komme?«

Der leuchtend rote Punkt schwebte dicht über ihm. Er probierte sich aufzusetzen, hochzustemmen, wegzurutschen. Doch die gefesselten Hände versagten ihren Dienst, und knickten ein. Er kippte, fiel auf die rechte Seite. Der kalte harte Ziegelboden schlug gegen sein schweißnasses Gesicht. Er wand sich wie ein Fisch an der Angel.

Abermals kreischte er auf, abermals diese Schmerzen, abermals dieser widerliche Gestank.

»Nachdenken!«, damit bohrte sich der Glimmstängel tiefer in seinen Oberschenkel, »Fällt der Groschen?«

»Aufhören!«, er japste nach Luft.

»Ja?«, der erloschene Joint zuckte zurück, Ute lächelte ihn erwartungsvoll an. Das Feuerzeug schnippte erneut. Es klickte viermal, umsonst.

Das Gewummere über ihren Köpfen schwoll wieder lauter an: *radun-radun-radun.* Leichter Staub rieselte von der Decke.

Bitte lass es kaputt sein, flehte Tobler stumm, oder leer!

Im selben Moment schnellte eine Flamme empor. Ute inhalierte zwei weitere Züge, ihre roten Locken glänzten diabolisch im flackernden Lichtschein. Mit einem sanften ´Klack´ erlosch das Feuer, »Vergiss nicht: Jemand wartet heute in der Dunkelheit auf deine Frau, wenn sie eure Töle Gassi führt. Du, bist es sicher nicht.«

Unmöglich! Feger würde Eileen niemals nachts alleine auf die Straße lassen. Aber wie würde Vienna dann abpieseln? Auf den Teppich? Dank Jülichs unerbittlichem Drill, wagte das die Hündin nicht. Spätestens wenn seine Kleine verzweifelt fiepte, würde Eileen sie in den Innenhof lassen.

Er hustete, der Staub, der Sand!

Bei jedem der harten, metallischen Schläge rieselte es mehr von der Decke. *radun-radun-radun*, das Dröhnen walzte direkt über ihn hinweg, hämmerte in seinen Ohren. Der Lärm und die Angst lenkten ihn zu lange ab.

Wie eine glühende Nadel stach die Zigarette erneut zu, diesmal an einer höchstempfindlichen Stelle: an der Innenseite des andern Oberschenkels, knapp unterhalb des Unterhosensaums.

Oben auf der Straße kreischten die Räder der 33er-Tram in ihrem Gleisbett, sie übertönten seinen Schrei.

Wie konnte er sich wehren? Er spannte die Bauchmuskulatur an, keuchend wuchtete er seinen Oberkörper wie eine Keule gegen Utes Beine. Er war zu langsam, sein Plan zu durchsichtig. Diesmal traf ihn die Stiefelsohle im Gesicht. Sein Kopf schlug hart am massiven, kalten Boden auf. Blut sickerte in seine Nase und erschwerte das Atmen.

»Du...«, röchelte er, verkniff sich aber das folgende Wort.

»Wer?«, beharrte Ute beängstigend kühl auf ihre ursprüngliche Frage. Sie kehrte zu ihrem farbenfrohen, runden Bolga-Korb auf dem Schemel zurück und kramte darin herum.

Sebastian wischte sich das Blut an der Schulter ab. Als die Nase über den Knochen schrammte, fegte ein wilder Schmerz über sein Gesicht. Er biss sich auf die Lippen: Nicht schreien, keine weitere Schwäche zeigen!

Langsam realisierte sein Kopf die Szene: Vor ihm stand eine junge Frau mit unvergleichlichen, roten Locken. Sie wedelte mit einem neuen Feuerzeug vor seinem Gesicht, »Wirst du jetzt gesprächiger? Was wissen deine Kollegen?«

»Nichts«, er japste nach Luft, »Ich wollte es alleine mit dir klären«, die eisige Kälte des Kellers ließ ihn schaudern, seine

Lippen bebten. Sehnsüchtig schielte er zu der wohlig warmen Decke. Über ihm verlor sich das Gewummere in der Ferne.

»Lügner! Bist du scharf darauf, den beiden Rasern und dem Staatsanwalt so schnell zu folgen?«

»Du gestehst drei Morde?«, etwas stimmte bei ihrem Satz nicht, das merkte er sofort. Aber was? Sein Kopf dröhnte, jede Brandstelle machte ihrem Namen alle Ehre. Was klang anders, als in seiner Erinnerung?

»Warum nicht? Du erzählst es sicher niemandem mehr.«

»Dann verrate mir, wer der Letzte ist.«

»Beantworte die Frage, und ich lass dich bis zur Vollendung meines Schwurs am Leben. Du erfährst den Namen und stirbst. Schweigst du, erledige ich zuerst jemand aus deiner Familie. Du entscheidest, ist das ein Deal?«

Er saß in der Klemme. Sie würde ihn töten, so oder so. Sollte er lügen und die Kollegen mit hineinziehen? Er entschied sich für die Wahrheit, »Bitte, ich wollte nicht wahrhaben, dass du dahinter steckst. Deshalb habe ich alleine ...«

Die Flamme loderte vor ihm auf. Instinktiv stemmte er die Füße auf den Boden, drückte sich wenige Zentimeter über den rauen Bodenbelag zurück, »Nein!«, Sand und Steine fraßen sich in die bloße Haut, sie hinterließen dicke, rote Striemen.

Sie betrachtete die glühende Kippe, nahm einen neuerlichen tiefen Zug bis ein langer, grauer Ascherest am Zigarettenstummel hing. Sie schnippte ihn auf seinen Bauch.

Sebastian biss die Zähne zusammen, er floh weitere Zentimeter nach hinten. Bitte nicht, flehte er im Stillen, bitte, bitte! Sein Rücken stieß an das raue Mauerwerk, die kantigen Fugen drückten scharf gegen seinen Körper. Er saß fest!

Ihm blieb nur eine einzige Waffe: seine Beine. Er zog sie an, bereit nach ihr zu stoßen. Er riss sie in die Höhe und ...

»So nicht!«, sie trat auf das Drahtseil.

Auf der Stelle erstarb sein Angriff, die Ränder der Kabelbinder verfärbten sich rötlich. Im gleichen Moment senkte sich die Zigarette in Zeitlupe auf seinen Bauch, »Wer?«, flötete sie, »Dieser Hiebler? Oder dein Kollege Fischler, der zur Befragung antanzte?«, die Glut bohrte sich zwischen seine schwarzen Haare, berührte seine Haut, »Wehe du schreist! Das widert mich an!«, dann drückte sie zu.

Er schrie nicht, er war ihr ausgeliefert, schutzlos ausgesetzt! Tränen schossen ihm in die Augen. Er rang noch nach Luft, als sie den Stummel längst zurückgezogen hatte.

Sie kannte Romans und Bernhards Namen und sie verstand es, jemandem unerkannt zu folgen. Marinas Fotografie auf dem Drohbrief bewies es. Würde sie seinen Freund und den Kollegen auskundschaften? Sie abpassen, aus dem Hinterhalt einen Giftpfeil auf sie schießen, wie bei Vienna?

Atemlos entschied er sich, das Thema zu wechseln: »Wenn du mich umbringst«, er schöpfte Atem, »wie willst du meine Leiche verschwinden lassen? Hier einmauern?«

»Ich bin Apothekerin, vergessen? Salzsäure ist in unserem Standardsortiment. Während du dich auflöst, bin ich über alle Berge«, sie trat den kümmerlichen Zigarettenrest neben ihm aus, »Aber Danke für den Hinweis: Mir fehlt noch eine Kleinigkeit. Hier«, die Decke landete auf seinen Beinen, »Es wäre schade, wenn du bis morgen erfrierst. Übrigens: Die Konrad-Adenauer-Allee liegt direkt auf meinem Weg«, sie warf ihr Handy in den Korb, »pass gut auf das kleine Spielzeug auf«, ihr Zeigefinger deutete auf die Pistolenarmbrust. Sie schickte sich an, den Raum zu verlassen. Staubpartikel schwebten im matten Schein der Tischlampe.

»Was hast du vor?«

»Gegenfrage«, sie drehte sich breit grinsend zu ihm um, »Wie würde dein Mädchen ohne Zeigefinger aussehen?«, dann schlug sie die Zwischentür hinter sich zu. Ein Schlüssel kratzte.

»Lass sie in Ruhe!«, brüllte er aus voller Kehle.

Die Zugangstür zum Keller knallte ins Schloss.

Dunkelheit, fast. Ein dünner, gedämpfter Lichtstrahl drang durch den Türschlitz hindurch.

Sebastians Widerstand war endgültig gebrochen, erschöpft und verzweifelt sank er zu Boden. Seine Lunge pumpte, er war machtlos. Würde sie ernsthaft Marinas Hand verstümmeln? Ja! Dieser Wahnsinnigen war alles zuzutrauen. Und es war seine Schuld, weil er bewusst seine Augen verschlossen hatte, ignorierte, dass alle Indizien auf Ute hindeuteten. Indizien, die er seinem Team unterschlagen hatte. Lieber zerrte er die Pseudo-Kriminalerin Wilkens mit ihrer Karrieregeilheit ins Rampenlicht, im Tandem mit ihrer Freundin Beatrice Renner. Selbst Marc hatte er zum Schluss verdächtigt, wenn auch ungern. Er wurde als Letzter bei Bodo Haas gesehen, stinksauer, aufgrund der Kündigung und dem unfairen Fahrzeugverkauf. Nur um Ute rauszuhalten, schickte er Haas´ adrette Witwe Romina ins Rennen, denn in Verbindung mit dem kürzlich geänderten Testament lieferte sie eine Steilvorlage für den Mord an ihrem Mann. Selbst seinem eigenen Kollegen misstraute er: Brunner, dem früheren Rennpartner des Studiobesitzers. Er unterstellte ihm, Ende September dort eingebrochen zu sein, um mit Haas Porno-Sticks Geld zu scheffeln. Lieber verdächtigte er alle anderen, bevor er sich eingestand, dass der Autokäufer Bekensen und Ute eins waren. Dass sie sich mit Bodo Haas verabredet und ihn mit der 2kg-Hantel erschlagen hatte, während sich Marc mit Beatrice im ´Neuraum´ vergnügten. Später folgten Puettmann und Jungwein.

Er hatte die Augen vor der Wahrheit verschlossen. Sie ignoriert, wegen dieser bescheuerten, aufgescheuchten Schmetterlinge. Und jetzt drohte dieses Miststück Fräulein Ms Finger zu amputieren! Ihm fröstelte, vor Kälte, Scham und Angst.

Erst allmählich realisierte er, was Utes Worte verbargen: Marina lebte! Bis jetzt hatte ihr dieses Biest kein Leid angetan. Er atmete auf. Gustav beschützte seine vier Frauen, wenn man Ursula mitzählte. Der brave, alte Dr. Feger mit seinen erstaunlichen Waffenkünsten. Er würde sie verteidigen, notfalls mit dem eigenen Leben. Er hatte es versprochen.

»Gustav, du bist ihre Lebensversicherung, selbst wenn ich dich nicht wiedererkenne«, flüsterte er gegen den erneuten, sonderbaren Lärm über sich an, »Wer bist du? Wo hast du diese Fertigkeiten erlernt? Wen verbirgst du hinter der Fassade des alternden Rechtsmediziners?«

Die Schmerzen der Brandmale fraßen sich immer tiefer in seine Angst. Dreimal an seinen Extremitäten und einmal oberhalb des Nabels. Und morgen, was würde folgen? Sein Gesicht, oder ... er fixierte seine Unterhose. Und ich Idiot hatte für diese teuflisch grünen Augen geschwärmt!

Wenige Meter vor ihm stand im diffusen Licht des Türspalts der Schemel mit seiner Pistole, daneben die mörderische Mini-Armbrust und der Schlüssel für die Handschellen. So sehr er sich drehte, reckte und wendete, sie blieben unerreichbar. Entkräftet sackte er am Boden zusammen. Er keuchte stoßweise, seine Augen sehnsüchtig auf die beiden Waffen geheftet, als könne er sie per Hypnose herüberbeamen.

Ihre dunklen Konturen verschwammen in seinen Tränen, verzweifeltes Schluchzen erfüllte den Raum.

Sonntag, 4. Advent

Ute gähnte und streckte sich. Ihr Blick glitt über das Nebenzimmer der Sebaldus Apotheke. Vor ihr auf dem kleinen Tisch warteten unerledigte Abrechnungen und Bestellungen. Daneben die Wochenendzeitung, Horsts Unterhaltung bei kundenarmen Samstags-Öffnungszeiten. Er besaß so berechenbare Gewohnheiten. Lächelnd warf sie ihre beschneite Jacke darüber.

Was war das gestern für eine Nacht? Erst die leidigen Diskussionen mit dem Kommissar im Kellerraum und dann diese Heimfahrt. Voll konzentriert war sie losgefahren, hatte einmal gehalten, aber warum?

Ihr fehlten zwei Stunden in ihrer Erinnerung. Zwei Stunden versunken in Dampf ihrer Joints. Als sie erwachte, zeigte die Uhr am Armaturenbrett kurz vor Mitternacht. Sie stand in einer Parklücke in der Konrad-Adenauer-Allee. Hatte sie den Wagen verlassen? War sie in die Wohnung hochgegangen?

Das Gedächtnis spielte ihr Bilder von Toblers kleinem Mädchen und dessen Frau Eileen vor. Von wann stammten die Szenen, von gestern oder früher? Von den Tagen, an denen sie ihn ausspioniert hatte? Sie kam nicht drauf.

Aber bei einem war sie sich sicher: Sie hatte gekifft, zum ersten Mal seit über sechs Jahren. Die Leichtigkeit, die Sorglosigkeit waren gigantisch, trotz des blöden, jammernden Polizisten. Diesmal war ihm seine penetrante Anmache kräftig vergangen. Tief in ihren Gedanken versunken, legte sie den Schal über die Jacke und strich ihn glatt. Es war egal, was innerhalb der fehlenden Zeit passiert war. Nur ihr Ziel zählte!

Ihr einziges Problem hockte halbnackt im Keller. Ein Problem, dass beseitigt gehörte. Der Kommissar hatte sich gestern als harte Nuss erwiesen, heute würde sie die Kandare anziehen. Sie suchte in den Medikamenten-Regalen nach Chemikalien. Wenn sie nur kleinste Mengen abzweigte, würde Horst nichts bemerken. Sie wählte Rizinus, um Toblers Allgemeinbefinden zu schwächen. Einige Tropfen Calciumhydroxid und der Kommissar war blind. Dazu ein ätzendes Warzenmittel, etwas Natronlauge und Salzsäure. Bepackt kehrte sie ins Nebenzimmer zurück und fand ihren Schal am dreckigen Boden wieder. Mist, herunter gerutscht! Mit den Ellenbogen drückte sie ihre Jacke samt Zeitung ans hintere Tischende, als ein dumpfer Aufschlag sie aufhorchen ließ. Eilig kippte sie ihr Sammelsurium auf die freigeräumte Stelle. Sie bückte sich nach ihrem Lieblingsstück, dabei warf sie einen Blick zwischen die Tischbeine: Ein kleiner, schwarzer Gegenstand lehnte ganz hinten an der Wand. Neugierig krabbelte sie unter den Tisch und fischte ihn hervor: ein Büchlein. Sie drehte und wendete es in ihren Händen.

Bisher war es ihr in der Apotheke nie aufgefallen. Wem gehörte es? Prüfend fuhr sie mit einem Finger über den Einband: Keine Staubschicht, lange stand es dort noch nicht. Sie erinnerte sich an das Geräusch. War es eben über die Tischkante gerutscht? Sie hängte den Schal an die Stuhllehne, setzte sich und blätterte durch das Buch. Horsts feine, saubere Handschrift füllte die Seiten. Sein Notizbuch? Instinktiv überprüfte sie den Verkaufsraum, sie war alleine. Vorsichtig schlug sie eine x-beliebige Stelle auf und begann zu lesen, lächelte still. Sie blätterte weiter und überflog weitere Stellen. Sieh an, Horst hatte Geheimnisse ... bis, »Nein!«

Sie sprang auf, entsetzt starrte sie auf die Zeilen. Ein Satz, eine einzige Zeile brannte in ihren Augen. Für einen Moment vergaß sie sogar das Atmen. Das Tagebuch entglitt ihren Händen, es klatschte vor ihren Zehen auf das Laminat und blieb im Tauwasser der Jacke liegen.

»Nein«, wiederholte sie kreidebleich, leiser, »Das ... das ist nicht möglich!«

Motorengeheul, »Vorsicht! Da kommt noch einer!«, Faris panisch, Lärm, »Der Mann!«, weit entfernt. Bremsen quietschten. Ein Schrei: »Lauf!«, ein Scheppern, ein dumpfer Aufschlag und das Knirschen von zerberstendem Metall, danach ... Stille.

Diese Stimme! *»Lauf!«, hell, gepresst, verzweifelt.*

Sie dröhnte in ihren Ohren, sie raubte ihr fast den Verstand.

Eilig stopfte sie die Chemikalien und Medikamente in eine Werbetüte, riss die Jacke vom Tisch und rannte durch den Verkaufsraum. Die Apothekentür knallte hinter ihr ins Schloss.

Ein eiskalter Luftzug fegte ins Nebenzimmer und ließ den vergessenen, orangen Schal über der Stuhllehne erzittern.

»So schweigsam, Horst?«, Martha stellte sich zu ihrem Gatten ans Fenster. Gemeinsam verfolgten sie hinter den dichten Gardinen den Straßenverkehr, »Du brütest schon den ganzen Morgen vor dich hin.«

Er nickte langsam, ohne ihr zu antworten.

»Warum besuchst du nicht wieder einmal deine Freunde für eine Partie Schach? Schach befreit den Kopf.«

»Danke, nein«, er zwirbelte seinen Bart. Weshalb wollte die Polizei mit ihm reden? Gestern dieser Tobler und spät abends sein hochgeschossener Kollege? Waren Sie ihm auf die Schliche gekommen?

Marthas Blick bohrte sich misstrauisch in seinen Rücken. Schwante ihr etwas, kannte sie den Grund? Er seufzte, »Es geht wieder um Faris Tod, mach dir keine Sorgen«, wiegelte er ab. Aber in Wirklichkeit ging es um wesentlich mehr. Wenn er nur wüsste, wo sein Tagebuch steckte! Hatte er das schwarze Buch samstagmittags in der Apotheke vergessen oder auf der Straße verloren? Diesen Seiten hatte er seine persönlichsten Gedanken anvertraut, und seine Beichte. Hoffentlich war es nicht der Polizei in die Finger geraten. Dann würde sich seine monatelange, nein, jahrelange Vorsicht in Rauch auflösen. Niemand durfte je seine Zeilen lesen! Niemand!

Unten überquerte eine ältere Dame die Straße. Dicht neben ihrem Rollator kämpfte sich ein kleiner, schwarzer Dackel im buntgesteppten Hundemantel durch den Schneematsch.

Horst verlagerte das Gewicht auf das andere Bein, er stützte sich mit den Händen am Fensterbrett ab. Wieso hatte ihn die Polizei auf dem Kieker? Ihm fiel kein anderer Grund ein, außer diesem Buch. Er schauderte, wurde er bereits beschattet? Wieder suchte er die Straße ab, nirgends ein auffälliges Fahrzeug. Trotzdem wäre es nicht sehr klug, jetzt zur Apotheke zu fahren.

Schlimmstenfalls würden sie ihm folgen und er ihnen dadurch seine Aufzeichnungen direkt in die Hände spielen.

»Ist dieses Verfahren nicht längst abgeschlossen?«, Marthas Stimme erinnerte ihn an ihre Anwesenheit.

»Die Polizei ermittelt in einem aktuellen Fall. Dabei sind sie irgendwie auf Faris gestoßen.«

»Hatte er Dreck am Stecken?«

»Nein!«, das klang etwas zu heftig, »Nein«, wiederholte er versöhnlicher, er legte seinen Arm um ihre Schultern, »Es ist gewiss nur ein dummer Zufall. Gestern kam Utes Kommissar in die Apotheke. Er wollte mit mir reden, alleine«, gestand er und suchte ihre Augen, »Du weißt doch, wie zart besaitet Ute ist. Ich konnte das Thema nicht nochmals vor ihr durchkauen«, er seufzte und sah erneut aus dem Fenster, »Ich habe die jungen Leute miteinander weggeschickt. Ute braucht jemand, der sie glücklich macht.«

»Das erklärt immer noch nicht, weshalb du dich gestern im Schlafzimmer versteckt hattest.«

»Versteh´ doch ...«

»Nicht ein Wort hast du mir erzählt! Kein Ton, dass sie den Fall neu aufrollen!«

»Das tun sie nicht«, er überlege, wie viel er ihr anvertrauen sollte, »Hast du in der Zeitung von dem Mord im Luitpoldpark gelesen? Dieser L. P. war Levent Puettmann«, er wartete auf ihre Reaktion.

»Der Mann, der euren Syrer totgefahren hat?«

Er nickte zustimmend, »Ist es nicht logisch, dass sie nochmals mit Fragen kommen?«

Sie zögerte, dann gab sie nach, »Aber ich werde die Polizei nicht noch einmal belügen. Merk dir das!«

Host nickte bedächtig. Vielleicht war die Flucht nach vorne der einzige Ausweg. Zumindest würde er so erfahren, ob die Beamten sein Buch gefunden hatten.

»Brauchst du nicht«, er zog sie fest an sich, »Das regele ich, ich melde mich bei ihnen. Danke nochmals!«, dann löste er die Umarmung, »Bitte lass mich jetzt alleine. Ich muss mich auf das Gespräch im Präsidium vorbereiten.«

Martha verschwand in der Küche, er schaute ihr lange nach. Wie würde sie reagieren, wenn sie die Wahrheit herausfand? Die ganze Wahrheit? Wasser rauschte ins Spülbecken, Martha hantierte laut klappernd mit dem Geschirr.

Von Bülow zog ein altes Fotoalbum aus dem Wohnzimmerschrank, seufzend setzte er sich auf ihre Velours-Couch. Für einen Moment schielte er zu der Whiskyflasche auf dem goldenen Tablett, verwarf den Gedanken jedoch. Er brauchte einen klaren Kopf!

Schnell fand er die gesuchte Seite: Ute strahlend in Kolumbien, daneben Faris. Sie waren so begeistert von den Blasrohr-Vorführungen gewesen. So fasziniert, dass sie es selbst ausprobierten. Und jetzt diese Todesfälle.

Weshalb nur hatte er die Reise vorgeschlagen? Sie als einen zweiwöchigen Workshop mit anschließender Tour zu verschiedenen Bekannten getarnt, um Martha nicht zu brüskieren?

Was für ein verlogenes Vorhaben, verlogen von vorne bis hinten! Das Seminar dauerte nur vier Tage und die Freunde aus seiner Jugendzeit interessierten ihn längst nicht mehr. Er nutzte die Zeit für einen Betriebsausflug mit dem Apothekenpersonal.

Ein dünnes Lächeln huschte über sein Gesicht. Verlogen ja, aber er bereute keine einzige Sekunde, trotz der horrenden Investition für das dritte, kaum benutzte Alibi-Zimmer. Hatte sich Ute deswegen in den letzten Monaten so verändert?

In der Küche stimmte Martha ein Lied an, ´Macht hoch die Tür, die Tor macht weit´. Es duftete intensiv nach frischgebackenen Weihnachtsplätzchen und Bienenwachskerzen, vierter Advent! Er liebte ihren Gesang, er würde ihn vermissen.

Noch einmal überdachte er seinen Plan, wog die Argumente gegeneinander ab. Doch sein Entschluss blieb: Wie sollte er ihr je wieder in die Augen blicken? Diese Farce musste ein Ende haben, ein endgültiges. Er fuhr sich mit beiden Händen übers Gesicht. Verzeih mir Martha, aber es ist das Beste für dich! Er schämte sich zutiefst für dass, was er seiner Frau angetan hatte und zufügen würde. Martha, die ihm all die Jahre treu zur Seite gestanden hatte. Er klappte das Album zu und stellte es an seinen angestammten Platz.

Seine Gattin erschien mit einen Stapel Teller. Sie räumte das gespülte Geschirr in die Anrichte und stellte einen frisch aufgefüllten Plätzchenteller auf den Servierwagen.

»Ich gehe jetzt ins Präsidium«, spontan umarmte er sie. Bevor die perplexe Martha etwas erwidern konnte, war er durch die Tür und auf dem Weg zur Vernehmung.

Ihm blieb keine andere Wahl. Sollte er sofort gestehen, oder auf Zeit spielen? Er zauderte und dachte an Ute. Bald war das Ziel erreicht. Nur noch eine Person, nur noch diese Frau!

Was war das? Instinktiv setzte sich Sebastian auf, er bekam fast keine Luft durch die Nase. Der krümelige Untergrund scheuerte auf seiner wunden Haut. Seine Hände ... gefesselt. Es war kein böser Traum: Es saß in einem dunklen Verlies. Dunkel, bis auf den schwachen Schimmer unter der Tür. Über ihm lärmte eine Maschine. Ihre Vibrationen lösten Sand und Mörtel von der Decke. Es rieselte in kleinen Körnern herab und vermengte sich mit dem rauen Bodenbelag aus Ziegeln. Der Staub kratzte in seinen Lungen. Er nieste und zuckte zusammen. Durch die ruckartige Bewegung platzten seine Brandwunden auf und der lodernde Schmerz brannte erneut auf seiner Haut. Seine Glieder waren steif, steif von der Bewegungslosigkeit und steif vor Kälte. Utes Decke war der reinste Hohn bei diesen winterlichen Temperaturen. Er verlagerte seine Position. Die aufgeschürften Stellen am Gesäß, den Schenkeln, Knien, Händen und Unterarmen glichen dicken, feurigen Beulen. Bei längerer Belastung verkrampften sie, drückten elendig gegen die Knochen, sie nässten. Entzündung oder Eiter? Bald war es egal.

Das Rumpeln verflachte, wie jedes Mal. Ein Zug? Nein, dafür dauerte das Geräusch zu kurz. Eine Tram? Tobler entsann sich an den alten Hans-Moser-Film, der in einer Kellerwohnung unterhalb der Wiener Trambahngleise spielte. Lärm und Erschütterungen waren ähnlich. Wie viele Kilometer umfasste Münchens Straßenbahnnetz? Zu viele, um auf seinen Standort schließen zu können. Seine nutzlosen Hände drohten in den harten Handschellen abzusterben. Die Fußknöchel brannten in Höhe des Kabelbinders. Er zwang sich, die Finger und Zehen zu bewegen, um ihre Durchblutung anzukurbeln. Er fror trotzdem. Verzweifelt biss er in die Stoffkante und zerrte den Stoff über seine entblößte Schulter. Sand knirschte zwischen seinen Zähnen. Hunger und Durst kehrten zurück. Wehmütig dachte er an das restliche Wasser im Blumen-Untersetzer, es war seinen unbeholfenen Verteidigungsversuchen zum Opfer gefallen.

In Sogamoso hatten sie nachts auch oft Durst gelitten. Doch keiner von ihnen wagte sich im Dunkeln auf die Straße. Wieso war sein Bruder mit ihm in die Stadt gewandert? Hoffte Santiago darauf, Arbeit zu finden? Dieser Narr! Auf dem Land war es sicherer, besonders für ihn. Wieder erschien ihm Santiagos blutendes Gesicht im sandigen Straßendreck. Er schnaubte verächtlich, im Nachhinein war man leicht schlauer.

Heute war sein eigener Kopf blutverkrustet, und mit Sand verklebt, doch er lebte, noch. Er kannte den Namen der Person, die nach seinem Leben trachtete. Santiago, nur den Spitznamen des Banden-Anführers: Rubi. Einen neunzehnjährigen Jungen namens Rubinio. ´Kostbarer, roter Stein´, wie es das Internet übersetzte. Sebastian änderte es für sich in ´blutbeschmierten Stein´.

Bandenrivalitäten um die besten Bettelplätze hatte es immer gegeben. Gegenseitiges Ausplündern diente dem Broterwerb, dabei hagelte es öfters Schläge. Aber die brutale Gewalt von Rubis Jungs versetzte sämtliche Straßengangs in Sogamoso in Angst und Schrecken. Der Trupp vermöbelte eine Gruppe nach der anderen. Die Bevölkerung sah weg. Hofften die Leute, dass sich die verwahrlosten Straßenkinder damit selbst erledigten? Er stöhnte. Was bin ich nur für ein schändliches Exemplar von Kommissar? Ich hocke hier im sicheren Deutschland, und der Mörder meines Bruders geht mir regelrecht am Arsch vorbei. Er starrte in die Dunkelheit. In der Ferne kündigte sich das bekannte Dröhnen an. Stopp: Doppelt falsch, berichtigte er sich: Santiagos Tod verfolgte mich täglich, und ich bin momentan dem Tod näher als in Sicherheit. In der Dunkelheit holten ihn die Fragen ein, die ihn seit Jahren in endlosen Nachtstunden peinigten: Warum waren sie im Kleinkindalter auf der Straße gelandet? Wurden sie ausgesetzt, oder entführt? Suchten seine leiblichen Eltern verzweifelt nach ihren beiden Söhnen oder wussten sie vom Tod eines der Kinder?

Ausgelaugt vor Angst, Hunger und Durst fiel er erneut in einen ruhelosen Schlaf. Weder die rumpelnde Trambahn über ihm noch der feine, hartkörnige Staub weckten ihn.

»Ausgeschlafen?«, Utes Stimme riss ihn aus der trügerischen Wärme seiner Träume, »Mist, ich hatte die Lampe angelassen.«

Diesmal trug sie den Wollmantel und die Baskenmütze von ihrem ersten Treffen. Eine tiefe Falte grub sich zwischen ihre Augenbrauen.

»Hier, dein Frühstücksgedeck«, mit einer Hand balancierte sie den frisch gefüllten Untersetzer, mit der anderen tippte sie weiter eine Nachricht in ihr Telefon. Ihr Blick fiel auf den belegten Schemel.

»Herrgott!«, fluchte sie gestresst, beendete das Tippen und legte ihr Handy auf den Boden. Mit der freien Hand nahm sie die kleine Armbrust und Toblers Pistole auf, »Auf die beiden wartet in knapp einer Stunde Arbeit!«, vorsichtig stellte sie das Behältnis auf den freigewordenen Platz, das Wasser schwappte bedenklich in der flachen Schüssel. Mit kalten Augen musterte sie das Häufchen Elend auf dem sandigen Boden, »und danach kommst du dran.«

Was war los mit Ute? Sie wirkte fahrig, unkonzentriert.

Bot sich dadurch doch noch eine Chance für ihn?

»War es schwer, auf meine Waffen aufzupassen?«, ohne die Antwort abzuwarten, wandte sie sich ab. In der dürftig erleuchteten Türöffnung drehte sie sich nochmals um, »lass dir deine Henkersmahlzeit gut schmecken, Sebastian!«

»Danke«, hauchte Tobler. Er zögerte, beobachtete wie sie im anderen Raum die Waffen auf den kleinen Tisch neben die Lampe legte. Endlich wuchtete er sich auf die Knie und ruckelte über den Boden. Die rauen Körner wetzten auf seiner Haut. Falls sie ihn nicht bald tötete, würde er an Blutvergiftung sterben. Das gespannte Stahlseil beendete die kurze Reise.

»Ich komm´ nicht ran«, näselte er mit geschwollener Nase.

»Nett! Ein Mann, der vor mir im Dreck kriecht!«, sie kehrte

zurück, »Du schaust echt scheiße aus!«, genervt packte Ute den Schemel mit beiden Händen und stellte ihn in Toblers Reichweite, »Hier, ist´s dem Herrn so recht?«, sie fegte hinaus.

Was war passiert, dass sie ihn so geistesabwesend abfertigte und vor der Tür hektisch herumwerkelte?

Sebastians Zunge reichte knapp über den Rand der Wasserschüssel. Gierig leckte er das Wasser in den Mund. Die wunden Lippen brannten bei jeder Berührung. Im Bauch gluckerte die eingesaugte Luft. Nach den ersten Schlucken hielt er inne, er atmete flacher und lauschte. Aus dem Nebenraum klangen seltsame Geräusche. Ein schwerer Gegenstand scharrte über den Boden, eine alte Türangel quietschte. Er hörte das Klicken einer Schnalle. Utes Schatten huschte hin und her. Packte sie für die Flucht nach seinem Tod?

Frustriert bäumte er sich auf, mit leeren Augen spähte er über den Schemel zum offenen Zugang. Offen, aber für ihn unerreichbar. Wozu trank er überhaupt, wenn der Tod vor der Tür lauerte? In sein Schicksal ergeben, rollte er sich am Boden zusammen. Von dort aus entdeckte er einen flachen Gegenstand neben dem rechten Bein des Schemels.

Frauen und Handys! Eileen schaltete es immer aus und Ute vergaß es, sobald sie es aus der Hand legte.

War das seine Chance? In ihm reifte ein Plan. Angestrengt lauschte er, sie räumte weiterhin lautstark im Vorraum herum. Perfekt! Jetzt schmiegte er den Kopf an den kalten Ziegelboden, streckte sich und robbte nach vorne. Die schroffen Brösel schürften über seine Wange. Seine Muskeln waren zum Zerreißen gespannt, Hals- und Rückenwirbelsäule aufs äußerste gedehnt, er ignorierte den heftigen Schmerz. Vorsichtig schob er den Kopf zwischen die Stuhlbeine. Ihm blieb nur dieser eine Versuch, hoffentlich war der Schemel nicht zu schwer! Er wartete, bis erneut Lärm aus dem Vorraum drang, dann drückte er den Hocker mit seinen Schädel langsam zur Seite. Stück für Stück, bis ein Holzfuß bei dem Handy stand. Er atmete flach und hektisch. Nur jetzt kein Fehler, den Winkel beachten!

Er reckte den Kopf vor, bis das hölzerne Bein hinter seiner rechten Ohrmuschel einhakte. Wieder wartete er auf ein lautes

Geräusch. Er schielte zum erleuchteten Quadrat. Würde sie lange genug weiter kramen? Und wenn der Hocker krachend umfiel? Er hielt die Luft an und rutschte mit dem arretierten, kleinen Möbelstück millimeterweise zurück. Allmählich bugsierte er Utes Handy in die Reichweite seiner Nase. Er zog es zu sich, bereit, sich notfalls darüber zu rollen.

Er drückte sein Kinn gegen die Einschalt-Taste, das Display erwachte mit teuflisch hellem Licht zum Leben. War es ihr aufgefallen? Er hielt die Luft an. Ängstlich richtete er seine Augen auf die Tür. Draußen wurde knarzend eine verzogene Schublade aufgerissen, er atmete zweimal tief durch: Jetzt oder nie!

Ihr Telefon forderte die Eingabe einer PIN. Jeder sicherte sein Handy mit einer PIN, selbst ein so vorsintflutliches Gerät wie dieses hier. Beim Wort ´vorsintflutlich´ flashte eine Erinnerung auf: Utes verwaistes Handy am Bistro-Tisch.

´Für die PIN müsste der Finder mich kennen. Ich bin sehr eigen mit meinem Geburtsdatum´, hatte sie gelacht.

Das Datum stand in seinen Akten, er kannte es auswendig!

Er horchte, Ute werkelte noch immer lautstark im Vorraum. Das war seine Chance, vermutlich die Einzige! Mit der gerollten Zungenspitze drückte er *1-3-0-9-9-2* und wartete.

Nichts! Vertippt? Mist!

Er sah auf, dann versuchte er es erneut, diesmal mit Erfolg. Viel zu grell leuchteten ihm die bekannten Piktogramme entgegen. Er schirmte das Licht mit den Locken ab. Wie viel Zeit blieb ihm? Hastig tippte er die erste Nummer, die ihm einfiel. Sobald abgenommen wurde, würde er um Hilfe flehen. Er wartete, wartete, wartete, endlich eine Stimme die monoton verkündigte: »Dieser Anschluss ...«, er kaschierte die Ansage mit einem fingierten Hustenanfall, »... sprechen Sie ...«

»Du wirst mir doch nicht vorher abkratzen?«, Ute ersparte sich die Mühe nach ihm zu schauen.

»Verschluckt!«, stammelte er.

Verdammt! Er schwebte in Lebensgefahr und Eileen schaltete ihr Handy aus! Er wuchtete sich über Utes Telefon, damit es unentdeckt blieb.

Eileen erwachte erst spät an diesem Morgen. Die Nacht war kurz gewesen und ihr provisorisches Lager auf dem Sofa unbequem. Bis in die frühen Morgenstunden hatten sie vergeblich auf irgendein Lebenszeichen von Sebastian gewartet.

Sie streckte sich, Marina nuckelte friedlich im Bettchen an ihrem Schnuller. Ihr Blick streifte Viennas Kuscheldecke unter dem Fensterbrett, sie war leer.

Sebastian! Sie sprang auf, war er zurück?

Ein Zettel zwischen den Bonsais dämpfte ihre Freude: ´Bin Gassi und hole Semmeln, R´. Aus dem Schlafzimmer brummte Sonjas leises Schnarchen.

Eileen fegte eine tote Fliege vom Fensterbrett in die Handfläche und schlich zu Ursulas Nische in der Küche. Nicht die kleinste Spinnwebe deutete darauf hin, dass die Spinne Fegers gestrigen Putzwahn überlebt hatte. Das Insekt landete nutzlos auf dem Laminat. Wird Sebastian diesen Verlust verkraften?

Himmel, wo steckst du nur?

Sie fand ihr Handy auf der Anrichte. Es war tot, der Akku leer. Es dauerte einige zähe Minuten, bis es die Ladestelle wieder zum Leben erweckte. Besorgt scrollte sie durch die entgangenen WhatsApp-Nachrichten: viel Blabla von den Müttern der Babygruppe, sechs Anrufe stammten von Oma Menke. Kein Lebenszeichen von ihrem Mann.

Halt, dazwischen stand noch einer: von unbekannt!

Sie hörte ihn ab.

»..uckt!«, dann Stille. Sie hielt den Atem an: War das Sebastians Stimme? Es folgten dumpfe Geräusche aus dem Lautsprecher, ein frivoler Anruf? Nicht jetzt! Sie positionierte ihren Zeigefinger über die Trennen-Taste, dann: »Sag mir wenigstens, wo ich bin!«

Eileen zuckte zusammen, das war er! Eindeutig, ihr Mann! Schatz, wo bist du? Bitte, bitte, flehte sie im Stillen und presste den Apparat an ihr Ohr, lauschte atemlos, »Nennen wir es den tiefen Jungfernturm«, antwortete eine bedrohliche Stimme, rau und selbstbewusst. Eine Frau!

»Und wo ist der?«, Sebastians Stimme klang seltsam, hohl und kratzig.

»Das ist doch egal. Hauptsache, du bist jetzt bei mir. Liegst du bequem?«

»Ich will es aber wissen!«

»Du hast viele Fähigkeiten, du musst sie nur besser organisieren, bündeln, einsetzen, dann ...«, das Gespräch brach ab, Ende der Aufnahmezeit. Worüber redeten die beiden? Auf welche Fähigkeiten von Sebastian spielte die Frau an, auf kriminalistische oder auf Bettgeschichten? Wehe ihm!

Argwöhnisch musterte sie ihr Telefon. Waren diese Worte überhaupt für sie gedacht oder hatte sich ihr Ehemann vertippt? Ihr fiel seine gestrige, wichtige Vernehmung ein. Er war richtig scharf darauf gewesen. Quälten ihn Kowalskis Daumenschrauben, oder steckte diese Frau dahinter? Ihr Misstrauen und ihre Angst fochten miteinander, die Angst siegte, sie weckte Sonja und spielte ihr die Aufnahme vor.

»Ich bin schon lange weg vom Polizeidienst«, flüsterte sie verlegen, »Was meinst du dazu? Hat er sich nur vertippt? Mach ich mich lächerlich, wenn ich dem Anruf nachgehe?«, in ihren Gedanken platzte sie mitten in seinen Fehltritt, »Jungfernturm, das klingt doch nach einem Bordell.«

»Dafür ist Sebi der Falsche«, Sonja schlüpfte in ihre Hosen, »Aber wenn er dich betrügt, würde er es schlauer anstellen.«

»*Hauptsache, du bist jetzt bei mir*«, äffte Eileen die fremde Frau nach, »*liegst du bequem? Du hast so viele Fähigkeiten, du musst sie nur besser organisieren, bündeln, einsetzen*«, schlummerte ihr Mann süß in den Armen einer Anderen, während sie vor Panik umkam? Na warte! Wütend stapfte sie ins Wohnzimmer und tippte Sebastians Kurzwahltaste.

»Nein!«, Sonja rannte ihr nach. Verzweifelt versuchte sie, ihrer Freundin das Handy aus der Hand zu schlagen, verfehlte es jedoch mehrmals, »Nicht!«, zu spät!

»Jungfernturm!«, fauchte Eileen ins Mikrofon, »Ich erwarte deinen Rückruf, Sebastian! Und schalt verdammt noch einmal dein Handy an!«

Stille, ihre Wut war bereits verflogen, als sie auflegte. Die Panik kehrte zurück. Sie wandte sich an Sonja, die sie mit entsetzten Augen und offenem Mund anstarrte.

»War das ein Fehler?«

»Scheiße, ja! Jetzt hoffe ich ernsthaft, dass er fremdgeht«, Sonja verbarg ihr Gesicht in den Händen, »Verdammt!«

Ihr Streit neben dem Kinderbett riss Fräulein M aus ihren seeligen Träumen. Mit fidelem Morgengeplapper begrüßte sie den neuen Tag. Die Frauen schwiegen sich an, Eileen heulte.

Kurz darauf hörte auch Roman die Mailbox ab, »Ich fahr ins Präsidium. Alarmiert sofort alle Kollegen und Gustav! Wir brauchen ihn, er besitzt ein Gegengift«, er spurtete los, Vienna klebte an seinen Fersen.

Die Semmeln blieben unberührt am Küchentisch zurück.

Tief unterhalb der Trambahngleise meldete ein Handy den Eingang einer neuen Nachricht. Ute wühlte in ihrem Korb nach dem Gerät, sie fand nur Toblers, »Du hast inzwischen enorm viele Anrufe bekommen! Wie lautet deine PIN?«

Sebastian biss sich auf die Unterlippe, er kämpfte mit sich: preisgeben, ja - nein? Jetzt war sowieso schon alles egal. Eileen ließ ihn im Stich, nur um mit Marina ein paar Minuten ungestört zu dösen, wie immer! Er schnaubte verächtlich und nannte die Zahlenfolge. Bloß keine weiteren Brandmale!

Ute lauschte, »Da sind einige ziemlich verzweifelt, besonders deine Frau«, dann verfinsterte sich ihr Blick, sie hielt das Gerät am Ohr, ihre Augen wurden zu Schlitzen. Sie fixierte den wehrlosen Mann am Boden.

»Du Aas!«, mit wehender Mähne fegte sie in seinen Kellerraum und suchte alles ab. Nichts!

»Wo ist es?«, drohend blieb sie über ihm stehen.

Tobler sah überrascht auf, »Was?«

»Verräter! Du hast mich reingelegt!«, ohne Vorwarnung trat sie dem gefesselten Mann in den Schritt.

Tobler keuchte, er krümmte sich vor Schmerzen, instinktiv rollte er sich im Dreck zur Seite.

Ute riss ihr Handy vom Ziegelboden, prüfte die Anrufliste. Ihre Augen weiteten sich, mit offenem Mund starrte sie auf ihn herab, dann trat sie zum zweiten Mal zu.

Er schrie erneut.

»Du interessierst dich für den Jungfernturm? Du wirst ihn spüren, ohne Gnade!«, die halbvolle Wasserschüssel entleerte sich über ihn. Damit packte sie das Drahtseil und zerrte seine Füße an die Wand. Er japste nach Luft, unfähig sich zu wehren.

Ute verknotete das Seil mit dem eingemauerten Ring, »Faris bekam auch keine zweite Chance! Aber dein wahnsinniger Versuch wird mich nicht aufhalten!«, sie verschwand im Vorraum.

Ein schwerer Gegenstand fiel krachend um. Sie riss Schubläden und Schränke auf, sie suchte nach etwas. Eine Seilspule, gefolgt von einer labberigen Pappschachtel, landete neben der Pixar-Tischlampe. Es klirrte metallisch.

Tobler krümmte sich noch immer keuchend am Boden. Die feuchte Decke wärmte nicht mehr, im Gegenteil. Er schlotterte am ganzen Leib. Alles war vergebens, seine einzige Hoffnung auf Hilfe: fehlgeschlagen. Tränen rannen über seine Wangen, verzweifelt warf er den Kopf hin und her. Er war ihr ausgeliefert, vollkommen ausgeliefert! Welche Gräueltaten bereitete sie draußen vor? Was war qualvoller als die Brandwunden?

Niemand wird mich retten! Niemand, niemand!

Die salzigen Tränen brannten auf der aufgeschürften Haut. Sie mischten sich unter das ausgekippte Wasser, vermengten sich mit dem Staub und verklebten seine dunklen Locken.

Von der Ferne kündigte sich die nächste Tram an.

In der Tegernseer Landstraße eilte Roman durch die Flure des Präsidiums, Vienna stets ein Stück voraus. Die Hündin war ihm zwischen den Beinen ins Auto geschlüpft und hatte sich erwartungsvoll im Beifahrer-Fußraum zusammengerollt. Er hetzte durch den Empfang. Wie viele Kollegen würden die Frauen an einem Sonntag erwischen?

»Kollege Hiebler!«, Scheinhacker winkte ihm zu.

»Sorry, bin inoffiziell hier. Wenn die anderen kommen: Ich warte in Toblers Besprechungsraum!«

»Ist der da? Ich versuche andauernd, ihn zu erreichen.«

»Ach, Sie auch?«

»Herr Meisl, der Chef der Spurensi...«

»Ich kenne Stefan, was will er?«

Etwas brüskiert überreichte ihm Melvin Scheinhacker eine Notiz: ›Identische Fusseln wie bei Haas. Pass auf dich auf!‹

»Das kommt reichlich spät.«

»Ich hab´s ständig bei Kommissar Tobler probiert«, verteidigte sich der Neue kleinlaut.

»Eskalationsstufe: Rot! Kollege in Gefahr!«, herrschte ihn Roman an, »hat Meisl Näheres zu diesen Fusseln verraten?«

»Nein.«

Hiebler ließ ihn stehen und rannte ins Besprechungszimmer. Vienna fixierte Cornelia Baumgartner, die nervös rote Schleifen um einige Duplostangen nestelte und besorgt zu ihm aufsah. Neben ihr wartete Bernhard Fischler. Die Nachtschicht stand ihm ins Gesicht geschrieben. Roman fasste die Ereignisse kurz zusammen und schloss: »Wir haben heute bei Eileen übernachtet, falls eine schlechte Nachricht ...«, er atmete tief durch, »Sonja ist noch bei ihr.«

IT-ler Jörg Hansen stieß zu ihnen und kurz darauf Hauptkommissar Kowalski höchstpersönlich. Seinem Gesicht nach zu urteilen, verdankten sie sein Kommen ausschließlich Reginas Hartnäckigkeit. Er schielte grantig zu dem Hund.

»Was wissen wir?«, wiederholte Roman, »Vienna wird bedroht und mit dem Gift verletzt, das bei Puettmann und Jungwein festgestellt wurde. Ein ähnliches Drohschreiben erreicht Toblers Tochter. Sebastian schickt Eileen den Mitschnitt eines mysteriösen Gespräches«, er spielte ihn ab.

»Morgen«, Brunner schleppte sich in den Raum, die Visage mit Pflaster und einer Kompresse beklebt, »Jungfernturm? Den sollte man nie außer Acht lassen: klein, empfindlich ...«

»Friedhelm!«

»Wieso? Das klingt freizügig«, der Glatzkopf plumpste laut stöhnend auf den Stuhl neben Kowalski.

»Mehr fällt dir nicht ein?«, Jörg fuhr seinen Laptop hoch.

»Passt das nicht perfekt zu Sebi? Erst sein Interesse an den perversen Schwimmbad-Pornos, und jetzt das!«

Der Chef nickte zustimmend, »Ich bezweifle, dass wir uns ernsthaft um ihn sorgen müssen. Schade um den Sonntag!«, er warf Hiebler einen vernichtenden Blick zu, »Eheprobleme gibt es überall«, und zu seinem Nachbarn, »Brunner, was ist denn mit Ihnen passiert?«

»Och, nur ein Dienstunfall, gestern«, er biss in sein Duplo.

»Am Wochenende? Das nenne ich Einsatz! Bitte kommen Sie morgen in mein Büro.«

»Täuscht euch mal nicht«, grätschte Jörgs tiefer Bass dazwischen, »Als ´Jungfernturm´ wurde ein Wehrturm zwischen Münchens äußerer Stadtmauer und der Zwingermauer bezeichnet. Er stand beim heutigem Salvatorplatz. Bauform: halbrund aus der Mauer hervorgewölbt. Erbaut 1493, 1804 abgerissen.«

»Somit ein Hirngespinst«, kommentierte Friedl.

»Seinen Namen erhielt er von dem früheren, nahe gelegen Friedhof ´Zur Jungfrau Maria´. Die Vorderfront des Wehrturms wurde durch einen massiven Bastionsturm ersetzt, mit schwerer Artillerie und Flachfeuergeschützen für die Stadt-Verteidigung«, Hansen unterbrach seine Wikipedia-Zusammenfassung, »Jetzt wird´s gruselig: Man erzählt sich Gespenstergeschichten von eingemauerten Jungfrauen. Glaubwürdiger sind Folterungen und Hinrichtungen mit der ´Eisernen Jungfrau´.«

»Eine Art Walküre?«, Friedl leckte sich die Lippen.

»Ein Hohlkörper aus Holz oder Metall. Häufig in Frauengestalt. An der Innenseite steckten lange Nägel oder Spitzen. Tür auf, Verurteilter rein, Tür zu. Tod durch mehrfaches Erdolchen. Wenn an den Nägeln gespart wurde, starb der Straftäter langsam durch Verbluten«, er spähte über seine Nerd-Brille in die Runde, »Den sogenannten ´Jungfernkuss´«, keiner sprach ein Wort, »Diese Vorrichtungen gab es wirklich. In Nürnberg öffnete sich unter der ´Jungfrau´, eine Klappe und entsorgte die Leichen praktischerweise in den Fluss. An den Resten unseres Münchener Turms weist eine Gedenktafel auf diese Gräueltaten hin.«

»Klingt nicht nach Vergnügungsviertel«, schloss Bernhard, »Augenblick, Cornelia, ich bring dir ein Glas Wasser, dann kommt wieder Farbe in dein Gesicht.«

»Soweit zum Hintergrund«, Jörg klappte den Bildschirm zu und schob die Brille zurück, »Fakt ist: Der Turm existiert nicht mehr«, er schnüffelte pikiert.

»Bäh!«, Bernhard rümpfte die Nase: »Riecht ihr das auch? Das stinkt ja ...«

»Mensch, Vienna!«, Roman schickte sie in die Ecke, »Gibt es eine Art Nachbildung in München, Jörg?«

»Nein, aber vielleicht ist es eine Allegorie, nach dem Motto: Hier kommst du nicht lebend raus!«

»Leute, wir quatschen hier und Sebi ...«, Roman brach ab, er öffnete das Fenster, »Wir stecken fest! Wo beginnen wir mit der Suche?«, ein Klingelton schlug an, »Sonja?«, er lauschte »Danke! Das ist eine gute Nachricht! Grüße an alle!«

»Was ist, Hiebler?«, Kowalski blickte demonstrativ zur Uhr.

»Schlumpf und Edi von den Reichenbacher-Obdachlosen sind soeben in Sebis Wohnung angekommen. Sein T4 wurde gesichtet: in der Perhamerstraße!«

»Du glaubst diesem Gesocks?«, Brunner traute seine Ohren nicht, »Ist eine Belohnung ausgesetzt?«

»Ja: ewige Freundschaft. Wer kommt mit?«

»Moment«, Cornelia markierte die Straße an der Wandtafel, dann rutschten ihre Finger zu einem gelben Fähnchen auf der Parallelstraße, »Hab ich mich doch recht erinnert: Hier wohnt diese Apothekerin, in der Agnes-Bernauer-Straße!«

»Die Rothaarige?«, verstohlen wechselte Brunner einen fragenden Blick mit Kowalski, der nickte.

»Ich will euch nicht den Sonntag verderben, aber nach was sieht das hier aus?«, von seinem Handydisplay strahlten zwei vergnügte Gesichter: Ein glücklich lachender Sebastian, der Ute höchst vertraulich an sich zog.

Brunners Handy wanderte reihum.

Cornelia stand als Erste auf, »Es reicht! Verarschen kann ich mich selbst! Ich hab am Sonntag Besseres zu tun, ich gehe!«

Auch Bernhard erhob sich entrüstet, »Wenn Sie nichts dagegen haben, Herr Kowalski, schließe ich mich an. In zehn Minuten wäre sowieso Dienstschluss.«

Der Hauptkommissar winkte gönnerisch in Richtung Tür, »Regina wird es mir wieder nicht glauben, aber gehen wir! Ein Sonntag ist zu schade für pikante Fehleinschätzungen«, sein verachtender Blick streifte Hiebler, »Herr Brunner, würden Sie mir bitte am Weg ausführlich erzählen, wobei Sie sich diese üblen Verletzungen zugezogen haben?«

Roman blieb allein zurück, und Vienna. Er kam sich im riesigen Besprechungsraum verloren vor.

Tobler und eine Freundin? Ihm fielen Martha von Bülows Worte ein: Ihr Mann hätte kürzlich angedeutet, dass Utes Verehrer bei der Polizei arbeitet. Selbst Eileen schloss es ebenfalls nicht aus. Trotzdem: Das passte nicht zu dem kleinen Kolumbianer. Sebastian war gewiss nicht einfach, und die neue Vater-Rolle überforderte ihn zeitweise. Aber Fremdgehen? Niemals! Auf keinen Fall würde er mit Eileen über Brunners Foto reden.

Außerdem glaubte er nicht an die Theorie eines irregeleiteten Anrufs: Sein Freund schwebte in ernster Gefahr! Aber was konnte er alleine schon ausrichten? Konzentriert rekapitulierte Hiebler die letzten Minuten: Meisls Notiz! Er wählte Stefans Nummer, »Morgen, was bedeutet: ́Identische Fusseln wie bei Haas. Pass auf dich auf!́. Woher stammte Toblers zweite Probe?«

»Keine Ahnung. Es handelt sich um Viennas spinnenartigen Pflasterverband. Eure Baumgartner brachte ihn mir am Freitagmorgen. An einem der Streifen, kleben diese Stofffragmente.«

Viennas Verband! Roman erinnerte sich an die Worte seines Kumpels: ́Wenn sich mein Verdacht bestätigt, reicht es für einen Durchsuchungsbefehl. Mehr später, es ist zu prekäŕ. Nervös hämmerten seine Finger gegen seine Lippen. Himmel noch einmal! Wieso unterschlug Sebastian dem Team wichtige Details? Warum zog er Ermittlungen im Alleingang durch? Er schnaufte wütend. Zumindest wies sein gewähltes Trägermaterial für die Stoffprobe auf eine spontane und ungefragte Entnahme hin.

»Bist du noch dran?«, brachte sich Stefan in Erinnerung, »Nebenbei: Die Dame leidet an Haarspliss. Wirklich schade, bei der dicken Struktur und der außergewöhnlichen Farbe.«

»Rot?«, natürlich rot, »Diese Frau taucht immer wieder auf. Ihre DNA könnte wichtig für uns werden. Und Stefan: Danke für die Info! Mir ist eben einiges klar geworden. Bis Montag.«

Das Foto! Auf Brunners Kuschelbild trug die Reining einen orangen Schal. Wenn die Probe von ihr stammte, spielte Sebastian nicht mit dem Liebes-Feuer, sondern verbrannte sich die Finger an einer mehrfachen Mörderin, Haas Mörderin, Puettmanns Mörderin, Jungweins Mörderin und die der Hunde. Und noch eines wurde ihm bewusst: Tobler musste den Verliebten mimen, um nahe genug an diese Probe heranzukommen. Brunners Foto dokumentierte nur eine dienstliche Ermittlung!

»Du bist ein Idiot, Sebi, aber ein genialer, suizidaler Idiot!«, er stand erneut vor der Wandtafel. Cornelias neuestes Fähnchen markierte den einsamen T4.

»Als Don Juan warst du schon immer eine Null! Und du Trottel hast geglaubt, dass dir die Reining die Show abkauft? Scheiße, wo steckst du?«, seine flache Hand donnerte gegen die Tafel, drei Zettel trudelten auf den Teppich, »Jetzt kehrt sie den Spieß um!«, er schlug ein zweites Mal dagegen, »Langsam dreh ich durch! Wo fange ich nur an dich zu suchen?«

Es klopfte, »Sind Sie okay, Kollege Hiebler?«, der junge Scheinhacker lugte in den Raum, »Dieser Herr sucht Sie. Angeblich sollte er heute zur Vernehmung erscheinen.«

Horst von Bülow schob sich an ihm vorbei, »Es ist wichtig. Ich möchte eine Aussage machen.«

»Oh, sorry, auf Sie habe ich total vergessen!«, Roman fasste sich, »Ich hab jetzt keine Zeit für Sie! Aber...«, er war Reinings Arbeitskollege, vielleicht ...,»Sagt Ihnen das Wort ´Jungfernturm´ etwas? ´Tiefer Jungfernturm´?«, präzisierte er.

»Wieso?«, verstört musterte Herr von Bülow den hochgeschossenen Polizisten vor ihm.

»Weil dort einer unserer Kollegen festgehalten wird!«

Von Bülow schluckte, er überlegte, »Ja, schon«, er zögerte, »Der Jungfernturm liegt an der Seitenwand der Salvatorgarage, ich meine, er lag.«

»Das wissen wir!«

Aggression lag in der Luft, Viennas spitzte die Ohren.

Horsts Lippen bewegten sich, er suchte nach Worten. Sein Blick blieb an dem gelben Fähnchen bei der Agnes-Bernauer-Straße hängen. Er ging, nein, fast stolperte er zum vordersten Tisch, er musste sich mit beiden Händen abstützen, »Früher gab es dort eine Wohnung, gegenüber der Erinnerungstafel zu diesem Turm«, stammelte er verlegen. Egal, er wollte doch sowieso reinen Tisch machen. Er holte Luft, »Meine frühere Teilhaberin lebte dort bis zu ihrem Tod. Inzwischen ist die Wohnung mehrfach umgebaut und verkauft worden«, die Erinnerungen an jene Zeit vereinfachte es nicht für ihm.

»Muss ich Ihnen alles aus der Nase ziehen?«

Von Bülow riss sich zusammen, es kam ohnehin auf, »Unter der Jungfernturmstraße liegen alte Gewölbe, ehemalige Keller. In einem davon lagern die Möbel meiner früheren Teilhaberin, ich brachte es nicht übers Herz sie wegwerfen.«

»Sind Sie oft dort?«

»Nein, seit Jahren nicht«, er nestelte an seinen Ärmeln.

»Wer hat einen Schlüssel dazu?«

»Der ist in der Apotheke.«

»Sie haben keinen dabei?«

»Nein, wozu?«, seine Stimme festigte sich.

»Wie kommt man dort hin?«

»Durch das Gebäude des Finanzinstituts. Sein Zugang liegt gegenüber der Erinnerungstafel und dem Gedenk-Baum. Nach dem Eingang rechts durch die Tür und die Treppe hinunter. Der Gang ist duster, nur eine Fluchtwegslampe. Am Keller häng ein Schild, Wilhelmina Reining.«

»Reining? Das ist es! Verdammt, wo ist die Schutzweste?«

»Wieso Schutzweste?«, Horst verstand nicht, er hastete hinter dem schlaksigen Polizisten her in den ersten Stock, Vienna überholte ihn.

»Weil dieses Aas eine Pistolenarmbrust besitzt!«

Pistolenarmbrust? Der letzte Zeitungsartikel über die frisierten Hundemorde, die gefundenen Pfeile, der Hinweis auf Gift, langsam begriff er: Ute!

Er musste sie warnen!

Warnen, dass er soeben ihr Versteck verraten hatte. Warnen, dass die Polizei dorthin unterwegs war. Er wurde blass, seine Knie gaben nach, seine Hand suchte Halt an einer Stuhllehne, »Und ich?«, stammelte er verloren.

»Sie haben mir sehr geholfen! Und jetzt verschwinden Sie nach Hause!«, der Polizist rannte aus dem Zimmer, in der einen

Hand seine Pistole und die Handschellen, in der anderen eine Weste, neben seinem Fuß ein Amstaff.

»Großer Gott, was habe ich angerichtet?«, Horst sackte auf dem nächsten Stuhl zusammen, er verbarg sein Gesicht in den Händen und heulte, »Was habe ich nur getan?«

Tobler wusste nicht, wie lange er zitternd und frierend auf dem eisigen Boden gelegen hatte. Im Vorraum herrschte lautes und hektisches Treiben. Ute schleifte schwere Gegenstände durch die Gegend. Es folgte das schaurige Quietschen eines eingerosteten Scharniers. Dann zerriss das metallische Scheppern ausgeschütteter Nägel die Stille, gefolgt von Utes lautem Fluch.

Was trieb sie? Wozu? Hatte es mit ihm zu tun? Er lauschte. Nun vernahm er ein Ratschen wie beim Abreißen eines Klebebandes. Wieder und wieder. Wollte sie ihn mit Panzertape fesseln? Nein, sie fixierte etwas. Es folgte das zittrige Wabern eines Metall-Gitters. Was passierte hinter der Mauer?

Zwischendurch eilte ihre zierliche Gestalt an der Tür vorbei. Ihr Körper schickte langgezogene Schatten über den Boden.

Ein Handy schrillte, »Ja, Horst?«

Tobler lauschte, glücklich über jede Ablenkung.

»Wo bist du? Es hallt so«, von Bülows Stimme.

»Ich hab auf Laut geschaltet, ich arbeite.«

»Wo bist du?«, er klang besorgt.

»Das geht dich nichts an.«

»Warum so aggressiv?«

»Du Scheißkerl hast ihn mir weggenommen!«, das klang nach unterdrückten Tränen, »Ich habe dein Tagebuch gelesen!«

Einen Moment lang herrschte Stille, »Ute, wo ist das Buch jetzt?«

»Das habe ich, du Schwein!«

»Bitte vernichte es! Sofort, bitte!«

»Wegen dir ist er tot!«, sie schrie und weinte gleichzeitig, »Nur wegen deinen perversen Trieben! Es ist einzig und alleine deine Schuld!«

»Ute, nein! Ich ...«

»Ohne dich würde Faris noch leben! Und Mutter ebenfalls!«

Sebastian horchte auf.

»Lass uns darüber reden. In der Apotheke?«, die Dringlichkeit in seiner Stimme war greifbar.

»Worüber? Das du dich um deine Vaterrolle gedrückt hast? Das du Mama vergiftet hast? Nur, um deinen Arsch bei Martha zu retten?«

»Ich ..., bitte, verbrenne das Buch. Ich erkläre es dir ...«

»Ich brauch deine Erklärungen nicht. Du hast alles akribisch aufgeschrieben: Deine Nächte mit Mama. Wie sie versucht hat, dich zurückzugewinnen ...«

»Sie hat mich erpresst! Sie wollte es Martha beichten.«

»Und Faris? Jedes eurer Treffen in diversen Stundenhotels, inklusive Orgasmus-Beschreibung! Du hast ihn am 7. Februar in das Residenz-Hotel in der Schwanthaler Straße gebeten! Nur wegen dir war er dort!«

»Wir haben uns geliebt, es beruhte auf Gegenseitigkeit, bitte glaub mir«, kleinlaut aber ehrlich, »Faris floh aufgrund seiner Neigung aus Syrien, sie ...«

»Gegenseitig oder Gegenleistung?«, ihre Stimme schnappte über, »Für die gefälschten Papiere, die du ihm besorgt hast?«

»Sie hätten ihn abgeschoben. Weißt du, was man in Syrien mit schwulen Heimkehrern anstellt? Tarik brauchte eine neue Identität, Arbeitserlaubnis und Aufenthaltsbescheinigung.«

»Und eine Wohnung, deren Miete du von meiner Apotheke abgezwackt hast, damit Martha nichts merkt!«

»Wir haben uns nie dort getroffen ...«

»Er hat mich geliebt, das spürt man!«, sie schluchzte, »vom ersten Tag an! Er hat es mir gestanden, in Kolumbien!«,

»Ich weiß«, Horst seufzte, »Abends hat er mich gefragt, ob ´lieben´ das richtige Wort für euch war. Er meinte es anders. Er, wir ... zusammen in einem Hotel, es war viel leichter für uns.«

»Das heißt, ich war euere Alibi-Frau? Ihr habt tagsüber mit mir geschäkert und nachts«, sie wagte es nicht auszusprechen.

Sein Schweigen war Antwort genug.

Lautes Schniefen wehte an Toblers Ohren, dann, »Aber mir erzählen, dass Faris ein Techtelmechtel mit einer Cydem hätte! Du warst das! Und du hast seinen Facebook-Account geklaut!«

»Nicht geklaut, Ute. Ich habe ihn für Faris eingerichtet, daher kenne ich seine Zugangsdaten.«

»Du lügst!«, etwas polterte, »Du lügst, seit meiner Geburt!«

»Ich habe geschwiegen, das ist etwas anderes. Und jetzt hör zu, ich helfe dir! Die Polizei hat den Keller unter der Jungfernturmstraße gefunden, sie sind dorthin unterwegs. Sie wissen von deiner Pistolenarmbrust. Wo auch immer du dich momentan aufhältst: verschwinde, sofort! Und vernichte mein Tagebuch, das ist das Geringste, was du als Dank für diese Warnung tun kannst.«

»Die Polizei? Woher ...? Hast du mich verraten, Horst?«, sie gab ihm keine Chance für eine Antwort, »Du Aas! Wenn ich mit dem Kommissar fertig bin, werde ich dich finden, egal wo! Du Judas, du Mörder!«

»Ute!«

In der abrupt folgenden Stille versuchte Tobler ihr Gespräch zu rekapitulieren. Von Bülow, ein Mörder? War seine Beziehung zu Hamoud der Stein, der Utes verrückte Mordlust ins Rollen gebracht hat?

»Fünf Minuten! Ich opfere fünf Minuten für dich, du scheiß Kommissar!«, die junge Frau erschien in der erleuchteten Türöffnung. Sie kehrte ihm den Rücken zu und zerrte einen länglichen Gegenstand in die Kammer. Vier kurze Stummelbeine kratzten kreischend über die Ziegeloberfläche. Wortlos wuchtete sie das Monster direkt hinter seine dunklen Locken und eilte zurück in den Vorraum.

Tobler lugte über die Schulter, im dürftigen Licht erkannte er eine altmodische Emaile-Wanne auf krummen Füßen, »Was wird das?«

»Deine Stütze, dein Countdown und dein Sarg«, sie stellte einen Kanister Salzsäure in die Wanne. Die Seilspule und eine Schere landeten neben ihm. Hinter ihm klinkte sie vier rostige, angelaufene Türhaken über den Wannenrand. Sie arbeite zielstrebig und konzentriert und würdigte ihn keines Blickes.

Er versuchte sich zu umdrehen.

»Halt still, oder willst du dich selbst umbringen?«

»Wieso ...«, er brach ab, als er erkannte, was sie gerade über ihn stellte, »Nein!«, panisch starrte er auf das rostige Durchwurfgitter, aus dem ein Meer spitzer, langer Nägel ragte. Die Stifte steckten im Drahtgeflecht, von beiden Seiten mit stabilem Panzertape fixiert.

Mit einem schaurigen Quietschen platzierte Ute eine wackelige Stützstange direkt neben seine Schläfe, sie sah zur Uhr, »Du stirbst langsam. Genauso langsam wie die armen Teufel in der eisernen Jungfrau. Leider bleibt mir nicht die Zeit, dir dabei zuzusehen«, sie verband die obere Gitterkante mit Seilen mit den Badewannen-Haken, ihre Bewegungen wurden fahrig, ihr lief die Zeit davon. Wie lange hatte Horst gezögert, bevor er sie warnte? Wie nahe war die Polizei?

Sebastian starrte nach oben, »Bitte, nicht!«, flehte er stocksteif unter dem tödlichen Nagelbrett.

»Rund fünfzig Einstiche, über zwanzig Zentimeter tief«, sie prüfte die Verspannung, nickte zufrieden.

Dann trat sie mit dem Fuß gegen das Stützbein.

Tobler schrie entsetzt auf, die Stange schlug laut scheppernd neben seinen Kopf auf den Boden. Die Nägel stießen auf ihn zu, und verharrten in der Luft über ihm. Das Brett hing federnd in den Stricken, nur knapp einen Meter oberhalb seiner Brust.

Erleichtert atmete er aus.

»Zu früh gefreut!«, Ute stellte je eine angebrannte Adventskerze unter jedes der Seile und entzündete die Dochte, »Frohe Weihnachten, ich muss los!«, hastig verließ sie den Raum und drehte den Schlüssel in der Trenntür. Ein lautes Kratzen verriet, dass Ute die Tür mit etwas Schwerem verrammelte. Der dünne Lichtschein unter der Tür verebbte zu einem leichten Glimmen, dann erstarb auch das.

So sehr Tobler sein Haupt drehte und wendete, er konnte die Kerzen hinter seinem Kopf nicht sehen, aber er roch den Stearinduft, spürte die zarte Wärme über seiner Schädeldecke.

Er genoss es nicht.

Mit panischen, weit aufgerissenen Augen fixierte er die rostigen Spitzen über seinem Körper. Das Gitter schwankte, eine achtlose Bewegung der Zehen und es würde auf ihn stürzen.

Tränen stiegen in seine Augen, sein Atem zitterte. Hinter ihm züngelten die Flammen empor.

Erfassten sie bereits die Seile? Er hielt die Luft an. Von weitem rollte das wohlbekannte Grollen auf ihn zu. Es kam immer näher, die Wände erbebten, Sand und Dreck rieselten herab. Der Staub reizte seine Nase. Er zwang sich zur Ruhe, konzentrierte sich auf seine Atmung. Nein, nicht jetzt, er durfte nicht, bloß keine heftige Bewegung! Unkontrolliert brach es aus ihm heraus: Er nieste.

Der Luftstoß genügte, dass die Feuerzungen emporschnellten. Sie leckten an den trockenen Schnüren. Langsam entfernte sich das Geräusch, die Flammen sanken zusammen.

Sebastians Herz schlug bis zum Hals, in welchen Abständen donnerte die Tram über ihn? Wie viele Züge würde das spröde Material aushalten, wann fingen die Seile endgültig Feuer?

Es zischte, kurz verzerrte der warme Schein sein entsetztes Gesicht zu einer Grimasse. Asche regnete auf seine bloße Haut, dann sackte das Nagelbrett tiefer, federte und blieb in beängstigender Schräglage hängen. Die vierte Kerze, die höchste von allen, brannte sinnlos hinter seinem Scheitel weiter.

Sebastians Blick klebte an den mörderischen Nägeln dicht über ihm. Eine wilde Panik erfasste ihn, sie fraß sich in jede seiner Zellen. Wann werden die restlichen Schnüre reißen? Wie lange dauerte es, bis die messerartigen Dolche auf ihn herabstürzten? Wie bestialisch wird es sich anfühlen, wenn sich die scharfen Enden in seinen wehrlosen Körper bohrten?

Bloß nicht bewegen! Jede Erschütterung, jeder Luftzug ließ die Flammen erneut aufzüngeln.

Angstschweiß benetzte seine Haut. Die vorhin gierig aufgenommene Flüssigkeit verdampfte auf seinem fiebrigen Körper. Die angespannten Muskeln drohten zu verkrampfen.

Er starrte nach oben, nach oben, nach oben. Hunger, Durst, Angst. Die scharfen Spitzen verschwammen vor seinen Augen. Sein Verstand löste sich, flog davon. Lautlos formulierten seine trockenen Lippen ein stummes Gebet:

Eileen, du schaffst das! Pass auf Fräulein M auf. Mache ein starkes, glückliches Mädchen aus ihr! Bring ihr alles bei, was du erlernt hast. Vor allem, wie man sich wehrt! Erzähle ihr von ihrem Papa, ich liebe euch! Und du, Mama, bitte steh´ ihr bei. Eileen braucht dich und Marina ihre Oma.

Es zischte ein zweites Mal, der grelle Schein tanzte über die Mauer, glühende Fädchen flirrten in der Luft. Er brachte keinen Ton heraus. Die dornengleichen Enden federten über ihm, noch hielten die letzten beiden Schnüre das Gitter.

Er starb, soviel war sicher. Er wird ebenso im Dreck krepieren, wie sein Bruder Santiago, ermordet durch scharfe Klingen. Würde seine leibliche Mutter jemals erfahren, auf welche bestialische Art ihre Söhne das Leben verloren hatten?

Sein Bewusstsein streikte, es verschmolz mit der Finsternis in diesem Raum.

Ein Scharren, dann Schläge. Laute, heftige Schläge. Berstendes Holz, hastige Schritte. Licht, helles flackerndes Licht!

Das Feuer?

Ein Schrei, »Sebi!«

Ein Luftzug, zeitgleich emporschießende Hitze. Ein Bellen.

Etwas Hartes drosch gegen die lädierte Nase, donnerte wie ein Hammer auf seine Brust. Es raubte ihm den Atem. Er riss die Augen auf. Flammen, überall. Und der Schemel, die Beine starr nach oben gereckt. Darüber das Gitter mit den Nägeln. Das Gewicht des Hockers wog schwer auf seiner Brust.

»Sebi!«, Romans feingliedriger Körper warf sich neben ihm auf den Boden, »Bist du okay?«

Tobler öffnete die ausgedörrten Lippen, unfähig auch nur einen Ton hervorzuwürgen.

Hieblers kräftige Hände packten den Saum seiner Unterhose und seine Achsel. Er zerrte ihn unter dem Nagelbrett heraus. Der Schemel kippte von seiner Brust und rollte schwelend über den Boden. Erst jetzt bemerkte Roman, dass Toblers Füße am Mauerring fixiert waren. Er schleifte ihn parallel zur Wand, weit weg von den brennenden Schnüren und Kerzen, raus aus der Gefahrenzone des Gitters.

Vienna stürzte auf ihren Herrn. Verzweifelt trippelte sie auf seiner malträtierten Brust, ihre Zunge leckte über sein Gesicht.

Toblers Augen blieben starr an die Decke gerichtet, stumm.

»Mensch Sebi, sag doch was!«, die Nase des Lange berührte fast die seine. Hinter seinem Rücken krachte es. Eine Staubwolke wirbelte hoch, als das gespickte Gestell ungebremst zu Boden stürzte. Ziegel splitterten. Lose, glimmende Schnurreste baumelten zu beiden Seiten. Das Gewicht des Gitters rammte die Nägel tief in den Ziegelbelag.

»Scheiße, das war knapp!«, mit kraftvollen Hieben schlug sein Freund mit Utes Decke die Flammen aus, dann kehrte er zurück.

»Wasser!«

»Was machst du hier?«, Roman riss ihn hoch, presste seinen schlaffen Körper wie eine Puppe an sich, »Mann, bin ich froh, dass du lebst!«, Tränen liefen über sein Gesicht.

»Ich ... auch«, Sebastian lächelte matt, sein erstes Lächeln seit Tagen.

»Du blöder, egoistischer Idiot!«, Roman wischte sich über die Wangen, »Sind das Brandmale?«, er zeigte auf die geröteten Stellen.

Tobler nickte.

»Krass! Ich hole dir Wasser«, er befreite seinen Freund von Handschellen und Kabelbindern, »Deine Wäsche liegt draußen auf einer Kiste, mitsamt dem ausgeleerten Tascheninhalt.«

Vienna wuselte zwischen Sebastians steifen Armen. Warum stand ihr Herrchen nicht auf? Wieso stank er so herrlich?

Langsam fand der Kommissar die Sprache wieder, »Sie ist unterwegs, um jemanden umzubringen«, ein heiserer Versuch.

»Wen?«

»Es dreht sich um Hamouds Tod«, die trockenen Stimmbänder gehorchten langsam, »Wer fehlt?«, Denken fiel ihm schwer, jede Bewegung ebenfalls. Vorsichtig wehrte er Viennas Liebesbekundung ab, »Sitz, Kleine!«

»Puettmann saß am Steuer, Haas war beim Rennen beteiligt, Richter Jungwein ...«

»Halt: Sie sprach von *Staatsanwalt* Jungwein!«, schwerfällig rappelte sich Sebastian auf.

»*Staatsanwalt?* Das haben wir gleich«, Roman zückte sein Handy, »Hi, Sonja, sag Eileen, dass ihr Gatte neben mir sitzt. Es geht ihm«, er sah seinen Freund fragend an, der signalisierte ´Daumen hoch´, »... gut. Du sprachst davon, dass Staatsanwältin Fendt für die Puettmann-Verhandlung zuständig war. Ich stell dich laut.«

Hinter ihm stöhnte Tobler. Völlig steif und durch die Verletzungen behindert begann er sich am Boden anzuziehen.

»Stimmt, ausnahmsweise in der Rolle der Richterin«, hörte er Sonja reden, »Die wechseln doch ständig zwischen beiden Ämtern. Sie trug die Richter-Robe bis Juni 2020, danach bezog sie wieder ihren Lieblingsposten auf der Anklagebank.«

»Der passt auch besser zu dem kleinen Pitbull. Jungweins Rechtsprechung habt ihr kontrolliert, aber seinen Einsatz als Staatsanwalt vergessen?«, monierte Roman sauer, mit Blick auf Sebastians Verletzungen, »Krass!«

»Lass sie, es pressiert!«, dränge der Kommissar, inzwischen vollkommen bekleidet knöpfte er die Hose zu. Seine wunden Fingerkuppen glühten bei jeder Berührung, »frage Sonja wegen Fendts Privatadresse, und die von Bülow«, er achtete nicht auf den neuerlichen Blutgeschmack auf seinen Lippen, »Er hat Reinings Mutter ermordet und steht ebenfalls auf ihrer Liste«, Sebastian klopfte auf seine Jackentasche, »Mein Füller ist weg! Dieses Biest!«

»Spinnt die?«

Seit Stunden wartete Gustav Feger mit frisch bestückter Ledermappe zum Aufbruch bereit neben seinem Telefon. Immer wieder studierte er Toblers Unterlagen, prägte sich alle Einzelheiten ein, und spielte in Gedanken die einzelnen Fälle durch, bis endlich die ersehnte Nachricht eintraf. Er decodierte sie am Computer und überflog die Einträge. Es waren zu viele um sie einzeln zu überprüfen. Er rief die abfotografierten Unterlagen aus Toblers Wohnung auf und tippte die notierten Namen nacheinander in die Suchoption.

Nach endlos langen Minuten, »Bingo!«, er stand auf, »Eine Frau, das macht die Sache nicht leichter.«

Zum wiederholten Mal kontrollierte er seine Pistole und ließ sie in die Innentasche seiner Jacke gleiten.

»Von wegen: schwaches Geschlecht« verständnislos schüttelte er den Kopf, »Bedroht einen Säugling«, damit schloss er hinter sich die Wohnungstür, »Diese Viper hat ausgebissen«, er eilte zum Wagen, »endgültig!«

Roman half seinem Freund auf, »Kannst du laufen? Du schaust echt miserabel aus!«, er deutete auf die geschwollene Nase und die blutunterlaufenen Verletzungen.

»Ich probier´s. Deine Platzwunde unterm Auge?«

»Von Johnsons Handlanger«, der Lange grinste schief.

»Wir sind Zwillinge«, bei den ersten Schritten stöhnte Tobler auf, »Du übernimmst von Bülow, bringst ihn in Sicherheit, ...und Vienna. Die Reining ist zu gefährlich für sie. Wegen der Giftpfeile aus dem Hinterhalt.«

»Eine Idee, wo ich ihn finde?«

»Die Apotheke? Er hat sicher Schiss, dass Ute seiner Frau die Wahrheit erzählt und versteckt sich dort.«

Romans Handy meldete einen SMS-Eingang.

»Sonja erreicht die Fendt nicht. Angeblich ist die tief katholisch und hockt jetzt in der Kirche.«

»Hoffentlich begibt sie sich danach direkt nach Hause.«

Sebastian quälte sich hinter Roman durch den spärlich beleuchteten Keller. Ringsherum türmten sich betagte Möbel und wellige Kartons. Ein buntes Sammelsurium abgenutzten Hausrats stapelte sich an den Wänden. Im hinteren Teil des Gewölbes stand neben einem Holzstuhl der Tisch, den Tobler durch die Türe erspäht hatte. Die kleine Tischlampe ergoss ihr trübes Licht aus dem trichterförmigen Schirm über eine ramponierte Platte. In ihrem Schein entzifferte er eine krakelige Kinderhandschrift mit schwarzem Edding: ´Mama ist lieb´.

Sie eilten weiter. Ein Notausgangszeichen tauchte den Flur in gespenstisch grünes Licht. Sebastian zwang sich zum Atmen, und zum Laufen. Es näherte sich: *radun-radun-radun*.

Vienna stürmte voraus auf die Straße, sie lief zwischen den parallelen Gleissträngen der Trambahn, *radun-radun-radun*.

»Leine?«, Toblers Lungen pumpten auf Hochtouren, »Unser Ordnungsamt lauert überall.«

radun-radun-radun

»Vergessen, du warst wichtiger«, die vorbeiratternde Trambahn versperrte ihnen die Sicht zum Wagen auf der gegenüberliegenden Seite, »Uns hätte schon bei dem Foto mit dem Blasrohr auffallen müssen, dass die Reining ein Faible für obskure Mordwaffen hat! Da!«, ein Polizeiauto parkte drei Plätze hinter Romans Dienstfahrzeug, »Verstärkung!«

»Hundert Punkte für Scheinhacker!«, Sebastian steuerte direkt darauf zu. Zwei uniformierte Kollegen saßen im Fond. Mit einer Hand stützte er sich an der Karosserie ab, die andere riss die Hintertüre auf. Hastig quetschte er sich auf die Rückbank, »Kommissar Tobler«, atemlos zeigte er seine Dienstmarke im Rückspiegel, »In die Lorenzstraße 30, Mordversuch!«

Die beiden Männer sahen sich an, »Okay!«, sie scherten aus der Parklücke. Grinsend klebte der Beifahrer das Blaulicht auf das Dach, startete das Martinshorn und aktivierte das Navi.

Fahrzeit 26 Minuten, Tobler stöhnte verzweifelt: zu lange! Die Fahrzeuge vor ihnen wichen zum Straßenrand aus, »Wieso seid ihr nicht in den Keller runter?«, erkundigte er sich zwei Straßen weiter. Er sondierte seine zerschundenen Finger. Der Lack des BMWs hatte sich komisch angefühlt, scharfkantig.

»Wäre sicher sinnvoll gewesen, bei ihrem Aussehen. Aber davon war keine Rede. Nur von der Jungfernturmstraße.«

Fünfzig Punkte Abzug für Steinbrecher.

»Habt ihr euere Westen dabei?«

»Nur die Gelben«, der Jüngere schielte feixend zum Fahrer, »War echt wenig Info, oder?«

Null Punkte für Scheinbrecher!

Sie passierten eine Steak-Bar und bogen in den Oskar-von-Miller-Ring ein, jagten zwischen den Autos hindurch und über eine weitere rote Ampel.

»Schaffen wir´s in zehn Minuten, Kollege?«, der Beifahrer spähte auf die Uhr am Armaturenbrett.

»Logisch!«, der Ältere der beiden raste routiniert durch den Verkehr, er fuhr gottvoll!

»Prinzregentenstraße, um den Friedensengel, scharf rechts über den Leuchtenbergring«, kommandierte der Jüngere, »Die Ottobrunner hinunter und zweimal abbiegen.«

Sebastian klammerte sich in den Kurven an den Haltegriff, »Macht die Tröte aus. Die nächste links, dann sind wir da!«

Sie bremsten vor der Einfahrt zu einem netten Einfamilienhaus. Der Fahrer stoppte und drehte sich um, ohne den Motor auszuschalten, »Schneller ging´s nicht, Herr Kommissar.«

»Perfekt!« Tobler stieß die Tür auf, »Alle Mann dort rein, vergesst die Waffen nicht!«, er stürmte zum Tor.

Hinter ihm jaulte ein Motor auf, der Streifenwagen raste los.

»Scheiße, was ...?«, erst jetzt fielen ihm die Rücklichter des BMW auf: Das war kein Polizeifahrzeug! Dasselbe Fabrikat, täuschend echt lackiert aber ohne die übliche Sonderausstattung wie Videokamera und Anhaltesignalgeber, am Heck! Verflucht, die Fakes! Und er war darauf reingefallen!

Kennzeichen: M-PP-1174, die Fahndung musste warten.

Utes oranger Schal baumelte einsam über der Stuhllehne. Sie war also vor ihm zurückgekehrt. An einem Sonntag, wozu? War es wirklich erst gestern gewesen, dass er hier gesessen und in seinem Tagebuch geblättert hatte? Er erinnerte sich an seine Kollegin von der Ecke Lindenschmittstraße und ihren Notfall. Wie er das Buch unter der Zeitung versteckt hatte und spontan für sie eingesprungen war.

Zweimal durchsuchte er die Unterlagen auf dem Bürotisch, zweimal robbte er unter den Bürotisch: Nichts!

Wie betäubt lehnte sich Horst im Nebenraum der Apotheke an einen Schrank. Ute sprach die Wahrheit, sie hatte sein Tagebuch! Entsetzt schlug er die Hand vor den Mund. Sie wusste es! Seine ganze Zukunft, seine Ehe, die Nähe zu seiner heimlichen Tochter: Das alles zerplatzte in diesem Moment.

Vor dem Schaufenster schlenderten dick eingemummte Passanten vorbei, glückliche Münchener Familien. Und er?

Seine leeren Augen blieben an der Eingangstüre hängen. Er verlor sich in dem irrationalen Traum, dass Faris die Apotheke betrat. Er sah ihn vor sich: sein schüchternes Lächeln, die wunderbaren schwarzen Augen unter den schwarzen Locken, sein ebenmäßiges, gebräuntes Gesicht. Es versetzte ihm einen herben Stich in die Brust. Er bereute nichts: keine Sekunde, die er mit ihm verbringen durfte. Weder die für ihn gekauften Papiere noch seine Wohnung. Und jetzt?

Was bedeutete ein Leben, ohne seinen geliebten Syrer? Es hätte ein betörender Abend werden sollen, sie beide im Hotel ´Residenz´ an der Schwanthaler Straße. Ein Abend mit heißem arabischen Tee, vertraulichen Gesprächen, Zuneigung und viel Liebe. Er hatte diesen Ort vorgeschlagen, ohne ihn würde Faris noch leben. Zusammengepfercht mit anderen Asylanten in einer schäbigen, engen Behausung, aber er würde leben.

Wieder sah er die Straße vor sich, die hoch aufragenden Fassaden. Die Straßenlaternen hatten längst ihren Kampf gegen das Schneegrieseln verloren, sie tauchten die Schwanthaler Straße in ein drückendes Grau. Für Martha verbrachte er den Abend mit seinen Schachfreunden. Doch er stand hier, mit hochgeschlagenem Kragen wartete er auf seinen Freund. Ein harscher Wind fegte gegen seinen Rücken. Endlich entdeckte er die kleine, vertraute Gestalt, fest eingewickelt in seinen Schal, den Reißverschluss bis unters Kinn hochgezogen. Er telefonierte. Nur vier Häuser, dann waren sie endlich beisammen, ungestört. Er hatte nur Augen für Tarik, seinen Tarik!

Plötzlich sprang Hamoud auf die Fahrbahn. Mit kräftigen Armbewegungen versuchte er ein heranbrausendes Auto aufzuhalten, einen silbernen Nissan GT-R mit einprägsamen Logo an der Beifahrertür. Erst jetzt registrierte Horst den quer auf dem Asphalt liegenden Mann. Der Fahrer scherte aus, hin zur Straßenmitte. Er schoss nur wenige Zentimeter neben dem Schädel des Gestürzten, in Richtung Westend davon. Hinter ihm jagte ein zweiter Wagen heran, ein schwarzer Audi R8. Inzwischen telefonierte Tarik wieder, wobei er dem flüchtenden Fahrzeug nachsah. Er merkte nicht, was hinter seinem Rücken passierte.

»LAUF!«, Hosts Schrei gellte hell, gepresst und verzweifelt die Schwantaler Straße hinunter, mehr konnte er aus dieser Distanz für Tarik nicht tun. Bremsen quietschten. Ein lautes Krachen, ein dumpfer Aufschlag und das Knirschen von zerberstendem Metall, danach ... Stille.

Stille und dieser gottverdammte Schnee. Er rannte zu Tarik, warf sich neben ihm auf den beschneiten Gehweg.

Atemlos lehnte er am Schrank, die Erinnerung an die grausig entstellte Leiche seines geliebten Freundes trieb ihm Tränen ins Gesicht. Diese Verletzungen überlebte niemand, Tarik war tot. Wäre er geblieben, wäre seine Lüge mit dem Schachverein aufgeflogen. Martha hätte von seiner tiefen Zuneigung zu diesem Mann erfahren und ihn enttäuscht verlassen. Nach Tariks Verlust brauchte er seine Frau, damit sie ihn auffing. Er sehnte sich nach einem Ort, an dem er sich verstanden fühlte.

Es war feige von ihm, aber er war aufgestanden und weggelaufen. Weg von seiner toten Liebe, weg von einer lebensfrohen Zukunft, hinein in die Vergangenheit.

Das kräftige Orange über der Stuhllehne zog seine Augen in den Bann. Der Schal war ein Geschenk von ihm, an sein einziges Kind. Ute trug ihn fast täglich. Er freute sich jedes Mal darüber. Der Schal war zu einem Teil von ihr geworden.

Er zog ihn von der Lehne, vertiefte seine Nase in den orangenen Stoff, ihr Geruch ...

Ute hatte ihn in der Hand. Sie wusste, dass Wilhelmina keinem Chemikalienunfall erlegen war.

Horst war am Ende. Seine Zukunft existierte nicht mehr, Martha würde ihn verlassen. Ute hatte ihn schon jetzt verstoßen, sogar mit dem Tod bedroht. Was blieb ihm? Sich zu stellen? Freiwillig wegen Mordes an Utes Mutter lebenslang hinter Gittern dahinvegetieren?

Er ließ das feine Gewebe durch seine Finger gleiten. Der Stoff fasste sich anschmiegsam an, und stabil, sehr stabil.

Langsam wanderten seine Augen zur Deckenleuchte.

Es gab eine Lösung.

Erst zögerte er, dann holte er tief Luft, »In Gottesnamen, ich werde es zu Ende bringen! Herrgott, bitte gib mir die nötige Kraft! Es geht nicht nur um meinen Tarik, sondern auch um ihren Faris! Ich bin es meiner Tochter schuldig!«

Er rückte den Stuhl in die Zimmermitte, kletterte darauf und entfernte die Kette der Pendelleuchte vom Deckenhaken.

Die Lampe baumelte nutzlos zur Seite.

Es war simpel aus dem orangenen Stoffstreifen eine Schlinge zu knüpfen. Er prüfte den Halt des Hakens: Ja, er hatte ihn vor Jahren solide befestigt, gemeinsam mit Wilhelmina.

Langsam legte er sich den Schal um den Hals, Utes Schal.

Ihr Geruch umströmte ihn, soufflierte ihm ihre Nähe. Er redete sich ein, dass seine Tochter ihn ein letztes Mal umarmen würde, mit ihren Fingern über seinen Hals streichen.

Er beugte die Knie, Utes Hände umschlossen seine Kehle.

Er hatte sie hintergangen. Es war ihr Recht, ihn dafür zu erwürgen, ihr gutes Recht. Er sank ein weiteres Stück tiefer in die Knie, die Schlinge zog sich fester, enger.

Jemand hämmerte an die Scheibe, ein Mann. Horst zuckte zusammen. Er verlor das Gleichgewicht, der Stuhl kippte, neigte sich zur Seite. In diesem Augenblick wurde ihm sein Fehler bewusst: Er war zu feige, um auf diese Art zu sterben. Aber es war zu spät: Die Füße verloren den Halt, die Schlinge zog sich unbarmherzig zu. Mit beiden Händen krallte er sich verzweifelt an den orangenen Stoff, zerrte daran in der Hoffnung, das Unausweichliche zu verhindern. Er zappelte mit den Beinen, versuchte inständig mit den Zehen eine rettende Möbelkante zu erwischen, doch alles stand zu weit entfernt.

Luft! Er riss am Stoff, öffnete den Mund, Luft!

Ein Schuss!

Das Zappeln seiner Beine wurde unkontrolliert. Sein Körper drehte sich im Kreis. Die Schlinge presste seine Finger fester gegen den Hals, er konnte sie nicht mehr lösen.

Ein schwarzer Schatten flog auf ihn zu. Weiße, spitze Zähne im roten Fleisch, ein Haifischgebiss! Setzte der Wahnsinn ein? War es aus und vorbei?

Etwas Schweres donnerte gegen seinen Kopf einmal, zweimal, es strampelte neben ihm in der Luft.

Fell, ein warmer Körper mit Fell. Scharfe Krallen traten in sein Gesicht, zerfetzen die Haut an seinen Wangen, fraßen sich in seine Schulter, zertrümmerten seine Nase.

Dann wurde es schwarz, er verlor sein Bewusstsein.

Stille.

War das der Tod?

Eine Berührung, Lippen und ein bestialischer Gestank.

Er hob die schweren Augenlider. Durch die engen Schlitze erkannte er den schlaksigen Polizisten. Er beugte sich tief über ihn, versuchte ihn zu küssen, ... im letzten Augenblick wich der Mann zurück.

»Willkommen im Leben, Herr von Bülow!«, der Beamte lächelte erleichtert.

Er lebte!

Hektisch japste Horst nach Luft, jeder Atemzug schmerzte. Langsam beruhigt sich seine Lunge, nur ein abartiger Geruch hing quälend in seiner Nase. War eine Flasche Brom umgefallen? Er dreht den Kopf in Richtung des Gestanks, schrie und schreckt zurück: Direkt vor ihm ein gähnte ein weit aufgerissenes, hechelndes Maul. Wieder diese Zähne!

»Schon in Ordnung. Vienna hat sie gerettet.«

Horst hörte kaum zu, matt wedelte er mit dem dünnen Stoff, um den üblen Geruch zu vertreiben. Utes Lieblingsschal, seine Enden hingen in Fetzen.

»Sie dürfen froh sein, das Vienna sofort erkannt hat, worauf es ankam!«, eine feingliedrige Hand fuhr über das schwarze Fell, »Ein ausgebildeter Schutzhund. Im ersten Moment hatte ich befürchtet, sie springt Ihnen an die Kehle!«

Horst Augen fixierten den zerbissenen Stoff, instinktiv griff er sich an den Hals, er schluckte.

»Feines Hundchen!«, lobte der Polizist zufrieden, »Vienna die Lebensretterin! Das wird dein Image aufpolieren, Sebi und Jülich werden stolz auf dich sein«, eine neuerliche Duftwolke nebelte sie ein, »Sorry, für ihre Pupser, sie entspannt gerade. Und Entschuldigung für die aufgeschossene Eingangstür.«

Horst bemerkte die weiße Zeichnung zwischen den Ohren des Hundes. Ein ´V´, wie eine Pfeilspitze, »Ute?«, stammelte er kraftlos, »Wo ist sie?«

»Wir sind dran. Vorerst verhafte ich Sie wegen Mordverdachts an Wilhelmina Reining, ihrer Teilhaberin.«

Host hielt den Atem an, seine Augen irrten panisch hin und her. Angst überfiel ihn. Ins Gefängnis! So grausam hatte er sich sein Ende nicht vorgestellt! Seine Hände schnellten hoch, er packte den Polizisten am Kragen, wollte ihn wegstoßen, doch der Hund war schneller: Der tauchte zwischen seinen angewinkelten Armen hindurch und sprang ihm auf die Brust. Die gefletschten Zähne verharrten nur Millimeter über seiner Nase. Geifer tropfte auf seine zerkratzten Wangen.

Selbst Roman erstarrte, Vienna in Ausnahmesituation! War sie noch zu bremsen? Würde sie ihm gehorchen? Er sehnte sich Sebastian her, »Sagen Sie jetzt bitte nichts Falsches!«, flüsterte er atemlos, alles - bloß keine Buchstabenkombination mit *kill*!

Ute stand hinter einem geparkten Kleintransporter und beobachtete das Haus. Wenn ihre Berechnungen stimmten, war der Kommissar inzwischen tot. Erdolcht durch fünfzig lange Zimmermannsnägel, ganz in der Tradition des Jungfernturms. Sie lächelte zufrieden, Punkt eins ihrer Aufgabenliste war erledigt. Ein verliebtes Pärchen näherte sich und schlenderte eng umschlungen vorüber, Ute sah ihnen wehmütig nach.

Das Gebäude verbarg sich hinter einem robusten Staketenzaun. Kleine Schneemützen zierten die roten Ziegelabdeckungen der wuchtigen, gemauerten Pfosten. Die Garteneinfassung vermittelte ein Gefühl des Schutzes und der Sicherheit.

Sie musterte die Giebelseite: zwei Fenster unten, eine abgerundete Fenstertür oben. Daneben ein länglicher Anbau im Stil der Siebzigerjahre mit zwei weiteren, ebenfalls abgerundeten Doppel-Fenstertüren. Statt der üblichen Rollläden bevorzugte Frau Fendt dunkelbraune Holzläden im Landhausstil. Im Haus brannte Licht. Ein leichtes Schwanken der bodenlangen Vorhänge verriet ihr, dass sie nicht umsonst gekommen war. Auf der vorgelagerten Terrasse stand ein Tannenbaum mit erleuchteter Lichterkette. Ein Ende der Kette schlängelte sich über drei angrenzende, blaue Deko-Kugeln. Gartenmöbel fehlten.

Frau Fendt fühlte sich auf ihrem Grundstück sicher, sie verzichtete auf eine Videoüberwachung. Der Hauseingang lag zur rechten Seite. Eine dicke Eibe verhinderte den Blick von der

Straße auf die Tür. Der Weg zum Haus war geräumt und komplett aufgesalzen, sie würde keine Spuren hinterlassen. Alles war vorbereitet, erprobt und getestet. Nur schade, dass sie ihre selbstgestrickten Fäustlinge opfern musste. Sie kaschierten die Hygienehandschuhe, eine Vorsichtsmaßnahme zum Schutz vor dem Froschgift.

Ute vergewisserte sich, dass ihre Pistolenarmbrust geladen und gesichert im Korb ruhte. Sie überquerte zügig die Lorenzstraße, im Arm hielt sie eine Schreibunterlage mit eingeklemmtem Fragebogen: Eine junge Studentin, die Informationen für ihre Semesterarbeit sammelte. Sie schlenderte einige Meter am Zaun entlang zur Einfahrt. Das Gartentor ließ sich fast lautlos öffnen. Ohne Zwischenfälle erreichte sie die verschneite Eibe. Sie läutete. Diesmal wollte sie ihrem Opfer direkt in die Augen sehen, sich an der Angst der bestechlichen Richterin weiden. In ihre entsetzten Augen sehen, wenn sie niedersank.

Gudrun Fendt öffnete. Sie lächelte die junge Frau mit den Sommersprossen und rotgefrorenen Wangen freundlich an. Ihr Blick fiel auf den Fragebogen, »Ich hab nicht viel Zeit ...«

»Nur ein paar Fragen, bitte«, Ute stopfte eine ihrer vorwitzigen roten Locken unter die Baskenmütze, »Ich benötige einhundertfünfzig Befragungen für meine Semesterarbeit«, fügte sie mit ihrem niedlichsten Lächeln zu.

»Also gut, kommen´s rein. Draußen ist´s lausig kalt!«, Frau Fendt führte die Frau ins Wohnzimmer, »Möchten´s ablegen?«

»Danke, nein«, Ute setzte sich auf die helle Couch.

»Helfen´s mir bitte auf die Sprünge, kennen wir uns? Ich hab´ Sie schon einmal gesehen«, Gudrun Fendt vertraute ihrem Personengedächtnis.

»In einer Tram- oder U-Bahn zur Uni?«, schlug die Studentin eifrig vor und legte den Fragebogen auf den Glastisch.

»Nein, nicht da«, sie kam nicht drauf, »Eine Tasse Tee, zum Aufwärmen? Er ist frisch aufgebrüht. Ich bin eben erst von der Kirche zurück und vollkommen durchgefroren«, die Frau bemerkte Utes Blick zu den fast geschlossenen Vorhängen, »Wie Sie sehen, bin ich nicht einmal dazu gekommen, die vordere Verdunkelung aufzuziehen, einen Moment.«

»Nein, nein«, hielt Ute sie zurück, »Bitte lassen Sie nur, so ist es gemütlicher«, die Stoffbahnen verhinderten den Blick ins Innere, perfekt! »Sie leben traumhaft, in dieser Nebenstraße ist es herrlich ruhig.«

Wie um Ute Lügen zu strafen, quietschten vor dem Gebäude Bremsen. Kurz darauf jaulte ein Motor auf und ein Wagen dröhnte davon.

»Es wäre schön ruhig, wenn es nicht diese Spinner gäbe«, lächelte Gudrun Fendt säuerlich und verschwand in der Küche. Es wäre unhöflich, durch den engen Spalt zwischen den Vorhängen nach dem Übeltäter zu spähen.

Tobler fluchte leise, sein Plan war geplatzt! Jetzt stand er vollkommen alleine vor Fendts Haus. Wieso schaltete eine Staatsanwältin in der Kirche ihr Telefon aus? Drei Leute hätten für ihren Personenschutz ausgereicht, aber jetzt? Für Roman bestand keine Notwendigkeit, weitere Kollegen zu schicken, und ihm fehlte jede Möglichkeit jemanden anfordern: Sein Handy hatte Ute mitgenommen. Hoffentlich besaß die Fendt eine geladene Pistole.

Tobler beobachtete das Gebäude hinter dem Staketenzaun. Nichts rührte sich im Haus. Kam er zu spät?

Hatte Ute die Staatsanwältin bereits auf dem Heimweg abgepasst? Er öffnete das Gartentor, eine dicke Eibe verstellte ihm den Blick auf die Haustür. Er hob die Hand, um zu läuten, zuckte jedoch zurück: unterschiedliche Stimmen, eine Unterhaltung! Wer besuchte die Fendt an einem Sonntagvormittag?

Vorsichtig schlich er zur Rückseite des Hauses und spähte durch ein kleines Seitenfenster: auf einem Tisch ein Klemmbrett, zwei Tassen und eine Teekanne. Dahinter zwei Frauen, eine mit Fendts markanter kinnlanger Frisur, die andere mit schiefhängender, handgestrickter Baskenmütze.

In seinem Kopf überschlugen sich die Gedanken: Wie viel Zeit blieb ihm? Wie überwältigte man eine Mörderin, ohne eine einzige Waffe? Nette Worte reichten sicher nicht.

Ute erhob sich, die Hände tief in den Manteltaschen vergraben. Sie sprach mit der Hausherrin.

Jetzt zählte jede Sekunde. Es war egal, ob sie ihn entdeckte. Er rannte zur Terrasse: kein Stuhl, kein Balken. Nichts, womit er sie niederstrecken könnte. Sein Blick fiel auf die blauen Kugeln. Mit beiden Händen riss er daran, sie waren festgefroren, verdammt!

Aus dem Inneren gellte gedämpft ein Schrei: Gudrun Fendt! Er lugte durch einen schmalen Spalt zwischen den Vorhängen ins erleuchtete Zimmer. Ute stand hinter ihr. Sie presste die Juristin mit ihrem Körper gegen die Wand. Eine Hand umklammerte Fendts Handgelenk. Zwischen den Fingern der anderen glänzte ein kleiner, schmaler Gegenstand. Die Spitze des Pfeils berührte den Hals der Juristin. Ute lächelte, säuselte der Staatsanwältin etwas ins Ohr. Sie genoss diesen Moment, ergötzte sich an den panisch geweiteten Augen ihres Opfers.

Tobler wählte große Steine vom Traufstreifen. Mit einigen Handvoll Schnee formte er mit ihnen einen Schneeball, holte aus und donnerte ihn mit aller Kraft gegen die Fenstertür. Ein ohrenbetäubender Krach zerfetzte die sonntägliche Ruhe, Glas splitterte.

»Halt! Ute, nein!«, mit der Faust stieß er die Scherben beiseite, öffnete die Terrassentür und stürzte ins Zimmer. Er rannte auf die Frauen zu. Die wenigen Meter schienen sich unendlich auszudehnen.

»Du? Wie ...«, für einen Moment hielt Ute verblüfft inne. Einen Wimpernschlag später erkannte sie, dass er ohne Waffe vor ihr stand, »Du kannst nichts mehr für sie tun!«, mit diesen Worten stach sie zu.

Der Giftpfeil drang tief in den nackten Hals der Staatsanwältin. Fendts Schrei erfüllte den Raum, sie zappelte im eisernen Griff der vermeintlichen Studentin.

Es war vollbracht! Ute ließ sie fallen.

Die Frau faste sich an den Hals, sie japste, wand sich vor Schmerzen auf dem Boden. Ihr Körper zuckte unkontrolliert.

Sebastian wollte zu ihr stürzen, doch Utes Worte hielten ihn zurück, »Jetzt du, du Narr!«, sie riss die Pistolenarmbrust aus dem Bolga-Korb und zielte auf ihn.

Tobler erstarrte.

Er wagte es nicht, sich auch nur einen Zentimeter zu rühren, »Bitte, ich bin unbewaffnet«, zur Verdeutlichung hob er beide Hände, »Lass uns reden!«

Ute ließ ihn nicht aus den Augen, »Wir haben schon zu lange geredet!«, sie löste die Sicherung und legte erneut an. Einatmen, Luft anhalten ....

Unwillkürlich stolperte er rückwärts, »Warte Ute, es gibt eine Lösung!«, die Frau am Boden stöhnte, wimmerte.

Von wegen Lösung! Was konnte er anbieten? Schweißperlen traten auf die Stirn des Kommissars. Hier gab es nichts, das ihm Deckung bot: Die Möbel standen zu weit entfernt und hinter ihm lediglich das zerborstene Fenster. War das sein Ende?

»Ja, es gibt eine Lösung: Meine!«, ihr Zeigefinger krümmte sich in Zeitlupe. Einatmen, Luft anhalten, wie am Schießstand.

Ihm bleib keine Chance. Eileen, Marina, ich liebe euch! Ergeben wartete Sebastian auf den Aufprall und hielt ihrem Blick stand. Gleich würde ihr Finger den Pfeil lösen, seine Spitze auf ihn zu rasen, ein letzter Atemzug und ...

Schuss.

Utes Kopf flog herum, zuckte zurück. In ihren Zügen spiegelte sich Verblüffung. Zeitgleich schnellte der Pfeil aus der Armbrust und rammte mit voller Wucht oberhalb von Tobler in die Decke. Die Frau taumelte, stürzte rücklings nach hinten, die Pistolenarmbrust polterte neben ihr auf das Parkett. Blutspritzer besprenkelten die helle Couch. Auf Utes rechter, sommersprossiger Wange klaffte eine breite Wunde. Ihre rötlichen, dicken Haare kringelten sich in einer Blutlache.

Sie rührte sich nicht.

Tobler fuhr herum: Wer hatte geschossen?

Niemand war zu sehen.

War sie tot? Ihm fehlte die Zeit, um es festzustellen. Sicherheitshalber kippte er den schweren Glastisch über Utes Brust, um einen weiteren Angriff zu verhindern.

Eine Hand berührte seine Schulter, »Sie überlebt, wenn sie den Verlust einiger Haare und die hässliche Narbe am Jochbein verkraftet. Die Tüte, schnell!«, eine Stimme, tief, angespannt, kompromisslos.

Sebastian erkannte sie sofort, »Gustav?«

Ohne zu antworten, stürzte der alte Mann an ihm vorbei, er drehte die Staatsanwältin auf den Rücken. Sie atmete schwer, starrte ihn mit entsetzten Augen an, »Ich ...«, Krämpfe schüttelten sie.

»Nicht aufgeben!«, der Rechtsmediziner kontrollierte ihre Atmung, »Junge, die Tüte, mach schon!«

Endlich kapierte Tobler, zum Glück hatte Ute den Inhalt seiner Taschen auf dem Tisch ausgebreitet, so das Fegers gestrige Gabe unbeschädigt geblieben war.

Der Arzt riss die Folie mit den Zähnen auf und entsicherte die darin befindliche Spritze.

»Woher wusstest du ...?«, stammelte Sebastian.

»Ich habe meine Quellen«, konzentriert jagte der Arzt die Injektion in Fendts Vene, »Und Quellen sind wie Wetterhähne: Man spricht nicht darüber, oder?«

»Hier, Viennas Ration«, Tobler reichte die zweite, stark mitgenommene Verpackung. Er musterte den knienden Mann. Die langen, weißen Haare hingen ihm ins Gesicht, die Lippen ein dünner Strich, die faltigen Hände erstaunlich ruhig. Bedächtig verabreiche Dr. Feger die zweite Dosis. Die Juristin entspannte, sie schloss die Augen und driftete in die Besinnungslosigkeit ab, ihre Atmung beruhigte sich.

Sebastian alarmierte die Kollegen im Präsidium vom Festnetzapparat aus.

»Falls sie überlebt, darf sie sich bei dir bedanken«, Gustav ertastete ihren Puls und nickte, »teuflisch gut, dieses Gegengift! Und teuflisch gut, dass du beide Dosen mit dabei hattest, oder?«, er lächelte erleichtert, »Was ist mit deiner Nase?«

Ein leises Stöhnen in ihrem Rücken weckte die Aufmerksamkeit des Kommissars, »Ein Tritt mit ihren Stiefeln«, näselte er und nickte zu Ute, »Zum Glück hast du sie noch erwischt.«

»Ich töte keine Frau, außer sie bedroht mein Leben.«

»Sie hat *mich* bedroht!«

»Eben, das rechtfertigt diesen Tangentialschuss, oder?«, da war es wieder, sein schelmisches und spitzbübisches Lächeln.

»Der Streifschuss war *geplant*? Ein Millimeter daneben ...«

»Ich weiß«, der alte Mann neigte den Kopf und schmunzelte zufrieden, »alles andere hätte entweder dich gefährdet oder ihre Seele befreit«, er steckte eine weiße Haarsträhne hinters Ohr und verfolgte, wie sich Reinings Brustkorb unter dem schweren Tisch immer stärker hob und senkte, »Sie kommt zu sich, aber wünschen wir das?«, er fingerte ein Etui mit einer weiteren Injektion aus der Innentasche seiner Jacke.

Langsam hob Ute ihre Augenlider und glotzte die Männer mit diesen tiefgründigen, grünen Augen verständnislos an.

»Törichtes Mädchen! Wie kann man sein junges Leben nur so wegwerfen?«, Gustav setzte ihr die Nadel, »Gegen Schmerz und unüberlegte Aktionen.«

Sie öffnete den Mund, um zu protestieren, dann sackte sie zurück, verdrehte die Augen und schwieg. Einige Locken umrahmten ihr sommersprossiges Gesicht, wirre Strähnen ergossen sich auf das Parkett. Die üppige Haarpracht verlieh ihr eine gewisse Verwegenheit, wenn nicht diese unschöne, kleine, dunkelrote Pfütze gewesen wäre.

Entgegen ihren früheren Begegnungen umspielte weder ein Pistazien- noch ein Karottengeschmack Sebastians Zunge. Er stand auf, »Ich helf' dir hoch«, er hielt Gustav die Hand hin.

Dr. Feger ergriff sie dankbar. Er stöhnte lautstark, als er sich daran hochzog, »Man wird nicht jünger! Ich hole meine Pistole. Die liegt neben dem romantischen Weihnachtsbaum.«

»Apropos Schießeisen: deine Aktion mit dem Wetterhahn. Ich verstehe immer noch nicht, wie du das geschafft hast!«

»Ein Kinderspiel«, mit schiefgelegtem Kopf zeigte Gustav sein Gandalf-Lächeln, »dein Familienfoto, oder?«

»Bitte?«

»Erinnerst du dich, was ich dir am Montag geraten habe?«, Toblers Miene signalisierte ihm, dass er es nicht tat.

Feger half nach, »Nachdem ich deine Special-Edition John F. Kennedy mit der gravierten Feder geklaut hatte?«

Tobler starrte ihn weiterhin mit offenem Mund an und wartete auf eine Erklärung.

»Behalte immer die Spiegelungen im Auge!«, Gustav deutete zu den spitzen, scharfkanten Glassplittern in der Terrassentür, »Denk nach: Ich lehnte neben dem Fenster, mit den Rücken zur Wand. Gegenüber steht eure Anrichte, darauf zwei Familienbilder. Der Hahn spiegelte sich in der Glasscheibe, die das Foto deiner Eltern mit Klein-Sebastian schützt. Wie ich sagte: ein Kinderspiel, oder?«

»Gustav, das ist ...«

»Es wird Zeit, mich zu verabschieden«, unterbrach ihn der Rechtsmediziner, »In vier Tagen feiern wir die Geburt Christi. Ich ziehe es vor, die restlichen Stunden dieses vierten Advents daheim zu verbringen«, der alte Mann hob grüßend die Hand und schickte sich an, Gudrun Fendts Haus zu verlassen.

»Warte!«, Sebastian eilte ihm nach, »Woher wusstest du, dass ich hier bin?«

»Nicht du. Die Kleine, Ute Reining.«

Tobler gaffte ihn fragend an.

»Ich könnte behaupten: Einer meiner Toten hätte es mir zugeflüstert. Aber die Lüge wäre zu durchsichtig, oder?«, Gustav wurde ernst, seine Stimme sank einen Hauch tiefer, »Am ersten Pfeil klemmte ein Adapter. Leicht zu übersehen, speziell nach längeren zeitlichen Abständen und der geringen Priorität von Tierdelikten«, er bemühte ein Lächeln, »Morgen um neun Uhr erhältst du meine ausführliche Aussage. Höchste Zeit, dass ihr meine Kundschaft zur Beerdigung freigebt, ansonsten zwingt ihr mich ihre Zehen mit Tannengrün, Kugeln und Lametta zu dekorieren, oder?«

»Aber ...«

»Kein *aber*!«, der Rechtsmediziner nickte zu den Frauen am Boden, »Dr. Teubner soll sich um die zwei Damen kümmern. Bis dahin haben die beiden beste Chancen durchzukommen«, er betrat die Terrasse. Sein schulterlanges, weißes Haar wippten bei jedem Schritt, mit dem er sich dem Zaun näherte.

Tobler starrte ihm versteinert nach: Gustav? War das der in sich gekehrte, besonnene Gustav, der sich im Kühlraum hinter den regungslosen Leichen versteckte?

Woher stammte seine extreme Waffenfertigkeit? Weswegen hatte er sie erlernt? Seit wann besaß er den Scharfsinn und die

Spezialkenntnisse, um von einem kleinen Zusatzteil auf Utes Aufenthalt zu schließen?

Vor der Gartentür hob Gustav seine zuvor weggeschleuderte Ledermappe aus dem Schnee und winkte zum Abschied. Dann verschwand er zwischen den Häusern.

Tobler sah ihm lange nach.

Welches Geheimnis umwehte den alten Arzt und väterlichen Freund?

Epilog

Im Präsidium telefonierte Sebastian zuerst mit Eileen. Danach unterzog er sich, dank Cornelias Drängen, Seibolds ärztlichen Diensten. Rolf diagnostizierte Abschürfungen im Gesicht, diverse Brandmale, einen angeknacksten Kiefer, eine gebrochene Nase, etliche Blessuren an Fußgelenken, Händen und Po. Von den Verletzungen durch die Kabelbinder gar nicht zu reden. Er präsentierte ihm rücksichtslos die Jod-Flasche. Sebastian hasste die brennende Tinktur. Zur Ablenkung biss er mehrmals herzhaft in einen von Cornelia spendierten Lebkuchen. Wer stand schon gerne vor seinen Kollegen als Weichei da?

Es folgte eine offizielle Befragung durch Hauptkommissar Kowalski. Zuletzt überreichte ihm der Chef eine durchsichtige Tüte der Spurensicherung, »Der wird sicher Ihnen gehören, mit den besten Grüßen von Meisl«, ein blauer Füller, Montblanc John F. Kennedy, das Geschenk des jungen Klauberheims als Dank für die Aufklärung der Todesumstände seines Vaters.

Stunden später begleitete Roman Tobler nach Hause in die Konrad-Adenauer-Allee, »Ein irrer Tag heute, nicht wahr?«

»Einverstanden.«

»Das Verrückteste kommt noch: Brunner hat mir dies hier auf meinen Schreibtisch gelegt«, er reichte ihm drei abgenutzte Zehner, die mit einer grünen Büroklammer zusammengehalten wurden. Auf dem beigefügten Zettel stand die Notiz: ´Für den Penner. Jeder Streuner, der München verlässt, ist ein Gewinn!´

Tobler drehte das Päckchen in seinen Händen, »Zu Brunner: Weißt du, was mir aufgefallen ist? Woher wusste Friedl, dass die schaurige Jolanda Valweig den Schlüssel für das Beleuchtungssystem unter den Papieren von ihrem Eingangskorb verwahrte? Als Meisl die Anlage fand, war er noch nicht im Team, und es gab keinen Anlass, ihm dieses Detail zu erzählen.«

»... und in den Protokollen steht es sicher nicht vermerkt«, ergänzte Roman nachdenklich, »Du meinst, er hat ihn früher einmal entdeckt, bei einer ʹDurchsuchungʹ?«

Der Kommissar nickte langsam, »Möglich. Beim Einbruch in der Nacht zum 1. Oktober?«, philosophierte er leise, »Als er die Schreibtische des Life-Power manipuliert hat, um den Tatverdacht auf Dreher zu lenken. Kwame wird notfalls unter Eid bestätigen, dass Friedl an diesem Abend die Treppen zu den Mietwohnungen hochgestiegen ist.«

»Scheiße, ein Kollege!«

»Echt scheiße! Es reicht: Unterschlagung von Beweismaterial zur eigenmächtigen Bereicherung, Behinderung der Ermittlungen, Vortäuschen einer Straftat. Ich informiere Kowalski!«, umgehend wählte er dessen Nummer, »Wir können Friedl nicht länger decken.«

Nach dem kurzen Telefonat zupfte Tobler betreten die mittlere Banknote aus dem Bündel und hielt sie gegen das spärliche Licht der Abendsonne, »Den Schein kenn ich!«, er streichelte seine Hündin im Fußraum, »Darf ich dich um einen entlastenden Vergleichsabdruck bitten, Vienna?«

»Echt?«, Roman pfiff leise durch die Zähne, »Wieder Brunner! Er hat unsere Spendenbox geklaut! Na warte, das kostet! Diesmal genügt ihm keine Entschuldigung beim Chef«, ohne ein weiteres Wort manövrierte Hiebler seine Geldbörse aus der Hosentasche und fummelte einen Fünfziger aus dem Scheinefach. Verlegen legte er ihn auf Brunners Spende.

Tobler sah auf, ihre Augen trafen sich, »Danke!«, hauchte er erleichtert, »Wurde auch langsam Zeit!«, er hob die Hand und Roman schlug ungelenk ein.

»Sorry! Ab jetzt auf ewiges Vertrauen«, betroffen zwinkerte der Lange, »Seit wann warst du hinter der Reining her?«

»War ich nicht!«

»Das kam jetzt etwas zu schnell«, grinste, Roman »Meine Frage zielte auf: Wie bist du auf sie als Täterin gekommen?«

»Bauchgefühl.«

»Das Bauchgefühl, das dich bei Leichen befällt, oder die geflügelte Variante, Schmetterlinge?«

Toblers Mundwinkel zuckte verlegen, »Dir kann ich wohl überhaupt nichts vormachen?«, er sah aus dem Fenster, »Okay, ich hab mich von ihr an der Nase herumführen lassen«, gestand er, »Ich war ein Idiot. Reicht dir das?«

»Jap, du kompletter Vollidiot!«, Roman klopfte ihm auf die Schulter, »Kein Ton zu Eileen, Ehrenwort!«

Sie schwiegen bis kurz vor der Abzweigung in die Konrad-Adenauer-Straße, »Cornelia. Sie ist seit dem Studio-Mord verändert«, unterbrach Sebastian die Stille, »Weißt du etwas?«

»Sie ist jung, ungebunden und adrett. Telefoniert öfters und beruft sich auf Termine. Brauchst du echt Nachhilfe, um zu erkennen, was mit unserer Kollegin los ist, Sebi?«

Eileen erwartete sie in der geöffneten Tür. Als sich Sebastian die letzten Stufen empor kämpfte, rannte sie ihm entgegen und umarmte ihn, »Du siehst schauderhaft aus, aber ich hab dich wieder!«, sie küsste ihn auf die Wange.

Am Eingang wartete eine Überraschung auf ihn.

»Wow! Warst du fleißig!«, verblüfft betrat der Kommissar die penibel aufgeräumte Wohnung: Die Schuhe standen in Reih und Glied, keine Wäsche auf dem Boden, kein Spielzeug am Teppich. Alle Oberflächen glänzten.

»Gustav musste sich ablenken und beschäftigen. Er hat sogar staubgewischt«, sie zeigte auf die blitzblanken Fensterbretter. Keine einzige Fliege reckte ihre Beinchen in die Höhe.

»Pech für Ursula, heute Abend wird sie hungern«, er registrierte ihren sonderbaren Blick, »Ursula? Meine Ursula? Er hat doch nicht ...?«

Tobler rannte in die Küche. Atemlos starrte er auf den kleinen Spalt zwischen dem letzten Hochschrank und der Wand: Makellos weiß, nicht die kleinste Spinnwebe!

»Nein! Ursula!«

Er schrie die Worte, wiederholte ihren Namen, dabei hämmerte er mit der Faust gegen die Küchenfront ... und blieb fassungslos stehen. Seit Jahren hütete er seine Freundin aus Junggesellen Zeiten. Seine einzige Vertraute bei Eheproblemen, und jetzt ... »Ursula«, hauchte er verzweifelt.

Nichts, keine Bewegung, nur klinische Sauberkeit. Er blinzelte seine Tränen weg.

Eileen schlang beide Arme um ihn, »Schatz, du musst stark sein. Für ihn war sie nur eine x-beliebige Spinne.«

»Scheiße!«, kommentierte Roman die Leere, »Bevor du in Sebastians Leben tratst, war Ursula seine alleinige Bezugsperson, ein Familienmitglied!«, er biss sich auf die Unterlippe, um seinen Schmerz mit Schmerz zu bekämpfen, »Die einzige Frau, die je unsere Männergespräche belauschte!«

»Ich werde mein Bestes geben, um sie zu ersetzen«, Eileen wechselte das Thema, »Sonja wartet im Wohnzimmer.«

»Hi, Sebi!«, die Ex-Blondine kniete am Boden und neckte Marina mit den Geweihen eines monströsen Stoff-Elchs, Gustavs Geschenk zu ihrer Geburt. Die Kleine quietschte vergnügt, »guck mal, da kommt dein Papa mit einer dicken, blauroten Nase. Sieht er nicht wie ein böser Räuber aus?«

Keiner lachte.

»Das ´Büro Kowalski´ hat mir eine Mail geschickt«, Eileen holte einen Ausdruck vom Tisch, »Der Hauptkommissar spendiert Bronco den Heimflug nach Mexiko, damit der Obdachlose endlich seinen kranken Vater besuchen kann. Begründung: Wiedergutmachung wegen Kowalski Misstrauen.«

»Regina hat ihren Theo perfekt im Griff!«

Gegen Abend schob das Ehepaar Tobler Hand in Hand ihren Kinderwagen über den Marienplatz. In Marinas Augen spiegelten sich die Lichter des Christkindlmarkts.

Vierter Advent in München! Es duftete nach Lebkuchen und Glühwein, Bratwürsten, Kletzenbrot und gebrannten Mandeln. Die Welt war wieder in Ordnung, auch wenn einige Besucher scheu auf Sebis ramponiertes Gesicht schielten. Einmal glaubte er, den Kollegen Huber neben der Reinigungskraft aus dem Life-Power bei der Mariensäule erspäht zu haben. Hoffentlich erwarteten sie keine höfliche Plauderei.

Es reicht, dachte Sebastian und beließ es dabei. Der Fall war abgeschlossen und er war zurück bei seiner Frau und seinem Mädchen. Er legte seinen Arm um Eileens Schultern, »Ich bin so stolz auf unsere kleine Familie«, er drückte sie fest an sich, küsste ihre Haare. Nichts konnte in diesem Moment seine überschwänglichen Glücksgefühle stören.

»Da kommt ihr ja!«, freudestrahlend tauchte Sophia Menke hinter einer geschmückten Tanne auf, »Ihr seid spät dran«, sie beugte sich über den Kinderwagen und herzte ihre Enkelin, dann bemerkte sie die rot unterlaufenen Schrammen im Gesicht ihres Sohnes, »Junge, was hast du schon wieder angestellt?«

»Ein Dienstunfall, alles okay. Bist du zufällig hier?«

»Natürlich nicht!«, sie reichte Eileen einen Stapel Papiere »Danke mein Kind, dass du mir Bescheid gegeben hast! Hier sind die angekündigten Wohnungspläne von Herrn Sedlmayer: Vier Zimmer, Küche, Bad, Keller. Dazu ein Aufzug, sowie eine VW-Bus geeignete Tiefgarage und einen Balkon zum vorgelagerten Park. Das Ganze direkt neben mir!«, sie strahlte ihren Sohn an, »Was sagst du Junge? Er macht euch einen günstigen Mietpreis, weil ein Kommissar seine Wohnung sicher aufs Beste im Auge behält, nicht wahr Sebastian?«

»Das, ...«, er rang um Fassung. Ungläubig sah er zwischen den beiden Frauen hin und her, »Ein abgekartetes Spiel?«, ihm wurde glühend heiß, und das schon vor dem ersehnten Glühwein.

»Warum nicht?«, Eileen drückte sich fest an seine Schulter, »Wer hat Mister X ins Spiel gebracht?«, lächelte sie versonnen.

Inzwischen näherte sich ein junger Taxifahrer den gedrungenen Bögen der Reichenbachbrücke. Er zog die Jacke enger, er fror in der viel zu dünnen Kleidung. Wann war er zuletzt für einen Botendienst geordert worden? Und wenn, dann noch nie in Verbindung mit einem frostigen Spaziergang durch die weißen, verschneiten Isarauen. Ein matter Schein beleuchtete das Lager der Wohnungslosen. Dunkle, massige Schatten bewegten sich unter den Brückenbögen. Er blieb stehen, sollte er wirklich bis dorthin laufen? Waren diese Penner gefährlich, würden sie ihn ausrauben? Er betrachtete das bunte Päckchen in seiner Hand. Was sprach dagegen, es hier in den Schnee zu legen und nach ihnen zu rufen? Nur eines: Der kleine Zettel, der mit einer breiten roten Schleife daran befestigt war und bei jedem Luftzug fröhlich flatterte. Tapfer stapfte er weiter bis auf wenige Meter vor die dick eingemummten Gestalten.

Die Wohnungslosen hockten im Kreis um eine umgedrehte Bierkiste und genossen den Anblick der drei Kerzenflammen auf ihrem Adventskranz. Einer bemerkte ihn, »Na, komm´ her, Junge!«, ein älterer Mann mit angenehmer, tiefer Stimme und grauem Bart winkte ihn heran, »hier is´ wärmer, kriegst auch ne´ Decke.«

Die einzige Frau erhob sich, band ihr buntbesticktes Schultertuch fester um ihren Körper und verschwand in die Betonhöhle. Kurz darauf erschien sie wieder mit einem Flickenteppich. Inzwischen zerrte ein Greis mit roter Mütze eine weitere Kiste samt löchrigem Kissen in die Runde, »Setz dich, heut is´ vierter Advent. Wills´te was Warmes?«

Verwirrt ließ sich der Taxifahrer nieder, er überreichte der Frau sein Päckchen. Irina reichte es an Bolle weiter.

Bolle wiederum übergab den Zettel an ihren Ex-Lehrer Edi, der ihn vorlas: »Einen frohen vierten Advent und vielen Dank für eure Hilfe. Ihr seid die Besten der Welt, Eileen, Marina und Sebastian. PS: offizielle Danksagung am 24.12., 16:00 Uhr bei uns. Komplett, mit Bronco! PSS: Morgen wird ein Ermittlungsverfahren gegen den Glatzkopf eingeleitet.«

Alle brummten erfreut, »Is´ halt einer von uns!«

Bolle öffnete das Päckchen. Zwischen hauchfeinem Seidenpapier lagen Handwürste, Lebkuchen und eine vierte Kerze für den Adventskranz.

Fern ab von der wohligen, weihnachtlichen Atmosphäre unter der Reichenbachbrücke, und der nicht mehr ganz so adventlichen Stimmung am Marienplatz, regte sich etwas in der dritten Etage des Hauses an der Konrad-Adenauer-Allee.

Ruhe und Dunkelheit des Zimmers boten die nötige Sicherheit. Langsam, fast zaghaft, tasteten sich zwei dünne, schmale Beinchen hinter dem Wandschrank hervor, dann folgte vorsichtig das nächste. Zuletzt rückte ein fingerkuppengroßer, schwarzer Körper nach.

Ursula beäugte die Leere vor ihrem Versteck: Was für eine Bescherung! Das Ergebnis der kompletten Arbeit ihres bisherigen Lebens: zerstört und weggewischt.

In die traurige Stille hinein ertönte das beständige Brummen einer mondsüchtigen Fliege am Fenster.

Schon verflüchtigte sich Ursulas Trübsinn: Ein hauchdünner Faden sprühte aus ihren Hinterleib und blieb an der gegenüberliegenden Wand hängen. Anschließend feuerte sie die nächsten durch die Luft. Eifrig huschte sie über ihre frischgespannten Brücken hin und her und konstruierte ein neues Netz.

Sie verlor keinen Gedanken an Fegers ausgefeilte Schießkünste oder an das gefährliche K-Wort für Vienna. Die Hintergründe zu Cornelias verändertem Benehmen interessierten sie ebenso wenig wie das Ergebnis von Brunners Ermittlungsverfahren. Ihr einziges Ziel war, ein stabiles Spinnennetz für die nächste Zeit zu erschaffen.

Sie ahnte nichts von Eileens ersten Umzugsaktivitäten, was ein folgenreicher Fehler war.

Weitere Romane der Autorin

Das königsblaue Kleid, Kriminalroman, ISBN 978-3-7557-5393-3

2. Buch der Tobler-Reihe

Vier kleine Textfragmente rieseln aus dem anonymen Kuvert, alle tragen nur wenige Worte: Gesprächsfetzen mit einer Frau, die er seit 55 Jahren für tot hält, ermordet. In dieser Nacht erhängt sich sein früherer Freund. Tags darauf folgt ihm der nächste Weggenosse in den Tod. Zwei Selbstmorde, schreibt Münchens Presse. Doch der alte Arzt fürchtet um sein Leben: Nimmt jemand nach so vielen Jahren Rache?

Kommissar Tobler untersucht die Fälle und stößt auf eine Gemeinsamkeit: Beide Senioren notierten sich kurz vor ihrem Tod denselben Namen. Tobler ermittelt, als ihn ein weiterer Anruf alarmiert: Mord am Hinterbrühler See, auf dem Weg liegt ein Zettel: M O N I K A Was geschah im Februar 1965? Dr. Matthäus Sonnenborn kennt die Wahrheit, ebenso sein Gegenüber. Hilflos klammert er sich an seinen Rollstuhl. Langsam richtet sich der Pistolenlauf auf sein Gesicht. Sein einziger Gedanke: Rede! Jede einzelne Sekunde ist eine gewonnene Sekunde für mein Leben! Für Tobler rennt die Zeit.

Der gelbe Hut, Kriminalroman, ISBN 978-3-7526-7049-3

1. Buch der Tobler-Reihe

Drei Punkte quälen Kommissar Tobler: ein tot aufgefundener Promi-Anwalt, eine verschwundene exzentrische Künstlerin und einige frühere Drogentote, deren Todesumstände vertuscht wurden. Warum drängt ihn sein Vorgesetzter, gewisse Akten ins Archiv zu stecken und untersagt nähere Untersuchungen? Entpuppt sich der obdachlose Zeuge als Schlüsselfigur bei diesen Verbrechen? Trotz des strikten Verbots durch seinen Chef recherchiert der Kommissar auf eigene Faust weiter. Kurz darauf erhält er den ersten Drohbrief.

Wem ist er zu nahegekommen? Wie hängen die einzelnen Vorgänge zusammen?
Während Tobler ermittelt, hat der Mörder längst sein nächstes Ziel im Visier…

Geheimes Spiel, Kriminalroman, ISBN 978-3-7460-1133-2

Der 16-jährige Jeremy wird Beta-Tester für ein Computerspiel. Allmählich dämmern ihm die wahren Beweggründe der Software-Firma und weshalb sie auf absoluter Diskretion besteht. Er spricht die Verantwortlichen darauf an - und verschwindet spurlos. Hat die Firma einen unliebsamen Zeugen beseitigt oder hängt es mit Jeremys unerwarteter Erbschaft zusammen? Seine Mutter befürchtet Verbindungen zur Vergangenheit.
Was verschweigt der allgegenwärtige Priester Wilhelm Eder und welche dunkle Rolle spielt Jeremys sonderbarer Lehrer?

In dem kleinen Nest Krunndorf stößt Polizist Hegenberg auf ein umfangreiches Intrigen-Netzwerk, das schon vor langer Zeit im Geheimen geknüpft wurde.

Alegonda, Fantasy-Roman, ISBN 978-3-7347-3312-3
Ein Märchen zur Emanzipation

Traditionsgemäß erhält der erste männliche Spross im Hause Umbra den Befehl über die Drachen. Doch die junge Drachin Alegonda weigert sich, dem groben und überheblichen Prinzen Barthalor zu dienen. Sie flieht auf eine Burgruine.
Barthalor findet sie. Er besteht auf der Einhaltung des uralten Paktes und fordert ihre Unterstützung bei seinen egoistischen und herrschsüchtigen Plänen.
Rechnet er allen Ernstes damit, dass Alegonda ihm verzeiht und freiwillig zurückkehrt?
Niemals!

Ihn umzubringen scheidet aus. Doch dann schaltet sich der Bauernjunge Leo ihren Zwist ein, auch er hat eine offene Rechnung mit den Prinzen. Zwischen Alegonda und dem armen Burschen entsteht eine sonderbare Verbindung, die sämtliche Traditionen im Hause Umbra in Frage stellt.
Wer wird zu seinem Recht kommen?